Ingo Pagan

# Liliths Ring

**Roman**

D1673887

Hummelshain Verlag

Keine gute Tat bleibt ungestraft. Nach einer feucht-fröhlichen Firmenfeier möchte Frank Menden nur einem scheinbar angetrunkenen Nachtschwärmer helfen. Der aber entpuppt sich als verletzter Mönch und steckt ihm sterbend einen Ring an den Finger, der ihn mit der Jahrtausende alten Dämonin Lilith vermählt und zu ihrem Hüter bestimmt. Frank will den Ring schleunigst wieder loswerden, was den Vollzug eines Rituals im geheimen Kloster der Bruderschaft erfordert. Doch plötzlich sind alle Mönche tot und Frank trägt allein die Verantwortung für Lilith, eine verführerische Schönheit, die in vielerlei Gestalt die Geschichte der Menschheit beeinflusst und unsägliche Schrecken über die Welt gebracht hat. Inzwischen scheint Lilith geläutert, aber kann Frank ihr trauen?
Um Frank und Lilith häufen sich mysteriöse Ereignisse. Offenbar sind auch andere Kräfte auf sie aufmerksam geworden, deren Absichten aber zunächst im Dunkeln bleiben. Bald wird Frank Menden klar, dass er eine Entscheidung wird treffen müssen, wem er vertraut … und wem nicht. Ebenso klar ist ihm, dass von dieser Entscheidung das Schicksal der Menschheit abhängen kann, denn der Ring an seiner Hand ist das Einzige, was Liliths zerstörerische Macht im Zaum hält.

**Zum Autor:** Ingo Pagan heißt eigentlich *Wolfgang Heiden* und ist nach einem Studium der Biologie über die physikalische Chemie zur Computer-Visualisierung gekommen. Als Professor für Informatik lehrt und forscht er neben biologischen Simulationen über Hypermedia Storytelling und Edutainment und hält regelmäßig Vorträge zu diesen Themen auf internationalen Fachkonferenzen. Er trägt Graduierungen in verschiedenen Kampfkünsten. In der Hochschulband "Night Angel" spielt er die elektrische Gitarre.

© Originaltext und -Zeichung 2022 Ingo Pagan
© dieser Ausgabe Hummelshain Verlag, Essen
ISBN: 978-3-943322-460

Der Nachdruck, auch auszugsweise, sowie die Verbreitung durch Film, Funk, Fernsehen und Internet, durch fotomechanische Wiedergabe, Tonträger und Datenverarbeitungssysteme ist ausdrücklich nur nach vorheriger schriftlicher Genehmigung durch den Hummelshain Verlag gestattet.

**www.hummelshain.eu**

# Danke!

„Liliths Ring" ist das Ergebnis kreativen Schaffens über mehr als zehn Jahre hinweg – von der ersten Idee bis zur vollständig ausformulierten Geschichte. In dieser Zeit haben viele Personen auf unterschiedlichste Weise dazu beigetragen, dass und wie die Erzählung sich schließlich entwickelt hat. Nicht alle, denen dafür Dank gebührt, kann ich an dieser Stelle namentlich erwähnen. Einige ausgewählte Personen, deren Einfluss das Werk in besonderem Maße geprägt hat, seien aber doch genannt:

Zunächst einmal möchte ich meinem langjährigen Freund Vita Hajek danken, der mich zuerst mit der Legende von Lilith als erste Frau Adams vertraut machte. Außerdem danke ich Bernd Siegfried Klein für eine virtuelle Probefahrt mit zwei Traumautos und Kathrin Fetkenhauer für ein sehr persönliches Bild von Ferruccio Lamborghini. Katrin Berentzen verdanke ich korrekte lateinische Termini, da sich meine Latein-Kenntnisse weitgehend auf das beschränken, was sich mit ausgiebiger Asterix-Lektüre erwerben lässt. Mein lieber Kollege Thorsten Bonne hat mir schließlich über Erich Schmidt-Dransfeld den Kontakt zu Peter Marx beim Hummelshain-Verlag vermittelt und so haben alle Drei damit wesentlich zur Verwirklichung des Traums beigetragen, eines Tages ein Produkt meiner schöpferischen Energie im Regal einer Buchhandlung stehen zu sehen. Schließlich darf noch eine Person keinesfalls unerwähnt bleiben, ohne deren kontinuierliche Begleitung mit einem enormen Maß an Empathie und künstlerischem Sachverstand dieser Roman sich wahrscheinlich unter zahlreiche begeistert begonnene, aber mangels Zeit, Zuversicht und kreativer Kraft nie zu Ende gebrachte Projekte eingereiht hätte. Irina Malsam werde ich niemals genug danken können für all die kumulierten Stunden, in denen wir bei einer Tasse Kaffee über Gott und die Welt, über Profanes und Tiefgründiges und immer wieder über die Geschichte von Frank und Lilith gesprochen haben. Ohne sie würde es dieses Buch heute wohl nicht geben, oder es wäre zumindest nicht dasselbe. Ihre anhaltende Begeisterung hat beständig meine Kraft angefacht und erneuert und mich den Glauben an diese Geschichte nie verlieren lassen.

# Inhaltsverzeichnis

# 1. Polterabend

„Auf die Hochzeit!"

Bernd Filzinger erhob sein Glas und prostete der Belegschaft zu. Kleine Kohlensäurebläschen sprühten in hohem Bogen über den Rand des frisch gefüllten Sektglases wie Magmatröpfchen aus einem Vulkan zu Beginn des großen Ausbruchs. Der exklusive Rosé-Champagner prickelte fröhlich, und der Gründer und Geschäftsführer der Filzinger GmbH lächelte mit verklärtem Blick, die Augen verloren in den kleinen Fontänen, während ein Schauer winziger Sektbläschen auf seiner Nase zerplatzte.

Das wievielte Glas es inzwischen war, hatte er vergessen. Fünf, sechs, sieben – was spielte das schon für eine Rolle! Der Champagner floss in Strömen, denn es gab etwas zu feiern.

Als ihm bewusst wurde, dass alle auf ihn warteten, hob der Firmenchef das Glas noch höher und schwenkte es am ausgestreckten Arm in die Runde.

„Auf die Hochzeit!", wiederholte er und lallte schon ein bisschen, während sich sein Gesicht zu einem seligen Grinsen verzog. Was er scherzhaft „die Hochzeit" nannte, war ein unverhoffter Deal, der ein Finanzpaket in Millionenhöhe in die Kasse des kleinen Startup-Unternehmens spülen würde. Die Firma war gerade einmal zwei Jahre alt und hatte sich bis vor Kurzem mehr schlecht als recht als kleines Softwareunternehmen gerade so über Wasser gehalten. Angetreten war man mit großen Plänen, hatte die Welt verändern wollen mit kreativen Innovationen für mobile Geräte, die niemandem bisher in den Sinn gekommen waren, die aber doch alle würden nutzen wollen. Tatsächlich hatten sie das eine oder andere neckische Software-Tool entwickelt, aber vom großen Durchbruch war man weit entfernt und hatte sich als Brot- und-Butter-Geschäft auf langweilige Komplett-IT-Systeme für kleinere Mittelständler verlegen müssen, während die ursprünglichen Ideen in den Hintergrund gedrängt wurden. Gelegentlich blitzten sie aber immer wieder einmal auf, und irgendwann war – wie auch immer – die Adamson Corp. aus San

Francisco auf eines dieser Tools aufmerksam geworden. Der weltweit agierende Technologie-Konzern hatte in einem Produkt des rheinischen Entwicklerteams ein Potenzial erkannt, das Filzinger selbst bisher ebenso verborgen geblieben war wie Franziska Polde, der jungen Programmiererin, deren kreativem Geist die App entsprungen war. Und der amerikanische Investor war bereit, richtig großes Geld in die Hand zu nehmen, um die Mehrheit an der Filzinger GmbH und damit die Vermarktungsrechte an deren Entwicklungen zu erwerben. Mit einem Schlag war die Firma saniert und sämtliche Anteilseigner waren um einen sechsstelligen Betrag reicher.

Irgendwie erschien es allen, als sei die kürzlich noch dahin dümpelnde Softwareklitsche tatsächlich über Nacht zu einer Art Märchenbraut geworden – ein Aschenputtel, das aus heiterem Himmel plötzlich von einem Prinzen aus dem tristen Alltag gezogen und in das prunkvolle Fürstenschloss geholt wurde. Die Verträge waren bereits vorab unterzeichnet worden, aber nach dem bevorstehenden Wochenende wurde sogar Mr. K. N. Adamson, Gründer und CEO des Konzerns, höchstpersönlich erwartet.

Frank Menden erwiderte das Zuprosten seines Chefs und stürzte den Inhalt seines Glases in einem einzigen Zug herunter. So sehr er insgeheim immer gehofft hatte, dass eine *seiner* Ideen die Filzinger GmbH eines Tages aus dem Morast der Bedeutungslosigkeit ziehen würde, gönnte er es der jungen Kollegin, dass ihre App die Aufmerksamkeit des Investors erregt hatte. Erst seit einem knappen halben Jahr war Franziska als reguläre Mitarbeiterin in der Firma beschäftigt. Angefangen hatte sie als Praktikantin. Frank Menden hatte damals ihre Betreuung übernommen und schnell erkannt, dass die aufgeweckte Studentin der Wirtschaftsinformatik nicht nur ausnehmend hübsch, sondern mindestens ebenso talentiert und lernbegierig war. So hatte er dafür gesorgt, dass die Firma ihr nach dem Praktikum eine Stelle als studentische Hilfskraft angeboten und sie nach dem erfolgreichen Abschluss ihrer Bachelor-Arbeit, die sie ebenfalls – mit ihm als Nebengutachter – in der Filzinger GmbH angefertigt hatte, in eine Vollzeitbeschäftigung übernommen hatte. Nun erfüllte ihn beinahe so etwas wie Vaterstolz, während sie in verspielter weißer Bluse mit integriertem Taillengürtel und engen Jeans auf der improvisierten Bühne im Konferenzraum stand und, den Kopf mit den langen, glatten Haaren bescheiden gesenkt, das Näschen kraus gezogen und den Blick verlegen auf ihre Füße gerichtet, die Lobreden der Vorgesetzten über sich ergehen ließ. Innerlich aber sah man sie strahlen, und Frank wurde es warm ums Herz, das – zugegeben – immer ein bisschen schneller schlug, wenn Franziska in seiner Nähe war.

Frank stellte sein leeres Sektglas auf dem eilfertig herbei gebrachten Tablett eines Kellners ab und griff nach einem neuen.

Einige Ansprachen und etliche Gläser Sekt später fand sich Frank Menden in einer Gruppe wieder, die gerade die letzten Häppchen von den weitgehend leer geräumten Tabletts putzte. Neben ihm stand Christina Froid, eine attraktive Mittvierzigerin, die auch gut und gerne noch für Anfang Dreißig hätte durchgehen können. Der gelösten Stimmung angemessen, hatte sie die oberen zwei Knöpfe der gestärkten weißen Bluse unter der steifen Jacke ihres Business-Kostüms geöffnet. Die etwas mehr als schulterlangen, leicht gekräuselten, brünetten Haare zurückgestrichen, stand sie entspannt in der Runde und blickte über den Rand ihrer dezent eleganten Designerbrille zu ihm hinüber. Die promovierte Juristin („Dr. Freud" war sie in Anspielung auf Doktortitel und Namen, ebenso wie auf ihren scharfen analytischen Verstand, schon mehrfach hinter vorgehaltener Hand genannt worden) war von der Adamson Corp. als Vorhut zur Filzinger GmbH gesandt worden, um den Übernahmevertrag vorzubereiten, den K. N. Adamson selbst am kommenden Montag unterzeichnen würde. Während sie die vergangenen Tage über stets kühl und unnahbar gewirkt hatte, gab sie sich nun, da der Deal unter Dach und Fach war, auf einmal offen und fröhlich, wie erleichtert, die professionelle Distanz, welche die geschäftlichen Verhandlungen nun einmal erforderten, jetzt endlich abschütteln und ihre menschliche Seite zeigen zu können.

„Kommen Sie", lachte sie und schwang den Arm mit dem Sektglas in einer weit ausholenden Geste, wobei es ihr überraschenderweise gelang, nichts von dessen Inhalt zu verschütten. „Es ist Freitagabend, wir haben das ganze Weekend vor uns. Feiern wir, dass die Schwarte kracht!" Angesichts ihres bisher so spröden Auftretens und eines unüberhörbar amerikanischen Akzents wirkte der blumige Ausdruck doppelt erheiternd. Frank und die übrigen lachten mit.

Christina Froid leerte ihr Sektglas und stellte es mit etwas zuviel Schwung auf dem Tisch ab, so dass man schon fast befürchtete, es würde zu Bruch gehen, aber das Glas blieb unversehrt stehen. Dann wandte sie sich um, ging ein paar Schritte zu ihrem dicken Aktenkoffer, den sie unter der Projektionsleinwand abgestellt hatte, und kramte kurz darin, bevor sie mit Verschwörermiene eine Flasche Bourbon daraus hervorzog. Schnell waren die Gläser gefüllt, und auch Frank genoss das kräftige Aroma des unerwartet milden Whiskeys aus dem Süden der USA, obwohl er sonst eigentlich eher schottischen Malzwhisky bevorzugte. Bei einem Blick auf die Flasche hob er anerkennend die Augenbrauen. Das war kein gewöhnlicher Whiskey. „Kentucky Straight Bourbon" stand auf dem Etikett. Und statt eines Namens eine Zahl. „Ein guter Tropfen, nicht wahr?", bemerkte Dr. Froid, die Franks Blick gefolgt war. „Aus der ältesten Brauerei der Staaten. 200 Dollar die Flasche."

Frank schob respektvoll die Unterlippe hoch (nicht wegen des Preises, sondern wegen der Tradition), schwenkte die klare, gelbbraune Flüssigkeit im Glas, hielt die Nase dicht darüber und sog vorsichtig und diesmal bewusster das würzige Aroma ein. Er glaubte das angekohlte Eichenfass zu riechen, in dem dieser Whiskey mindestens 15 Jahre lang gereift war, und meinte auch einen Hauch von Vanille wahrzunehmen. Dann nahm er einen weiteren Schluck, gab ihm Zeit, sich langsam im Mund auszubreiten und einen intensiv wärmenden Geschmack zu entfalten, der dem Duftaroma noch eine Note von Roggen, Honig, Nelken und ein bisschen Schokolade hinzufügte, und ließ ihn schließlich als feines Rinnsal die Kehle hinunterlaufen. Dabei genoss er das sanfte Brennen, das der hochprozentige Alkohol auf seinem Weg den Schlund hinab hinterließ.

Frank fühlte sich daran erinnert, wie ihm Bernd Filzinger nach seiner Einstellung zur Begrüßung ein Glas Cognac kredenzt hatte.

9

Auch damals hatte dies eine einschneidende Wende in beider Leben markiert. Für Frank Menden war es die erste Anstellung außerhalb des universitären Elfenbeinturms, nachdem er im Anschluss an seinen Master-Abschluss noch knapp zwei Jahre lang als wissenschaftlicher Mitarbeiter in einem Forschungsprojekt an der Hochschule geblieben war. Mit dieser neuen Stelle tat er den ersten Schritt ins „richtige Leben", wie er insgeheim zu sich selbst sagte. Und Bernd Filzinger war mit der Einstellung des ersten Mitarbeiters in dem Unternehmen, das er zusammen mit vier Freunden aufgebaut hatte, die er teils schon von der Schule her kannte, vom Gründer wirklich zum Firmenleiter und Vorgesetzten geworden. Nun standen sie wieder hier zusammen und besiegelten mit starkem Alkohol einen weiteren bedeutenden Schritt nach vorn, der vieles verändern würde – der Firmengründer, sein erster Angestellter und die Chefunterhändlerin des künftigen Mutterkonzerns.

Wie im Flug verging die Zeit, und Frank bemerkte gar nicht, wie sich die Gesellschaft um ihn herum nach und nach auflöste. Irgendwann standen nur noch Bernd Filzinger, Dr. Froid und er selbst zusammen. Nachdem sie die letzten Tropfen aus der Whiskeyflasche auf ihre drei Gläser verteilt hatte, prostete Froid ihnen noch einmal „auf die Adamson- Filzinger-Fusion" zu und stellte dann ihr leeres Glas mit einer endgültigen Geste neben dem Sektkelch ab.

*„Fusion" ist vielleicht ein bisschen beschönigend formuliert*, dachte Frank bei sich. Adamson hatte die Mehrheit der Geschäftsanteile gekauft, und für den international auf Augenhöhe mit Microsoft und Apple agierenden (wenn auch weit weniger bekannten) Konzern war Filzinger nur einer von vielen unbedeutenden, über den ganzen Globus verteilten Satelliten. *Die Sonne wird sich auch nicht plötzlich um die Erde drehen – oder, um die Dimensionen richtig zu verteilen, vielleicht eher um den Mond.* Frank schmunzelte bei dem Gedanken. *Aber es ist freundlich formuliert.*

Auch er stellte sein Glas ab und blickte sich suchend nach einem Tablett um, um die Geschirrreste, soweit sie noch nicht abgetragen waren, in die Teeküche zu bringen. Als er sah, dass Filzinger und

Froid bereits im Begriff waren, den Konferenzsaal zu verlassen, ließ er aber von seinem Vorhaben ab und folgte ihnen hastig nach draußen. Die laue Abendluft füllte Franks Lungen mit frischem Sauerstoff und schien eine verstärkende Wirkung auf den Alkohol auszuüben, der ebenfalls durch seine Adern zirkulierte. Frank lehnte sich an die Hauswand und kam zu dem Schluss, dass es keine gute Idee sein würde, in diesem Zustand noch mit dem eigenen Auto nach Hause zu fahren. Er stieß sich mit dem Rücken ab und wankte ein paar Schritte auf Bernd Filzinger und Christina Froid zu, die an der Straßenzufahrt zum Gewerbegebiet standen, wo neben anderen Firmen auch die Filzinger GmbH ihren Sitz hatte. Filzinger steckte umständlich sein Handy in die Jackentasche und schimpfte leise vor sich hin. Dann sah er Frank und winkte ihn zu sich heran. „Akku leer", rief er ihm zu. „Immer wenn man es am nötigsten braucht. Aber gut, dass Sie da sind, Frank. Sie wollen bestimmt auch nicht mehr selbst fahren. Könnten Sie uns ein Taxi rufen?"

Frank zog sein Smartphone aus der Tasche und wählte die Nummer eines ortsansässigen Taxiunternehmens. Es war besetzt. Nachdem er im Internet die Rufnummern weiterer Taxidienste abgefragt hatte, probierte er eine nach der anderen durch, aber nirgends hatte er Erfolg. Einmal waren sämtliche Fahrer wegen einer Lebensmittelvergiftung von der gestrigen Betriebsfeier im Krankenstand, unter einer weiteren Nummer meldete sich die mürrische Stimme eines Mannes, der offenbar durch den Anruf geweckt worden war und knurrte, dass er sich demnächst um eine neue Telefonnummer bemühen wolle, weil immer wieder einmal Anrufer irrtümlich zu ihm statt dem angewählten Taxidienst durchgestellt würden und nein, die richtige Nummer kenne er auch nicht. Beim nächsten Anrufgab eine freundliche Stimme vom Band an, dass aufgrund eines technischen Defekts heute keine Anrufe mehr entgegengenommen werden könnten. Erst beim letzten Versuch teilte ihm die Dame am anderen Ende der Leitung mit, derzeit seien eigentlich alle Wagen auf Außeneinsätzen unterwegs, aber er habe Glück, dass ein Fahrer, der sich eigentlich schon in den Feierabend verabschiedet habe, gerade erst von seiner letzten Fahrt zurückgekehrt und ausnahmsweise noch zu einer allerletzten Kurztour bereit sei. Während sie auf das anscheinend einzige in dieser Nacht noch verfügbare Taxi warteten, begann Christina Froid plötzlich nervös an ihrer Jacke herumzufingern. „Ich glaube, ich habe meine Medikamente oben verloren. Ein weißes Plastikdöschen, ist mir vermutlich aus der Tasche gefallen, als ich den Whiskey aus dem Koffer geholt habe. Wahrscheinlich komme ich auch ohne über das Wochenende, aber vielleicht könnten Sie trotzdem ...“

Filzinger sah Frank auffordernd an. „Sicher doch“, sagte dieser, drehte sich um und stakste zurück zum Firmengebäude. „Vielen Dank, Sie sind ein Schatz!“, rief ihm Dr. Froid noch hinterher.

Tatsächlich fand Frank die Pillendose nach kurzem Suchen unter dem Bedienungstisch für die Projektionsanlage, wohin sie wohl von der Wand aus gerollt war. Als er jedoch mit der Dose in der Hand wieder vor dem Firmengebäude stand, waren Filzinger und Froid verschwunden. Offenbar war das Taxi inzwischen angekommen, und in ihrem angetrunkenen Zustand hatten beide weder an die Medikamente noch an Frank gedacht. Er schimpfte leise und überlegte kurz, ob er einen weiteren Versuch unternehmen solle, doch noch ein Taxi zu ergattern, entschied sich aber dann dagegen. Es war eine laue, wolkenlose Frühsommernacht, der Mond schien hell, er wohnte nicht allzu weit entfernt, hatte es nicht eilig, und ein Spaziergang durch die friedliche, nächtliche Innenstadt würde ihm sicherlich guttun. Er ließ die Tablettendose in seine Jackentasche gleiten und machte sich gemächlich auf den Heimweg.

## 2.   Ringträger

Frank war seit beinah einer halben Stunde unterwegs und hatte inzwischen knapp die Hälfte der Strecke zurückgelegt. Vielleicht hatte er den Heimweg angesichts seines doch stark angetrunkenen Zustands ein wenig unterschätzt. Andererseits gab es nichts, das ihn drängte, und sein Gang, wenn auch etwas schlingernd, war sicher genug, um ihm die Freude an dem nächtlichen Spaziergang nicht zu verderben. Bisher war er kaum Menschen begegnet, und auch als sich nun vor ihm der Marktplatz ausbreitete und seine Schritte auf dem unebenen und glatten Kopfsteinpflaster der kontinuierlich bergab führenden Fläche etwas unsicher wurden, lag der Platz menschenleer vor ihm im Licht des Mondes, der Sterne und der Laternen.

Er hatte den Marktplatz gut zur Hälfte überquert, da sah er eine Gestalt aus dem Dunkel einer Seitengasse torkeln, anscheinend noch stärker angetrunken als er selbst. Der Mann – jedenfalls schien es sich der Statur nach um einen solchen zu handeln – trug einen langen Mantel und hielt sich nur mithilfe der Hauswände aufrecht, an denen er sich bei jedem Schritt abstützte. Er wirkte, als würde er sich jeden Moment auf das Pflaster übergeben, denn er hielt sich mit einer Hand den Unterleib, krümmte sich immer wieder vornüber und würgte ein paarmal, bevor er sich wieder fasste. Aber er übergab sich nicht. Schleppend schälte er sich aus dem Schatten der dunklen Gasse und stolperte ein paar Schritte vorwärts. Dann spannte sich sein Körper, einige Schritte ging er fast normal, bevor er wieder in Taumeln verfiel.

Frank überlegte, ob es geboten war, dem Mann zu helfen. Einerseits war er selbst nicht ganz sicher auf den Beinen und verspürte wenig Lust darauf, sich von jemandem, der noch betrunkener war als er, die Kleidung voll kotzen zu lassen. Andererseits war er aber doch mitfühlend genug, um sich Sorgen zu machen, ob dieser Mensch ohne Hilfe sicher den Weg nach Hause finden würde. Er wollte auch nicht am nächsten Morgen in der Zeitung lesen, auf dem Marktplatz sei jemand in der Nacht ernsthaft zu Schaden gekommen, in dem Bewusstsein, dass er hätte helfen können.

Vorsichtig ging er etwas näher heran, zunächst noch auf einen gewissen Sicherheitsabstand bedacht. Auch in einer eigentlich sehr friedlichen Kleinstadt konnte man schließlich nie ganz sicher sein, wer sich des Nachts auf den Straßen herumtrieb, und unter einem bodenlangen Mantel ließ sich so einiges verstecken. Eben dieser Mantel jedoch entpuppte sich bei genauerem Hinsehen und auf kürzere Distanz als eine Mönchskutte.

13

*Ein Klosterbruder*, dachte Frank überrascht, und verzog einen Mundwinkel zu einem halben Grinsen bei dem Gedanken, dass man in Klöstern von jeher alkoholischen Getränken durchaus zugetan war. Nicht wenige Klöster waren bekannt für ihre Brautradition, und wenn Frank sich richtig erinnerte, konnte man im dem örtlichen Kloster angegliederten Laden auch einen Likör aus eigener Herstellung kaufen. Dieser Mönch hier vor ihm hatte aber offenbar deutlich mehr als ein Glas über den Durst getrunken. Gerade lehnte er sich wieder an eine Wand und fasste sich schwer atmend an die Seite.

„Kann ich Ihnen helfen?", fragte Frank, als er sich dem Mann genähert hatte.

„Vielleicht ...", ächzte dieser zögerlich. Dann krümmte er sich wieder zusammen, eher stöhnend als würgend. Das Gesicht wurde zur schmerz- verzerrten Grimasse. Dann verlor er den Halt und drohte zu Boden zu stürzen. Frank sprang herbei und fing den Mann auf, der wie ein nasser Sack in sich zusammenfiel. Dabei griffen seine Finger in etwas Glitschiges, so dass ihm der schlaffe Körper beinahe aus den Händen geglitten wäre. Gerade rechtzeitig bekam er aber den Strick zu fassen, mit dem die Kutte um die Taille zusammengebunden war, und konnte den Mönch so wieder aufrichten und gegen die Hauswand lehnen. *Mist*, dachte er ärgerlich. *Kein Wunder, dass da nichts mehr kommt. Der Bruder hat sich schon vorher ausgekotzt.* Er rieb die verschmierten Hände am groben Gewebe der Kutte ab und warf angewidert einen Blick auf seine Rechte, während er mit der Linken den Mann gegen die Wand drückte, damit er nicht doch noch stürzte. Statt Erbrochenem sah er jedoch dicke rote Schlieren zwischen seinen Fingern.

Entsetzt betrachtete er den Mönch genauer. Er mochte wohl etwas über 60 Jahre alt sein – vom Leben gezeichnet, aber rüstig. Die Haare, die man wegen der verrutschten Kapuze gut sehen konnte, trug er, was man heutzutage auch in Klöstern nur noch selten sah, in der klassischen Tonsur – nicht aufgrund von natürlich zurück-gegangenem Haarwuchs in der Kopfmitte, sondern ganz offen-sichtlich durch regelmäßiges Ausrasieren. Was Frank Mendens

Aufmerksamkeit auf sich lenkte, waren aber weniger die allgemeinen körperlichen Attribute als vielmehr der dunkelrote Fleck, der sich unter dem als Gürtel verwendeten Strick über das Gewand ausbreitete. Die ganze Kutte hatte sich um die Taille verfärbt, und zwischen verkrümmten Fingern, die sich auf die seitliche Bauchregion pressten, sickerte dunkelrotes Blut hervor. Der Mann war nicht betrunken, sondern schwer verletzt!

„Danke, mein Sohn", röchelte der Mönch und griff Frank mit einer glitschigen Hand an die Schulter, wo er einen roten Abdruck hinterließ.

„Um Gottes Willen, was ist Ihnen geschehen?", frage der entsetzt.

„Unwichtig", stöhnte der Mönch.

„Sie haben wohl Recht. Zuerst einmal brauchen Sie dringend einen Arzt."

Frank griff nach seinem Mobiltelefon, aber der Mönch legte ihm eine schwere Hand auf den Arm.

„Nein, lass' stecken, mein Sohn. Mit mir geht es zu Ende. Das Wichtigste ist jetzt, die Übergabe zu regeln."

*Jetzt phantasiert er*, dachte Frank und versuchte, die Hand, die das Telefon hielt, zu befreien. Aber trotz seines angeschlagenen Zustands schien der Mönch über enorme Kräfte zu verfügen.

„Welche Übergabe?", fragte Frank, wartete aber keine Antwort ab, sondern bemühte sich weiter, die Hand mit dem Telefon dem eisernen Griff seines Gegenübers zu entwinden. „Lassen Sie mich doch einen Notarzt rufen – das geht ganz schnell!"

„Keinen Arzt – die Übergabe ...", beharrte der Mönch. Franks Rechte weiterhin umklammert, legte er ihm plötzlich die andere Hand auf die Stirn, atmete tief ein, starrte ihm eindringlich in die Augen und wurde mit einem Mal ganz ruhig. Auch für Frank Menden schien einen Moment lang die Zeit stillzustehen. Dann hörte er den Mönch, wie durch einen Vorhang, sagen: „Gut. Du bist ein aufrechter Mann und grundsätzlich geeignet für die Übergabe. Bist du verheiratet?"

„Nein", sagte Frank, verblüfft von dem wenig angemessenen Themenwechsel. „Komische Frage in dieser Situa..."

„Geschieden?"

„Nein – was hat das denn zu bedeu...?"

„Homosexuell?"

„Auch nicht – aber das wird jetzt wirklich ein bisschen persönlich. Und außerdem ..."

„Dann bist du geeignet", seufzte der Mönch erleichtert. „Wenn du die Welt vor einem schrecklichen Schicksal bewahren könntest, würdest du es tun?"

„Natürlich", erwiderte Frank, „aber jetzt lassen Sie mich zuerst einmal *Sie* vor einem schrecklichen Schicksal bewahren."

„Mein Schicksal ist bereits besiegelt. Aber das deine wird nun eine bedeutende Wendung nehmen." Mit diesen Worten ließ er Franks Hand los, zog sich einen breiten goldenen Ring vom Finger und steckte ihn Frank Menden an, der viel zu überrascht war, um sich dagegen zu wehren.

„Nimm diesen Ring und trage die Verantwortung, die er dir auferlegt", sagte der Mönch feierlich. „Erweise dich würdig und setze die Tradition fort. Geh auf dem schnellsten Weg zum Kloster auf dem Berg. Auf dem Weg hinauf, in der Kurve, zweigt links ein Pfad ab. Ein kleines Stück diesen Pfad entlang findest du einen Turm, oder besser: dessen Überreste. Betritt die Ruine (obwohl der Zugang gesperrt ist) und steige die Leiter hinab, die zum Boden führt. In einer Nische liegt ein verborgener Zugang mit einem Türklopfer. Klopfe siebenmal mit Pausen – zweimal, dreimal, zweimal – zeige dem, der dir öffnet, den Ring und folge den Anweisungen meiner Brüder. Und nun geh!"

Mit diesen Worten stieß er Frank Menden von sich und wollte sich in den Schatten zurückziehen. Frank hatte sich aber inzwischen wieder gefangen und begann, auf der Tastatur seines Telefons die 112 zu tippen. Daraufhin sprang der Mönch noch einmal auf ihn zu, schlug ihm das Gerät aus der Hand, fasste ihn an beiden Schultern und starrte ihm wieder in die Augen.

„Keine Zeit!", mahnte er heiser. „Geh, sofort! Du kennst den Weg zum Kloster, oder?"

Frank wollte widersprechen, konnte sich aber dem Blick ebenso wenig entziehen wie zuvor dem Griff, der ihn vom Telefonieren abgehalten hatte. Um ihn herum begann sich alles zu drehen, und nichts schien plötzlich mehr wichtig zu sein; nichts außer der Aufgabe. Natürlich kannte er den Weg. Das fast eintausend Jahre alte Kloster thronte als Wahrzeichen der Stadt unübersehbar auf der Spitze der einzigen größeren Erhebung in der ansonsten flachen Gegend und war vom Marktplatz aus leicht zu erreichen.

Als der Mönch ihn losließ, wandte Frank sich wortlos um und stolperte vorwärts. Ohne sich noch einmal umzudrehen, begab er sich wie in Trance auf den Weg und beschleunigte bald seine Schritte. Dass ein Mensch lebensgefährlich verletzt an einer dunklen Straßenecke zurückblieb, erreichte ebenso nur die Peripherie seiner Gedanken wie der Umstand, dass sein Mobiltelefon an derselben Straßenecke irgendwo auf dem Pflaster lag. Fast zog ihn der Ring, der wie angegossen auf seinem Finger steckte, mit unwiderstehlicher Kraft den steilen Marktplatz hinan zum Kloster.

## 3. Hexenturm

Eine knappe Viertelstunde später stand Frank Menden schwer atmend vor dem Portal des Klosters. Der Anweisung gemäß hatte er ab der ersten Kurve, die die steil ansteigende Straße auf dem Weg machte, nach einer Abzweigung Ausschau gehalten, im nächtlichen Dunkel aber keine entdecken können. „Mist!", schimpfte er kurz, wandte sich um und ging den Weg langsam zurück, die Böschung entlang, auf der als Abgrenzung zur Straße dicke, unbearbeitete Baumstämme lagen.

An der letzten Kurve blieb er unter einer Laterne stehen. Von hier aus konnte er am Ende des geradlinig hinab führenden letzten Straßenstücks bereits wieder die Lichter des Stadtzentrums sehen. Da fiel ihm auf, dass rechts neben ihm ein schmaler Weg parallel zu einigen Wohnhäusern von der Straße abzweigte. Als er beim Aufstieg hier vorbeigekommen war, hatte er diesen Weg für einen Garagenzugang gehalten, aber nun stellte er fest, dass der Pfad weiter führte. Also folgte er ihm und erreichte schon nach wenigen Metern die Ruine eines Wehrturms, der sich mit einigen Mauerresten an den Berghang schmiegte. Hier gab es keine Laternen mehr, man konnte kaum etwas sehen. Frank wollte sein SmartPhone zücken, um es als Taschenlampe zu verwenden, aber als er in die Hosentasche griff, erinnerte er sich, dass der Mönch es ihm aus der Hand geschlagen und er es nicht wieder aufgehoben hatte.

Immerhin hatten sich seine Augen schnell an die Dunkelheit gewöhnt, und er konnte nach einem Rundgang erkennen, dass der Turm, soweit er dem Weg zugewandt war, keinerlei Zugang bot. Ein eisernes Tor, von Sträuchern umwuchert, auf der gegenüberliegenden Seite führte anscheinend in einen Garten, der aber offensichtlich in keiner Verbindung zu dem Turm stand. Also tastete er sich wieder weiter an der Turmmauer entlang. Auf einer Metalltafel, die auf den massiven Mauersteinen angebracht worden war, konnte er mit Mühe die Überschrift „HEXENTURM" entziffern. Ein kurzes Schaudern lief ihm über den Rücken, dann suchte er weiter und fand schließlich, nachdem er ein Stück zurück gegangen war, einen schmalen, ausgetretenen Pfad, der von dem befestigten Weg aus zum oberen Teil der Turmruine führte. Dort kletterte er, wie der Mönch ihn geheißen hatte, über ein wackelig aufgestelltes Absperrgitter und fand tatsächlich eine Leiter, die von oben herab ins Innere des ehemaligen Turms führte.

Mühsam stieg er die Leiter hinab. Unten war es stockfinster, aber er tastete sich Stück für Stück die Innenwand entlang. Seine Finger strichen vorsichtig über raue Mauersteine und brüchige Fugen. Auf einmal signalisierte ihm eine glattere Steinfläche, dass er eine Stelle erreicht hatte, an der wohl schon öfter suchende Hände über das Mauerwerk gestrichen hatten. Sorgfältig tastete er die nähere Umgebung ab, bis er endlich den Griff eines schweren, metallenen Türklopfers in der Hand hielt. Obwohl er in der Dunkelheit der Nacht und dem Schatten im Inneren der Turmruine immer noch fast nichts sehen konnte, waren seine Fingerspitzen inzwischen so feinfühlig, dass sie es ihm erlaubten, zumindest eine ungefähre Form zu ertasten. Der Klopfer war nicht einfach nur ein Ring. Es handelte sich anscheinend um eine Reliefdarstellung (vermutlich aus Bronze), die einen schlangenartigen Kopf mit irgendwie menschlichen Zügen darstellte. Hinter den vorgewölbten Giftzähnen im aufgerissenen Rachen des Wesens hing ein massiver Metallring. Unterhalb des Kopfes befand sich eine verdickte Platte von gleichem Metall, die von zahlreichen Schlägen mit dem Ring vielfach verbeult war. Siebenmal hob Frank den Ring im Maul des Fabelwesens und ließ ihn im vorgeschriebenen Rhythmus krachend gegen die Metallplatte fallen.

Der Ton des siebenten Klopfschlags war noch nicht verhallt, da öffnete sich eine Tür, die ihm zuvor wie ein Teil des Mauerwerks erschienen war, der nun ein kleines Stück weit zurückwich. Obwohl nur schwacher Lichtschein aus dem Raum dahinter drang, kniff Frank geblendet die Augenlider zusammen. Zunächst erkannte er nur einen dunklen Schatten in dem schmalen Türspalt, doch allmählich schälte sich daraus die Silhouette einer menschlichen Gestalt, die schließlich plastische Form annahm. Vor Frank stand ein stämmiger Mann mit schütterem Haar im Mönchsgewand und blickte ihm überrascht in die Augen. Offenbar hatte er jemand anderen erwartet.

*Natürlich*, schoss es Frank durch den Kopf. *Siebenmal Klopfen ist ein Signal. Er musste damit rechnen, dass sein Mitbruder vor der Tür steht.*

„Guten Abend. Was kann ich für Sie tun?", knurrte der Mönch mit kaum verhohlenem Argwohn.

„Mein Name ist Frank Menden. Einer Ihrer Mitbrüder schickt mich. Er ist schwer verletzt, wollte mich aber auf keinen Fall einen Arzt rufen lassen. Er hat mir das hier gegeben ...“ Dabei hielt er seine rechte Hand hoch, mit dem Handrücken nach vorn, so dass sein Gegenüber den Ring deutlich sehen konnte. Er wollte weiter sprechen, wurde aber durch das Entsetzen unterbrochen, das kurz in den Zügen des Mönchs aufblitzte, dann allerdings schnell einem Ausdruck grimmiger Entschlossenheit wich. Der Mönch wandte sich halb um und rief über die Schulter zwei weitere Brüder herbei, dann wandte er sich wieder Frank Menden zu. Mit einer einladenden Handbewegung gab er den Weg durch die inzwischen weit geöffnete Tür frei und murmelte eine kurze Entschuldigung für sein zuerst unfreundliches Verhalten.

„Wo ist das passiert?", fragte er und gebot zugleich den beiden herbei geeilten Helfern, zu warten.

„Marktplatz, irgendwo auf halber Höhe, am Rand Richtung Einwohnermeldeamt", erwiderte Frank schnell. Ihm war klar, dass jetzt keine ausführlichen Erklärungen gefragt waren, sondern primär die unverzügliche Versorgung des Verletzten im Vordergrund stand. „Sie müssen sich beeilen. Er hatte eine stark blutende Verletzung im Bauchbereich."

Zunächst fand Frank gar keine Gelegenheit, Einzelheiten seiner Umgebung wahrzunehmen. Von den Ereignissen und der unwirklich scheinenden Situation war er noch viel zu überwältigt, um sich umzublicken. Oder um sich mehr als nur flüchtig darüber zu wundern, dass niemand ihm Vorwürfe machte, nicht trotz der Weigerung des offensichtlich verwirrten Verletzten einen Arzt gerufen zu haben. Oder dass auch hier niemand auf den nahe liegenden Gedanken kam, dieses Versäumnis nun schnellstmöglich nachzuholen. Stattdessen organisierte der ältere Mönch souverän mit wenigen knappen Anweisungen die Aufgaben der beiden herbei gerufenen Brüder, sich sofort auf den Weg zu begeben und für alles Notwendige Sorge zu tragen. Als Frank daran dachte, ihnen sein Handy anzubieten, um doch auch noch die zweifellos erforderliche medizinische Hilfe zu organisieren, fiel ihm wieder ein, dass dieses wohl noch vor Ort auf der Straße lag. Gerade überlegte er, ob es wohl unangemessen sei, darum zu bitten, nach Versorgung des Verletzten, wenn möglich, vielleicht auch noch nach seinem Telefon Ausschau zu halten, da waren die beiden auch schon über die Schwelle nach draußen verschwunden.

Nun warf Frank doch ein paar schnelle Blicke in den Raum um ihn herum. Wie eine verkehrte Welt war der ehemalige Innenraum des Hexenturms nur das vorgelagerte Tor zu einer Anlage im Inneren des Berges, die vom Eingang aus nicht zu überschauen war. Frank fühlte sich an die britische TV-Serie „Dr. Who" erinnert. In den Geschichten reiste ein Außerirdischer schon seit den 60er Jahren mit einem Gefährt durch Raum und Zeit, das von außen wie eine blaue englische Notruf- Telefonzelle aussah, dessen auffälligste

Eigenart aber darin bestand, dass es innen weitaus größer war, als man von außen erahnen konnte. Ähnlich skurril erschien Frank auch seine gegenwärtige Umgebung, obwohl er sich nicht in einem hypermodernen Raumzeitschiff befand, sondern in einem Rondell, das sich halbkreisförmig in den Berg hinein erweiterte. Von dort aus gruben sich mehrere enge Korridore weiter tief in den Fels, dessen Wände nicht verkleidet waren, wohl aber säuberlich geglättet. Die Decke war nicht höher als nötig, um auch einem hoch gewachsenen Menschen aufrechtes Stehen zu erlauben, bot aber damit genügend Kopffreiheit, dass man nicht intuitiv den Drang verspürte, angesichts der darüber liegenden Gesteinsmassen den Kopf zwischen die Schultern zu ziehen.

Frank hörte noch, wie sich schnelle Schritte knirschend über den Kiesweg entfernten, bis der Mann, der ihn empfangen hatte, die Tür verschloss und sich erneut ihm zuwandte.

„Verzeihen Sie bitte, dass ich Sie anfangs so schroff behandelt und nun auch noch einfach stehen gelassen habe", wiederholte er seine Entschuldigung. „Aber die Situation erforderte schnelles Handeln. Nun kommen Sie aber erst einmal herein."

„Schon gut – selbstverständlich", sagte Frank, während ihm der Mönch eine Hand auf die Schulter legte und ihn sanft einen der Korridore entlang schob, bis sie an einem kleinen Aufenthaltsraum ankamen. Dabei erkannte Frank, dass der Turm tatsächlich nur ein Eingang zu einer verzweigten, weitläufigen Klosteranlage war, wie ein Maulwurfsbau tief in den felsigen Grund des Berges gegraben. Er war überrascht, dass diese verborgene Klause unterhalb des eigentlichen Klosters offenbar schon seit Jahrzehnten bewohnt wurde und wahrscheinlich noch erheblich früher angelegt worden war, ohne jemals entdeckt worden zu sein. Andererseits wunderte er sich in dieser seltsamen Nacht eigentlich über gar nichts mehr.

Der Raum, den sie von dem Korridor mit seinen schmucklosen, steinernen Wänden aus betraten, war mit einer dunkel gebeizten Holzverkleidung getäfelt und wurde von mehreren Wandleuchtern erhellt, in deren Kerzenhaltern moderne LED-Lampen steckten. Auf dem Boden dämpften Teppiche seine Schritte und verhinderten, dass die Kälte des Berges aus dem Steinboden nach oben zog. Fast konnte man vergessen, dass man sich nicht in einem Zimmer in irgendeinem alten Gemäuer befand, sondern nach wie vor in einem in den Fels eines Berges getriebenen Raum. Auch von dem muffigen Geruch, den Frank in einer Höhle wie dieser erwartet hätte, war nichts zu spüren. Offenbar verfügte das geheime Kloster nicht nur über eine weitläufige Zimmerflucht, sondern auch über ein perfekt funktionierendes Belüftungssystem.

„Mein Name ist übrigens Bruder Bertram", stellte sich der Mönch vor, der im warmen Licht der gelblich abgetönten Lampen, pausbackig und ohne den argwöhnischen Unterton, mit dem er Frank an der Eingangstür begrüßt hatte, eigentlich recht freundlich wirkte. Er bot Frank einen Platz auf einem einfachen Holzstuhl an, der als einer von mehreren gleichartigen Stühlen in säuberlicher Ordnung um einen langen, ovalen, ebenfalls hölzernen Tisch aufgestellt war. Gehorsam nahm Frank darauf Platz, und Bertram setzte sich neben ihn.

„Kann ich Ihnen etwas zu trinken anbieten?", fragte Bertram freundlich. „Wasser, Wein, einen Klosterlikör?"

„Danke", erwiderte Frank. „Alkohol hatte ich heute schon mehr als genug. Aber einen Schluck Wasser könnte ich wirklich vertragen." Er hustete kurz, denn seine Kehle fühlte sich staubtrocken an. Bertram stand auf und verließ kurz den Raum, während Frank Menden sich erschöpft zurücklehnte und die Ereignisse der letzten Stunde vor seinem geistigen Auge Revue passieren ließ. Je mehr er darüber nachdachte, desto unwirklicher kam ihm das alles vor. Fast fühlte er sich wie in einem Gemälde von Salvador Dali und hoffte nur, dass sich das surrealistische Szenario nicht weiter in Richtung Hieronymus Bosch entwickeln würde.

Sein Gedankengang wurden unterbrochen, als Bertram mit einer Karaffe voll Wasser und drei Gläsern zurückkehrte. Der Anblick des fülligen Mönchs ließ ihn schmunzeln, wie der in seinem wiegenden Gang bemüht war, nichts zu verschütten. Fast wäre es ihm auch gelungen, hätte nicht beim Abstellen auf dem Tisch doch noch ein Spritzer Wasser den Ärmel seiner Kutte benetzt. Frank war nicht unglücklich über diese komische Einlage, denn das Bild, das sich in seinem Kopf weiter zusammenbraute, war unmittelbar zuvor doch auf dem Weg, mehr und mehr in Richtung der apokalyptischen Visionen eines Pieter Breughel abzugleiten, und Frank hatte wenig Lust, das Endergebnis dieser Entwicklung abzuwarten.

„Hoffentlich können Sie Ihren Mitbruder ...“

„Bruder Michael“, warf Bertram helfend ein.

„... Bruder Michael noch retten. Die Verletzung sah wirklich sehr bedrohlich aus. Ich kann absolut nicht verstehen, weshalb er ärztliche Hilfe abgelehnt hat und warum ihm dieser Ring so wichtig war.“

Frank starrte gedankenverloren auf seine Hand. Erst jetzt hatte er Gelegenheit, den Ring eingehender zu betrachten, der an seinem rechten Ringfinger steckte, als sei er ihm exakt angepasst worden. Es handelte sich um einen massiven Goldring, so breit, dass er fast das halbe Fingerglied umschloss, mit Gravuren in einer ihm unbekannten Schrift. *Vielleicht hebräisch*, dachte Frank und blies langsam die Luft aus, während er den Ring um seinen Finger drehte. Auf der Rückseite war wohl auch einmal etwas eingraviert gewesen, allerdings deutlich feiner und weniger tief. Vielleicht mochte es ein Datum gewesen sein, aber inzwischen war es, wohl vom ständigen Tragen, so stark abgeschliffen, dass sich, zumindest  in dem gedämpften Licht des Aufenthaltsraumes, keine Details mehr erkennen ließen.

„Ja, der Ring“, fuhr er seufzend fort. „Was wird eigentlich jetzt daraus? Soll ich ihn Ihnen geben?“

„Das dürfte leider nicht ganz so einfach sein“, erwiderte Bruder Bertram. „Aber Näheres wird Ihnen gleich unser Abt erklären. – Ah, da ist er ja schon!“ Er blickte an Frank Menden vorbei zur Tür und erhob sich ansatzweise von seinem Stuhl, ließ sich aber sofort wieder zurück sinken. Offenbar hatte der Abt ihm mit einer knappen Geste zu verstehen gegeben, dass er Platz behalten solle. Als Frank sich zu dem Ankömmling umwandte, ließ dieser sich gerade auf dem Stuhl an seiner anderen Seite nieder.

Der Abt war alt – sehr alt. Der kleine, hagere Mann, über dessen Gesicht sich so viele Falten zogen, dass die vielen parallel verlaufenden Furchen an einen frisch gerechten japanischen Steingarten erinnerten, hatte sicherlich die 80 schon deutlich hinter sich gelassen, wahrscheinlich auch die 90 schon überschritten, aber trotzdem war seine Präsenz geradezu körperlich spürbar. Aufrecht wie ein Profitänzer saß er neben Frank, ohne dabei angestrengt zu wirken, und schaffte es, gleichzeitig Würde und Autorität sowie auch Wärme und Güte auszustrahlen. Wache, graue Augen blickten Frank Menden unter faltigen Lidern und schneeweißen, struppigen Augenbrauen – den einzigen Haaren auf dem ansonsten kahlen Schädel – ernst ins Gesicht, und eine klare, kein bisschen brüchige Stimme begrüßte ihn noch einmal im Kloster.

„Herzlich willkommen, Herr Menden." Frank war überrascht, dass Bertram sich offenbar bei der knappen Begrüßung an der Tür seinen Namen gemerkt hatte und dieser an den Abt weitergegeben worden war, obwohl Bertram selbst mit dem Abt seit Franks Ankunft kein einziges Wort gewechselt hatte. „Ich bedaure es wirklich sehr, dass Sie unter solch unangenehmen Umständen zu uns gekommen sind. Aber nun sind Sie einmal hier und möchten gewiss erfahren, was es mit alledem auf sich hat." In der Tat hatte Frank einige Fragen parat, aber bevor er sie äußern konnte, fuhr der Abt bereits fort.

„Man nennt mich hier 'Pater Illuminatus', und ich stehe diesem Kloster vor. Nur um Missverständnisse zu vermeiden: nicht dem regulären Kloster, mit dem wir uns nur den Berg teilen, sondern einer kleinen, sehr speziellen Bruderschaft, die hier eher im Verborgenen wirkt, abgeschieden im Inneren des Berges, während das prominente Wehrkloster über uns alle Blicke auf sich zieht. Daher auch der, aus Ihrer Sicht zweifellos ungewöhnliche, Wunsch von Bruder Michael, dem Sie so hilfreich beigestanden haben, nicht mit einem Notarzt oder anderen Externen in Kontakt zu kommen. Vielen Dank übrigens für Ihre Hilfsbereitschaft. Sie können gar nicht ahnen, wie bedeutend es ist, dass Sie zur rechten Zeit am rechten Ort und auch beherzt genug zur Hilfeleistung waren. Doch vielleicht berichten Sie am besten zunächst einmal, was geschehen ist und was Michael Ihnen noch mitteilen konnte."

„Was genau passiert ist, kann ich auch nicht sagen", begann Frank. „Ihr Bruder Michael kam am Marktplatz aus einer dunklen Seitenstraße getorkelt, hat mir, bevor ich viel tun konnte, diesen Ring an den Finger gesteckt und mich hierher geschickt. Vorher hat er noch ein paar seltsame Fragen gestellt und dann gesagt, ich sei 'geeignet für die Übergabe' oder so ähnlich."

„Dem HERRN sei Dank!", seufzte der Abt, offensichtlich erleichtert. „Dann ist alles gut."

„Was wird denn aber jetzt aus diesem Bruder Michael?", fragte Frank weiter. „Wenn ich Sie eben richtig verstanden habe, werden Ihre Leute ihn wohl nicht in ein Krankenhaus bringen. Haben Sie denn eigene Ärzte und medizinische Einrichtungen hier im Kloster?"

„Nun, Bruder Michael ist höchst wahrscheinlich tot."

Der Abt war sofort wieder ernst, aber anscheinend wenig schockiert – ganz anders als Frank. „Wäre er nicht davon ausgegangen, dass er nicht lebend zum Kloster würde zurückkehren können, dann hätte er sich niemals von dem Ring getrennt. Aber da er es getan hat, spielt alles Übrige ohnehin nur noch eine untergeordnete Rolle. Der *Übergang* ist eingeleitet und muss nun vollendet werden."

Ungeduld und Zorn wechselten sich in Frank Menden ab. Allmählich war er dieser seltsamen Andeutungen überdrüssig. Statt die Dinge aufzuklären, hatte das Gespräch mit dem Abt bisher nur neue Fragen aufgeworfen. Frank wollte endlich den Ring loswerden, nach Hause gehen, einen Rausch ausschlafen, der sich eigentlich dank mehrerer Adrenalinschübe schon weitgehend verflüchtigt hatte, und ansonsten mit der ganzen Sache nichts mehr zu tun haben. Wenn Bruder Michael allerdings wirklich nicht mehr am Leben sein sollte, würde sich ein Kontakt zu den Behörden wohl kaum vermeiden lassen, und er würde sicherlich als Zeuge befragt werden. Aber selbst das war ihm mittlerweile ziemlich egal.

„Ohne unhöflich erscheinen zu wollen," ließ er sich daher vernehmen, „aber könnten Sie bitte mit diesem wirren Gerede aufhören und auf den Punkt kommen? – Wie geht es jetzt weiter, was ist mit diesem 'Übergang' gemeint, und wem kann ich nun den Ring übergeben?"

„Verzeihen Sie meinen Irrtum", sagte darauf der Abt. „Offenbar hatte Michael doch keine Gelegenheit mehr, Sie vollständig zu instruieren. Die 'wirren Fragen', die Sie erwähnt haben, hatten mich zu der Annahme verleitet, er hätte Ihnen zumindest ein paar wesentliche Punkte erklärt. Es muss aber wohl noch schlimmer um ihn gestanden haben als befürchtet. Ich werde Ihre Fragen gleich beantworten. Aber eins nach dem anderen. Und wenn Sie den Ring tatsächlich so bald wie möglich loswerden wollen, dann sollten Sie mir jetzt genau zuhören und sich exakt an die Anweisungen halten. Sonst werden Sie ihn nämlich nicht vom Finger bekommen."

Nun hatte Frank endgültig genug. Sofort wollte er den Abt Lügen strafen. Er würde jetzt den Ring abziehen, ihn auf den Tisch werfen und sich dann einfach auf den Heimweg begeben. Sollte ihn doch jemand aufzuhalten versuchen! Zu seiner Überraschung wollte es ihm aber nicht gelingen, sich des Rings zu entledigen. Seit der sterbende Mönch ihn ihm mühelos über den Finger gestreift hatte, schienen seine Gelenke wohl derart angeschwollen zu sein, dass es vollkommen unmöglich war, den Ring abzuziehen. Diese Schwellung musste nun zuerst einmal zurückgehen. Was immer der Abt ihm zu sagen hatte, er würde es sich also wohl oder übel anhören müssen. Halb aufgestanden, ließ Frank sich resignierend wieder auf den Stuhl fallen. „Na, dann legen Sie mal los", seufzte er matt.

„Also gut", begann Pater Illuminatus. „Nachdem ich nun Ihre ungeteilte Aufmerksamkeit genieße, seien Sie meines aufrichtigen Bedauerns darüber versichert, dass Sie in diese Lage geraten sind. Aber um ihre Beteiligung an dieser Sache so schnell wie möglich zu beenden, müssen Sie nur das Ritual vollziehen. Dann können Sie morgen alles hinter sich lassen, als sei es nie passiert. Doch lassen Sie mich zuerst in aller Kürze erklären, worum es hier eigentlich geht: Sagt Ihnen der Name 'Lilith' etwas?"

„*Lilith* – hm. Ein wenig gebräuchlicher Vorname. Ich kannte mal eine Frau, die so hieß, aber Sie spielen vermutlich auf den Mythos der ersten Frau Adams an. Passte nach jüdisch-christlicher Überlieferung mit Eigenständigkeit und Selbstbewusstsein nicht in die patriarchalisch dominierte Welt. Weil sie sich Adam nicht unterordnen wollte, wurde sie von Gott verstoßen und durch die stromlinienförmigere Eva ersetzt. Naja, viel Glück hat die Adam ja dann auch nicht gebracht. In der Bibel wird Lilith totgeschwiegen, geistert dafür aber als Urmutter aller Vampire und verschiedener weiterer Dämonen durch zahllose moderne Horror- und Mystery-Geschichten und wird auf der anderen Seite gerne von Feministinnen für die Emanzipationsbewegung vereinnahmt."

„Ja, um eben diese Lilith geht es", bestätigte der Abt. „Und Sie liegen mit Ihrer Darstellung auch gar nicht so falsch. Im Detail gäbe es da zwar noch die eine oder andere kleine Korrektur anzubringen, aber im Wesentlichen treffen Sie den Kern. Das Entscheidende ist allerdings, dass es sich keineswegs um einen Mythos handelt. Lilith ist sehr real. Und Sie ..." – er machte eine bedeutungsvolle Pause, um sich Franks voller Aufmerksamkeit zu versichern – „... sind ihr neuer Bräutigam."

# 4.  Die Herren des Rings

Frank erstarrte mit dem Wasserglas in der Hand, das er gerade hatte ansetzen wollen, um einen Schluck zu trinken. Spätestens jetzt fühlte er sich stocknüchtern. Einige Sekunden verharrte er unbeweglich, dann lehnte er sich ruckartig zurück und begann schallend zu lachen.

„Ihr hattet mich – ihr hattet mich wirklich! Eigentlich hätte ich es viel früher merken sollen, aber ihr wart echt überzeugend. Ein reichlich geschmackloser Streich, aber überzeugend. Bis jetzt. Das mit der Dämonenbraut geht dann allerdings doch zu weit. Ihr könnt die versteckte Kamera hervorholen und mir zu meiner Rolle in 'Verstehen Sie Spaß' gratulieren."

Die Mönche verzogen keine Miene, während Frank sich vor Lachen ausschütten wollte.

„Sie irren, Herr Menden, wenn Sie annehmen, dass wir scherzen würden", sagte der Abt ruhig. „Ich kann verstehen, dass es Ihnen schwerfällt, zu akzeptieren, was ich Ihnen klar zu machen versuche, aber Sie sollten sich möglichst bald wieder beruhigen und Ihre Lage ernst nehmen, denn sonst werden wir alle bald ein immenses Problem haben. Michael hatte zweifellos gute Gründe, Sie auszuwählen – oder vielleicht hatte er auch keine Wahl. Tatsache ist aber nun einmal, dass die Äonen  alte Dämonin Lilith nicht nur existiert, sondern sich in diesem Kloster befindet, und wenn sie innerhalb der nächsten 24 Stunden nicht an einen neuen Gemahl gebunden wird, dann ist sie frei. Niemand kann absehen, was sie mit dieser Freiheit anfangen wird, aber ich würde es nicht darauf ankommen lassen wollen. Und da Sie den Ring tragen, kann niemand sonst die Aufgabe übernehmen, sie erneut zu bannen. In Ihren Händen ruht das Schicksal der Welt, ob Sie es wahr haben wollen oder nicht."

Langsam beruhigte sich Frank. „Kein Scherz?", fragte er ungläubig. „Wirklich nicht?"

Ein Blick in ernste, Kopf schüttelnde Gesichter genügte als Antwort.

„Scheiße, in welches Irrenhaus bin ich hier geraten?! – Ihr glaubt diesen Mist wirklich, oder?! Aber nehmen wir für den Augenblick mal an, das wäre alles tatsächlich so. Was würde dann genau von mir erwartet?"

„Gut, nun sind wir wieder auf einem konstruktiven Weg angekommen." Unbeirrt setzte der Abt seine Ausführungen fort. „Wie gesagt, ich habe größtes Verständnis für Ihre Skepsis. Aber lassen Sie uns einfach davon ausgehen, dass wir Recht haben. Ich bin sicher, dass wir Sie im Laufe des Abends werden überzeugen können, und bis dahin haben Sie schließlich nichts zu verlieren."

Frank entspannte sich wieder ein wenig. Wahrscheinlich war es tatsächlich das Beste, sich für den Moment zu fügen und auch eine noch so unglaubwürdige Geschichte anzuhören. Umso schneller würde alles hoffentlich vorbei sein. Außerdem war bei seinem fast schon hysterischen Heiterkeitsausbruch wohl eher der Wunsch der Vater des Gedankens gewesen. Die Fernsehteams mit der versteckten Kamera waren zwar dafür bekannt, für einen gelungenen Scherz keine Kosten und Mühen zu scheuen. Einmal hatten sie tatsächlich per

Lastenhubschrauber ein Kiosk auf einen Alpengipfel transportiert. Aber eine Anlage wie diese innerhalb weniger Tage in einen Berg zu graben, noch dazu unbemerkt von der Öffentlichkeit, lag wohl doch jenseits der Möglichkeiten selbst einer modernen Fernsehanstalt.

„Das Wichtigste vorab", begann der Abt und kündigte so implizit eine längere Ansprache an. „Lilith erscheint in menschlicher Gestalt, aber tatsächlich ist sie ein wahrhaftiger Dämon. Einer der ältesten, mächtigsten und schrecklichsten, die je auf Erden wandelten. Doch mithilfe eines heiligen Artefaktes kann sie im Zaum gehalten werden: durch den Ring, den Sie jetzt tragen."

Frank warf einen verstohlenen Blick auf seine Hand und spreizte die Finger, als hoffe er, dabei etwas von der Magie zu erhaschen, die dem Ring angeblich innewohnte. Als nichts Besonderes geschah, kehrte seine Aufmerksamkeit zu den Worten des alten Paters zurück. „Dabei gilt es allerdings einige Regeln zu beachten", fuhr dieser fort.

„Zum Beispiel ist ein festgelegtes Ritual erforderlich, wenn der Ring weitergegeben wird, um die Kette der Dominanz nicht zu unterbrechen. Bevor wir aber zu dem Teil kommen, der Sie direkt betrifft, erscheint es mir angebracht, Ihnen zunächst in wesentlichen Zügen die Vorgeschichte nahe zu bringen. Vielleicht werden Sie dann eher geneigt sein, Ihr Schicksal und Ihre Aufgabe anzunehmen."

Frank nickte ergeben.

„Lassen Sie uns also ganz vorne beginnen", sagte der Abt feierlich und erhob dann die Stimme wie beim Rezitieren eines Glaubenstextes von der Kanzel.

„Auch ein Gott kann einsam sein. Und so gefiel es dem HERRN, nach dem eigenen Vorbild Gefährten zu erschaffen, die Licht ins Dunkel seiner zeitlosen Einsamkeit bringen sollten. Auf diese Weise entstanden die Engel, allen voran Lucifer, der Lichtbringer.

So sehr ähnelten sie dem HERRN, dass er sich schon bald wieder allein fühlte. Denn in einem glichen sie ihm nicht: dem Wunsch nach Veränderung, nach Wachstum, nach Erneuerung.

Also beschloss der HERR, eine neue Art von Gefährten zu

schaffen: Wesen mit der Fähigkeit und dem Willen, zu lernen und zu wachsen. Aber Lucifer gefiel das nicht. Er hatte eigene Pläne und beschloss, selbst an die Stelle des HERRN zu treten. Einige weitere Engel schlossen sich ihm an, und so kam es zum ersten Krieg im Himmel. Lucifer und seine Schergen unterlagen und wurden verbannt. Sie haben es jedoch nie aufgegeben, ihre eigene Vorstellung davon durchsetzen zu wollen, in welche Richtung sich die Schöpfung entwickeln solle.

Der HERR aber setzte seine Absicht in die Tat um und erschuf den Menschen, den Engeln zunächst gleich an Kräften, aber darüber hinaus mit der Triebkraft der Neugier ausgestattet. Als Mann und Frau schuf er ihn, auf dass er nicht nur sich selbst fortentwickeln möge, sondern die eigenen Fortschritte an immer neue Generationen weitergeben, ebenso diese und alle folgenden, dabei unablässig an Erkenntnissen wachsend.

Doch während der erste Mann, Adam, dem Willen des HERRN folgen wollte, regte sich in der ersten Frau, Lilith, der Widerstand. Sie gab sich nicht damit zufrieden, zu Diensten zu sein, sondern wollte von Anfang an über sich selbst bestimmen. Und schon gar nicht war sie, die Ebenbürtige, bereit, sich dem Adam unterzuordnen, dem sie Kinder gebären sollte, denn im Wandel der Generationen sollte der Mensch sich durch stete Erneuerung vermehren. So lehnte Lilith sich auf und wurde ebenfalls verbannt, wie schon zuvor Lucifer mit seinen Anhängern. Im Gegensatz zu jenem aber, der in der Hölle mit seinen Getreuen ein eigenes Königreich erbaute, wählte sie die Einsamkeit, mit Groll im Herzen auf das Menschengeschlecht und von dem Vorsatz beseelt, ihre Engelskräfte zum eigenen Fortkommen einzusetzen.

Das Beispiel Liliths bewies dem HERRN, dass die ersten Menschen den Engeln an Wissen und Macht noch immer zu ähnlich waren und dass es der Entwicklung zu eigenen, neuen Erkenntnissen zuträglicher sei, wenn sie in Unwissenheit beginne. So nahm er Adam die himmlischen Kräfte und erschuf ihm ein zweites Weib, Eva – nicht nach dem Vorbild der Engel, sondern nach dem des (neuen) Adam, auf dass das Menschengeschlecht sich aus dem Nichts heraus frei entfalten möge.

Deren Streben nach Verstehen war jedoch so stark, dass sie den schnellen Weg wählten, angestachelt von einem weiteren abtrünnigen Erzengel, Sammael, dem einstmals Reinen, doch Schlangenschlauen. Durch den verbotenen Genuss der Frucht vom Baum der Erkenntnis lernten sie, Gut und Böse zu unterscheiden. Doch Weiteres sollte nicht so einfach gewährt werden. So wurden sie aus dem Paradies vertrieben, in eine Welt, in der sie selbst ihren Weg bestimmen und dabei in mühsamen, aber freien Schritten zur Erkenntnis finden sollten. Um die Selbstsucht zu unterbinden, die mit der Aussicht auf ewiges Leben einher geht, nahm der HERR ihnen schließlich auch die Unsterblichkeit des Leibes, wenngleich nicht die der Seele. Zum Zwecke unbeschränkter Vielfalt sollte für die Seelen der Menschen mit jeder Geburt der Lernprozess von Neuem beginnen.

Als nun aber die Menschen das Paradies verließen, um in Unwissenheit aufzuwachsen, erinnerte sich Lilith ihres Grolls gegen den Adam und sein Geschlecht. Fortan wütete sie als Dämon unter den Menschen. Schreckliches hat sie getan, und unter vielen Namen kannte man sie in allen alten Kulturen. Das erste schriftliche Zeugnis der Menschheitsgeschichte, das auf Tontafeln in Keilschrift die Geschichte des Königs Gilgamesch von Uruk im Mesopotamien des dritten Jahrtausends vor Christi Geburt erzählt, umschreibt sie als *Windsbraut* und Gespenst der Nacht. (Als 'Nachtgespenst' findet sie in Jesaja 34,14 übrigens doch eine kurze Erwähnung in der Bibel – wenn auch nicht in der Schöpfungsgeschichte.)

In seiner grenzenlosen Güte selbst den Gefallenen gegenüber ließ der HERR sie weitere tausend Jahre gewähren, aber alles änderte sich, als der Pharao Amenophis sich anschickte, das ägyptische Volk von den zahllosen Naturgottheiten zu befreien, deren Anbetung sie sich verschrieben hatten, und diese durch den Glauben an einen einzigen Gott zu ersetzen. Voller Zorn, als sie sah, wie sich der Plan des HERRN zu erfüllen schien, nahm Lilith menschliche Gestalt an und verführte den Pharao, sie zur Frau zu nehmen. So verfiel er der Nofretete, die in Wahrheit Lilith war und nur danach trachtete, die Einführung des Glaubens an den Einen Gott *Aton* zu hintertreiben.

Nun endlich entschied der HERR, ihrem Treiben Einhalt zu gebieten, und gab dem Pharao, der inzwischen den Namen Echnaton angenommen hatte, zwei Ringe, die seine Vermählung besiegeln und Lilith schließlich doch zur Unterwerfung zwingen sollten. Den einen Ring trug Echnaton selbst, den anderen steckte er der nichts ahnenden Nofretete an den Finger. Zu spät erkannte sie, dass sie mit dem Ring, den sie trug und nicht wieder ablegen konnte, auf ewig an den zweiten Ring und den Mann, der ihn trug, gebunden war. Im Bann des Rings ist sie dazu verdammt, ihrem Gemahl in allem zu Willen zu sein, was er ihr befiehlt oder untersagt – außer es widerspräche dem göttlichen Plan. Darüber hinaus ist sie unfähig, irgend etwas aus eigenem Antrieb zu unternehmen, das ihm – direkt oder indirekt – zum Schaden gereicht. Und noch eine weitere Eigenschaft hatte der Ring: Er knüpfte Bedingungen an seine Weitergabe.

Nur wenn der rechtmäßige Träger den Ring freiwillig an seinen Nachfolger übergibt und dieser innerhalb eines Tages mit Lilith die Ehe vollzieht, wird der Bann aufrechterhalten. Andernfalls entschwindet der Ring und erscheint zu anderer Zeit an einem anderen Ort erneut. Ein Mann, der bestimmte Rituale kennt und vollzieht, kann ihn finden und anlegen. Dann kann er sich mit Lilith vereinen, und sie ist nach Vollzug der Ehe wieder an ihn gebunden. Bis dahin aber ist sie frei.

Das Geheimnis des Rings ließ Echnaton aufschreiben und den Schreiber töten. Dann nutzte er Liliths Macht zu dem Zweck, dem sie hatte entgegen wirken wollen. Er etablierte den Glauben an den Einzigen Gott des Lichtes, Aton. Und da er Lilith zu seinem Schutz verpflichtete, konnte niemand ihn zunächst aufhalten. Doch bald verfiel er dem Größenwahn. Im Glauben, Liliths Hilfe nicht mehr zu bedürfen, wollte er aus eigener Kraft seinen Weg fortsetzen. Dabei unterschätze er den Widerstand und Hass der Priesterschaft, die er Ihres Einflusses auf das Volk beraubt hatte, und fiel, ohne den Schutz der Dämonin, auf den er überheblich verzichtet hatte, einem Attentat zum Opfer. So überraschend kam sein Tod, dass er den Ring nicht an seinen Sohn, Tut-Ench-Amun, übergeben konnte. Zwar hatte

Echnaton auch für diesen eine Abschrift des geheimen Textes anfertigen lassen, diese aber so gut verborgen, dass niemand sie nach seinem überraschenden Tod finden konnte (zumal niemand mehr lebte, der von ihr gewusst hätte). So wurde Lilith befreit und wütete entsetzlich im Zorn über die Demütigung, die ihr zuteil geworden war. Nofretete verschwand im Dunkel der Geschichte, aber Lilith half den entfesselten Priestern, beinahe jede Erinnerung an Echnaton auszulöschen. Um sicher zu gehen, dass Tut-Ench-Amun nicht doch noch das Vermächtnis seines Vaters würde antreten können, sorgte sie anschließend auch für seinen Tod in jungen Jahren.

Trotz all ihrer Mühen war es jedoch nicht vollständig gelungen, den Glauben an den Einen Gott auszumerzen. In den Herzen einiger weniger verbliebener Aton-Anhänger blieb er lebendig. Die Saat keimte im Verborgenen und wurde erst offenbar, als Moses mit den Israeliten aus Ägypten auszog.“

„Dann wäre also Echnaton der eigentliche Begründer des jüdisch-christlich-islamischen Monotheismus'.“ Frank Menden ließ hörbar die Luft aus seinen Lungen entweichen.

„In der Tat“, bestätigte der Abt. „Und zahlreiche Historiker teilen diese Auffassung, wenngleich es den meisten Vertretern der verschiedenen Glaubensrichtungen missfällt, einen ägyptischen Pharao als Religionsstifter anzuerkennen. Unglaublich, aber so steht es geschrieben. Und wir wissen es aus erster Hand.“

„Nun gut“, sagte Frank nachdenklich, während sich vor seinem geistigen Auge ein Bild der weltbekannten Büste der altägyptischen Königin Nofretete formte. „Aber was ist weiter mit Lilith passiert, und wie kam sie schließlich hierher – wie Sie behaupten?“

„Gemach“, gebot Pater Illuminatus ruhig. „Zunächst verlor sich ihre Spur. Aber sie tauchte wieder auf. Mehr als tausend Jahre nach ihrem ersten historischen Auftritt zeichneten sich erneut Ereignisse ab, welche die Geschichte der Menschheit in Bezug auf den großen Plan nachhaltig beeinflussen konnten.

Und wieder schickte Lilith sich an, selbst Einfluss zu nehmen. Als Kleopatra VII. machte sie sich erneut zur Königin von Ägypten und brachte den mächtigsten Mann jener Zeit unter ihren Bann: Gaius

Julius Caesar. Wie geplant verfiel er ihrer Schönheit und erlag ihren Verführungskünsten. Aber gänzlich unerwartet gelangte er in den Besitz der Papyrusrolle, auf der Echnaton hatte festhalten lassen, was es mit dem Ring auf sich hatte, der jetzt an Kleopatras Finger prangte. Und was man zu tun hatte, um sich in den Besitz von dessen Gegenstück zu bringen.

Caesar wäre nicht Caesar gewesen (oder vielleicht auch nicht geworden), hätte er die Gelegenheit nicht erkannt und mit beiden Händen beim Schopfe ergriffen. Nachdem er den Inhalt des Dokumentes vollständig erfasst hatte, nahm er es an sich und verbarg es gut gesichert in Rom. Dann nutzte er Liliths Fähigkeiten zum eigenen Vorteil und erreichte selbst den Gipfel der Macht. Allerdings fiel auch er der Überheblichkeit anheim und schlug alle Warnungen vor einem Staatsstreich in den Wind. So wurden ihm die Iden des März zum Verhängnis und Caesar starb im römischen Senat.

Hätte er den Ring dort getragen, dann hätte er Lilith zu seiner Rettung herbei rufen können, und die Weltgeschichte hätte einen anderen Verlauf genommen. Doch er hielt sich nur selten in Ägypten auf, wollte Lilith aber unter ständiger Kontrolle wissen. Und da er sich der absoluten Loyalität einiger Untergebener und Vertrauter gewiss sein konnte, übergab er den Ring jeweils an einen davon, sobald er Ägypten verließ, um ihn nach seiner Rückkehr wieder zu übernehmen.

Natürlich ließ er die Zwischenträger stets nur das Allernötigste wissen. So konnte auch Marc Anton als sein loyaler Nachfolger zwar den Ring übernehmen, ahnte aber nicht einmal, welche Macht ihm dieser hätte verleihen können.

Zumindest hielt der Ring an Marc Antons Hand Lilith auch nach Caesars Tod im Zaum, so dass schließlich das ägyptische Reich in Trümmern lag. Als Marc Anton starb, war Lilith frei, konnte aber als Kleopatra nichts mehr tun, was ihren Zielen gedient hätte. So wählte sie den Freitod, um in einer anderen Inkarnation ihr Werk fortsetzen zu können, denn die freie Bestimmung über Leben und Tod sowie die äußere Form ihrer menschlichen Hülle zählten zu den Fähigkeiten, welche sie nach dem Vorbild der Engel einst erhalten und – anders als Adam – niemals verloren hatte."

„Wow!"

Frank unterbrach die Erzählung des Abtes mit einem gleichermaßen ungläubigen wie beeindruckten Ausruf.

„Die beiden berühmtesten ägyptischen Königinnen (und zwei der schönsten Frauen) der Menschheitsgeschichte. Sie tragen ja schon ziemlich dick auf. Das macht Ihre Geschichte nicht unbedingt glaubwürdiger."

„Es tut mir leid, sollte ich erneut Ihre Zweifel geweckt haben", erwiderte der Abt ungerührt, „aber ich habe die Geschichte nicht erfunden, sondern fasse sie nur zusammen. Liliths größte Kunst ist immer die der Verführung gewesen, und auch wenn es unglaubwürdig klingen mag – so und nicht anders hat es sich zugetragen. Wenn Sie weiter zuhören, werden Sie schließlich erkennen, wie sich ein Puzzlestein nach dem anderen zu einem vollständigen Bild zusammenfügt, das am Ende einige Rätsel der Geschichte zu erklären vermag. Und – vertrauen Sie mir – sobald Sie Lilith persönlich begegnen, werden Sie alles glauben."

„Na schön", seufzte Frank, immer noch skeptisch. „Jetzt sind wir schon so weit gekommen. Erzählen Sie also ruhig weiter."

„Wie Sie wünschen", sagte der Abt und fuhr fort: „Ihren nächsten Schritt zur Störung des göttlichen Werkes tat Lilith in Gestalt der Herodias, Gattin des jüdischen Königs Herodes Antipas, den sie zum Ehebruch an seiner ersten Frau verführte, die er verstieß, nachdem er Herodias (das heißt Lilith) ganz verfallen war. In Gestalt ihrer eigenen Tochter Salome machte sie den zögernden Gemahl mit dem berühmten Schleiertanz vollständig hörig, so dass er ihr schließlich nachgab, als sie von ihm die Enthauptung von Johannes dem Täufer forderte, den er nach dessen Kritik an seinem Ehebruch gefangen gesetzt hatte. Allerdings hatte sie sich damit die falsche Zielperson ausgesucht. Dennoch vermeinte sie sich auf einem erfolgreichen Weg, denn die Spannungen zwischen Römern und Juden arbeiteten ihren Zielen zu, und auch der Kreuzestod Christi schien jeden Gedanken an eine jüdische Revolte gegen die römischen Besatzer im Keim zu ersticken. Dass gerade dadurch der Plan des HERRN erfüllt werden sollte, konnte sie nicht ahnen.

So entging ihr erneut das Wachsen einer Gemeinde im Verborgenen, die sich bald auch nach Rom ausbreitete.

Caesars Nachfolgern waren die Christen suspekt, daher wurden sie bald Opfer von Verfolgung und zogen sich in den römischen Untergrund zurück. Irgendwie gelangten sie aber an die von Caesar verborgene Schrift, die das Geheimnis der Lilith offenbarte. Wegen ihrer Wurzeln in Palästina war es nur eine Frage der Zeit, bis sich unter den Urchristen jemand fand, der die Hieroglyphen entziffern konnte. So bildete sich eine kleine Gruppe, die es sich zur Aufgabe machte, das Wirken der Lilith, wann und wo immer es auftreten möge, zu erkennen und dann mithilfe des Rings den Dämon auf ewig zu bannen."

„Ah!", rief Frank. „Die Geburt Ihres Ordens – beinahe so alt wie das Christentum selbst. Jetzt wird es spannend. Dann haben also Ihre Ur-ur-ur-vorgänger sich den Ring beschafft und Lilith in Gewahrsam genommen."

„Nicht sofort", verbesserte der Abt. „In den Wirren nach Tod und Auferstehung des Messias' verschwand der Ring, und aktuell gab es zuerst keinen unmittelbaren Anlass, danach zu suchen. Nur in Liliths Gegenwart kann er durch den Akt des Ehevollzugs aktiviert werden, und niemand wusste, ob oder wo sie zu der Zeit auf Erden wandelte. So war sie zwar auch keine unmittelbare Bedrohung, aber die urchristliche Gemeinde erkannte die Bedeutung, welche die Schrift trotzdem hatte, und bereitete sich geduldig auf den Tag vor, an dem sie ihrer Bestimmung folgen konnte. Wieder vergingen mehr als tausend Jahre, in denen der geheime Orden ununterbrochen auf der Lauer lag. Zeit genug, um zu einer weltumspannenden Organisation heranzuwachsen, in der die verschiedensten religiösen Gemeinschaften, christliche und andere, ihre Beiträge leisten konnten. Kriegermönche zahlloser Länder und Zeitalter haben geholfen, den Orden zu einer machtvollen Waffe gegen das Böse zu schmieden, von den chinesischen Shaolin über japanische Yamabushi bis hin zu den christlichen Tempelrittern. Selbst aus den Reihen der Assassinen erhielten wir Verstärkung. Wir waren überall, und wir waren bereit.

Als dann Lilith gegen Ende des 15. Jahrhunderts in Gestalt der Lucrezia Borgia das Papsttum zu untergraben trachtete, kam unsere große Stunde. Der Dämon hielt sich in Rom auf, und tatsächlich gelang es, den Herrenring zu beschwören und sie damit zu bannen. Ihr Gemahl führte sie nach Ferrara, fort vom römischen Machtzentrum, und baute dort, unterstützt von dem gesamten Orden, ohne Aufsehen zu erregen, ein Kloster, in das er mit ihr nach einem fingierten Tod übersiedelte."

„Hey", unterbrach Frank wieder. „Das erklärt tatsächlich einiges. Kürzlich habe ich einen Artikel gelesen, in dem versucht wurde, Lucrezia Borgia zu rehabilitieren. In Ferrara soll sie, ganz entgegen ihrem Image als skrupellose Giftmischerin, eine beliebte Landesmutter gewesen sein. Wenn sie da bereits unter dem Einfluss Ihrer Ordensbrüder gestanden hat, würde das den plötzlichen Sinneswandel erklären, und man müsste die vorangegangenen Schandtaten nicht als üble Nachrede früherer Geschichtsschreiber abtun."

„Sehen Sie", bemerkte der Abt zufrieden. „Ich sagte doch, es passt alles zusammen."

Dann setzte er seinen Bericht fort: „Vom vorgetäuschten Ableben der Lucrezia Borgia an wurde der Ring stets von Mönch zu Mönch weiter- gegeben. Nach der Bestätigung der Vermählung lebten Liliths Gatten im Zölibat und wachten darüber, dass sie keine Gelegenheit erhielt, sich dem Bann zu entziehen und jeglichen Schaden anzurichten. Währenddessen wurde der jeweilige Nachfolger angelernt, damit die Übergabe jederzeit erfolgen konnte.

So wurde Lilith über eine lückenlose Kette im Bann gehalten, und nachdem die Mönche anfangs jeden Kontakt auf ein Minimum beschränkt hatten, wandelte sich das Ziel ihrer Haft von reiner Sicherheitsverwahrung zum Versuch der Rehabilitation. Statt sie nur von der Welt fern zu halten, bemühte man sich seither, sie zu Nächstenliebe und Mitgefühl zu bekehren."

Der Abt wurde unterbrochen, als ein Bruder eilig hereinkam, sich zu ihm herunterbeugte und ihm etwas ins Ohr flüsterte. Dann steckte er ihm noch hinter vorgehaltener Hand einen Gegenstand zu, den

Pater Illuminatus sofort in den Weiten seiner Kutte verschwinden ließ. Dabei nickte er gedankenverloren und vertiefte kurz die Falten auf seiner Stirn. Gleich darauf strafften sich seine Züge wieder, und er raunte dem Mönch einige kurze Anweisungen zu, worauf dieser wortlos den Raum verließ.

„Und …?", wollte Frank nun wissen, „waren die Bekehrungsversuche erfolgreich?"

„Leider ist das nicht so einfach festzustellen", seufzte der Abt. „Wir begegnen ihr mit Respekt und Freundlichkeit und bieten ihr alle Möglichkeiten zu lernen – über alte und neue Medien und im geistlichen Gespräch – und sie scheint gute Fortschritte zu machen. Aber Lilith war immer schon eine Meisterin der Täuschung, und wir können nicht riskieren, es darauf ankommen zu lassen. Außerdem", fuhr er fort, „ist die Erzählung noch nicht zu Ende. Nach Jahrhunderten ohne Zwischenfälle wurde alles Erreichte bedroht, als der britische Archäologe Howard Carter 1922 im Tal der Könige das Grab des Tut-Ench-Amun aushob und ihm dabei die Kopie von Echnatons Niederschrift über Lilith und den Ring in die Hände fiel, die der Pharao für seinen Sohn und Nachfolger hatte erstellen lassen (wenngleich dieser sie zu Lebzeiten niemals zu Gesicht bekommen hatte). Das Dokument wurde entwendet, bevor Carter seine Bedeutung erkennen konnte, und sämtliche Teilnehmer der Expedition ereilte bald ein überraschender Tod. Wer immer die Schrift an sich gebracht hatte, wusste sie offenbar zu deuten, denn kurz danach erfolgte ein Angriff auf das Kloster, bei dem der Ringträger getötet und die Weitergabe des Rings verhindert wurde. Zwar gelang es auch dem Angreifer nicht, den Ring an sich bringen (denn gewaltsam kann dieser dem legitimen Träger nicht entrissen werden). Aber Lilith war wieder frei.

Voller Zorn über die Jahrhunderte währende Einkerkerung brach sie über die Menschheit herein, und der Zweite Weltkrieg gab ihr reichlich Gelegenheit zu den schlimmsten Gräueltaten.

Doch der Orden war nicht vollständig zerschlagen, und Lilith machte sich in ihrem Zorn keine Mühe, ihren Aufenthaltsort zu verbergen. So gelang es schließlich, sie ein weiteres Mal zu bannen, und mit wechselndem Aufenthalt in deutschen Klöstern zu verstecken, bis schließlich hier ein geeigneter Ort gefunden wurde, um unbemerkt (unter dem Einsatz von Liliths eigenen Fähigkeiten) dieses geheime Kloster und Gefängnis in den Berg zu graben. Nun scheint jedoch Bruder Michaels Tod darauf hinzuweisen, dass wir inzwischen auch hier nicht mehr sicher sind. Der geheimnisvolle Feind hat uns wohl entdeckt."

## 5. Dämonenbraut

Als der Abt geendet hatte, lehnte sich Frank Menden zurück. Ohne es zu bemerken, hatte er seinen Oberkörper angespannt immer weiter nach vorn geschoben.

„Oh-kayyyy", meinte er langgezogen und atmete tief durch. „Und wie soll es jetzt weitergehen? Sie erwarten aber doch nicht von mir, dass ich Ihrem Orden beitrete und von nun an hier im Kloster lebe – will sagen: im Berg?" Er schüttelte den Kopf. „Geht nicht. Morgen ist Sonntag, aber am Montag muss ich wieder zur Arbeit. Wir haben einen dicken Auftrag zu erwarten, und ich trage da schon auch eine gewisse Verantwortung. Außerdem habe ich nicht die Absicht, von heute auf morgen mein Leben komplett umzukrempeln."

„Keine Sorge", beschwichtigte ihn der Abt. „Sie müssen nicht dem Orden beitreten, und Sie können sogar übermorgen pünktlich zur Arbeit erscheinen. Bruder Matthias ..." (Er wies auf einen jungen Mönch, der sich inzwischen zu ihnen gesellt hatte.) „... ist der designierte Nachfolger von Bruder Michael. Auch wenn wir nicht erwartet hatten, ihn so früh in die Pflicht nehmen zu müssen – er ist vorbereitet, die Verantwortung für Lilith auf sich zu nehmen."

Matthias nickte kurz, und der Abt wandte sich wieder Frank Menden zu.

„Aber Sie tragen nun einmal *jetzt* den Ring und können ihn erst weitergeben, wenn die Ehe bestätigt wurde und der erste Tag nach der Übergabe vorüber ist. Sie müssen also zunächst einmal die Ehe vollziehen, aber morgen Abend können Sie den Ring wieder vom

Finger ziehen und an Bruder Matthias übergeben. Danach mögen Sie Ihrer Wege ziehen und möglichst vergessen, dass es uns überhaupt gibt."

„Dann sagen Sie mir doch bitte einfach klipp und klar, was genau Sie jetzt von mir erwarten!"

„Um es kurz und ganz deutlich zu sagen: Sex!"

Obwohl ihn die Aussage an sich nach der Vorrede nicht überraschte, zuckte Frank zusammen wie unter einem Stromschlag. Aus dem Mund des greisen Paters kam dieses Wort doch unerwartet.

„Sie wollen, dass ich eine Dämonin schwängere?", fragte er entgeistert. „Wie in *Rosemary's Baby* – nur umgekehrt?"

„Eine Schwangerschaft wird es nicht geben", beschwichtigte der Abt.

„Der Erstkontakt mit Lilith bleibt kinderlos – eine von vielen Regeln des Rituals."

„Welche Regeln gibt es denn noch, von denen ich wissen sollte?"

„Der traditionelle 'Vollzug der Ehe' besiegelt den Pakt. Praktisch heißt das: Um die Weitergabe des Rings zu bestätigen, müssen Sie mit Lilith den Geschlechtsakt vollziehen, mit allem was dazu gehört – und das innerhalb von 24 Stunden, nachdem der Ring an Sie übergeben wurde. Bis dahin ist Lilith an die Weisungen des vorherigen Ringträgers gebunden, und danach bindet der Ring Sie für den Rest des Übergangszeitraums ebenso unverbrüchlich an Lilith wie diese an Sie. Von dem Moment an sind alle vorherigen Bindungen aufgehoben, und Lilith untersteht ausschließlich Ihnen als ihrem neuen Herrn und Gemahl. Nach Ablauf des vollen Tages steht es Ihnen dann frei, den Ring wiederum selbst weiter zu geben. Dabei bedeutet 'es steht Ihnen frei' auch ganz konkret, dass nichts und niemand Sie zur Weitergabe zwingen kann. Sollte Ihnen etwas zustoßen oder der Ring irgendwie abhanden kommen, ohne dass dies Ihre freie Entscheidung war, so ist Lilith augenblicklich frei und der Ring bis auf Weiteres verschollen."

Frank atmete schwer. Er versuchte widerstrebend, sich mit dem Gedanken vertraut zu machen, dass es nun tatsächlich ernst wurde und ihm die Hilfeleistung, auf die er sich, nichts Böses ahnend, eingelassen hatte, unversehens einen körperlichen Einsatz abzuverlangen versprach, auf den er sich keineswegs vorbereitet fühlte. Doch der Abt sprach bereits weiter.

„Ich empfehle, dass Sie zuerst (sobald Sie die Kontrolle übernommen haben) die Bindung der Lilith an ihr Verbleiben in dem ihr zugewiesenen Raum und den Verzicht auf jegliche nach außen gerichtete Aktivitäten erneuern und dann, nach Ablauf der 24 Stunden, den Ring an Bruder Matthias übergeben, der eben dafür ausgebildet wurde. Damit wäre Ihre Beteiligung abgeschlossen, und um alles Weitere können wir uns kümmern, wie wir es seit Jahrhunderten tun."

„Und wenn ich nicht ... ich meine, es könnte ja sein ... also, vielleicht ist sie ja nicht mein Typ?", wandte Frank verlegen ein. Er rang immer noch mit der Absurdität seiner Situation und fühlte sich hin und her gerissen zwischen Faszination, Verstörung und der Vermutung, in einem verrückten Traum gefangen zu sein. Die Befürchtung, doch das Opfer eines bösen Scherzes zu sein, hatte er mittlerweile eigentlich überwunden, obwohl in einem verborgenen Winkel seines Bewusstseins immer noch Reste von Zweifeln an dieser Gewissheit nagten.

„Das wäre in der Tat fatal, aber ich denke, da kann ich Sie beruhigen", erklärte Pater Illuminatus mit einem verschmitzten Lächeln. „Lilith wurde als Prototyp der Frau erschaffen, mit dem Ziel, das Menschengeschlecht zu begründen. Über einen Mangel an Attraktivität werden Sie sich keine Gedanken machen müssen."

Frank runzelte skeptisch die Stirn. „Sollte ich vielleicht sonst noch etwas über Lilith und die Macht des Rings wissen?", fragte er dann. „Und über eventuelle Risiken?"

„Lilith kann ihrem Gemahl weder selbst ein Leid zufügen, noch aktiv betreiben, dass dies durch andere geschieht", dozierte der Pater daraufhin, als hätte er eine solche Frage schon erwartet. „Als gehorsame Gattin muss sie ihm zu Willen sein und ihn unterstützen. Einem direkten Verbot kann sie sich nicht widersetzen. Dabei verbleiben allerdings einerseits gewisse, unveräußerliche Freiheiten für sie und auf der anderen Seite bestimmte Sicherheitsschranken, die der HERR gegen eventuelle Willkür der Ringträger eingerichtet hat. Es ist also letztlich wichtig, darauf zu achten, was man wann von ihr verlangt und wie man es formuliert – und letzten Endes sogar, was man damit bezweckt. Das macht es zugegebenermaßen ziemlich kompliziert. Aber nicht für Sie. Denn Sie selbst sind sicher, solange Sie den Ring tragen. Und alle übrigen werden es wieder sein, sobald Sie ihn weitergegeben haben."

„… in die Obhut ihrer erfahrenen Kerkermeister."

„Wenn Sie so wollen. Wir kämpfen seit fast zweitausend Jahren gegen das Böse."

„Oder, genau genommen, gegen *die* Böse."

„Zuerst ja. Aber seit Alfonso d'Este von Ferrara nach der Heirat mit der Giftmörderin Lucrezia Borgia alias Lilith gezeigt hat, dass auch Gutes in ihr steckt, haben auch wir uns gewandelt. Als wir die Verantwortung für Lilith von ihm übernahmen, mussten wir uns seinem Prinzip verschreiben: Bekehren, nicht bestrafen. Seitdem bekämpfen wir *das* Böse – in ihr und in uns."

Der Abt seufzte schwer. „Glauben Sie nicht, das sei unseren Vorgängern leicht gefallen. (Oder uns, die wir noch immer sehr genau wissen, was sie *war*, aber nicht sicher sein können, was sie *ist*.) Es ist bezeichnend, dass die lateinische Sprache mehr als ein Dutzend Wörter für *Bestrafung* kennt, aber nicht ein einziges für *Bekehrung* – den Begriff muss man umschreiben. So lautet nun unser Wahlspruch: *In aliam mentem adducere – non punire*. Und für unseren Orden haben wir die Bezeichnung *Vindicandi* gewählt. Denn dieses vielschichtige Wort beschreibt ebenso unseren Anspruch auf *Sühne* für Liliths Verbrechen und den *Schutz* der Welt vor ihren Umtrieben, wie aber auch ihre *Befreiung* von dem Hass, der sie so lange beherrscht hat. Viele Generationen hat es gedauert, bis wir eine überzeugte und ausgewogene Beziehung zwischen diesen scheinbar widersprüchlichen Verpflichtungen aufgebaut hatten. Aber nun, endlich, haben wir ein, wenn auch labiles, Gleichgewicht eingestellt. Helfen Sie uns, es zu erhalten."

Nun war es an Frank, tief zu seufzen. Seine Stimme hatte einen fatalistischen Beiklang.

„Also gut. Ich denke, dann bin ich jetzt wohl bereit."

„Sehr gut", konstatierte der Abt. „Dann ist es jetzt auch an der Zeit, dass Sie Ihre Braut kennenlernen."

Pater Illuminatus erhob sich, und Frank tat es ihm nach. Auch Matthias gesellte sich zu der Gruppe, während der Abt mit einem vielsagenden Lächeln ankündigte, man werde jetzt „dem Weinkeller einen Besuch abstatten". Dann setzte sich die Gruppe in Bewegung, und tatsächlich führte der Abt sie zu einer Kellertreppe, die durch einen steilen Gang in ein weitläufiges Gewölbe führte, in dem riesige Fässer mit Wein gelagert waren. Daneben fanden sich auch kleinere Fässer mit „Klosterbrand", aber Frank interessierte sich gegenwärtig eher weniger für Spirituosen und erwartete auch nicht, dass darin der eigentliche Zweck des Wegs in den Keller lag.

Er sollte Recht behalten. Zielsicher steuerte der Abt auf ein besonders großes Fass zu, das mehr als mannshoch war und direkt an die Gewölbewand reichte. Er drehte den vorne an dem Fass angebrachten Zapfhahn nach oben und schraubte anschließend dreimal an dessen Krone. Ein lautes Schnappgeräusch deutete an, dass sich ein Verschluss geöffnet hatte. Sofort schlug der Abt mit der flachen Hand auf die linke Wand des Fasses, worauf sich knarrend der ganze vordere Deckel wie eine Tür einen Spalt breit öffnete. Matthias zog die schwere Fasstür zur Seite, und Frank konnte ein an der Innenseite befestigtes Weinreservoir erkennen, das offenbar dazu diente, jedem nicht Eingeweihten, der den Zapfhahn normal zu öffnen versuchte, genug Wein zu spenden, um keinen Verdacht aufkommen zu lassen, es könne sich um etwas anderes als ein ganz normales, wenn auch besonders großes, Weinfass handeln. *Eine etwas übertriebene Vorsichtsmaßnahme*, dachte er beiläufig, *wenn man bedenkt, dass bereits die bloße Existenz dieses Klosters offenbar der höchsten Geheimhaltungsstufe unterliegt.* Dann begann er zu grinsen, als der Gedanke aufkeimte, die Mönche könnten mithilfe der Weinattrappe vielleicht auch das Angenehme mit dem Nützlichen verbunden – oder einfach über die Jahrhunderte im Verborgenen hinweg eine geradezu paranoide Grundhaltung entwickelt haben.

Dem Abt folgend, während Matthias hinter ihm die Tür offen hielt, kletterte Frank in die Fassattrappe, an deren Rückwand eine massive Stahltür den Weg versperrte. Der Abt zückte einen Schlüsselbund, der am Gürtel seiner Kutte hing, fingerte einen besonders großen Schlüssel hervor und zog dessen gezackten Bart ab, unter dem sich ein hochmoderner Sicherheitsschlüssel verbarg. Diesen schob er ins Schloss der Stahltür, drehte ihn siebenmal und zog dann die Tür auf. Dahinter führte eine grob in den Fels gehauene Treppe weiter hinab und ohne von hier aus erkennbares Ende tief in den Berg hinein. Nachdem der Abt mit sicherem Griff einen verborgenen Schalter betätigt hatte, zog sich ein schmales Lichtband an der Felswand den Gang entlang, aber immer noch war kein Ende abzusehen.

Stumm folgte die Prozession in mehreren Windungen dem immer weiter absteigenden Gang, und Frank kam endgültig zu dem Schluss, dass nur etwas sehr Großes einen derartigen Aufwand rechtfertigte. Immer mehr war er geneigt, anzunehmen, dass an der Geschichte des Abtes tatsächlich etwas dran sein mochte. Denn er hielt es zunehmend für zweifelhaft, dass der Bau einer solchen Anlage tief in den Berg inmitten einer Stadt mittlerer Größe im 20. Jahrhundert ohne magische Hilfe von der Öffentlichkeit gänzlich unbemerkt hätte bleiben können. Je weiter sie in den Berg vordrangen, umso mehr wunderte er sich auch über die nach wie vor frische Luft, die wie eine hauchzarte Brise durch alle Gänge und Räume zog. Zuerst hatte er sich den Berg wie einen gigantischen Schweizer Käse vorgestellt, doch nun kam er immer mehr zu dem Schluss, dass das unheimlich heimliche Kloster wohl eher einem Termitenhügel glich. Wie er wusste, waren diese Insekten in der Lage, ihre mehr als mannshohen Burgen so zu bauen, dass darin stets und überall ein angenehmes Mikroklima und gute Durchlüftung herrschte. Im Geiste sah er sich in Begleitung mehrerer Termitensoldaten mit gefährlichen, zangenartigen Beißwerkzeugen, die ihn zur Königin im Herzen ihres felsigen Zuhauses eskortierten.

Nach einigen Minuten endete der Gang abrupt an einer weiteren Stahltür, die noch massiver wirkte als die vorherige.

Interessanterweise hatte diese Tür weder einen Griff noch ein erkennbares Schloss.

„Hier brauchen wir jetzt Ihre Hilfe", wandte sich der Abt an Frank. „Nur der Ringträger kann diese Tür öffnen." Er zeigte auf eine Vertiefung in der Felswand dicht neben der Tür. „Stecken Sie bitte Ihren rechten Arm dort hinein, bis Sie einen waagerechten Griff spüren. Den umfassen Sie bitte und warten dann erst einmal ab."

Frank tat, wie ihm geheißen und stellte fest, dass die Oberfläche der Vertiefung wieder nur eine Attrappe war, die sich bei leichtem Druck nach innen wegklappen ließ und eine Höhlung freigab, in der beinahe sein ganzer Unterarm verschwand, bis er den angekündigten Griff ertasten konnte. Fest schloss er die Hand um den Griff und wartete gespannt, was nun geschehen würde.

„Haben Sie den Griff?", fragte der Abt.

„Ja", antwortete Frank. „Und was jetzt?"

„Jetzt drücken Sie ihn bitte nach vorn, bis er einrastet, dann halten Sie Ihre Hand ruhig und erschrecken Sie nicht. Der Schließmechanismus wird Ihre Finger abtasten."

Frank schob den Griff nach vorn, bis dieser mit einem trockenen Knacken einen weiteren Mechanismus auslöste. Dann wartete er angespannt, und, wie angekündigt, spürte er kurz darauf, wie aus der Wand etwas gegen seine Finger tippte, die er fest um den Metallgriff geschlossen hielt. Als der seltsame Mechanismus den Ring ertastete, fasste er diesen und drehte ihn solange um Franks Finger, bis sich ein Gegenstück auf der anderen Seite in die Gravuren einsenkte. Dann klickte es, und der Mechanismus zog sich zurück.

„Jetzt ziehen Sie den Griff bis zum Anschlag auf sich zu und drehen ihn dann um 90 Grad nach rechts", kommandierte der Abt, und Frank kam der Aufforderung gehorsam nach.

„Der Herrenring ist zugleich ein Schlüssel", erläuterte der Abt, während vielfache Klickgeräusche aus allen Richtungen andeuteten, dass sich die Verriegelungen der Tür lösten. „Nichts anderes kann diese Tür öffnen."

„Funktioniert das Ganze von innen genauso?", fragte Frank neugierig.

„Nein. Von innen geht die Tür ganz einfach auf. Die Sicherungs-maßnahmen dienen dazu, zu verhindern, dass Unbefugte zu Lilith vordringen können. Sie selbst könnte kein Schloss der Welt aufhalten – nur ein Befehl des Ringträgers."

Den ganzen Weg über war Frank viel zu angespannt gewesen, um eine konkrete Vorstellung davon zu entwickeln, was ihn am Ende des Ganges erwartete, aber wenn er etwas erwartet hätte, dann wäre es ganz gewiss nicht der Anblick gewesen, der sich ihm nun bot, als er durch die Öffnung in der Felswand trat. Beim Anblick des Raums hinter der Hochsicherheits- tür fühlte er sich an einen Besuch im „Schachenschloss" am Ziel einer Bergwanderung erinnert, das König Ludwig II. um 1870 in 1866 Meter Höhe im Wettersteingebirge hatte errichten lassen. Von außen und im unteren Innenausbau eine edle, doch nicht weiter außergewöhnliche hölzerne Jagdhütte, bereitete nichts den Besucher darauf vor, was ihn im Obergeschoss erwartete, wenn er, die Holzstiegen erklommen, einen Blick in den „Türkischen Salon" werfen durfte, wo das Auge unvermittelt von überbordender orientalischer Pracht in Blau, Rot und Gold überwältigt wurde. Was er hier erblickte, stellte allerdings, wenn auch nicht vergleichbar prunkvoll wie das Domizil des bayerischen Märchenkönigs, zumindest dessen Überraschungseffekt noch in den Schatten.

Vor ihm lag ein in allen Dimensionen weitläufiger Raum, dessen Ausstattung wie eine Mischung aus Loft-Apartment und Hotelsuite wirkte, und der mit bunten, Kirchenfenstern ähnlichen, Licht spendenden Wandflächen augenblicklich vergessen ließ, dass man sich tief im Inneren eines Berges befand. Der Felsboden war vollständig mit Parkettdielen bedeckt, auf denen wiederum dicke, großflächige Teppiche lagen. Die Wände waren vertäfelt und teilweise mit Gobelins behängt. Die kuppelförmige Decke war hoch wie die einer Kapelle und mit einem Fresko bemalt, das Motive aus verschiedenen Mythologien abzubilden schien, wie Frank mit einem schnellen Blick nach oben feststellte. Verschiedene, mehr oder weniger abgeteilte Nischen ersetzten die Zimmer einer Wohnung. So konnte man Kochbereich, Arbeitsbereich, Bibliotheksbereich und Medienbereich mit Stereoanlage und Flachbild- Fernsehgerät ausmachen. Verborgen hinter Vorhängen und Paravents ließen sich Schlafnische und Nasszelle vermuten. Zentral war ein Rondell abgesenkt, auf dessen Rand weiche Sitzpolster lagen. Inmitten des Rondells kniete jemand auf einem Meditationsschemel, wie er in japanischen Zen-Klöstern gebräuchlich ist. Die Gestalt hatte den Ankömmlingen den Rücken zugewandt, war aber anhand ihrer Körperform unschwer als weiblich zu erkennen. Sie trug ein einfaches helles Leinengewand, das an Kleider erinnerte, wie sie in der Antike im mediterranen Raum gebräuchlich waren. Lange schwarze Haare wallten den aufrecht geraden Rücken hinab bis fast auf die nackten, mit den Ballen überkreuzten Füße.

Die Frau wandte sich nicht um, aber als sie sprach, erfüllte ihre warme, samtene Stimme den ganzen Raum. Sie war nicht laut, klang aber so nah, als spreche sie Frank unmittelbar ins Ohr – oder als entstehe die Stimme direkt in seinem Kopf.

„Sei gegrüßt, Illuminatus. Was verschafft mir die seltene Freude deines Besuchs, darüber hinaus zu solch ungewohnter Stunde und in ungewohnter Begleitung."

„Ich grüße dich auch, Lilith. Der Anlass meines Besuchs ist leider kein erfreulicher. Michael ist tot, und mir obliegt es, dir deinen neuen Gemahl vorzustellen."

Falls die Frau durch die Nachricht vom Tod ihres Gatten (oder wie man auch immer die Beziehung zwischen ihr und dem Mönch bezeichnen mochte) schockiert – oder auch nur überrascht – war, so ließ sie es sich jedenfalls nicht anmerken. Noch immer saß sie so unbeweglich in ihrer Meditationshaltung, dass Frank sich unwillkürlich fragte, ob es sich womöglich um eine Puppe handelte und die Stimme durch Lautsprecher von irgendwo anders her in den Raum abgestrahlt wurde.

„Ein neuer Gemahl also", fuhr sie fort. „Aber Matthias ist es offenbar nicht." Während er sich noch fragte, woran die Frau, ohne die Gruppe auch nur angesehen zu haben, bemerkt haben konnte, dass Bruder Matthias, der mit ihnen den Raum betreten hatte, nicht – wie beabsichtigt – die Nachfolge des getöteten Michael antreten sollte, hörte Frank diesen laut einatmen. Anscheinend war dem

Mönch die gegenwärtige Situation keineswegs gleichgültig – ganz im Gegensatz zu der designierten Braut. Fast fühlte Frank sich versucht, den Ordensbruder zu trösten, dass zwischen ihm und der Aufgabe, auf die er seit Jahren vorbereitet worden war, dem geplanten Ablauf folgend, nur noch wenige Stunden lagen, fand dies aber dann doch in mehrfacher Hinsicht unangemessen.

Als die Gestalt sich nun in einer anmutigen, spiraligen Bewegung aufrichtete und dabei mit leicht geneigtem Kopf, der von ihrem vollen Haar schwungvoll umspielt wurde, zu ihnen umwandte, sog auch Frank die Luft ein (der ein Duft von Räucherstäbchen innewohnte) und streckte sich unwillkürlich. Vor ihm stand eine atemberaubend schöne Frau, und ein abwechselnd heißer und kalter Schauer durchfuhr ihn von Kopf bis Fuß. Es fiel ihm nicht schwer, Matthias' Ungeduld nachzuvollziehen –mönchisch-asketisches Training hin oder her!

Pater Illuminatus hielt sich nicht lange mit Vorstellungsformalitäten auf.

„Wir sollten jetzt aber das junge Paar nicht weiter stören und in die Hochzeitsnacht entlassen", meinte er knapp, nachdem Frank und Lilith einander gegenseitig für einige Sekunden gemustert hatten, und schob Matthias in Richtung Ausgang. Der junge Mönch bemühte sich, sein Widerstreben nicht allzu deutlich zu zeigen, aber Frank konnte trotzdem erkennen, dass dieser nur zu gern an seiner Stelle gewesen wäre. Zu Frank gewandt, fügte der Abt beim Hinausgehen hinzu, er kenne ja den Rückweg und es gebe schließlich auch keine Möglichkeit, sich zu verlaufen. Jedenfalls werde ein Zimmer gegenüber der Kellertür rund um die Uhr besetzt sein, um ihn in Empfang zu nehmen, sobald er nach Verrichtung seiner Aufgabe ins Kloster zurückzukehren beabsichtige. Er brauche sich aber nicht zu beeilen, habe er doch noch gute 18 Stunden Zeit, um seiner Verpflichtung nachzukommen.

Dann aber wurde die Miene des Abtes ernst. Bevor er das Gemach verließ, trat er noch einmal ganz dicht an Frank Menden heran, fasste ihn am Revers und zog ihn so dicht zu sich herab, dass seine Lippen beinahe Franks Ohr berührten.

48

„Du wirst finden, dass Lilith äußerst gesittet und eloquent ist", raunte er ihm zu. „Sie wird sich vielleicht auch sehr feinfühlig, liebenswert und verantwortungsvoll geben. Womöglich ist sie tatsächlich geläutert – immerhin bemühen wir uns darum seit Jahrhunderten. Aber was immer sie tut – und was immer *du* tust – bedenke stets, dass du ihrer nie sicher sein kannst. Auch wenn sie dem Ringträger aktiv weder direkt noch indirekt Schaden zufügen kann, so ist es dennoch wohl kaum Zufall, dass die meisten Männer, die den Ring vor dir trugen, keines natürlichen Todes gestorben sind. Vergiss niemals: Sie ist die Meisterin der Verführung und der Täuschung."

Der Abt ließ Franks Hemd los und zwinkerte ihm zu. „Aber jetzt sollten Sie Ihre Hochzeitsnacht genießen, Herr und Frau Menden." Dann wandte er sich um und trat ohne einen weiteren Blick zurück auf den Ausgang zu. Frank beobachtete genau, wie der dritte Begleiter einen offen sichtbaren Hebel in der Wand betätigte, um die schwere Panzertür von innen wieder zu öffnen. Wie der Abt gesagt hatte, gab es auf der Innenseite keinerlei verborgene Mechanismen.

Wortlos verließen die Mönche den Raum, zogen die Tür hinter sich zu und ließen Frank Menden mit seiner Dämonenbraut in deren luxuriösem Gefängnis zurück.


## 6.  Hochzeitsnacht


Als sich die Türverriegelung schloss, wusste Frank, dass er jetzt allein war. Allein mit einer betörenden Frau, die die kühnsten Träume eines jeden Mannes übertraf. Allein mit einem Männer mordenden Monster.

Frank starrte wie gebannt weiter auf die Tür und wusste, dass sie sich nur durch seine Hand wieder öffnen würde. Von außen wäre dafür der Ring vonnöten gewesen, den er am Finger trug, und hier drinnen war er mit Lilith allein, die durch den Fluch desselben Rings daran gehindert wurde, ihren goldenen Käfig zu verlassen.

Niemand würde ihre Zweisamkeit stören. Niemand würde ihm zu Hilfe kommen.

Mit einem Mal blitzte ein Gedanke auf, der ihm einen eisigen Schauder über den Rücken jagte. Bisher hatte er die Behauptungen der Mönche entweder als kompletten Humbug abgetan oder war ganz selbstverständlich davon ausgegangen, dass einem Mann Gottes keine Lüge über die Lippen kommen würde. Was aber, wenn man ihm nicht die ganze Wahrheit gesagt hatte?! Wenn es sich bei der verführerisch schönen Frau tatsächlich um die Urmutter ungezählter Dämonen, Succubi und Vampire handelte und er zwar wirklich als ihr Bräutigam ausersehen worden war – nicht aber um sie im Zaum zu halten, sondern vielmehr als Quelle neuer Kraft für ihre Unsterblichkeit. Wenn der verletzte Bruder Michael nur eine willkommene Gelegenheit genutzt hatte, sich mit dem Ring wie beim Kartenspiel „Schwarzer Peter" einer ungeliebten (wenn nicht gar selbstmörderischen) Verpflichtung zu entledigen und er, Frank Menden, nun an seiner Stelle das nächste Opfer der Dämonin sein sollte. Einer Dämonin, die ihren Gatten beim Hochzeitsakt verschlang, wie eine Schwarze Witwe! Auch wenn er ihr gerade den Rücken zuwandte, hatte er das Bild der in kontemplativer Versenkung knienden Lilith noch vor Augen. War das womöglich ebenso irreführend wie die scheinbar betende Handhaltung einer Fangschrecke, die deswegen auch den Namen „Gottesanbeterin" trug – oder wissenschaftlich Mantis religiosa. Natürlich hatte die Ruhehaltung der oberen Gliedmaßen bei diesem Insekt nicht das Geringste mit einem Gebet zu tun, sondern war nur die perfekte Ausgangsposition vor dem tödlichen Fangschlag – einer der schnellsten Bewegungen im Tierreich – mit dem die weibliche Mantis gelegentlich auch ihren männlichen Gegenpart einzufangen pflegte, um ihn noch während des Liebesaktes zu verspeisen.

Nervös drehte Frank den Ring um seinen Finger, in dem unwillkürlichen, aber nach wie vor vergeblichen Versuch, ihn abzustreifen. Doch dann straffte er sich. Er hatte sich schon zu weit auf diese Sache eingelassen, um nun einen Rückzieher zu machen. Womöglich war ja auch die unglaubliche Geschichte wirklich wahr, und die Rettung der Welt lag in seinen Händen. Eine Rettungsaktion, die ihm angesichts der Gefühle, die der erste Anblick seiner Braut in ihm ausgelöst hatte, im Augenblick auch gar nicht als sonderlich unangenehm erschien. Aber auch männliche Fangschrecken begaben sich immer wieder freiwillig in Lebensgefahr, wenn der Drang zur Fortpflanzung übermächtig wurde …

„Du überlegst gerade, wo du hier hineingeraten bist und was dich nun wirklich erwartet – richtig?"

Mehr eine Feststellung als eine Frage. Liliths sanfte Stimme war direkt hinter ihm und trieb ihm einen Schauer der Erregung über die Haut.

„Ist das so offensichtlich?", fragte er, ohne sich umzudrehen und hoffte, dass Lilith sein Zittern nicht bemerkte.

„Erstens das, und zweitens habe ich diese Situation schon so oft erlebt, dass ich recht gut nachvollziehen kann, was euch in solch einem Moment so durch den Kopf geht – und durch andere Körperteile. Und, glaube mir, in dieser Beziehung sind in jahrelanger Askese vorbereitete Mönche auch nur Männer."

Frank senkte betreten den Kopf. Er fühlte sich ertappt, empfand aber zugleich eine tiefe Sympathie für dieses einfühlsame Wesen, das ihm mit verständnisvollen Worten neue Sicherheit verlieh. So fühlte er sich bestärkt in dem Entschluss, sich nun wirklich ganz auf das Abenteuer *Lilith* einzulassen. Er wandte sich um und sah ihr direkt in die Augen.

Lilith war ein wenig kleiner als Frank. Trotzdem hatte er das Gefühl, dass nicht sie zu ihm, sondern er zu ihr aufsah, wie sie da vor ihm stand, aufrecht und stolz, aber ohne die Arroganz jener, die meinen, andere und sich selbst von ihrer Überlegenheit überzeugen zu müssen. Jeder Zoll eine Königin und dennoch nicht unnahbar, sondern von geradezu schmerzhafter körperlicher Präsenz.

Im Gegenlicht konnte Frank nur wenige Details von Liliths Gesichtszügen erkennen, aber die dunklen Augen und vollen Lippen in einem ebenmäßigen Antlitz zogen ihn sofort in ihren Bann. Ihm war nicht bewusst gewesen, wie lange er, in Gedanken versunken, die verschlossene Tür betrachtet hatte. Offensichtlich aber lange genug, um Lilith Gelegenheit zum Umkleiden zu geben, denn anstelle des hellen Leinengewands trug sie nun eine Art Kimono aus schwarzer

Seide, auf dem sich ein bunt gestickter chinesischer Drache um ihren perfekt geformten Körper schlängelte. Die Seide raschelte auf ihrer Haut, als sie mit einem kleinen Schritt noch dichter zu Frank herantrat. Dabei schob sich für einen kurzen Moment, während sie barfüßig fast schwebend auf ihn zu glitt, ein wohlgeformtes Bein durch einen Schlitz aus dem Gewand heraus, um sofort danach wieder zwischen zwei Lagen Seide zu verschwinden. Der Drache wand sich bei dieser Bewegung wie ein lebendiges Wesen, und Frank hätte schwören können, dass sich in das Knistern der Seide ein leises Zischen gemischt hatte. Mit Liliths schnellem Schritt vorwärts wehte ein blumiger Hauch zu ihm heran, wie ein Parfum, das sich harmonisch mit dem körpereigenen Duft zu einer wohlriechenden, individuellen Note vereint und diesen dabei intensiviert, statt ihn zu überdecken. Ein Aphrodisiakum, das die Nase eines potenziellen Partners ohne den Umweg über kognitive Gehirnstrukturen von genetischer Kompatibilität überzeugen kann, hier aber gerade hinreichend oberhalb der Schwelle für bewusste Geruchswahrnehmung, um den Eindruck unlauterer Beeinflussung zu vermeiden. Frank blähte die Nasenflügel auf, sog den feinen Luftzug ein wie den frischen Hauch verdampfenden Regens nach einem Sommergewitter und fühlte sofort eine überwältigende Anziehungskraft auf sich einwirken.

Er löste seinen Blick von Liliths Augen und schaute auf ihr wallendes Haar, dessen eigener Duft der olfaktorischen Gesamt-komposition eine zusätzliche Note gab. Dabei ertappte er sich bei dem Wunsch, mit dem Handrücken über die sanft gekräuselten Wellen ihrer vollen, dunklen Haarpracht zu streichen, die ihre Schläfen, ihre Wangen und den schlanken Hals umflossen, sich weiter über die Schultern bis fast zu den Hüften hinab schlängelnd, wie eisig klare Stromschnellen in der Nacht. Oder wie ein gerade erkaltender Lavastrom, an der Oberfläche zu messerscharfem Obsidian erstarrt, obwohl dicht darunter noch feurige Gluthitze brannte.

Wieder riss Frank sich mit Mühe aus den Tagträumen, die Liliths Anblick bei ihm auslöste, und versuchte auch in der Betrachtung seines Gegenübers etwas Abstand zu gewinnen. Das Licht der bunten

Fenster (woher immer es – inmitten des Berges – stammen mochte) erzeugte spiegelnde Reflexe auf Liliths Haarpracht, die in tiefem Schwarz glänzte, wie das Gefieder eines Raben.

„Können wir uns setzen?", sprach er die Schöne an. „Ich denke, selbst in einer so ungewöhnlichen Situation wie dieser sollte ein Mann seine Braut vor der Hochzeitsnacht doch immerhin ein wenig kennenlernen."

Frank hatte sich bei der Anrede bewusst nicht auf eine bestimmte implizierte Nähe festgelegt, während Lilith ganz selbstverständlich beim vertraulichen „Du" blieb, ohne dabei die Grenze zur Aufdringlichkeit zu überschreiten.

„Aber natürlich, gerne", erwiderte sie freundlich. „Allerdings weiß ich nicht, ob das wirklich eine gute Idee ist. Wenn du mich näher kennengelernt hast, könnte es dir vielleicht schwerfallen, das zu tun, was du als deine Aufgabe empfindest." Sie ließ offen, auf welchen Teil von Franks Verpflichtungen sich diese Warnung bezog, wies ihm einen Platz in einer gemütlich aussehenden Sitzecke zu und ließ sich in einer Eckposition zu ihm nieder – so, dass er sie in bequemer Haltung ansehen konnte, dabei nahe genug für eine vertrauliche Konversation und zugleich mit genügend Abstand, um nicht durch Unterschreiten der Fluchtdistanz eine unangenehme Nähe zu erzeugen.

Neben der Sitzgruppe stand eine Lampe, deren warmes, gelb getöntes Licht genügend Helligkeit spendete, dass Frank nun auch Liliths Gesichtszüge eingehender betrachten konnte. Als sie sich dieser Betrachtung bewusst wurde, bedachte sie ihn mit einem Lächeln, das den Untergang der *Titanic* hätte verhindern können, denn es hätte mühelos den Eisberg vor dem Schiff zum Schmelzen gebracht. Franks Blick wanderte höher und wurde erneut von ihren Augen eingefangen, zwei dunklen Bergseen, jeder beschattet von einer dichten Phalanx aus langen, wie Samuraischwerter gebogenen Wimpern. In der unergründlichen Tiefe hinter den spiegelnden Oberflächen mochte sich wohl durchaus die Erinnerung an ein Jahrtausende währendes Leben verbergen – oder ein schwarzes Loch, das den Betrachter unaufhaltsam in sich aufsog. Kurz vor dem

Passieren des Ereignishorizonts riss Frank sich los und ging in seiner Betrachtung wieder mehr auf Distanz. Obwohl keine Zeichen von Make- up erkennbar waren, wirkten die Augenlider etwas dunkler als ihre Umgebung. Das fein geschnittene Gesicht mit makelloser, bronzefarbener Haut wurde von dem sanft gewellten Haar umspielt, das jeder Kopfbewegung in weichen Wogen folgte.

Unwillkürlich versuchte Frank eine Ähnlichkeit zu seiner Vorstellung von Kleopatra zu erkennen, konnte sich aber mit seinem Scheitern leicht abfinden, als er sich bewusst machte, dass Elizabeth Taylors Darstellung der ägyptischen Königin in dem berühmten Hollywood-Film zwar den Schönheitsidealen der 60er-Jahre sehr nahe kam (oder sie wahrscheinlich sogar maßgeblich prägte), aber zugleich recht wenig gemein hatte mit einer königlichen Ägypterin des ersten vorchristlichen Jahrhunderts. Eher glaubte er da schon eine gewisse Verwandtschaft mit der Büste der altägyptischen Königin Nofretete ausmachen zu können, obwohl auch hier nicht auszuschließen war, dass dabei seine Erwartung eine größere Rolle spielte als eine tatsächliche Ähnlichkeit.

Je mehr er den Blick auf das gesamte Bild hin ausweitete, desto deutlicher wurde Frank Menden bewusst, dass er sich in Gesellschaft einer betörend schönen Frau befand, mit der er gewissermaßen verlobt war, und das Einzige, das seine Begeisterung über die bevorstehende Hochzeitsnacht zu schmälern vermochte, war die Befürchtung, diese Traumfrau könne sich plötzlich in einen Alptraum verwandeln. Er schluckte mehrfach, aber dann entschloss er sich, den nächsten Schritt zu wagen.

Lilith schien sein Schlucken allerdings anders zu interpretieren. „Ich bin eine schlechte Gastgeberin", meinte sie mit einem Mal, „habe ich dir doch noch nicht einmal etwas zu trinken angeboten."

„Nicht nötig", wollte Frank einwenden, aber sie hatte sich bereits erhoben und wandte sich in Richtung auf die Küchennische.

„Warte einen Augenblick", rief sie ihm geschäftig über die Schulter hinweg zu und schenkte ihm dabei wieder ein Lächeln, das sein Herz einen Schlag aussetzen ließ, während sie sich in Bewegung setzte.

Frank hatte schon angesetzt, sich ebenfalls zu erheben, sah aber die Nutzlosigkeit eines Versuchs ein, Lilith zu stoppen, und außerdem hatte er tatsächlich einen trockenen Mund, so dass ihm der Gedanke an eine Erfrischung nicht unangenehm erschien. Darüber hinaus gab die kurze Pause in der Konversation ihm Gelegenheit, nun auch seine Umgebung etwas gründlicher in Augenschein zu nehmen.

Der Raum war noch größer, als es zunächst den Anschein hatte, denn die Ausstattung als Wohnraum schuf eine heimelige Atmosphäre, die der riesigen Gesteinsgrotte einen Teil ihrer bedrückenden Dimensionen nahm. Der Felsboden war, wie schon bemerkt, mit Holzdielen belegt, auf denen wiederum teils dicke Teppiche lagen. Die Gobelins an den Wänden, die, ebenso wie das schon vom Eingang aus kurz betrachtete Deckenfresko, verschiedene mythologische beziehungsweise religiöse Motive zeigten.

Griechische Götter feierten neben buddhistischen Mandalas, christliche Engelsdarstellungen konkurrierten mit ägyptischen Tier-Gottheiten, kabbalistische Symbole standen in Opposition zur nordischen Weltesche und der dazugehörigen Welt der Asen und Eisriesen. Eine weitere Wand wurde von einer Bibliothek eingenommen, deren Bücher sich in mehreren Etagen fast bis zur Decke erstreckten. Eine bewegliche Leiter ermöglichte den Zugriff auch auf die Werke in schwindelerregender Höhe.

Bevor Frank sich näher mit dem Inhalt der Bücherregale befassen konnte, kehrte seine Gastgeberin mit zwei Gläsern und einer Weinflasche zurück, die sie schmunzelnd vor ihm auf ein Tischchen im Winkel der Sitzgruppe stellte. Ein Glitzern in ihren Augen signalisierte Vorfreude auf eine erwartete Überraschung.

Frank betrachtete die Flasche gespannt. Sie trug keinerlei Etikett, aber bei dem Inhalt schien es sich offenbar um Rotwein zu handeln. Vielleicht täuschte ihn aber auch eine Erinnerung, welche die schmucklose, getönte schlanke Glasflasche, die einfach mit einem unbedruckten Korken verschlossen war, in ihm wachrief. Die Erinnerung an einen Wein, den er vor Jahren bei einem Besuch in Albanien getrunken hatte. Der Wein war ihm in einem Restaurant am Rand eines Sees kredenzt worden und stammte aus der Region, nicht weit von der Grenze zu Montenegro entfernt. Selten hatte Frank einen ähnlich fruchtigen Geschmack gekostet, und bei dem Gedanken an den Wein (und die gesamte damalige Situation) lief ihm das Wasser im Mund zusammen. Schon vermeinte er den Duft von gegrilltem Fisch zu riechen, gepaart mit einem frischen abendlichen Lufthauch, der vom See auf die Gästeterrasse an der Kante eines Felsvorsprungs heraufwehte, während er darauf wartete, dass sich die dunkelrote, ölige Flüssigkeit in sein Glas ergießen würde. Allerdings erschien es nahezu unmöglich, dass ihm nun ausgerechnet dieser spezielle Wein ein zweites Mal angeboten würde – tausende von Kilometern von seinem Herkunftsort entfernt, in einer Felshöhle inmitten eines Klosterbergs. Als Lilith aber mit geübten Griffen den Korken aus der Flasche gezogen, beide Gläser gefüllt und ihm eines davon gereicht hatte, stieg ihm sogleich ein Bouquet in die Nase, das keinen Zweifel ließ. Unverkennbar war es der albanische Wein, den er – obwohl nicht wirklich ein Weinkenner – problemlos aus hunderten anderer herausfinden würde. Und während er mit geschlossenen Augen den Duft einsog, ließ er sich in die Sofakissen zurücksinken und beschloss, zumindest diesen Augenblick ganz einfach zu genießen.

Trotzdem konnte er sich eine Frage nicht verkneifen: "Woher hast du nur diesen Wein – und woher weißt du, dass ich ihn mag?" Nur hintergründig wurde ihm bewusst, dass er damit auch zum vertrauten „Du" übergegangen war, *aber was soll's!* – war dies nicht eine Art Hochzeitsfeier?!

„Der Wein hat seit Jahren auf eine Situation wie diese gewartet", erwiderte Lilith mit einem geheimnisvollen Lächeln und hob ihm ihr Glas entgegen, bis es mit einem glockenartigen Klang mit dem seinen zusammenstieß. Dann tranken beide, und während der unvergleichliche Geschmack an seinem Gaumen explodierte, gelang es Frank, zumindest für einen kurzen Moment alle Sorgen zu vergessen und sich einfach dem Zauber des Augenblicks hinzugeben.

Wenig später war die Flasche fast leer und Frank in der Stimmung für weitere Fragen. „Ich heiße Frank", stellte er sich zunächst vor, denn ihm fiel ein, dass der Abt Lilith gegenüber nur seinen Nachnamen erwähnt hatte.

„Aber wie soll ich dich eigentlich nennen?"

„Du hast die Wahl. Ich trug schon viele Namen."

„Aber welcher ist dir der liebste?"

„Und dir? - Welcher erscheint dir angemessen? Welchen Namen erfülle ich für dich mit einer Bedeutung?"

Die Frau schien sich nicht festlegen zu wollen, und Frank war des Spiels bereits wieder überdrüssig. „Ich denke, 'Lilith' passt."

„Dann sollte es so sein."

„Na schön, *Lilith*", fuhr Frank fort. Er lallte schon wieder ein wenig. Hatte er sich nicht eigentlich für den Rest des gerade begonnenen Wochenendes – oder zumindest dieser Nacht – des Alkohols enthalten wollen?! „Bleiben wir also dabei. 'Lilith' – Das ist Altbabylonisch, oder? Kannst du in dieser Sprache noch sprechen?"

„Selbstverständlich", erwiderte Lilith ohne Zögern. „Wünschst du, dass ich das tue? – Du hast den Ring und kannst befehlen."

Für einen kurzen Moment dachte Frank an Eddie Murphy im Film „Der Prinz aus Zamunda", der die ihm versprochene Braut auf einem Bein hüpfen und dabei wie ein Hund bellen ließ, um zu testen, wie weit sie bereit war, auch seinen unsinnigsten Befehlen zu folgen. „Eigentlich befehle ich nicht so gern", meinte er dann aber. „Würdest du es auch tun, wenn ich einfach darum bitte?"

Die Antwort bestand in einer Folge von Lauten, die keiner Frank bekannten Sprache auch nur annähernd ähnelten.

„Was hast du gesagt?", fragte er daher neugierig.

„'Das macht dich nur noch sympathischer'", sagte Lilith, wieder begleitet von diesem Lächeln, für das Frank sich bereit fühlte, seine Seele zu verkaufen. Kaum hatte sich dieser Gedanke eingeschlichen, wurde ihm allerdings mit ernüchternder Deutlichkeit bewusst, dass er womöglich gerade im Begriff war, ebendies zu tun. So entschloss er sich zu einer weiteren Frage – eigentlich der ersten wirklich wichtigen: „Werde ich diese Nacht überleben?"

Für einen Moment herrschte Stille. Die Frage hatte mit einem Schlag das lässige Plaudern beendet, und zweifellos war es Lilith klar, dass es ihrem neuen Gemahl damit buchstäblich todernst war. Frank hörte das Pochen seines eigenen Pulsschlags so laut, dass er befürchtete, es könne womöglich Liliths Antwort übertönen.

„Ja, das wirst du", antwortete sie ebenso ernst. „Du wirst diese Nacht überleben. Sorge dich nicht, du hast nichts zu befürchten. – Schließlich trägst du den Ring", fügte sie dann noch hinzu. Aber während ihre ersten Worte Frank tatsächlich beruhigt hatten, ließ diese Ergänzung wieder neue Zweifel aufkommen.

„Kann ich dir denn trauen?", fragte er daher weiter. „Könnte ich dir zum Beispiel befehlen, die Wahrheit zu sagen?"

Lilith schmunzelte. Franks diesem Nachfragen zu Grunde liegende Überlegung schien sie zu amüsieren.

„Diese Frage kannst du dir nur selbst beantworten", erklärte sie wie eine Dozentin, die einen Studenten zum eigenständigen Nachdenken auffordert. „Würde ich dir versichern, du könntest mich durch einen Befehl zur Wahrhaftigkeit zwingen – wie wolltest du sicherstellen, dass nicht bereits diese Behauptung eine Lüge ist?"

Frank ging auf den intellektuellen Diskurs ein. Auf diesem Gebiet fühlte er sich zuhause. Endlich bot sich an diesem Abend einmal eine Gelegenheit, den rationalen Verstand einzusetzen.

„Das ist wahr. Ein 'ja' würde mir nichts nutzen. Aber ein 'nein' würde zumindest etwas Klarheit über die Grenzen der Macht des Rings bringen."

„Stimmt", erwiderte Lilith. „Und in jedem Fall – ob ich nun 'ja' oder 'nein' oder gar nichts sage, müsstest du bei jeder meiner Aussagen weiter zweifeln. Aber weil du ungern befiehlst, will ich dir entgegenkommen: Der Ring verleiht dir großen Einfluss auf mich und das, was ich tue oder lasse. Ich muss dir zu Willen sein, aber du kannst mich nicht zu allem zwingen, was dir gerade in den Sinn kommt, und auch nicht dazu, immer die Wahrheit zu sagen. Es ist ein überaus wertvolles, aber auch komplexes Artefakt – man könnte sagen: ein durchaus zweischneidiges Schwert."

Mit diesem freiwilligen Geständnis hatte Lilith das Bild, das Frank sich von ihr machte, vielleicht stärker beeinflusst, als sie es mit irgendeiner anderen Antwort hätte tun können. Aber sie verstärkte damit auch seine Irritation. Irgendwie schien alles zusammen zu passen – und zugleich auch wieder überhaupt nicht. Auf einmal hatte er keinerlei Lust mehr auf taktische Spielereien oder weitere Verzögerungen. Er war bereit, sich auf alles einzulassen, was diese unglaubliche Nacht bringen mochte. Entschlossen und doch auch zögernd, streckte Frank seine Hand nach Lilith aus, und sie kam ihm in gleicher Weise entgegen.

Als ihre Hand die seine berührte, durchfuhr es ihn fast wie ein elektrischer Schlag, aber mit einem Nachhall, der das Blut in seinen Adern in prickelnden Champagner zu verwandeln schien. Und während Liliths Hand auf seiner lag, erkannte er deutlich den Ring an ihrem Finger – einen Ring, der demjenigen, den er selbst trug, wie ein Zwilling ähnelte.

Als sie mit schlanken Fingern über seinen Arm strich, spürte er, wie sich dabei jedes einzelne Härchen aufstellte. Er schluckte und fand sich auf einmal eng an ihrer Seite wieder. Ihr Haar umspülte seine Schultern, er roch ihren Duft, spürte ihren warmen Atem. Dann berührten sich ihre Lippen, und sein Herz blieb stehen. Als es seine Tätigkeit wieder aufnahm, hatte es an Kraft und Frequenz zugelegt, als wolle es den verlorenen Takt wieder aufholen. In seiner Brust schien ein Feuer zu lodern, und er ließ sich in eine Woge der Leidenschaft fallen, die ihn weit hinaus auf einen unbekannten Ozean trug. Aber er war noch nie so bereit gewesen, sich auf sämtliche Entdeckungen einzulassen, welche ihn an unerforschten Gestaden erwarten mochten, koste es was es wolle!

# 7. Morgengrauen

Frank Menden wurde von der Morgensonne geweckt, deren warmes Licht durch seine Augenlider drang und seine Träume mit einem goldenen Schimmer überzog. Er blinzelte kurz und entschied dann, mit geschlossenen Augen noch eine Weile weiter zu dösen. Dabei bohrte sich zunächst der Gedanke in sein allmählich erwachendes Bewusstsein, dass inmitten eines Berges eigentlich nicht damit zu rechnen war, viel von den Strahlen der Morgensonne mitzubekommen. Dann entsann er sich jedoch eines Gesprächs zwischen dem dritten und vierten Glas Wein am vorangegangenen Abend, als er Lilith auf die überraschend frische Luft in der Felshöhle angesprochen hatte. Sie hatte ihm erläutert, dass in diesem Berg tatsächlich ein Belüftungssystem ähnlich dem von Termitenbauten eingerichtet sei, das den Raum darüber hinaus noch über eine komplexe Anordnung von Lichtschächten und Spiegeln mit Tageslicht versorge, so dass eine künstliche Beleuchtung tatsächlich nur bei Nacht notwendig sei. Frank war sowohl von dem Aufwand als auch von der Lösung an sich und deren Umsetzung beeindruckt gewesen, und auf seine Nachfrage, wer das denn alles konstruiert und erbaut habe, hatte sie nur geheimnisvoll auf ihre umfangreichen Fähigkeiten verwiesen. Er hatte sich dann der Aussage des Abtes erinnert, dass Lilith mit zum Bau ihres eigenen Kerkers beigetragen hatte, und sie darauf angesprochen. Sie hatte bestätigt, dass sie unter dem Zwang des Rings ihre magischen Kräfte sowohl zur Erstellung der Anlage gemäß der Wünsche der Vindicandi eingesetzt habe als auch mit deren Billigung zur Ausgestaltung ihres Gefängnisses nach eigenen Wünschen.

Nun dachte Frank also verträumt an die vergangene Nacht, während die umgeleiteten Strahlen der Morgensonne sein Gesicht streichelten. Irgendwie bedauerte er, dass der Zauber bald ein Ende haben sollte, sobald er den Felsendom verlassen und ins Kloster zurückkehren würde, um den Ring, der sich nun problemlos von seinem Finger lösen lassen sollte, an den rechtmäßigen Träger weiterzugeben. An einen Mönch. An Bruder Matthias, der seit Jahren auf diese Aufgabe vorbereitet worden war. Bruder Matthias, der nicht hatte verbergen können, dass er es kaum mehr erwarten konnte. Den lüsternen Bruder Matthias, der nun auch bald in den Genuss unbeschreiblicher Wonnen kommen sollte, wie sie Frank Menden in der vergangenen Nacht zuteil geworden waren.

Er ertappte sich dabei, wie seine Gedanken in eine unerfreuliche Richtung abschweiften. War er das selbst – oder wurde seine Geist im Halbschlaf womöglich von der Dämonin kontrolliert, um nicht unter den Einfluss der Mönche zurückzufallen?! Andererseits – was konnte es schaden, wenn er die Ringübergabe noch ein wenig hinauszögerte? Zuerst einmal in aller Ruhe ausschlafen, vielleicht noch gemeinsam frühstücken (fast wie ein richtiges Ehepaar), und dann irgendwann Abschied nehmen. Schließlich musste er sich ja erst am Abend von dem Ring trennen – wenn die 24-Stunden-Frist nach dem letzten Besitzwechsel des Rings abgelaufen war.

Falsch – die 24 Stunden galten ja nur für die Bestätigung der Vermählung! Nun, da diese vollzogen war (und wie sie sie vollzogen hatten!), gab es keine Eile mehr, nur noch eine Mindestfrist, vor der eine Weitergabe ohnehin nicht möglich sein würde. Aber im Grunde hatte Frank Menden alle Zeit der Welt, bis er selbst entscheiden würde, sich von dem Ring und damit von Lilith zu trennen. Zunächst einmal war sie nun an ihn gebunden, nachdem mit der vergangenen Nacht alle Anweisungen seines Vorgängers erloschen waren, die Lilith bis dahin noch über dessen Tod hinaus gebunden hatten.

Alle Anweisungen waren erloschen!!!!!

Frank saß im selben Moment aufrecht, die Augen weit aufgerissen, als ihn diese Erkenntnis wie ein Blitzschlag traf. Denn zugleich fiel ihm auch wieder die Auskunft des Abtes ein, als er nach den Sicherungsmaßnahmen für ein Verlassen des Felsen-Apartments gefragt hatte: „Nur die Weisung des Ringträgers kann Lilith hier festhalten." Die Weisung seines Vorgängers war aufgehoben und von ihm bisher nicht erneuert worden.

Und der Platz neben ihm war leer! Adrenalin schoss durch seinen Körper. Das Herz schlug ihm bis zum Hals. Sein Blut begann zu kochen. Frank sprang aus dem Bett, suchte hektisch seine Hose und streifte sie, als er sie endlich fand, ungeschickt über, während er sich umsah, ob Lilith nicht doch irgendwo im Raum stand und ihn belustigt beobachtete. Aber er war allein. Barfuß, noch am Verschluss der Hose nestelnd, rannte er zu dem Hebel, mit dem sich die Tür von Liliths Gefängnis öffnen ließ, und legte ihn mit zitternder Hand um. Dann eilte er durch die sich öffnende Tür, den langen Gang entlang zurück ins Kloster.

Nach endlos erscheinendem Aufstieg erreichte er atemlos das

Ende der Kellertreppe, öffnete die Tür und trat in den Klosterbereich.

Frank sah sich um. Direkt vor ihm befand sich ein kleiner Büroraum, an dem – wie von Pater Illuminatus angekündigt – ein Mönch an einem Schreibtisch saß, wohl zur Überwachung der Kellertür abgestellt. Die Rollläden der verglasten Bürotür waren heruntergezogen und die Lamellen schräg gestellt. Frank konnte nur die Silhouette des Bruders ausmachen, der zurückgelehnt in einem ergonomisch geformten, hochlehnigen Bürosessel saß, den Kopf leicht geneigt, aber in einer Position, aus der er die Kellertür im Blick behalten konnte.

Erleichtert atmete Frank auf, trat auf den Büroraum zu und drückte die Klinke herunter. Wenn der Mönch noch immer ruhig auf seinem Beobachtungsposten saß, war Lilith wohl nicht aus dem Keller gekommen. Vielleicht befand sie sich sogar noch immer in ihrem 'Apartment' bei der Morgentoilette; in seiner Panik hatte er überhaupt nicht in der Nasszelle nachgesehen.

Als er den Raum betrat, erkannte er den Mönch sofort, auch wenn er eingenickt zu sein schien, im Schatten hinter der hellen, auf die Tür gerichteten Bürolampe in seinen Sessel gelehnt, der Kopf auf die Schulter gesunken. Es war Matthias. Wahrscheinlich hatte er sich freiwillig gemeldet, weil er sowieso nicht würde schlafen können oder weil er der Erste sein wollte, der erfuhr, wenn der Weg zu Lilith frei war.

*Der Hohlkopf!*, dachte Frank. *Macht sich die Wartezeit unnötig stressig. So musste er ja wach bleiben und auch noch die ganze Zeit darüber nachdenken, was da unten gerade geschieht.* Aber schließlich hatte die Müdigkeit Matthias wohl doch übermannt. Obwohl Frank sich keine Mühe gegeben hatte, die Tür leise zu öffnen, regte sich die Gestalt hinter dem Schreibtisch nicht.

„Hey, aufwachen!", rief Frank und rüttelte Matthias an der Schulter. Der Kopf des Mönchs rollte herum und pendelte schlaff vor der Brust, bis er eine Ruheposition erreicht hatte. Frank Menden blickte entsetzt herab auf den dünnen roten Rand entlang der Tonsur, und durch ein säuberlich rundes Loch hinein in einen buchstäblich hohlen Schädel, in dem sich kein Gehirn mehr befand. Als Frank seine Hand von Matthias' Schulter zurückzog wie von einer heißen Herdplatte, kippte dessen Körper nach vorn und schlug auf der Schreibtischplatte auf. Zwei weit aufgerissene Augen starrten Frank Menden verständnislos an, der Blick ebenso leer wie der Schädel dahinter, wie eingefroren im Augenblick des Todes. Panisch und von Grauen erfasst, rannte Frank Menden heraus aus dem Büro, hastete durch die Gänge, blickte in Klosterzellen und Aufenthaltsräume. Überall fand er nur Tote, alle mit fein säuberlich aufgeschnittenem Schädel und ohne Gehirn. Schließlich erreichte er einen größeren Raum, offenbar die Kapelle, in der sich alle Einwohner des Klosters regelmäßig zum Gebet versammelt hatten. Dort saßen die restlichen Brüder in ihren Bänken. Fast wie im stillen Gebet, doch Frank wusste, dass auch sie inzwischen bereits selbst dem gegenüber standen, an den sie ihre Gebete immer gerichtet hatten. Auf dem kunstvoll gedrechselten Stuhl am Kopfende der Kapelle thronte Pater Illuminatus, oder was von seinem geschundenen Körper übrig war, auch er seines Denkorgans entblößt.

„Lilith!"

Franks Lippen formten zunächst stumm diesen Namen, immer und immer wieder, während er auf die Knie sank und förmlich in sich zusammenfiel. Übelkeit überrollte ihn wie eine Woge am Strand.

„Lilith!"

Er schüttelte den Kopf, unwillig sich einzugestehen, was er angerichtet hatte. Er hatte sich dem Dämon hingegeben und im Taumel der Lust alles vergessen, was ihm der Abt so eindringlich aufgetragen hatte. Sofort nach der Bestätigung des Bundes, nach der Übernahme der Verantwortung, nach dem Erlöschen aller vorherigen Bande, hätte er sie unter seine Verantwortung nehmen, sie erneut bannen müssen. Er dagegen hatte alles über Bord geworfen, bereitwillig seine Pflicht vergessen, geblendet von ihrer vorgetäuschten Freundlichkeit und Hingabe.

Was hatte er erwartet? – Was hätte er der Meisterin der Verführung entgegenzusetzen gehabt, außer Pflichtbewusstsein?! Doch während er wohlig in Erschöpfung versank, war sie hinausgegangen und hatte die Mönche abgeschlachtet, die sie über Jahrzehnte im Bann gehalten hatten, voller Hass und dem Verlangen nach Rache für Dekaden, Centennien, ja Millennien der Demütigung.

„Lilith"

Jetzt flüsterte er ihren Namen, flüsterte ihn wie einen heimlichen Fluch. Tränen rannen wie Sturzbäche aus seinen Augen. Aber keine Tränen der Welt konnten das Blut fortwaschen, das überall an Boden und Wänden verspritzt war.

„LILITH!"

Frank Menden schrie es hinaus, bis seine Stimme versagte.

„Lilith – was hast du getan?!!!!"

„Nichts", hörte er sie wie aus weiter Ferne hinter dem Pochen seines eigenen Pulses sagen. Sanft legte sich eine Hand auf seine Schulter.

„Nichts habe ich getan. Glaube mir: Ich war das nicht."

„Verspotte mich nicht! Sie haben mir vertraut, und ich habe versagt. Du hast mich verführt, wie so viele zuvor. Sie haben mich gewarnt, aber mir vertraut. Und ich war so sicher. Vielleicht habe ich auch nur einfach nicht wirklich an die ganze Sache geglaubt. Und das ist nun die Folge. Ihr Blut klebt an meinen Händen."

Lilith blieb ruhig und streichelte den schluchzenden Mann, der wie ein an Land gespülter Tintenfisch in sich zusammengesunken am Boden hockte.

„Beruhige dich, Frank. Ich verstehe, was du jetzt glauben musst, aber ich habe das wirklich nicht getan. Als du aufgestanden bist, war ich im Bad, um mich frisch zu machen. Als ich herauskam, stand das Portal offen. Da bin ich dir gefolgt und fand dich hier. Dich und die Überbleibsel dieses Gemetzels."

„Warum?", jammerte Frank kopfschüttelnd, und er meinte nicht den Grund für das, was hier geschehen war. Dieser war ihm nur zu klar.

„Warum verhöhnst du mich? Hast du noch nicht genug angerichtet? Was habe *ich* dir getan, dass du mich so quälst? Oder liegt es nur daran, dass du mich nicht auch ermorden kannst, weil der Ring dich daran hindert?" Er hob den Kopf und starrte sie durch einen Schleier von Tränen trotzig an.

„Dieser verfluchte Ring. Jetzt könnte ich ihn wohl abnehmen, aber das werde ich auf keinen Fall tun. Wenigstens von nun an werde ich die Verantwortung übernehmen. Ich weiß zwar nicht, wie ich es anstellen soll, denn alle, die mir hätten raten können, sind tot. Aber irgendwie werde ich, soweit es meine verbliebene Kraft zulässt, dafür sorgen, dass die Welt vor dir sicher ist."

„Tu, was du für richtig hältst." Lilith hörte nicht auf, Frank beruhigend über die Haare zu streichen. „Ich werde dich ohnehin nicht daran hindern können. Aber bedenke, was bald geschehen wird, wenn sich erweist, dass du Unrecht hast. Wenn diejenigen, die das hier getan haben, wieder zuschlagen. Denn was hier geschehen ist, muss einem Zweck dienen. Einem Zweck, der noch nicht erreicht ist."

Frank kämpfte gegen den Drang an, ihr zu glauben. Gutgläubigkeit war schon immer sein Problem gewesen. Aber Lilith ließ nicht locker. „Du sagst es doch selbst: Welchen Sinn sollte es haben, dir jetzt etwas vorzuspielen? Natürlich könnte ich dich einlullen wollen, damit du mich nicht in Ketten schlägst. Aber glaubst du wirklich, das sei meine Art? Du kannst mich jederzeit beherrschen. Aber wenn nur ein kleiner Funke des Zweifels in dir verblieben ist, dann denk daran, dass ich dir so oder so keinen Schaden zufügen kann. Dagegen kann ich helfen, das aufzuklären, was hier geschehen ist. Was kann es schaden, es mich versuchen zu lassen?"

Frank verfluchte sich innerlich, aber er konnte nicht verhindern, dass er unsicher wurde. *Verdammt!* - Überzeugenden Argumenten hatte er sich noch nie verschließen können.

„Und wie willst du Licht ins Dunkel bringen?", frage er mit brüchiger Stimme und richtete sich ein wenig auf.

„Das ist schwer zu erklären", sagte Lilith. „Warum lässt du mich nicht einfach tun, was zu tun ist? Du kannst mich dabei genau beobachten und jederzeit stoppen. Aber sei gefasst auf Unerwartetes."

„Na schön. Dann mal los – aber du wirst dabei niemanden verletzen. Und sobald ich 'stop' sage, wirst du sofort aufhören, was immer du gerade tust."

„Dein Wunsch ist mir Befehl." Da war es wieder, dieses leicht spöttische Lächeln, das Zorn in ihm weckte, aber sie zugleich so schön und begehrenswert machte.

Lilith löste sich von Frank, der jede ihrer Bewegungen genau beobachtete. Zielstrebig ging sie zu jeder einzelnen Leiche, warf jeweils einen kurzen Blick auf die leeren Schädel und wandte sich dann der nächsten zu. Endlich schien sie gefunden zu haben, was sie suchte. Sie stand vor einem toten Mönch, dessen Gehirn anscheinend nicht entnommen oder zerstört worden war und winkte Frank zu sich heran. Der Tote lag, mit dem Gesicht nach unten, in der geöffneten Tür einer Wohnzelle in einer Blutlache.

„Was hast du vor?", fragte er, als er sie erreichte.

„Wenn ein Mensch stirbt", erklärte sie, „hört sein Körper auf zu funktionieren. Aber nicht alles auf einmal. Irgendwann stellt das Gehirn seine Tätigkeit ein und die Persönlichkeit löst sich auf. Die Energiezufuhr bleibt aus, die Kommunikation zwischen den funktionalen Einheiten erlischt. Der frische Leichnam ist dann wie ein abgeschalteter Roboter, das Gehirn wie ein Computer, aus dem der Netzstecker gezogen wurde. Anders als bei einem technischen Gerät, das nach Ersetzen eines defekten Teils meist wieder in Gang gebracht werden kann, setzen im biologischen Leichnam schnell Abbauprozesse ein. Er ist voll von Mikroben, die meisten freundlich solange er lebt, aber wenn er sie nicht mehr versorgt, sind sie sich selbst die Nächsten. Und diejenigen, die dazu neigen, ihn rücksichtslos auszubeuten, treffen auf keinen Widerstand mehr. Schnell ist der Schaden irreparabel, der endgültige Ausfall unumkehrbar. Dann verlässt die Seele ihre sich zersetzende Hülle wie Ratten ein sinkendes Schiff. Die Erfahrungen dieses Lebens – wie diejenigen all jener Leben davor – nimmt sie mit. Nicht als exakte Erinnerung wie auf einem Datenspeicher (obwohl auch davon einiges bleibt, aber vor ihr selbst verborgen), sondern in Form von Modifikationen ihrer Natur als Ganzes, bevor sie in eine geeignete neue körperliche Existenz eintritt, die wieder ihren Einfluss nehmen wird. Der Leichnam ist dann nicht mehr als ein leeres Gefäß, ein zerbrochener Krug. Aber solange die körperlichen Manifestationen der Erinnerungen noch bestehen, können diese noch einmal aktiviert werden. Stell dir vor, ein Computer würde vor deinen Augen vom Rost zerfressen, aber wenn du ihn an eine Stromquelle anschließt, kannst du ihn noch einmal hochfahren. Es wird nicht mehr alles funktionieren und während du daran arbeitest, wird er eine Funktion nach der anderen verlieren, aber wenn du schnell genug bist und die richtigen Fragen stellst, kannst du noch einige wichtige Daten auslesen, solange die zugehörigen Speicherbereiche und Ein- und Ausgabeelemente intakt sind."

„Willst du damit andeuten, du könntest ihn wiederbeleben?", fragte Frank ungläubig und deutete auf den toten Mönch, dem Lilith jetzt eine Hand auf den Schädel legte, nachdem sie ihn, der mit dem Gesicht auf dem Boden gelegen hatte, umgedreht hatte. „Und woher willst du die Energie nehmen, um ihn wieder 'anzuschalten'?"

„Die kosmische Energie ist allgegenwärtig", entgegnete Lilith, „und kanalisierbar für jene, die sich darauf verstehen. Aber erwarte nicht, dass der Tote als Person wiederkehrt. Die Seele, die ihn erfüllte, hat ihn längst verlassen. Bedenke bei dem, was du gleich erlebst, dass wir nur ein paar Daten von einer zu verschrottenden Festplatte abfragen."

Lilith wandte sich dem toten Mönch zu und es erschien Frank, als würde es in ihrer Umgebung dunkler, wie eine negative Aura, die dem Raum Kraft zu entziehen schien, diese gewissermaßen absaugend, und er fühlte eine eigenartige Kälte um sich greifen, während Liliths Hand am Kopf des Mönchs von innen heraus in einem goldenen Licht leuchtete. Das Licht strahlte zwischen ihren Fingern hervor und senkte sich sogleich in den Kopf des Mönchs, der plötzlich die Augen aufschlug.

Frank lief ein eisiger Schauer den Rücken hinunter. Die Augen des Toten tanzten wirr unter flatternden Lidern. Der Mund öffnete und schloss sich, wie um die Funktionstüchtigkeit der Kommunikationswerkzeuge zu erproben.

„Ruhig", sagte Lilith sanft, aber bestimmt. „Versuch nicht zu verstehen. Nichts denken, nichts wollen, nichts wünschen. Berichte nur das Letzte, an das du dich erinnerst."

„Schmerz", brachte der Tote zwischen trockenen Lippen krächzend hervor. Seine Stimme wirkte mechanisch, ohne Intonation. „Ich saß in meiner Kemenate und habe gelesen. Da hörte ich vor der Tür ein Geräusch. Als ich die Tür öffnete, um nachzusehen, legten sich sofort von oben zwei Finger auf meine Augenlider und drückten sie zu. Dann spürte ich einen stechenden Schmerz in der Brust. Und dann nichts mehr."

Lilith ließ den Kopf des Mönchs los, und im selben Augenblick war er wieder so leblos wie zuvor. Ihre Augenbrauen zogen sich zusammen.

„Man spielt mit mir", rief sie zornig. „Wer immer das getan hat, hat dafür gesorgt, unerkannt zu bleiben. Alle, die sich an etwas hätten erinnern können, wurden ihres Gehirns beraubt. Und einer, der nichts Nützliches zu berichten weiß, wurde unversehrt gelassen – zweifellos mit dem einzigen Ziel, mich zu verhöhnen. Ich wette, wenn wir noch mehr Leichen mit intaktem Gehirn finden, ist es dasselbe."

Tatsächlich entdeckten sie noch zwei weitere tote Mönche, deren Gehirn nicht entnommen worden war, und tatsächlich waren auch sie ermordet worden, ohne den geringsten Hinweis auf den oder die Täter geben zu können.

Als Lilith die Befragung des letzten unversehrten Toten abgeschlossen hatte, wandte sich Frank mit unterdrücktem Zorn an sie. Das Grauen, das er soeben mitangesehen hatte, und das sogar noch jenes übertraf, das er beim Auffinden der Leichen verspürt hatte, war – wie durch einen intuitiven Schutzmechanismus – irgendwo in den Hintergrund seines Bewusstseins zurückgedrängt worden. So gelang es ihm, trotz der unvorstellbaren Situation beinahe vernünftig zu denken.

„Und was hat uns das Ganze nun gebracht? Du hast ein paar Tote in Zombies verwandelt und dafür gesorgt, dass sie noch nicht einmal nach ihrem Tod vom Leiden befreit waren. Doch wir wissen nichts – kein bisschen mehr als zuvor."

„Das ist nicht richtig", widersprach Lilith ruhig. „Wir wissen einiges. Verstehst du nicht, was es bedeutet, dass nur diejenigen in einem für eine Erweckung geeigneten Zustand belassen wurden, die keine nutzbaren Informationen liefern konnten?"

Frank schüttelte verständnislos den Kopf.

„Es bedeutet", fuhr Lilith ungerührt fort, „dass wer immer das getan hat, wusste, dass ich dazu in der Lage bin."

Frank nickte langsam. Ja, so ergab es einen Sinn. Alle Körper, die Aufschluss über die Umstände ihres Todes und vor allem über den oder die Verursacher hätten geben können, waren gezielt unbrauchbar gemacht worden.

„Aber das ist nicht alles", setzte Lilith ihre Analyse fort. „Wer das getan hat, wollte auch eine Botschaft hinterlassen. Er wollte mich wissen lassen, dass er über diese Kenntnisse verfügt."

Sie hatte Recht. Wie Schuppen fiel es Frank von den Augen. Hätte der Urheber dieses Dramas so viel Informationen wie möglich verbergen wollen, so hätte er sämtliche Leichen in gleicher Weise verstümmelt. Man hätte es dann immer noch für das Werk eines oder mehrerer Psychopathen halten können, für einen Ritualmord oder ähnliches. Aber einige Tote waren mit Absicht in einem Zustand belassen worden, der eine Befragung ermöglichte, ohne aber verwertbare Informationen zu liefern. Ein höhnisches Signal der Überlegenheit!

„Aber was kann jemand dadurch gewinnen?", grübelte Frank halblaut vor sich hin. „Außer ihm eine perfide Genugtuung zu verschaffen, bringt dieses Signal ihm keinen Nutzen – höchstens uns, wenn auch nur in sehr geringem Umfang."

„Es sei denn", setzte Lilith ihre Überlegungen fort, „es ist eine Botschaft an mich. Eine Botschaft, die ich nicht zu schnell, aber irgendwann doch entschlüsseln soll. Etwas, das meine Reaktionen beeinflussen könnte."

„Wer kann überhaupt über deine Fähigkeiten so gut Bescheid wissen?"

„Eine interessante Frage. Es gab nur wenige Magier und Gelehrte im Verlauf der Geschichte, die über dieses Wissen verfügten, und bis auf einen sind sie alle definitiv tot. Der eine – Merlin – aber sollte immer noch schlafen. Und falls nicht mehr, so müsste er sich schon sehr verändert haben, um so etwas anzurichten.“

„Wer kommt sonst noch infrage?“

„Engel vielleicht.“

„Aber welche Engel würden so etwas tun?“

„Gefallene Engel. Aber im Augenblick sehe ich nicht, was die von mir wollen könnten. Bisher sind wir uns gegenseitig eher aus dem Weg gegangen, haben uns sonst aber recht gut verstanden. Und warum gerade jetzt?“

„Vielleicht warst du es aber auch selbst und führst das ganze gruselige Schauspiel nur auf, um mich zu täuschen“, überlegte Frank. „Bisher spricht nichts zwingend dafür, dass Fremde von außen hier eingedrungen sein müssen.“

„Natürlich kann ich meine Unschuld nicht zweifelsfrei nachweisen“, gab Lilith zu. „Das alles ist wirklich sehr klug eingefädelt.“

„Fragt sich nur, von wem“, bohrte Frank weiter. „Und überhaupt – deine Erklärung für diese 'Wiederbelebungen'. Du bist eine Dämonin aus grauer Vorzeit, die seit Jahrzehnten in Isolation gelebt hat. Vielleicht hast du in den Jahrtausenden davor Kenntnisse über menschliche Körper und Seelen gesammelt, aber deine Vergleiche mit Robotern und Computern sind state- of-the-art. Wie kommt es, dass du dich auch mit so etwas auskennst?“

„Das ist leicht zu erklären“, sagte Lilith. „Nachdem wir gemeinsam diese Anlage in den Berg getrieben hatten, hat sich die Sicht der Mönche auf das Ziel, wie mit mir umzugehen sei, radikal verändert. Besonders Illuminatus begann daran zu glauben, dass es möglich sein könnte, mich zu läutern und zur Erkenntnis zu führen.“ Ein wehmütiger Blick huschte in die Richtung, wo die misshandelte Leiche des Abtes leblos in seinem Stuhl hing. „Darum waren sie bemüht, mich nicht wie ein Monster zu behandeln – eher wie einen respektierten, hochrangigen Kriegsgefangenen. Und mehr noch: Man gab mir Gelegenheit, mich über alles zu informieren, was in der Welt vor sich ging. Radio, Fernsehen, Internet (allerdings ohne Erlaubnis, in irgendeiner Form aktiv Einfluss zu nehmen). Und ich hatte viel Zeit.“

„... die du hoffentlich wirklich zur Läuterung genutzt hast",
schloss Frank. „Ich weiß nicht, was ich glauben soll. Aber da kommt
mir eine Idee: Gibt es hier eine Krypta oder sonst einen Ort, wo die
Mönche ihre Toten vor dem Begräbnis aufbewahrt haben?"

„Du denkst an Michael", erkannte Lilith sofort. „Du meinst, weil
er schon tot war, könnte man ihn für uninteressant erachtet oder
einfach vergessen haben. Ein kluger Gedanke – ich bin beeindruckt.
Komm mit."

Sie fasste Frank bei der Hand und zog ihn mit sich. Hinter einigen
Windungen im Felsengang erreichten sie einen kleinen, kühlen Raum,
und tatsächlich lagen dort die sterblichen Überreste von Bruder
Michael, ordentlich aufgebahrt und ohne erkennbare postmortale
Verstümmelungen. Auf einem Tischchen am Fußende lag auch
Franks Telefon, das die Mönche offenbar am Fundort ihres toten
Mitbruders aufgelesen hatten. Das Display hatte einige Kratzer, aber
ansonsten schien das Gerät intakt zu sein. Mechanisch nahm Frank
es auf und steckte es ein, während Lilith den Leichnam genauer (und
zumindest anscheinend mit einem gewissen Bedauern) betrachtete.

„Er ist noch intakt", sagte sie nach kurzer Inspektion. „Eine
Befragung wäre möglich. Bedenke aber, dass er schon seit längerer
Zeit tot ist als die anderen. Der Prozess der Zersetzung ist bei ihm
bereits weiter fortgeschritten. Und wenn du ältere Erinnerungen
abfragen willst, bedenke außerdem, dass das menschliche Gedächtnis
kein exakter Speicher ist. Woran wir uns erinnern, ist gefiltert mit
Prioritäten, Gefühlen, Erwartungen und Wünschen."

„Du weißt, wonach ich ihn fragen will?" Franks Einwurf war mehr
eine Feststellung als eine Frage.

„Natürlich. Du hoffst zu erfahren, wie er gestorben ist und ob ich
nicht doch etwas damit zu tun habe."

„Dann mal los", seufzte Frank. Einerseits verspürte er wenig Lust
auf eine weitere „Wiederbelebung", andererseits hoffte er tatsächlich
auf aufschlussreiche Informationen. „Aber *ich* stelle die Fragen."

Wieder legte Lilith ihre Hand an den Schädel des Toten, wieder
wurde es dunkel und kühl um sie herum, wieder übertrug sich eine
goldene Aura. Als Frank näher an den aufgebahrten Leichnam

herantrat, öffnete dieser die Augen.

## 8.   Totengedenken

Die Augen des untoten Bruders irrten ruckartig hin und her und hielten sich schließlich an Liliths Gesicht fest, allerdings ohne einen merklichen Ausdruck des Erkennens. Mit ein paar beruhigenden Worten bereitete Lilith die Befragung vor und wandte dann den Blick auffordernd an Frank.

„Du wolltest fragen", sagte sie ruhig. „Du kannst jetzt beginnen."

„Kannst du mich hören?", begann Frank unsicher. Er bemühte sich, den Körper, der vor ihm lag, nicht als Person zu betrachten – nicht als den Mönch, der ihm am vergangenen Abend den Ring an den Finger gesteckt hatte – zugleich aber doch als Gesprächspartner.

Der Angesprochene antwortete mit einem Krächzen. Offenbar war es nicht einfach für ihn, seinen Stimmapparat wieder in Gang zu setzen. Aber immerhin hatte er schon einmal eine Reaktion gezeigt.

„Wenn du nicht sprechen kannst", versuchte Frank eine Alternative zur Kommunikation aufzuzeigen, „gib zweimal Laut für 'ja' und dreimal für 'nein'." Auf diese Weise wollte er verhindern, eine einfache unkontrollierte Lautäußerung womöglich als Zustimmung missdeuten zu können. „Ist das möglich?"

Der Leichnam röchelte zweimal.

„Kein Problem?", setzte Frank sicherheitshalber nach, was mit dreimaligem Röcheln quittiert wurde.

„Weißt du, wer ich bin?", führte Frank die Befragung fort. – Verneinung.

„Weißt du, wer du bist?" – Bestätigung.

„Und sie?" – Verneinung.

„Wie kommt es, dass er sich an sich selbst erinnert, aber nicht einmal an dich?", fragte Frank verwundert, an Lilith gewandt.

„Er sieht nicht viel", erwiderte sie lapidar. „Sein Körper ist ausgetrocknet. Ohne Tränenflüssigkeit wird das Bild schnell undeutlich. Außerdem fehlt ihm jegliche Eigeninitiative. Vergiss nicht, dass wir es nur noch mit einer entseelten Hülle zu tun haben. Wenn er sich an jemanden oder etwas erinnern soll, musst du ihn ausdrücklich dazu auffordern."

„Ist der Flüssigkeitsverlust auch der Grund dafür, dass er nicht sprechen kann?", fragte Frank und überlegte, ob es wohl möglich wäre, ein Glas Wasser zu holen und dem untoten Mönch einzuflößen.

„Zumindest teilweise", sagte Lilith. „Es ist aber noch komplizierter. Er müsste zum Sprechen auch ein- und ausatmen können, und ich weiß nicht, wie gut seine Lungen wieder in Gang zu bringen sind. Vielleicht sind auch die Atemwege verstopft und müssen erst freigelegt werden. Soll ich es versuchen?"

Frank schüttelte sich angewidert. Er wollte so wenig wie möglich über Details dieser widernatürlichen Befragung nachdenken. Aber wie sollte er sonst erfahren, was er unter allen Umständen wissen wollte?

„Gibt es keinen anderen Weg, zu erfahren, was er kurz vor seinem Tod erlebt hat?", fragte er verzweifelt und hoffte darauf, dass die Verpflichtung, dem Ringträger zu gehorchen, Lilith daran hindern würde, eine mögliche Alternative vor ihm geheim zu halten.

„Doch", erwiderte sie zögernd. „Ich kann eine Verbindung zwischen seinen Gedanken und deinen schaffen. „Du könntest sein Erinnern miterleben. Aber sei auf eine verstörende Erfahrung vorbereitet. Seine Erinnerungen werden teils lückenhaft sein und teils überspitzt, in jedem Fall zerrissen. Und sie werden dir wie deine eigenen vorkommen."

Frank überlegte kurz. Liliths Warnung klang nachvollziehbar. Nicht wie ein Versuch, ihn von einer für sie unangenehmen Erkenntnis abzuhalten. Er dachte daran, wie sehr ihn die bisherigen Geschehnisse bereits mitgenommen hatten. Würde er stark genug sein, die Erinnerungen eines Toten an dessen Ableben unmittelbar zu ertragen? Aber welche Alternative hatte er? Wenn er nicht jede noch so geringe Chance auf Klärung wahrnähme, würde ihn das vermutlich noch mehr quälen als was immer ihn durch die geistige Verbindung mit dem toten Bruder Michael erwartete.

„Lass uns beginnen", sagte er entschlossen zu Lilith. „Was muss ich tun?"

Lilith erklärte ihm, dass sie für die gedankliche Verbindung auch seine Stirn berühren müsse und dass er diese Verbindung jederzeit durch eine körperliche Trennung lösen könne. Sei die Verbindung einmal hergestellt, müsse er den Toten auffordern, auf eine Frage zu antworten oder sich an ein bestimmtes Ereignis zu erinnern. Was immer sich dann im Bewusstsein des Toten manifestiere, würde er wie seine eigenen Gedanken empfinden.

Frank nickte zum Zeichen, dass er verstanden habe und Lilith nun beginnen solle. Sie legte ihm die Finger ihrer linken Hand an die Stirn, während die rechte weiter den Kontakt zum Leichnam Bruder Michaels aufrecht erhielt. Kaum hatte sie den Kontakt etabliert, schlichen sich chaotische Bilder, Töne und Wortfetzen in Franks Bewusstsein. Instinktiv wollte er sie abschütteln und unterbrach den Kontakt.

„Halt!", rief er, schwer atmend. „Wie soll ich daraus etwas erkennen? Eher werde ich wahnsinnig."

„Ich hatte dich gewarnt", stellte Lilith ungerührt fest. „Der Geist eines Toten ist kein angenehmer Ort. Und du hast derartiges noch nie erlebt. Wenn du die Verbindung sinnvoll nutzen willst, musst du lernen, alles auszublenden, was dich nicht interessiert. Konzentriere dich auf den Auftrag, den du erteilen willst, und die Antwort darauf. Dann wird beides das darunter liegende Rauschen übertönen. Wenn du das nicht schaffst, dann lass es lieber ganz."

„So schnell gebe ich nicht auf", bemerkte Frank trotzig. „Machen wir einen neuen Versuch. Immerhin weiß ich jetzt, was auf mich zukommt."

Lilith zuckte mit den Schultern und stellte die Verbindung wieder her. In der Tat war Frank diesmal vorbereitet, und es gelang ihm, sich auf die selbst gestellte Mission zu konzentrieren, so dass die unterschwelligen Gedanken des toten Mönchs ebenso dahinter zurücktraten wie seine eigenen Zweifel und der dringende Wunsch, sich so schnell und so weit wie möglich von diesem schrecklichen und unwirklichen Ort zu entfernen. Mehrfach drangen verschiedene

Empfindungen an die Oberfläche, aber es gelang ihm, diese immer wieder zurückzudrängen.

„Erinnere dich an den letzten Abend", sagte Frank laut, obwohl es wahrscheinlich auch genügt hätte, die Aufforderung in Gedanken zu formulieren. „Bevor wir uns begegnet sind. Warum warst du so spät in der Stadt und was ist dort passiert?"

Das folgende angestrengte Suchen in durch den Tod verschütteten Erinnerungen äußerte sich wie ein lautes, abwechselnd an- und abschwellendes Brummen, ab und zu unterbrochen von einem schrillen Kreischen. Frank trieb durch den Geist des Mönchs, mitgerissen von dessen rasanter Reise durch die Windungen eines Gehirns, dessen Verbindungen bereits an vielen Stellen zerstört waren. Wie ein Boot in stürmischen Gewässern wurde er hin und her geworfen. Vor ihm türmten sich gigantische Wogen auf und schleuderten ihn beiseite, dass er fast an plötzlich aus den Fluten ragenden, zackigen Felsen zu zerschellen drohte, nur um gleich darauf in einem sich mit atemberaubender Geschwindigkeit drehenden Strudel zu versinken, bevor dieser sich unvermittelt umkehrte und ihn wieder in hohem Bogen ausspie. Frank musste alle Willenskraft aufwenden, die er aufbringen konnte, um die Verbindung nicht wieder zu lösen, doch er hielt stand. Endlich beruhigte sich das stürmische Meer der abgestorbenen Erinnerungen, und er geriet in ruhigeres Fahrwasser, als er schließlich die gesuchte Szene wie das Signallicht eines Leuchtturms am fernen Horizont ausmachen konnte und zielsicher darauf zuhielt. Dann erreichte er das rettende Ufer und stand plötzlich in einer schmalen Gasse der nächtlichen Stadt unter einer unruhig flackernden Straßenlaterne, wartend.

*War es wirklich eine gute Idee, allein hierher zu kommen, nur aufgrund einer gekritzelten Botschaft auf einem Zettel? Wenig Zeit für Entscheidungen, Benachrichtigungen. Vielleicht eine einmalige Gelegenheit, auf Gleichgesinnte zu treffen. Vielleicht auch eine Falle.*

*Es ist die Warnung vor einem Komplott gegen den Orden. Eine Botschaft von Freund oder Feind? Eine dunkle Bedrohung, ein bevorstehender Versuch, Lilith zu befreien – von außen oder von innen? Will wieder einmal jemand sie in seine*

Gewalt bekommen oder weiß der Kontaktsuchende von einer Möglichkeit, mit der sie sich selbst befreien könnte? Unmöglich! Oder doch nicht?

Der Ring kratzt auf der Griffschale des Revolvers im Ärmel der Kutte, aber die Waffe gibt ein Gefühl von Sicherheit. Nicht gut für einen Mönch, aber vieles ist nicht wie bei anderen Mönchen. Besondere Situationen erfordern besondere Maßnahmen.

Treffpunkt und Zeitpunkt war zuerst ungefähr angekündigt. Details kamen erst ganz kurzfristig. Sehr auf Sicherheit bedacht! Wessen Sicherheit? Warum nicht bei Tag, unter Menschen? Vielleicht der Geheimhaltung wegen. Vielleicht Vorsicht. Vielleicht Misstrauen, auch von der anderen Seite. Oder doch eine Falle? In jedem Fall besser an einem neutralen Ort, ohne Aufsehen. Jedenfalls nicht im Kloster, bevor gegenseitiges Vertrauen hergestellt ist.

Niemand kann den Ring mit Gewalt nehmen. Und niemand kann ein Interesse daran haben, Lilith einfach freizusetzen.

Vorsicht!

Jemand nähert sich im Schutz der Dunkelheit. Nichts zu sehen, wohl aber zu spüren. Leise Schritte auf dem Pflaster verraten ihn. Kommt von hinten rechts. Umdrehen! Er nähert sich im Schatten. Nicht er, sondern sie. Von Statur und Bewegung her eine Frau.

„Lilith?"

Stichwort, Name? Sie sollte im Berg sein. Muss im Berg sein. Die Laterne flackert wieder, geht ganz aus. Ausgerechnet jetzt!

Die Gestalt steht vor ihm. Weiter Mantel, Kapuze. Hebt langsam den Arm, legt vermutlich einen Finger dorthin, wo der Mund sein muss. Kein Gesicht, keine Stimme.

Warum nicht reden? Sind wir nicht deshalb hier? Niemand sonst ist in der Nähe.

Das unebene Straßenpflaster schmerzt unter den dünnen Sohlen. Zu lange an der Stelle gestanden.

Sie signalisiert, ihr zu folgen. Wohin?

Er zögert. Soll er ihr folgen oder zuerst auf einem Vertrauensbeweis bestehen?

Sie steht ganz dicht vor ihm, aber vollständig vermummt. Erneut ein Wink, ihr zu folgen, ungeduldig jetzt.

Er zögert weiter.

Sie wendet sich brüsk ab und macht Anstalten, wieder ins Dunkel der Nacht *zu entschwinden. Er greift nach ihr, um sie aufzuhalten, den Revolver im Anschlag.*

*Als er nach ihrer Schulter fasst, entwindet sie in einer fließenden Bewegung sich selbst seinem Griff und ihm den Revolver aus der anderen Hand. Gleichzeitig ein Aufblitzen in ihrer Rechten und dann ein stechender Schmerz im Unterleib. Er stößt sie von sich. Sie taumelt zurück und verschwindet ins Dunkel.*

*Er geht zu Boden, verzweifelt. Verpatzte Chance oder gelungener Anschlag? Der Schmerz nimmt überhand. Trotzdem rafft er sich auf, schleppt sich ins Licht. Er weiß, dass er sterben wird. Aber so darf es doch nicht enden!*

*Er schickt ein Stoßgebet zum Himmel, dass ihm doch noch eine Gelegenheit gegeben werden möge, den Ring weiter zu geben. Dann macht er sich auf den Weg zurück zum Kloster, wissend, dass er es nicht schaffen wird. In seinem Geist ist nur noch Schmerz, Verzweiflung und sein Ziel.*

*Jeder Schritt kostet unmenschliche Überwindung. Abstützen an einer Hauswand. Schritt. Er hustet Blut. Schritt. War das eine menschliche Gestalt am anderen Ende des Platzes? Schritt, Schritt. Schmerz! Taumeln, gerade noch abgefangen an der Wand. Die Gestalt nähert sich. Ein Hustenanfall, gefolgt von Würgen.*

*Da steht der Andere auf einmal vor ihm, fragt: „Kann ich Ihnen helfen?"*

*Alle Kraft zusammen nehmend, richtet er sich auf.*

*„Vielleicht ...", röchelt er hoffnungsvoll und blickt in ein Gesicht, das seltsam vertraut erscheint ...*

Frank sprang zurück, löste die Verbindung. Die Agonie des sterbenden Mönchs im hoffnungslosen Ringen mit Tod und Selbstanklage wurde unerträglich. Und für das, was folgen würde, benötigte er nicht die Erinnerung Bruder Michaels, denn er hatte soeben in sein eigenes Gesicht gesehen.

Keuchend suchte er mit dem Rücken die kühle Steinwand und gab Lilith mit der Hand ein Signal, den Toten zu erlösen, dessen Qual er selbst so deutlich gespürt hatte als sei es die eigene. Eine Qual, die er keinen weiteren Augenblick verlängern wollte – seelenlose Hülle oder nicht!

„Genug!", rief er heiser. „Beende es jetzt – sofort!" Schweiß lief ihm ungeachtet der umgebenden Kälte in Strömen über Gesicht und

Körper. Immer noch spürte er den Nachhall der unerträglichen Schmerzen und beinahe ebenso schmerzlich die Erkenntnis, dass er nichts dabei gewonnen hatte. Aber um keinen Preis würde er noch einmal versuchen, dem toten Bruder Michael weitere Hinweise zu entlocken, ob dieser tatsächlich das Opfer eines schrecklichen Missverständnisses geworden war oder eines perfiden Komplotts – oder ob womöglich sogar doch Lilith selbst entgegen aller Annahmen und Erfahrungen aus Jahrhunderten einen Weg gefunden hatte, sich trotz des Rings höchstpersönlich ihres Gemahls zu entledigen.

Lilith nahm die Hand vom Kopf des Mönchs. Augenblicklich erlosch das goldene Licht, und zugleich verlor der Raum wieder die unnatürliche Kälte und Dunkelheit. Frank starrte hektisch von Lilith zu dem Toten und wieder zurück zu der Dämonin, deren Gesichtsausdruck – zumindest in seiner Wahrnehmung – zwischen bedauernder Anteilnahme und amüsierter Distanz zu schwanken schien.

„Und was nun?", fragte sie schließlich und riss Frank damit aus dem beginnenden Wahnsinn, in den er sich zu steigern begann. Die Beschäftigung mit der profanen Frage, wie es jetzt weitergehen solle, rettete ihn vor dem Abgleiten in einen Zustand, aus dem es vielleicht kein Zurück mehr gegeben hätte.

Was sollte er tun? Frank Menden befand sich in einer versteckten klösterlichen Anlage im Felsen eines Berges, inmitten der Spuren eines blutigen Gemetzels zwischen etwa zwei Dutzend ermordeter Mönche, zusammen mit einer Dämonin, die dafür verantwortlich sein mochte oder auch nicht, die aber in jedem Fall unabänderlich seiner Verantwortung unterlag. Was würde er der Polizei oder wem auch immer zu den Ereignissen der Nacht mitteilen können, was würde aus Lilith werden, wenn er verhaftet oder gar in eine psychiatrische Anstalt überstellt würde?

Im Augenblick wollte er nur noch fort von hier. Fort, fort, fort – von den Toten, dem Kloster, am liebsten von sich selbst!

„Lass uns gehen", hörte er sich zu Lilith sagen. „Und weil ich nicht weiß, wohin sonst, gehen wir zu mir nach Hause. Aber von nun an wirst du zunächst einmal nichts unternehmen, wozu ich dir keine ausdrückliche Erlaubnis erteilt habe – ist das klar?"

„Glasklar", erwiderte Lilith, die offenbar mit nichts anderem gerechnet hatte.

Ohne weiteres Zögern strebte Frank zielgerichtet dem Ausgang entgegen. Lilith folgte ihm.

Durch den verborgenen Eingang traten sie nach draußen. Es war ein milder Samstagmorgen. Die Sonne strahlte warm und freundlich auf sie herab, als sei nichts geschehen. Sorgsam schloss Frank die Tür hinter sich und bemühte sich, damit auch das erlebte Grauen in der felsigen Gruft mit einzuschließen.

Der Weg führte sie wieder zurück zum Marktplatz, wo geschäftiges Treiben herrschte. Samstag Vormittag. Der Marktplatz war angefüllt mit Ständen und Wagen, an denen Obst, Gemüse, Fleisch, Käse und allerlei andere Waren feil geboten wurden. Dicht gedrängt standen die Menschen in Warteschlangen oder schoben sich an diesen vorbei, prall gefüllte Taschen in den Händen und sorgsam darauf bedacht, diese nicht im Vorbeidrücken an Kanten der Marktstände zu beschädigen.

Obwohl der Ort nicht direkt an seinem Weg lag, konnte Frank nicht umhin, die Stelle zwischen Marktplatz und einer engen Gasse aufzusuchen, wo Bruder Michael gestorben war. Zielstrebig zog er Lilith hinter sich her, bis sie an der Straßenecke standen, die im hellen Sonnenlicht so harmlos wirkte, dass Frank es geradezu als provozierend empfand. Vergeblich hielt er nach Hinweisen auf das Geschehen Ausschau. Aber da waren keinerlei Blutspuren. Weder an der Hauswand noch auf dem Pflaster.

Nichts deutete mehr darauf hin, dass sich hier in der vergangenen Nacht ein Mord ereignet hatte. Irgend jemand musste den Tatort gründlich gereinigt haben, und er hatte ganze Arbeit geleistet.

„Ich wünschte, die Spuren von allem, was letzte Nacht geschehen ist, würden so rückstandslos verschwinden", murmelte Frank.

„Komm, lass uns gehen", sagte er dann, ergriff wieder Liliths Hand und schlug den Heimweg ein.

Nachdem sie den Marktplatz überquert hatten, gingen sie durch weniger belebte Regionen der Stadt. Am Himmel schoben sich vereinzelte Wolken vor die Sonne. Kleine Schäfchen zunächst, die das strahlende Licht sanft abdämmten. Doch dabei blieb es nicht. Immer mehr Wolken zogen sich zusammen, und bald türmten sich bedrohlich dunkle Wolkengebirge auf.

Frank Menden beschleunigte seine Schritte, aber eigentlich schien das gar nicht nötig zu sein. Interessanterweise blieben die Wolken hinter ihnen. Frank warf einen Blick zurück über seine Schulter und sah auf eine unwirkliche Szene. Die Grenze der sich aufbauenden Regenfront schien quer durch die Stadt zu verlaufen. Da stand er mit Lilith im nach wie vor hellen, wenn auch irgendwie abgetönten Sonnenschein, während sich drohend eine Unwetterfront über der anderen Seite der Stadt erhob und diese in bereits wieder abendlich erscheinendes Dunkel tauchte. Der Klosterberg, im Zentrum des beginnenden Gewitters, warf mit den ersten Blitzen flackernde Schatten über die Häuser, die sich an seinem Fuß ausbreiteten.

Plötzlich zuckte ein gewaltiger Blitz herab, größer und heller als alle übrigen, gefolgt von einem ohrenbetäubenden Donnerschlag. Dann erhellte ein aufloderndes Leuchten den Berg. Der Blitz war in einen großen, alten Baum eingeschlagen, und dieser war trotz des Regens sofort in Flammen aufgegangen. Ungläubig sah Frank mit an, wie das Feuer auf benachbarte Bäume überschlug. Aus der Ferne hörte er Feuerwehrsirenen, als die ersten Bäume umstürzten, dabei den Grund um ihre Wurzeln mitrissen und so einen regelrechten Bergrutsch auslösten.

In dem Moment wurde Frank Menden klar, was dort gerade geschah. Die herab brechenden Bäume, zusammen mit Erde und Geröll, waren dabei, den Eingang zum geheimen Kloster im Berg unter sich zu begraben, und gewiss stürzten gerade auch die Gänge und Räume im Fels – zumindest jene nahe dem Eingang – in sich zusammen und schufen so den Mönchen ein Grab, in dem niemand je nach ihnen suchen würde.

Entsetzt wandte er sich an Lilith, die ihn unschuldig anlächelte.

„Das warst du, nicht wahr?", sagte er anklagend. „Hatte ich dir nicht ausdrücklich verboten, irgend etwas ohne meine ausdrückliche

Erlaubnis zu unternehmen?"

„Richtig." Lilith begann zu feixen. „Aber hast du nicht selbst ausdrücklich gewünscht, alle Spuren mögen dauerhaft verschwinden?"

„Verdammt!", entfuhr es Frank. „Das war doch nicht als Auftrag gemeint."

„Aber so ließ es sich auffassen", konterte Lilith. „Außerdem ist es wirklich das Beste so. Es gibt niemanden, der die Mönche vermissen wird, denn es wusste ja niemand von ihnen. Ausgiebige polizeiliche Untersuchungen würden nur unnötig Staub aufwirbeln, und den Toten würde es auch nichts mehr nützen. Aber ob du es glaubst oder nicht: Auch mir tut es leid um Illuminatus, Michael, Matthias und die anderen."

„Ich muss wohl künftig sehr vorsichtig damit sein, was ich sage", seufzte Frank. „Ein zweischneidiges Schwert, diese absolute Befehlsgewalt über jemanden, der magische Fähigkeiten besitzt und jederzeit bereit ist, sie einzusetzen."

„In der Tat", bestätigte Lilith. „Das Wünschen will gelernt sein, Aladin. Der Geist ist aus der Flasche, und 'von nun an kann und wird alles, was Sie sagen, gegen Sie verwendet werden'."

„Oh mein Gott", stöhnte Frank. „'... kann und wird ...' – Du hast in deiner Höhle wohl auch noch amerikanische Fernsehkrimis gesehen!"

„Ich hatte sehr viel Zeit und wenig Gesellschaft", verteidigte sich Lilith noch und folgte ihm dann stumm, als er den Weg fortzusetzen begann und sich das Gewitter ebenso schnell wieder verzog, wie es entstanden war.

Am späten Vormittag erreichten sie Franks Wohnung. Frank zeigte Lilith kurz die Örtlichkeiten und zog sich in sein Schlafzimmer zurück, nachdem er ihr erlaubt hatte, sich frei in den anderen Räumen zu bewegen, diese aber auf keinen Fall zu verlassen oder irgend einen Einfluss auf was auch immer außerhalb zu nehmen. Aufgewühlt zog er die Vorhänge zu und ließ sich auf das breite Bett fallen, wo er reglos liegen blieb, den Blick starr zur Zimmerdecke gerichtet.

## 9.  Katerstimmung

Frank Menden erwachte schweißgebadet in seinem Bett. Offenbar hatte er sich bei der gestrigen Feier mit dem Alkohol doch etwas übernommen. Wie er genau nach Hause beziehungsweise ins Bett gekommen war, wann und wie er sich entkleidet hatte, daran konnte er sich nicht erinnern, aber der anschließende Alptraum war ihm umso realer erschienen! Gott sei Dank war er jetzt endlich wach!

Er zog die Decke zur Seite und schob vorsichtig die Beine über den Bettrand. Überraschenderweise spürte er den Alkohol kaum in den Gliedern und auch im Kopf machte sich nicht das typische dumpfe Gefühl breit, das in der Regel mit einem Kater verbunden war. Trotzdem wollte er zunächst einmal etwas gegen die Trockenheit im Mund unternehmen, bevor er sich unter die Dusche stellte. Er schlüpfte in die unter dem Bett stehenden Pantoffeln und schlurfte in die Küche.

„Dieser verdammte Alptraum steckt mir immer noch in den Knochen", dachte er, während er mit zittrigen Fingern Kaffee in einen großen Becher goss. Aber dann zog eine wohlige Wärme durch seinen Körper, als er den Becher mit beiden Händen fest umschloss.

Nach dem ersten tiefen Schluck stellte er die Tasse ab, atmete tief und entspannt ein und wieder aus, sog den heißen Duft in die Nase und schloss die Augen. Dann griff er wieder nach dem Keramikbecher.

Klonk!

Leicht irritiert ließ er die Tasse wieder los und griff noch einmal zu.

Klonk!

Irgendetwas schnürte seine Kehle zu. Frank riss die Augen auf und  starrte auf seine Hand. Und sah den Ring.

„Lilith?!"

„Ich bin hier", ertönte eine sanfte weibliche Stimme direkt hinter ihm. Frank fuhr herum.

Dort stand sie, die vollkommenen Formen nur unzulänglich

bedeckt mit seinem T-Shirt (eigentlich ein Fußballtrikot, Größe XL, das ihm irgendjemand einmal geschenkt hatte, obwohl er sich gar nicht für Fußball interessierte), das an ihr wie ein unförmiges, kurzes Kleid wirkte. Sie lächelte ihn an – liebevoll, ein wenig spöttisch? – Er konnte sich nicht entscheiden. Zumal ihm tausend andere Gedanken wie ein Schwarm zorniger Bienen durch den Kopf schwirrten.

Er widerstand der Versuchung, sie auf seinen Schoß zu ziehen und mit den Fingern durch das wellige schwarze Haar zu streichen – ebenso wie der Frage, wo sie sich seit seinem Erwachen aufgehalten hatte. Stattdessen sagte er: „Bitte erzähl' mir jetzt irgendeine Geschichte, wie zum Beispiel, dass wir uns gestern Abend auf der Feier kennengelernt haben, bei einem dummen Spiel 'verheiratet' wurden und du mich nach Hause gebracht hast, weil ich zu betrunken war, um noch selbst zu fahren." Er seufzte tief. „Und vor allem, dass alles übrige wirklich nur ein böser Traum war."

Lilith zog eine Augenbraue und den gegenüber liegenden Mundwinkel hoch.

„Na hör' mal. Das ist aber keine sehr galante Art, eine Frau zu begrüßen, mit der man gerade die Nacht verbracht hat. Allerdings fürchte ich, dich enttäuschen zu müssen."

Frank kniff die Augen zusammen und rieb mit den Fingern darüber. Auf einmal stellten sich doch heftige Kopfschmerzen ein, und er konnte sich nicht entscheiden, ob er sich darüber freuen sollte oder nicht. Immerhin bestand noch die Chance, dass „alles übrige" in seiner Erinnerung nicht mit ihrer Version übereinstimmte.

„Was immer du damit meinst", stöhnte er, „du willst aber jetzt nicht sagen, dass ich seit letzter Nacht mit einer fünftausend Jahre alten Dämonin verheiratet bin – oder?"

„Nicht ganz", traf ihn die ernüchternde Antwort. „Eigentlich bin ich älter als die Zeit, aber was meine menschliche Gestalt angeht, kommt es mit den fünftausend Jahren ungefähr hin."

Frank ächzte wieder. Entweder hatte die Frau vor ihm einen recht eigenartigen Humor, oder er ein wirklich ernsthaftes Problem.

Er richtete sich auf und bot ihr mit einer fahrigen Handbewegung einen Platz auf dem zu ihm über Eck stehenden Küchenstuhl an.

„Also jetzt mal ernsthaft …", begann er, wurde aber unterbrochen.

„Ernsthaft kann ich deine Zweifel beseitigen, um es kurz zu machen. Ich verstehe gut, dass es dir schwer fällt, zu glauben oder auch nur zu akzeptieren, was in der vergangenen Nacht geschehen ist. Aber es ist sinnlos, sich etwas vorzumachen. Gestern Abend hat dir ein sterbender Mönch einen Ring an den Finger gesteckt, der mich seit Jahrtausenden an den jeweiligen Träger bindet. Er hat dich zu einem geheimen Kloster im Berg geführt, wo wir einander vorgestellt wurden. Wir haben die Ehe vollzogen und kurz darauf festgestellt, dass die Mönche inzwischen dahingemetzelt worden waren, so dass du den Ring nicht weitergeben konntest. Dann sind wir hierher geflüchtet, und nun hast Du mich am Hals – oder um den Finger gewickelt, wenn Du so willst."

Frank seufzte schwer. „Und wie geht es jetzt weiter? – Die Mönche leben nicht mehr und haben mir viel zu wenig gesagt, um ihre Aufgabe auf Dauer fortzuführen. Verdammt, ich sollte doch nur die eine Nacht überstehen und dann den Ring weitergeben. Was mache ich denn jetzt?"

„Das fragst du ernsthaft mich?"

„Natürlich nicht! Das war eine rhetorische Frage – nur laut gedacht. Du würdest mir wohl kaum einen geeigneten Ratschlag geben, selbst wenn du könntest!"

„Zweifelst du immer noch an meiner Natur?"

„Scheiße, nein! Ich habe dich Tote erwecken sehen. Inzwischen bin ich überzeugt, dass du genau das bist, was die Mönche behauptet haben. Aber damit hast du nicht den geringsten Grund, mir dabei zu helfen, den Rest der Menschheit vor dir zu schützen. Und ich ebenso wenig, dir zu vertrauen."

„Na schön. Und was hast du dann jetzt vor?"

„Um ehrlich zu sein: keine Ahnung! Ich bin mit der Urmutter aller Dämonen verheiratet, die mir aber nichts tun kann. Die besten Voraussetzungen für eine lange und glückliche Ehe. Meinst du, wir könnten irgendwie so etwas wie eine halbwegs normale Ehe führen?"

„War das auch eine rhetorische Frage?"

„Natürlich." Frank zögerte kurz. „Irgendwie schon. Obwohl … vielleicht wäre das tatsächlich die beste Lösung. Aber wie sollte das gehen? – Du hast keinerlei Dokumente. Offiziell existierst du nicht. Ich dürfte natürlich nicht zulassen, dass du abgeschoben würdest – und wohin auch?"

„Die Dokumente sind das geringste Problem. Es wäre mir ein Leichtes, mir in kürzester Zeit alle erforderlichen Unterlagen zu verschaffen – absolut echt. Und eine wasserdichte Vergangenheit, von der Geburtsurkunde über den Schulabschluss bis zu Berufsausbildung oder Studium. Irgendwelche besonderen Wünsche hinsichtlich Herkunft und Ausbildung?"

„Du machst Witze …"

„Keineswegs. Glaub mir, du würdest selbst daran zweifeln, dass die Erlebnisse der vergangenen Nacht überhaupt stattgefunden haben. Aber leider wird daraus wohl trotzdem nichts werden."

„Und warum nicht?" Frank war so fasziniert von der Vorstellung, dass er fast nicht mehr an die Freuden der vergangenen Nacht dachte – oder die Schrecken des folgenden Tages.

„Du vergisst, dass jemand – Individuum oder Gruppe – ganz offensichtlich hinter mir her ist. Jemand ohne jegliche Skrupel, für seine Ziele zu morden. Und wer in der Lage war, das Kloster zu finden, wird sicherlich keine Schwierigkeiten haben, unseren Spuren bis hierher zu folgen."

Frank wollte etwas einwenden, aber Lilith sprach weiter, ohne ihn zu Wort kommen zu lassen. „Ja, ich weiß: Du zweifelst an meinen Beteuerungen, dass ich das Massaker nicht selbst begangen habe. Aber sei ehrlich: Wenn dem wirklich so wäre, müsstest du dann nicht in ständiger Angst leben, in einem unbedachten Moment ein Verbot oder einen Auftrag zu vergessen oder unvollständig zu formulieren, so dass ich zwar nicht dir, aber zweifellos anderen schaden könnte? Wie stellst du dir unter diesen Umständen eine 'normale Ehe' vor?"

Frank seufzte wieder, aber Lilith war noch nicht fertig. „Und in jedem Fall – wie lange würdest du dich wohl vor der Erkenntnis verschließen können, dass ich über die Jahrtausende hinweg mehr Leid und Tod verursacht habe, als du dir vorstellen kannst – darunter weitaus Schrecklicheres als das Massaker der letzten Nacht?"

„Jaja, schon gut. Es war sowieso nicht wirklich ernst gemeint. Und bestenfalls ein schöner Traum. Aber wo wir schon beim Träumen sind; warum nicht ein bisschen weiter fabulieren? – Ich habe oft davon geträumt, ein Rockstar zu sein. Würdest du das auch einrichten können."

„Selbstverständlich", lachte Lilith. „Nichts leichter als das. Heavy Metal wäre passend. Aber es wäre auch die beste Methode, um möglichst viel Aufsehen zu erregen."

„Schade eigentlich. Du hättest ruhig noch ein bisschen länger das Gedankenspiel mitspielen können. Aber mal im Ernst – hast du einen realistischen Vorschlag, was wir nun tun sollen?"

„Zunächst einmal solltest du dich möglichst unauffällig verhalten und mich im Hintergrund halten. Das kann nicht ewig gutgehen, aber für ein paar Tage sollten wir damit sicher sein. Hätten die Mörder uns direkt abfangen wollen, hätten sie das wahrscheinlich schon getan. Ich habe auch keine Ahnung, was sie wollen, aber genau das sollten wir in der Zeit, die uns bis zum nächsten Angriff bleibt, herauszufinden versuchen. Und wenn es zu keinem Angriff kommt, ..." – dabei zwinkerte sie ihm zu – „... hältst du mich beschäftigt und unter Kontrolle. Wenn ich aber Recht habe, hätten wir eine Möglichkeit, uns vorzubereiten."

„Und was soll uns das nützen? Die Mönche hatten offenbar keine Chance. Und sie waren bestimmt auf einen Angriff vorbereitet – besonders nach dem, was mit Bruder Michael passiert war."

„Ah", lachte Lilith. „Eine Schwäche in deiner Theorie. Michael kann ich schon aus zweierlei Gründen nichts angetan haben. Zum einen trug er den Ring, und zum anderen war ich im Kloster eingekerkert. Offenbar muss es also zumindest noch jemanden geben. Oder glaubst du nach der Vision aus der Erinnerung Michaels vielleicht sogar, ich hätte ihn selbst getötet und dazu dann wohl einen Weg gefunden, den Schutz durch den Ring zu umgehen? Dann hättest du wirklich Grund zur Sorge. Aber warum wärst du dann jetzt überhaupt noch am Leben?"

Frank stellte fest, dass er so nicht weiter kam. Ebenso gut konnte er sich auf Liliths Darstellung einlassen.

„Na gut, nehmen wir an, die Bedrohung sei real. Was sollte ich ausrichten können, wozu die Mönche nicht in der Lage waren?"

„Du – gar nichts. Aber ich schon. Die Feinde haben gezeigt, dass sie wissen, was ich tun kann. Und vielleicht spielen sie sogar mit uns. Aber das muss noch lange nicht heißen, dass ihre Fähigkeiten auch den meinen vergleichbar sind. Und niemand, der bisher solche Spiele mit mir gespielt hat und nicht den Ring trug, hat das lange überlebt."

Ein eisiger Schauer lief Frank den Rücken herab. Da war sie wieder, die unterschwellige Bedrohung, die von Lilith ausging. In der Tat war es ihm wesentlich angenehmer, anzunehmen, dass er dank des Rings zumindest selbst nicht gefährdet und in gewissen Grenzen Herr der Lage sei. Wenn diese Annahme nicht zutraf, war ohnehin alles verloren

„Wie lange habe ich geschlafen?", wechselte er das Thema.

„Es ist Sonntag, später Vormittag", ließ ihn Lilith wissen. „Nachdem wir gestern hier angekommen waren, hast du dich in dein Schlafzimmer zurückgezogen und bist wohl nach angestrengtem Grübeln irgendwann eingeschlafen. Dem Rumpeln in der Nacht nach zu urteilen, hast du dich dann irgendwann im Halbschlaf umgezogen und wieder ins Bett gelegt."

„Jetzt bin ich jedenfalls zumindest körperlich wieder fit", stellte Frank fest und ergänzte, während er sich mit der Hand über den Bauch strich:

„Wenn man mal von einem gehörigen Hunger absieht. Immerhin habe ich seit Freitag Abend nichts mehr gegessen."

Er blickte Lilith lange in die tief dunklen Augen. „Versuchen wir es doch wirklich einmal mit einem bisschen Normalität und fangen mit einem ordentlichen Frühstück an. Danach sehen wir dann, was wir mit dem begonnenen Tag noch weiter anfangen können. Ich glaube, je weniger ich über das Ganze tiefgründig nachdenke, umso eher kann ich mir auch meine geistige Gesundheit erhalten."

Nach einem ausgiebigen Frühstück, einer heißen Dusche und einer gründlichen Rasur fühlte Frank Menden sich beinahe wie neu geboren und blieb entschlossen, den Anschein von Normalität fortgesetzt so weit wie möglich aufrecht zu erhalten. Ein Blick aus dem Fenster verriet ihm, dass das sonnige Wetter aller Voraussicht nach weiter anhalten würde. (Und wenn nicht – *was soll's!* Lilith konnte offenbar das Wetter kontrollieren. Also musste er nicht *vermuten*, sondern *wusste* mit Sicherheit, dass es schön bleiben würde, solange er das wollte.) So schlug er Lilith vor, einen gemeinsamen Spaziergang zu unternehmen. Vielleicht mochten sie einander dabei näher kennenlernen, und etwas Besseres fiel ihm auch nicht ein. Der Orden der Vindicandi existierte nicht mehr – und wenn es doch irgendwo noch weitere Vertreter der Bruderschaft gab – wie sollte er sie finden und kontaktieren? Frank Menden musste also allein mit der Situation fertig werden und wusste eigentlich viel zu wenig. Wie auch immer – im Augenblick war er zweifellos in Liliths Gegenwart am sichersten und wollte sie auch aus Angst vor dem, was sie womöglich sonst anrichten konnte, nicht allein lassen.

## 10.  Himmel und Hölle

Frank und Lilith schlenderten Hand in Hand durch den Stadtpark. Die Sonne strahlte herab, Insekten schwirrten und summten rings um sie her. Die hügeligen Wiesen präsentierten sich in ihrer ganzen Pracht. Hier und da saßen, lagen, spielten Gruppen von jungen und älteren Menschen oder Familien. Von einem Grillplatz her zog der verführerische Duft von marinierten Steaks herüber.

Neben einem Pavillion war eine Bühne aufgebaut. Am Vorabend hatten hier auf einem Sommerfest mehrere lokale Bands gespielt, und heute Abend sollte zum Ausklang des Festes eine Gruppe aufspielen, die es, wenn auch nicht international, so doch zumindest im Land zu einem gewissen Bekanntheitsgrad gebracht hatte und immerhin eigens aus der Hauptstadt angereist war. Gerade waren einige Roadies damit beschäftigt, Instrumente und Soundanlage zu testen.

„Da würde ich gerne mal mitspielen", sagte Frank verträumt.

„Warum nicht?", erwiderte Lilith fröhlich und drückte seine Hand etwas fester.

„Na, zum Beispiel weil ich's nicht kann", entgegnete Frank mürrisch.

„Ich habe immer gern Musik gehört und hätte auch selbst gern Gitarre gespielt. Aber ich habe es nie richtig gelernt. Ich kenne gerade mal ein paar Standard-Akkorde und zwei bis drei Riffs. Was ich gestern über den Rockstar gesagt habe, ist nicht mehr als einer von vielen geplatzten Kindheitsträumen."

„Aber was *ich* über den Rockstar gesagt habe, war *nicht* übertrieben", blieb Lilith beharrlich. „Wenn du spielen möchtest, dann frag doch einfach, ob sie dir mal eine Gitarre leihen."

„Damit ich mich bis auf die Knochen blamiere? – Und außerdem: Warum sollten sie einem dahergelaufenen Möchtegern-Musiker wohl einfach eines ihrer Instrumente in die Hand drücken?"

„Komm schon, gib mir eine Chance. Hatten wir nicht über die konstruktive Nutzung von Magie gesprochen? Was könnte konstruktiver sein als Musik? Hättest du nicht Lust, dir genau jetzt diesen Kindheitstraum zu erfüllen?"

Frank wurde mürbe. Tatsächlich hatte er sich immer wieder in seinen Träumen auf der Bühne gesehen, mit einer Gitarre in den Händen, und zu seinen Füßen eine verzückte Menschenmenge. Natürlich hatte er den Traum immer wieder schnell verworfen. Viel Zeit zum Üben hatte er nie gefunden, und eine besondere Begabung hatte er auch nicht bei sich feststellen können, wenn er ab und an in die Saiten griff. Außerdem war er viel zu introvertiert für solch eine Karriere. Obwohl – sagte man nicht selbst Elvis Presley nach, er habe seinen ersten Auftritt im Schatten einer Hauswand gegeben, weil er zu schüchtern war, um die Bühne zu besteigen? Und was dem *King of Rock'n Roll* recht war, konnte einem Frank Menden auch durchaus billig sein. Frank fühlte sich versucht, auf Liliths Vorschlag einzugehen. Kraftlos wandte er noch ein, dass Lilith doch selbst empfohlen hatte, in den nächsten Tagen möglichst kein Aufsehen zu erregen. Aber im Grunde hatte er den Widerstand bereits aufgegeben.

„Und du könntest wirklich dafür sorgen, dass ich mich nicht zum

Affen mache? Und notfalls das Ganze später aus dem Gedächtnis der Anwesenden löschen?", fragte er hoffnungsvoll.

„Keine Sorge", beruhigte ihn Lilith. „Niemand wird sich gestört fühlen.

Das verspreche ich. Und du wirst gut sein. Du wirst brillant sein."

„OK, dann lass' uns etwas Verrücktes tun. Geronimo!"

Den Namen des berühmten Apachen-Häuptlings auf den Lippen, mit dem schon zahllose Krieger in scheinbar aussichtslose Schlachten gestürmt waren, und mit entschlossenem Schritt trat Frank an die Bühne und sprach einen der arbeitenden Roadies an.

„Entschuldigen Sie bitte, darf ich Sie etwas fragen?"

„Ja klar, Alter", quetschte der Angesprochene, ohne den Blick von der Arbeit zu wenden, zwischen zusammengebissenen Zähnen hervor, während er auf einem Zahnstocher herumkaute. „Wat willste denn wissen?"

„Eigentlich geht es weniger um 'wissen' als um 'tun'", erklärte Frank umständlich. „Wissen Sie, ich habe mir immer schon gewünscht, einmal auf einer richtigen Bühne mit einer richtigen Anlage Gitarre zu spielen."

„Ach, und jetzt würdeste hier jerne mal in die Saiten hauen, wa? Haste denn deine Klampfe dabei?"

„Meine was? – Ach so – nein, leider nicht. Ich dachte, ich dürfte vielleicht ..."

„So, du meinst, wir ham ja jenuch von den Teilen hier, ne? Naja, wende nix kaputt machs … Kannste denn spielen?"

„Naja, ein bisschen … nichts Großes … also ...", druckste Frank verlegen und bereute schon fast wieder seinen Vorstoß. Aber nun gab es kein Zurück mehr.

„OK, verstehe", grummelte der Roadie, aber dann legte er das Werkzeug aus der Hand und wandte sich an seine Kollegen.

„He Leute, machen wir mal 'ne Pause! Heute is Wunschtach für den Kumpel hier."

Er packte Frank am Unterarm und zog ihn mit einer kraftvollen Bewegung auf die Bühne. Dann schob er ihn sanft in eine Ecke, wo ein halbes Dutzend verschiedene Gitarren aufgestellt waren. „Such dir wat aus und denn ma los. Viel Spass – aber pass auf; wennde wat kaputt machst, dann kriejen wir beide mächtich Ärger."

Frank betrachtete die Gitarren, denen man den häufigen Gebrauch ebenso wie die liebevolle Pflege ansehen konnte und entschied sich schließlich für ein Modell im klassischen Stratocaster-Design, mit auf beiden Seiten unterschiedlich tiefen ergonomischen Aussparungen im Körper für die hohen Töne und in einer diagonalen Reihe über ein schräges Dreieck angeordneten Spannschrauben. Und mit einem Wahwah- Hebel. Ehrfürchtig ergriff er das Instrument am Hals und legte sich den Gurt über den Rücken, passte dessen Länge an, bis sich die Spielhaltung gut anfühlte, und schlug vorsichtig einen A-Moll-Akkord.

„Ist frisch gestimmt!", rief ihm der Roadie zu, der abwartend am Mischpult stand. „Hier!", rief er dann und warf Frank ein Kabel mit Klinkenstecker zu, um die Gitarre mit der Verstärkeranlage zu verbinden.

Frank fing das Kabel aus der Luft, steckte es in das Instrument und wiederholte den Akkord. Wie ein Donnergrollen dröhnte der Klang durch den Park. Frank Menden stand da wie elektrisiert.

„Geht's etwas leiser?", rief er dem grinsenden Techniker am Mischpult zu. „Eigentlich wollte ich nur mal ein bisschen vor mich hin spielen und nicht bis nach Wacken zu hören sein."

„Klar doch", lachte der Roadie und drehte die Regler herunter. „War nur'n kleiner Spass. Ick bin übrijens der Max. Jetzt mach nochmal."

Frank schlug den Akkord erneut, und diesmal klang es wie erhofft: laut genug, um ihm das Gefühl zu vermitteln, tatsächlich auf einer Bühne zu stehen, aber auch wieder nur so laut, dass lediglich in einem Umkreis von vielleicht 30 Metern um die Bühne mehr als ein unauffälliges Säuseln zu hören war.

„Komm jetzt", feuerte Max ihn an. „Ein Riff!"

Da kam nur eines infrage: das bekannteste Riff der Rockgeschichte, von Ritchie Blackmore 1972 für die B-Seite eines Deep Purple-Albums erdacht, hatte die einfache Folge von Doppelanschlägen sich durch die Jahrzehnte gerockt, und es gab wohl kaum irgendwen, der jemals eine elektrische Gitarre in Händen gehalten und noch nie „*Smoke on the Water*" gespielt hatte.

„Ah, ein Metaller!", rief Max aus. „Wart mal'n Augenblick, Kumpel. Da muss ick 'n bisschen wat umstellen." Er fingerte an den Kontrollreglern des Mischpults herum, ging herüber zu dem Verstärker, in dem das Gitarrenkabel endete, lief zurück zum Mischpult und gab Frank ein Handzeichen. Der wurde nun mutiger und packte ein weiteres Heavy Metal-Riff aus: „*Highway to Hell*" von den schottisch/australischen Hardrockern AC/DC. Es klang fantastisch in seinen Ohren, und auch Max schien anerkennend mit dem Kopf zu nicken.

„Na los, spiel mal ein ganzes Lied", hörte er Lilith von vor der Bühne rufen, gab sich einen Ruck und dachte: *OK, jetzt nur nicht blamieren. Spiel etwas, das du sicher kannst.* Und schon schoss es ihm durch den Kopf:

„*Lady in Black*!" Was konnte angemessener sein, und außerdem war Uriah Heep mit diesem Song ein Geniestreich gelungen. Zwei Akkorde waren alles, was man zur Begleitung brauchte, und trotzdem hatte der Song Geschichte geschrieben.

Frank begann das einfache Vorspiel, dann, zögernd, die Akkorde, die Melodie getragen von ein paar Zwischentönen, keine große Sache. Zwischendurch die Akkorde rocken lassen. Ja! Schade nur, dass es in diesem Lied kein Gitarrensolo gab! Aber wie aus dem Nichts flossen nach dem zweiten Refrain Töne in seine Finger, verhalten zunächst, dicht an der Gesangsmelodie. Aber es ging weiter, Variationen ergaben sich von allein, fast konnte Frank sich selbst beobachten, wie er sich immer mehr vom ursprünglichen Motiv entfernte, ohne die Harmonie zum Original aufzugeben oder den Bezug zum Grundthema zu verlieren. Nahtlos fand er den Anschluss an eine weitere Strophe, die er in Variationen spielte, so dass das Stück auch instrumental nicht langweilig wurde. Dann wieder ein Solo, dynamischer, schneller als das erste. Seine Finger flogen über die Saiten, hochfrequente Arpeggios wurden abgelöst von langen Slides und überspannten Saiten. Hand und Hebel ließen die Töne schwingen, dann jagten die Griffe wieder über die ganze Länge des

Gitarrenhalses, von oben nach unten und zurück. Frank Menden spielte wie in Trance, als habe sich durch die Töne eine Tür geöffnet. Eine Tür zu einem bisher verborgenen Teil seiner selbst. Einem Teil allerdings, der Griffe und Spielvarianten auf der Gitarre traumwandlerisch beherrschte, die Frank bisher noch nicht einmal gehört, geschweige denn je selbst gespielt hatte.

„In Trance", ein früher Song von den Hannoveraner Scorpions, der ersten deutschen Heavy Metal Band, die es zu wahrem Weltruhm gebracht hatte, auf Augenhöhe mit den britischen und amerikanischen Top Acts. Ihm gelang ein fließender Übergang zu dem Scorpions-Song, und weiter ging es, die Saiten schienen zu glühen. Frank stand fast unbeweglich, aber seine Finger bewegten sich so schnell, dass man sie nur noch verschwommen sehen konnte.

Vor der Bühne reckten sich erste Fäuste mit gestrecktem Zeige- und kleinem Finger empor. „Mano cornuta", die „gehörnte Hand" – ein altes Symbol der Teufelsabwehr, von Ronnie James Dio als allgemeiner Gruß der Hardrocker eingeführt, kurz nachdem er anstelle von Ozzy Osbourne als Sänger bei Black Sabbath eingestiegen war, den Vätern des Heavy Metal.

Max hatte die Lautstärke wieder hoch gedreht, und immer mehr Schaulustige versammelten sich um die Bühne, auf der Frank Menden wie im Rausch spielte, als gebe es kein Morgen. In seinen Händen erwachte die Gitarre zu nahezu gespenstischem Leben. Ohne es zu bemerken, hatte Frank Unterstützung bekommen. Ein Angehöriger der Bühnencrew hatte sich inzwischen ans Schlagzeug gesetzt, und Max hatte eine Bassgitarre aufgenommen. Inzwischen war Frank zum monumentalen „Heaven and Hell" übergegangen, mit dem Dio einst sein Debüt bei Black Sabbath gegeben hatte. Frank spielte das zentrale Solo so kraftvoll wie der fingeramputierte Tony Iommi es einst entworfen hatte, dabei mit einer Virtuosität, mit der er einem Kirk Hammet von der amerikanischen Band Metallica nicht nachstand. Den Ausklang des Songs ließ er schließlich mit einem Klang, fast wie eine akustische Gitarre, sanft im Wind zerfließen und hob erstmals den Blick, erschöpft, verschwitzt, glücklich. Vor ihm stand eine dicht gedrängte Menge und jubelte ihm zu.

„`Ein bisschen´!", ahmte Max Franks bescheidenen Kommentar zu seinen Gitarrenkünsten nach, und dann: „Wow, Mann! Ich meine: WOW! Aus welchem Metaller-Himmel bist du denn gefallen? Boah, die Jungs werden es schwer haben, heute Abend, das zu toppen."

„Entschuldigung", murmelte Frank. „Ich wusste nicht, … wollte nicht … Danke, Max." Und zu der Menge gewandt, „Danke, Leute, danke! Hey, keep on rockin'! Das war's, danke, danke!"

Er zog den Stecker aus der Gitarre und stellte sie zurück an ihren Platz. Dabei fühlte er sich, als stünde er selbst unter Strom. Die Haut prickelte, das Herz raste, in seinem Kopf dröhnte der Nachhall seines Spiels und vermischte sich mit dem frenetischen Applaus der Menschen vor der Bühne. Wenn das ein Adrenalinrausch war, konnte er verstehen, was Rockstars, die einmal davon gekostet hatten, immer wieder auf die Bühne trieb.

„Danke, Jungs", rief er der Crew noch einmal zu und stahl sich dann zwischen den dicken Zeltplanen auf der Rückseite von der Bühne.

Wahrscheinlich wären die neu gewonnenen Fans ihm gefolgt, aber urplötzlich hatten sich an dem bis eben noch strahlend blauen Himmel dunkle Wolken zusammengezogen, heftige Böen blähten die Planen, und schon fielen erste dicke Tropfen. Die Menge zerstreute sich schnell, und kaum war der Platz um die Bühne verlassen, klarte es wieder auf. Inzwischen hatte Frank sich mit Lilith, die ihn hinter der Bühne bereits erwartet hatte, weit genug entfernt, um nicht mehr aufzufallen, allerdings nicht ohne bei einem Eiswagen noch kurz anzuhalten und dort eine Runde Eiswaffeln für die Bühnenarbeiter zu bestellen.

„Und, wie war's?", fragte Lilith, leckte an ihrem Eis und drückte Frank einen kalten Kuss auf die Wange.

„Gigantisch! Ich kann's immer noch nicht glauben. Habe ich das alles geträumt?"

„Absolut nicht. Du hast auf der Bühne gestanden und den Stadtpark gerockt."

„Aber ich kann gar nicht so gut spielen. Ich kann eigentlich überhaupt nicht spielen. Nicht einmal genug für's Lagerfeuer. Und was für ein Aufsehen!"

„Keine Sorge." Lilith lächelte beschwichtigend. „Das Ereignis an sich wird sicher noch eine Weile von sich reden machen. Aber niemand wird sich an dein Gesicht erinnern, und auf keinem Foto oder Film wird irgendetwas zu erkennen sein."

„Eigentlich irgendwie schon wieder schade", lamentierte Frank und zog einen Flunsch, „aber sicher besser. Die Erinnerung an dieses Gefühl wird mir jedenfalls niemand mehr nehmen können." Schon strahlte er wieder euphorisch. „Vielen, vielen Dank! Da hast du mal wirklich etwas Positives geschaffen."

„*Heaven and Hell*", zitierte Lilith und lächelte geheimnisvoll. Beinahe hätte Frank den Unterton überhört, aber als sie wieder in seiner Wohnung angekommen waren, fühlte er sich doch zur Nachfrage genötigt:

„Was genau meintest du eigentlich mit 'Heaven and Hell'? Das war mehr als nur ein Zitat aus einem *Black Sabbath*-Album, nur weil ich den Song gespielt habe, oder?"

Lilith wurde ernst.

„Vertraust du mir inzwischen?" Frank zögerte.

„... oder fürchtest du mich noch?"

„Nun ja, das eigentlich nicht mehr so richtig."

„Das solltest du aber."

Plötzlich schien es um Lilith herum irgendwie dunkler zu werden, als würde sie von einem finsteren Nebel umhüllt. Dabei schwärzten sich ihre Augäpfel zunächst und begannen dann allmählich zu leuchten wie glühende Kohlen. Frank Menden stand da wie erstarrt.

„Du *möchtest* mir vertrauen, nicht wahr?" Die unirdisch tiefe Stimme stand wie ein greifbares Objekt im Raum. „Aber du *kannst* es nicht. Um die Anspannung zu ertragen, versuchst du zu verdrängen, was du weißt oder zu wissen glaubst. Aber ich bin wer ich bin und was ich bin. Und sobald du daran erinnert wirst, fällt dein Vertrauen wie ein Kartenhaus in sich zusammen."

Frank begann zu zittern. Eine eisige Kälte stahl sich in seine Glieder.

„Ich habe dich gewarnt: Du willst mich nicht wirklich kennenlernen", fuhr die dämonische Stimme fort, die aus den tiefsten Tiefen der Hölle empor zu grollen schien, wie ein ferner Donner. „Du hast nicht einmal eine vage Vorstellung davon, welche Gräueltaten ich begangen habe und warum. Solange du nicht akzeptieren kannst, was ich war und was ich bin und mir trotzdem in jedem Moment vertraust, wirst du immer Grund haben, mich zu fürchten. – Nicht was dich persönlich angeht. Solange du den Ring trägst, bist du absolut sicher vor mir. Aber du wirst ständig fürchten, was ich tun könnte, wenn du bei deinen Versuchen, mich im Zaum zu halten, auch nur den kleinsten Fehler machst. Und für alles, was dann geschieht, wirst du dir die Schuld geben. *Davor* musst du Angst haben."

Ebenso unvermittelt, wie er entstanden war, zog sich der dunkle, kalte Nebel um den Dämon zurück, die Augen nahmen wieder ihre normale Farbe an, und auch Liliths Stimme war mit einem Mal wieder menschlich.

„Du wünschst dir eine 'normale' Beziehung. Aber die wird es mit mir niemals geben. Vielleicht brauchst du hin und wieder diese Illusion, um das alles ertragen zu können. Aber du solltest nie ganz vergessen, mit wem du zusammen bist."

Dabei lehnte sie sich zurück, schlug die Beine übereinander und wippte den Fuß aufreizend auf und ab. Wie hypnotisiert folgte Frank der Bewegung und war beinahe bereit, die soeben erlebte gruselige Verwandlung schon wieder als eine unwirkliche Vision abzutun, ausgelöst von der Anspannung der vergangenen Tage. Aber er riss sich zusammen, denn er wusste es besser.

„Warum sagst du mir das?", fragte er irritiert. „Willst du denn nicht, dass ich dir vertraue?"

„Doch", entgegnete Lilith ruhig. „Natürlich will ich das. Aber was nützt mir ein brüchiges Vertrauen, das du mir jederzeit wieder entziehst, sobald du dafür einen Anlass siehst – und deren kann es viele geben! Dabei wird es jedes Mal, wenn du dein bisheriges Vertrauen enttäuscht zu finden glaubst, schwieriger für mich werden, es erneut zu gewinnen. Das Vertrauen, das ich mir wünsche, kann nur

im vollen Bewusstsein entstehen, wem du es schenkst. Und warum."
Lilith machte eine Pause. „Vertrau mir", flüsterte sie dann eindringlich, „aber tu es wirklich – oder sei dir genau bewusst, wie weit du gehen willst."

Frank Menden runzelte die Stirn. Die Argumentation leuchtete ein. Aber sie half ihm nicht weiter, denn mehr denn je fühlte er sich zerrissen zwischen der Furcht vor dem Dämon und der Last der Verantwortung einerseits und auf der anderen Seite dem sehnlichen Wunsch, diesem faszinierend klugen, einfühlsamen und überirdisch schönen Wesen vertrauen zu können, sowie dem Verlangen, sich in leidenschaftlicher Vereinigung mit der verführerischen Frau zu verlieren, die ihn unwiderstehlich anzog und sich ihrer Wirkung auf ihn – wie gewiss, wenn sie das wollte, auf jeden Mann – zweifellos in vollem Umfang bewusst war. Und war es nicht womöglich genau das, was sie beabsichtigte? Wollte sie ihn durch diese Widersprüchlichkeiten in den Wahnsinn treiben? Falls ja, dann hatte sie wohl gute Aussichten auf Erfolg. Wahrscheinlich bedurfte es tatsächlich eines Mönchs mit übermenschlicher Selbstdisziplin und jahrelanger Vorbereitung in strengster Askese, um im Umgang mit Lilith einen klaren Kopf zu behalten.


## 11.  Das Schweigen der Vögel


Der folgende Morgen brachte neue Fragen auf. Das Wochenende war vorüber. Frank wurde in der Firma erwartet. Für einen kurzen Moment erwog er, eine Krankheit vorzutäuschen, verwarf den Gedanken aber sofort wieder. Zum einen hatte er grundsätzlich noch nie etwas von Notlügen gehalten, und andererseits war ihm auch augenblicklich klar, dass er das Unausweichliche bestenfalls für ein paar Tage würde aufschieben können. Auch wenn er der Arbeit fernblieb, gab es keine realistische Aussicht, der Lösung des Problems „Lilith" in der erschwindelten Zeit auch nur einen Schritt näher zu kommen. Früher oder später würde er entweder sein normales Leben wieder aufnehmen oder mit ihr untertauchen müssen. Er hatte auch kurz mit dem Gedanken gespielt, die Macht der Dämonin und seine Befehlsgewalt ihr gegenüber zu nutzen, um Gutes in der Welt zu bewirken, hatte sich ausgemalt, wie er mit ihrer Hilfe Hunger, Not und Elend beseitigen könnte, doch diese Gedanken ebenso schnell wieder verworfen. Wenn die vergangenen zwei Tage ihn etwas gelehrt hatten, dann dass Lilith nicht beherrschbar war und sich alles, was er ihr auftrug, in seiner Wirkung leicht ins Gegenteil verkehren konnte. Zweifellos würde es schwierig genug sein, sicherzustellen, dass sie einfach nur keinen Schaden anrichtete.

Zum Untertauchen war er jedenfalls nicht bereit, und somit konnte er ebensogut gleich jetzt einen *modus vivendi* finden, seiner regulären Tätigkeit nachzugehen, während Lilith allein zuhause blieb.

„Bis ich zurückkomme, bleibst du in der Wohnung und wirst keinem Menschen – direkt oder indirekt – irgendeinen Schaden zufügen", trug er ihr auf, während er seine Jacke überstreifte und den Autoschlüssel einsteckte.

„Und wenn die Killer mich hier aufsuchen?", wandte Lilith ein. Ihre Stimme klang kein bisschen ängstlich, mehr wie eine sachliche Nachfrage zu einem unklaren Arbeitsauftrag.

„Na gut – Notwehr ausgenommen", entschied Frank einschränkend.

„Aber auch da nicht mehr als nötig. Und ich bin noch lange nicht überzeugt, dass nicht du selbst die Mönche auf dem Gewissen hast – falls du über so etwas überhaupt verfügst. Schließlich möchte ich nicht so enden wie Echnaton oder Julius Cäsar – oder die Vindicandi."

„Und Bruder Michael?", beharrte Lilith erneut. „Dem bist du begegnet, lange bevor ich irgendetwas hätte tun können. Zumindest sein Mörder läuft noch frei herum, und ich kann es nicht sein."

„Das sollte wohl so sein. Trotzdem lasse ich mich so leicht nicht einwickeln. Wir wissen beide, dass er in dem Augenblick, als ihn die Klinge durchbohrte, selbst gezweifelt hat. Wie auch immer, der Auftrag gilt. Dann also bis heute Abend."

Mit diesen Worten verließ er das Apartment und hoffte, zumindest diesmal keinen Fehler gemacht zu haben.

Der Arbeitstag verlief so normal, wie ein Tag in einer Firma verlaufen kann, die den Besuch eines amerikanischen Großinvestors erlebt. K. N. Adamson, Gründer und CEO der Adamson Corp., war in den frühen Morgenstunden am Flughafen Köln/Bonn eingetroffen und befand sich bereits seit Längerem im Gespräch mit Bernd Filzinger in dessen Büro, als Frank im Firmengebäude eintraf. Die Adamson Corp. verschaffte der Filzinger GmbH einen finanziellen Quantensprung, erhob dafür aber natürlich Anspruch auf Mitgestaltung der zukünftigen Firmenaktivitäten. Darum ging es wahrscheinlich in den Gesprächen zwischen Adamson, Dr. Froid und Bernd Filzinger, die den gesamten Tag über andauern sollten. Nicht einmal in der Mittagspause gelang es neugierigen Mitarbeitern, einen Blick auf den Besucher zu erhaschen, denn Essen und Getränke wurden von einem beauftragten Catering-Unternehmen angeliefert und nach einer Weile auch wieder abgeholt, ohne dass irgendjemand den Geschäftsführungsbereich verlassen musste. Auch in den Kaffeepausen bekam außer den Verhandlungsführern nur Filzingers Sekretärin den amerikanischen Gast zu Gesicht. Alle aber fieberten dem Ergebnis der Verhandlungen entgegen, die schließlich auch über ihre ganz persönliche Arbeitssituation in der unmittelbaren und langfristigen Zukunft entscheiden konnten.

So fiel es nicht weiter auf, dass auch Frank Menden – wenngleich aus ganz anderen Gründen – mit seinen Gedanken nicht ganz bei der Sache war. Nur beim Mittagessen geriet er kurz in Bedrängnis, als ihn ein Kollege fragte, wie er das Wochenende verbracht habe. Frank wollte nicht lügen, aber auch möglichst wenig verraten. So entschied er sich zu einer Auskunft, die nicht falsch, zugleich aber scherzhaft in einer Weise verbrämt war, dass er darauf hoffen konnte, Nachfragen zu vermeiden. Sollte er später aber mit Lilith gesehen werden, könnte er sich darauf berufen, doch gar nichts verheimlicht zu haben.

„Ich? – Was soll ich schon gemacht haben? – Ich habe geheiratet", sagte er deshalb zwischen zwei Bissen.

„Im Ernst?!" Sein Gegenüber verschluckte sich fast.

Frank antwortete kauend mit einem Grinsen, und tatsächlich ging seine Rechnung auf. Auch sein Gesprächspartner lachte, schüttelte kurz amüsiert den Kopf und verzichtete auf weitere Nachfragen.

So überstand Frank den Tag weitgehend unbehelligt, war aber doch froh, als er sich in den Feierabend verabschieden konnte.

Frank lächelte, als er die Autotür öffnete. Fast fühlte er so etwas wie Entspannung aufkommen. Langsam und genüsslich ausatmend ließ er sich in den Sitz sinken und lehnte sich zurück. Mit dem (zumindest ansatzweise) gewöhnlichen Arbeitstag hatte er seine Gedanken wieder auf einen Hauch von Normalität ausrichten können. Gut, der Besuch eines internationalen Investors vom Format eines Mr. Adamson war alles andere als alltäglich, aber wenigstens kamen solche Ereignisse im Firmenleben hin und wieder vor, und wenn es dazu kam, war das durchaus ein Anlass zur Freude. Fast erschien es ihm nun ebenso normal und sogar erfreulich, dass zu Hause eine Ehefrau auf ihn wartete, um die ihn alle Kollegen beneiden müssten – wunderschön und ihm treu ergeben. Dass sie in Wahrheit ein Jahrtausende alter Dämon war, konnte er in diesem Moment fast verdrängen. Und vielleicht hatte er ja auch wirklich nur schlecht geträumt. Womöglich wartete tatsächlich niemand in seiner Wohnung. Er würde die Tür aufschließen, ein starkes Bockbier aus dem Kühlschrank holen, eine seiner Lieblings-CDs auflegen und in der weichen Polsterung seiner Couch versinken, ebenso wie in der wohligen Dämmerung des Alkohols. Entschlossen drehte er den Zündschlüssel, wählte eine CD mit Rockmusik aus den 70er Jahren, die er eigens als „Entfruster" für anstrengende Autofahrten zusammengestellt hatte, schaltete das Licht an und verließ beinahe beschwingt die Tiefgarage.

Nach knapp 20minütiger Fahrt durch den Feierabendverkehr erreichte er das Wohnviertel, in dem sich sein Apartment befand, bog in die Seitenstraße ein, die dorthin führte, passierte verschiedene Vorgärten und schwenkte schließlich in die Einfahrt zu seinem Parkplatz ein. Perfekt innerhalb der Markierung, das Nummernschild des Wagens wie ein Spiegelbild vor dem gleichartigen Schild, das die Parknische als seine auswies, stellte er das Auto ab, schwang die Beine aufs Pflaster und richtete sich mit einer fließenden Bewegung auf. Dann warf er die Tür ins Schloss und betätigte mit erhobener Hand den Schließmechanismus, ohne sich noch einmal umzudrehen. Er hörte noch, wie die Verriegelung mit einem lauten Klacken einrastete, setzte sich entschlossenen Schrittes in Richtung Hauseingang in Bewegung – und blieb abrupt stehen.

Aus dem Augenwinkel hatte er im Vorgarten eine ungewöhnliche geometrische Form wahrgenommen, die dort am Morgen noch nicht gewesen war. Die mehrere Quadratmeter große, makellose Rasenfläche war der ganze Stolz des Hausmeisters. Nun aber zogen sich darüber geometrische Linien, geformt von kleinen Objekten, wie schillernde Edelsteine auf hellgrünem Samt. Langsam drehte Frank den Kopf, sah genauer hin und erstarrte. Auf dem englischenRasen prangte ein Pentagramm, gebildet aus den Körpern Dutzender toter Singvögel. In der Mitte lag ein Rabe, die Flügel ausgestreckt wie ein Gekreuzigter.

Frank spürte ein plötzliches Schwindelgefühl in sich aufsteigen, das Herz wummerte im Rhythmus der Hämmer eines Stahlwerks gegen seine Brust. *Ruhig, ganz ruhig,* sagte er in Gedanken zu sich selbst und dachte darüber nach, wie lange wohl dieses grausige Symbol schon den Garten „zierte". Wahrscheinlich noch nicht sehr lange, war sein Schluss, denn wenn Passanten (die an Arbeitstagen in dieser Gegend glücklicherweise relativ selten waren) das Pentagramm bereits gesehen hätten, dann wäre hier gewiss ein Menschenauflauf entstanden. Wegen des besonderen Termins in der Firma war er heute relativ früh nach Hause gefahren, und er hatte einen verhältnismäßig kurzen Nachhauseweg. Die meisten anderen Bewohner befanden sich vermutlich noch an ihren Arbeitsplätzen oder auf dem Heimweg.

Mit neuem Elan setzte Frank sich in Bewegung, schloss mit zitternden Händen die Haustür auf, hastete durchs Treppenhaus und blieb keuchend für einen Moment vor seiner Wohnungstür stehen, bevor er auch diese öffnete.

„Lilith ...!"

Seine Stimme klang rau, wie ein Krächzen, das ihn sofort an den „gekreuzigten" Raben erinnerte.

„Was ist da draußen passiert?"

„Etwas, das zu verhindern du mir untersagt hattest." Die Stimme aus dem Wohnzimmer klang ungerührt.

„Was heißt 'verhindern'?! - Willst du damit sagen, dass nicht du dieses Massaker angerichtet hast?"

„Natürlich nicht." Lilith bog um die Ecke. Im Kleinen Schwarzen, mit leicht gekräuselter schwarzer Mähne, sah sie atemberaubend aus. „Was sollte ich mit so einem Unsinn bezwecken?"

Frank schüttelte den Kopf, als könne er sich damit von der unangemessenen Wirkung befreien, die Liliths Anblick auf ihn hatte.

„'Unsinn' ist dafür kaum das richtige Wort. Und was sollte sonst jemand damit bezwecken?"

„Normalerweise ist solch ein Ritual typisch für einen Beschwichtigungszauber. Aber in diesem Fall dürfte es sich vermutlich um eine Warnung handeln: 'Wir wissen, wo du wohnst; und wir sind bereit und in der Lage, dir oder wem auch immer etwas anzutun, ohne dass du es verhindern könntest' - oder so ähnlich."

„Beschwichtigungszauber?"

„Ja. Gehört nicht das Zwitschern von Vögeln im Morgengrauen zu den beruhigendsten Klängen? Der Zauber nimmt den Vögeln ihre Stimme und wiegt die Zielperson in Sicherheit, entspannt und friedlich. Aber natürlich wirkt das nur, wenn der Verzauberte das Pentagramm nicht zu sehen bekommt. Der Anblick ernüchtert die Meisten. Warum also sollte ich so etwas derart offensichtlich auf deinem Weg platzieren?"

Frank erinnerte sich der Stimmung beim Verlassen des Firmenparkhauses und glaubte nun den Zeitpunkt zu kennen, zu dem das Ritual durchgeführt worden sein musste. *Tatsächlich nicht lange her,* dachte er, fast erleichtert.

„Kannst du das verschwinden lassen – und dabei am besten jede womöglich noch bestehende Wirkung aufheben?"

„Selbstverständlich – darf ich denn?"

„Ich bitte darum", seufzte Frank. Lilith öffnete die rechte Hand, kreiste damit in einem knappen, aber eleganten Bogen durch die Luft, wobei sie etwas aus dem Nichts zu schöpfen schien, die Finger darum schloss und mit einer ruckartig werfenden Bewegung die Hand wieder öffnete. Für einen kurzen Moment schien der Raum von einer Wolke aus Federn erfüllt, die sich aber augenblicklich in bunten Rauch und dieser wiederum in Nichts auflöste, während ein kurzer Schrei ertönte, wie aus den Kehlen Dutzender Vögel, die alle im selben Moment ihr Leben aushauchten, untermalt vom verzweifelt ersterbenden Krächzen eines Raben. Dann herrschte Stille.

Frank stakste zum Fenster und warf einen Blick auf den Rasen, der scheinbar jungfräulich vor ihm lag. Sämtliche Halme standen aufrecht, als sei das Gras seit Tagen von niemandem betreten worden.

„Angenommen, das warst wirklich nicht du – wovon ich keineswegs überzeugt bin – was kannst du mir darüber sagen, was da genau passiert ist und wer es getan hat?", fragte Frank mit tonloser Stimme, ohne den Blick von der frisch grünen Fläche unter dem Fenster zu wenden.

„Wie viele Details willst du hören – und kannst du ertragen?"

„Bitte nichts über das Ritual selbst. Nur was ich wissen muss, um vielleicht zu verstehen, wer das getan haben könnte und zu welchem Zweck."

„Na schön. Etwa eine Stunde bevor du ankamst, fuhr ein schwarzer Minivan mit verdunkelten Fenstern vor und hielt vor dem Haus. Ich spürte, dass etwas Dunkles darin war, aber das Fahrzeug und seine Insassen waren von einem starken Schutzzauber umgeben. Einem Zauber, den ich nicht hätte durchbrechen können, ohne sie zu verletzen – und das war mir nicht erlaubt, solange sie mich nicht direkt angriffen. Fünf Personen stiegen aus (wie für dieses Ritual ideal, wenn auch nicht zwingend erforderlich) und bauten das Pentagramm. Obwohl ich sie dabei beobachten konnte, war es mir unmöglich, ihre Gesichter zu sehen oder andere identifizierende Merkmale wahrzunehmen. Wer den Schutzzauber um sie gelegt hat, versteht sein Handwerk, war aber selbst nicht dabei, denn die

Anwesenheit eines so mächtigen Magiers hätte niemand vor mir verbergen können. Viel mehr gibt es nicht zu berichten. Als sie fertig waren, sind sie wieder ins Auto gestiegen und davon gefahren. Eine gute Viertelstunde später bist du angekommen."

„Das ist alles?"

„Das ist alles. Wie gesagt: wahrscheinlich eine Warnung. Niemand außer dir hat das Pentagramm gesehen."

„Und wenn *du* das ganze veranstaltet hast, um deine Geschichte glaubwürdiger zu machen?"

„Dann wäre es wohl keine gute Idee gewesen. Vertraust du mir nun mehr oder weniger als heute Morgen?"

„Das Verrückte ist: Ich weiß es nicht!" Frank seufzte und schüttelte den Kopf. „Ich bin hin und her gerissen. Im Augenblick überwiegt das Entsetzen. Aber ob ich dir nun langfristig eher mehr oder eher weniger glauben werde, kann ich nicht abschätzen. Und gerade das steigert mein Misstrauen."

„Siehst du …?!" Lilith verzog keine Miene, während Frank sie mit einer Mischung aus Abscheu, Bewunderung und Verzweiflung anblickte. „Und wie soll es jetzt weitergehen?"

„Schön, blicken wir in die Zukunft." Franks Gedanken begannen sich allmählich wieder zu klären. „In dem Fall, dass du diese Gräuel selbst verursacht hast, ändert sich eigentlich zunächst nichts, außer dass ich mir noch genauer überlegen muss, mit welchen Instruktionen ich dich guten Gewissens zurücklassen kann, wenn ich allein weggehe. Nehmen wir also weiter an, dass es eine Verschwörung von Hexenmeistern gibt, deren Ziel noch völlig im Dunkeln liegt. In diesem Fall stellen sich eine ganze Reihe von Fragen. Du meinst, das Pentagramm sei eine Warnung. Wenn das stimmt – an wen ist sie gerichtet: an dich oder mich? Und wovor soll gewarnt werden, wenn wir *was* tun oder nicht tun? Woher konnten die Angreifer wissen, was sie ungefährdet würden tun können, weil ich deine Handlungsfähigkeit entsprechend eingeschränkt habe? Sie mussten sicher sein können, vor deinen Kräften geschützt zu sein."

„Eine berechtigte Frage", erwiderte Lilith, plötzlich wenig enthusiastisch. Frank runzelte die Stirn. Ihre Stimmung schien sich von einem Moment zum anderen gewandelt zu haben. „Aber eine, die sich nicht so leicht beantworten lässt", setzte sie zurückhaltend fort. „Vielleicht haben sie einfach angenommen, dass du mich mit einem Verbot belegen würdest, anderen Menschen zu schaden. Das ist eine natürliche Reaktion. Die meisten meiner 'Ehemänner' haben so angefangen."

„Aber meinst du nicht ..."

„Nein, meine ich nicht", unterbrach sie entschlossen. „Du solltest nicht mehr dahinter vermuten, als ohnehin schon damit verbunden ist. Lass' uns lieber darüber nachdenken, wie wir den Tag ausklingen lassen. Ich glaube nicht, dass sie heute oder in den nächsten zwei bis drei Tagen noch etwas unternehmen werden. Sicher wollen sie der Warnung Zeit geben, ihre volle Wirkung zu entfalten." Mit diesen Worten wandte sie sich ab und steuerte auf die Küche zu. Frank blieb mit hängenden Armen stehen und sah ihr verwirrt nach. *Verstehe einer die Frauen*, schoss es ihm durch den Kopf. *Und dabei macht auch die erste aller Frauen offenbar keine Ausnahme.* Obwohl er nicht glaubte, dass er an diesem Abend noch seinen Appetit wiederfinden würde, folgte er ihr.

Es gelang Lilith, Frank doch noch genügend abzulenken, dass er zumindest eine Kleinigkeit zu sich nahm. Bei ihrem Anblick konnte ihn nichts davon abhalten, doch bald wieder auf andere Gedanken zu kommen. Nachdem sie den Tisch abgeräumt hatte, wandte sie sich ihm wieder zu.

„Draußen ist es noch angenehm warm. Machen wir doch einen kleinen Abendspaziergang."

Es war ein lauer Spätsommerabend, und Frank fühlte sich durchaus geneigt, sich auf andere Gedanken bringen zu lassen. An Schlaf war ohnehin noch lange nicht zu denken, und Lilith weckte in ihm die angenehmsten Erwartungen in Bezug auf einen abendlichen Waldspaziergang.

„Also gut", sagte er und rückte den Stuhl zurück, auf dem er saß.

„Gehen wir ein paar Schritte zusammen."

## 12. Waldgeflüster

Trotz des milden Wetters waren nicht viele Menschen unterwegs. Die Luft war noch warm, aber ein leichter Windhauch, der in unregelmäßigen Böen umher wehte, ließ den Verdacht eines womöglich bevorstehenden Gewitters aufkommen. Der Himmel zeigte ein buntes Farbenspiel, von einem schmalen Rest Hellblau über zahlreiche Gelb- und Orange-Töne bis hin zu tiefem Dunkelrot, dort wo die Sonne am Horizont versank. Da er auch nicht den Wunsch verspürte, vielen Passanten zu begegnen, hatte Frank einen Weg gewählt, der abseits der Routen jener Nachbarn lag, die abends regelmäßig ihre Hunde spazieren führten. Genau genommen war es eigentlich gar kein richtiger Weg, sondern vielmehr eine Folge von lichten Passagen zwischen den Bäumen. Aber es gab ein Ziel: einen der schönsten Orte, an die Frank sich erinnern konnte. Es war nicht sehr weit, führte aber tief ins Innere eines Waldstücks, das zwar in seinen Ausmaßen nicht besonders groß war, aber dennoch geeignet, in Stadtnähe einen Eindruck von nahezu unberührter Natur zu vermitteln. Lilith ließ sich bereitwillig führen, und bald standen sie am Rand einer kleinen Lichtung, die mit dichtem, saftigem Moos überzogen und vereinzelt von Farnen bewachsen war. Die Sonne war inzwischen untergegangen, lieferte aber noch genügend Streulicht, um die Szenerie – zusammen mit dem inzwischen hoch genug am Himmel stehenden Mond und einigen Sternen, die durch Lücken in den mittlerweile aufgezogenen Wolken blinkten – in ein fahles, fast geisterhaftes Licht zu tauchen.

„Dieser Ort ist wunderschön", hauchte Lilith.

„So wie du!", entfuhr es Frank, als sie sich zu ihm umwandte, und er meinte es. Ihre feinen Züge, umrahmt von tiefschwarzen Locken, ließen sie im Zwielicht zwischen Tag und Nacht und im Schattenspiel der sich mit gelegentlichen leichten Windstößen flatternd bewegenden Blätter am Rand der moosbewachsenen Lichtung wie eine Fee erscheinen. Fast meinte Frank im Hintergrund keltisch anmutende Klänge zu hören, aber wahrscheinlich war es nur der Wind, der durch Ritzen in den alten Bäumen pfiff. Für einen kurzen Moment kam ihm die dunkle Fee Morgana in den Sinn, der man nachsagte, ihren Halbbruder, den sagenhaften König Artus, verführt zu haben. Mystische Geschichten wie jene hatte ihn von jeher fasziniert, und wäre er in diesem Moment zu intellektuellen Diskursen fähig gewesen, dann hätte er sich vielleicht die Frage gestellt, wieviel die Frau, die gerade einen Schritt auf ihn zu tat und ihr Gesicht so nah an seines brachte, dass er ihren warmen Atem auf seiner Wange spüren konnte, mit ebendieser Morgana tatsächlich gemein haben mochte. Aber ihr Duft nahm ihn vollständig gefangen, und als ihr das Kleid wie zufällig von den Schultern glitt, begann er schwer zu atmen. Dann berührten ihre Lippen die seinen. Er schloss die Augen, ließ sich in den Zauber des Augenblicks fallen und spürte kaum, wie sie auch ihn entkleidete, ohne den leidenschaftlichen Kuss zu unterbrechen.

Während die Kleider in alle Richtungen verstreut wurden, drängte sie ihn auf die Lichtung, eng an ihn geschmiegt und in sanften, gleitenden Schritten, betörend wie ein erotischer Tanz und zwingend wie eine Aikido- Wurftechnik. Fast hätte er sich kurz gesträubt, als seine Hose in einem Spalt zwischen zwei Felsbrocken hängen blieb, dachte daran, dass in den Taschen Geldbeutel und Schlüssel steckten und am Gürtel sein Mobiltelefon hing. Doch Lilith trieb ihn weiter, und während sie schließlich eng umschlungen in der Mitte der Lichtung auf den weichen, dicht bemoosten Boden sanken, wehrte er sich nicht einmal, als sie die Uhr von seinem Handgelenk löste und in hohem Bogen in ein Farnbüschel warf. So trugen beide nun nichts mehr am Körper außer den Ringen, die sie untrennbar miteinander verbanden.

In Liliths leidenschaftlicher Umarmung vergaß Frank die Welt und alle Sorgen. Eingefroren in einem endlosen Moment der Verzückung, wild und sanft zugleich, waren Zeit und Raum relative Begriffe. Das feuchte Moos unter ihnen schmatzte, die Schatten der Bäume und Farne im Licht von Mond und Sternen tanzten einen Reigen um zwei Körper, die sich in inniger Leidenschaft vereinigten, als gebe es kein gestern und kein morgen.

Schwer atmend und in endlose Ferne blickend, lag Frank auf dem Rücken. Lilith beugte sich über ihn und ihr weiches Haar streichelte seine Wangen, zog einen Vorhang wie aus zarter Gaze zwischen ihn und die Welt. In Erwartung weiterer Küsse schloss er die Augen.

„Natürlich gibt es noch eine weitere Möglichkeit", wisperte sie ihm ins Ohr.

„So – was meinst du?", hauchte Frank zurück.

„Eine weitere Möglichkeit, warum sie das Pentagramm gebildet haben.

Warum das alles geschehen ist, was geschehen ist."

Frank hatte Mühe, seine Gedanken wieder zur Ordnung zu rufen. Abrupt war er soeben aus einem wohlig verträumten Zustand gerissen worden, und etwas in ihm weigerte sich, diesen Zustand so plötzlich wieder aufzugeben. Es kam ihm vor, als versuche jemand, ihn wachzurütteln, während er sich noch an einen Traum klammerte, den zu verlassen sein Unterbewusstsein sich vehement weigerte. Schließlich gewann der Verstand aber doch die Oberhand, und er kämpfte nicht länger dagegen an, Lilith zuzuhören.

„Du meinst, du hast eine Idee, was die Angreifer wollen – wenn es sie denn gibt?", fragte er vorsichtig.

„In der Tat. Ich könnte mir vorstellen, dass gar nicht ich ihr primäres Ziel bin, sondern dass sie es eher auf dich abgesehen haben. Dann ergibt alles einen Sinn."

„Das klingt nicht unbedingt beruhigend. Und auch wenig glaubwürdig. Bisher hat niemand je etwas von mir gewollt. Erst seit ich den Ring trage, bricht mein ganzes Leben auseinander."

„Das meine ich doch. Letztlich geht es durchaus um mich. Aber weil die Angreifer es nicht wagen, sich mit mir direkt anzulegen, wenden sie sich an meine Kontaktpersonen. Und im Augenblick bist das du."

„Na gut. Das könnte den Mord an den Mönchen erklären. Aber wozu dann das dilettantische Vertrauensritual, das ich bei der Heimkehr angesichts des grauenhaften Pentagramms doch sofort durchschauen musste?"

„Hättest du es denn ohne meine Hilfe durchschaut?", fragte Lilith ein wenig schnippisch, fuhr dann aber wieder nüchtern argumentierend fort:

„Vielleicht ging es auch gar nicht darum, Vertrauen zu mir oder zu irgendwem aufzubauen, sondern dieses Vertrauen letztlich gerade zu erschüttern. Erinnere dich an meine Frage vorhin: Traust du mir im Moment eher mehr oder eher weniger als vor dem Pentagramm?"

Frank überlegte einen Moment. „Stimmt – eher weniger", räumte er dann ein. „Das liegt aber hauptsächlich daran, dass das Ritual auch durchaus von dir hätte durchgeführt werden können. Was passiert ist, steht in keinerlei Widerspruch zu den Handlungsbeschränkungen, die ich dir auferlegt hatte. Kein Mensch wurde geschädigt, und du hast die Wohnung nicht verlassen. Um zu vermeiden, dass ich dir hätte glauben müssen, weil du gar nicht in der Lage gewesen wärst, das zu tun, was ich vorgefunden habe, hätten Fremde ganz genau wissen müssen, was ich dir erlaubt hatte und was nicht. Die einfache Vermutung, ich hätte dir verboten, andere zu verletzen, hätte dafür nicht ausgereicht. Die Instruktionen habe ich dir erst heute Morgen in der Wohnung gegeben, bevor ich zur Arbeit gefahren bin. Wie und warum hätten sie uns da abhören sollen?"

„*Warum?* – Nun, offensichtlich scheuen sie vor nichts zurück, um ihr Ziel – was immer das sein mag – zu erreichen. Und solange du mir misstraust, beschränkt das erheblich meine Handlungsfähigkeit. Wenn sie mich im Zaum halten wollen, ist das zweifellos die beste Strategie. Und *wie?* – Magische Überwachungsversuche hätte ich gewiss bemerkt. Aber wenn mich meine – zugegeben rein theoretischen – Kenntnisse der heutigen Technik nicht trügen, dann gibt es eine Vielzahl von technischen Abhörmöglichkeiten. Darum habe ich übrigens auch dafür gesorgt, dass wir jetzt hier wirklich allein sind, weit entfernt von deiner Wohnung, deinem Auto und allen deinen technischen Geräten und Kleidungsstücken, in denen sich etwas derartiges befinden könnte. Hier und jetzt hört uns definitiv niemand zu."

Frank schluckte laut, als ihm klar wurde, dass Liliths

verführerisches Verhalten, das sie auf die Waldlichtung geführt hatte, keineswegs aus plötzlich aufkommender Leidenschaft entstanden, sondern (wie er allerdings hoffte, wenigstens nicht ausschließlich) ein Akt kalter Berechnung gewesen war. Er unterdrückte aber das dabei aufkommende Gefühl von Scham und Zorn, sondern bemühte sich, Liliths Gedankengang weiter zu folgen.

„Du meinst, man hat mich 'verwanzt', nur um verhindern zu können, dass ich zu dir Vertrauen fasse? Das scheint mir schwer zu glauben. Und wann hätte man das tun sollen? Seit der ermordete Bruder Michael mir den Ring angesteckt hat, war ich mit niemandem mehr in Kontakt, bevor ich heute Morgen das Haus verlassen habe."

„Angenommen, dass die Angreifer über ein umfangreiches Informations- und Handlungsnetzwerk sowie über weitgehend unbegrenzte Ressourcen verfügen, hätten sie genug Zeit gehabt, deinen Namen und deine Adresse in Erfahrung zu bringen und deine Wohnung zu präparieren, während du im Kloster warst. Und wenn ich mich nicht täusche, könnte z.B. ein Mobiltelefon auch aus der Ferne manipuliert werden, wenn ein geeigneter Zugang besteht. Es erscheint mir aber auch zunehmend plausibel, dass das Ganze von langer Hand geplant worden sein könnte."

„Für jemanden, der während der letzten fünfzig Jahre alle Informationen nur aus den Medien bezogen hat, kennst du dich erstaunlich gut mit aktuellen Technologien aus", gab Frank zu. „Aber um mich beispielsweise über mein Handy auszuhorchen, hätte man schon zuerst einen Remote- Zugang öffnen müssen."

„Dein Handy lag für einige Zeit in der Straße, wo Michael ermordet wurde – nicht wahr?", warf Lilith ein. „Und der Computer in deiner Wohnung ist permanent in diesem weltweiten Netzwerk – Internet – du schaltest ihn nie vollständig aus, oder?"

Frank schluckte erneut. „Du könntest Recht haben. Möglich wäre es tatsächlich, wenn auch ziemlich unwahrscheinlich. Aber angenommen, du hast Recht – wie sollen wir verhindern, dass wir weiter abgehört werden?"

„Ganz einfach", entgegnete Lilith lächelnd. „Gar nicht! Wenn wir alle potenziellen Abhörfallen zerstören, wissen die Feinde, dass sie entdeckt sind, und bauen eine neue Falle auf. Alles was wir tun können, ist, uns so natürlich wie möglich zu verhalten, aber dabei bestimmte Informationen unerwähnt zu lassen, wenn deren Kenntnis ihnen einen Vorteil uns gegenüber verschaffen könnte."

„Und wie sollen wir das anstellen?", fragte Frank skeptisch. „Ständig jedes Wort auf die Goldwaage legen und dabei keinen Verdacht erregen, wir wollten etwas zurückhalten? Du magst so etwas aus deiner intriganten Vergangenheit vielleicht gewohnt sein, aber ich bin ziemlich geradeheraus."

„Richtig", sagte Lilith. „Und genau deshalb solltest du dir nicht zuviele Gedanken machen – und nicht zuviel über unsere Pläne wissen, wenn wir beabsichtigen, zum Gegenschlag auszuholen."

Frank horchte auf. „Gegenschlag?", fragte er stirnrunzelnd. „Woran genau denkst du? Selbst wenn alles so stimmt, wie du es darstellst, hast auch du immer noch nicht die leiseste Ahnung, wer es auf uns abgesehen hat, oder?"

„Anscheinend hast du mir nicht vollständig zugehört", lachte Lilith.

„Wenn du nicht versehentlich etwas ausplaudern willst, solltest du möglichst wenig über Details wissen. Falls wir tatsächlich abgehört werden, genügt ein kleiner Versprecher, und alles ist verloren." Franks Miene verfinsterte sich, aber bevor er wirklich zornig werden konnte, fuhr Lilith fort: „Natürlich sollst du schon eine grundsätzliche Vorstellung davon haben, was wir tun können. Deswegen sind wir schließlich hier – unter anderem", fügte sie noch begütigend hinzu, denn ihr war wohl klar, dass die Art, wie sie Frank manipuliert hatte, erheblich an seinem Selbstbewusstsein nagen musste – ebenso wie dies auch seine Bereitschaft weiter erschüttert hatte, ihr zu vertrauen. „Außerdem musst du selbstverständlich einverstanden sein. Schließlich kann ich ohne deine Zustimmung nicht den Kampf aufnehmen. Und dazu muss ich auch gar nicht wissen, wer hinter uns her ist. Denn was ich vorhabe, sollte sie aus ihrem Versteck locken."

„Na schön." Frank gab sich geschlagen. „Dann sage mir, was du mich wissen lassen willst, und versuch mich zu überzeugen, dass ich dir dein Vorhaben erlauben sollte."

111

„Bisher haben die Feinde uns vor sich her getrieben. Stets waren sie uns einen Schritt voraus. Wenn wir jetzt unsererseits den nächsten Schritt tun, können wir uns den Aufschlagsvorteil zurückholen."

„Aha", murmelte Frank, verhalten interessiert. „Und wie könnte so ein Schritt deiner Meinung nach aussehen?"

„Wir stellen eine Falle, indem wir dem Gegner Gelegenheit geben, das Gleiche zu tun", antwortete Lilith geheimnisvoll.

„Eine Falle, die zu einer Falle einlädt? Worin soll dann unser Vorteil liegen?" wollte Frank wissen.

„Wir wählen Ort und Zeitpunkt", erklärte Lilith. „Wer immer hinter all diesem steckt, weiß einiges über mich und meine Fähigkeiten, aber ich bin zuversichtlich, dass niemand mich überwinden kann, wenn ich vorbereitet und handlungsfähig bin."

„Und wenn du dich überschätzt – oder wenn gar niemand kommt?"

„Falls ich unter diesen Umständen nicht mit ihnen fertig werde, haben sie nur noch bessere Siegchancen, wenn wir ihnen weiter die Initiative überlassen. Und falls niemand dort auftaucht – was haben wir zu verlieren?"

„Du hast bisher noch nicht erwähnt, wo 'dort' sein soll. Oder wie du den Köder auslegen willst."

„Ich möchte einen *Ort der Kraft* aufsuchen. Einen Ort, wo sich magische Energielinien bündeln und Möglichkeiten bieten, die anderswo nicht bestehen oder mit weitaus größerem Kraftaufwand verbunden wären. Wer mich schwächen und unerkannt bleiben will, wird darauf reagieren müssen, denn ungestört hätte ich an einem solchen Ort gute Aussichten, die Struktur jedes magischen Komplotts solchen Ausmaßes zu identifizieren und die Urheber ausfindig zu machen. Außerdem böte es eine Möglichkeit, meine Energiereserven zu erneuern, was die Verteidigung gegen jeden zukünftigen Angriff stärken würde."

„Aber werden die Gegner – wenn es sie denn gibt – dort nicht auch stärker?", fragte Frank misstrauisch. „Und ich kann nach wie vor die Möglichkeit nicht ausschließen, dass du mich nur dazu überreden willst, dir den Zugang zu einem Ort zu verschaffen, an dem du dich so weit stärken kannst, dass es dir gelingt, dich der Macht des Rings zu widersetzen."

„Beides klug kombiniert", gab Lilith anerkennend zu. „Aber erstens bliebe das Kräfteverhältnis schlimmstenfalls erhalten, wenn beide Seiten verstärkt werden. Und zweitens wurde mir der Ring vom Schöpfer der Welt selbst angelegt. Glaubst du wirklich, es gäbe irgend eine Möglichkeit, IHN auszutricksen?" Nach einer wirkungsvollen Pause fuhr sie ergänzend fort: „Außerdem haben mir in der Vergangenheit viele meiner Herren Zugang zu *Orten der Kraft* verschafft, um sich meiner Fähigkeiten im größtmöglichen Ausmaß zu bedienen. Hätte ich mich dadurch befreien können, dann wären wir jetzt nicht hier."

Besonders das letztgenannte Argument überzeugte Frank schließlich, und er fragte weiter, was genau Lilith an dem *Ort der Kraft* denn zu erfahren hoffe.

„Wie gesagt", fuhr Lilith fort. „Es besteht durchaus die Möglichkeit, dass alles schon viel früher begonnen hat. Dort könnte ich herausfinden, ob womöglich mehr dahinter steckt als nur ein Versuch, alle meine Bezugspersonen auszuschalten."

„Und was könnte das deiner Meinung nach sein?"

„Da gibt es viele Möglichkeiten", antwortete sie ausweichend. „Lass uns dort hingehen, dann werden wir beide erfahren, ob sich mein Verdacht bestätigt."

Schon wuchs in Frank wieder das Misstrauen. „Was genau willst du dort denn tun?", frage er skeptisch.

„Um das zu verstehen, müsstest du mit der Natur der Seele vertraut sein und eine Vorstellung davon haben, was zwischen den Leben mit ihr geschieht. Das ist nicht wirklich in Kürze zu erklären. Aber vereinfacht könntest du dir vorstellen, das Leben in dieser Welt sei ein Traum, den dein wahres Ich träumt, und der Tod das Erwachen. Danach erlischt die Erinnerung schnell, aber der nächste Schlaf bringt einen neuen Traum, ein neues Leben. Aber der Vergleich hinkt, denn diese Träume träumen wir alle gemeinsam, nicht du allein. Jedenfalls bietet ein *Ort der Kraft* mir die Möglichkeit, deine Seele ein Stück weit aus dem Traum zu holen, mit dem sie dein jetziges Leben träumt, und uns einen Einblick in deine wahre Natur zu verschaffen, ohne dass du dabei erwachst. Du könntest es als eine Art luziden Traum betrachten – einen Traum, in dem du weißt, dass du träumst und deshalb den Regeln des Träumens ein kleines bisschen weniger ausgeliefert bist. Aber auch hier hinkt der Vergleich wieder."

Frank war unschlüssig, ob er sich mit diesen vagen Andeutungen zufrieden geben oder weiter nachhaken sollte. Er hatte aber das Gefühl, auch mit weiteren Erklärungen – selbst wenn sie der Wahrheit entsprachen – kein besseres Verständnis von der Natur des Lebens an sich und seiner gegenwärtigen Situation erreichen zu können und entschied sich, zum Operativen zurückzukehren, denn der Gedanke, durch eigene Initiative zumindest die Illusion eines Einflusses auf sein eigenes Schicksal zurück zu gewinnen, erschien ihm wesentlich attraktiver, als sich weiter als vollkommen hilfloser Spielball fremder Mächte fühlen zu müssen.

„Was wäre denn ein solcher Ort?", wollte er wissen.

„Das ist ein Ort, wo die Kraftlinien des Universums zusammenlaufen. Vielleicht hast du schon von der chinesischen Medizin gehört – und den *Meridianen*, durch die im Körper die Lebensenergie strömt. Asiatische Heiler üben auf spezielle Punkte Druck aus, stechen Nadeln hinein oder erzeugen Hitze, um bestimmte Bahnen zu beeinflussen. An diesen Punkten treffen Meridiane aufeinander oder bieten Kontaktmöglichkeiten nach außen. Solche Punkte gibt es auch für die Kraftlinien der Erde. Früher wurden dort von den verschiedensten Religionen heilige Stätten errichtet und später oft Kirchen darüber gebaut. Aber lass uns zu einem späteren Zeitpunkt über konkrete Details reden. Falls dann jemand zuhört, sollten wir den Plan glaubhaft begründen."

Lilith machte Anstalten, aufzustehen und die verstreuten Kleidungsstücke wieder einzusammeln. Frank hatte aber noch eine dringende Frage: „Bevor wir wieder mit Mithörern rechnen müssen: Wie können wir später wieder etwas Privatsphäre schaffen, wenn wir uns noch einmal vertraulich austauschen müssen?"

„Hm", überlegte Lilith. „Es gibt da eine Möglichkeit, aber die ist ziemlich anstrengend. Deshalb lässt sich das nur recht kurz aufrecht erhalten. Aber wenn es wirklich dringend sein sollte ..."

„Gut, wie funktioniert es?"

„So wie das Wetter kann ich auch Schallwellen in einem begrenzten Umfeld manipulieren. Im Prinzip entsteht dabei so etwas wie ein akustischer Richtfunkkanal von deinem Mund zu meinem Ohr und umgekehrt, während außerhalb harmloses Geplänkel zu hören ist. Allerdings kann ich so etwas immer nur einige Sekunden, höchstens ein paar Minuten lang aufrecht erhalten. Und wir müssten ein Signal vereinbaren, wann wir damit beginnen."

„So etwas wie ein Hustenanfall?", fragte Frank.

„Zum Beispiel", bestätigte Lilith.

„Dann machen wir das so", legte Frank fest und seufzte. „Aber es gefällt mir trotzdem überhaupt nicht, ständig in der Befürchtung leben zu müssen, dass alles, was ich sage und tue, überwacht wird."

„Willkommen in der Wirklichkeit", lachte Lilith. „Überwacht werden doch alle schon lange auf die eine oder andere Art. Nur haben *wir* eine gewisse Wahl, was wir die anderen wissen lassen. Und wenn dich diese Erkenntnis stärker belastet als das Wissen, mit einer Dämonin verheiratet zu sein, dann haben wir in unserer Beziehung schon einen großen Fortschritt erzielt." Sie lächelte verführerisch. „Aber im Augenblick sind wir noch ganz privat und sollten das Beste daraus machen."

Der Wald verschwand hinter einem dichten Vorhang aus schwarzen Haaren, als sich ihre Lippen auf die seinen senkten und er wieder in einen Rausch der Sinne eintauchte. Mochte morgen kommen was wollte; mochten sich Dämonen und Hexen gegen ihn verschwören, aber in diesem Augenblick gab es nur das Hier und Jetzt! Ein Blitz erhellte die Nacht, sofort gefolgt von dröhnendem Donner, und gleich darauf ergoss sich Regen in Sturzbächen auf die Liebenden, aber Frank Menden bemerkte es kaum. Auch die Gefahr, sich bei Gewitter im Wald zu befinden, wovor er als Kind immer gewarnt worden war, bereitete ihm keine Angst. In diesem Augenblick fühlte er sich so sicher und beschützt wie noch niemals zuvor.

## 13. Gegeninitiative

Die Nacht war lau. Die Wolken hatten sich verzogen und den Blick auf die Sterne freigegeben. Wie glitzernde Diamanten funkelten sie herab auf zwei nackte Körper auf einem feuchten Moosteppich unter alten Bäumen.

Frank lag neben Lilith im dampfenden Moos, blickte durch das Geäst der Bäume zum Himmel und verspürte wenig Verlangen, diesen Ort zu verlassen. Trotzdem, wusste er, konnten sie hier nicht ewig liegen bleiben. Dabei beschäftigte ihn ein Gedanke besonders. Es widerstrebte ihm, den Zauber des Augenblicks zu zerstören, aber schließlich brach es aus ihm heraus, nachdem er die Frage so lange wie möglich hinausgezögert hatte.

„Lilith …?"

„Ja?"

„Solange wir noch abhörsicher sind – ich habe da eine Sorge."

„Dann nur heraus damit!"

„Wir können nicht immer zusammen bleiben."

„Natürlich nicht", bekräftigte Lilith ohne erkennbare Gemütsregung.

„Du wirst altern und irgendwann sterben. Wie die Vindicandi, solltest du rechtzeitig vorher den Ring weitergeben. Ich hoffe, du wählst deinen Nachfolger sorgfältig aus. Aber damit musst du dich gegenwärtig noch nicht beeilen."

„Das meinte ich nicht", sagte Frank. „Aber ich werde weiter meiner Arbeit nachgehen müssen. Vielleicht gelingt es, eine Regelung zu finden, die dich in meiner Abwesenheit schützt und zuverlässig vor Untaten bewahrt, aber wenn du Recht hast, und ich das Ziel eines Angriffs werde, während du zuhause wartest … „

„Es freut mich zu hören, dass du allmählich meiner Version zumindest eine gewisse Wahrscheinlichkeit einräumst."

„Geschenkt!" Frank machte eine wegwerfende Handbewegung. „Was ich meine: Könnte ich dir ein Signal schicken, das dich sofort zu mir bringt, wenn ich in einer Notlage bin?"

„Aber natürlich. Ich muss dafür nur deine Gedanken scannen dürfen."

„Moment! Dass du in meinen Gedanken liest, will ich natürlich nicht. Dann gehe ich lieber das Risiko eines Angriffs ein."

„Ich sagte *scannen* – nicht lesen. Ich kann deine Gedanken so überwachen, dass ich nur das Alarmsignal registriere, aber von allem Übrigen inhaltlich absolut nichts mitbekomme."

„Sicher?"

„Absolut. Du musst den Befehl nur entsprechend formulieren. Dann kannst du dich darauf verlassen, dass ich deine Gedanken nicht lese, aber einen Hilferuf jederzeit wahrnehme. Ruf mich, und ich bin sofort bei dir."

„Wie ‚sofort‘ ist ‚sofort‘?"

„Augenblicklich. Ich kann jederzeit an jedem beliebigen Ort erscheinen, wenn du es erlaubst."

„Perfekt. Dann machen wir es so. Wenn ich einen Hilferuf an dich sende, komm sofort zu mir und erwarte weitere Anweisungen. Ich möchte ja nicht, dass du jemandem ohne Not Schaden zufügst, auch wenn ich dringend Hilfe brauche. Schließlich gibt es unzählige mögliche Notlagen, die alle verschiedene Maßnahmen erfordern. Wie muss das Signal beschaffen sein?"

„Das ist egal. Es muss nur eindeutig sein. Und du solltest es auch (oder gerade) in größter Not reproduzieren können – aber möglichst nicht versehentlich."

„Wie wäre es mit ‚Hilfe, Lilith, Hilfe!‘?"

„Wie gesagt – *was* du denkst, spielt keine Rolle. Du kannst dir auch einen rosa Elefanten vorstellen, aber dein Vorschlag ist vielleicht eher angemessen."

Frank Menden grinste, als er daran dachte, wie er in höchster Not versuchen würde, einen rosa Elefanten vor seinem geistigen Auge erscheinen zu lassen. Aber das Grinsen verlor sich bei der Vorstellung, dass ihm dies in einer wirklichen Notlage wahrscheinlich nicht gelingen würde. Also blieb er dann doch bei dem vorgeschlagenen Drei-Worte-Text, den er noch – um ein Versehen auszuschließen, mit drei imaginierten Ausrufezeichen abschloss.

Nach einigen Proben war er sicher, dass es funktionieren würde, und legte den damit verbundenen Ablauf wie besprochen fest.

Dann sammelten sie ihre verstreute Kleidung und auch Franks Handy ein und machten sich im Licht der Sterne und eines kaum von Wolken verschleierten Mondes auf den Heimweg.

„Beantworte mir eine Frage", bat Frank beim Gehen. „Was würde geschehen, wenn ich den Ring einfach abnähme – nicht um ihn jemandem zu geben; wenn ich ihn einfach nur vom Finger zöge?"

„Hast du das nicht immer wieder vergeblich versucht?" „Schon lange nicht mehr. Aber nehmen wir an, es gelänge. Vielleicht könnte ich ihn jemandem geben wollen und mich dann anders entscheiden."

„Warum findest du es nicht einfach heraus?"

„Ich wollte keine Gegenfrage hören. Sag einfach, was geschehen würde."

„Welchen Sinn hätte eine Antwort? – Du weißt, ich kann dich belügen. Nimm an, ich sagte: 'Dann werde ich dich töten.' Oder besser noch: 'Ich würde dich verstümmeln und mit ansehen lassen, wie ich die Weltherrschaft an mich reiße.' Behauptete ich so etwas, würdest du es wahrscheinlich glauben – und sicher keinem Versuch unterziehen. Sagte ich aber: 'Dir würde nichts geschehen. Niemandem würde etwas geschehen. Ich verspreche, einfach nur meiner Wege zu gehen. Du würdest nie wieder etwas von mir hören und könntest in dein normales Leben zurückkehren.' Würdest du dann einfach den Ring abnehmen? – Vermutlich nicht, denn du würdest immer befürchten, dass vielleicht doch die erste Variante näher an der Wahrheit liegen könnte. In beiden Fällen wüsstest du nicht mehr als vorher und würdest nie und nimmer einen Versuch wagen. Ebenso gut könnte ich sagen: 'Wenn du den Ring vom Finger nimmst, erscheint am Himmel ein riesiges grünes Kaninchen und spielt auf einer Wolkentrompete.' Welchen Sinn könnte also irgendeine Antwort von mir haben? Nichts, das ich sagen könnte, würde deine Bedenken zerstreuen."

„Mag sein. Trotzdem würde ich es gerne wissen."

„... es aber nie erfahren, solange du es nicht darauf ankommen lässt. Erst wenn die Antwort dir wichtiger wird als alles andere, wirst du es tatsächlich versuchen. Bis dahin aber spare dir deine Fragen. Ich denke, die Angst wird stärker bleiben. Eine durchaus begründete Angst. Ob berechtigt oder nicht, kannst du nur auf einem Weg herausfinden, aber begründet zweifellos. Niemand kann dir dein Zögern verübeln."

„Na gut – dann eine andere Frage: Was sollen wir deiner Meinung nach jetzt tun? Wenn du die Wahrheit gesagt hast, kennen die Feinde unseren Aufenthaltsort. Vorerst scheinen sie nicht angreifen zu wollen, aber wo sollten wir uns verstecken, für den Fall, dass sich das irgendwann ändert?"

„Wir sollten uns nicht verstecken. Du willst meine Meinung hören? – Ich meine, wir sollten jetzt selbst die Konfrontation suchen."

„Welchen Vorteil hätten wir davon?"

„Die Wahl von Ort und Zeit."

„Und was bringt uns das?"

„Einen strategischen Vorteil. Welche Alternative haben wir denn? Ständig auf der Flucht, ohne die Aussicht, unsere Position verbessern zu können. Die Zeit arbeitet nicht für uns, solange wir weder Kräfte sammeln, noch Informationen gewinnen können."

„Aber sind wir stark genug für eine Konfrontation?"

„Das können wir nicht wissen, aber unsere Lage ist jetzt so gut oder schlecht wie irgendwann."

„Glaubst du, sie könnten dich tatsächlich töten?"

„Kaum. Aber wenn sie das tun wollten, hätten sie es wahrscheinlich längst versucht. Sie könnten aber möglicherweise meinen Schutz überwinden und *dich* töten."

„Na, das ist ja beruhigend. Was meinst du, kann passieren – best case, worst case, best guess?"

„*Best case:* Wir fordern sie heraus, sie greifen an, wir bezwingen sie und erfahren alles, was es über sie und ihre Pläne zu wissen gibt, bevor wir sie endgültig neutralisieren. *Worst case:* Sie greifen uns an, töten dich und bemächtigen sich irgendwie des Rings – obwohl das eigentlich nicht möglich sein dürfte. Er kann dir weder mit Gewalt noch durch Erpressung genommen werden. Und wenn der Ringträger stirbt, verschwindet der Ring für eine gewisse Zeit, bis er wieder gefunden wird."

„Aber in der Zwischenzeit bist du frei. Wer sagt mir, dass diese Option nicht in deinem Sinne wäre und du mich deshalb zur Konfrontation überredest?"

„Erstens bin ich mit dir als dem aktuellen Ringträger recht zufrieden und habe keinen Grund, dich für eine kurze Phase der Freiheit (und angesichts meines Alters zählen ein paar Jahre oder Jahrzehnte kaum) gegen einen ungewissen (oder übel meinenden) Nachfolger ersetzen zu wollen. Und außerdem kann ich dich zwar belügen, dass sich die Balken biegen, dir aber nicht den besten Schutz verweigern, zu dem ich fähig bin."

„Es fehlt noch der aus deiner Sicht wahrscheinlichste Verlauf."

„Richtig – *best guess:* Nun, ich denke, wenn wir an einem gut gewählten Ort und zu einem gut gewählten Zeitpunkt auf die Feinde treffen, bestehen reelle Aussichten, ohne wesentlichen eigenen Schaden zumindest einiges über sie zu erfahren und sie zugleich zu schwächen. Das würde unsere Position insgesamt deutlich verbessern."

„Also gut. Was genau schlägst du vor?"

„Wir sollten einen *Ort der Kraft* aufsuchen. Da die Feinde offenbar selbst über erhebliche magische Fähigkeiten – oder zumindest Kenntnisse – verfügen, werden sie es nicht zulassen, dass ich mich damit weiter stärke. Oder sie werden versuchen, dort selbst ihre Kräfte zu erweitern. Wenn wir sie dort treffen, bevor sie das erreichen können, stehen meine Kräfte gegen ihre. Und ohne beträchtliche Aufrüstung könnten es im direkten Konflikt nicht einmal die meisten Engel mit mir aufnehmen."

„Was mir an der Sache nicht gefällt, ist das 'wir'. Was kann ich da beitragen? Ich würde dir wohl nur im Weg stehen."

„Zweifellos, aber würdest du mich wirklich allein gehen lassen und mir freie Hand geben? Außerdem trägst du das größte Risiko, wenn wir uns trennen. Effektiv beschützen kann ich dich nur in meiner Nähe."

Frank zog nachdenklich die Stirn in Falten. „Da hast du wohl Recht", stellte er fest. „Aber bei einer Konfrontation habe ich Bedenken, ob es mir gelingt, die richtige Mischung aus Freiheit und Einschränkung für dich zu finden, die uns nicht gefährdet, dir aber andererseits keinen Freibrief ausstellt. Die jüngere Vergangenheit lehrt, dass ich immer wieder etwas übersehe. Aber mir kommt da eine Idee: Bei der Zusammenführung von Programmmodulen verschiedener Herkunft gibt es das Kaskadierungsprinzip. Das könnte hier auch funktionieren. Ich vermute, die Mönche haben dich nicht einfach nur eingesperrt, sondern dir über deinen jeweiligen Gemahl auch eine ganze Reihe von Verhaltensregeln in Form von Geboten und Verboten auferlegt. Richtig?"

„Korrekt", bestätigte Lilith, offenbar gespannt, worauf Frank hinaus wollte.

Der fuhr mit seinen Überlegungen fort: „Einige davon passen sicher nicht mehr auf die neue Situation, und das Eine oder Andere will ich vielleicht auch anders machen. Aber ansonsten haben die Vindicandi bei ihren Regeln sicher so ziemlich an alles gedacht. Immerhin hatten sie Jahrhunderte Zeit, sich alle Eventualitäten zu überlegen."

Lilith nickte. Allmählich wurde ihr klar, wohin Franks Ausführungen führen würden. „Also." Frank kam nun auf den Punkt. „Ich wünsche, dass du alle Regeln befolgst, die für dich galten, solange Bruder Michael noch den Ring trug – außer, diese Regeln werden durch eine Anordnung von mir ausdrücklich überschrieben. Damit meine ich zum Beispiel die Erlaubnis zur Notwehr im Falle eines Angriffs, aber unter Wahrung der Verhältnismäßigkeit der Mittel. Das soll heißen: Bei der Verteidigung so wenig Schaden anrichten wie möglich. Wenn du bestimmte Regeln in der aktuellen Situation für unangebracht hältst, kannst du mich jederzeit darauf ansprechen. Ich entscheide dann über eine Änderung."

„Das klingt sehr vernünftig", sagte Lilith anerkennend. „Du hast in der kurzen Zeit, die wir zusammen sind, schon einiges gelernt. Unter anderem ist es immer hilfreich, die eigenen Grenzen zu erkennen und da, wo du sie nicht erweitern kannst, auf alternative

Lösungen zurückzugreifen."

„Dann gilt es", schloss Frank. „Und jetzt sollten wir uns Gedanken darüber machen, welchen *Ort der Kraft* wir demnächst aufsuchen wollen und was wir dort tun."

„Zunächst einmal kräftigen wir uns am besten durch ein paar Stunden Schlaf an einem Ort, den man 'Zuhause' nennt", lachte Lilith und deutete auf das Haus am Ende der Straße, in die sie gerade einbogen. „Wir sind nämlich gleich da."

# 14. Drachentöter

„Wir sollten uns ein Ziel für den geplanten Ausflug aussuchen", sagte Frank beim Frühstück zu Lilith. „Wenn es um nahe gelegene magische Orte geht, fiele mir zunächst einmal der Drachenfels ein. Was meinst du dazu?"

„Der Drachenfels, hmm", murmelte Lilith, augenscheinlich wenig begeistert. „Das erinnert mich an meine Begegnung mit Siegfried. Keine meiner angenehmsten Beziehungen."

„Im Ernst?", hakte Frank nach und grinste. „Warst du der Drache?"

„In gewisser Weise ja", erwiderte Lilith säuerlich.

„Wie meinst du das?"

„Der Drache war eine bloße Legende. Aber als Siegfried den Ring trug, zwang er mich, der Legende Gestalt zu verleihen, um seinen eigenen Mythos aufzubauen."

„Diesen Ring?" Frank hob die Hand.

„Diesen Ring. Die Geschichte ist ein bisschen anders verlaufen, als sie heute erzählt wird. Aber mehr davon ist wahr, als die meisten glauben."

„Jetzt machst du mich neugierig. Erzähl."

„*Wenn's denn der Wahrheitsfindung dienlich ist ...*", zitierte Lilith eine Floskel zahlreicher TV-Serien, was wieder einmal darauf hindeutete, dass sie in ihrem Berg-Apartment viel Zeit mit dem Konsumieren des medialen Angebots verbracht hatte, das ihr dort zur Verfügung gestellt worden war, um sich von ihrem Gefängnis aus mit den Geschehnissen außerhalb vertraut zu machen. Dann begann sie zu erzählen.

„Um die Zeitenwende war ich die Gemahlin mehrerer römischer Kaiser, durch den Ring an diese gebunden. Als schließlich Nero starb, ohne den Ring weiterzugeben, war ich frei und zog nach Norden, um dort unerkannt zu leben."

„Das passt gar nicht zu dir", wandte Frank ein. „Jedenfalls nicht nach dem Bild, das die Mönche von der Gefahr gezeichnet haben, die mit dem Verlust des Rings einher gehen soll."

„Ich würde gerne sagen, dass ich eben immer schon verkannt wurde", seufzte Lilith. „Aber Tatsache ist leider, dass, wäre ich in Rom geblieben und hätte da meine Kräfte ausgeübt, einfach das Risiko zu groß war, der Ring könnte wieder beschworen werden, so dass ich erneut unter seinen Bann geraten wäre. So zog ich es vor, etwas Gras über mein Wirken im Kaiserreich wachsen zu lassen. Immerhin hatte ich alle Zeit der Welt. Daher ging ich so weit nach Norden wie möglich. In ein Land, das mit dem römischen Imperium noch nicht in Kontakt gekommen war. Dieses Land fand ich auf der Insel Island, wo ich meine Zauberkräfte einsetzen und trotzdem unerkannt bleiben konnte. So wurde ich zur Gottkönigin der kalten Insel und konnte für geraume Zeit in Ruhe leben. Als die ersten römischen Händler dort im 3. Jahrhundert ankamen, waren die frühen Kaiser und damit auch alle Geschichten über mich längst ins Reich der Legenden abgeglitten, und niemand erinnerte sich mehr der Rituale, die den Ring wieder hätten herbeischaffen können."

„Dann hättest du also zurückkehren können", stellte Frank fest.

„Richtig", sagte Lilith. „Aber ich hatte keinen Grund dazu. Tatsächlich hatte ich das friedliche Leben in Island lieb gewonnen. Als Königin mit magischen Kräften war ich unantastbar, und indem ich Männer, die gelegentlich um mich warben, zum Zweikampf forderte und niemand gegen mich bestehen konnte, besaß ich endlich die Eigenständigkeit, deren Erstreben mir die Verbannung aus dem

Paradies eingetragen hatte."

„Ah!", rief Frank aus, der jetzt einen Bezug zur Nibelungensage erkannte. „Brünhilde, die unbezwingbare Königin von Island. Bis dann Siegfried kam."

„Genau", stellte Lilith bitter fest. „Als Brynhildr hatte ich auf der kalten Insel der Vulkane für eine Weile tatsächlich meinen Frieden gefunden und selbst meine Rachepläne fast vergessen – sozusagen *auf Eis gelegt*. Und der Fluch des Rings beinhaltet, dass er sich umso leichter manifestiert, je größer die Gefahr ist, die von mir ausgeht. Somit war er zu dieser Zeit fern von einer Entdeckung. Aber in Germanien hatten zwei Brüder, die aus Ägypten eingewandert waren und wegen ihrer Fremdartigkeit und magischen Praktiken für 'Dunkelelfen' gehalten wurden, alte Legenden eingeschleppt, darunter auch das Geheimnis des Rings."

„Alberich und Mime", platzte es aus Frank heraus, der sich immer schon für die Welt der Sagen und Mythen interessiert hatte.

„So ist es", fuhr Lilith fort. „Die beiden erhofften sich unermessliche Macht, wenn sie Gewalt über mich erlangten und beschworen den Ring herauf. Allerdings waren sie von tiefem Misstrauen gegeneinander beseelt. Als der Ring sich vor ihnen manifestierte, kam es zum Streit, denn nur einer hätte ihn anlegen können. Jeder beschuldigte den anderen, sich der Macht allein bemächtigen zu wollen – womit sie wahrscheinlich Recht hatten."

„Also ..."

„Also einigten sie sich darauf, den Ring von einem Strohmann tragen zu lassen, der einfältig genug war, ihren gemeinsamen Weisungen zu folgen. Da kam ihnen ein heldenhafter, aber sehr naiver Jüngling gerade recht."

„Siegfried!"

„Siegfried. Aber dass die Brüder ihn schon gegen den jeweils Anderen aufzuhetzen versuchten, noch bevor er den Ring ansteckte (denn jeder hegte heimlich den Wunsch, das nach dem Tod des anderen doch selbst zu übernehmen), brachte beiden den Tod. Sie hatten Siegfried nur so weit in das Geheimnis des Rings eingeweiht, wie sie es für notwendig gehalten hatten. Aber eines wusste er: Der

Ring bedeutete Macht. Macht über eine Frau, die ihm die geheimsten Wünsche erfüllen und ihm zu großem Ruhm verhelfen konnte. Er wusste auch, was zu tun war, um diese Frau herbei zu beschwören. Und das tat er, nachdem er den Ring unter großen Strapazen aus dem Versteck geholt hatte, wo ihn die Brüder in Sicherheit gebracht hatten."

„Eine Höhle im Drachenfels?"

„Gut erkannt", bestätigte Lilith. „Später fand Siegfried, es wirke heroischer, wenn er den Ring und einen damit verbundenen Schatz im Kampf einem Drachen abgetrotzt hätte. Zudem konnte er mit der Geschichte vom Drachenblut den Mythos seiner Unverwundbarkeit errichten, die er in Wahrheit meinem Schutz zu verdanken hatte."

„Dann habt ihr die Geschichte vom Kampf gegen den Drachen erfunden."

„Mehr als das. Du weißt, ich kann meine Gestalt verändern, und Illusionen zu erzeugen, ist eine meiner leichtesten Übungen." Schwang da ein wenig Stolz in Liliths Stimme? „Wir haben der Welt den berühmtesten Drachenkampf aller Zeiten geliefert. Leider musste ich mich dem Drehbuch fügen, das meine Niederlage von vornherein festgeschrieben hatte."

„Mittelalterliches *American Wrestling*", bemerkte Frank grinsend.

„Wenn du so willst. Aber jedenfalls waren wir sehr überzeugend. So überzeugend, dass sich der Mythos vom Drachentöter Siegfried in der ganzen Welt verbreitet hat. Wir hätten ein gutes Team sein können, aber Siegfried genoss nicht nur seinen Ruhm, sondern auch die Demütigungen, die er mir dank des Rings immer und immer wieder zufügte. Aber bald war ihm das nicht mehr genug. Wissend, dass ich ihm nur unter dem Zwang des Rings gefügig war, sah er sich bald nach neuen Abenteuern um. Und damit meine ich nicht die 'Heldentaten', die er unter meinem Schutz beging. Er suchte Bestätigung in der Eroberung von Frauen, die seinem Charme freiwillig unterlagen oder deren Widerstand er genüsslich brechen konnte. Und eines Tages begegnete er Ildico, der Schwester des burgundischen Königs Gunthahar: ebenso schön, blond und eingebildet wie Siegfried selbst. Gunthahar verdankte seine Position ehemaligen römischen Hilfstruppen, die sich im Burgundischen unter seiner Führung selbstständig gemacht hatten. Allerdings war sein Machtanspruch brüchig, und aus der Unterstützung durch einen berühmten Helden erhoffte er sich eine Stärkung seiner Königswürde. Darüber hinaus hatte er einen schwachen Charakter, ständig geplagt von Selbstzweifeln und dem Gefühl, alle wider besseres Wissen von seinem Mut und seiner Stärke überzeugen zu müssen."

Lilith machte eine Pause, während Frank die Figuren ihrer Erzählung in Gedanken den Charakteren der Nibelungensage zuordnete: Zwei Brüder aus Ägypten, die mit alchimistischen Praktiken Liliths Ring beschworen – die Zwerge Mime und Alberich. Siegfried, der Drachentöter – ein eingebildeter Recke, mit Liliths Hilfe Architekt seines eigenen Mythos'. Ildico, die Frankenprinzessin und ihr Bruder Gunthahar – im Nibelungenlied Kriemhild und Gunther, das königliche burgundische Geschwisterpaar. Dann fuhr sie fort.

„Gunthahar erkannte wohl in mir all das, was er für sich ersehnte und entbrannte auf den ersten Blick in maßlosem Verlangen, das er für Liebe hielt. Um jeden Preis wollte er mich für sich gewinnen, und weil Siegfried ebenso heftig Gunthahars Schwester begehrte, ließen sich beide auf einen Handel ein. Siegfried war bereit, den Ring an Gunthahar zu übergeben, wenn dieser im Gegenzug versprach, mich weiter an das Schutzversprechen für Siegfrieds Unverwundbarkeit zu binden. Dazu musste er Gunthahar allerdings zumindest Bruchteile dessen eröffnen, was er selbst über mich und den Ring wusste. Aber um Ildicos Hand zu erringen, war Siegfried zu allem bereit und glaubte tatsächlich, sich mit dem listigen Handel dauerhaft abgesichert zu haben."

„Hatte er aber wohl nicht", warf Frank ein.

„Natürlich nicht. Niemand ist dümmer als jemand, der sich selbst für besonders klug hält. Siegfried konnte nicht an sich halten, gegenüber seiner neuen Frau mit seiner Schläue zu prahlen, aber keine Frau ist begeistert davon, als Spielball männlicher Wünsche verschachert zu werden. In ihrer gekränkten Eitelkeit und ohne jegliches Gefühl für weise Zurückhaltung wurde sie nicht müde, sich bei jeder sich bietenden Gelegenheit mir gegenüber in Szene zu setzen und mich zu demütigen, um sich selbst zu erhöhen – ebenso wie ihren Gemahl Siegfried gegenüber dem König Gunthahar."

„Ich verstehe", sagte Frank. „Das muss für euch beide schier unerträglich gewesen sein." „In der Tat", bekräftigte Lilith. „Meine als isländische Gottkönigin gewonnene Freiheit war endgültig Vergangenheit. Ich musste nacheinander zwei grundlegend unterschiedlichen, aber in ihrer Wollust gleichen Männern nach deren Belieben zu Willen sein und ihr Ego polieren. Davor war ich schon im Garten Eden geflohen, aber der Ring erlegte mir genau dies als Strafe auf. Und Gunthahar fühlte sich zutiefst gekränkt. Die Eifersucht auf Siegfrieds Überheblichkeit und Beliebtheit fraß an ihm wie ein Geschwür. Das machte es mir leicht, ihn zum Bruch des Versprechens zu bewegen, das er Siegfried gegeben hatte, und so entband er mich von der Pflicht, Siegfried weiter zu schützen. Bevor Siegfried auch nur ahnte, dass es mit seiner Unverwundbarkeit vorbei war, stiftete ich Gunthahars getreuen Gefolgsmann Hagen zum Mord an."

„Und das Lindenblatt musste später als Erklärung für Siegfrieds unerwartete Verwundbarkeit herhalten", ergänzte Frank.

„Gunthahar wusste viel zu wenig, um sich meiner Hilfe wirkungsvoll zu bedienen", fuhr Lilith fort. „Und er versäumte es, mir den Schutz, den ich mit seiner Zustimmung Siegfried entzogen hatte, nun für sich selbst abzutrotzen. Wahrscheinlich war er wirklich in mich verliebt und glaubte, mit seinen Zugeständnissen an meine Wünsche mein Herz oder zumindest mein Wohlwollen gewonnen zu haben. Aber ich sah keinen Grund, ihn mehr als unvermeidlich zu unterstützen. So kam es zur nahezu vollständigen Vernichtung der Burgunder durch den Hunnenführer Attila, dem sich Ildico zur Erfüllung ihrer Rachegelüste an den Hals geworfen hatte."

„Und das war's dann mit den Burgundern", schloss Frank.

„Nicht ganz", korrigierte Lilith. „Nach Gunthahars Tod war ich zunächst einmal wieder frei und wanderte nach Britannien aus, dessen Mythologie ich zuvor schon einmal beflügelt hatte, aber das ist eine andere Geschichte. Etwa hundert Jahre später führte ich dann noch einmal die Reste der Burgunder, die mich als Königin Brunichild verehrten, nach Frankreich, wo sie aber schließlich endgültig ausgelöscht wurden. Danach führte mein Weg mich ins ferne China, aber wir schweifen ab. Schließlich suchen wir nach einem *Ort der Macht* in unserer Nähe – und der Drachenfels ist das nicht."

„Verstanden", sagte Frank. „Hast du denn einen besseren Vorschlag?"

„Der Kölner Dom", erwiderte Lilith sofort. Dort laufen so viele Kraftlinien zusammen wie nur an wenigen anderen Orten."

„Kennst du den etwa auch aus eigener Erfahrung?", wollte Frank wissen.

„Und ob", bestätigte Lilith und korrigierte sich dann: „Das heißt, den Dom selbst nicht. Wohl aber den Ort, an dem er erbaut wurde. Erinnerst du dich an den Beginn meiner Erzählung? Bevor ich zu Brynhildr wurde, war ich römische Kaiserin in verschiedener Gestalt. Als Agrippina, die Jüngere, die aus der rheinischen Region stammte, verdankt die damalige kleine Ubier-Siedlung mir ihren Aufstieg als 'Colonia Claudia Ara Agrippinensium' und damit zum heutigen Köln. Aber meinst du nicht, dass es jetzt vorerst genug sein sollte mit den alten Geschichten?"

„In Ordnung", sagte Frank. Tatsächlich schwirrte ihm der Kopf von Liliths Erzählungen. „Dann also der Kölner Dom. Lass uns den Besuch fürs nächste Wochenende planen."

## 15. Kaiserinnen

Frank und Lilith standen am Bahnhof und sahen auf die Anzeigetafel. Die S-Bahn nach Köln wurde mit zehn Minuten Verspätung erwartet. Von einem Imbissstand zog der Duft frischen Gebäcks herüber.

„Was hältst du von einer kleinen Stärkung, statt sich auf dem Bahnsteig den Wind um die Ohren wehen zu lassen?", fragte Frank, nachdem er genüsslich einen tiefen Atemzug genommen hatte.

„Keine Einwände", sagte Lilith und wandte sich um. Mit Croissant und Pizzatasche schlenderten sie kurz darauf vorbei an Andenkenläden, einer Buchhandlung und weiteren Imbissbuden.

„Können wir reden?", fragte Frank und blinzelte Lilith dabei zu, gefolgt von einem kurzen Hüsteln, als hätte er sich verschluckt. Sie verstand, dass er kein Gespräch über ihre Beziehung suchte, sondern erfahren wollte, ob sie eine offene Unterhaltung für unbedenklich hinsichtlich eventueller Mithörer hielt. Sie schloss kurz die Augen und nickte dann.

„Was möchtest du wissen?", fragte sie.

„Nichts Gravierendes", erklärte Frank schnell. „Es sind nur einige Fragen über deine Vergangenheit, die mich beschäftigen. Und wir haben doch noch eine Weile Zeit."

„Kein Problem", sagte Lilith beruhigend. „In der anonymen Masse interessiert sich niemand für uns. Alle sind mit sich selbst beschäftigt." Dann blinzelte auch sie und fügte hinzu: „Aber ich werde auch dafür sorgen, dass nichts Kritisches nach außen dringt."

Der letzte Satz klang irgendwie dumpf, und Frank erkannte, dass dieser Zusatz, wie zuvor vereinbart, nur für seine Ohren bestimmt war.

„Du sagtest, Köln sei deine Stadt", begann er. „Ich meine, als Kaiserin Agrippina."

„So ist es", bestätigte Lilith. „Möchtest du eine weitere Geschichte aus meiner Vergangenheit hören? Du weißt aber, ich kann die geschützte Konversation nicht lange aufrecht erhalten."

„Nein, das ist es nicht. Und vermutlich ist das Thema auch

unkritisch. Beschränke dich einfach auf den Schutz, wenn etwas zur Sprache kommen sollte, das niemand wissen darf. Du hast zwar mehrfach bezweifelt, dass es eine gute Idee sei, dich näher kennenzulernen. Allerdings hat sich die Situation inzwischen maßgeblich verändert. Es geht nicht mehr um eine kurze, stürmische Nacht, gefolgt von der Weitergabe des Rings und der damit verbundenen Verantwortung. Diese Verantwortung muss ich nun selbst übernehmen, und das auf unbestimmte Zeit. Ich denke, unter diesen Umständen sollte ich doch etwas mehr über dich wissen. Und ich würde gern verstehen, wie du über all die Jahrhunderte in all diesen verschiedenen Persönlichkeiten gelebt hast. Bist du geboren worden, gealtert, gestorben und immer wieder neu geboren? Oder hast du deine Unsterblichkeit anders geheim gehalten?"

„Die Wechsel zwischen den Persönlichkeiten habe ich auf unterschiedliche Weise vollzogen", erklärte Lilith. „Wie du schon weißt, kann ich meine Erscheinungsform beliebig verändern. Da ich meine körperliche Hülle zu jeder Zeit vollständig kontrolliere, kann mir keine Verletzung, kein Gift, keine Krankheit und auch kein Alterungsprozess irgendetwas anhaben. Aber selbstverständlich ist es mir ebenso möglich, es so erscheinen zu lassen, als wäre ich all jenen Unannehmlichkeiten und Risiken unterworfen, mit denen ihr Sterblichen euch abfinden müsst – und habe das auch oft genug getan. Hin und wieder habe ich sogar meinen Tod vorgetäuscht, wenn es mir angeraten erschien. Aber ich wurde nie im eigentlichen Sinne *geboren*. Als Säugling hätte ich zumindest den einen oder anderen unkontrollierbaren Zeitraum zu überbrücken gehabt."

„Wie hast du dann bei einem Wechsel deine nächste Inkarnation ausgesucht? Und was ist mit den echten Vorbildern geschehen?"

„Meist bin ich einfach mit einer frei erfundenen Vergangenheit aus dem Nichts aufgetaucht. Früher war das meist kein Problem. Wenn es allerdings um historisch bedeutsame Personen ging, war das nicht immer möglich. In den Fällen habe ich eine schon bestehende Identität übernommen."

„Wie bei Agrippina?"

„Zum Beispiel. Sie war die Tochter eines römischen Heerführers mit verwandtschaftlichen Banden zur kaiserlichen Familie, wenn auch ihr Vater, der Feldherr Germanicus, nach der vernichtenden Niederlage des Varus im Teutoburger Wald zur Wiederherstellung des römischen Ansehens an den Rhein versetzt worden war und dort ein Dasein fernab des kaiserlichen Hofes fristen musste. Aber ich erkannte ihr Potenzial und sah darin eine Gelegenheit, wieder zu Einfluss auf die beherrschende Macht der damaligen Welt zu kommen. Nachdem sie mit 13 Jahren verheiratet worden war und ihrem Mann einen Sohn geboren hatte, fasste ich den Plan, diesen später zum römischen Kaiser zu erheben. In einem unbeobachteten Moment habe ich sie ausgelöscht und ihren Platz eingenommen. Nach einem weiteren Gemahl, der mich reich und interessant machte, wurde ich dann die Frau des damaligen Kaisers Claudius. Nachdem ich den vergiftet hatte, konnte ich Nero, den Sohn der echten Agrippina, auf den Thron setzen und als dessen Mutter sowie später (nach einem weiteren Persönlichkeitswechsel) als seine Gemahlin Poppea die Geschicke des römischen Reiches über zwei Generationen hinweg lenken. Um mir für den Notfall einen Rückzugsort zu erhalten, habe ich zwischenzeitlich die germanische Heimat mit dem Ausbau von Agrippinas Herkunftsort gestärkt, der dann stetig weiter zum heutigen Köln angewachsen ist."

Fröstelnd vor soviel Skrupellosigkeit, doch zugleich fasziniert von der Komplexität der historischen Zusammenhänge, fragte Frank weiter: „Wie hast du denn den Wechsel zwischen zwei Frauen inszeniert, die gleichzeitig gelebt haben und einander begegnet sein müssen?"

„Ach, das." Lilith winkte ab. „Wir waren nur selten zugleich im selben Raum. Wenn es sich gar nicht vermeiden ließ, habe ich eine Illusion geschaffen. Aber meist bestand keine Gefahr, dass eine direkte Begegnung erwartet worden wäre."

„Und der Austausch?"

„Was interessiert dich daran: das *wie* oder das *warum*?"

„Beides."

„Das *warum* ist einfach. Agrippina lebte in der Öffentlichkeit. Sie war schon die Gemahlin von Kaiser Claudius gewesen. Hunderte von

Menschen sahen sie Tag für Tag. Sie wurde älter und hätte irgendwann sterben müssen. Außerdem hatte sie als Mutter des neuen Kaisers Einfluss, aber junge Männer neigen dazu, irgendwann mehr auf ihre Hormone zu hören als auf ihre Mütter. Wollte ich weiter die Geschicke des Imperiums lenken, dann musste ich einen Generationswechsel inszenieren. Und damit kam die junge Poppea Sabina ins Spiel. Sie setzte dem ebenso jungen Kaiser Flausen in den Kopf, die seine Mutter nicht gut heißen konnte. Also nahm ich mich ihrer an und ihren Platz ein."

„Und das *wie?*"

„Da kam mir der junge Nero zu Hilfe. Er hatte schon eine perfide Phantasie, das Bürschchen! Nachdem ich ihm in meiner Rolle als verliebte Poppea eingeflüstert hatte, sich der störenden Mutter entledigen zu wollen, schickte er Agrippina mit ihrem Gefolge auf ein Todesschiff."

„Ein Totenschiff?", fragte Frank nach.

„Nein, ein Todesschiff. Er veranlasste eigens den Bau eines Luxusschiffs, um darauf rauschende Feste feiern zu können. Aber er ließ auch einen verborgenen Mechanismus installieren, der bei Betätigen eines Hebels eine massive Dachplatte aus dem Deckaufbau lösen, auf die Feiernden herabkrachen lassen und das Schiff versenken sollte. Bei einer Küstenfahrt, die er für Agrippina inszeniert hatte, ließ er den Mechanismus auslösen, so dass Agrippina, einige weitere unliebsame Personen und verschiedene unwichtige Bedienstete den Tod finden sollten. Alles lief wie geplant. Allerdings starb ich natürlich nicht, machte aber den Fehler, an Land zu schwimmen, wo ich gesehen wurde. Die Nachricht vom Überleben der Kaisermutter verbreitete sich wie ein Lauffeuer, so dass ich das Werk auf andere Weise vollenden musste. Ich floh ins Exil, ließ aber Nero die Häscher hinter mir her schicken, denen ich trotzig und pathetisch anbot, den Leib, der den Kaiser geboren hatte, auf dessen Geheiß hin zu durchbohren. Diesmal gab es genügend Zeugen für meinen Tod als Agrippina, so dass ich mich fortan auf die Rolle der Poppea konzentrieren und erneut zur Kaiserin werden konnte."

Während Frank angesichts der Gefühlskälte schauderte, mit der

Lilith die Geschichte zweier römischer Kaiserinnen und der damit verbundenen Untaten erzählt hatte, verkündete ein Lautsprecher die Einfahrt des Zuges nach Köln. Schnell begaben sie sich zum Gleis und bestiegen die Bahn, die nicht besonders voll war. Sie nahmen auf gegenüber liegenden Sitzen Platz, abseits einer Gruppe anderer Fahrgäste. Als die S-Bahn Fahrt aufnahm, sah Frank versonnen aus dem Fenster. An weiterer Konversation verspürte er gegenwärtig keinen Bedarf.

# 16. Dominanz

Der Dom steht in Köln direkt neben dem Hauptbahnhof. Oder – genau genommen – eigentlich umgekehrt, denn obwohl der Bau der mittelalterlichen Kirche sich über mehrere Jahrhunderte hinzog, ist diese natürlich deutlich älter als die Bahnstation. Als der Zug auf die Hohenzollernbrücke zuhielt, öffneten sich die Straßen und gaben den Blick auf die andere Rheinseite frei. Deutlich erhoben sich dort durch die zerkratzen Scheiben der S-Bahn – genau in Fahrtrichtung – die beiden geringfügig ungleich hohen Türme einer der bekanntesten Kirchen der Welt – der „Hohen Domkirche Sankt Petrus". Mitnichten die einzige Kirche in dieser Stadt, war sie doch ihr unangefochtenes Wahrzeichen. Und das Ziel dieser Reise.

Gedankenverloren blickte Frank auf die beiden Türme, die sieben Zentimeter und 200 Jahre von einander trennten. Nach jahrhundertelanger Unterbrechung war der zweite Turm schließlich doch noch fertiggestellt worden und hatten den Kölner Dom für ganze zehn Jahre zum höchsten Gebäude der Welt gemacht, bis er vom Ulmer Münster übertrumpft worden war, nachdem man dessen Pläne kurzfristig noch eigens zu diesem Zweck verändert hatte. Seitdem von zahllosen profanen Bauwerken um ein Vielfaches überholt, war letzteres bis heute die höchste Kirche der Welt geblieben. Den weltweiten Bekanntheitsgrad des Kölner Doms aber hatte es nie erreichen können. Was zählten schon Rekorde? *Ob Mensch oder Gebäude – die Bedeutung bemisst sich letztlich an anderen Werten*, dachte Frank.

Gleich darauf lief der Zug im Hauptbahnhof ein. Die S-Bahn-Gleise liegen am Ende der Station, so dass der Weg zur Domplatte zunächst durch die gesamte Unterführung bis zum Hauptgebäude führte. Nach einigen weiteren Schritten durch den geschäftigen Bahnhof erreichten Frank und Lilith dessen Vorplatz, wandten sich nach links und standen schon nach dem Erklimmen weniger Stufen direkt vor der imposanten Nordfassade der berühmten Kirche.

Der Plan war einfach, wenngleich er Frank deshalb keineswegs weniger nervös machte. In der Masse zahlloser Touristen, die täglich die berühmte gotische Kathedrale besuchten, würden sie den Dom betreten. Dann würde Lilith den am besten geeigneten Platz für ihr Vorhaben auswählen, wonach sie im Schutz eines geeigneten Verstecks ausharren würden, bis sämtliche Besucher den Dom verlassen hatten und dieser verschlossen wurde. Dabei beabsichtigte Lilith, sie notfalls zusätzlich mit einem Unsichtbarkeitszauber vor Entdeckung zu bewahren, denn sicherlich hatte die Domverwaltung Maßnahmen getroffen, genau Derartiges zu verhindern, und sie waren ebenso gewiss nicht die ersten, die es trotzdem versuchten. Lilith war zuversichtlich, dass sich ihre Gegner dann offenbaren mussten – und auch, dass sie in der Lage sein würde, diesen zumindest so schwer zuzusetzen, dass sie beide (Frank und Lilith) mit den neu gewonnenen Erkenntnissen über die aus dem Dunkel getretenen Widersacher auch wieder würden entkommen können, wenn es denn nicht gar gelänge, den Feind vollständig zu überwinden und damit der, wie das Schwert des Damokles als ständige Bedrohung über ihnen schwebenden, nicht greifbaren Unsicherheit, ob, wann und auf welche Weise er wieder zuschlagen würde, endgültig ein Ende zu setzen.

Da er aber von der Existenz dieses Feindes (und insbesondere von dessen groß angelegtem Plan, wie ihn Lilith in der Abgeschiedenheit des Waldes entworfen hatte) noch immer keineswegs überzeugt war, hatte Frank Lilith zur Sicherheit mit besonderen Verhaltensregeln belegt. Dabei hatte er sich der „Robotergesetze" des russisch-amerikanischen Schriftstellers Isaac Asimov erinnert und diese an die eigene Situation angepasst:

1. Keinen Menschen gefährden oder dessen Gefährdung durch Untätigkeit zulassen. (Das sollte vor allem für Unbeteiligte gelten, mit Einschränkung der Selbstverteidigungssituation aber auch für eventuelle Angreifer.)
2. Menschlichen Befehlen gehorchen, soweit diese nicht in Konflikt mit der ersten Regel standen. (Dieses Gesetz hatte Frank gestrichen. Die Befehlsgewalt über Lilith wollte er an niemanden delegieren – und hätte sie am liebsten selbst nur zu gerne abgegeben, wenn er sich damit auch der Verantwortung hätte entledigen können.)
3. Die eigene Existenz (und die seine) schützen, solange dies nicht im Konflikt mit den anderen Regeln stünde.

Selbstverständlich war es Frank klar, dass sich das Anliegen, die Feinde zum offenen Konflikt zu zwingen, nur schwer mit diesen pazifistischen Regeln vertrug, aber er wollte sichergehen, dass Lilith eine eventuelle Lockerung ihrer Bindung nicht missbrauchen konnte und war darauf vorbereitet, im Notfall kurzfristig gezielt den zu erwartenden Situationen angemessene Freigaben zu erteilen.

Als sie auf das schwere, zentrale Michaelsportal zuschritten, schoss Frank eine Frage durch den Kopf. „Kannst du diesen Ort überhaupt betreten?", fragte er seine Begleiterin neugierig, fast schon in der Annahme (und vielleicht auch Hoffnung), Lilith hätte etwas Entscheidendes übersehen und sie müssten nun gleich wieder unverrichteter Dinge umkehren.

„Du meinst, ein geweihter Ort wie eine Kirche sei *heiliger Boden* und als solcher für Dämonen tabu?", lachte sie. „Da muss ich dich enttäuschen. Das ist eine reine Erfindung der Autoren von Horrorgeschichten."

„Ja ja, wie das Silber für die Werwölfe."

Frank schmunzelte, wurde aber sofort wieder ernst, als sie durch den Eingangsbereich traten. Der Schritt durch die Tür, vorbei an Postkartenständern und Andenkenverkaufstheken, fühlte sich spätestens nach dem Passieren des Weihwasserbeckens an wie die Unterschrift unter einen Vertrag, ohne das Kleingedruckte mehr als nur überflogen zu haben.

Nun gab es keinen Weg mehr zurück. Wenn die mysteriösen Verfolger tatsächlich existierten und diese sie tatsächlich Tag und Nacht belauschten und sie es wiederum tatsächlich auf Lilith und/oder Frank abgesehen hatten und sie schließlich auch tatsächlich diesen „Ort der Kraft" als Schlachtfeld für einen entscheidenden Angriff nicht vermeiden konnten – wenn all das zutraf, dann würde sich heute das Schicksal von Frank Menden entscheiden, und mit ihm womöglich auch das Schicksal der übrigen Menschheit! Teils aufgrund frühkindlicher Erziehung, teils aber auch, weil er hoffte, mit diesem Ritual vielleicht einen wahrhaftigen Schutz aufzubauen, tauchte Frank seine Fingerspitzen in das Becken und bekreuzigte sich. Aus dem Augenwinkel nahm er wahr, dass Lilith es ihm nicht gleich tat. Diese Erkenntnis überraschte ihn wenig, aber er war sicher, dass der Verzicht auf diese Geste ihrem freien Willen entsprungen war und nicht etwa einem mystischen Hindernis für den Kontakt mit dem geweihten Wasser. Natürlich war es auch möglich, dass sie einfach nur nie mit den Ritualen beim Betreten katholischer Kirchen vertraut gemacht worden war oder – noch einfacher – nichts darauf gab. Trotzdem aber wirkte die Art, wie sie an dem Weihwasserbecken vorbei ging, ohne es eines Blickes zu würdigen oder ihren Schritt zu verlangsamen, auf ihn wie ein Statement.

Inmitten zahlloser Besucher bewegten sie sich unauffällig durch den Dom. Lilith hatte offenbar einen klaren Plan im Kopf, welche Stellen sie aufsuchen wollte und in welcher Reihenfolge. Zuerst steuerte sie zielsicher auf den zweistöckigen goldenen Reliquienschrein zu, der im Jahre 1164 auf Wunsch des Kaisers Friedrich Barbarossa nach Köln geholt worden war und der angeblich die Gebeine der Heiligen Drei Könige Kaspar, Melchior und Balthasar enthielt. Dieser prachtvolle Schrein hatte letztlich den Anlass zum Bau des Doms geliefert, denn die Reliquie sollte nicht einfach irgendwo stehen, sondern in einem Gotteshaus, das ihrer würdig war. Nun stand sie in einer gläsernen Vitrine an prominenter Stelle in einer der berühmtesten Kirchen der Christenheit. Lilith verharrte kurz vor dem Schrein, schloss die Augen und breitete die Arme aus, die Handflächen zu der Reliquie gerichtet. Nachdem sie einige Sekunden stumm in dieser Haltung verbracht hatte, entspannten sich ihre Züge, sie öffnete die Augen, klappte die Arme ein, nickte kurz und wandte sich ihrem nächsten Ziel zu, dem Lochner-Altar – einem Triptychon, in dessen Zentrum bei genauem Hinsehen die Jungfrau Maria mit einem Einhorn zu sehen war. Hier wiederholte sie das Ritual, bevor sie ihre Etappenreise durch den Dom fortsetzte. Jedesmal, wenn sie ihre kurze Konzentrationsphase beendet hatte, lächelte sie Frank an, wie eine begeisterte Touristin ihrem Ehemann dankbar und liebevoll zulächelt, der sie, wenngleich selbst wenig interessiert, dabei begleitet, während sie sich einen lang gehegten Wunsch nach kultureller Erfahrung erfüllt. Danach strebte sie dann, zielstrebig, aber ohne Aufsehen zu erregen, ihrem jeweils nächsten Ziel zu. Frank folgte geduldig, nahm dabei die zahllosen Kleinodien in sich auf, die sich an den verschiedensten Stellen fanden, und badete im Vorübergehen im Licht der farbenprächtigen Glasfenster, von den ornamentalen Darstellungen der frühen „Bibelfenster" aus dem 13. Jahrhundert über die jüngeren bildhaften Heiligenbilder bis hin zu dem modernen „Richterfenster". Letzteres war benannt nach dem Künstler Gerhard Richter, der im Auftrag des Kölner Domkapitels nach einem zufallsgesteuerten Algorithmus über elftausend farbige gläserne Quadrate zu einem abstrakten Muster angeordnet hatte. Das Fenster zierte seit dem Jahr 2007 die Südfassade und gab immer wieder zu Streitgesprächen zwischen überzeugten Befürwortern und erbitterten Kritikern des modernen Konzeptes Anlass. In jedem Fall schuf es aber ein eindrucksvolles Farbenspiel, das auf der Welt Seinesgleichen suchte.

Nachdem sie den Dom auf diese Weise auf einem anscheinend genau festgelegten, für Frank aber unverständlichen Weg abgeschritten hatte, schmiegte Lilith sich an ihn und flüsterte ihm ins Ohr: „Ich bin mit meinen Vorbereitungen fertig. Wir sollten uns nun einen Ort suchen, an dem wir uns bis zur Schließung des Doms verbergen können."

„Einverstanden", erwiderte Frank mit Verschwörermiene. Das Ganze kam ihm inzwischen beinahe wie ein aufregendes Spiel vor. „Hast du denn schon eine Idee, wo das sein könnte?"

„Natürlich", sagte Lilith und setzte sich in Bewegung, ohne mit weiteren Worten auf ihr Ziel einzugehen. Frank folgte ihr und erlaubte sich währenddessen einen Blick durch den Dom.

Die Menge der Besucher war womöglich noch dichter geworden. Familien, geführte Gruppen und einzelne Dombesucher, auch die einen oder anderen Betenden, bevölkerten die mittelalterliche Kirche. Auch eine Gruppe von Mönchen in dunklen Kutten wanderte umher, die spitzen Kapuzen tief über ihre andächtig gesenkten Häupter gezogen.

Während die Masse der Dombesucher ihnen einerseits einen guten Sichtschutz gegen zu große Aufmerksamkeit gab, mussten sie sich auf ihrem Weg andererseits buchstäblich an den überall herumstehenden, teils begeistert, teils andächtig um sich blickenden Touristen vorbei schlängeln. Frank konnte es sich kaum erlauben, sich umzuschauen, ohne den Anschluss an Lilith zu verlieren, die zügig ihrem unbekannten Ziel zustrebte. Da Frank auf seine Führerin durch das Gewimmel achten musste, sich sein Geist aber zugleich nach Zerstreuung sehnte, lauschte er gedankenverloren auf die Gespräche in den Besuchergruppen, die er passierte. Um die Privatsphäre der arglosen Personen um ihn herum zu wahren, bemühte er sich, nicht auf die Bedeutung der Worte zu achten, die aus den Gesprächsfetzen an sein Ohr drangen, sondern nur auf deren Klang zu lauschen.

*Seltsam*, dachte er, *wie dumpf die Stimmen in diesem hallenden Raum klingen*. Selbst die Kinderstimmen wirkten ungewöhnlich tief. Gerade hatte ein Vater offenbar einen Scherz gemacht, und das folgende Lachen seiner Tochter, die sich an seiner Hand festhielt, hallte nicht nur auf seltsame Weise dunkel durch den Dom, sondern kam auch irgendwie verzögert. In gewisser Weise erinnerte die Geräuschkulisse Frank an ein Tonband, das zu langsam abgespielt wird. Grübelnd in sich gekehrt, hielt er kurz inne, um diesen seltsamen Effekt auf sich wirken zu lassen. Dann bemerkte er, dass Lilith inzwischen bereits einige Meter von ihm entfernt war, aber das sollte kein Problem darstellen. Die Menschen, die ihn von ihr trennten, bewegten sich kaum, und es würde ihm ein Leichtes sein, sie wie ein Skifahrer im Riesenslalom zu umgehen und Lilith mit wenigen beschleunigten Schritten wieder einzuholen.

Gerade wollte er sich anschicken, zu Lilith aufzuschließen, da wurde er von einer Fliege gestört, die ihn brummend umschwirrte. Fast hörte sich das lästige Tier wie eine Hummel an, und dabei war es nicht einmal ein besonders dicker Brummer, der Frank da vor der Nase herumkreiste. Verärgert schlug er nach dem Tier, um es zu vertreiben, und zu seiner Überraschung gelang es ihm sogar, die Fliege im Flug zu fangen, statt sie nur zu verscheuchen. Mit einer lässigen Handbewegung schleuderte er das Insekt in eine andere Richtung, stolz auf den seltenen Erfolg. Wie oft hatte er schon versucht, Fliegen zu fangen, und war fast immer gescheitert. Manchmal konnte man die Tiere trotz ihrer schnellen Reflexe überraschen, wenn man aus der antizipierten Fluchtrichtung zuschlug, aber diesmal hatte Frank sich nicht einmal Mühe geben müssen.

Als er sich wieder Lilith zuwandte, musste er nun verärgert feststellen, dass einige der Mönche sich in der Zwischenzeit zwischen sie gedrängt hatten, so dass er einen größeren Umweg als geplant würde nehmen müssen, um sie zu erreichen. Aber auch das sollte nicht weiter schwierig sein, denn sämtliche Bewegung der Umstehenden war mittlerweile nahezu vollständig erlahmt, und auch die Geräuschkulisse hatte sich zu einem tiefen Brummen gewandelt, beinahe schon jenseits der Hörschwelle.

Dann drehte sich Lilith zu ihm um, und der Ausdruck überraschter Erkenntnis auf ihrem Gesicht jagte Frank einen eisigen Schauder über den Rücken. So etwas hatte er bei der stets souverän überlegenen Frau noch nie beobachtet.

„Vorsicht, Frank!", rief sie ihm über die Köpfe der Umstehenden hinweg zu, jegliche Zurückhaltung außer Acht lassend. „Wir sind entdeckt. Der Angriff hat schon begonnen. Sie haben um uns herum die Zeit eingefroren. Es gibt in diesem Moment nur noch sie und uns."

Die Erkenntnis traf ihn wie ein Schlag. Anscheinend hatte selbst Lilith die Gegner unterschätzt. Entgegen der geäußerten Erwartung, vor Schließung des Doms würden sie es nicht wagen, etwas zu unternehmen, hatten diese einen Weg gefunden, am helllichten Tag und inmitten einer Menschenmenge gegen Lilith vorzugehen, ohne Aufmerksamkeit zu erregen. Mithilfe irgendeines Zaubers, den auch Lilith beinahe zu spät erkannt hatte – wohl, weil er sich nicht gegen sie und ihren Begleiter richtete, sondern nur gegen ihre Umgebung – war für alle Unbeteiligten die Zeit angehalten worden, und nun konnten die Feinde angreifen, ohne Entdeckung oder Intervention von außen fürchten zu müssen.

Und das taten sie auch. Wie auf ein unhörbares Kommando griffen die Mönche, die ebenfalls von der Zeitveränderung verschont geblieben waren, unter ihre Kutten und hielten plötzlich Nahkampfwaffen in den Händen, mit denen sie sofort auf Lilith eindrangen und diese weiter abdrängten. Zwar konnte Lilith sich die Angreifer vom Leibe halten, indem sie zwischen ihnen und den unbeweglichen Dombesuchern umherwirbelte wie in einem Kung-Fu-Film, aber damit war sie vollauf beschäftigt, verbot ihr doch Franks Anordnung, irgendjemandem Schaden zuzufügen. So blieb ihr offenbar keinerlei Zeit für einen wirksamen Gegenzauber, zumal sich auch die Angreifer mit übermenschlicher Kraft, Schnelligkeit und Gewandtheit bewegten.

Einer der Mönche beteiligte sich nicht am Kampfgeschehen. Er stand etwas abseits und hatte Kutte und Kapuze nicht abgelegt. Unbeweglich stand er in einer Nische, einen hölzernen Stab senkrecht vor sich haltend, der ihn selbst um beinahe eine Kopflänge überragte und an seiner Spitze eingearbeitet einen faustgroßen, glänzenden Stein trug. Nach einer Weile hob er den Kopf, doch konnte Frank unter der weiten Kapuze und auf die Entfernung noch immer kein Gesicht erkennen. Seine Stimme aber dröhnte wie Donnerhall durch die Kirche:

„Lilitu – Fürstin der Finsternis! Wie kannst du es wagen, diesen heiligen Ort mit deiner sinistren Gegenwart zu entweihen! Hier wartet nichts auf dich als dein Verderben. Heute wird sich erweisen, wie es um deine Unsterblichkeit bestellt ist. Du magst aus deiner Asche stets neu erstehen, aber nicht einmal Asche wird von dir bleiben. Ein für allemal sollst du gebannt sein, auf dass deine boshafte Präsenz die Gefilde der Menschen nie wieder besudele. Du hättest dich nicht dem Orden der verweichlichten *Vindicandi* entziehen sollen, in deren sicherer Obhut du dich befandest. Diese, die sich – wie wir – seit Jahrtausenden der Aufgabe verschrieben haben, die Menschheit von dir und deinen Helfern zu befreien, haben den Pfad der Strenge verlassen und sich der irrigen Hoffnung hingegeben, dich zum Guten bekehren zu können. Ein tödlicher Irrtum, wie deine Anwesenheit hier beweist! Doch uns täuschst du nicht. Wir werden kurzen Prozess mit dir machen!"

Mit diesen Worten richtete er die Spitze seines Stabes in Liliths Richtung, und der Stein begann in seiner Fassung zu leuchten. Immer heller schimmerte das Juwel, und als sein Licht alles Übrige überstrahlte, löste sich ein gleißender Strahl aus seinem Inneren und schoss auf Lilith zu. Sie aber wich aus, als hätte sie den Zeitpunkt des Abschießens vorausgeahnt. Weiter würdigte sie den Mönch allerdings keiner Aufmerksamkeit und verlor auch keinerlei Worte zu seiner Ansprache – entweder weil sie zu beschäftigt war, die fortgesetzt mit Schwertern, Beilen und Keulen auf sie eindringenden Angreifer abzuwehren, oder einfach klug genug, keine Energie mit nutzlosen Prahlereien zu vergeuden. Entsetzt und beinahe ebenso starr wie die umstehenden Menschen, erkannte Frank, wie sich Lilith immer weiter von ihm entfernte. Während sie sich geschickt der vordringenden Angreifer erwehrte, ohne auch nur einen von ihnen zu verletzen, musste sie mehr und mehr zurückweichen, und schnell bildete sich eine zunehmende Kluft zwischen ihr und ihm. Die Angreifer nutzten die unbeweglichen Dombesucher wie Figuren auf einem Schachbrett, so dass Frank Lilith nicht folgen und sich zugleich außerhalb der Reichweite ihrer Verfolger halten konnte, ohne die Lücke immer weiter aufreißen zu lassen. Bevor er sich versah, hatten sich einige Angreifer zwischen ihn und Lilith gedrängt, und bald trennten sie nicht nur mehrere Meter, sondern auch ein Wald aus erstarrten Körpern und ein Wall von

141

vermummten Angreifern, deren hinterste Reihe sich auf einen Wink des Anführers mit dem Zauberstab nun zu Frank Menden umwandte und bedrohlich auf ihn zu schritt.

Endlich kam wieder Bewegung in Frank. Ängstlich wich er zurück, die starren Dombesucher wie Pfeiler als Deckung nutzend. Seine Angreifer, fünf oder sechs Männer von kräftiger Statur und entschlossenem Schritt, folgten unerbittlich. In panischer Furcht drehte Frank sich um und floh, so schnell er konnte, durch das weite Hauptschiff des Doms. Immer wieder blickte er sich um und sah, wie ihm die Verfolger auf den Fersen blieben. Lilith selbst konnte er schon gar nicht mehr sehen, erkannte ihren Standort aber an dem Tumult im Seitenschiff des Doms.

Während seines Rückzugs wurde Frank von Scham geplagt. Wie ein Feigling suchte er sein Heil in der Flucht, während Lilith um ihr Leben (oder was auch immer) kämpfte. Nur zu gerne wäre er auf der Stelle umgekehrt, hätte sich auf die Angreifer gestürzt und seiner Gemahlin beigestanden (Dämonin hin oder her). Leider nur war die Vernunft in ihm zu stark für derartige Tapferkeit. Ihm war nur allzu bewusst, dass er nicht den Hauch einer Chance besaß, auch nur einen der Angreifer zu überwältigen, geschweige denn Lilith bei ihrer Abwehr mehr als ein Hindernis zu sein. Also war seine Flucht nur konsequent und fühlte sich dennoch nicht richtig an. Dieser Bedenken wurde er aber bald enthoben, als die Flucht jäh an einer Seitentür der Kirche endete. Frank wollte die Tür aufreißen und ins Freie stürmen, spürte aber schon in der Nähe des Türgriffs, dass von diesem eine unnatürliche Kälte ausstrahlte. Als er die Klinke herabdrücken wollte, wurde ihm klar, dass die Angreifer auch daran gedacht hatten, sämtliche Türen in der Zeit buchstäblich einzufrieren. Ein Entkommen aus dem Dom war vollkommen unmöglich!

Die Verfolger hatten Frank beinahe erreicht, als er verzweifelt nach Lilith Ausschau hielt und sie dann in Todesangst anrief.

„Lilith – rette mich!"

Für einen Moment hielten die Verfolger inne, und auch der Tumult am anderen Ende des Doms flaute kurzzeitig ab.

„Mit allen erforderlichen Mitteln?", drang Liliths Stimme durch den Dom, als stelle sie von der Kanzel herab eine Gewissensfrage an die Gemeinde.

„JA!!!", rief Frank zurück. „Tu, was immer nötig ist!"

Für einen weiteren Moment schien die Zeit für alle stillzustehen. Kein Laut regte sich, sämtliche Kampfhandlungen hielten inne. Und dann schien der gesamte Innenraum des Doms sich mit Energie aufzuladen. Die Luft knisterte, ein geisterhaftes Leuchten füllte jeden Winkel. So musste sich ein Sprengstoffexperte in dem winzigen Augenblick fühlen, wenn er beim Versuch, eine Bombe zu entschärfen, einen Draht durchschnitten hatte und erkannte, dass es der falsche war. Wenn ihm bewusst wurde, dass die Detonation unmittelbar bevorstand und es nichts mehr gab, das er oder irgendjemand sonst noch tun konnte, um dies zu verhindern.

Jetzt konnte Frank Lilith wieder sehen. Er sah sie durch alle Körper, Pfeiler, Objekte hindurch. Sie leuchtete von innen heraus in einem Licht, das alles und jeden ungehindert durchdrang. Obwohl sich ihre Gestalt nicht veränderte, durchflutete ihre Präsenz das gesamte Gebäude.

Frank Menden wusste, dass sie ihn nicht rechtzeitig würde erreichen können, um zu verhindern, dass seine Verfolger ihn ergreifen konnten. Aber ihre Aura war bei ihm, in ihm. Er sah, wie sie eine winkende Bewegung in seine Richtung vollführte, und spürte im selben Moment, wie in seinem Inneren eine Mauer fiel. Irgendwie kam ihm das Gefühl bekannt vor, das sich nun in ihm ausbreitete, aber er konnte sich nicht erinnern, bei welcher Gelegenheit er sich schon einmal ähnlich gefühlt hatte. War es im Park gewesen, als er der geliehenen Gitarre Töne entlockt hatte, deren er sich nie für fähig gehalten hatte? Was genau geschehen war, verstand er nicht, aber etwas hatte sie mit ihm getan, bevor sie sich nun wieder den sie umgebenden Angreifern zuwandte. Das Entsetzen in deren Gesichtern machte deutlich, dass auch sie die überwältigende Präsenz der Dämonin spürten.

Doch schon hatte Frank keine Zeit mehr für Grübeleien, denn die Gruppe, die ihn verfolgt hatte, war aus ihrer Starre erwacht und hatte ihn nun eingeholt, während er buchstäblich mit dem Rücken zur

Wand stand.

Die rechte Hand des ersten Angreifers, der ihm nahe genug kam, schoss auf ihn zu, sauste aber zu Franks eigener Überraschung an ihm vorbei, weil er sich intuitiv gerade genug zur Seite gedreht hatte, um der Faust zu entgehen. Dabei umfasste er von oben mit seiner Linken die Hand des ebenso überraschten Angreifers und führte dessen Bewegung weiter, an seinem eigenen Körper vorbei. Als der Mann in der Kutte gerade im Begriff war, das Gleichgewicht zu verlieren, kehrte er seine Bewegung um und versuchte die Hand zurückzuziehen. Frank folgte wiederum dem neuen Impuls, drehte sich zurück und hakte den anderen Arm genau im richtigen Winkel zwischen Ober- und Unterarm des Gegners, dass dessen Ellenbogengelenk sich beugen musste und sein ganzer Körper, der Hebelwirkung von Franks Griff folgend, zunächst eine aufrechte Kehrtwende und anschließend eine Drehung um die eigene Achse vollführte, bis er krachend mit dem Nacken auf dem harten Kirchenboden aufschlug, wo er (zumindest) besinnungslos liegen blieb. Frank blieb keine Zeit, sich darüber zu wundern, woher er die komplizierte Wurftechnik plötzlich beherrschte, denn schon erreichten ihn die nächsten Angreifer. Den ersten schickte er zu Boden, indem er sich dessen Lauf entgegenstellte und dabei seinen gestreckten Arm diagonal über dessen Brust und Hals gleiten ließ, sich gleichzeitig nach vorn lehnte und den Oberkörper des Angreifers für einen kurzen Moment waagerecht in der Luft anhielt, während sich dessen Füße weiter bewegten, bis auch er auf dem Rücken aufschlug. Ein dritter knickte im vollen Lauf ein, als Frank mit der Fußkante sein Knie von der Seite traf, immer darauf bedacht, sich nicht in Reichweite der Waffen zu bringen und die anderen Angreifer nicht an sich vorbeikommen zu lassen.

Franks Begeisterung über seine neu entdeckten Fähigkeiten wandelte sich jedoch in Entsetzen, als er dem Gegner, der sich gerade trotz der Schmerzen im Knie wieder aufzurichten versuchte, mit einer kurzen, energischen Bewegung das Genick brach, bevor dieser erneut zu einer Gefahr werden konnte. Den nächsten Angreifer fällte er mit einem gezielten Handkantenschlag gegen den Hals. *Was war nur in ihn gefahren?!* Einem weiteren Angreifer entwand er mit einer fließenden Bewegung das Schwert und rammte es ihm durch den Leib. Frank Menden war nicht nur plötzlich auf wundersame Weise mit den verschiedensten Kampftechniken vertraut und verfügte über Reflexe, die sich normalerweise nur nach jahrelangem intensivem Training einstellen – er hatte sich zugleich in eine gnadenlose Tötungsmaschine verwandelt, die ohne sein bewusstes Zutun mit tödlicher Präzision funktionierte!

Den übrigen Angreifern war Franks Verwandlung nicht verborgen geblieben, und sie waren nun deutlich vorsichtiger geworden, umringten ihn und bemühten sich, eine Lücke in seiner Verteidigung zu entdecken. Dann machte einer einen Ausfall mit einem römischen Gladius, den Frank zwar mit seiner Klinge parierte, diese aber dabei aus tauben Händen verlor. Reaktionen und Bewegungsabläufe waren zwar perfekt, aber seine untrainierten Muskeln und Sehnen konnten schließlich doch nicht auf Dauer den Angriffen der gestählten Kämpfer standhalten, die ihm hier gegenüberstanden. Und nun hatte er auch das Überraschungsmoment nicht mehr auf seiner Seite, das ihm die anfänglichen Erfolge beschert hatte.

Zumindest seine Reflexe waren aber die eines Kämpfers, und auch die Fähigkeit, die Situation mit einem schnellen Blick einzuschätzen, hatte er mit der von Lilith irgendwie herbeigeführten Veränderung seiner Persönlichkeit hinzugewonnen. So gelang es ihm, sich unter einem Angriff weg zu ducken und dem Angreifer zugleich so gegen das Schienbein zu treten, dass dieser rücklings gegen ein Geländer stürzte. Dabei griff er mit klammen Fingern nach der eigenen, verlorenen Waffe und bekam sie tatsächlich, wenn auch unsicher, zu fassen. Sofort stand er wieder aufrecht, das Schwert in beiden Händen, und hielt mit seiner bedrohlichen Haltung die Angreifer um ihn herum von unüberlegten Aktionen ab.

Mit einem Blick über den Innenraum des Doms verschaffte Frank sich einen Überblick über die gesamte Situation und erlebte im selben Moment entsetzt mit, wie Lilith in Flammen aufging. Innerhalb von Augenblicken loderten meterhohe Feuerzungen aus ihrem Körper, und sie stand inmitten einer Feuersbrunst, wie eine Fackel im

Zentrum eines Sonnwendfeuers. Fauchend flackerten die Flammen um sie herum, knisternde Wolken von Funken sprühten in alle Richtungen und trudelten durch den Raum.

Der Magier hielt seinen Stab waagerecht vor sich auf Lilith gerichtet, und im ersten Moment hatte Frank den Eindruck, dass er das Entflammen der Dämonin ausgelöst habe. Doch ein zweiter Blick belehrte ihn eines Besseren. Die Flammen schossen nicht aus dem Stab, sondern vielmehr auf ihn zu. Zwar gelang es dem Magier wohl, einen unsichtbaren Wall zu schaffen, an dem sich die Feuerstöße brachen wie Wellen an einer Klippe. Doch alles, was der Zauberer tat, diente nun der Abwehr, nicht dem Angriff. Lilith hatte sich selbst entzündet und entfachte nun ein Flammenmeer, das ihre Angreifer zu verschlingen drohte. Die meisten konnten sich hinter den Schutzwall retten, den der Magier mithilfe seines Stabes aufrecht erhielt. Wer zu weit entfernt gewesen war, stand aber schnell lichterloh in Brand. (Die in der Zeit eingefrorenen Besucher des Doms wurden von dem Feuer nicht betroffen. Der Zeitstillstand bewahrte sie offenbar auch vor allem, was im schnelleren Ablauf geschah.)

Während die lodernden Flammenstöße am Schutzfeld des Magiers abprallten, trudelten die Fünkchen, die sich bei jedem der Stöße zunächst zum Kuppeldach erhoben, tanzend herab, wenig beachtet, bis die ersten sich von oben auf die hinter dem Stab des Magiers zusammengedrängten Mönche herabsenkten. Beim ersten Kontakt aber schrien die Getroffenen auf, denn die Funken brannten sich wie feine, glühende Nadeln durch Kleidung und Körper. Wären einige wenige dieser Fünkchen nicht mehr als ein paar ärgerliche Störungen gewesen, zersiebte nun eine Vielzahl von ihnen die schreienden Kuttenträger. Dem Magier selbst gelang es offensichtlich, sich gegen die Funken zu immunisieren, denn sie konnten sein Gewand nicht durchdringen, aber es dauerte nicht lang, bis er allein inmitten zuckender, sich am Boden windender Körper stand, die von immer neuen der herab regnenden Feuertröpfchen durchbohrt wurden, bis sie endlich, von zahllosen qualmenden Wunden durchzogen, reglos liegen blieben.

Die durch die Flammen aufgeheizte Luft trug die Funken auch in die hintersten Winkel des Doms. Zwar nahm die Teilchendichte mit zunehmendem Abstand zu der immer noch funkensprühenden Lilith rapide ab, aber trotzdem mussten sich inzwischen auch Frank und seine Angreifer vor ihnen in Acht nehmen. Das hinderte diese allerdings nicht daran, einen erneuten Vorstoß zu wagen. Einen weiteren Gegner konnte Frank ausschalten, aber inzwischen blutete auch er aus mehreren Wunden, und die Waffe wog schwer in seinen zerschundenen Händen. Lange würde er den verbliebenen Angreifern nicht mehr standhalten können.

Der Magier hatte seine Haltung verändert. Vollständig in die Defensive getrieben, stand er da, irgendwie in sich zusammengekauert, und verzweifelt darum bemüht, die Flammen und Blitze abzuwehren, die Lilith unablässig gegen ihn schleuderte. Doch noch war das Duell nicht entschieden. Kaum erlaubte Lilith sich einen schnellen Blick zu Frank, dessen Situation sie, ihrem Gesichtsausdruck nach zu schließen, zu Recht als bedrohlich ansah, schon kam wieder Spannung in den eingefallenen Körper und der hagere Mann im langen Gewand schwang den Stab zu einem neuerlichen eigenen Angriff. Ein ganzes Netz von farbigen Blitzen ließ er auf Lilith zu zucken. Es gelang ihr zwar, die Attacke abzuwehren und den Zauberer zurück in die Verteidigung zu treiben, aber der kurze Ausbruch zeigte deutlich, dass sie sich vollständig auf ihren Gegner konzentrieren musste und Frank nicht würde zu Hilfe kommen können.

Zumindest gewann dieser selbst einen solchen Eindruck – wie auch seine verbliebenen Gegner. Trotz gelegentlich auf sie niedergehender Funken machten sie sich nun auf, ihrem angeschlagenen Opfer in einem konzertierten Angriff den Rest zu geben. Allerdings kamen sie nicht weit, denn Lilith hatte endlich einen Weg gefunden, wie sie Frank vor den Angreifern in Sicherheit bringen konnte, ohne ihre Konzentration für mehr als einen weiteren kurzen Moment von dem Zauberer abzulenken. Zuerst warf sie einen neuen, besonders dichten Funkenregen in die Domkuppel und entfachte einen Windstoß, der diesen auf Frank und seine Angreifer zu trieb. Dann richtete sie kurz die linke Hand auf Frank, während sie mit der rechten weiter den Magier in Schach hielt, spreizte explosiv die Finger und rollte sie augenblicklich in einer kreisenden Bewegung wieder ein. Zunächst konnte Frank nicht erkennen, ob diese Geste irgendeine Wirkung ausgelöst hatte, aber kurz bevor der Funkenschauer die Gruppe seiner Gegner erreichte, spürte er plötzlich, wie ihm ein leichter Wind um die Ohren pfiff. Zunächst nur ein schwacher Hauch, hatte sich um ihn ein winziger Tornado nach oben geschraubt, der jedoch schnell an Stärke gewann und ihn nun einhüllte wie eine Kavallerietruppe, die schützend um eine Wagenburg herum galoppierte. Der Wind allein hätte die Angreifer nicht aufhalten können, aber aus der Ruhe im Auge des Sturms konnte Frank, wenn auch ein wenig unscharf, beobachten, wie der Wirbelwind die tödlichen Funken einfing und so einen undurchdringlichen Schutzzaun um ihn herum aufbaute, von Zeit zu Zeit einzelne Funken auf die umstehenden Angreifer schleudernd, die es deshalb nicht wagen konnten, sich ihm so weit zu nähern, dass sie hätten versuchen können, ein Wurfgeschoss ins Innere des Windes auf ihn zu schleudern.

Frank versuchte vorsichtig, prüfend einen Schritt aus der Nische heraus zu tun, in die er gedrängt worden war, in der Hoffnung, der Tornado würde mit ihm wandern. Er musste aber feststellen, dass der Wirbelwind stationär und er selbst somit für das weitere Geschehen auf die Beobachterrolle beschränkt war. Obwohl er immer ein wachsames Auge auf die verbliebenen Angreifer behielt, um nicht womöglich von einem Überraschungsangriff überrannt zu werden, konnte er so verfolgen, wie sich der Zweikampf zwischen Lilith und dem Magier weiter entspann.

Bisher hatte sich der knochige Alte gut gehalten. Zu eigenen Offensiven war er zwar nach seinem kurzen Ausfall in Liliths Aufmerksamkeitslücke nicht mehr gekommen. Allerdings hatte er auch allem standhalten können, was sie gegen ihn einsetzte. Offenbar war nicht nur seine Kleidung, sondern auch seine Haut für die Funken undurchdringlich, denn mehrere davon waren, nachdem Ärmel und Kapuze im Eifer des Gefechts doch etwas verrutscht waren, auf seinen Händen oder Wangen zerplatzt, ohne erkennbaren Schaden anzurichten. Den Schutzwall gegen ihre direkten Angriffe musste er offenbar aktiv aufrecht erhalten, denn immer wenn sie eine neue Welle von Energie oder aus dem Nichts materialisierten materiellen Geschossen auf ihn warf, fuchtelte er in atemberaubender Geschwindigkeit mit dem Stab herum. Sein verkniffenes, faltiges Gesicht war von Anstrengung gezeichnet, aber zumindest hatte er auf diese Weise noch sämtliche Angriffe abwehren können, was sein Mienenspiel um einen Hauch trotziger Zuversicht bereicherte. Offenbar wartete er in dieser defensiven Haltung darauf, dass Lilith sich irgendwann erneut eine Blöße geben würde, in die er dann mit einer vernichtenden Attacke zu stoßen beabsichtigte.

Eine schier endlos erscheinende Zeitspanne blieb diese dynamische Patt- Situation bestehen, bis das geschah, worauf der Magier gelauert hatte. Nachdem Lilith einen weiteren Schauer, diesmal größerer, Funken versprüht hatte, die zunächst wie ein Meteoritenhagel auf ihn zu sausten, nach einer Abwehrgeste mit seinem Zauberstab aber, wie Satelliten in einem Orbit, abwartend um ihn herum trudelten, erlaubte sie sich einen, vielleicht etwas zu langen, Seitenblick zu Frank und sandte eine giftig grüne Qualmwolke in dessen Richtung. Die Wolke schloss schnell die Angreifer ein, die sich um Frank zum Schutz vor den Funken unter Baldachine, Überhänge oder Gruppen der unbeweglich in der Zeit eingefrorenen normalen Dombesucher gekauert hatten. Obwohl die grünen Schwaden seine Sicht behinderten, wurden sie aber, wie die Funken, von den zirkulierenden Luftströmen erfasst und brachten ihn selbst nicht in Gefahr. Die Angreifer dagegen verließen hustend und würgend ihre Deckung und torkelten, verzweifelt nach Luft ringend, durch den Dom, bis sie röchelnd zusammenbrachen und sich, offenbar im Todeskampf, in allmählich ersterbenden Zuckungen am Boden wanden.

Die Aktion Liliths, die Frank endgültig von seinen Angreifern befreien sollte – und damit auch erfolgreich war – hatte aber wohl ein wenig zu lang gedauert. Schließlich hatte der Zauberer nur auf genau solch eine Gelegenheit gewartet, um aus der Defensive heraus wieder zu einem kurzen, aber heftigen Angriff überzugehen, auf den er nun seine ganze Energie konzentrierte. Die Luft flirrte um die Spitze des Zauberstabs herum und entlud sich dann in einem tosenden Tunnel gleißenden Lichts. Das Licht traf Lilith, als sie bereits abwehrend die Hände erhoben, den Gegenzauber aber wohl noch nicht vollständig aufgebaut hatte. Jedenfalls wurde sie, wie von einer gewaltigen Faust getroffen, von den Füßen gerissen und mehrere Meter weit durch die Luft getragen, bis sie gegen eine Säule prallte, daran herab rutschte und reglos liegen blieb. Die Flammen um sie waren erloschen.

Ohne Zögern schwang der Zauberer seinen Stab erneut, und wieder flimmerte es drohend um dessen Spitze, die sich jetzt auf Lilith richtete, um ihr den Rest zu geben, während sie sich stöhnend wieder aufzurichten versuchte.

Frank Menden traten die Tränen in die Augen. Schließlich hatte Liliths Versuch, ihn zu retten, sie dazu gebracht, ihre eigene Deckung zu vernachlässigen. Dieser Fehler würde sie nun beide das Leben kosten. Alles in ihm drängte danach, ihr zu Hilfe zu eilen, aber immer noch konnte er den schützenden Tornado nicht verlassen, war dieser doch nach wie vor von ebenso winzigen wie tödlichen Funken durchzogen, und auch das Giftgas löste sich nur langsam auf.

„Lilitu, 'unbezwingbare Dämonin'", lachte der Magier triumphierend.

„Nun ist es endlich aus mit dir. Haaaah...gk!"

Der Siegesschrei blieb ihm im Hals stecken, denn kaum hatte er zum Sprechen angesetzt, da hatte sich eine der fingernagelgroßen Feuerflocken, die ihn immer noch wie glühende Trabanten umkreisten, aus ihrer Umlaufbahn gelöst und war ihm geradewegs durch den weit geöffneten Mund in den Rachen gedrungen. Zwar löste sich noch der aufgebaute Energiestoß, wurde aber von Liliths ausgestreckten Händen absorbiert, ohne Schaden anzurichten. Schon stand sie wieder auf den Beinen, entweder in kürzester Zeit genesen oder von dem ersten Treffer weitaus weniger verletzt, als es zunächst den Anschein gehabt hatte.

Der Magier dagegen hatte jede Abwehr vergessen. Entsetzt starrte er an sich herunter und atmete dabei heiser krächzend dünne

Rauchschwaden aus. Den Stab hatte er fallen gelassen und presste beide Hände auf seine Brust. Dort bildete sich zuerst eine weiße Reifschicht, diese verwandelte sich aber gleich in einen nassen Fleck auf seinem Gewand, bevor sie schließlich verdampfte. Seine Augen schienen aus den Höhlen treten zu wollen, während er, vorn übergebeugt, röchelnd auf die Knie sank.

Ohne Eile kam Lilith auf ihn zu geschritten. Die Hände mit ausgestreckten Fingern weit nach oben gereckt, zog sie Funken und Qualm aus allen Winkeln des Raumes zurück und nahm sie wieder in sich auf, als seien sie die ganze Zeit über ein Teil von ihr gewesen.

Dann stand sie vor ihm und sah fast zärtlich auf die verkrümmte Gestalt herab, die jetzt den Blick zu ihr erhob und sie hilflos, fast flehend anblickte.

„Zu früh gefreut", sagte sie ungerührt. „Man sollte eben den Mund nicht zu weit aufreißen. Wie leicht kann man ihn sich sonst an einem zu heißen Brocken verbrennen."

Der Magier versuchte etwas zu erwidern, brachte aber nur einen krächzenden Hauch heraus.

„Schön, dass du mich hereingebeten hast", fuhr Lilith fort, die Mundwinkel zu einem zynischen Lächeln angehoben. „Aber die Liebe geht durch den Magen. Gleich wird dein Herz für mich entbrennen und dein Blut vor lauter Hitze in Wallung geraten. Aber rege dich nicht zu sehr auf. Es ist nicht gesund, vor Wut zu kochen."

Der Magier, ganz in sich zusammengesunken, stützte sich auf eine Hand und hob die andere mühsam und offenbar unter Schmerzen zu Lilith empor. Seine Finger krümmten sich zu Krallen, aber er konnte sie nicht erreichen. Der weite Ärmel seines Gewandes rutschte an dem hochgestreckten Arm herab und entblößte gerötete, dampfende Haut, auf der sich überall Brandblasen bildeten. Dann knickte der stützende Arm ein, und der Magier fiel der Länge nach zu Boden. Ein Zittern ging durch den dampfenden Körper, dann richtete er sich ächzend noch einmal auf und kroch ein Stück auf Lilith zu, die reglos stehen blieb. Trotzig hob der Zauberer eine Faust vor sein Gesicht, drehte sie und öffnete ruckartig die Finger. Ein kleines Schneegestöber legte sich kurz auf seine geschundenen Züge, verdampfte aber sofort wieder, während sich bereits erste verkohlte Stellen bildeten. Die spitze Kapuze war ihm ganz vom Kopf gerutscht, die weißen Haare restlos verbrannt.

„Lilith!", rief Frank, der sich jetzt endlich wieder frei bewegen konnte, nachdem Rauch und Feuer wieder von der Dämonin aufgesogen worden waren und auch der Wirbelwind sich aufgelöst hatte. „Hab' Erbarmen. Du hast ihn besiegt. Kein Grund zu weiterer Grausamkeit. Beende seine Qual!"

„Na schön", sagte sie, „ein letzter Kuss und nichts für ungut." Mit diesen Worten ließ sie sich vor dem in sich zusammengesunkenen Zauberer auf die Knie nieder, nahm seinen Kopf in beide Hände, richtete ihn auf und küsste ihn auf den Mund. Als ihre Lippen die seinen berührten, leuchtete der Körper des Magiers kurz von innen her auf, dann verdichtete sich das Leuchten, wanderte in den Kopf, der für einen Moment wie eine Laterne von innen heraus leuchtete, und hinüber zu Lilith, wobei der Mann mit einem fast erleichterten Seufzer sein Leben aushauchte und erschlaffte.

„Warum?" fragte Frank fassungslos, als er Lilith erreicht hatte.

„Warum dieses Ende?", fragte sie zurück, ohne ihn anzusehen. „Er war zu gefährlich, um ihn von dem Brandzauber zu befreien, bevor er seine letzte Kraft verloren hatte. Du hast gesehen, wie schnell er auf Angriff umschalten konnte und dass er mir wirklich lange standgehalten hat. Ein würdiger Gegner, den man selbst am Ende nicht unterschätzen durfte. *Er* hat diesen Fehler gemacht, aber es liegt nicht in meiner Natur, mich ebenso unvorsichtig zu verhalten."

## 17. Rückzug

Frank sah sich im Dom um. Irgendwie hatte er erwartet, mit dem Tod des Zauberers würde auch die Zeitblockade enden und alle Umstehenden würden wieder ins Leben zurückkehren. Doch die standen immer noch reglos, wie Statuen, eingefroren in einem

Moment. Bedachte er es genauer, war Frank darüber nicht einmal unglücklich angesichts der Toten, die über den weiten Raum verstreut am Boden lagen. Andererseits waren sie damit immer noch Gefangene der Zeit, unfähig eine Tür zu öffnen und ins Freie zu gelangen. Ratlos sah er Lilith an. Die aber lächelte nur.

„Der Zeitzauber", sagte sie. „Keine Sorge, den werde ich gleich aufheben. Aber zuerst müssen wir hier noch ein bisschen aufräumen, damit keine Spuren zurückbleiben."

„Du sagt das so, als sei es keine große Sache."

„Naja, das ist schon ein ziemlich aufwendiger Zauber. Ihn aufzulösen, ohne etwas durcheinander zu bringen, erfordert durchaus Geschick und Konzentration. Aber an einem *Ort der Macht* ist vieles möglich."

„Willst du damit sagen, dass wir hierher gekommen sind, hat eigentlich unseren Angreifern in die Hände gespielt?"

„Sagen wir, es war eine Einladung, und sie sind darauf eingegangen. Der Zeitzauber war gewissermaßen ein gemeinsames Werk."

„Von ihnen und dir?! Ich dachte, du seist auch selbst davon überrascht worden. – Jetzt verstehe ich gar nichts mehr."

„Ich wollte den Feind aus der Deckung locken. Und er wartete auf eine geeignete Gelegenheit zum Zuschlagen. Hier kam beides zusammen: Im Ungewissen über meine Absichten konnten sie nicht zulassen, dass ich hier wofür auch immer Energie tanke; andererseits konnten sie selbst die Kraftlinien nutzen, um einen Großangriff vorzubereiten und dabei sicherzustellen, dass die normalen Menschen nichts mitbekommen würden. Der Zeitzauber war ihre Idee, nicht meine. Aber als ich ihn bemerkte, habe ich ihn selbst aktiv auf uns ausgedehnt."

„Bevor du weitersprichst", unterbrach Frank, „können wir frei reden?"

„Ob jemand mithört?", fragte Lilith lachend. „Wie denn? Um uns herum seht die Zeit still."

„Ich dachte, nur im Dom sei die Zeit angehalten."

„Oh nein – im Gegenteil. Nur in ausgewählten Bereichen

innerhalb des Doms ist sie beschleunigt worden.""

„In ausgewählten Bereichen?"

„Unterschiedliche Zeiten in einem Raum sind schwer zu koordinieren, wenn die Handlungsfähigkeit erhalten bleiben soll. Du warst wahrscheinlich zu beschäftigt, um darüber nachzudenken, aber fragst du dich nicht, wie wir atmen können, wenn doch alles außer unseren Körpern in der Zeit eingefroren ist? Oder uns bewegen. Die stillstehenden Luftmoleküle müssten wie eine massive Wand wirken. Jede Fliege, die in der Luft steht, würde, wenn du sie mit einer unbedachten Handbewegung triffst, wie ein Projektil deine Hand durchschlagen. Wir beide – und natürlich die Angreifer – sind von einem Zeitfeld durchdrungen, das nach außen strahlt und alles, womit wir interagieren, mit uns beschleunigt."

„Aber die Tür ...""", wandte Frank ein, der sich an die Kälte erinnerte, die ihn daran gehindert hatte, die Tür nach draußen zu öffnen.

„Die Wirkung ist auf den Innenraum des Doms begrenzt. Und schließt Menschen aus. Sonst hätten solche, denen wir zu nahe gekommen wären, ja doch etwas mitbekommen."

„Und wer hält das Ganze jetzt noch aufrecht?"

„Einmal gewirkt, hält der Zauber an, bis er aufgehoben wird. Keine Sorge, das werde ich tun, sobald alle Spuren beseitigt sind. Außerdem handelt es sich, wie gesagt, um ein Gemeinschaftswerk. Die Angreifer haben ihren eigenen Zeitablauf beschleunigt, wollten uns aber wohl erst einbeziehen, nachdem sie uns kontrolliert umzingelt hatten. Dass wir von Anfang an mit in ihrer Zeit blieben, geht auf mein Konto."

Frank schüttelte den Kopf, bemüht, etwas Ordnung in die sich überschlagenden Gedanken zu bringen. Inzwischen schritt Lilith systematisch den Dom ab und ließ sämtliche Überreste der Angreifer, einschließlich verstreuter Blutspritzer, zu Staub zerfallen, der sich danach ganz auflöste. Wie sich das mit dem Zeitzauber vereinbaren ließ, wollte Frank gar nicht genauer wissen. Als sie zurückkehrte, bedeutete sie ihm, sich gemeinsam mit ihm in eine Nische zurückzuziehen, die aktuell niemand der Anwesenden einsehen konnte. Dann schloss sie die Augen, und Frank wurde von einem leichten Schwindel befallen, den er beim Einsetzen des Zaubers nicht verspürt hatte. Allmählich, wie ein nach einer Blockade wieder anlaufendes Tonband, kehrten die Geräusche der Dombesucher zurück. Als alles sich normalisiert hatte, fasste Lilith Frank bei der Hand und führte ihn zum Ausgangsportal, wo sie den Dom wie ganz normale Touristen verließen.

Auf dem Domvorplatz herrschte noch geschäftiges Treiben. Während des Kampfes war es draußen noch nicht einmal dunkel geworden. Aber Frank wunderte sich nur einen Moment lang. Dann rief er sich in Erinnerung, dass außerhalb des Doms inzwischen tatsächlich überhaupt keine Zeit vergangen war. Er erkannte sogar ein junges Pärchen wieder, das auf den Stufen der Domplatte in inniger Umarmung verschlungen war – wie schon zuvor, als sie die Treppe erstiegen hatten, um in der mittelalterlichen Kirche ihrem Schicksal zu begegnen.

Auf den Stufen vor dem Dom blieb Frank noch einmal stehen und blickte sich um. Fassungslos schüttelte er den Kopf, als könne er sich damit von den Erinnerungen daran befreien, was dort gerade geschehen war. Lilith fasste seine Hand und zog ihn mit sich.

„Komm, lass' uns gehen", raunte sie ihm zu. Widerstandslos ließ sich Frank mitziehen, aber die Frage, die ihn beschäftigte, seit sie den Dom verlassen hatten und sich seine Gedanken wieder zu ordnen begannen, ließ ihn nicht los.

„Was hast du mit mir gemacht?", stammelte er. „Was hast du *aus* mir gemacht?"

„Nichts habe ich aus dir gemacht, das du nicht schon lange warst", erwiderte sie. „Ich habe lediglich eine Tür zu deiner Vergangenheit geöffnet – eine von vielen Türen zu vielen Vergangenheiten."

„Wie meinst du das?"

„Das Grundkonzept 'Mensch' ist nach Adams Erschaffung beziehungsweise seiner späteren Verwandlung kaum mehr abgewandelt worden. Wir alle leben viele Leben, in einer Reihenfolge, die mit dem Ablauf der Zeit, wie du sie verstehst, nur wenig zu tun hat. Nur habt ihr im Gegensatz zu mir keine Kontrolle über den

Wechsel von einem Leben zum nächsten und keine Erinnerung an die voran gegangenen Existenzen."

„Und das hast du geändert?"

„Genau. Ich habe einen Blick in deine Seelenvergangenheit geworfen und einen Kontakt zu einer deiner früheren Persönlichkeiten hergestellt, der im Augenblick gerade nützlich war. Und das übrigens nicht zum ersten Mal. Woher glaubst du, konntest du unversehens den Park rocken, als du die E-Gitarre in der Hand hieltest? In einem anderen Leben warst du der Lead-Gitarrist einer international gefeierten Metal-Band. Und gerade eben habe ich dir die Erinnerung an ein Leben als Ninja des Iga-Clans 'freigeschaltet'. Nur leider hast du nicht die körperliche Konstitution, die im Normalfall mit einem solchen Leben einher geht. Deshalb wärst du beinahe doch den Angreifern zum Opfer gefallen."

„Meine *Seelenvergangenheit*?"

„Du kennst den Ablauf von Ursache und Wirkung nur als kontinuierliche Zeit von der Vergangenheit über die Gegenwart zur Zukunft. Die Seelenwanderung lebt dagegen einen anderen Rhythmus. Ein Leben folgt auf das andere, aber der Wechsel vom einen zum anderen unterliegt nur wenigen Einschränkungen. Da ihr euch vergangener Existenzen nicht erinnert, sind Wechsel zwischen Zukunft und Vergangenheit der kontinuierlichen Raumzeitachse möglich, und es können sogar verschiedene Inkarnationen derselben Seele einander begegnen, ohne es zu bemerken. Solches ist bei mir natürlich ausgeschlossen, sonst könnte ich mit Kenntnis der Zukunft die Vergangenheit beeinflussen. Eine Einschränkung der möglichen Lernkurven, die mit dem Wechsel zu vielen unabhängigen Leben aufgehoben wurde. Wie ihr nach dem Tod einer Inkarnation wiedergeboren werdet, folgt einem langfristigen Plan, der nach und nach eine Folge von Lebenserfahrungen vermitteln soll. Schließlich soll dieser Weg zur Erleuchtung führen. Dann endet das Rad der Wiedergeburten. Doch bis es soweit ist, quält ihr euch von einer Existenz zur nächsten. Und du hast schon einige davon hinter dich gebracht. Doch darauf habe ich auch nur einen kurzen Blick erhascht. Nicht mehr als nötig war, um deine Wünsche zu erfüllen."

„Meine Wünsche?", brauste Frank auf. „Ich habe mir nicht gewünscht, in eine Killermaschine verwandelt zu werden!"

„Aber du hast gewünscht, dass ich alles Erforderliche tue, um dich zu retten. Und genau das habe ich getan."

Für solche Erklärungen war Frank derzeit allerdings wenig empfänglich. Ihm brummte der Schädel von Seelenwanderung und Wiedergeburt, während er verzweifelt versuchte, in dem, was er soeben erlebt hatte, einen Sinn zu erkennen.

„Und das war es jetzt?", fragte er schließlich auf dem Weg zum Bahnhof. „Der Zauberer ist tot, seine Helfer auch. Was wirklich dahinter steckte, werden wir nie erfahren (oder zumindest ich nicht). Du und ich – wir bleiben durch den Ring verbunden, und ohne die Vindicandi, die mir den Weg weisen könnten, liegt es nun an mir, deine dämonischen Kräfte im Zaum zu halten – was mir bisher nicht wirklich gut gelungen ist. Und auch nach diesem Showdown bin ich keineswegs sicher, dass ich das Richtige getan und dir nicht letztlich nach einem perfiden Plan in die Hände gespielt habe. Vielleicht hat der Zauberer ja die Wahrheit gesagt, als er behauptete, nur die Welt vor dir beschützen zu wollen."

Lilith lachte grimmig auf. „Dann wird es dich vielleicht beruhigen, zu erfahren, dass dies mitnichten das Ende war. Den Zeitzauber hätte dieser Magier, so stark er war, niemals für so viele Personen allein wirken können. Hinter allem muss noch ein weitaus mächtigerer Hexenmeister stecken. Mächtig und skrupellos. Denn er hat alle unsere Angreifer wissentlich in den Tod geschickt. Vielleicht hat der Magier tatsächlich daran geglaubt, mich bezwingen zu können, aber vielleicht hat er sich auch vor einem noch schlimmeren Schicksal gefürchtet, wenn er den Gehorsam verweigert hätte."

„Erzähl mir nichts von Skrupellosigkeit. Was ich eben von dir erlebt habe, ist in dieser Hinsicht wohl kaum mehr zu übertreffen."

„Ich habe getan, was nötig war. Nicht mehr und nicht weniger. Die Art und Weise hattest du mir überlassen. Sonst hätte es auch anders enden können. Aber nun wirf mir nicht vor, dass ich auch ein wenig Spaß dabei hatte."

„Du hast schon eine eigenartige Vorstellung von Spaß."

„Dämonin?!", erwiderte Lilith nur und grinste. „Schon vergessen?"

„Kaum", seufzte Frank. „Ich glaube, diese Bilder werden mich ewig verfolgen."

„Jedenfalls hatte derjenige, der hier die Fäden zog, kein Problem damit, seine eigenen Leute zu opfern", stellte Lilith noch einmal fest und kam damit wieder auf das ursprüngliche Thema zurück. „Sie waren in dem Moment tot, als sie den Dom betraten. Dich hätten sie leicht erledigen können, aber danach hätte ich mit ihnen kurzen Prozess gemacht."

„Dann wäre es nicht sonderlich geschickt gewesen, mich umzubringen. Warum haben sie es trotzdem versucht?"

„Das ist genau die Frage. Vielleicht hatten sie auch etwas anderes vor. Aber jedenfalls kannst du dich von nun an selbst besser wehren."

„… wenn ich meinen inneren Dämon freilasse. Herzlichen Dank!"

„Du bist, was du bist – und nun auch noch, was du warst. Willkommen in meiner Welt!"


Als Lilith einen Fuß auf die Rolltreppe setzen wollte, die sie zum Bahnsteig tragen würde, hielt Frank sie zurück. „Einen Moment noch", sagte er, zog die Mehrfachfahrkarte aus der Tasche, schob sie in den Schlitz des Automaten, der neben dem Aufgang angebracht war, und wartete auf das klackende Geräusch des Stempels, der sich mit Wucht in das Ticket drückte. Dann zog er die Karte heraus, drehte sie um und ließ sie ein weiteres Mal abstempeln.

„Was tust du da?", fragte Lilith neugierig.

„Ich entwerte die Fahrkarte."

„Warum?"

Frank runzelte verwundert die Stirn. Dann fiel ihm ein, dass Lilith mehr als fünfzig Jahre im Inneren eines Berges verbracht hatte, wo es wohl selbst über ausgiebigen TV-Konsum wenig Gelegenheit gab, sich mit dem Kölner Nahverkehrssystem vertraut zu machen. Also erklärte er geduldig:

„So funktioniert das. Man kauft eine Fahrkarte, entwertet sie vor Antritt der Fahrt und kann dann die Bahn benutzen."

„Und wenn du das nicht tust …?"

„… fahren wir *schwarz* – das heißt, wir würden die Verkehrsbetriebe betrügen. Wenn man dabei erwischt wird, wird es teuer."

„Wie sollte man erwischt werden? Auf der Hinfahrt hat sich auch niemand für uns oder unsere Fahrkarten interessiert."

„Manchmal gehen Kontrolleure durch die Bahn."

„Das wäre kein Problem, solange ich bei dir bin."

„Wieso das?", fragte Frank verblüfft.

„*Das sind nicht die Droiden, die ihr sucht*", zitierte Lilith grinsend.

„Das habe ich gern", lachte Frank. „Nichts von Fahrkarten wissen, aber *Star Wars* zitieren!"

„Ich mag in einem Berg gehaust haben", sagte Lilith lächelnd, „aber es war immerhin ein Luxusgefängnis mit Fernsehanschluss, Aber im Ernst", fuhr sie fort. „Mit mir kannst du jederzeit gefahrlos 'schwarz fahren'."

„Trotzdem werde ich das nicht tun", erwiderte Frank, während sie sich von der Rolltreppe zum Bahnsteig tragen ließen.

„Warum nicht?", wollte Lilith wissen. „Es ist wirklich kein Risiko dabei."

„Weil es nicht richtig wäre", sagte Frank lapidar und beendete damit das Thema.

Auf dem Bahnsteig mussten sie nicht lange warten. Sie waren kaum oben angekommen, da fuhr ein Zug ein. Sie stiegen ein und nahmen Platz. Auch diesmal gelang es ihnen, etwas Abstand zu den übrigen Mitreisenden zu halten.

Als der Zug ruckelnd angefahren war, wurde Frank wieder ernst.

„Warum das Ganze?", fragte er Lilith noch einmal. „Wozu mussten wir wirklich in den Dom gehen?"

Lilith schien verwundert. „Du kannst doch jetzt nicht mehr daran zweifeln, dass wir es mit mächtigen Feinden zu tun haben. Unser Besuch im Dom hat das aufgedeckt und ihnen außerdem einen schweren Schlag versetzt."

„Das mag sein", wandte Frank ein. „Aber warum mussten wir dazu einen – wie hast du es genannt? – *Ort der Macht* aufsuchen?"

„Wie ich sagte: Dort konnte ich meine Energien aufladen."

„Aber warum *wirklich*?", beharrte Frank. „Du hättest es überall mit ihnen aufnehmen können."

„Aber es hat funktioniert. Wir hatten den Vorteil, Ort und Zeitpunkt des Angriffs zu bestimmen", erklärte Lilith. „Und außerdem", fügte sie hinzu, „ging es schließlich auch darum, deine Rolle in diesem Spiel besser zu verstehen. Ich habe die Tür zu deiner Vergangenheit geöffnet." Die letzten Worte klangen seltsam dumpf in Franks Ohren. Einen Moment lang glaubte er an ein physiologisches Problem und schluckte zweimal, um seine Gehörgänge frei zu bekommen, doch dann erinnerte er sich der Vereinbarung über abhörsichere Gespräche und verstand, dass diese Ergänzung ausschließlich ihm zugedacht war. Er fragte sich, welche belanglose Plauderei Außenstehende nun zu hören bekommen würden, sollte jemand das Paar in der S-Bahn belauschen.

„Aber genau da stimmt etwas nicht", sagte Frank störrisch. „Du brauchtest keine besonderen Energielinien, um diese Tür aufzustoßen. Schließlich hast du es vorher im Park auch schon getan."

„Richtig. Aber ein weiteres Mal – und insbesondere für eine solche Erinnerung – hättest du es mir nicht einfach erlaubt."

„Heißt das, du hast mich schon wieder manipuliert und als Köder für die Killermönche benutzt, um ihnen auf die Schliche zu kommen?", fuhr Frank erbost auf. „Wie verträgt sich das mit deiner Verpflichtung, mir keinen Schaden zuzufügen?"

„Dir ist nichts passiert, oder?", konterte Lilith entwaffnend.

„Aber es war nicht weit davon entfernt", erzürnte sich Frank weiter. „Du hast mich absichtlich in Gefahr gebracht und über die Hintergründe im Dunkeln gelassen."

„Ich hatte dir zuvor auch gesagt, dass es umso sicherer ist, je weniger du weißt. Und du hattest zugestimmt."

„... was ich vermutlich nicht getan hätte, wäre mir die gesamte Tragweite bewusst gewesen."

„Ich hatte die Situation jederzeit im Griff."

„Aber nur, nachdem ich dir Freigabe zur Gewaltanwendung erteilt hatte. Was wäre geschehen, wenn ich das nicht getan hätte?"

„Ich war sicher, du würdest dich richtig entscheiden."

„Und wenn nicht …?"

„Dann hätte es zumindest für dich in der Tat schlecht ausgehen können. Auch Cäsar hat sämtliche Warnungen in den Wind geschlagen, an den Iden des März nicht ohne meinen Schutz zum Senat zu gehen. Und was hat es ihm gebracht?"

„Ihm den Tod – aber dir die Freiheit!", stellte Frank fest. „Entledigst du dich so deiner Gatten – indem du sie dazu treibst, sich in Gefahr zu begeben, ohne sich unter deinem Rockzipfel zu verstecken?"

„Cäsar war kein schlechter Mann. Mit ihm hätte ich es durchaus noch eine Weile ausgehalten", sagte Lilith ausweichend. „Und ich sagte dir schon, dass ich kein Verlangen spüre, dich abzuservieren. Ich denke, wir können den heutigen Tag als vollen Erfolg verbuchen. Außer vielleicht, wenn man bedenkt, dass der eigentliche Drahtzieher immer noch im Dunkeln bleibt. Aber eines weiß ich jetzt: Wir haben es mit einem wirklich sehr mächtigen Gegner zu tun. Und es geht nicht nur um mich. Du bist auch ein bewusst gewähltes Ziel."

Lilith griff sich an den Kopf und bewegte dann einmal ihren Finger über den Mund. Frank verstand die Geste. Trotz ihrer Kräfte konnte Lilith die sichere Konversation nur für einen begrenzten Zeitraum aufrecht erhalten. Und außerdem war zunächst alles Wesentliche gesagt, und die zuletzt geäußerte Erkenntnis musste Frank zuerst einmal verdauen. Auch er ein Ziel – warum? Wer oder was hatte ihn dazu auserkoren und wann? Für den Rest der Fahrt wälzte er die Gedanken hin und her, ohne zu einer Lösung zu kommen.

## 18.  Atempause

Unruhig wanderte Frank zwischen Wohnzimmer und Küche hin und her. Ständig flackerten in wirrer Reihenfolge Bilder und Empfindungen des vergangenen Tages in seinem Kopf auf: Bilder von Mönchen in dunklen Gewändern, die ihre Gesichter unter tief über die Stirn gezogenen, spitzen Kapuzen verbargen; der Anblick von blank gezogenen Klingen (warum hatten sie keine Schusswaffen verwendet – wären die abgeschossenen Kugeln aus der nur in unmittelbarer Nähe der Menschen beschleunigten Zeit gefallen und mitten im Flug stehen geblieben?); seine eigene Todesangst; das ungläubige Staunen im Gesicht des Mannes, dem er das Schwert entwunden hatte, als dieser von der eigenen Waffe durchbohrt wurde; sein Entsetzen über die gnadenlose Konsequenz, mit der er die Angreifer mit tödlicher Präzision abwehrte; die schmerzenden Muskeln und Gelenke, überstrapaziert von ungewohnten, Kraft raubenden Bewegungen; die Blitze aus dem Zauberstab des Hexenmeisters; der Regen winziger Funken, die wie Sternschnuppen auf die Angreifer niedergingen und sich dabei durch Stoff, Fleisch und Knochen brannten; dieselben Funken, die ihn hinter einem wirbelnden, glitzernden Vorhang abschirmten, während ein Feind nach dem anderen im giftgrünen Qualm röchelnd sein Leben aushauchte; der gepeinigte, von innen verglühende Zauberer, begleitet vom beißenden Geruch verkohlten Fleisches; der Abscheu gegen sich selbst, gegen das, was er getan hatte; die Kälte des in der Zeit eingefrorenen Türgriffs, als er seine Hand danach ausstreckte; die toten Körper, verstreut zwischen zu unbeweglichen Statuen erstarrten Dombesuchern; und immer wieder der sterbende Zauberer und der Nachhall von dessen Stimme, wie er Lilith zurief: „... nicht einmal Asche wird von dir bleiben ...". Nun war er es selbst, dessen Asche sich auf einen Wink Liliths vor Franks staunenden Augen buchstäblich in Nichts aufgelöst hatte – wie sämtliche anderen Spuren des Kampfes, als sei alles nur eine Halluzination gewesen, ein böser Traum ... Aber Frank Menden glaubte nicht mehr an Alpträume; zu viele davon hatte er inzwischen bei vollem Bewusstsein als nur zu real erlebt.

Das schrecklichste Bild aber, das sich – unauslöschlich, davon war er überzeugt – buchstäblich in sein Hirn eingebrannt hatte, war Liliths finaler Todeskuss, nachdem er ihr befohlen hatte, das grausame Spiel mit dem bezwungenen Gegner und dessen Qual zu beenden. Nun peinigte ihn die beklemmende Frage, ob er mit einer anderen Formulierung in diesem Moment das Leben des Magiers noch hätte retten können. Retten sollen? Retten *wollen*?

Er fürchtete sich vor einer Antwort.

Dann mischten sich andere Szenen in seine Visionen. Szenen aus einer anderen Zeit, aus einem anderen Leben. Eine Kindheit in einem kleinen Bergdorf im feudalen Japan, für Außenstehende bevölkert von friedlichen Bauern, doch in Wahrheit die Ausbildungsstätte professioneller Agenten und Attentäter. Sein Großvater, das Oberhaupt der Familie, der so viele Geheimnisse kannte, der Güte und Sanftheit ausstrahlen konnte – oder unsägliche Schmerzen bereiten. Der ihm als Kleinkind regelmäßig die Arme ausrenkte, damit er sich später in jeder Lage selbst von Fesseln sollte befreien können. Der ihn lehrte, endlose Qualen zu erdulden, sollte er einmal in Gefangenschaft geraten, damit er den Ehrencodex der Ninja einhalten konnte, unter keinen Umständen je den Namen ihres Auftraggebers zu verraten. Er durchlebte schlaglichtartig Unterweisungen in Heil- und Kräuterkunde, in der Kunst des bewaffneten und unbewaffneten Kampfes, unauffällig, effektiv, minimalistisch, effizient, kompromisslos.

Frank ließ sich auf einen Wohnzimmerstuhl sinken, kniff die Augenlider zusammen und hielt sie mit Daumen und Zeigefinger geschlossen. Verzweifelt bemühte er sich, die Bilder zu verdrängen, zwischen denen nun auch noch flackernde Bühnenlichter aufblitzten, zuckend im Rhythmus schneller, harter Beats und dem Kreischen von Gitarrenriffs, die er auf seiner V-Shape-Gitarre schlug, die langen, zottigen Haare beim Headbangen auf und ab schüttelnd.

„Genug!", rief er gequält, während er versuchte, die Gespenster seiner Vergangenheiten abzuschütteln. „Nimm die Bilder aus meinem

Kopf!"

In diesem Moment war es ihm vollkommen egal, ob es sich um reale Erinnerungen oder Visionen handelte, um hervorbrechende Erlebnisse in früheren Existenzen seiner selbst oder um Phantasiegespinste seines gepeinigten Verstandes. Wenn es nur endlich wieder verschwinden würde! Er sank auf seinem Stuhl zusammen und vergrub das Gesicht in den Händen. Während die Empfindungen tatsächlich nach und nach verblassten und sich schließlich ganz verflüchtigten, saß er regungslos da, nur ab und zu von einem tiefen Atemzug oder von einem stillen Schluchzen bewegt.

Dann spürte er sanfte Hände über sein Haar gleiten, den Hals hinab und weiter den Nacken entlang. Willig ließ er es geschehen, dass diese Hände seine verspannten Schultern massierten, obwohl sich hin und wieder angstvoll die Erwartung in seine Gedanken stahl, aus den zärtlichen Fingern könnten plötzlich lange, rasiermesserscharfe Krallen wachsen und sich ihm in Brust und Rücken bohren. Aber nichts dergleichen geschah, und ganz allmählich lösten sich seine Krämpfe.

Als sich Franks Augenlider langsam hoben, sah er im Halbdunkel sein Spiegelbild in der Vitrine gegenüber, hinter ihm Lilith als schwarzer Schemen in langem Gewand, gleich einem dunklen Engel. Bevor sein Sichtfeld sich richtig klären konnte, ließ er die Lider wieder sinken und entspannte sich. Mochte dieser Engel der Nacht ihn mit seinen weichen Schwingen umfangen. Und tatsächlich meinte er kurz darauf einen warmen Luftzug und den Strich von Federn zu spüren, während es um ihn herum noch dunkler wurde. Eine erlösende Leere breitete sich in ihm aus und mit einem Mal wusste er, dass er, wenn er sich Liliths Liebkosungen ergäbe, in den Armen dieser Fleisch gewordenen alttestamentarischen Dämonin zumindest für eine weitere Nacht Frieden finden und die eigenen Dämonen würde vertreiben können. Erleichtert aufatmend lehnte er sich zurück und ließ sich willig treiben, während schlanke Finger mit kundigem Griff eine Verspannung nach der anderen lösten und warme Energiewellen durch seinen Körper schickten.

Am nächsten Morgen erwachte Frank vom Duft frisch gebrühten Kaffees. Ein kurzer Blick auf den Wecker zeigte ihm, dass es noch vor 6:00 Uhr morgens war. Reichlich Zeit für ein gemütliches Frühstück. Frank wuchtete sich aus dem Bett, schlüpfte in seine Pantoffeln, die wie immer neben dem Nachttisch standen, und schlurfte zur Küche. Dort warte Lilith auf ihn, mit dampfendem Kaffee und gewandet in ein langes, schwarzes Negligé mit tiefem Ausschnitt. Frank blickte an sich herab und dachte kurz an den Kontrast zu seinem schlabbrigen Pyjama. Doch dann zuckte er mit den Schultern und ließ sich auf einen Stuhl fallen. Lächelnd goss Lilith Kaffee in einen Humpen mit der Aufschrift „K-Fee" und dem Bild einer jungen Frau mit Schmetterlingsflügeln, den Frank irgendwann auf einem mittelalterlichen Weihnachtsmarkt erstanden hatte, und schob das Gefäß zu ihm herüber. Dankend nahm Frank den Becher entgegen, umschloss ihn mit beiden Händen und ließ die Wärme durch seine Handflächen in den Körper strömen, bevor er ihn an die Lippen setzte und die heiße Flüssigkeit durch die Kehle fließen ließ.

„Du schläfst wohl nie, oder?", begann er die Konversation.

„In der Tat – ich muss nicht ruhen", erwiderte Lilith. „Aber manchmal steht auch mir der Sinn nach Träumen."

„Und wenn du das tust – wovon träumst du dann?"

„Meinst du allgemein: Wovon träumen Dämonen? – Oder möchtest du wissen, was ich mir insgeheim wünsche?"

Lilith setzte ein geheimnisvolles Lächeln auf, das Frank einen wohligen Schauer über die Haut jagte, und für das er bereit gewesen wäre, über glühende Kohlen zu schreiten – oder vielleicht gar ein Verbrechen zu begehen.

„Ich kenne keine Alpträume", antwortete sie, ohne seine Antwort abzuwarten. „Aber meine Träume dürften jenseits deiner Vorstellungskraft liegen. Wovon Menschen träumen, ist für mich zumeist Realität – oder ich könnte es dazu machen."

Lilith goss sich ebenfalls eine Tasse Kaffee ein, nippte genüsslich daran und strich sich anschließend mit der Zunge über die Lippen.

„Aber reden wir doch von dir. Wie hast du geschlafen?"

Frank fühlte sich ertappt. Eben noch hatte er versucht, in Liliths Privatsphäre einzudringen, und nun drehte sie einfach den Spieß um. Nur unglücklicherweise konnte *er* sich nicht von Alpträumen freimachen – jedenfalls nicht, seit er mit ihr vermählt worden war. In der vergangenen Nacht allerdings hatte er tatsächlich tiefen und erholsamen Schlaf gefunden, auch wenn er sich nicht mehr daran erinnern konnte, wie er ins Bett gekommen war. Aber auch keinerlei Traumbilder waren ihm mehr bewusst. Und das – davon war er überzeugt – war gut so.

„Danke, gut. Und traumlos."

Eine Weile saßen sie einander schweigend gegenüber. Frank genoss Kaffee und frische Croissants (über deren Herkunft er sich keine weiteren Gedanken zu machen bemühte, denn gemäß seiner dauerhaft formulierten Anweisung durfte Lilith eigentlich nicht in der Lage sein, ohne seine Begleitung die Wohnung zu verlassen) und den Anblick einer umwerfend schönen Frau. Dann warf er über Liliths Schulter hinweg einen Blick auf die Küchenuhr an der Wand. Zeit, sich zu waschen und anzukleiden und auf den Weg in die Firma zu begeben. Und damit Zeit für weniger angenehme Gesprächsthemen.

„Wie können wir verbleiben, während ich bei der Arbeit bin? Ich will dich nicht kasernieren, aber auch nicht schuldig an Untaten werden, die du vielleicht begehen könntest. Und ich bin nach wie vor hin und her gerissen, ob ich dir trauen kann oder nicht."

„Du verletzt meine Gefühle." Liliths Schmollmund hätte Granit erweichen können. „Aber warum belassen wir es nicht bei der Regelung vor unserem Abenteuer im Dom? Fortsetzung der Vindicandi-Regeln mit definierten Freigaben zum Selbstschutz."

„OK. Ehrlich gesagt, komme ich mir schon ein bisschen verrückt vor, dich selbst zu fragen, wie ich dich womöglich daran hindern kann, Dinge zu tun, die ich verhindern will. Aber ich sehe in dieser Regelung keinen Fehler, und mir fällt auch nichts Besseres ein. Also belassen wir es dabei. Kannst du mich irgendwie informieren, wenn es hier zu einer Krisensituation kommen sollte?"

„Natürlich. Soll ich dich in dem Fall einfach anrufen oder dir ein Alarmsignal direkt ins Bewusstsein schicken?"

„Könntest du das denn tun?"

„Selbstverständlich. Wünschst du eine Probe?"

„Klar. Mach mal."

Frank hatte kaum zu Ende gesprochen, da war in seinem Kopf ein leises Piepen. Zuerst kaum wahrnehmbar, schwoll es allmählich zu einem penetranten Pfeifen in regelmäßigen Abständen an, ähnlich wie eine Autoalarmanlage, aber noch eindringlicher. Unüberhörbar, aber ohne seine Aufmerksamkeit für die reale Umgebung zu beeinträchtigen. Frank wollte schon abwinken und den Test erfolgreich nennen, als das Signal die nächste Dringlichkeitsstufe erreichte und das Bild seiner Augen einen an- und abschwellenden roten Farbstich bekam, so als stehe er in unmittelbarer Nähe einer rotierenden Alarmlampe.

„Das reicht", rief er Lilith zu und erhob eine Hand. „Ich bin überzeugt.

So machen wir es."

Dann sammelte er das Frühstücksgeschirr ein, stellte es im Spülbecken ab und begab sich ins Bad.

Während der heiße Strahl der Dusche auf seinen Körper prasselte, dachte er immer wieder über die Absurdität seiner Situation nach, und wie gut er sich andererseits bereits daran gewöhnt hatte, das Unfassbare als real und beinahe selbstverständlich zu akzeptieren. Kaum zu glauben, dass er noch einen Tag zuvor in der Zeit eingefroren im Kölner Dom mysteriöse Killermönche bekämpft hatte. Und gerade eben hatte er mit der aufregendsten Frau aller Zeitalter und Welten und zugleich der Urmutter aller männermordenden Sukkuben und Vampire gemütlich gefrühstückt.

Durch einen Schleier herab strömenden Wassers warf er einen Blick auf den Ring an seiner Hand, von dem das Wasser abperlte wie von einem Lotosblatt. Gerade fühlte es sich wieder fast wie eine echte Ehe an und, recht bedacht, war es das schließlich irgendwie auch. Eine Ehe, die mehr als jede andere vor Gott geschlossen worden war, mit einem Ring – von IHM selbst geschmiedet.

Aber welcher Natur war Franks Rolle in diesem Spiel? War er Spieler oder Spielfigur? Und was sollte er nun tun?

Zunächst einmal nichts, beschloss er. Im Augenblick fand er tatsächlich nichts, das er hätte tun können oder sollen, was Lilith und ihre mysteriösen Feinde betraf. Heute würde er ganz normal zur Arbeit fahren, in dem Wissen, dass seine Gemahlin zu Hause auf ihn wartete, und tatsächlich auch in der Vorfreude, am Abend zu ihr zurückzukehren.

Die Augen geschlossen, während er sich die letzten, nach Granatapfel duftenden Schaumreste aus den Haaren spülte, tastete er nach dem Bügel des Wasserhahns und klappte ihn zu. Dann griff er nach dem Handtuch und rieb sich trocken. Ein Blick auf die Badezimmeruhr alarmierte ihn. Nun musste er sich sputen, wollte er nicht zu spät ins Büro kommen.

Schnell kleidete er sich an, putzte die Zähne (ein tägliches Ritual, auf das er auch in Eile nie verzichtete) und klemmte sich die Laptoptasche unter den Arm, während er nach Lilith Ausschau hielt. Beinahe wäre ihm ein „Tschüs, Schatz" entfahren, aber das hätte sich dann doch zu bieder angefühlt. An der Wohnungstür drehte er sich noch einmal um, und tatsächlich stand Lilith in der Küche und winkte ihm zu.


## 19.  Beförderung


„Guten Morgen, Frank. Du bist spät dran heute", rief ihm Franziska zu, als er an ihrem Büro vorbei stürmte. „Du sollst gleich zum Chef kommen."

„OK, danke", rief Frank über die Schulter und hob knapp eine Hand, wie bei dem Gruß, mit dem er sich zu bedanken pflegte, wenn ihm jemand im Autoverkehr den Vorrang ließ. Ohne nachzudenken, legte er kurz die Finger an die Lippen und warf Franziska einen Handkuss zu. Im selben Moment wunderte er sich über sich selbst. Was war da in ihn gefahren? Franziska war ihm immer schon sympathisch, aber nie wäre er auf den Gedanken gekommen, sich so etwas ihr gegenüber herauszunehmen. Woher kam dieses neue

Selbstbewusstsein? Hatten die jüngsten Erlebnisse ihn in einen Macho verwandelt oder war es die Leichtigkeit eines frisch vermählten Mannes in der Beziehung zu anderen Frauen, denen gegenüber er jede Schüchternheit ablegen konnte, weil er ihnen gegenüber keinerlei Ambitionen hegte? Aber dann kehrten seine Gedanken zurück zu dem bevorstehenden Treffen mit seinem Vorgesetzten. Was mochte Filzinger von ihm wollen? Hatte er sich irgendetwas zu Schulden kommen lassen? – Egal, gleich würde er es ja erfahren.

Frank bemerkte, dass die Ereignisse der vergangenen Tage ihn nicht nur zum Schlechten verändert hatten. Wieder im Alltag angekommen, hatte er im Vergleich zu magischen Duellen und dem buchstäblichen Kampf gegen eine Übermacht ums eigene Überleben einen gewissen Abstand zwischen Wichtigem und Unwichtigem gewonnen. Dadurch war einiges von der Nervosität von ihm abgefallen, die ihn sonst immer beschlich, wenn ihn der Chef zu sich rief.

Schnell stellte er die gepolsterte Tasche mit dem Laptop im Büro ab, nahm sein aktuelles Notizbuch aus dem Regal und steckte sich einen Kugelschreiber in die Hemdtasche. Dann ging er weiter zum Büro des Geschäftsleiters, klopfte an die Tür zum vorgelagerten Sekretariat, atmete einmal tief durch, nachdem die Stimme der Sekretärin ihn herein gebeten hatte, und drückte beherzt die Klinke herab.

„Guten Morgen, Herr Menden", sagte die wie immer distanziert freundliche Frau in weißer Bluse und engem, grauem Rock, in deren blond gewelltem, halblangem Haar sich schon vereinzelte graue Strähnen zeigten. Wie schon einige Male zuvor fragte sich Frank, ob es sich dabei um echte Anzeichen ersten Alterns handelte oder um eine modische Spielerei.

„Guten Morgen, Frau Gerber. Herr Filzinger will mich sprechen?"

„Ja, genau. Schön, dass Sie da sind. Der Chef erwartet Sie schon." Dann zwinkerte sie ihm mit dezent geschminkten Augenlidern zu und senkte ein wenig die Stimme: „Und er hat hohen Besuch."

Sie stand auf, ging um den Schreibtisch herum und klopfte kurz an die Tür, die ins Büro des Geschäftsführers führte, bevor sie sie einen Spalt breit öffnete, ohne auf eine Antwort zu warten. Während Frank Menden über das besondere Vertrauensverhältnis zwischen einem Mann in leitender Position und seiner langjährigen Sekretärin sinnierte, hörte er sie durch den Türspalt sagen: „Entschuldigen Sie bitte, Herr Menden ist hier."

„Herr Menden – ah ja. Sehr gut. Schicken Sie ihn herein", tönte es von drinnen, etwas gedämpft durch die immer noch weitgehend geschlossene Tür. Frau Gerber wandte sich kurz zu Frank um, winkte ihn heran und öffnete nun ganz die Tür.

Frank ging an ihr vorbei und betrat das geräumige Büro. Der große Edelholzschreibtisch war unbesetzt. Am Besprechungstisch in der Zimmerecke saßen Bernd Filzinger und sein Gast, den Frank anhand von Fotos, die er im Internet gesehen hatte, sofort als Kevin Nicholas Adamson erkannte, den Gründer und Leiter des Unternehmens, dessen Finanzkraft der Filzinger GmbH einen neuen Aufschwung bescheren sollte. Der Multimilliardär (wenn man den Info-Dossiers glauben durfte, hatte er es in kürzester Zeit zu einer Platzierung unter den Top 100 der Forbes-Liste gebracht) wirkte selbst im Sitzen riesenhaft. Gewiss maß er stehend mindestens zwei Meter. Der dunkelgraue Anzug, den er über einem weißen Hemd mit weinroter Krawatte trug, musste eine Maßanfertigung sein. Trotz großzügigem Schnitt verbarg das offene Jackett die breiten Schultern seines Trägers ebenso wenig wie dessen muskulöse Arme. Adamson musste wohl wöchentlich mehrere Stunden im Fitnessstudio zubringen. Schon auf den Fotos hatte Frank sich vergeblich bemüht, das Alter des Mannes zu schätzen, und nun, da er ihm leibhaftig gegenüberstand, konnte er ihn auch nur irgendwo zwischen 35 und 55 einordnen. Ein markanter Schädel wurde umrahmt von vollem, schwarzem Haar, das sich sanft über einer hohen Stirn kräuselte, diese aber weitgehend mit einer tief herabhängenden Locke verdeckte – die einzige Besonderheit einer ansonsten unauffälligen Kurzhaarfrisur, die an den Seiten in einen dichten, an den Kanten scharf ausrasierten Vollbart überging. Filzinger stand auf und ging auf Frank Menden zu.

„Guten Morgen, Frank. Kommen Sie bitte. Darf ich Ihnen Mr.

Adamson vorstellen? Er möchte Sie gern kennenlernen."

Frank trat auf den Tisch zu und rückte einen freien Stuhl beiseite. Bisher hatte er erst ein einziges Mal auf einem der bequemen Stühle an Filzingers Besprechungstisch gesessen. Normalerweise empfing der Geschäftsführer seine Mitarbeiter am Schreibtisch, in seinem schwarzen, ledernen Chefsessel sitzend, während sich die Besucher auf der anderen Seite des Tisches auf einem deutlich kleineren und niedrigeren Bürosessel niederlassen mussten. In der Besprechungsecke dagegen befanden sich alle auf Augenhöhe. Hier gab es keine unterschiedlichen Plätze. Der Tisch war rund und die Stühle alle gleich. Robuste, schwarz geriffelte Polster, die über ergonomisch geformte Sitzflächen gespannt waren, alles zusammen in ein ebenfalls schwarz lackiertes Metallgerüst eingespannt, so dass jede Bewegung beim Sitzen ein leichtes Federn verursachte. Armlehnen, ebenfalls aus Metall, mit einer genau richtig platzierten Auflage aus weichem Kunststoff, enthoben die Sitzenden der Unsicherheit, wo sie ihre Arme lassen sollten.

Bevor Frank entscheiden konnte, ob er sich zuerst setzen oder den amerikanischen Geschäftsmann begrüßen sollte, stand dieser auf und streckte ihm die Hand entgegen. Obwohl der Mann sich nur halb erhoben hatte, musste Frank zu ihm aufblicken, um ihm in die dunkelbraunen Augen zu sehen.

„Good morning, Mr. Adamson", sagte Frank höflich und ergriff die dargebotene Hand, in der seine eigene fast vollständig verschwand.

„Guten Tag, Herr Menden", erwiderte der Angesprochene mit tiefer, sonorer Stimme und in beinahe akzentfreiem Deutsch. Seine Finger schlossen sich um Franks Hand, der in Erwartung eines schraubstockartigen Händedrucks bereits die Zähne zusammenbiss. Doch der Schmerz blieb aus. Adamsons Händedruck war fest, aber nicht dominant. Frank erwiderte den Druck, so gut er konnte, und spürte dabei den Ring wie einen Schild, der ihn im Bewusstsein seiner neuen Rolle und der damit verbundenen verborgenen Macht mit Selbstvertrauen erfüllte. Immerhin hatte er mit Lilith nicht nur ein Signal für den Fall vereinbart, dass sie in Bedrängnis geriete und er schnell den Heimweg antreten müsste, sondern konnte sie in einem Notfall mit dem im Wald vereinbarten Hilferuf auch umgekehrt herbei befehlen. Einem Notfall, der hoffentlich nie eintrat. Aber sogleich entspannte er sich. Hier und jetzt war er keineswegs in Gefahr. Adamson löste den Druck – weder zu schnell noch zu spät – und lächelte.

„Sie sind wohl überrascht, dass ich Ihre Sprache spreche. Ich habe während meines Studiums einige Jahre in Köln verbracht. Bitte bemühen Sie sich nicht, und erlauben Sie mir, Ihre schöne Sprache wieder einmal zu praktizieren. Zu Hause bietet sich mir dazu leider nur selten eine Gelegenheit."

Frank war beeindruckt davon, wie wortgewandt der Amerikaner mit einer Sprache umging, die er nur selten verwendete. Der schwache Akzent, der in der Satzmelodie mitschwang, deutete darauf hin, dass Adamson auch noch weitere Sprachen beherrschen mochte, denn er klang nicht typisch amerikanisch. „Aber gern", beeilte er sich zu erwidern und folgte der Geste Filzingers, nun Platz zu nehmen, während auch Adamson sich auf seinen Sitz zurück sinken ließ. „Ihr Deutsch ist ausgezeichnet."

„Schön, dass Sie es so kurzfristig einrichten konnten, mein lieber Frank", eröffnete Filzinger das Gespräch. „Mr. Adamson hat eine interessante Idee, die Sie betrifft. Aber das wird er Ihnen gleich selbst erklären. Möchten Sie etwas trinken – Kaffee, Tee, Wasser?"

„Gerne einen Tee", sagte Frank fast ein wenig abwesend, während sich seine Gedanken mit der Frage beschäftigten, was Adamson wohl mit ihm vorhaben mochte und wie er gerade auf ihn gekommen war. Filzinger schob Frank eine Tasse zu und goss aus einer Thermoskanne, die bereits auf dem Tisch gestanden hatte, Tee hinein. Frank nickte dankend und wandte sich dann dem Amerikaner zu.

„Wie Sie wissen", begann dieser, „haben wir uns entschieden, eine erhebliche Summe in Ihre Firma zu investieren." Er nickte dabei leicht zu Filzinger hinüber, wandte aber den Blick nicht von Frank, so dass klar war, dass er ihn mit der Wortwahl „Ihre Firma" als Firmenmitglied bewusst einbezog. „Neben Anteilen an den Erfolgen Ihrer Produkte versprechen wir uns davon natürlich auch ein gewisses

Mitspracherecht an Entscheidungen zur weiteren Entwicklung des Firmenportfolios. Aber keine Sorge. Wir wollen dieses Recht nicht von oben herab ausüben, sondern im Dialog gemeinsam mit Ihnen erarbeiten. Dazu brauchen wir ein Bindeglied, einen Mittler zwischen Filzinger GmbH und Adamson Corp. Und weil es wichtig ist, dass diese Person beide Firmen – insbesondere aber Ihre – kennt und versteht, habe ich darum gebeten, einen geeigneten Mitarbeiter für diese verantwortungsvolle Aufgabe auswählen zu dürfen. Ich habe ausgiebig mit Herrn Filzinger" – wieder nickte er kurz zu diesem herüber, ohne den Blick von Frank abzuwenden – „gesprochen, und so sind wir, wie Sie inzwischen wohl bereits zu Recht vermuten, schließlich auf Sie gekommen."

In der Tat hatte Frank schon recht bald während Adamsons ausführlicher Erläuterung geahnt, in welche Richtung sich die Ansprache entwickeln würde. Dennoch fiel es ihm schwer, das Angebot in seiner gesamten Tragweite zu erfassen. Sicher, er arbeitete nun schon seit drei Jahren in der Firma und kannte sich auch innerhalb des Unternehmens recht gut aus. Er selbst hatte sich allerdings stets nur in der Rolle als Software-Entwickler gesehen und bestenfalls damit gerechnet, wahrscheinlich eines Tages zum Abteilungsleiter aufzusteigen. Die Position, die ihm nun angetragen wurde, verlangte hingegen nach gänzlich anderen Qualifikationen. Obwohl er sich zutiefst geschmeichelt fühlte, konnte er sich beim besten Willen nicht vorstellen, wie man ausgerechnet auf ihn gekommen war.

„Ihr Angebot ehrt mich", sagte er daher zurückhaltend, „aber sind Sie sicher, dass ich der richtige Mann für diese Aufgabe bin?"

„Ich habe keinen Zweifel daran." Adamson lächelte freundlich und griff zu seiner Teetasse. „Ihre Bescheidenheit ehrt Sie, aber stellen Sie Ihr Licht nicht unter den Scheffel!" (Erneut wunderte sich Frank, wie gewandt der Amerikaner mit der deutschen Sprache umging. Selbst kaum noch gebräuchliche Redensarten waren ihm offenbar vertraut.) „Wie gesagt, habe ich mich lang und intensiv mit Herrn Filzinger unterhalten. Er hält große Stücke auf Sie, und wenn er auch nicht gleich spontan mit dem Vorschlag herauskam, so sind wir doch inzwischen beide überzeugt, dass wir mit Ihnen einen guten Griff tun. Immerhin sind Sie schon eine ganze Weile in der Firma, kennen die meisten Bereiche und Abläufe und verstehen sich vor allem gut mit praktisch allen anderen Beschäftigten. Und außerdem sprechen Sie fließend Englisch, nicht wahr?"

„Nun ja, ich war während des Studiums ein Semester in Oxford, aber ..."

„Na sehen Sie. Sie sind unser Mann!"

Die Aussicht auf diese überraschende Beförderung erschien Frank zunehmend attraktiv. Allmählich schwand sein Widerstand, obwohl ihm immer noch nicht klar war, was eigentlich von ihm erwartet wurde.

„Worin würden denn meine Aufgaben bestehen?", wollte er darum genauer wissen.

„Nun, im Wesentlichen werden Sie die Anlaufstelle für alle Fragen sein, welche die Beziehungen zwischen Adamson und Filzinger betreffen – und dafür mit den Namensgebern der beiden Firmen in engem Kontakt stehen. Wir werden in allen solchen Angelegenheiten Ihre Ratschläge hören und diskutieren, bevor Entscheidungen fallen; gegebenenfalls werden Sie dazu auch mit der Belegschaft sprechen, wenn Ihnen der unmittelbare Einblick fehlen sollte. Aber zunächst einmal müssen Sie sich mit der Adamson Corp. vertraut machen. Dazu sollten Sie so bald wie möglich nach San Francisco reisen."

Adamson machte eine Pause, so dass Frank Gelegenheit hatte, das Gesagte zu durchdenken. Je länger er darüber nachdachte, desto mehr konnte er sich mit der Vorstellung von der neuen Position anfreunden. Zweifellos handelte es sich um eine höchst verantwortungsvolle Aufgabe, mit der er wirklich Gutes und Wichtiges würde erreichen können. Und wenn sowohl Adamson als auch Filzinger von seiner Befähigung überzeugt waren, mochte schon etwas daran sein. Vielleicht war es wirklich an der Zeit für eine Veränderung. Er sah sich bereits im Flieger nach Amerika, als ihm plötzlich bewusst wurde, dass er schon eine andere verantwortungsvolle Aufgabe auf sich genommen hatte, die mit einer solchen Reisetätigkeit kaum vereinbar sein würde. Wie sollte er weiter die

Aufsicht über Lilith gewährleisten können, wenn er künftig andauernd in der Welt umher reisen musste?!

Adamson musste aufgefallen sein, dass in Frank etwas arbeitete. Er runzelte die Stirn und stellte die Tasse ab.

„Kommen Sie. Ich verstehe, das kommt überraschend, aber was lässt Sie zögern? Ich brauche wohl kaum zu erwähnen, dass Sie mit einer nicht unerheblichen Gehaltserhöhung rechnen können."

„Vielen Dank, aber das ist es nicht", erwiderte Frank unbeholfen. Wie sollte er sein Problem glaubwürdig ansprechen, ohne zuviel zu verraten?

„Es ist nur ...“

Er versuchte Zeit zu gewinnen, während er sich dabei ertappte, ständig nervös mit Daumen und Zeigefinger der linken Hand den Ring um seinen Finger zu drehen. Er musste ein Grinsen unterdrücken, als vor seinem geistigen Auge das Bild eines Dynamos auftauchte, den er mit den Rotationen des Rings betrieb und der seinen Finger wie eine rote Warnlampe aufleuchten ließ.

Ein Lächeln stahl sich auf Adamsons Gesicht, als er Franks Blick zu dessen Händen folgte.

„Ah, ich verstehe. Sie möchten eine so weitreichende Entscheidung nicht allein treffen, nicht wahr?"

Frank unterbrach verlegen die Bewegung und blickte auf.

„Ihr Ehering ist mir vorhin schon aufgefallen", erklärte Adamson. „Ein schönes Stück. Dürfte ich ihn vielleicht einmal aus der Nähe sehen?" Er streckte Frank die Hand entgegen, um seine Bitte zu untermalen. In Franks Kopf läuteten sämtliche Alarmglocken. „Bitte nehmen Sie es mir nicht übel", sagte er hastig und etwas weniger höflich als beabsichtigt. „Aber diesen Ring nehme ich niemals ab."

„No offense!" wehrte Adamson lachend ab, wedelte mit beiden Händen und entspannte so augenblicklich die Situation. Dann wechselte er sofort zurück ins Deutsche. „Bei einem so ungewöhnlichen Stück kann ich das gut verstehen. Und außerdem muss er Ihnen wohl auch ideell viel bedeuten. Wie lange sind Sie schon verheiratet?"

Frank zählte die Tage und fragte sich, wie Filzinger als Arbeitgeber auf die Neuigkeit von seiner spontanen Heirat reagieren würde. „Eine Woche", sagte er zögernd und zu Filzinger gewandt: „Entschuldigen Sie bitte, ich wollte es schnellstmöglich der Personalabteilung mitteilen ..."

Filzinger schien etwas erwidern zu wollen, aber Adamson winkte ab.

„Nun ist mir alles klar. Einem so jungen Glück sollte man sich natürlich nicht in den Weg stellen, indem man das traute Paar auseinander reißt." Plötzlich leuchteten seine Augen auf. „Aber da kommt mir eine großartige Idee", fuhr er begeistert fort. „Haben Sie schon Pläne für die Flitterwochen?"

Franks Herzschlag beschleunigte sich. Jetzt fühlte er sich endgültig überrollt. An so etwas hatte er angesichts seiner besonderen Beziehung überhaupt nicht gedacht. Hinter seiner Stirn zogen dunkle Wolken auf. Wie sollte er sich nun auch noch um sämtliche Formalitäten kümmern, die mit einer offiziellen Heirat einher gingen – und dabei glaubhaft bleiben? Sicher konnte Lilith dank Ihrer vielfältigen Fähigkeiten irgendwie überzeugend echte Dokumente herbeizaubern (er lächelte, als er in Gedanken diese Formulierung wählte), aber wie sollte es weitergehen und in welchen Behörden mussten überall aus dem Nichts diese Dokumente erscheinen? (Und würde Lilith auch die digitalen Archive beeinflussen können?)

„Ah, der Gedanke gefällt Ihnen!", rief Adamson erfreut aus, der Franks Lächeln offenbar falsch gedeutet hatte. Frank wollte abwehren, aber der Amerikaner ließ sich nicht bremsen. „Wissen Sie was? – Ich spendiere Ihnen die Hochzeitsreise. Sie reisen auf meine Kosten um die Welt, mit unbegrenztem Budget, und lassen es sich gutgehen. Die einzige Bedingung ist, dass Sie innerhalb der nächsten drei Wochen irgendwann in San Francisco Station machen und dort zwei bis drei Tage in unserem Stammwerk ein paar Hände schütteln und ein paar Facilities besichtigen. Nein, jetzt keine Widerrede! Lassen Sie sich das Ganze durch den Kopf gehen und besprechen Sie es gerne auch mit Ihrer Frau. (Ich weiß schließlich auch, wer in einer Beziehung eigentlich die Hosen anhat)." Dabei blinzelte er Frank verschmitzt zu.

Bald darauf verließ Frank Menden das Chefbüro, arbeitete mehr

176

oder weniger geistesabwesend einige Aufgaben ab, die nicht allzu hohe Aufmerksamkeit erforderten, und verließ am Abend grübelnd die Firma. Auf dem Weg nach Hause begann er sich ein wenig zu entspannen. In seinem Kopf hatte es nicht „Pling" gemacht. Also konnte er davon ausgehen, dass Lilith unbehelligt geblieben war und ihn bei seiner Rückkehr kein neuer Schock erwartete. Irgendwie hatte er, während er Adamsons Angebot hin und her wälzte, immer mehr Geschmack an der Vorstellung gefunden, jetzt verheiratet zu sein und sich zumindest zeitweilig selbst der Illusion einer Normalität hinzugeben, die durch eine Hochzeitsreise sicherlich weiter beflügelt würde – auch wenn er wusste, dass er in ziemlich jeder Hinsicht von Normalität in seiner Beziehung Lichtjahre entfernt war.

## 20. Annäherung

Als Frank die Tür zu seiner Wohnung öffnete, war alles still und dunkel. Sofort beschlich ihn ein körperlich spürbares Unwohlsein. Sein Pulsschlag beschleunigte sich, die Handflächen begannen zu prickeln, Schweiß brach aus allen Poren. War womöglich doch etwas passiert – etwas, das so heftig und überraschend gekommen war, dass selbst Lilith nicht hatte reagieren können? Oder hatte sie in dem Gitter seiner Anweisungen und Beschränkungen eine Lücke entdeckt und sich selbst aus dem Bann des Rings befreit?

„Lilith?"

„Frank?"

Ihm fiel ein Stein vom Herzen. Zumindest war sie da und schien auch nicht aufgeregt.

„Wo bist du?"

„Im Wohnzimmer."

Frank betrat das unbeleuchtete Wohnzimmer. Im schwindenden Tageslicht zeichnete sich Liliths Gestalt inmitten des Raums als Silhouette vor der Balkontür ab. Bewegungslos, aufrecht, mit verschränkten Beinen, saß sie in der klassischen Lotoshaltung auf einem runden Kissen vor dem Fenster, der Tür zum Flur (und damit Frank) den Rücken zugewandt.

„Störe ich?", fragte Frank leise.

„Nein, komm nur herein."

Frank trat heran und legte Lilith die Hände auf die Schultern.

„Ich hätte nicht erwartet, dass du meditierst", bemerkte er, obwohl er sich in diesem Moment daran erinnerte, dass er sie auch in einer ähnlichen Situation angetroffen hatte, als er ihr zum ersten Mal begegnet war. „Ist das nicht eher eine buddhistische Sache?"

„Nicht nur. Praktisch alle Religionen praktizieren verschiedene Formen der Meditation. Aber die Vinidcandi standen auch in Verbindung mit japanischen Yamabushi-Mönchen."

Frank stutzte kurz und hörte in sich hinein. Das Wort *Yamabushi* hatte eine verborgene Saite in ihm zum Klingen gebracht. Bilder von einem einsamen Bergkloster im Kernland Japans tauchten plötzlich in seinem Geist auf, wie versunkene Schätze, die von einer launischen Strömung aus der Tiefe eines dunklen Sees an die Oberfläche gespült werden. Doch Frank wollte sich keinesfalls aufs Neue von Erinnerungen überwältigen lassen, die er nicht als die seinen empfand. So drängte er die aufkeimenden Empfindungen zurück und verschloss sie wieder hinter einer Tür, die – so dachte er kurz – vielleicht besser nie hätte geöffnet werden sollen, selbst wenn ihm die befreiten Kräfte im Dom wahrscheinlich das Leben gerettet hatten.

„... Zen bietet eine besonders direkte Methode zur Versenkung in das eigene Selbst." Lilith hatte inzwischen weiter gesprochen, als habe sie nichts von Franks Ringen um die Hoheit über seine Gedanken bemerkt.

„Und was findest du da?", fragte er und hoffte damit seine zwischenzeitliche Unaufmerksamkeit zu überspielen.

„Ich suche nichts."

„Nicht? Warum tust du es dann?"

„Nun, diese Art der Meditation zeichnet sich genau dadurch aus, dass es kein bestimmtes Ziel gibt. Aber es hilft dabei, den Geist frei zu bekommen."

„Frei wovon?"

„Von allem – darum geht es ja gerade. Aber insbesondere von den Erinnerungen."

„Möchtest du dich davon denn befreien?" – *Vielleicht wäre es dann auch etwas für mich*, dachte Frank angesichts der soeben mühevoll verdrängten Visionen.

„Nein. Erinnerungen haben einen Wert, und ich möchte sie nicht missen. Aber manchmal werden sie übermächtig und verstellen den Blick auf die Zukunft. Ich trage in mir Erinnerungen von Äonen, und die wenigsten davon sind erfreulich. Gelegentlich tut eine Ruhepause gut."

„Und das ist es, was du heute getan hast? Den ganzen Tag?"

„Was hätte ich sonst tun sollen?"

„Zugegeben, in deinem Luxuskerker hattest du natürlich mehr Möglichkeiten zur Zerstreuung. Aber der existiert ja nun nicht mehr."

„Kein Vorwurf. Dort habe ich ja auch gelegentlich meditiert. Aber du hattest gefragt."

„Nein, es stimmt schon. Ich hätte tatsächlich mehr darüber nachdenken können, wie du die Tage in meiner Abwesenheit verbringst und dabei nicht nur bedenken sollen, was du *nicht* tun darfst. Wenn ich es recht bedenke, habe ich in meinem Bestreben, dich davon abzuhalten, anderen Schaden zuzufügen, nicht einen Gedanken darauf verwendet, wie du dich dabei fühlst."

„Wie ich mich fühle – interessiert dich das wirklich oder war das gerade nur eine nüchterne Feststellung?"

Frank zögerte einen Moment. Zuerst fühlte er sich ertappt, doch dann erinnerte er sich daran, mit wem er es zu tun hatte und worin seine heilige Aufgabe bestand. Eine Aufgabe, die er sich hätte ersparen können, hätte er sich nicht in seiner Hochzeitsnacht mit der Urdämonin von Leidenschaft übermannen lassen und sämtliche Warnungen und Ratschläge vergessen. Und dennoch war Lilith ein fühlendes Wesen, dessen Befinden ihm nicht gleichgültig war, nicht gleichgültig sein durfte, wollte er seinen Anspruch an die eigene humanistische Gesinnung bewahren. Sich selbst erforschend, kam er endlich zu dem Schluss, dass ihm auch Liliths Wohlergehen wahrhaftig am Herzen lag.

„Doch", sagte er also, „ich möchte wirklich wissen, ob es dir gut geht."

„Nun, ich kann nicht klagen. Ich habe nicht die Möglichkeiten, die ich im Klosterberg hatte, aber du lässt mir alle Freiheiten, die du meinst verantworten zu können."

„Das klingt nicht wirklich wie 'Es geht mir gut.' Könnte ich denn etwas tun, um dein Befinden zu verbessern – ich meine, ohne die Sicherheitsauflagen zu lockern?"

„Hm, du meinst das ernst, oder?"

Frank stellte überrascht fest, dass er begonnen hatte, sanft Liliths Schultern zu massieren und dass der Eindruck, sie genieße die Massage, in ihm selbst wiederum ein angenehmes Gefühl auslöste.

„Ja, ehrlich", sagte er und beugte sich ein wenig zu ihr herab, bis er den Duft ihrer Haare einatmete. „Ich möchte, dass du dich wohlfühlst. Wenn es irgendetwas gibt, das ich dafür tun kann ..."

„*Liebe mich.*"

Frank Menden erstarrte. Diese Bitte – oder war es eine Aufforderung? – traf ihn gänzlich unvorbereitet.

„Du meinst ...?"

„Nein, nicht das. Es geht nicht um die Handlung, sondern um die Haltung. Nicht den Akt, sondern den Zustand. Liebe mich sinnlich, leidenschaftlich, romantisch oder, wenn du willst, platonisch. Aber liebe mich ehrlich."

Frank schluckte. Das hatte er noch weniger erwartet.

„Wenn du mir wirklich eine neue, beglückende Erfahrung verschaffen möchtest", fuhr Lilith fort, „dann liebe mich wie eine wirkliche Gefährtin. In all den Jahrtausenden meiner Existenz habe ich es erlebt, dass mir die unterschiedlichsten Gefühle entgegengebracht wurden. Ich wurde bewundert, begehrt, benutzt, gefürchtet und gehasst, aber niemals geliebt. Jedenfalls von niemandem, der um meine wahre Natur wusste."

Franks Hände ließen Liliths Schultern los. Er trat einen Schritt zurück, gab ihr Gelegenheit, aufzustehen. Sie entfaltete ihre überkreuzten Beine, ohne die Hände zuhilfe zu nehmen, richtete sich auf und drehte sich zu ihm um.

„Du bist anders", fuhr sie fort. „In dir spüre ich tiefe Gefühle für mich, obwohl du zu verstehen beginnst, wer ich bin. Du ringst damit, wagst nicht, sie zuzulassen, aber sie sind da, und du weißt es. Darum: Wenn du mir wirklich etwas Gutes tun willst, dann erlaube dir selbst, deinen Gefühlen ihren Lauf zu lassen. "

„Vielleicht hast du recht", sagte Frank zögernd und dachte an den vergangenen Abend, den heutigen Morgen und das seltsame Gefühl, das ihn beschlichen hatte, als ihn Adamson auf seinen „Ehering" angesprochen hatte. „Vielleicht empfinde ich wirklich etwas Besonderes für dich. Vielleicht fürchte mich davor, diese Gefühle könnten mehr sein als bloßes Verlangen oder Sehnsucht nach dem, was du mir zu versprechen scheinst. Vielleicht wünsche ich mir wirklich, wir wären ein richtiges Paar, aber vielleicht vergesse ich auch nur manchmal, wer und was du bist, oder schaffe es, das zu ignorieren. Aber ich vertraue dir nicht – kann und darf dir nicht vertrauen. Kann es Liebe geben ohne Vertrauen?"

„Aber natürlich. Liebe ist eigenständig, sie entsteht aus sich selbst und ist sich selbst genug. Fruchtbar oder furchtbar. Beflügelnd oder zerstörerisch. Vertrauensvolle Seelenverwandtschaft oder *Amour fou*. Fass dir ein Herz und lass dich auf das Abenteuer ein, herauszufinden, was für dich daraus wird."

„Ich weiß nicht, ob ich das kann", sagte Frank zweifelnd. „Ich habe mir immer eine ausgeglichene Partnerschaft auf Augenhöhe vorgestellt. Aber wie sollte das mit dir jemals möglich sein?"
Lilith lächelte gutmütig.

„Meine Kräfte verleihen mir Macht über die Welt und dein Ring verleiht dir Macht über mich. Doch du nutzt deine Macht nur, um meine zu beschränken. Mir erscheint das schon ziemlich ausgewogen. Liebe mich ohne schlechtes Gewissen und halte dabei die Restriktionen aufrecht, die du für nötig hältst, um die Welt vor mir zu schützen, denn es gibt durchaus gute Gründe dafür. Du trägst den Ring. Es ist an dir, das zu entscheiden."

Die Sonne war inzwischen untergegangen, und es war kaum mehr etwas zu sehen. Aber Liliths Augen leuchteten in einem dunklen, unwirklichen Licht. Frank dachte an die Warnungen des Abtes. Er dachte an die zahllosen Menschen, die Lilith ins Unglück geführt hatte, an die Toten im Dom, darunter auch jene, die unter seinen Händen ihr Leben gelassen hatten – dank eines Portals zu seiner eigenen, düsteren Vergangenheit, das von Lilith aufgestoßen worden war. Und dennoch ruhte er in diesem Augenblick in sich selbst, stand wieder fest im Auge eines Sturms, der sämtliche Aspekte seiner vielschichtigen Beziehung zu Lilith wirbelnd um ihn kreisen ließ, ohne ihn zu berühren. Frank Menden fühlte sich bereit für den Spagat zwischen Verantwortung und Versuchung. Es musste möglich sein, Liebe und Vertrauen zu trennen. Vielleicht mochten seine widerstreitenden Gefühle für dieses irdisch-überirdische Wesen teils oder insgesamt die Folge von Manipulation sein. Aber solange nur der Hauch einer Hoffnung bestand, dass zumindest ein Teil der Liebe echt war, die in diesem Moment sein Herz entflammte und ihn vollkommen ausfüllte, wollte er es darauf ankommen lassen.

Frank zog Lilith an sich und küsste sie, und es fühlte sich anders an als jemals zuvor. Echter, wahrer. Er schloss die Augen, wollte nicht wissen, ob in ihrem Blick Hingabe glänzte oder Triumph aufleuchtete.

„Es wird nicht leicht werden", sagte Frank später zu Lilith, „aber ich will es wirklich versuchen. Wenn ich es recht bedenke, bin ich niemals so glücklich gewesen wie in manchen Momenten mit dir zusammen – allerdings auch niemals so verzweifelt wie in anderen. Aber schon wieder denke ich nur an mich. Was fühlst *du* denn jetzt? Bist du glücklich?"

„Um ehrlich zu sein: Ich weiß es nicht", erwiderte Lilith ernst. „Du erfüllst meinen Wunsch; das ist mehr als ich je zu hoffen gewagt hätte. Aber natürlich weiß ich, dass Unsicherheit und Misstrauen in dir noch immer bestehen, und dass dort, wo starke Gefühle beteiligt sind, alles leicht ins Gegenteil umschlagen kann. Das zarte Pflänzchen, das sich gerade nach dem Licht reckt, kann schnell wieder verdorren oder zertreten werden. Außerdem bin ich, soweit ich zurück denken kann, wohl noch niemals wirklich glücklich gewesen. Woher sollte ich wissen, wie sich das anfühlt?"

„In all den Jahrtausenden nicht? Vielleicht ist ja genau das dein Problem." „Aber vielleicht wird es nun auch zu deinem." Frank und Lilith schwiegen für eine Weile, wohl gleichermaßen eigenen Gedanken und Gefühlen nachhängend wie auch darüber reflektierend, was gerade in dem Anderen vorgehen mochte.

Nachdem seine Gedanken seit geraumer Zeit nur noch darum kreisten, wie er seine mögliche berufliche Veränderung und die damit verbundene Reise ansprechen solle, brach Frank das Schweigen in der Erkenntnis, dass es keinen Sinn hatte, weiter auf den perfekt geeigneten Moment zu warten.

„Mein Chef hat mir heute eine Beförderung vorgeschlagen. Und wenn wir jetzt doch irgendwie richtig verheiratet sind, könnten wir uns auch Gedanken über Flitterwochen machen."

*Mist! Beides auf einmal. Depp, Depp, Depp! Wozu überlegt man sich die geeigneten Worte immer wieder, wenn man dann schließlich doch mit etwas ganz Anderem herausplatzt?*

„Auch wenn ich nicht ganz verstehe, was das beides miteinander zu tun hat", sagte Lilith schmunzelnd. „Vielleicht eine gute Idee – sowohl als auch."

„Im Ernst?", stotterte Frank. „Du würdest mit mir in die Flitterwochen fahren wollen?"

„Warum nicht? Etwas Abwechslung könnte uns guttun, und ich habe sonst nichts besseres vor. Aber was war das mit der Beförderung? Wir hatten bisher wenig Gelegenheit, über dein *normales* Leben zu reden."

Frank erzählte Lilith von Adamsons Angebot und seiner eigenen Unsicherheit, wie sich dieses mit ihrer ungewöhnlichen Beziehung und dem Risiko vertrug, dass der Feind, der für den Angriff im Dom verantwortlich war, sich neu formieren und irgendwann wieder zuschlagen mochte.

„Ein großzügiger Mann, dieser Mr. Adamson", stellte Lilith nachdenklich fest. „Jedenfalls ein Mann von schnellen Entschlüssen und bereit, etwas zu investieren. Und eine großartige Chance für dich – beziehungsweise für *uns*, wenn man die Flitterwochen-Option einbezieht."

„Wenn auch zu einem unglücklichen Zeitpunkt."

„Oder auch nicht. Ob wir auf Weltreise gehen oder hier auf dem Präsentierteller auf einen neuen Schachzug des Feindes warten, macht keinen großen Unterschied. Auf der Hut sein müssen wir in jedem Fall. Aber ein bewegliches Ziel ist schwerer zu treffen, und wir werden uns viel in der Öffentlichkeit bewegen. Da sind wir zwar leicht zu verfolgen, aber schwer anzugreifen. Wenn du mich fragst ..."

„Ich frage dich."

„... solltest du auf das Angebot eingehen. Du kannst dabei nur gewinnen."

„Und du?", fragte Frank, halb empathisch und halb misstrauisch.

„Ich werde mich jedenfalls nicht langweilen. Außerdem bietet sich mit der Reise eine gute Gelegenheit für uns, einander näher zu kommen. Und für mich, dich irgendwann doch davon zu überzeugen, dass ich dich nicht belogen habe."

„Oder vielleicht, mich leichter einzuwickeln."

„Das liegt an dir. Ich habe dich von Anfang an vor mir gewarnt und bleibe dabei. Erst wenn du dich bewusst dazu entscheidest, mir *wirklich* zu vertrauen, wird sich zwischen uns grundsätzlich etwas ändern. Inzwischen sichere dich ab, wie auch immer du es für geboten hältst."

Frank überlegte. Er wälzte die Argumente hin und her, konnte aber keinen Anlass für weiteren Argwohn finden.

„Gut", sagte er schließlich. „Dann werde ich Adamson morgen sagen, dass ich sein Angebot annehme. Und wir gehen auf Hochzeitsreise."

*Wenn auch mit einem Colt unter dem Kopfkissen*, fügte er in Gedanken hinzu und war sich bewusst, dass er sich nicht nur gegen Angriffe von außen würde wappnen müssen, sondern auch gegen einen möglichen Feind in seinem Bett.

„Und jetzt wollen wir unsere Flitterwochen planen. Damit wird es nun auch ernst mit den amtlichen Dokumenten. Wir werden einen Pass für dich brauchen, Geburts- und Heiratsurkunde, und das alles so bei den zuständigen Behörden hinterlegt, dass es scheint, als seien die Einträge schon immer dort gewesen – in Papier und digital. Meinst du wirklich, du kriegst das hin?"

„Eine meiner leichtesten Übungen", lächelte Lilith. „Hast du besondere Wünsche für Zeit und Ort meiner Geburt oder unserer Hochzeit? Keine Sorge, ich kann auch die Erinnerung eines Standesbeamten manipulieren, wenn du es erlaubst. Für die kirchliche Trauung würde ich das Kloster auf dem Berg oberhalb meines Gefängnisses vorschlagen. Das sollte dir eigentlich gefallen, denn es läge der Wahrheit immerhin ziemlich nahe."


## 21. Flitterwochen


Frank blickte aus dem Fenster hinunter auf eine geschlossene Wolkendecke unter azurblauem Himmel und einer gleißenden Sonne. Rechts neben ihm saß Lilith und schlief, den Kopf auf seine Schulter gelegt, ihr weiches, volles Haar wie ein Kissen an seinem Hals.

Lilith brauchte keinen Schlaf. Niemals. Aber ab und an legte auch sie, so wie jetzt, gern eine Ruhepause ein, und Frank wertete dies als eine Geste des Vertrauens und, wie sie sich jetzt an ihn schmiegte, der Intimität.

Jedenfalls hatten beide allen Grund zu wohliger Erschöpfung. Hinter ihnen lag eine Zeit, die wie im Flug vergangen war und doch so voller überwältigender Erlebnisse, dass sich die drei Wochen im Rückblick so kurzweilig wie zwei Tage und so ereignisreich wie zwei Monate anfühlten. Eine friedliche Zeit ohne Zwischenfälle. Eine Zeit, in der Franks Seele tatsächlich Gelegenheit gefunden hatte, ein wenig zur Ruhe zu kommen.

Er hatte Lilith auferlegt, so weit wie irgend möglich auf magische Interventionen zu verzichten, und da sie trotz ständiger Bereitschaft, auf eventuelle Angriffe zu reagieren, mit keinen Hinweisen auf das Wirken fremder Mächte konfrontiert worden waren, hatten sie die Reise, die K. N. Adamson wie versprochen für sie arrangiert und finanziert hatte, unbehelligt in trauter Zweisamkeit genießen können.

Auch Frank begann zu dösen. Eindrücke der vergangenen Urlaubsreise zogen vor ihm auf und verblassten wieder. Die riesige Markthalle des *Mercado Central* in Valencia, ihrer ersten Etappe, wo Europas größter Fischmarkt von mediterranen Düften ebenso durchflutet wurde wie vom hellen Tageslicht, das durch die bunten Fenster des modernistischen Altstadtgebäudes auf ebenso bunte Kacheln strahlte. Wieder breitete sich vor ihm die Vielfalt dessen aus, was immer Land und Wasser um die Hafenstadt im Westen Spaniens, seit der Antike das iberische Tor zum Mittelmeer, an kulinarischen Produkten zu bieten hatten, von frischen Orangen über eine unüberschaubare Vielfalt an Fischen und Krustentieren bis hin zu exotischen Meeresfrüchten, die wie kleine Drachenfüße aussahen.

Er erinnerte sich an die architektonischen Gegensätze, in Valencia in einzigartig harmonischer Weise vereint, von Jahrtausende alten römischen Bauwerken über die spätmittelalterliche Seidenbörse bis hin zur hoch modernen *Ciutat de les Arts i les Ciències*, der „Stadt der Künste und Wissenschaften", wie ein gestrandeter Wal in einem ausgetrockneten Flussbett liegend. Vor seinem geistigen Auge erschienen Straßenschilder in spanischer und regionaler, valencianischer Sprache, als weiteres Beispiel für ein spannungsvolles Miteinander in einer Stadt, die in ihrer wechselvollen Geschichte einer Vielzahl von kulturellen Einflüssen ausgesetzt war. Nicht alle davon waren friedlich. Daran wurde vielfach in der Verehrung des spanischen Volkshelden *El Cid* erinnert, der Valencia im 11. Jahrhundert erobert sowie danach heldenhaft und, wie die Legende sagte, sogar über seinen Tod hinaus, gegen maurische Angriffe verteidigt hatte.

Dann sah sich Frank in Rio de Janeiro, der nächsten Station ihrer Reise, Hand in Hand mit Lilith, barfuß über die endlose Strandpromenade der *Copa Cabana* schlendern. Er fühlte den feinen Sand zwischen seinen Zehen, hörte das Rauschen der sanft über den flachen Strand spülenden Wellen, schmeckte die süße Frische im Saft einer frisch aufgeschlagenen Kokosnuss, den er im Gehen durch einen Strohhalm direkt aus der Frucht schlürfte. Frank erinnerte sich der Abende in verschwitzten Samba-Clubs, wo Lilith mit ekstatischem Tanz die Einheimischen zu frenetischen Beifallsstürmen veranlasst hatte. Der leere Strand am nächsten Morgen, der bei sommerlichen Temperaturen im winterlichen Brasilien nur Besucher aus dem kühlen Mitteleuropa zum Baden einlud.

Frank durchlebte ein weiteres Mal den Schreck, der ihn durchfuhr, als der brasilianische Fahrer, den Adamson für sie engagiert hatte, durch das Halten an einer roten Ampel beinahe einen Auffahrunfall verursacht hätte, gefolgt von einer wortreichen Entschuldigung, dass er durch einen langen Aufenthalt als Student in Deutschland gewissermaßen durch die Gewohnheit „verdorben worden" sei, sich auch dann an Verkehrsregeln zu halten, wenn die Situation auf der Straße deren Einhaltung nicht zwingend erforderlich machte. Frank sinnierte darüber, ob es nicht eine sinnvolle Maßnahme zum Klimaschutz sein mochte, in Rio einfach alle Ampeln abzuschalten, wo ein rotes Licht von vielen zum Anlass genommen wurde, beim Überqueren einer Kreuzung noch einmal schnell auf's Gaspedal zu treten, während man bei grünem Signal gut daran tat, sich vorsichtig heranzutasten, um durchpreschenden Fahrern aus den Querstraßen notfalls den Vortritt zu lassen.

Er erinnerte sich des ebenso eleganten wie akrobatischen *Capoeira*-Kampftanzes eines jungen Pärchens am Fuße der 30 Meter hohen Christusstatue auf dem Corcovado-Berg, von wo aus man einen atemberaubenden Blick auf die nahe gelegenen „Zuckerhut" hatte – und auf die wuchernde Sechsmillionenstadt mit prächtigen Bauten neben ausufernden Elendsvierteln – den *Favelas* – zwischen sanft geschwungener Atlantikbucht, steil aufragenden Felsen und tropischem Dschungel.

Seine Haut prickelte erneut bei der Erinnerung daran, wie sie sich entgegen der eindringlichen Warnungen ihrer Betreuer allein in die Stadt gewagt hatten, die mit einer der weltweit höchsten Kriminalitätsraten traurige Berühmtheit erlangt hatte. Das Bewusstsein dieser Gefahr erregte ihn in der Gewissheit, dass er in

Liliths Begleitung weder Kriminelle noch natürliche Bedrohungen zu fürchten hatte. Sie waren aber unbehelligt geblieben, und erfuhren, dass die Untergrundbahn von Rio de Janeiro aus unerfindlichen Gründen eine Art „Heiliger Boden" zu sein schien, von praktisch allen als Bereich akzeptiert, in dem auf Gewalt und zerstörerische Handlungen zu verzichten war.

Frank fühlte wieder den mediterranen Flair der südbrasilianischen Stadt Curitiba, von wo aus sie ins Landesinnere aufgebrochen waren, um an der Grenze zu Argentinien die Wasserfälle von Iguaçu zu besuchen. In seinen Ohren rauschte das Tosen der Wassermassen, die entlang einer Breite von insgesamt mehr als zweieinhalb Kilometern über eine steile Abrisskante in die Tiefe stürzen, sah den Regenbogen, den die schäumende Gischt über den *Garganta do Diablo* spannte, die „Teufelsschlund" genannte, U- förmige Schlucht, in die der Hauptanteil der Wasserfälle mündete.

Schließlich spürte er auch noch einmal die Atemnot, die ihn bei der Besichtigung einer Maya-Pyramide in der dünnen Luft des mexikanischen Hochlands befallen hatte, fühlte entsetzt, wie sein Blut zu kochen begann, und die Erleichterung, als Lilith – das einzige Mal auf der gesamten Reise – ihre magischen Kräfte aktiviert hatte, um ihn wieder normal durchatmen zu lassen.

Er schwelgte in Erinnerungen an drei Wochen, die wie im Rausch vergangen waren. Aber nun neigte sich die Reise dem Ende entgegen. Ein helles Klingeln rief in Verbindung mit einem aufleuchtenden Piktogramm auf der Konsole im Rückenteil des Vordersitzes dazu auf, das Tablett und die eigene Rückenlehne hochzuklappen und sich anzuschnallen, als das Flugzeug zum Landeanflug auf San Francisco ansetzte. Dort erwartete Frank der Einstieg in seine neue berufliche Aufgabe und auch, wenn die vor ihm liegenden Tage in der Stadt des digitalen Aufbruchs sicherlich noch weit vom Arbeitsalltag entfernt sein würden, wurde ihm doch fast schmerzlich bewusst, dass die unbeschwerte Zeit, in der er sich der Illusion harmloser Flitterwochen eines jung vermählten Ehepaares hatte hingeben können, vorbei war.

Hinter der Zollabfertigung wurden sie von einem Fahrer der Adamson Corp. erwartet, der ein großes Schild mit der Aufschrift „Mr. & Mrs. Frank Menden" hoch hielt.

„Ich habe mich schon immer gefragt, warum amerikanische Frauen anscheinend stolz darauf sind, mit der Heirat ihren Vornamen abgeben zu dürfen", flüsterte Lilith Frank zu. Einen Moment lang war er verwundert, dann erinnerte er sich an Liliths ausgiebigen TV-Konsum in ihrem Gefängnis unter dem Kloster.

„Andere Länder, andere Sitten", flüsterte er zurück.

„Ich wollte niemals nur ein Anhängsel sein", setzte Lilith nach.

„Das bist du nicht", widersprach Frank und erkannte erst danach, dass Lilith gerade gar nicht über ihre aktuelle Beziehung gesprochen hatte, sondern über den Anlass für ihre Verbannung aus dem Paradies. Plötzlich keimte ein völlig neues Verständnis für ihren Zorn in ihm auf. Was ihr angetan worden war, rechtfertigte nicht ihre Taten, aber dennoch sah er Lilith in diesem Moment in einem neuen Licht. Nicht als rachsüchtige Dämonin, sondern als eine in ihrem Selbstwertgefühl verletzte Frau. Er widerstand dem Bedürfnis, sie tröstend in den Arm zu nehmen und wandte sich an den jungen Mann mit dem Namensschild.

„Lilith und Frank Menden. Das sind wir."

Der Fahrer, ein junger Mann mit gepflegtem Bart und kurzen, dunklen Haaren, nickte und steckte das Schild in eine Tasche, die ihm lose über die Schulter hing.

„Willkommen in San Francisco", sagte er herzlich und packte das Gepäck der Ankömmlinge auf einen Transportwagen, den er schon bereitgestellt hatte.

Auf dem Weg zum Hotel erklärte der Fahrer, Mr. Adamson lasse den Mendens herzliche Grüße zukommen und gebe der Hoffnung Ausdruck, die bisherige Reise sei zu ihrer Zufriedenheit verlaufen."

„Mehr als das", versicherte Frank überschwänglich. „Richten Sie ihm gerne meinen tief empfundenen Dank aus für alles, was er für uns getan hat."

„Darüber wird er sich zweifellos sehr freuen", erwiderte der

Fahrer.

„Eigentlich hätten Sie es ihm morgen selbst sagen können sollen. Aber leider musste er in einer dringenden Angelegenheit kurzfristig nach Denver reisen, so dass er Sie nicht wird treffen können. Es ist aber alles arrangiert. Nutzen Sie den heutigen Tag zunächst einmal, um sich zu akklimatisieren. Morgen früh werden Sie um neun Uhr dreißig in der Hotellobby abgeholt und zum Firmensitz gebracht. Dort werden Sie dann die verschiedenen Abteilungen kennenlernen und einige wichtige Leute treffen. Damit es Ihrer Frau inzwischen nicht langweilig wird, haben wir für sie ein ausgiebiges Sightseeing-Programm organisiert. Sie wird zur gleichen Zeit abgeholt und am Abend rechtzeitig wieder zum Hotel zurück gebracht, dass Sie gemeinsam zum Dinner gehen können. Ich hoffe, Sie sind damit einverstanden. "

Frank wechselte mit Lilith kurz einen stummen Blick. Er hatte durchaus damit gerechnet, dass sie ihn nicht würde zu den Geschäftsterminen begleiten können. Dass sie ohne ihn in der Stadt unterwegs sein sollte, hatte er allerdings nicht eingeplant. Andererseits wäre es ziemlich unhöflich gewesen, das gut gemeinte Angebot ohne eine überzeugende Erklärung auszuschlagen, und eine solche fiel ihm im Augenblick einfach nicht ein.

„Kein Problem", sagte er daher. „Vielen Dank für Ihre umsichtige und großzügige Planung. Wir freuen uns beide auf morgen."

Im Hotel übergab ihnen der Portier die Keycard für eine Suite im achten Stockwerk und erklärte, dass die Adamson Corp. nicht nur die Übernachtungen reserviert habe, sondern auch für sämtliche mit dem Aufenthalt verbundenen Kosten aufkommen werde, Verzehr in den Hotelrestaurants und -bars sowie sämtliche Serviceleistungen inbegriffen.

Als sie in ihrer Suite allein waren, sah Frank es als notwendig an, sich mit Lilith zu beraten.

„An das Programm für morgen hatte ich leider nicht gedacht", sagte er.

„Das Hotelzimmer ist nicht meine Wohnung. Du kannst nicht

unauffällig einfach hier bleiben und auf meine Rückkehr warten."

Lilith nickte. Sie hatte sofort verstanden, was er meinte.

„Ich könnte eine Erkrankung vortäuschen ..."

„Und wenn sie einen Arzt holen wollen?"

„Ich könnte *sehr überzeugend* eine Erkrankung vortäuschen. Ich habe schon mehrfach meinen Tod vorgetäuscht. Da sollte eine kleine Migräne kein Problem sein." Doch Frank winkte ab.

„Weißt du, eigentlich ist es mir ganz recht so. Die Situation zwischen uns ist auch nicht mehr dieselbe wie vor unserer Reise. Ich kann dich nicht guten Gewissens einsperren, während ich meiner Beschäftigung nachgehe. In den Regeln, die wir aktuell vereinbart haben, kann ich keinen Fehler erkennen. Belassen wir es einfach dabei. Im Rahmen des arrangierten Programms kannst du dich bis zum Abend frei bewegen. Aber bleib nach Möglichkeit unauffällig und richte ohne Not keinen Schaden an. Danach warte im Hotel. Ich wünsche dir für morgen viel Vergnügen und hoffe, du wirst mich nicht enttäuschen."

## 22. Hightech

Pünktlich um halb zehn Uhr morgens trafen Frank und Lilith in der Hotellobby die Personen, die sie dort bereits erwarteten, um sie zu ihren unterschiedlichen Tagestouren abzuholen. Franks Fahrer war derselbe, der ihn und Lilith schon am Vortag vom Flughafen zum Hotel gebracht hatte. Als Begleitung für Liliths touristische Tour durch San Francisco hatte die Adamson Corp. eine junge Frau engagiert, die professionell individuelle Stadtführungen durchführte. Mit fröhlich auf und ab wippendem Pferdeschwanz und einer herzlichen Begrüßung, bei der sie ihre große, dickrandige Sonnenbrille auf die Stirn schob, so dass man ihre strahlend blauen, von Lachfältchen gesäumten Augen sehen konnte, machte sie einen heiteren und aufgeweckten Eindruck. Frank war zuversichtlich, dass sie sich mit Lilith gut verstehen würde, und vertraute im Übrigen auf die ausgeklügelten Vorschriften, mit denen er sichergestellt zu haben hoffte, dass Lilith niemandem Schaden zufügen würde, solange sie nicht eine unmittelbare Bedrohung abwehren musste. Er verabschiedete sich und folgte dem Fahrer zu einer Limousine, die im Haltebereich vor dem Hoteleingang vorgefahren war, um ihn zum Hauptsitz der Adamson Corp. in Mountain View zu bringen, wo einige der wichtigsten Firmen der Computerbranche residierten.

Der unausgesprochenen Vorgabe seines Fahrers folgend, der ihm wortlos die Tür geöffnet hatte, nahm Frank im komfortabel geräumigen Fond des Wagens Platz. Während die Limousine sich in den Verkehr einfädelte, lehnte er sich auf dem Rücksitz gemütlich zurück. Aber schon nach kurzer Zeit beschlich ihn ein nicht näher greifbares Unwohlsein. Zunächst befürchtete er, sein Unterbewusstsein wolle ihn warnen, weil er doch irgendetwas bei der Absicherung von Liliths Handlungsbeschränkungen vergessen haben mochte. Doch als er tiefer in sich hinein horchte, wurde ihm klar, dass dies keineswegs die Ursache seines Unbehagens war. Seit Beginn der Reise war er praktisch nicht mehr von Lilith getrennt gewesen, und nun – bereits nach wenigen Minuten – begann er sie zu vermissen und empfand die Trennung fast wie eine Amputation.

Frank zwang sich zur Konzentration auf seine Aufgabe. Die Flitterwochen waren vorbei, und eine neue berufliche Herausforderung wartete auf ihn. Während der weiteren Fahrt rekapitulierte er, was er über die Unternehmensstruktur der Adamson Corp. wusste. Nach seiner Zusage auf das Angebot, künftig die Rolle eines Vermittlers zwischen dem Konzern und dessen Neuzugang, der Filzinger GmbH, zu übernehmen, hatte man ihn reichlich mit Informationsmaterial versorgt, das Einblick in die Adamson Corp. und ihre weltweite Vernetzung vermittelte und ebenfalls die Entscheidungs- und Kommunikationsstruktur der Firma verdeutlichte. Die Tage vor ihrer Abreise hatte er bereits genutzt, um sich mit diesen Informationen vertraut zu machen, und auch am vergangenen Abend hatte er noch einmal einen Blick auf das Material geworfen. Darüber hinaus hatte er auf eigene Initiative im Internet Informationen über die Adamson Corp. und ihre Filialen zusammengetragen, um sich auch ein objektiveres, nicht durch das Unternehmen gefärbtes Bild zu verschaffen. Nun bemühte er sich, all dieses Wissen in seinem Geist zu sortieren, um für die bevorstehenden Gespräche gerüstet zu sein, während der Fahrer die langgestreckte Limousine mit traumwandlerischer Sicherheit durch die teils halsbrecherisch engen Kurven der steilen Straßen von San Francisco lenkte. Dafür zwang er sich, alle Gedanken an Lilith auszublenden, um sich nicht von seinen professionellen Aufgaben ablenken zu lassen.

Bald wurde die Fahrt ruhiger und führte etwa eine halbe Stunde lang über die berühmte Küstenstraße „101" am Rand der San Francisco Bay entlang. Dann verließen sie den Highway und passierten verschiedene moderne Gebäudekomplexe. Hier waren sie zu Hause – die Großen der Branche, die Motoren der Digitalen Revolution: im *Silicon Valley*.

Als der Wagen in die Zufahrt des Firmengeländes einbog, hatte Frank sich erfolgreich auf die berufliche Gedankenwelt eingestimmt und betrachtete wieder interessiert die weitläufige Zubringerstraße, die durch einen freundlichen Park mit ausgedehnten Grünanlagen, durchzogen von üppigen Blumenbeeten und befestigten Fahrradwegen, führte.

Der Fahrer hielt zielsicher direkt vor einer breiten Treppe, die zum Haupteingang des zentralen Gebäudes der Anlage führte, einem weit ausladenden, hellen Bau in organisch geschwungener Form mit großen Glasflächen, eingebettet in mit schwarzen Schieferplatten verklinkerte Mauern.

Kaum hatte Frank registriert, dass sie am Ziel angekommen waren, war der Fahrer bereits ausgestiegen, um den Wagen herum gelaufen und hatte die Tür geöffnet.

„Vielen Dank, Mr ...", sagte Frank, während er aus dem Wagen tauchte und bemerkte, dass er den Fahrer bisher noch gar nicht nach seinem Namen gefragt hatte.

„Spencer – Chap Spencer", stellte der Angesprochene sich vor und schüttelte freudig die Hand, die Frank ihm spontan entgegenstreckte.

„Oder einfach Chap."

Frank wollte Chap gerade fragen, wohin er sich nun weiter wenden solle, da hörte er Schritte die Treppe herunter kommen, deren Klappern auf hochhackige Absätze schließen ließ. Er wandte sich um und sah in das Gesicht von Dr. Christina Froid, die ihn erfreut anstrahlte.

„Hey, Frank. Schön, dass Sie hier sind."

„Ja. Ich freue mich auch, Sie wiederzusehen."

Dr. Froid entließ den Fahrer mit einem kurzen Wink, und auch Frank drehte sich noch einmal um und winkte Chap zu. Dann folgte er der leitenden Anwältin und Prokuristin der Adamson Corp. ins Innere des Firmensitzes.

Vor ihnen öffnete sich das Eingangsportal. Mit leisem Fauchen glitten zwei schaufenstergroße, gewölbte Türflügel aus verspiegeltem Glas auseinander. Christina Froid und Frank Menden traten hindurch als durchschritten sie das Tor zu einer anderen, futuristischen Welt.

Frank spürte den warmen Luftzug im Rücken, als sich die Türen hinter ihm automatisch schlossen und dabei noch einen letzten Hauch der warmen kalifornischen Sommerluft in die klimatisierte Eingangshalle der Adamson Corp. drückten, bevor der Luftstrom abrupt abbrach wie ein Kabel, das mit einer Beißzange abgezwickt wird.

„Kommen Sie", sagte Christina Froid und winkte Frank zu sich heran, während sie sich in Richtung auf die geschwungene Empfangstheke aus glatt geschliffenem Edelholz zu bewegte. Frank musste sich zwingen, sich von dem überwältigenden Anblick der Eingangshalle loszureißen, die einem Flughafen mittlerer Größe alle Ehre gemacht hätte. *Oder einer Raumbasis in einer Science Fiction-Serie*, dachte er und sah sich im Gehen bewundernd nach allen Seiten um. Die offene Konstruktion vermittelte den Eindruck von Weite. Frei stehend gewundene Treppen führten in alle Richtungen. Rollbänder und offene, gläserne Aufzüge transportierten Menschen in schwindelnde Höhen. Die mehrere Stockwerke hohen Innenwände waren streifenweise mit senkrechten Gärten bepflanzt, deren Feuchtigkeit für ein angenehmes Klima sorgte. Im Gehen fiel Frank auf, dass der Boden mit einem nachgebenden, leicht aufgerauten Belag versehen war, der in einer wohl ausgewogenen Mischung von Weichheit und Festigkeit dem Tritt Halt gab, während er zugleich das Gefühl vermittelte, barfuß über Moos zu laufen.

„Das ist unser neuer Mitarbeiter", erklärte Dr. Froid dem Mann am Empfang. „Er braucht eine ID." Und, zu Frank gewandt: „Würden Sie bitte einmal Ihren Namen nennen?"

„Aber gerne: Frank Menden", sagte Frank freundlich und fragte sich, ob Christina Froid sich angesichts ihres amerikanischen Akzents nicht zutraute, seinen deutschen Namen korrekt auszusprechen.

„Besten Dank", sagte sie und zeigte auf eine Reihe von dunklen Glaskugeln, die hinter dem Portier in die Rückwand des Rezeptionskiosks eingelassen waren.

„Schauen Sie jetzt bitte einmal von links nach rechts die Kamerareihe entlang. Das System erstellt dann einen 3D-Scan von Ihrem Gesicht."

Hatte Frank erwartet, ihm werde ein einfacher Besucherausweis um den Hals gehängt oder gar eine eigene ID-Karte, womöglich mit einem Hologramm seines Konterfeis versehen, erstellt, so wurde er schnell eines Besseren belehrt. Nachdem er Christina Froids Aufforderung Folge geleistet hatte, nahm sie ihn sofort am Arm, nickte dem Portier kurz zu und zog ihn auf eine Rolltreppe zu, die sanft ansteigend ins nächst höhere Stockwerk führte.

„Muss ich nicht auf einen Ausweis warten", fragte Frank verblüfft. Dr. Froid lachte leise.

„Nein. Über so etwas wie Ausweise sind wir hier lange hinweg. Die Kameras an der Rezeption haben Ihre Gesichtszüge aufgenommen, und mit Ihren vorher von uns hinterlegten Daten verknüpft. Wenn Sie sich genau umsehen, werden Sie feststellen, dass überall an den Wänden solche Kameras installiert sind. Die werden jetzt über eine gewisse Zeit hinweg – ich denke, der heutige Vormittag wird genügen – Ihrem Weg durch das Gebäude folgen und dabei Ihr Bewegungsmuster erfassen. Ihre Stimme wurde eben auch schon aufgenommen. Spätestens heute Abend werden Sie sich überall auf dem Gelände selbstständig bewegen können. Darüber hinaus können

Sie sich jederzeit zu den Orten leiten lassen, zu denen Sie eine Zugangsberechtigung haben. Und das sind", fügte sie schmunzelnd hinzu, „dank Ihrer neuen Funktion eine ganze Menge."

„Ist es den Beschäftigten hier nicht unangenehm, ständig unter Beobachtung zu stehen?", fragte Frank, der sich bei dieser Vorstellung schon etwas unbehaglich fühlte.

„Vielleicht am Anfang", räumte Dr. Froid ein. „Aber man gewöhnt sich schnell daran. Und wir nehmen die Privatsphäre unserer Mitarbeiter und Besucher ernst."

Sie unterbrach sich kurz, als sie Franks skeptischen Gesichtsausdruck bemerkte.

„Ja, ich weiß: Das hört sich an wie die Floskel, die Sie bei der Installation ziemlich jeder Software in den Allgemeinen Geschäftsbedingungen finden, bevor erklärt wird, auf welche Weise man genau das nicht tut. Aber wir respektieren die Privatsphäre *wirklich*. Das System ist vollautomatisch – eine künstliche Intelligenz. Und außer während der Initialphase werden keine Daten länger als 24 Stunden gespeichert. Kein Mensch beobachtet Sie oder sieht sich später Aufnahmen von Ihnen an. Außerdem befinden sich die Überwachungssysteme nur in den Flurbereichen und – aus Sicherheitsgründen – den Laboren. Alle Büros wahren die Intimität."

Frank schob anerkennend die Unterlippe vor. Hier hatte man sich wirklich Gedanken gemacht und Effizienz, Komfort und die Rücksicht auf menschliche Befindlichkeiten angemessen miteinander verbunden. Trotzdem dauerte es eine Weile, bis er sich von den überall dezent angebrachten Kameras und Mikrophonen nicht mehr beobachtet fühlte.

„Dr. Froid", sprach Frank seine Begleiterin an, doch sie winkte ab.

„*Christina*. Formalitäten sind für externe Kontakte. Aber Sie, Frank, gehören jetzt zur Familie."

„Okay", sagte er und fühlte sich tatsächlich von diesem Moment an nicht mehr als Besucher, sondern als vollwertiger Mitarbeiter der Adamson Corporation. „Wie sieht eigentlich mein Programm für heute aus?"

„Neugierig, was?", lachte Christina. „Aber warten Sie noch einen

Moment. Gleich erreichen wir den Besprechungsraum, wo wir Ihnen das Programm für die nächsten drei Tage vorstellen werden."

Sie führte Frank über eine offene Balustrade zu einem ansteigenden Rollband, das sie zwei weitere Stockwerke höher trug, vorbei an herab hängenden Blattranken, die in langen, saftig grünen Strängen von der Decke herab hingen. Für einen Moment fühlte sich Frank wie im tropischen Regenwald und verspürte das Bedürfnis, sich wie Tarzan von Liane zu Liane zu schwingen. Doch schon waren sie auf der nächsten Ebene angekommen, wo Christina ihn zu einem Seminarraum führte, in dem bereits Kaffee, Wasser und frisches Gebäck warteten – und einige Personen in legeren, aber seriösen Business Suits.

Die Wartenden erhoben sich bei ihrer Ankunft und begrüßten Frank mit Handschlag, bevor Christina ihm einen Platz an dem langen Konferenztisch anbot und ihm, nachdem sie sich mit einem kurzen Blick seiner Zustimmung versichert hatte, dampfenden Kaffee in eine Tasse einschenkte. Auf ein Fingerschnipsen von ihr dunkelte sich der Raum leicht ab, und die Frank gegenüberliegende Wand verwandelte sich in eine Präsentationsfläche.

„Mr. Frank Menden", begann Christina Froid förmlich. „Im Namen der Geschäftsleitung darf ich Sie noch einmal ganz herzlich bei der Adamson Corporation willkommen heißen. Als Repräsentant der Filzinger GmbH in Deutschland, unserer neuesten Erwerbung, und designiertes Bindeglied zwischen Haupthaus und Filiale sind Sie nun auch ein Teil der Adamson- Belegschaft. Sie werden feststellen, dass wir die Belange jeder angegliederten Firma ebenso ernst nehmen wie die des gesamten Ganzen. Und genau darin wird Ihre zukünftige Aufgabe bestehen: Sie werden dazu beitragen, eine reibungslose Zusammenarbeit zwischen Adamson und Filzinger in beiderseitigem Einvernehmen und zu beiderseitigem Nutzen zu gewährleisten. Die nächsten drei Tage ..." sie schnipste erneut, und die Präsentation zeigte einen Zeitplan „... sollen dazu dienen, Ihnen einen Eindruck von unserer Firma zu vermitteln und Sie mit einigen Personen vertraut zu machen, mit denen Sie künftig mehr oder weniger eng zusammenarbeiten werden oder die für Ihre Arbeit auf die eine oder andere Art relevant sind."

Nach einer kurzen Vorstellung allgemeiner Fakten zur Adamson Corp., einschließlich deren weltweiter Vernetzung über zugekaufte Unternehmen, zu denen auch in der Präsentation bereits die Filzinger GmbH gehörte, schob Christina Froid eine Vorstellungsrunde aller Anwesenden ein und leitete dann in ein offenes Gespräch über, in dem die Leiter verschiedener Abteilungen ihre jeweiligen Aufgabengebiete und deren Schnittstellen zu anderen Teilen der Firma – insbesondere zur Filzinger GmbH – umrissen. Es folgten weitere Gespräche über Geschäftsabläufe und Zuständigkeiten in der Kommunikation zwischen der kalifornischen Zentrale und ihrer weltweit verteilten Glieder. Zu allem wurde zeitgleich über das Firmen- WLAN Informationsmaterial auf Franks Laptop übertragen, um ihm Gelegenheit zur Nachbereitung zu geben, ohne dass er mitschreiben musste.

Frank beglückwünschte sich dazu, sich bereits im Vorfeld mit der Firma vertraut gemacht zu haben. So konnte er direkt einhaken und Fragen klären, die ihm für die Ausgestaltung seiner neuen Arbeit wichtig erschienen. Die Anderen würdigten seine Vorarbeit und gaben bereitwillig Auskunft.

Nach gut zwei Stunden verabschiedeten sich die Abteilungsleiter erneut mit Handschlag und begaben sich wieder an ihre Arbeit, während Christina Frank weiter durch das Gebäude führte. In einem kleinen Ruhebereich mit lose verteilten Sitzgelegenheiten hielt sie plötzlich an, schaute kurz auf ein blinkendes Gerät an ihrem Handgelenk und lächelte Frank geheimnisvoll an.

„Ihre Datenaufnahme ist beendet", erklärte sie. „Sie können sich jetzt auch selbstständig auf dem Firmengelände bewegen."

„Und das heißt …?"

„Probieren Sie es aus. Lassen Sie sich zu Ihrem Büro leiten."

„Ich habe ein Büro?"

„Aber selbstverständlich. Wenn Sie hier sind, brauchen Sie natürlich einen Ort, an den Sie sich zurückziehen und wo Sie ungestört arbeiten können."

„Und wie finde ich dort hin?"

„Fragen Sie einfach. Winken Sie in eine Kamera und sagen Sie 'zu meinem Büro' oder etwas Ähnliches. Versuchen Sie es und schauen Sie, was passiert."

Frank tat wie ihm geheißen und tatsächlich blinkte kurz ein grünes Licht auf. Dann zog sich, von seinen Füßen ausgehend, ein leuchtendes Band über den Boden, seinen Schritten immer ein wenig voraus, während er zögernd folgte. Christina blieb kichernd hinter ihm, sichtlich erfreut angesichts seiner Überraschung und Neugier, als er spielerisch einen Schritt zurück machte und auf die Reaktion der Wegführung wartete.

Das Lichtband lenkte ihn über Treppen, Rollbänder und Aufzüge in einen Bürotrakt und endete dort vor einer Tür, die sich, als er direkt davor stehen blieb, mit lautem Knacken entriegelte.

Frank betrat sein Büro und stieß einen anerkennenden Pfiff aus. Der Raum war nicht besonders groß, enthielt aber alles, was er bei seinen Besuchen hier brauchen würde, einschließlich eines Bildschirmarbeitsplatzes mit Docking Station für seinen Laptop, diverser Rollcontainer unter und neben dem Schreibtisch und einem Fenster, das einen atemberaubenden Blick über die Bay Area gewährte.

„Und was geschieht mit dem Büro, während ich nicht hier bin?", fragte er interessiert. „Also den größten Teil des Jahres?"

„Da wird es von jemand anderem genutzt", erklärte Christina geschäftig.

„Aber seien Sie versichert – wann immer Sie hier sind, werden Sie ein Büro dieser Art und mit ihren persönlichen Dokumenten und Utensilien gefüllt vorfinden. Es wird nicht immer an der selben Stelle sein, aber das Leitungssystem wird Sie jederzeit sicher dorthin führen."

Der Rest des Tages verging, nachdem Ihn Christina für eine halbe Stunde „zum Eingewöhnen" allein gelassen hatte, mit einer Führung über das Gelände, durch Labore, den Verwaltungtrakt, das Rechenzentrum, eine Freizeitanlage und weitere Facilities, unterbrochen von einem gemeinsamen Mittagessen in der Firmenkantine. Die Qualität des Essens stellte die meisten

Restaurants in den Schatten, in denen Frank je gegessen hatte. Auf eine entsprechende Bemerkung hin erklärte Christina, dass man zur Leitung der Küche eigens einen Koch eingestellt hatte, der mit zwei Michelin-Sternen dekoriert war.

„Im Ernst?", fragte Frank ungläubig, doch Christina nickte.

„Ich scherze nie, wenn es um Genuss geht. Oder um die Arbeit." Dann fügte sie mit einem Augenzwinkern hinzu: „Was hier durchaus oft dasselbe sein kann."

Der Nachmittag war angefüllt mit weiteren Gesprächen, Informationen und Führungen. Nach einer Weile fiel Frank auf, dass sein Besuchsprogramm einem genau abgestimmten Plan folgte, dessen Abwechslungsreichtum darauf ausgelegt war, seine Aufnahmefähigkeit bis an deren Grenzen auszureizen – aber auch nicht darüber hinaus. Effizienz frei von Eile und eine detaillierte Vorbereitung – mit Freiräumen für kurzfristige individuelle Wünsche seinerseits – schien ein typisches Merkmal sowie eine Kern-kompetenz der Firma zu sein.

Als ihn Chap Spencer am späten Nachmittag zurück nach San Francisco brachte, fühlte sich Frank bis zum Bersten angefüllt mit neuem Wissen, neuen Bekanntschaften und neuen Erkenntnissen. Aufgeputscht, aber zugleich auch erschöpft, begrüßte er Lilith, die fast zeitgleich mit ihm am Hoteleingang abgesetzt wurde, verabschiedete sich mit einem Winken von Chap und ließ sich im Schlafzimmer rücklings auf das frisch gemachte Bett fallen.

Dreimal atmete er tief durch, dann fiel ihm wieder ein, wie sehr er Lilith am Morgen vermisst hatte. Als er ihre Silhouette im Türrahmen stehen sah, spürte er noch einmal den Trennungsschmerz, doch diesmal war es nur eine kurze Erinnerung, auf die gleich darauf die süße Erleichterung des wieder vereint Seins folgte. Es war, als hätte sich eine offene Wunde, die er den ganzen Tag über nur dank der Betäubung durch das starke Sedativum Geschäftigkeit hatte ignorieren können, nun endlich wieder geschlossen.

„Schön, dass du da bist", sagte er glücklich. „Wollen wir zusammen etwas essen gehen?"

Beim Abendessen im Steakhouse im Erdgeschoss ihres Hotels sprachen sie hauptsächlich über Liliths Erlebnisse in *Fisherman's Wharf* und dem *Golden Gate Park*. Offenbar hatte sie ihren Ausflug wirklich genossen – den ersten ohne Aufsicht seit vielen Jahrzehnten – und freute sich auf den nächsten. Am folgenden Tag sollte unter anderem *Chinatown* auf ihrem Besuchsprogramm stehen, während Frank weiter mit der Adamson Corp. vertraut gemacht werden würde.

Zurück im Zimmer erwähnte er, dass ihm der Kopf brummte von den an diesem Tag aufgenommenen Informationen und dass er gerne noch ein wenig das Infomaterial studieren wolle, um das Gelernte zu verfestigen.

„Ich könnte dir dabei helfen", erbot sich Lilith. „Selbst wenn du die ganze Nacht durchpaukst, wirst du dir nicht alles merken können, aber ich kann alles, was du dir merken willst, während eines kurzen Überfliegens fest in deinem Gedächtnis verankern."

„Und mit welchen Nebenwirkungen?"

„Keine", versprach sie. „Ich verschaffe dir das Gedächtnis eines Savants – ohne die sonst damit verbundenen Attribute und nur für deine Studien des heutigen Abends. Du kannst dich darauf verlassen – und mir, um sicher zu gehen – genau das (oder, wenn du willst, natürlich auch etwas anderes) ausdrücklich befehlen."

Frank zögerte kurz. Konnte hinter Liliths Angebot eine Falle stecken? War es überhaupt weise, sich ihrer Fähigkeiten ohne Not für eigene Zwecke zu bedienen? Oder sollte er besser die Finger davon lassen und sie so weit wie möglich beschränken? Andererseits hatte er sich nun einmal entschieden, ihr, wenn auch in begrenztem Maß, gewisse Freiheiten einzuräumen, die ihr ein eigenes Leben jenseits des Status einer Gefangenen ermöglichten, solange sie damit niemandem schadete. Den ersten großen Schritt in diese Richtung war er damit gegangen, ihr die heutige Stadttour zu erlauben, und allem Anschein nach hatte sie diesen Freigang nicht missbraucht. Außerdem hatte sie nicht unrecht. Trotz des höchst effektiv gestalteten Besuchsprogramms würde es ihm unmöglich sein, all das in seinem aktiv greifbaren Gedächtnis zu behalten, was er heute erlebt und erfahren hatte und was ihm zusätzlich noch mitgegeben worden war. In einer kleinen mnemotechnischen Aufwertung konnte er beim besten Willen keinen Schaden für irgendwen und somit nichts Verwerfliches erkennen, und so wies er Lilith an, ihm in der angebotenen Weise behilflich zu sein. Entsprechend war die Arbeit nach einer guten Stunde erledigt, was es Frank erlaubte, in dieser Nacht „noch eine ordentliche Mütze voll Schlaf zu nehmen".

# 23. Millennium

Der folgende Tag ähnelte dem ersten und erschien Frank schon fast wie Routine. Wer immer ihm vorgestellt wurde, war beeindruckt von seinen Vorkenntnissen (auf die er dank Liliths Memorierungs- unterstützung zugreifen konnte, wann immer es ihm nützlich erschien), aber auch professionell genug, sofort auf höherem Niveau fortzufahren, um keine Zeit zu verschwenden. Dadurch wurden ihm nun erheblich tiefere Einblicke gewährt, als ursprünglich geplant gewesen sein musste.

Nach und nach formte sich für Frank ein umfassendes Bild der Adamson Corp., während er ständig neue Facetten der vernetzten Unternehmens- struktur erfasste und auch den Knoten in diesem weltumspannenden Netz immer neue Details hinzufügen konnte. So rundete sich einerseits das Gesamtbild zunehmend ab, während sich zugleich das Verständnis der Feinstruktur in den Beziehungen zu und zwischen den einzelnen Komponenten vervollständigte.

Um die Jahrtausendwende hatte sich die Kernfirma scheinbar aus dem Nichts gebildet und innerhalb weniger Jahre ein beträchtliches Stamm- vermögen aufgebaut. Dann hatte Adamson kontinuierlich weltweit kleine Startups mit kreativen Nischenprodukten oder - dienstleistungen aufgekauft und zu einem Gesamtkomplex geformt, in dem jede der eingegliederten Firmen einen Beitrag lieferte, einige praktisch eigenständig, manche in Clustern vernetzt mit wenigen anderen, vereinzelte an Schlüsselpositionen, aber alle mit Backup – dezentral abgesichert wie das Internet selbst in seiner

Grundkonzeption. Im Zentrum des Ganzen stand aber die Adamson Corp., wo letztlich alle Fäden zusammen liefen.

Frank sah das Bild dieses globalen Geflechts immer deutlicher vor sich, zunächst noch ein wenig unscharf, aber an Klarheit gewinnend. Und auch wenn er bislang noch nicht genau erfassen konnte, worauf alles am Ende hinauslaufen würde, hatte er doch das untrügliche Gefühl, dass hinter den scheinbar wahllosen Firmenkäufen ein wohldurchdachtes Gesamtkonzept steckte, wie beim Bau einer gotischen Kathedrale, wo zahllose Arbeiter mit unterschiedlichen Fähigkeiten an vielen Stellen und auf vielfältige Weise Hand in Hand arbeiten, ohne eine Vorstellung von dem komplexen Gebäude, das am Ende als eine harmonische Einheit entstehen soll, im Großen wie im Kleinen, von der Statik und Akustik bis in die filigrane Ausgestaltung einzelner Schmuckelemente der Fassade, nach einem Modell, das von Anfang an und bis kurz vor dem Abschluss vollständig nur im Kopf eines genialen Baumeisters existiert.

Ein weißer Fleck blieb jedoch, während sich das Bild des Konzerns vor Franks geistigem Auge immer mehr vervollständigte: die Keimzelle des Unternehmens, die Initialzündung, das Mysterium der Geschäftsidee, mit der Adamson den Grundstein für sein beständig wachsendes Großprojekt gelegt hatte. So fasste Frank sich ein Herz, als die voraussichtlich letzte Instruktionssitzung des Tages beendet war und Christina Froid ihn zu seinem Büro begleitete, wo er seine Notizen ordnen und zusammenfassen wollte.

„Christina, darf ich noch eine Frage stellen?"

„Aber natürlich. Dafür sind Sie schließlich hier: um ein möglichst vollständiges Verständnis für die Struktur und Strategie der Adamson Corp. aufzubauen. Was möchten Sie wissen?"

„Der initiale Funke. Die Firma ist scheinbar aus dem Nichts entstanden und innerhalb weniger Jahre zu eine Global Player geworden, mit einer Kapitaldecke, die den Ankauf und Zusammenschluss zahlloser Unternehmen auf der ganzen Welt erlaubte. In den vergangenen Tagen habe ich alles Mögliche über die Ideen und Beiträge der aufgekauften Filialen erfahren und über deren Zusammenwirken. Aber die ursprüngliche Idee, mit der Adamson alles begonnen hat, ist komplett im Dunklen geblieben. Weder die vielen Portfolios und Vorträge, noch die Konzerninformationen im Internet erwähnen das mit nur einer Silbe."

„Sie haben das bemerkt. Schön! Sie sind ein aufmerksamer Analytiker." Dr. Froid lächelte geheimnisvoll und auch ein bisschen stolz. „Es hat sich als nützlich erwiesen, den Ursprung der Adamson Corp. mit einem Nimbus des Geheimnisvollen zu umgeben", fuhr sie fort. „Genauso wie jede Frau, so braucht auch jede Firma ein kleines Geheimnis, um interessant zu bleiben und sich die Aufmerksamkeit ihrer Bewunderer zu erhalten."

„Und deshalb verraten Sie es auch innerhalb der Firma nicht?"

„Normalerweise nicht. Ein Geheimnis, das zu viele kennen, ist bald keines mehr. Aber bei Ihnen werde ich eine Ausnahme machen, wenn Sie versprechen, es niemandem – und ich meine wirklich *niemandem* – weiter zu verraten."

„Großes Indianer-Ehrenwort", sagte Frank und hob die Hand. „Nun gut", begann Christina. „Sagt Ihnen der *Millennium Bug* etwas?"

„Das Jahr-2000-Problem?"

„Genau. In den Pionierzeiten der Computerprogramme hat sich kaum jemand Gedanken über die Nachhaltigkeit von Software gemacht. Alle haben munter drauflos programmiert, mit dem einzigen Interesse, eine  Idee auf ihre grundsätzliche Funktionstüchtigkeit hin zu überprüfen oder einfach ein einzelnes, konkretes Problem zu lösen. Zwar gab es bald auch umfangreichere Softwaresysteme für Großkunden, doch da setzte man auf mehr oder weniger regelmäßige Update-Zyklen, die nach und nach alle eventuell auftretenden Schwierigkeiten im nächsten Release lösen würden. Aber niemand zielte auf den langfristigen Einsatz der tausenden und abertausenden kleinen Hilfs-Programme in staatlichen Ämtern und Behörden, mittelständischen Unternehmen, nicht-staatlichen Institutionen oder militärischen Einrichtungen, wo unzählige *Quick-and-Dirty-Hacks* alltägliche Probleme lösten und den regelmäßigen Betrieb aufrecht erhielten, oft ohne dass man sich ihrer überhaupt noch bewusst war. Fast alle arbeiteten bei der Verarbeitung von

Datumsangaben nur mit zweistelligen Jahreszahlen, auch weil man damals mit Speicherplatz sparsam umgehen musste. Als sich das Jahr 2000 bedrohlich näherte, mit dem der Jahreszähler von 99 auf 00 springen und bei vergleichenden Datumsabfragen nach älteren oder jüngeren Ereignissen Softwareabstürze mit unvorhersehbaren Folgen auslösen würde, haben einige aufmerksame Warner auf die zu erwartenden Risiken hingewiesen, und die Großen haben reagiert: Softwarehäuser, Banken, Konzerne – kaum wurden sie sich der Bedrohung bewusst, haben sie intensiv und erfolgreich an einer Lösung gearbeitet. Aber um all die kleinen *Utilities* – die nützlichen unterstützenden Mini-Programme, die einfach nur funktionieren mussten und deren Urheber schon längst irgendwo anders beschäftigt waren, soweit denn überhaupt noch bekannt, kümmerte sich niemand. Nicht zu reden von den in Hardware verarbeiteten Systemen, bei denen ein einfaches Umprogrammieren nicht einmal möglich gewesen wäre."

„Ich erinnere mich", sinnierte Frank. „Einige Weltuntergangs-propheten beschworen die verschiedensten Horrorszenarien herauf, von einer Weltwirtschaftskrise bis hin zum automatischen Auslösen der Atomraketen aus dem Kalten Krieg. Aber schließlich ist die Apokalypse ausgeblieben und alles entpuppte sich als ein Sturm im Wasserglas."

„Richtig. Weil die Großen sich um ihre Kunden rechtzeitig gekümmert haben. Und weil Kevin Adamson sich um den Rest gekümmert hat. Mittelstand, Regierungen kleinerer Staaten, viele andere, denen Know- how für eine eigene und Geld für die große externe Lösung fehlten. Oder solche, die Schwächen ihrer Systeme nicht an die Öffentlichkeit tragen wollten. Diskret wurden dort Risiken gesucht, identifiziert und eliminiert. Die meisten zahlten keine großen Summen, aber es waren viele – sehr viele. Manche schuldeten ihm auch einfach nur einen Gefallen, aber das war später oft weit mehr wert als Geld."

„Kleinvieh macht auch Mist", zitierte Frank.

„In diesem Fall eine ganze Menge Mist."

„Aber wie hat er das gemacht? Ich meine, ist Mr. Adamson ein früher Hacker?"

„Das nicht, nein. Aber Kevin kannte damals einen höllisch genialen Programmierer. Ein Nerd mit dem Spitznamen Sammy L., eigentlich Sam Losinsky, der sich in jedes System hineinfuchsen konnte, seine Nase in jedes Detail steckte. Niemand bekam ihn je zu Gesicht. Aber er hat die praktische Arbeit gemacht."

„Was ist aus ihm geworden?"

„Oh, Sammy hat sich zur Ruhe gesetzt, irgendwo in Denver."

Frank konnte verstehen, dass die Geschichte der Öffentlichkeit vorenthalten wurde. Fast bedauerte er selbst ein wenig die Entzauberung des geheimnisumwitterten Aufstiegs der Adamson Corp., aber dann befand er, dass mit Lilith noch immer ein hinreichendes Maß an Mysterien in seinem Leben verblieb und fühlte nur noch ein bisschen Stolz, dass er nun zum engen Kreis der Eingeweihten zählte.

„Morgen geht es weiter", sagte Christina dann und packte ihre Unterlagen und den Laptop zusammen. „Abschließend sollen Sie Jacob Devlin kennenlernen. Er ist derjenige, mit dem Sie in Zukunft hauptsächlich zu tun haben werden. Der Leiter der Abteilung 'Auxiliary'. Er ist für alle unsere externen Anhängsel zuständig." Dabei lächelte Sie, wie zur Entschuldigung für den nicht ganz respektvollen Begriff, der nun auch die Filzinger GmbH betraf. Frank klangen dabei Liliths Worte im Ohr: *Ich wollte niemals nur ein Anhängsel sein.* Aber davon konnte Christina Froid nichts wissen.

„OK", sagte er nur. „Dann war es das also für heute."

„Fast." Christina lächelte schelmisch. „Das heißt, was den geschäftlichen Teil betrifft, schon. Aber für Sie und Ihre Frau haben wir uns noch etwas Besonderes ausgedacht. Jake – Jacob Devlin, den Sie morgen kennenlernen werden – hatte die Idee, Ihnen beiden heute fürs Dinner den Besuch eines Teppanyaki-Restaurants zu spendieren. Japanische Küche vom Feinsten (ich hoffe, Sie mögen Fisch), verbunden mit einer Show, die Sie beeindrucken wird. Ich denke, es wird Ihnen gefallen. Jake hat bereits alles arrangiert. Gehen Sie beide einfach um 7.00 p.m. in das Restaurant Fugu im 5. Stock Ihres Hotels und nennen Sie dem Empfangschef Ihren Namen. Sie werden dann zu Ihrem Tisch gebracht. Formelle, aber keine Gala-Garderobe. Alles Weitere wird Ihnen vor Ort erläutert."

„Vielen Dank", sagte Frank. „Da bin ich ja mal gespannt, was uns erwartet."

„Das Geringste, was wir tun können. Immerhin halten wir Sie beide am Ende Ihrer Hochzeitsreise ..."

„... die Sie bereits finanziert und organisiert haben ..."

„... den ganzen Tag über von einander fern. Machen Sie sich keine Gedanken und genießen Sie einfach Ihren (vorerst) vorletzten Abend in San Francisco."

# 24. Shinobi

Frank betrachtete amüsiert die zwei Reihen von Angestellten, abwechselnd Männer und Frauen, die Herren in perfekt geschnittenen Anzügen, schwarze Hosen und Lackschuhe, ebenso schwarze Westen über strahlend weißen, gestärkten Hemden, die Frauen mit weißen Blusen und ebenfalls schwarzen Westen, knielangen schwarzen Röcken, dunklen Nylonstrümpfen und halbhohen Pumps. Mit tiefer Verneigung flankierten sie den Weg zu einem edelhölzernen Stehpult. Dort stand ein weiterer Angestellter, gleich gekleidet, bis auf die rote Fliege über seinem Hemdkragen, welche ihn von den übrigen, die alle eine schwarze Fliege trugen, unterschied.

Dank Dr. Froids Hinweis auf die Kleiderordnung trug Frank einen dunklen Anzug mit dezent einfarbig blauer Krawatte. Lilith hatte ein langes, dunkelrotes Kleid mit hohem Ausschnitt gewählt und trug darüber eine zweireihige Perlenkette. Sie schritten durch das Spalier der inzwischen wieder aufrecht stehenden Bediensteten, die sich nun wellenartig ein weiteres Mal verneigten, sobald Frank und Lilith sie passierten.

„Frank und Lilith Menden", sagte Frank zu dem Mann hinter dem Stehpult, auf dem ein dickes Buch aufgeschlagen lag, und deutete ebenfalls eine knappe Verbeugung an. „Ein Mr. Jacob Devlin hat für uns reservieren lassen."

Der schlanke Japaner, etwas älter als die Damen und Herren im Begrüßungsspalier, verneigte sich kurz, gerade ein bisschen tiefer als Frank, um so, ohne beleidigend unangemessene Unterwürfigkeit, seinen Respekt vor dem Gast auszudrücken, und warf danach einen schnellen Blick in das Buch. Seine Augenbrauen zuckten kurz einmal hoch, als er die Reservierung gefunden hatte, dann verbeugte er sich erneut, diesmal deutlich tiefer, und auf eine knappe Geste seiner Hand hin löste sich ein Paar Kellner, ein Mann und eine Frau, aus dem Spalier und geleitete Frank und Lilith durch den weitläufigen, edel im traditionell japanischen Stil gestalteten Gastraum zu einem etwas abseits stehenden Tisch, der sich durch seine dreieckige Form von den übrigen, unterschiedlich großen quadratischen Tischen abhob. Dort bedeuteten sie den beiden Gästen, über Eck an den hölzernen Kanten Platz zu nehmen, denen gegenüber eine glänzend polierte Metallplatte das Dreieck als Basis vervollständigte. *Ein zwei-Personen-Tisch*, dachte Frank und setzte sich, wie Lilith in diagonaler Position zu ihm, auf den angebotenen Stuhl. Darauf verschwanden die beiden dienstbaren Geister und kehrten kurz danach mit zwei Platten zurück, auf denen jeweils ein heißes, feuchtes Handtuch zum Reinigen der Hände lag. Daneben wurde, in weißes Papier eingeschlagen, je ein Paar Essstäbchen gelegt, aus edlem Holz und zum Beweis der Jungfräulichkeit noch in der Mitte entlang eines hauchfeinen Streifens zusammengewachsen. Die Spitzen der Stäbchen ruhten auf einem kleinen Keramikblock – schwarz bei Frank und weiß bei Lilith, als Ablagemöglichkeit auch während der Mahlzeit.

Die massiven Holzplatten an den Schenkeln des Dreiecks reichten so weit, dass selbst Frank mit seinen langen Armen nur mit Mühe hätte die Metallplatte erreichen können, aber als er es ansatzweise versuchte, spürte er schnell, dass von dem Metall große Hitze ausging. Aus dem Augenwinkel bemerkte er, wie die weibliche Bedienung, die die ganze Zeit über schräg hinter ihm stand, sich in Bewegung setzte, bereit, ihn notfalls mit sanfter Gewalt davon abzuhalten, sich an der heißen Platte zu verletzen, dann aber, als er selbst seine Hand reflexartig zurückzog, wieder ihre ursprüngliche Position einnahm.

Kurz darauf wurden zwei Gläser und eine Karaffe mit gekühltem Wasser gebracht. Und zwei Schälchen mit warmem Sake, dem japanischem Reiswein, die mehrfach nachgefüllt wurden, bevor die erste Speise in Form einer scharf gewürzten, klaren Suppe, vor die Gäste gestellt wurde.

Nachdem die einfache, aber neben der Schärfe sehr schmackhafte Suppe verspeist war, näherte sich ein älterer Mann in weißer Koch-Kleidung zielsicher ihrem Tisch und nahm vor der heißen Platte Aufstellung. Er trug eine hohe, rote Kochmütze und im Halsausschnitt ein wie eine kurze, steife Krawatte gebundenes Tuch gleicher Farbe. Frank fragte sich, ob die Farbe etwas zu bedeuten habe, denn bei einem verstohlenen Blick während der Vorspeise in den sich zunehmend füllenden Gastraum war ihm aufgefallen, dass alle anderen Köche an den Kochplatten der übrigen Tische flachere Mützen von grüner oder blauer Farbe trugen.

Um die Hüfte trug der Koch einen Gürtel mit zahllosen Ledertaschen und -schlaufen, aus denen die hölzernen Griffe von unterschiedlich langen und unterschiedlich breiten Messern, Spateln und anderen Kochwerkzeugen ragten. Assistenten mit weißen Mützen brachten Gemüse, Fisch, Gewürze und weitere Zutaten heran und arrangierten diese um den Meister, während das Kellnerpaar große Teller mit tropfenförmig geschwungenem Rand vor Frank und Lilith aufstellte, um sich dann wieder in ihre Warteposition zurückzuziehen. Vor Frank wurde ein weißer Teller aufgestellt, während Lilith einen schwarzen erhielt. In dem Kontrast entdeckte Frank das, in vielen asiatischen Kulturen allgegenwärtige, taoistische Symbol, das den Gegensatz des männlich-weißen Yang dem weiblich-schwarzen Yin gegenüberstellt, die beide zugleich auch den Keim des jeweiligen Gegensatzes beinhalten und sich zusammen zu einem perfekten Kreis ergänzen. Mit etwas Phantasie im Hinblick auf eine pragmatische Abweichung vom Originalbild war unschwer zu erkennen, dass diese Symbolik hier durch die Wahl des Geschirrs auf das Gästepaar am Tisch übertragen wurde.

„Sie sind eingeladen zum Teppanyaki; das bedeutet 'Kochen auf der heißen Eisenplatte'", erklärte der männliche Kellner in englischer Sprache mit japanischem Akzent, der sich neben dem beinahe fränkisch gerollten „r"-Laut, der gleichermaßen anstelle von „l" verwendet wurde, besonders darin äußerte, dass fast alle Konsonanten mit einem begleitenden angedeuteten Vokal auf ganze Silben erweitert wurden. „Die Methode ist seit 500 Jahren in Japan verbreitet und wird seitdem ständig verfeinert. Es handelt sich somit um eine alte und erhabene japanische Tradition, auch wenn sie ursprünglich von spanischen Seefahrern stammt."

„Unser Restaurant ehrt Ihre Anwesenheit, indem der Meisterkoch, Takahashi Tetsuo, Ihre Speisen höchstpersönlich in Ihrem Beisein zubereiten wird", ergänzte seine Kollegin. „Mögen Sie Ihr Mahl genießen."

Die Assistenten legten verschiedene Dip-Soßen mit kleinen Löffeln in eine Reihe von Vertiefungen im Rand der Teller, darunter grüne Wasabi- Paste – so scharf, dass allein der Geruch Frank schon Tränen in die Augen trieb. Dann begann der Meister mit seiner spektakulären Show. Mit traumwandlerischer Sicherheit griff er zu den Speisen und Beilagen, legte sie auf die zischende Kochplatte und bearbeitete sie in atemberaubender Geschwindigkeit mit Messern, Gabeln und Spateln, die wie von selbst in seine Hände und zurück in ihre Gürteltaschen flogen. Flirrend wirbelten die scharfen Klingen durch die Luft, wenn er gelegentlich mit drei und mehr davon jonglierte, um in schnellem Wechsel die Speisen zu zerteilen, zu arrangieren, zu wenden und schließlich auf die Teller zu werfen. Dabei gelang es ihm, die verschiedenen Stücke, Kringel und Streifen, zusammen mit vereinzelten Sushi-Happen, durch gezielte Würfe in einem ausgeklügelten Muster auf den Tellern zu platzieren. Flach oder in hohem Bogen flogen die gegrillten Speisen auf die Teller, sobald Frank oder Lilith sich ein Stück in den Mund geschoben und damit wieder eine Lücke geschaffen hatten.

Zwischendurch wurde japanisches Bier gereicht, und auch die Wassergläser wurden stetig aufgefüllt.

Im Zusammenwirken verschiedenster Nuancen fernöstlicher Gaumenfreuden mit der visuellen Ästhetik der wirbelnden Klingen und der Arrangements auf den Tellern sowie dem Konzert zischender, klappernder und blubbernder Klänge und dem gelegentlichen Schmatzen, wenn ein größerer Fischhappen auf einem der Teller landete, und nicht zuletzt in Kombination mit den Düften, die sich jeweils aus der aktuellen Anordnung der Speisen auf den Tellern in geschickt kombinierten Aromen mischten, ergab sich in einer harmonischen Gesamtkomposition ein Kunstwerk für alle Sinne, das Seinesgleichen suchte.

Erst nach einer Weile wurde Frank bewusst, dass der Koch ein Spiel mit ihnen spielte – wie eine Partie *Go*, wo durch abwechselndes Setzen von schwarzen und weißen Steinen auf die Kreuzungspunkte eines rechteckigen Koordinatennetzes immer neue Muster entstehen und Gebiete durch die eine oder andere Farbe eingenommen werden. Ein Blick auf Lilith zeigte ihm, dass diese das Spiel wohl schon länger als solches erkannt und die Herausforderung des Kochs angenommen hatte. Die Platzierung von Speisen auf den Tellern geschah weder zufällig, noch aus rein ästhetischen Gesichtspunkten, obwohl der Koch – offenbar ein versierter Spieler – es verstand, gleichzeitig Gebiete aufzubauen, faszinierende Muster zu erschaffen und durch das Nahelegen eines geeigneten Gegenzugs eine bestimmte Reihenfolge für den Genuss der Speisen und damit eine spezielle Geschmackskombination vorzuschlagen.

Frank beherrschte das Spiel nicht, erkannte die zugrundeliegenden einfachen Regeln aber gut genug, um zu bemerken, dass Meister Takahashi mit Lilith strategisch um den Sieg spielte, während er ihm selbst dagegen einfache Lösungen anbot. Das Wohl seiner Gäste war dem Meisterkoch oberstes Gebot, und so konnte auch Frank sowohl das Spiel genießen als auch die geschmacklichen Köstlichkeiten, die bei der Wahl des richtigen Spielzugs geradezu an seinem Gaumen explodierten und so dem ohnehin schon außerordentlich schmackhaften Mahl eine weitere Dimension hinzufügten.

Gesättigt, aber noch nicht ohne verbleibenden Appetit, lehnte Frank sich genüsslich ein wenig zurück. Als sei dies als ein Signal aufgefasst worden, räumten die Assistenten zügig, aber ohne Hast, die restlichen Rohspeisen und Zutaten zusammen, bedeuteten Frank und Lilith aber, noch zu warten.

„Bevor Sie den Abend bei einer Mischung von Desserts ausklingen lassen, möchten wir Ihnen noch die Spezialität unseres Hauses darbieten", ergriff der Kellner wieder das Wort. „Die Krone der japanischen Küche, nach der dieses Restaurant benannt ist: *Fugu* – der süße Geschmack des Todes."

Ein Adrenalinschwall ergoss sich in Franks Blutbahn und brachte seine Haut zum Kribbeln. Fugu – der japanische Name für den Kugelfisch. Und zugleich ein exklusives Gericht, das nur in ganz wenigen Gasthäusern weltweit serviert werden darf. Es zuzubereiten setzt eine mehrjährige Ausbildung sowie die Körperbeherrschung eines Neurochirurgen und höchste Konzentration voraus, denn der Genuss der Mahlzeit ist jedesmal ein Spiel mit dem Tod. Zum Schutz gegen Fressfeinde produziert der Kugelfisch Tetrodotoxin, eines der wirksamsten und tödlichsten Nervengifte im Tierreich. Winzige Mengen genügen, um Lähmungen, unter anderem der Atem-muskulatur, auszulösen, was unweigerlich zum sofortigen Erstickungstod führt. Normalerweise ist das Gift in den inneren Organen des Tieres (und bei manchen Spezies auch der Haut) verschlossen, aber wird nur eines dieser Organe bei der Zubereitung verletzt, kann es das gesamte Fleisch kontaminieren und bedeutet ein Todesurteil für jeden, der davon isst. In Japan gilt Fugu als besonderer Genuss – weniger wegen des eigentlichen Geschmacks als vielmehr wegen des Kicks, den die unmittelbare Todesgefahr auslöst. Doch anders als bei einer Pilzvergiftung muss man beim Fugu keine lange Phase der Angst befürchten, denn wegen der schnellen Wirkung stellt sich nach weniger als einer Stunde die Erleichterung ein, der Gefahr entronnen zu sein. Oder der kurze, heftige Schreck, wenn einem bewusst wird, dass man nur noch wenige Minuten zu leben hat, denn immer wieder kommt es beim Genuss von Fugu zu vereinzelten Todesfällen – allerdings eher in Privathaushalten als in zertifizierten Restaurants.

„Wenn Sie noch etwas zu erledigen haben, sollten Sie es jetzt tun", sagte die Kellnerin mit unbewegter Miene. Zunächst hielt Frank dies für einen Scherz in Anspielung auf die Lebensgefahr, sollte dem Koch bei der Zubereitung des Fisches ein Fehler unterlaufen, doch dann setzte der männliche Gegenpart hinzu: „Denn den Fugu sollten Sie im Zustand der Ruhe und der Leere genießen."

Tatsächlich verspürte Frank einen gewissen Harndrang nach all dem Sake, Bier und Wasser, das er – nicht zuletzt wegen der teils sehr scharfen Gewürze – getrunken hatte.

„Danke. Ich bin gleich wieder da", sagte er daher und stand vom Tisch auf. Und zu Lilith gewandt: „Warte hier und unternimm nichts, bis ich zurück bin."

Auf dem Weg zur Toilette musste er bei dem Gedanken grinsen, dass er gerade versucht gewesen war, Arnold Schwarzeneggers „I'll be back" aus dem Film *Terminator* zu imitieren. Mit dem Gedanken an diesen Scherz hatte er die Aufregung überspielt, die ihn bei der Ankündigung des letzten Menüpunktes in den Griff genommen hatte. Doch inzwischen gelang es ihm, sich zu beruhigen, denn zum einen hatte er gesehen, wie überaus gut der Koch sein Handwerk verstand, und zum anderen rief er sich in Erinnerung, dass er im Beisein Liliths nichts, aber auch gar nichts zu fürchten hatte, denn in seinen Instruktionen ihr gegenüber hatte er ihrem und seinem Schutz oberste Priorität eingeräumt.

Frank folgte den dezent, aber logistisch gut platziert angebrachten Hinweistafeln zu den „Restrooms" und steuerte gerade auf die Tür mit dem Symbol der Herrentoilette zu, als ein Koch mit grüner Mütze und starrem Blick seinen Weg kreuzte. Der junge Mann stand wahrscheinlich vor einem seiner ersten Einsätze mit echten Gästen am Teppanyaki-Tisch. Anscheinend ging er die komplexen Bewegungsmuster in Gedanken noch einmal durch, denn seine Hände bewegten sich unruhig über dem Messergürtel hin und her und bei jedem Richtungswechsel zuckten die Finger, als bedienten sie ein imaginäres Werkzeug.

*Der darf bestimmt noch keinen Fugu zubereiten*, dachte Frank lächelnd, als er den nervösen Koch passierte, doch im nächsten Moment übernahmen Reflexe die vollständige Kontrolle über seinen Körper, während er selbst nur noch Beobachter war, wie bei einer Arcade-Sequenz in einem immersiven Computerspiel, wenn der Avatar sich der Steuerung durch den Spieler entzieht und für kurze Zeit, einem fest vorgegebenen Ablauf folgend, ein autonomes Eigenleben entwickelt, während sich eine Action-Sequenz in extremer Zeitlupe abspielt.

Die Knie dicht beieinander, ließ er sich wenige Zentimeter nach unten fallen, drehte sich gleichzeitig auf der Stelle und suchte mit dem eng anliegenden Arm Kontakt mit dem Oberarm des Kochs, verlagerte dabei geringfügig seinen Schwerpunkt, so dass er Druck auf den anderen Mann ausübte und dessen Arm umdirigierte, der plötzlich eines der Messer aus seinem Gürtel tatsächlich in der Hand hielt. Von oben herab glitt Franks Handfläche den Unterarm des Kochs entlang, immer dessen Richtung kontrollierend, bis er selbst den Griff der Waffe berührte, der ein kleines Stück weit hervorstand. Ohne die Bewegung zu unterbrechen, entwand er der Hand das Messer, die Spitze immer von sich selbst abgewandt, hielt den Arm fixiert und drückte dem überraschten jungen Mann die Klinge dicht an den Hals, die Spitze direkt unter dem Ohr angesetzt, bereit, das Gehirn mit einem kurzen, aber heftigen Stoß wie mit einem Stilett zu durchbohren. Dabei drängte er den Koch mit einem kleinen Schritt gegen eine Säule an der Grenze zwischen der eigentlichen Gaststube und dem Außenbereich und schirmte dessen Körper mit dem eigenen ab, so dass es für eventuelle Beobachter so aussehen musste, als seien beide aus Unachtsamkeit gegeneinander gestolpert.

„Eine falsche Bewegung und du bist tot", knurrte er dem totenbleichen Koch in altertümlichem Japanisch ins Ohr und fühlte auf seinem Handrücken kalten Schweiß, der dem zitternden jungen Mann aus jeder Pore brach. „Jetzt geh wieder an deine Arbeit", setzte er, immer noch auf Japanisch, nach, „aber zieh nie wieder eine Waffe in meiner Nähe."

Mit einer kurzen, unauffälligen Bewegung ließ Frank das Messer in der leeren Scheide am Kochgürtel verschwinden und stellte den jungen Mann wieder auf die Füße, die unter ihm nachzugeben drohten.

„Dozo, sumimasen", stammelte der Koch und stützte sich an dem Pfeiler ab. *Entschuldigen Sie bitte.*

Wortlos wandte Frank sich ab und verschwand in der Herrentoilette, wo er wie geplant, hinter verschlossener Tür, sein Geschäft verrichtete und dabei nicht weniger zitterte als wenige Augenblicke zuvor noch der Mann, den er aus heiterem Himmel mit dem eigenen Messer bedroht hatte.

*Was ist da gerade geschehen?*, fragte er sich entsetzt. Auf sein Geheiß hatte Lilith die überbordenden Erinnerungen seiner früheren Existenzen von ihm ferngehalten, aber die Tür zu diesen vergangenen Aspekten seiner Seele offenbar nicht ganz verschlossen. Und als eben ein junger Koch arglos auf dem Weg zu seinem Arbeitsplatz eines seiner Werkzeuge in die Hand genommen hatte, hatte er nicht ahnen können, dass sich die Überlebensinstinkte eines *Ninja*, Geheimagenten und Meuchelmörder im feudalen Japan, Bahn brechen und ihn um ein Haar ins Jenseits befördern würden.

Frank atmete ein paarmal tief durch, und als er sicher war, sich wieder vollkommen unter Kontrolle zu haben, kehrte er an seinen Tisch zurück, bemüht, sich nichts anmerken zu lassen und keinem anderen Menschen zu nahe zu kommen. Den weiteren Verlauf des Abends nahm er teilnahmslos wahr. Sein Gesicht eine Maske, der Genuss gespielt. Selbst als der Meisterkoch mit einer pathetischen Geste sein Halstuch aufknüpfte und sich damit die Augen verband, um den gehäutet vor ihm liegenden, tödlich giftigen Kugelfisch blind zu filetieren, als er sich danach stolz das Tuch von den Augen riss und zum Beweis des eigenen Vertrauens in seine Kunst selbst einen Streifen aß, bevor er das Fleisch an seine Gäste verteilte, ließ sich Frank nur zu einem pflichtschuldigen Applaus hinreißen und verspürte beim Essen weder Angst noch kulinarischen Genuss.

Als sie später in ihrer Suite zusammen im Bett lagen, fragte Lilith nach dem Grund für seine plötzliche Veränderung, die ihr natürlich trotz seiner Bemühungen um Wahrung des Scheins nicht entgangen war.

„Ich habe beinahe einen Mann getötet."

„Ach ja?" Liliths Antwort klang weder erschrocken, noch irgendwie überrascht. Aber immerhin fragte sie nach: „Was genau ist passiert?"

„Sag du's mir. Ein junger Koch spielte mit seinen Messern herum und kam mir zu nahe. Da hat der Ninja aus meiner Vergangenheit, den du im Kölner Dom freigelassen hattest, die Kontrolle übernommen. Wie konnte es dazu kommen? Es fühlte sich an, als sei ich von einem Dämon besessen. Ich habe sogar japanisch gesprochen. "

Lilith antwortete sofort und ruhig, wenn auch ein wenig nachdenklich:

„Deinem Wunsch gemäß habe ich den Zugang zu direkten Erinnerungen an deine Vergangenheiten verschlossen. Allerdings hielt ich es für sinnvoll, dir die Nutzbarkeit der Fähigkeiten zu erhalten, die du daraus schon gewonnen hattest. Dennoch ist es seltsam, dass der Ninja sich ohne dein Zutun mit seiner gesamten Persönlichkeit Bahn gebrochen hat. Denn zu diesen Fähigkeiten sollte es gehören, zwischen einer harmlosen Situation und einer echten Bedrohung unterscheiden zu können."

„Was willst du damit andeuten?"

„Dass dein Opfer vielleicht nicht ganz so unschuldig war, wie du annimmst."

„*Weißt* du das oder hältst du es nur für möglich? Und überhaupt – falls ich wirklich in Gefahr war – warum hast *du* dann nicht eingegriffen?"

„'Warte hier und unternimm nichts, bis ich zurück bin'", zitierte Lilith

Franks Worte und imitierte dabei auch noch täuschend echt seinen Tonfall.

„Du selbst hattest mich zur Untätigkeit verpflichtet. Aber wenn du sicher sein willst, warum findest du es nicht selbst heraus?"

„Wie denn?", fragte Frank neugierig.

„Wenn ich den Zugang zu den Erinnerungen aus früheren Leben wieder öffnen dürfte, könntest du verstehen, wie die Selbstschutzreflexe eines Ninja funktionieren."

„Eigentlich wollte ich dich bitten, sämtliche Brücken zu meinen vergangenen Existenzen ein für allemal abzubrechen", überlegte Frank zweifelnd. „Und stattdessen empfiehlst du mir, sie sogar wieder zu verstärken."

„Wenn dir noch öfter solche Patzer unterlaufen, die meinen Schutz zumindest zeitweilig blockieren, dann solltest du dir dringend eigene Schutzreflexe bewahren. Sonst kann es dir leicht so gehen wie etlichen deiner Vorgänger: Echnaton, Julius Caesar, Siegfried, um nur ein paar prominente Beispiele zu nennen."

Frank wurde nachdenklich.

„Und vergiss nicht", setzte Lilith nach, „dass der Zugang zu deinen früheren Leben dir schon zuvor bei dem Kampf im Dom das Leben gerettet und dir darüber hinaus im Park beim Spiel mit der Gitarre Momente des Glücks beschert hat. Ich könnte die Tore zu den verborgenen Erinnerungen über eine Art Ventil verschließen, das nur von deinem Bewusstsein aus aktiv geöffnet werden kann. Dann wirst du nicht wieder von ihnen überflutet, kannst aber gezielt darauf zurückgreifen."

„Hm."

„Lass es mich jetzt wenigstens einmal versuchen", bohrte Lilith weiter.

„Erinnere dich an die Ninja-Ausbildung und prüfe selbst, ob du es kontrollieren kannst. Wenn du darauf bestehst, kann ich danach immer noch alles endgültig versiegeln."

„Also gut", seufzte Frank. „Du lässt ja doch nicht locker, und wirklich gute Gegenargumente habe ich auch nicht. Dann leg los. Aber beschränke dich bitte auf relevante Erinnerungen."

*Er kniete auf dem hölzernen Boden des Dojo, vor der Übungsfläche, die mit Tatami, den traditionellen Reisstrohmatten, ausgelegt war. Den Kopf gesenkt, erwartete er Instruktionen des Jonin, des Anführers seines Clans. Es war der Tag seiner Prüfung zur zweithöchsten Stufe der Ninja- Hierarchie. Und er hatte keine Ahnung, worin die Prüfung bestehen würde.*

*„Bist du bereit für die ultimative Prüfung des Shinobi-Jutsu?", erscholl die Stimme des Jonin aus dem Dunkel vor ihm.*

*„Ja, Sensei", erwiderte er fest.*

*„Gut. Dann erhebe dich und kehre zurück zu deiner üblichen Arbeit im Dorf."*

*„Verzeihung, Sensei, ich verstehe nicht. Die Prüfung …"*

*„Der Meistergrad ist dir verliehen, denn ich glaube an deine Fähigkeiten. Aber irgendwann innerhalb der nächsten Tage oder Wochen oder Jahre werde ich dich ohne Warnung mit einer tödlichen Waffe angreifen, und ich werde es ernst meinen. Wehrst du den Angriff ab, dann bist du deines Rangs würdig; wenn nicht, wirst du tot sein. Sprich zu niemandem über den Inhalt der Prüfung; jetzt nicht und auch niemals später – es sei denn, du wirst sie eines Tages selbst einem Schüler abnehmen. Lass niemanden eine Veränderung spüren. In jedem Moment das Unerwartete zu erwarten, wird von nun an dein ständiger Begleiter sein. Diese Prüfung endet nie. Sie ist zugleich der letzte Schritt deiner Ausbildung und der Beginn deines Lebens als vollwertiges Mitglied im Dienst des Clans. Ein leerer Geist ohne Erwartungen oder Wünsche ist der Schlüssel zu ununterbrochener, wacher Aufmerksamkeit. Und zu I-Ai – der Fähigkeit, im richtigen Moment das Richtige zu tun."*

*Der Angriff kam in der zweiten Woche. Er saß mit der Familie beim Essen. Sein Großvater, der Jonin, zog sich nach dem Mahl zurück und ging hinter ihm vorbei, während er noch vor dem flachen Tisch mit seiner leeren Reisschale kniete. Er spürte kein Kribbeln, keine Störung der harmonischen Atmosphäre, aber ohne einen Gedanken hielt er plötzlich die Wurfnadel in der Hand, die sein Großvater ihm beinahe von hinten am Halsansatz in den Schädel gestoßen hätte. Seine Finger umschlossen den faltigen Hals des alten Mannes, der vor ihm mit dem Rücken auf zerbrochenem Geschirr lag, pressten auf die Schlagadern, während der Jonin ihn mit blau anlaufendem Gesicht stolz anlächelte.*

*Er hatte den Griff rechtzeitig gelockert und den fast schon bewusstlosen Jonin ins Leben zurückgeholt. Dann hatten sie die Scherben entfernt und seinen Erfolg gefeiert. In den folgenden Jahren überstand er drei weitere solche Angriffe aus dem Nichts; einer davon ging nicht vom Großvater selbst, sondern in dessen Auftrag von seiner eigenen Schwester aus.*

*„Diese Prüfung endet nie."*

„Ich glaube, ich verstehe", sagte Frank, als er wieder zu sich kam. „Es ist keine Vorahnung oder ein Gespür für eine Bedrohung, aber *er weiß*, wann wirklich Gefahr droht, und handelt intuitiv. *Ich* handle intuitiv. Und ich fühle, dass ich es jenseits der reinen Reflexe kontrollieren kann. Ich denke, es sollte tatsächlich vorerst so bleiben, wie es jetzt ist."

Innerlich aufgewühlt, fand Frank Menden lange keinen Schlaf. Der Grund dafür lag nicht nur in den Ereignissen des Tages oder in der Erkenntnis, dass das Leben mit Lilith ihn nach und nach auch in seiner Persönlichkeit veränderte. Mehr noch beschäftigte ihn ein anderer Gedanke. Denn wenn Lilith mit ihrer Vermutung Recht hatte, und davon war er inzwischen überzeugt, dann musste der junge Koch wirklich versucht haben, ihm etwas anzutun, und das bedeutete, dass die friedlichen Tage ihrer Reise nun endgültig vorüber waren.

Nichtsdestotrotz stand ihm am nächsten Morgen erst einmal ein weiterer beruflicher Termin bevor, und er war fest entschlossen, sich dabei nicht beeinträchtigen zu lassen.


## 25.  Unter Druck


„Hello, Mr. Menden", sagte Jacob Devlin, ein kleiner, gedrungener Mann mit Halbglatze und Bildschirmarbeitsplatzbrille, die er zur Begrüßung abnahm und in die Brusttasche seines kurzärmeligen Hemdes steckte.

„Mein Name ist Jacob Devlin, für meine Freunde Jake."

Die Hand, die Frank forsch entgegengestreckt wurde, fühlte sich kühl an und irgendwie glitschig. Frank erinnerte sich, in einer populärwissenschaftlichen Zeitschrift gelesen zu haben, dass über Sympathie und Antipathie die ersten zehn Sekunden einer Begegnung entscheiden. Er hatte keine zehn Sekunden gebraucht, um Devlin nicht zu mögen. Der Mann war freundlich, wirkte damit aber nicht überzeugend, obwohl Frank dafür keinen konkreten Grund hätte benennen können.

Christina Froid, die Frank auf dem Weg zu Jake Devlin als letztem Gesprächspartner im Rahmen seiner Einführung in die Adamson Corp. begleitet hatte, verabschiedete sich, und Devlin führte Frank in ein opulent ausgestattetes Büro, das in Bezug auf seine Größe etwas überfrachtet wirkte – so, als hätte man versucht, die Ausstattung eines Arbeitszimmers der Chefetage in das eines einfachen Abteilungsleiters zu quetschen.

„Nehmen Sie doch Platz, Frank." Ohne Nachfrage hatte Devlin zu einer vertraulichen Anrede gewechselt, wobei er Franks Namen mit einem breiten amerikanischen Akzent aussprach. Frank erinnerte sich, dass seine Mutter solch einen Akzent einmal so beschrieben hatte „als hätte der Sprecher eine heiße Kartoffel im Mund". Devlin wies auf einen Stuhl auf der der Tür zugewandten Seite des futuristisch gestalteten Schreibtischs und ließ sich in den schwarz glänzenden Ledersessel auf der Fensterseite fallen. Nachdem er sich gesetzt hatte, bemerkte Frank, dass der Besucherstuhl – wahrscheinlich absichtlich – sehr niedrig eingestellt war, so dass er zu dem kleineren Mann aufblicken musste. Er verzichtete darauf, den Stuhl seiner eigenen Größe anzupassen und wartete auf die Einlassungen seines Gegenübers.

„Von hier aus koordiniere ich die Aktivitäten unserer *Partner*", begann dieser. In der besonderen Betonung des letzten Wortes schwang eine gewisse Geringschätzung, die sich nicht mit dessen eigentlicher Bedeutung vertrug. „Wissen Sie, wir kaufen gerne kleine Firmen wie Ihre auf. Firmen mit einer guten Idee, aber Schwierigkeiten, diese am Markt zu platzieren. Wir helfen dann dabei, diese Idee weltweit unters Volk zu bringen. Sie mögen etwas von Software verstehen, aber wir sind die Experten fürs Marketing und haben die nötigen Verbindungen. Eine Win-Win-Situation also."

Devlin lehnte sich in seinem Sessel zurück und lächelte jovial. Dann ließ er sich wieder nach vorn kippen und stützte sich mit den Ellbogen auf den Schreibtisch.

„Außerdem betten wir die verschiedenen Programme als Module in unser Gesamtpaket ein und verkaufen sie überall dort mit, wo sie irgendeinen Nutzen bringen. *Das Ganze ist mehr als die Summe seiner Teile* … Sie verstehen schon."

Bis zu diesem Moment hatte Frank dieses Sprichwort noch gemocht und selbst gelegentlich zitiert, um ein Miteinander als Vorteil gegenüber einem bloßen Nebeneinander zu propagieren. Er verstand auch durchaus, dass das Zusammenwirken mehrerer Funktionalitäten neue Anwendungsmöglichkeiten erschließen konnte. Aber aus Devlins Mund klang es irgendwie abfällig. Als wären die elementaren Module, die schließlich alle einmal eigenständige, wenn auch kleine, spezialisierte Systeme gewesen waren, eigentlich nur als Komponenten des großen Pakets überhaupt noch etwas wert.

„In den letzten beiden Tagen haben Sie unser Konzept und unsere Strukturen ja bereits kennengelernt", fuhr Devlin fort. „Und wie ich höre, haben Sie sich dabei gar nicht mal so dumm angestellt. Aber damit Sie verstehen, was Sie damit anfangen sollen und wie Sie dieses Wissen konkret anzuwenden haben, werde ich Ihnen jetzt den letzten Schliff verpassen und Sie auf die Unternehmensrichtlinien der Adamson Corp. einnorden. Bereit?"

„Natürlich", sagte Frank ungeduldig, auch wenn ihm die Ausdrucksweise Devlins missfiel. Er wollte aber die herablassenden Einführungsfloskeln möglichst bald hinter sich lassen und zur Sache kommen. „Deswegen bin ich schließlich hier."

„Gut", sagte Devlin und verschränkte die fleischigen Finger. „Fangen wir also an. Wie schon gesagt, laufen an meinem Schreibtisch die Fäden von unseren sämtlichen Filialen in aller Welt zusammen. Ich bin dafür zuständig, dass alle Rädchen in dem Getriebe funktionieren und das Ganze rund läuft. Und dazu muss ich genau über alles Bescheid wissen. Welche der Rädchen geschmiert werden müssen, welche abgeschliffen und welche ausgewechselt. Also benötige ich von Ihnen zuerst einmal Informationen: wenn etwas Neues entwickelt wird, wenn etwas Altes überarbeitet wird, wenn jemand gut performt, wenn jemand Mist baut. Jede Kleinigkeit kann wichtig sein, und ob sie es ist oder nicht, entscheide ich. Folglich werde *ich* Ihnen künftig sagen, wie die Sache läuft und *Ihre* Aufgabe wird es sein, das an Ihren Herrn – wie war noch sein Name: Flatsinger? – zu vermitteln." Er machte eine Pause als warte er auf eine Erwiderung seines Gastes.

„Entschuldigen Sie, Mr. Devlin", begann Frank, wurde aber gleich unterbrochen.

„Jake!"

„Also gut, Jake", verbesserte sich Frank widerwillig. „Aber ich habe meine Aufgabe im Gespräch mit Mr. Adamson etwas anders verstanden. Er sprach von einer Beziehung auf Augenhöhe, vom Einbeziehen der lokalen Eigenheiten und der Meinung der Belegschaft. Und Herr *Filzinger* ist immer noch der Leiter unserer Firma."

„Guten Morgen, mein Freund", lachte Devlin trocken. „Willkommen in der Realität! Wir haben Sie gekauft; das heißt, Sie gehören jetzt uns. Und das gilt für Ihren Herrn *Filzinger* ebenso wie für Sie, mein Junge. K. N. mag das etwas anders sehen; ich habe seine Einstellung nie ganz nachvollziehen können, aber Tatsache ist: Sie – und damit meine ich Ihre Firma ebenso wie Sie ganz persönlich – ..." (Dabei zeigte er mit dem ausgestreckten Zeigefinger genau auf Franks Nasenspitze.) „... haben unser Geld genommen und sich damit ganz in unsere Hand begeben. Ja, Ihr Vorstand ist nach wie vor im Amt und hält eine Sperrminorität mit 49%, aber wieviel würde von der Firma wohl übrig bleiben, wenn wir sie jetzt gleich nach dem Einstieg wieder abstoßen würden? Finden Sie sich damit ab. Die Sonne wird sich nicht um die Erde drehen und die Erde nicht um den Mond. Ihre Firma ist in unserer Hand, und Sie, mein lieber Frank, damit ganz direkt in meiner." Um seine Worte zu unterstreichen, hob Devlin theatralisch eine Hand, die Handfläche nach oben gerichtet, und schloss langsam und genüsslich die Finger wie Klauen zu einem engen Gitter. So hielt er einen Moment inne, dann schloss er die Faust, um sie gleich darauf wieder zu öffnen, wie um zu zeigen, dass er Frank ebenso wie Bernd Filzinger oder dessen Firma jederzeit zerquetschen konnte, wenn es ihm in den Sinn käme.

Frank verstand die unverhohlene Drohung, die aus Devlins Worten sprach, konnte sich allerdings nicht erklären, was diesen so sicher machte, dass er sich nicht einmal um einen Hauch von Diplomatie bemühte.

„Und wenn ich das alles Adamson erzähle", wandte er deshalb ein.

„Was würde er wohl dazu sagen, dass sein Mitarbeiter hinter seinem Rücken an seinen Versprechungen vorbei intrigiert?"

Devlin lachte kurz und trocken.

„Wie lange kennen Sie ihn schon, Frank? Wem, meinen Sie, wird er eher glauben? Seinem langjährigen Mitarbeiter in führender Position oder einem kleinen Angestellten einer kürzlich aufgekauften Zwergenfirma, den er gerade zum 'Botschafter' ernannt hat? Überschätzen Sie Ihre Bedeutung nicht, bloß weil der große Boss nett zu Ihnen war. Und glauben Sie nicht, ich hätte meine Hausaufgaben nicht gemacht." Dabei zog er einen Ordner aus dem Regal hinter sich, schlug ihn auf und blätterte, scheinbar wahllos, darin. „Natürlich haben wir vor dem Deal genaue Erkundigungen darüber eingezogen, wen wir uns da ins Haus holen. Und mit *wir* meine ich natürlich *mich*." Er zwinkerte Frank verschwörerisch zu. „Ich weiß alles über Sie. Über Sie, Ihren Chef und jeden einzelnen Menschen, der je bei *Flitzer* gearbeitet hat. Im letzten halben Jahr hat keiner von Ihnen auch nur einen Furz gelassen, ohne dass ich es erfahren hätte. Ich könnte jederzeit so viel schmutzige Wäsche waschen, dass ihr den Gestank bis an euer Lebensende nicht mehr los werdet. Dein ach so seriöser Chef hat zum Beispiel ein kleines Hobby, das ihn viel Geld kostet und über das er sicher nicht gerne reden würde. Eigentlich harmlos, aber gesellschaftlich kann ihm das leicht das Genick brechen. Oder die nette, prüde Programmiererin in der Wartungsabteilung mit ihrem kleinen Nebenverdienst. Glauben Sie mir, ich kann jeden von euch so schnell in einen bodenlosen Abgrund stürzen lassen, dass ihm Hören und Sehen vergeht. Und wenn sonst gar nichts hilft, kenne ich ein paar Leute, die auch kein Problem damit haben, jemandem, auf den ich zeige, ein bisschen weh zu tun. Oder den Menschen, die ihm besonders am Herzen liegen."

Devlin schlug den Ordner wieder zu, während Frank ihn entgeistert anstarrte. Er hatte diesen Mann von Anfang an nicht gemocht, aber die Erkenntnis, welch ein Teufel hier vor ihm saß, raubte ihm doch den Atem.

„Sie sehen also, mein lieber Frank", fuhr Devlin ruhig fort, als habe er dem Gesandten der Filzinger GmbH soeben nur die allgemeine Firmenstrategie erläutert, „Sie sind absolut in meiner Hand und tun gut daran, mich nicht zu piksen. Ich nehme also an, Sie werden genau das tun, was ich Ihnen sage, nicht wahr?"

Frank schwieg, aber sein verkniffenes Gesicht sprach Bände. Nur zu gern hätte er Devlin ins Gesicht geschleudert, was er von dieser hinterhältigen Intrige hielt, aber trotz des in ihm aufsteigenden Zorns war ihm klar, dass dieser leider Recht hatte. Realistisch betrachtet, gab es nichts, das er hätte tun können – jedenfalls nicht im Moment. Aber zu einem offenen Eingeständnis seiner Ohnmacht konnte er sich auch nicht hinreißen lassen. Also biss er die Zähne zusammen, ballte die Faust in der Tasche und starrte Devlin wütend an, der sich im Bewusstsein seiner Überlegenheit genüsslich zurücklehnte.

„Nachdem unser Verhältnis jetzt geklärt ist", sagte Devlin und zwinkerte Frank zu, „werde ich Ihnen ausführlich erläutern, worin Ihre Aufgaben bestehen und wie Sie sie ausführen werden ..."

Devlins Instruktionen beinhalteten reichhaltige Informationen über das Tätigkeitsfeld, in dem Frank zukünftig arbeiten sollte. Vieles davon waren einfach wertvolle Hinweise und Fakten, aber immer wieder streute Devlin darüber hinaus Aufträge ein, die nichts mit offener und ehrlicher Zusammenarbeit zu tun hatten. Eingebettet in eine professionelle Aufgabenbeschreibung, spann er ein Netz von Intrigen, in dem Frank eine zentrale Rolle spielen sollte. Intrigen, die sich nicht nur gegen die Interessen der Filzinger GmbH zugunsten der Adamson Corp. richteten, sondern auch Jacob Devlin persönlich in die Hände spielten und ihm Instrumente verschaffen würden, mit denen er auch gegenüber K. N. Adamson Druckmittel aufbauen konnte, denn wenn er Ähnliches auch mit den anderen von Adamson gekauften Firmen veranstaltete – und daran zweifelte Frank keinen Augenblick –, dann war er in der Lage, das sensible Geflecht der zusammen wirkenden Einzelteile des Konzerns von heute auf morgen zusammenbrechen zu lassen.

„So, das war's", sagte Devlin schließlich zu Frank. „Ich denke, Sie wissen jetzt, was Sie künftig zu tun und zu lassen haben. Sie sind der verlängerte Arm der Adamson Corp., aber nicht der verlängerte Mund. Also: tun und nicht reden – außer zu mir natürlich, klar?"

Dabei grinste er Frank herausfordernd an.

„Und außerdem", fügte er nach einer kleinen Pause hinzu, „sind Sie im Zweifelsfall ganz besonders *mein* verlängerter Arm – und darüber reden Sie natürlich erst recht nicht!"

Frank wartete, ob Devlin noch etwas ergänzen oder eine Abschiedsfloskel von sich geben wollte, aber der lächelte ihn nur überlegen an. Dann griff er nach dem Telefon, drückte eine Kurzwahltaste und sagte, als der Anruf entgegengenommen wurde: „Christina, wir sind hier fertig. Du kannst den Neuen jetzt wieder abholen." Dann wandte er sich wieder an Frank und begann breit zu grinsen.

„Ich hoffe übrigens, Sie und Ihre hübsche Frau haben das Dinner gestern Abend genossen. Auch wenn das Intermezzo nicht ganz so verlaufen ist, wie ich es geplant hatte." Wieder zwinkerte er, und Frank beschlich eine böse Ahnung, die sich sogleich bestätigte.

Devlin kniff die Augen zusammen und lehnte sich so weit vor, dass Frank nicht überrascht gewesen wäre, wenn sich sein Gegenüber plötzlich in eine Schlange verwandelt hätte und züngelnd über den Schreibtisch gekrochen wäre. *Jake, the Snake,* schoss es ihm durch den Sinn.

„Ich muss gestehen", zischte Devlin, „ich habe keine Ahnung, wann und wo du gelernt hast, was du gestern getan hast. Aber glaube mir, ich werde weiter nachforschen, und ich finde es heraus. Ich finde *alles* heraus. Auch wenn ich zugeben muss, dass ausgerechnet dein Dossier in einigen Punkten noch seltsam unscharf ist. Aber das wird nicht so bleiben. Und vergiss nicht: Auch wenn dir der falsche Koch gestern nicht, wie eigentlich geplant, überzeugend prophylaktisch ein bisschen Angst machen konnte. *Jedem* kann *jederzeit* etwas Unvorhergesehenes zustoßen – auch ohne dass sich jemand in gefährliche Nähe begibt – und wenn nicht dir selbst, dann womöglich deinem kleinen Frauchen. Du solltest also ein starkes Interesse daran haben, dass ich dir gewogen bleibe. Ich denke, wir verstehen uns."

Kurze Zeit später klopfte es, und Christina Froid betrat das Büro. Frank erhob sich und folgte ihr, ohne Jacob Devlin noch eines weiteren Blickes zu würdigen. Er hoffte, dass ihm nicht allzu deutlich anzumerken war, wie er zwischen Ärger und Scham hin und her gerissen wurde. Dass die Begegnung nicht gerade freundschaftlich verlaufen war, konnte Christina Froid aber nicht entgangen sein, und sie war dankenswerterweise sensibel genug, Frank nicht mit Fragen zu quälen, während sie ihn zu seinem Büro brachte. Dort holte ihn bald darauf der Fahrer ab, um ihn zurück zum Hotel zu bringen.

Am Gebäudeausgang traf er noch einmal auf Christina, die auf ihn gewartet hatte, um sich persönlich zu verabschieden. Seine Mission in San Francisco war vorerst beendet, und am folgenden Tag stand die Rückreise nach Deutschland auf dem Programm.

Frank genoss Christinas festen Händedruck und die aufmunternden Worte, mit denen sie ihm Zuversicht für seine neue Aufgabe zusprach.

„Kopf hoch", sagte sie noch auf der Treppe vor dem Gebäude, bevor Frank Chap zum Wagen folgte. „Jake zeigt neuen Mitarbeitern gerne, wo der Hammer hängt. Ich habe schon viele so wie Sie jetzt aus seinem Büro kommen sehen. Vielleicht braucht er das für sein Selbstbewusstsein, vielleicht will er auch einfach nur klarstellen, dass alle reibungslos zusammenarbeiten müssen. Er ist auch nicht unbedingt jemand, den ich zu meiner Geburtstagsparty einladen würde, aber er versteht seinen Job. Und letztlich werden Sie auf persönlicher Ebene nicht viel mit ihm zu tun haben."

## 26. Benebelt

Frank und Lilith saßen in der Dachbar des Hotels und blickten herab auf das abendliche San Francisco. Frank hielt einen Cognacschwenker in der Hand und betrachtete versonnen, wie die ölig kastanienbraune Flüssigkeit zögerlich den leicht kreisenden Bewegungen seiner Hand folgte und dabei Schlieren an der birnenförmig gewölbten Glaswand hinterließ. Beinahe unabsichtlich versuchte er die Eigenfrequenz des Cognacs im Glas herauszufinden, indem er den Rhythmus der Handbewegung so anpasste, dass die Flüssigkeit mit jeder Umdrehung ein wenig höher schwappte.

Verzerrt durch den bauchigen Körper des dünnwandigen Glases und zusätzlich verfremdet durch die kreisende Flüssigkeit und deren Schlieren sah er auf der linken Seite die beleuchteten Straßen der Stadt und geradeaus Liliths Gesicht. Sie schien ebenfalls in Gedanken versunken, den Blick durch die Fensterfront, die sich von der hohen Decke der Bar bis hin zum dichten Teppichboden erstreckte, in die Ferne gerichtet. Er hob den Blick, setzte das Glas an und kippte vorsichtig, bis das Getränk die Lippen gerade benetzte. Dann kippte er ein bisschen weiter und ließ den französischen Cognac in seinen Mund rinnen. Der hochprozentige Alkohol brannte auf Lippen und Zunge, aber nur ein wenig. Es war eine sehr milde, vollmundige Sorte, mit einem nussigen Aroma, das die Schärfe sofort sanft überdeckte. Normalerweise hätte Frank Menden sich diesen Genuss nie erlaubt (ein Glas dieses Cognacs kostete mehr als 15 Dollar), aber auf eigene Kosten wäre er ohnehin nicht in einem solchen Luxushotel abgestiegen. Wie versprochen, hatte K. N. Adamson es sich nicht nehmen lassen, für sämtliche Kosten der Reise aufzukommen, und zum ersten Mal hatte Frank nicht einmal mehr den marginalen Rest eines schlechten Gewissens, der ihn bisher verfolgt hatte, denn schließlich war der heutige Tag nicht nur durch berufliche Aufgaben geprägt gewesen; die Begegnung mit Jacob Devlin hatte die bislang optimistische Sicht auf den neuen Arbeitsbereich ins Gegenteil verkehrt, und Frank hatte einiges an Ärger hinunter zu spülen.

„Devlin, du miese Ratte!", murmelte er vor sich hin und blickte hinaus zur Bay Area. In Andeutungen hatte er Lilith gleich nach seiner Rückkehr von den Erlebnissen des Tages erzählt, insbesondere von dem Gespräch mit dem Intriganten und auch von dessen Geständnis, was das versuchte Attentat betraf, hinsichtlich dessen sich Liliths Vermutung bestätigt hatte. Eigentlich hatte er gehofft, sich in der Hotelbar ein wenig entspannen zu können, aber die Gedanken an die ihm zugedachte Rolle in Devlins Ränkespiel ließen ihn nicht los. Er nahm einen großen Schluck und ließ die Flüssigkeit langsam die Kehle hinunter rinnen. Der Cognac schmeckte wundervoll, fühlte sich aber zugleich an, als wolle er Frank die

Eingeweide verbrennen.

„Es macht dir zu schaffen, dass du nichts gegen ihn unternehmen kannst, nicht wahr?", sagte Lilith und lächelte ihn verständnisvoll an, während sie selbst einen tiefen Schluck aus ihrem Glas nahm.

„Mehr als ich zugeben möchte. Wir sitzen hier auf Kosten von Bernd Filzinger und Kevin Adamson, und ich kann beide nicht einmal warnen, soll sie sogar selbst hintergehen."

„Er hat dich also tatsächlich in der Hand?"

„Nicht mich persönlich. Aber andere. Ich hätte nicht übel Lust, diesem Mistsack die Eingeweide aus dem Leib zu reißen. Eins nach dem anderen, und das Herz zuletzt, damit er richtig etwas davon hat."

„Möchtest du, dass ich genau das tue?"

„Wie bitte?"

„Du verspürst den Wunsch, einen bösen Menschen leiden zu lassen, siehst aber keine Möglichkeit, es auch in die Tat umzusetzen. Ich könnte deinen Wunsch Wirklichkeit werden lassen."

Lilith hüstelte, um Frank vorzuschlagen, den Fortgang des Gesprächs gegen eventuelle Mithörer abzuschirmen. Frank nickte kurz.

„Das heißt, du könntest das wirklich tun?"

„Selbstverständlich. Ich kann ihn unter entsetzlichen Schmerzen sterben lassen, ohne dass je irgendwer etwas anderes als einen schrecklichen Unfall dahinter vermutet. Und selbstverständlich wird er keine Gelegenheit haben, seine schurkischen Pläne zu realisieren. Die Dossiers würde nur noch ganz harmlose Informationen enthalten. Nichts, womit man irgendwen erpressen könnte. Oder ich kann dafür sorgen, dass er den Rest seines Lebens in Angst verbringt. Jeder Schatten, jede kleine Bewegung im Augenwinkel wird ihm den Schweiß aus allen Poren treiben. Jede dunkle Ecke wird ihn an den Rand eines Herzinfarkts bringen. Überall wird er die nächste Begegnung mit mir fürchten und sie zugleich herbei sehnen. Und er wird nicht einmal wissen, ob diese Sehnsucht bloß dem Wunsch entspringt, es möge endlich vorbei sein oder ob ihn nicht auch zugleich eine abartige Lust auf die Ekstase seiner letzten Atemzüge dazu treibt."

„Lilith, das geht zu weit. Zugegeben, irgendwie wünsche ich ihm schon die Pest an den Hals ...“

„Das ginge auch.“

„Nein, nein, nein. Es bereitet mir durchaus ein gewisses Vergnügen, darüber nachzudenken, wie man es ihm heimzahlen könnte, aber es wirklich zu tun wäre doch etwas ganz anderes. Obwohl – eine Lektion hätte dieser Drecksack eigentlich schon verdient.“

„Also, willst du, dass ich es tue?“

„Nein, nicht so. Aber wenn man bedenkt ... Man könnte ihn ja auch etwas weniger streng bestrafen. Vielleicht, einfach seine Pläne vereiteln, aber ihm auch ein bisschen weh tun? Und er müsste es natürlich irgendwie in Verbindung zu seinen Gemeinheiten bringen, damit es ihm eine Lehre ist und er so etwas in Zukunft unterlässt. Könntest du das auch?“

„Aber natürlich. Soll ich ...?“

„Naja, irgendwie kommt mir das jetzt auch wieder ein bisschen feige vor. Er hätte keine Chance, nicht wahr? Andererseits will er mir auch keine lassen. Oder Bernd Filzinger. Und auch den anderen nicht, die er in seine Intrigen hineinzieht. Wenn ich selbst etwas tun könnte, würde ich das ja machen, aber dem hat er gründlich vorgebeugt. Mit deiner Hilfe säße *ich* allerdings am längeren Hebel. Sein Pech – oder?“

„Mich musst du nicht überzeugen“, sagte Lilith ohne erkennbare Gefühlsregung. „Ich habe das alles schon oft getan – und Schlimmeres. Du bittest doch nicht wirklich *mich*, dir die Absolution zu erteilen, nicht wahr? Soll ich es also tun?“

„Warum stellst du immer wieder diese Frage?“, grollte Frank aufgebracht.

„Weil es die einzig relevante Frage ist“, erwiderte Lilith ungerührt. „Ich habe Heere vernichtet, gutgläubige Narren in einen grausamen Tod geschickt oder diesen auch selbst herbeigeführt. Wegen eines unbedachten Wortes mir gegenüber wurden Menschen zu Tode gefoltert. Oder weil sie einfach einer Gruppe angehörten, die bei mir in Ungnade gefallen war oder durch deren Leid ich jemand anderem weh tun konnte. Meinetwegen wurden Städte voller Männer, Frauen und Kinder dem Erdboden gleich gemacht und niemand verschont. Es ist gewiss nicht an mir, über deine Wünsche zu urteilen oder dir in dieser Hinsicht auch nur Ratschläge zu erteilen. Du trägst den Ring, du hast die Macht. So ist das, wenn man alle Möglichkeiten hat. Gedankenspiele müssen keine bleiben. Ein Wort von dir, und was du wünschst, wird Wirklichkeit. Du fällst das Urteil und ich führe es aus. Ich kann den Schurken wissen lassen, warum er leidet und mit wem er sich angelegt hat, oder sicherstellen, dass weder er noch irgend jemand sonst es jemals auch nur ahnt. Ich kann verhindern, dass er diesmal seine perfiden Absichten umsetzen kann, ohne dass irgend jemandem Schaden zugeführt wird – ihn selbst eingeschlossen, wenn du das willst. Oder ich kann ihm eine Lehre erteilen, die ihn dazu bringen mag, künftig keine üblen Machenschaften mehr zu spinnen, oder vielleicht auch nur in Zukunft vorsichtiger vorzugehen. Es liegt allein an dir. Darum noch einmal: *Willst du, dass ich es tue?*"

Frank wurde bleich. Seine Hände zitterten. „Die Frage ist also", sagte er, mehr zu sich selbst als zu Lilith, „will ich den Kampfhund von der Leine lassen? Will ich die Macht, die mir der Ring über dich verleiht, dazu nutzen, Dinge geschehen zu lassen, die ich mir bisher erträumen konnte, ohne für diese Träume Verantwortung übernehmen zu müssen, wohl wissend, dass ich sie sowieso nie würde in die Tat umsetzen können? Will ich dich als Waffe missbrauchen, wie es wohl schon viele andere vor mir versucht haben? Und wäre ich dann noch besser als derjenige, der die Mönche und so viele andere ermordet hat, um dich unter seine Kontrolle zu bringen – oder besser als du? Selbst wenn ich dich nur beauftrage, seine Intrige zu sabotieren, degradiere ich dich zum willenlosen Werkzeug. Nein – das alles will ich nicht. Aber ich will auch nicht, dass er mit dieser Schweinerei einfach davonkommt und sich ins Fäustchen lacht und es immer und immer wieder tut."

Franks Stimme krächzte heiser. Er schlug mit der Faust auf den Tisch.

„Was heißt hier eigentlich Macht?! – Niemand ist machtloser als einer, der tatsächlich alles tun könnte, sich aber scheut, diese Macht auch auszuüben." Schluchzend vergrub er sein Gesicht in den Händen.

Er spürte, wie Lilith ihn in den Arm nahm und ihm sanft die Tränen von den Wangen wischte. Verzweifelt schaute er zu ihr auf.

„Warum konnte ich nicht einfach ein unwichtiger Niemand in einer kleinen Software-Klitsche bleiben? Warum musste ausgerechnet ich zum Hüter einer Dämonin bestellt werden? *Und führe mich nicht in Versuchung.* Wie soll ich die Welt retten, wenn ich noch nicht einmal in der Lage bin, simplen Rachegelüsten zu widerstehen? Ich bin nun einmal kein Mönch wie Bruder Michael oder Bruder Matthias. Die wurden ihr halbes Leben lang auf diese Aufgabe vorbereitet, aber ich bin doch nur ein ganz einfacher Mann. Ich bin einer solchen Aufgabe nicht gewachsen – und dir schon gar nicht. Eine richtige Ehe – mit der Urmutter aller Männer mordenden Dämoninnen. Liebevolle Ehefrau statt Schlächterin Unschuldiger. Wie konnte ich der Hoffnung erliegen, dass das möglich sei? Dabei bist es noch nicht einmal du, die diese Illusion zunichte macht. Meine eigenen kleinlichen Schwächen bestehen den einfachsten Test nicht. Ich sollte den Ring einem Würdigeren übergeben; nur fällt mir leider gerade niemand ein."

„Geh nicht so hart mit dir ins Gericht", flüsterte Lilith sanft. „Du schlägst dich doch gar nicht so schlecht. Glaubst du wirklich, die Vindicandi seien von Haus aus gegen Versuchungen gefeit gewesen, bloß weil sie Mönche waren? Mitnichten! Nur sind die Versuchungen bei ihnen andere. Gerade sie balancieren gern auf dem schmalen Grat zwischen innerem Frieden und ideologischem Eifer. Du willst nicht wissen, was ich im Auftrag einiger meiner Mönchsgemahle im Namen des Guten tun musste. Aber was diesen intriganten Burschen angeht, hast du an *eine* Lösung noch nicht gedacht."

„Und die wäre?"

„Frag mich doch einfach."

„Wie meinst du das?"

„Niemand zwingt oder hindert dich, mir entweder zu befehlen – oder mir zumindest teilweise freie Hand zu lassen."

„Im Ernst?" fragte Frank ungläubig und setzte ein ironisches

Grinsen auf. „Natürlich. Darauf hätte ich auch selbst kommen können. Aber wirklich ernsthaft: Damit würde ich die Verantwortung tragen für alles, was dir an Grausamkeiten einfallen mag. Auf keinen Fall!"

„Schade eigentlich. Aber mir war schon klar, dass du mich nicht komplett von der Leine lassen würdest. Obwohl ich schon die eine oder andere Idee hätte, die du durchaus gut heißen dürftest."

„Was würdest du denn vorschlagen?"

„Keine Details. Ein bisschen Spielraum wirst du mir schon lassen müssen, um auf die aktuelle Situation reagieren zu können, aber ich verspreche, alles in deinem Sinne zu regeln."

„Könnte ich dich *bitten*, das zu tun, statt es zu befehlen?"

„Natürlich."

„Und du bist sicher, dass du weißt, was 'in meinem Sinne' ist?"

„Ich denke, wir haben das gerade ausführlich genug diskutiert."

„Na gut. Würdest du dann so freundlich sein wollen …?"

„Es ist mir ein Vergnügen! Warte hier."

Dann verschwand Lilith in Richtung auf die Toiletten. Frank lehnte sich zurück, erschöpft und ein wenig unsicher, ob er nicht doch gerade einen gewaltigen Fehler gemacht hatte.

Er blieb in der Bar sitzen und bestellte ein weiteres Glas Cognac. Und etwas später noch eines. Dann hörte er auf zu zählen.

Versonnen blickte er hinunter in die Straßen von San Francisco. Nach einer Weile beobachtete er, wie von der Bay Area her Nebel auf die Stadt zu kroch. Die dichten Schwaden verteilten sich in den Straßen und wucherten wie ein lebendes Wesen immer weiter ins Stadtinnere. Bald hatten sie auch das Hotel erreicht und bahnten sich ihren Weg durch das Geflecht der Straßen, umschlossen das Gebäude und wuchsen weiter, immer weiter …

Frank begann zu schwitzen. Hatte er etwas übersehen? Hatte Lilith ihn dazu gebracht, ihr einen Freibrief zu erteilen – oder hatte er sich doch auch selbst schuldig gemacht? Hatte ihn der Wunsch, Jacob Devlin entgegen zu wirken, auf die dunkle Seite gezogen, die Lilith jetzt für ihn auslebte? Hatte er sie womöglich unabsichtlich vollständig befreit und damit das Verderben über die Welt gebracht?

Der Alkohol umnebelte seine Gedanken, wollte aber schon lange keinen Trost mehr spenden.

Der Nebel wand sich an den Hauswänden hoch. Wie Ranken schienen sich die Schwaden an der Hotelfassade empor zu ziehen. Als wollten sie das Gebäude einhüllen, bis es gänzlich dem Kontakt mit der übrigen Stadt entzogen war.

Doch dann zog plötzlich von der Bucht her eine Brise auf. Die Nebelschwaden zerfaserten und lösten sich in Nichts auf. Nach wenigen Sekunden war der Spuk beendet, und die bunt beleuchtete Stadt lag wieder ruhig da, als sei gar nichts gewesen.

„Hallo, Frank. Immer noch hier?"

Unbemerkt war Lilith zurück gekommen. Sie stand dicht hinter Frank, beugte sich herab und küsste ihn auf die Wange.

„Was hast du …?"

„Schhhh. Alles erledigt. Du musst dir keine Sorgen machen. Wirklich. In keiner Hinsicht."

Frank versuchte sich aufzurichten und hätte beinahe den Stuhl umgeworfen. Lilith fing beide auf – Mann und Stuhl – und stellte ebenfalls beide auf die Füße.

„Komm, lass' uns auf's Zimmer gehen", flüsterte sie ihm zu, stützte ihn unauffällig und dirigierte ihn zum Aufzug.

„Was genau meinst du mit ‚erledigt'?", fragte Frank mit schwerer Zunge, während der gläserne Aufzug sich mit ihnen Stockwerk um Stockwerk herab senkte. Der Anblick der vorbei ziehenden Etagen ließ ihn schwindelig werden, und er atmete erleichtert auf, als der Lift schließlich im fünften Stock Halt machte.

„Er wird keinen Ärger mehr machen." Lilith bot Frank an, ihn auf dem Weg durch den Zimmerflur zu stützen, aber er winkte ab und setzten vorsichtig einen Fuß vor den anderen – schwankend, aber aufrecht.

„Und das heißt …?" Frank fingerte die Codekarte aus der Brusttasche seines Hemdes und hielt sie vor das Türschloss, bis dieses grün blinkte. Dann drückte er die Klinke hinunter und schob sich durch die Tür. Das Licht im Zimmer flammte auf, und Frank kniff geblendet die Augenlider zusammen.

„Das heißt, er wird Mammon und Machtgier entsagen, zukünftig ein gottgefälliges Leben führen und sich in Askese üben." Lilith lächelte selbstzufrieden. Sie ließ die Zimmertür hinter sich ins Schloss fallen und stellte die Klinke aufrecht, um die Tür zusätzlich mechanisch zu verriegeln. „Er hatte eine Erscheinung, die ihn davon überzeugt hat, dass es sich lohnt, rechtzeitig vor der endgültigen Verdammnis das Ruder herumzureißen und einen neuen Weg einzuschlagen. Und ich denke, er wird meinem Vorschlag folgen, in einen Minoritenorden einzutreten. Insbesondere angesichts des Hinweises, dass Dämonen dazu neigen, heiligen Boden zu meiden und ihn dies folglich vor weiteren Heimsuchungen bewahren könnte."

„Ich denke, Kirchen sind für dich kein Problem."

„Es macht mir nichts aus, heiligen Boden zu betreten, aber das heißt noch lange nicht, dass ich mich dort gerne aufhalte. Außerdem genügt es vollkommen, wenn er *glaubt*, er sei in einem Kloster sicher."

Frank hatte sich aufs Bett gesetzt, mühsam die Schnürsenkel geöffnet und sich dann einfach zurück fallen lassen. Nun lag er quer auf dem breiten Doppelbett, die Beine angewinkelt, die Füße in den offenen Schuhen noch fest auf dem weichen, aber dennoch Halt verheißenden Teppichboden. Über ihm drehte sich die Zimmerdecke, sanft und langsam wie ein Kinderkarussell.

„Heißt das, er ist es nicht?"

„Niemand außer dem Ringträger ist je wirklich vor mir sicher. Aber solange er sich benimmt, werde ich ihn in Ruhe lassen. Und ich bin sehr sicher, dass er sich benehmen wird. Ich kann recht überzeugend sein. Und selbst wenn nicht – alle belastenden Unterlagen haben sich in Staub verwandelt, auch die in verschiedenen Verstecken und Bankschließfächern sowie auf digitalen Datenträgern. In einem ängstlichen Geist kann ich lesen wie in einem offenen Buch."

„Das heißt, er ist gesund ..."

„... und munter – naja, das vielleicht doch eher nicht. Aber was seine Gesinnung angeht, jedenfalls gesünder denn je. Das Interessanteste ist allerdings, dass er nur ein Handlanger war."

„Ein Handlanger?"

„Ja. Das Ganze hat er sich nicht selbst ausgedacht. Also, nicht dass man ihn erpresst hätte. Er hat schon freiwillig mitgemacht, aber gehandelt hat er im Auftrag eines mysteriösen Unterweltbosses. Offenbar hat Adamson mächtige Rivalen – oder jemandem gewaltig auf die Zehen getreten. Jedenfalls hat dieser Jemand Devlin damit beauftragt oder beauftragen lassen, gegen seinen Chef zu arbeiten, ihn Stück für Stück zu unterminieren und ihn schließlich zu vernichten. Die Erpressung Filzingers sollte erst der Anfang sein. Und schließlich hätte Devlin Adamson im Vorstand beerbt, selbstverständlich als Strohmann des geheimnisvollen Auftraggebers, den er selbst nicht kannte."

„Wo bin ich da nur hinein geraten?! Dann ist das alles womöglich doch noch nicht vorbei. Aber solange ich dich an meiner Seite habe, sollten diese Sorgen wohl meine geringsten sein."

„In der Tat – und schön formuliert. Eindeutig zweideutig."

„So war es jetzt zwar gar nicht gemeint, aber wo du es sagst …"

„Niemand hat je behauptet, dass es einfach wird."

Frank betrachtete nachdenklich für eine Weile stumm die Zimmerdecke, die immer noch um den Rauchmelder über dem Bett zu kreisen schien.

„Lilith?"

„Ja?"

„Danke. – Und … Lilith?"

„Ja?"

„Ich glaube, ich beginne dich wirklich zu lieben."

## 27. Verdächtigungen

Am nächsten Morgen wachte Frank früh auf. Er wunderte sich nicht, dass der Platz neben ihm leer war. Er hörte das Plätschern der Dusche im Bad und schloss noch einmal die Augen.

Abgesehen von den unglaublichen Begleitumständen seiner

Vermählung und den verstörenden Ereignissen der letzten Wochen, die aber in seiner Erinnerung schon wieder soweit verblasst waren, dass er sie fast als Alpträume abtun konnte, hatte sich irgendwie alles gar nicht einmal schlecht entwickelt. Sofort schalt er sich einen Narren, erinnerte sich daran, dass er in seiner Aufmerksamkeit nicht nachlassen durfte. Nach wie vor trug er die alleinige Verantwortung dafür, die gesamte Menschheit vor einer der größten Bedrohungen seit Anbeginn der Zeit zu bewahren. Die Fassade vorgegebener Normalität, die er ebenso für sich selbst wie für seine Umgebung hatte aufbauen müssen, durfte ihn nicht darüber hinweg täuschen, dass er den Ring der Lilith trug. Und schließlich hatte sie selbst ihn davor gewarnt, das je zu vergessen.

Lilith kam aus dem Bad, nur in ein Handtuch aus weißem Frottee gewickelt, und sah – wie immer – atemberaubend aus. Ihre langen, tief schwarzen Haare setzten einen fast schmerzhaften Kontrast zu dem flauschig weißen Stoff, der sich wie ein dichter Pelz um ihre Schultern schmiegte.

„Guten Morgen", gurrte sie Frank leise ins Ohr, und ihre langen Haare kitzelten seine Wange. Fast bedauerte er, dass sie kein „Liebling" angehängt hatte, aber gewiss wäre ihm das dann doch unangemessen vorgekommen.

Lilith schlug die Bettdecke zurück und schwang sich rittlings über Frank. Dabei öffnete sich das Handtuch und es breitete sich wie ein Cape über beide.

Eine Stunde später saßen Frank und Lilith im Speisesaal und genossen ein ausgiebiges Frühstück von dem reichhaltigen Buffet, mit französischen Croissants, Brötchen mit Marmelade und der vollen Palette eines klassischen „British Breakfast", begleitet von frisch gemahlenem und gebrühtem Kaffee sowie ebenso frisch gepresstem Orangensaft.

Als sie vollständig gesättigt waren, holte Frank noch zwei Tassen Kaffee, stellte eine vor Lilith und die andere auf den Platz ihr gegenüber an dem Zweiertisch, den sie sich ausgesucht hatten. Der Tisch stand ein wenig abseits, hatte aber trotzdem noch gute Sicht auf die morgendlichen Straßen von San Francisco, in denen das Leben bereits pulsierte. Der nächtliche Nebel war restlos verschwunden, und in der Ferne konnte man die Golden Gate Bridge sehen.

„So", sagte Frank und nippte an seinem noch heißen Kaffee. „Das Ende unserer Hochzeitsreise ist in Sicht. Noch ein halber Tag in der Stadt, und heute Abend steigen wir wieder in den Flieger. Zuerst war ich ja nicht wirklich überzeugt, dass Adamsons Idee wirklich eine gute war. Aber vielleicht lag das nur daran, dass er mich damit ziemlich überfahren und mir eigentlich gar keine Wahl gelassen hat. Schon seltsam – obwohl es mir oft schwerfällt, Entscheidungen zu treffen, mag ich es noch weniger, wenn andere sie für mich treffen." *Und das ist in letzter Zeit ziemlich häufig passiert,* fügte er in Gedanken hinzu. „Letztlich muss ich aber zugeben, dass ich die Reise wirklich genossen habe – bis auf den gestrigen Nachmittag. Aber das hast du ja schließlich auch noch zurecht gebogen, und überhaupt – ich könnte mir keine schöneren Flitterwochen vorstellen. Und das ist zweifellos auch wesentlich dir zu verdanken. Ich habe keine Ahnung, wie das alles weitergeht, wenn wir wieder zu Hause sind, aber diese Tage kann uns niemand mehr nehmen."

Er sah in Liliths dunkle Augen – dunkler als der schwarze Kaffee in ihrer Tasse.

„Naja, ich sage 'uns' und meine 'mir'", sah er sich genötigt zu ergänzen.

„In deine Seele kann ich nicht blicken. Aber ich hoffe, dass du das Ganze auch genießen konntest."

„Definitiv", sagte Lilith mit einem sanften Lächeln. „Keiner meiner bisherigen Gemahle hat mir so viele Freiheiten gelassen und sich zugleich um Sicherheit bemüht. Bruder Michael hat eine gute Wahl getroffen."

„Eigentlich hatte er keine", korrigierte Frank und fühlte sich trotzdem geschmeichelt. „Er musste den Erstbesten nehmen und hat nur meine grundsätzliche Heiratsfähigkeit überprüft."

„Ich bin sicher, er hat mehr als das getan", beharrte Lilith auf ihrem Kompliment. „Glaub mir: Es gibt viel weniger Zufälle, als man geneigt ist zu glauben."

„Wie auch immer", seufzte Frank. „Heute Abend geht es wieder nach Hause. Wollen wir also unseren letzten Tag in San Francisco genießen. Lass uns packen und dann noch ein bisschen spazieren gehen."

Er wollte sich gerade erheben, als sich zwei Herren dem Tisch näherten, die irgendwie nicht in das Ambiente der Frühstücksbar des Fünf-Sterne- Hotels zu passen schienen. Zielsicher steuerten die beiden auf Frank und Lilith zu, so dass Frank abwartend den Stuhl wieder zurecht rückte. Und tatsächlich blieben die beiden Männer direkt vor Ihnen stehen.

„Mr. und Mrs. Menden?", fragte der Ältere, griff in seine Hosentasche und zog eine Brieftasche heraus, die er mit routinierter Bewegung aufklappte, so dass der darin befindliche Ausweis sichtbar wurde.

„Inspector Vanderfleet und dort mein Kollege, Detective Stenton", stellte er sich und seinen Begleiter vor, nachdem er Frank kurz bestätigend nicken gesehen hatte. „Erlauben Sie, dass wir kurz bei Ihnen Platz nehmen?"

Es war offensichtlich keine wirkliche Frage, aber die Polizisten wahrten die Regeln der Höflichkeit. So deutete Frank wortlos mit offener Hand auf den freien Platz am Tisch, wo sich Vanderfleet und sein Begleiter niederließen, nachdem der Detective schnell vom Nachbartisch zwei Stühle herbei geholt hatte.

„Ich bedaure sehr, Sie am letzten Tag Ihrer Hochzeitsreise belästigen zu müssen", begann der Inspector, „aber wir müssen dringend eine seltsame Angelegenheit klären und hoffen auf Ihre Hilfe."

„Selbstverständlich", erwiderte Frank, äußerlich ruhig, aber mit beschleunigtem Herzschlag, der sich bei vielen Menschen automatisch einstellt, sobald sie von einem Vertreter der Obrigkeit angesprochen werden. „Wie können wir Ihnen helfen?"

„Nun, genau genommen benötigen wir nur ein paar Auskünfte von Ihnen, Mr. Menden. Würde es Ihnen etwas ausmachen, wenn wir beide uns unterhalten, während sich Detective Stenton um Ihre Frau kümmert?"

„Kein Problem", antwortete Frank, wunderte sich aber, ob die getrennte Befragung eines Ehepaars zur Standardprozedur der Polizei von San Francisco gehörte, wenn es nur um eine Kleinigkeit ging. Er hatte schon zahllose Kriminalserien gesehen, die genau hier spielten, aber in diesem Moment konnte er sich beim besten Willen nicht daran erinnern, wie die Befragung von Zeugen darin typischerweise ablief.

„Mr. Menden", begann Vanderfleet wieder, nachdem sich sein Begleiter mit Lilith an einem Nachbartisch niedergelassen hatte. „Wenn ich korrekt informiert bin, dann ist dies nicht nur Ihre Hochzeitsreise, sondern auch zugleich eine Geschäftsreise für die Adamson Corp. – richtig?"

Frank nickte.

„Und im Zuge dieser Geschäftsreise hatten Sie gestern Kontakt mit einem Mr. Jacob Devlin – auch korrekt?"

Frank nickte wieder, zunehmend nervös in der Ungewissheit, worauf der Inspector hinaus wollte.

„Ist Ihnen bei der Begegnung vielleicht irgend etwas Besonderes aufgefallen?"

Frank spürte, wie sein Herz von innen gegen den Brustkorb hämmerte. Was war passiert? Sollte er dem Inspector gegenüber die ungeheuerlichen Pläne Devlins erwähnen oder lieber zurückhaltend antworten? Er entschied sich für letzteres, wollte aber darauf achten, dabei möglichst wenig Konkretes preiszugeben, ohne offen zu lügen.

„Das hängt davon ab, was Sie als 'besonders' einstufen. Er hat sich mir als die zentrale Anlaufstelle vorgestellt, wo zukünftig meine Aktivitäten als Bindeglied zwischen der Adamson Corp. und meiner Firma in Deutschland vom Stammsitz aus koordiniert werden sollen. Er hatte überraschend detaillierte Pläne, wie das ablaufen soll, aber ich bin neu in der Position und habe wenig Erfahrung, wie so etwas normalerweise abläuft."

„Ja, was ist schon 'besonders'?!" Vanderfleet ging auf Franks Einlassung ein. „Ich meine: Wirkte Mr. Devlin auf Sie irgendwie nervös, vielleicht sogar ängstlich?"

„Das kann man nicht sagen", erwiderte Frank wahrheitsgemäß. „Auf mich machte er eher einen ziemlich selbstsicheren Eindruck."

Dabei dachte er daran, dass sich diese Selbstsicherheit wahrscheinlich nach Liliths Besuch ins Gegenteil verkehrt hatte. Und er erinnerte sich an Liliths Vermutung, dass Devlin im Auftrag der Unterwelt von San Francisco gehandelt hatte. Aber davon durfte er nichts wissen. Hatte der verängstigte Devlin womöglich schon am Morgen seine Auftraggeber ans Messer geliefert, um nicht Liliths Zorn auf sich zu laden? Aber was hatte er, Frank Menden, damit zu tun?

„Was ist denn eigentlich passiert?", fragte er daher sein Gegenüber.

„Was passiert ist? – Nun, Mr. Devlin ist heute morgen tot in seiner Wohnung aufgefunden worden. Und die Begleitumstände deuten auf eine keineswegs natürliche Todesursache hin."

Frank war wie vom Donner gerührt. Wenn Jacob Devlin tatsächlich mit der organisierten Kriminalität zu tun gehabt und diese womöglich – wenn auch extrem schnell – davon erfahren hatte, dass er sich mit der Absicht trug, seinen Auftraggebern den Rücken zu kehren, hatte man womöglich ein Exempel statuiert. Und dann war er, Frank Menden, nicht unschuldig daran, dass es so weit gekommen war.

„Ehrlich gesagt, ist mir in meiner Karriere so etwas noch nicht untergekommen", fuhr der Inspector fort, „und ich habe wirklich schon einiges gesehen. Der Mann war von innen heraus verbrannt. Als hätte er einen halben Liter Benzin getrunken und dann ein brennendes Streichholz verschluckt."

Für einen Moment setzte Franks Herzschlag aus. Die Gedanken überschlugen sich in seinem Kopf. Dabei erschienen immer wieder Bilder des sterbenden Magiers im Kölner Dom vor seinem geistigen Auge. Das alles konnte kein Zufall sein. Hatte Lilith gelogen, als sie von ihrer Begegnung mit Jacob Devlin erzählt hatte? Wie hatte er sich dazu hinreißen lassen können, sie ohne klare Beschränkungen auf ihre Mission zu schicken, nur mit einer Bitte und einem törichten Vertrauen, das durch keine ihrer tatsächlich belegten Handlungen gerechtfertigt war? Aber konnte sie so kurzsichtig sein, nicht zu ahnen, dass er ihr nun künftig die engsten Fesseln anlegen würde? Oder war es ihr einfach egal?

„Mr. Menden …" Der Inspector wedelte mit der Hand vor Franks

Augen herum. „Ich verstehe gut, dass Sie das schockiert. Aber bitte beruhigen Sie sich wieder. Können wir weiter reden?"

„Ja, gut", stotterte Frank, bemüht, seine Fassung zurück zu gewinnen.

„Es geht schon wieder." Dann wandte er sich wieder dem Inspector zu und versuchte sich nicht anmerken zu lassen, wie aufgewühlt er tatsächlich war. Aber glücklicherweise schien der erfahrene Polizist den Schrecken, der Frank erfasst hatte, dem Umstand zuzuschreiben, gerade erfahren zu haben, dass jemand, mit dem er noch am Vortag gesprochen hatte, unter grausigen Umständen zu Tode gekommen war.

Im weiteren Verlauf des Gesprächs erfuhr Frank, dass die Polizei ihn tatsächlich nur als einen Zeugen befragte. Schließlich war er einer der letzten gewesen, die Jacob Devlin noch lebend gesehen hatten. Aber immerhin hatte er ihn bei bester Gesundheit verlassen, und niemand kam auch nur im Entferntesten auf den Gedanken, ihm ein Motiv für den Mord zu unterstellen. Für die Polizei sah es ziemlich deutlich nach einem Mord im Umfeld des organisierten Verbrechens aus. Tatsächlich stand Devlin bereits seit geraumer Zeit unter Verdacht, in diese Richtung Kontakte zu unterhalten. Trotzdem konnte Frank seine Erleichterung nur mit Mühe verbergen, als der Inspector sich schließlich verabschiedete und ihm eine gute Heimreise wünschte.

Nachdem die Polizisten gegangen waren, kehrte Lilith zu Frank zurück.

Ihre Miene verriet keine Regung. Er sah sie unsicher an.

„Worüber hat der Detective mit dir gesprochen?", wollte er wissen und hüstelte.

Jacob Devlin ist tot."

„Ich weiß. Das hat mir der Inspector auch gesagt. Hat er dir auch verraten, wie er gestorben ist?"

„Er sagte, Devlin sei von innen heraus verbrannt."

„Genau so hast du den Magier im Dom getötet."

„Ja. Aber nicht Jacob Devlin."

„Sondern wie?"

„Überhaupt nicht. Wie ich schon sagte, war er, als ich ihn verließ, völlig verängstigt, aber kerngesund. Wer immer ihn getötet hat – ich war es nicht."

„Aber wer immer ihn getötet hat, bediente sich deiner Methoden."

„Ein guter Punkt", bemerkte Lilith. „Dieser Zauber ist nicht einfach. In der gesamten Menschheitsgeschichte gab es keine hundert Hexenmeister, die ihn beherrschten. Der Magier im Dom gehörte nicht dazu, sonst hätte er sich dagegen wehren können. Das lässt darauf schließen, dass sich der Gegenspieler allmählich selbst auf's Spielfeld begibt."

„Aber warum will er uns das wissen lassen?", wandte Frank ein.

„Er hätte Devlin auch unauffälliger töten können."

Lilith zögerte einen Moment und überlegte kurz. Dann antwortete sie:

„Entweder will er prahlen – doch dafür ist er zu klug und hat sich bisher zu sehr im Hintergrund gehalten. Vielleicht tritt er auch drohend auf den Plan, um das Geplänkel zu beenden und eine baldige Entscheidung zu erzwingen. Oder er will die Schuld auf mich schieben und meine Glaubwürdigkeit untergraben – was ihm zu gelingen scheint, denn ich habe den Eindruck, dass dein Vertrauen in mich einen schweren Knacks bekommen hat. Aber mal ehrlich – was hätte ich davon, gegen deinen ausdrücklichen Wunsch diesen Jacob Devlin zu ermorden? Er war für mich weder eine Bedrohung, noch auch nur ein Störfaktor. Mich hier so offensichtlich deinen Wünschen zu widersetzen – auch wenn du mir formal eine Freigabe erteilt hast – konnte mir doch nur schaden, droht es mir doch offensichtlich dein noch brüchiges Vertrauen zu entziehen und die gerade aufkommende ehrliche Liebe im Keim zu ersticken."

„Keine Ahnung", sagte Frank gequält. „Vielleicht konntest du einfach nicht widerstehen."

„Wie genau meinst du das?", forderte Lilith ihn zu einer näheren Erklärung auf.

„Kennst du die Fabel vom Skorpion und dem Frosch? Der Skorpion kann nicht schwimmen und bittet den Frosch, ihn ans andere Ufer zu tragen. Der Frosch weigert sich zunächst. 'Wenn du auf meinem Rücken sitzt, wirst du mich stechen, und dann sterbe ich', sagt er. Darauf der Skorpion: 'Warum sollte ich das tun? Wenn ich dich im Fluss töte, gehe ich unter und ertrinke – dann stürben wir beide.' Dem Frosch leuchtet das ein. Er lässt den Skorpion auf seinen Rücken steigen und schwimmt los. Als sie den Fluss halb überquert haben, sticht der Skorpion zu. Sterbend fragt der Frosch nach dem Grund. 'Ich konnte nicht anders', sagt der Skorpion, bevor er selbst ertrinkt. 'So bin ich nun einmal.'"

„Du siehst in mir also einen Skorpion", stellte Lilith säuerlich fest.

„Kein sehr schmeichelhafter Vergleich."

„Du bist eine Urdämonin. Vielleicht liegt das Töten und Quälen so sehr in deiner Natur, dass du es tust, wann immer sich eine Gelegenheit ergibt – selbst dann, wenn du dir selbst damit schadest. Deine Geschichte ist voll von Belegen dafür, dass du für das Ausleben deines Zorns auch eigene Nachteile in Kauf zu nehmen bereit bist."

„Touché", bemerkte Lilith. „Dieser Sichtweise kann ich nicht viel entgegensetzen. Aber trotzdem habe ich Jacob Devlin nicht getötet. Ich versichere dir, dass ich mich ehrlich bemüht habe, in deinem Sinne zu handeln, und dass ich dich nicht belogen habe. Ich kann deine Zweifel verstehen und werde sie wohl nie ganz zerstreuen können, aber es wird der Tag kommen, an dem du dich entscheiden musst zwischen Kontrolle und Vertrauen."

„Mag sein", meinte Frank. „Aber bis dahin entscheide ich mich für Vorsicht."

„Ach, sei kein Frosch!", sagte Lilith, und beide lachten. Bei Frank klang es allerdings ziemlich gequält.


## 28. Ersatzmann


Den restlichen Vormittag verbrachte Frank mit Lilith bei einem ziellosen Spaziergang durch den Golden Gate Park, in dem Versuch, die schrecklichen Bilder aus seinen Gedanken zu verbannen, in denen der sterbende Magier im Dom Jacob Devlins Züge annahm, während sein Gesicht von innen heraus verglühte. Die Zerstreuung gelang Frank nur ansatzweise, zumindest aber genug, um nach der Rückkehr ins Hotel wieder klar denken zu können, als ihm der Portier einen Umschlag mit einer Nachricht von K. N. Adamson übergab. Der Konzernchef versicherte Frank und dessen Ehefrau seines tiefen Bedauerns über den schrecklichen Vorfall, bat Frank aber zugleich darum, noch einmal die Firma aufzusuchen, um vor der Abreise noch kurz die Auswirkungen von Devlins Ausfallen auf Franks Aufgaben zu besprechen. Wie in der Nachricht angekündigt, telefonierte der Portier mit der Adamson Corp. und kündigte an, dass Frank in wenigen Minuten von einem Fahrer abgeholt würde.

Tatsächlich klingelte kurze Zeit später das Telefon in Franks Suite. Der Portier gab Bescheid, dass ein Fahrer der Adamson Corp. auf Frank warte, der gleich darauf mit Lilith im Foyer erschien. Dort wurden sie von zwei Personen empfangen. Eine davon war Chap Spencer, den Kevin Adamson höchstpersönlich damit beauftragt hatte, Frank zu ihm zu bringen. Chap versicherte, Mr. Adamson habe den Abreisezeitplan im Blick, und versprach, Frank nach der Besprechung schnellstmöglich wieder im Hotel abzuliefern. In seiner Begleitung befand sich eine ältere Frau mit Hornbrille und mütterlicher Ausstrahlung. Ihr Name sei Martha Grimes, sagte sie, und Mr. Adamson habe sie beauftragt, sich um Mrs. Menden zu kümmern, während ihr Mann leider von der Firmenleitung noch einmal mit Beschlag belegt werden müsse. Nach diesem erschreckenden Ausklang der Hochzeitsreise habe Mr. Adamson es für angebracht gehalten, die Ehefrau seines Mitarbeiters nicht allein im Hotel herumsitzen zu lassen. Frank bedankte sich für die Fürsorge und verabschiedete sich von Lilith. Auf dem Weg zum Auto warf er ihr noch eine Kusshand zu und rief geistesgegenwärtig: „Halte dich tapfer. Ich bin bald wieder zurück. Und tu nichts, was ich nicht gut heißen würde!" Um keine fragenden Blicke zu provozieren (vorausgesetzt, dass überhaupt jemand hier den in deutscher Sprache gesprochenen Zuruf verstanden hatte), zwinkerte er ihr dabei auffällig zu. Aber er hoffte inständig, für Lilith würde kein Zweifel daran aufkommen, dass diese Worte keineswegs scherzhaft gemeint waren – und auch nicht als Bitte, sondern als klare Anweisung.

Frank folgte Chap zur Adamson-Limousine. Um keine Zeit zu verlieren, informierte Chap Frank bereits während der Fahrt über den Hintergrund des Gesprächs, soweit er vom CEO darüber in Kenntnis gesetzt worden war. Durch den Tod Jacob Devlins habe sich der Bedarf ergeben, Franks Rolle in der Firma neu zu definieren. Näheres werde ihm Adamson persönlich mitteilen.

Auf dem Firmengelände angekommen, wurde Frank sofort ins Chefbüro gebracht, wo ihn Kevin Adamson, der vorzeitig von seiner Reise nach Denver zurückgekehrt war, freundlich, aber besorgt begrüßte.

„Mein lieber Frank", begrüßte er den Ankömmling und streckte ihm seine riesige Hand entgegen. „Ich darf Sie doch Frank nennen ...?"

„Selbstverständlich, gerne", beeilte sich Frank zu sagen. Auch wenn er sich dabei wieder der unangenehmen Situation bei Jacob Devlin erinnerte, war es dies doch gänzlich anders. Als Amerikaner war Adamson es gewohnt, Menschen, mit denen er enger zu tun hatte, schnell beim Vornamen zu nennen. Außerdem hatte er den gewaltsamen Tod eines engen Mitarbeiters zu verdauen. Und nicht zuletzt mochte Frank den hünenhaften Konzernboss, der sich ihm gegenüber bisher in jeder Hinsicht nicht nur korrekt, sondern außerordentlich freundlich und großzügig verhalten hatte.

„Mein lieber Frank", begann Adamson also noch einmal, „ich bedaure zutiefst, dass Ihr Honeymoon einen so schrecklichen Abschluss gefunden hat. Sie sollten jetzt mit Ihrer Ehefrau die Heimreise vorbereiten, in schönen Erinnerungen schwelgen und die Zukunft planen. Und stattdessen ist ein Mensch tot, mit dem Sie gestern noch gesprochen haben."

Adamson machte eine Pause, und Frank überlegte für einen Moment, ob er ihn über die Illoyalität Devlins aufklären sollte, entschied sich aber doch dagegen. Adamson war durch den Mord an einem seiner leitenden Mitarbeiter schon aufgewühlt genug, und nun, da Devlins Intrigen keinerlei Auswirkungen mehr haben würden (und es dank Lilith dafür auch keinerlei Beweise mehr gab), war es nicht nötig, tiefer in der Wunde zu bohren. Immerhin sollte man über Tote ohne Not nichts Schlechtes sagen. Frank musste dabei an die berühmten drei chinesischen Affen denken, die symbolhaft „nichts sehen, nichts hören und nichts sagen", und daran, dass Bernd Filzinger, auf dessen Schreibtisch eine Statuette dieser Affen stand, ihm einmal deren eigentlichen Sinn erklärt hatte. Die Statuette war ein Gastgeschenk eines chinesischen Geschäftsfreundes, und dieser hatte erklärt, dass die im Westen verbreitete Interpretation, vor Unangenehmem Augen, Ohren und Mund zu verschließen, mit der tatsächlichen Bedeutung nichts zu tun hatte. Vielmehr standen die drei Affen für eine positive und wohlwollende Grundhaltung, über Fehler anderer höflich hinweg zu sehen und zu hören oder diese Fehler zumindest nicht unnötig anzusprechen, um peinliche Situationen zu vermeiden. Wie die chinesischen Affen entschied sich Frank Menden also zu pietätvoller Verschwiegenheit.

„Nun, wie auch immer", fuhr Adamson fort. „Jakes Ableben bringt mich in eine äußerst missliche Situation. Es gibt da eine kleine Firma in Rom, *Colloni Media Security*. Ein Kleinod, wie die Filzinger GmbH. Hat ein völlig neuartiges Verschlüsselungsverfahren entwickelt, das bisher noch niemand hat knacken können. Und dabei ist es so schnell beim Codieren und Decodieren, dass sogar das Streamen von 4k-Videos ohne zwischenzeitliche Umcodierung möglich ist. Aber leider gibt es Ärger. Uns wurden Hinweise zugespielt, dass die Firma das Verfahren auch in abgewandelter Form missbraucht, um Ransomware zu erzeugen. Angeblich verbreiten sie Programme, die Daten auf infizierten Rechnern verschlüsseln und nur gegen Zahlung eines Lösegeldes wieder decodieren. Jake wollte der Sache nachgehen. Morgen hätte er nach Rom reisen und dort nach dem Rechten sehen sollen. Die Sache eilt auch. Ich muss unbedingt erfahren, ob an dem Vorwurf etwas dran ist, aber wenn wir zu lange warten, könnten alle Spuren verwischt werden."

Frank wollte etwas einwenden, aber Adamson wehrte ab.

„Ich weiß, Sie sind kein Sicherheitsexperte. Aber darum geht es gar nicht. Jake war überhaupt kein Techniker, aber er hatte ein Gespür für Unstimmigkeiten. Und er kannte sich mit der Firmenstruktur aus wie kein zweiter. Aber gerade letzteres haben er und die anderen Mitarbeiter in den vergangenen Tagen detailliert an Sie weiter gegeben. Und wie ich hörte, sind Sie ein äußerst gelehriger Schüler gewesen." Er lächelte anerkennend und fuhr dann fort: „Ich hatte ihn gebeten, Sie als neues Bindeglied nach Europa aufzubauen und so ausführlich wie nur möglich zu instruieren. Ob Sie es wahrhaben wollen oder nicht – vermutlich kennt derzeit niemand die Verflechtungen der Adamson Corp. und ihrer Subunternehmen besser als Sie. Und genau da müssen wir ansetzen, denn Colloni wird eventuelle krumme Dinge nicht in der eigenen Firma betreiben."

Tatsächlich hatte Devlin Frank genauestens mit dem Organigramm des Konzerns vertraut gemacht. Sämtliche Verflechtungen bauten sich beim Gedanken daran wieder vor seinem geistigen Auge auf. Man konnte von Jacob Devlin halten, was man wollte, aber er musste ein Genie gewesen sein, was das Zusammenspiel eines Firmennetzwerks anging, und einen großen Teil dieses Wissens hatte er an Frank weitergegeben.

„Wäre es zuviel verlangt", fragte Adamson vorsichtig, „wenn ich Sie bäte, vor Ihrer Rückkehr nach Deutschland einen Zwischenstopp in Rom einzulegen und dort die Firma Colloni Media Security zu überprüfen? Ich weiß, Sie hatten es anders geplant, und besonders Ihre Frau, die ich jetzt wohl doch erst einmal nicht kennenlernen werde, wird wohl kaum begeistert sein. Aber es wäre wirklich wichtig."

Frank überlegte einen Augenblick. Genau genommen machte es nicht wirklich einen Unterschied, ob er seine neue Tätigkeit in der Filzinger GmbH oder an der Schnittstelle zu einer weiteren Adamson-Tochter in Rom begann. Zuhause lag keine Arbeit, die auf ihn gewartet hätte, und er spürte das starke Bedürfnis, seinem Gönner diesen Gefallen nicht zu verweigern. Auch Lilith hatte definitiv keine Termine, die eine Verzögerung zum Problem gemacht hätten. Trotzdem fühlte Frank sich versucht, sie vor einer Entscheidung zu konsultieren, aber dann fiel ihm ein, dass er sich besser nicht angewöhnen sollte, der Dämonin in seiner Obhut in allen Belangen ein Mitspracherecht einzuräumen. Er musste selbst entscheiden, und das tat er.

„In Ordnung", sagte Frank und streckte Adamson die Hand entgegen.

„Wenn ich Ihnen damit einen Gefallen tun kann und Sie wirklich glauben, dass ich der richtige Mann dafür bin, dann werde ich es tun."

„Vielen Dank!", sagte Adamson erfreut und ergriff Franks Hand, die vollständig in der seinen verschwand. „Ich bin überzeugt, Sie werden einen hervorragenden Job machen. Ich gebe sofort meinen Leuten Bescheid. Die werden sich um die Umbuchungen kümmern und auch die deutschen Kollegen informieren, damit man Sie dort nicht vermisst. Dann fliegen Sie heute Abend zunächst einmal nach Rom. Es wird alles vorbereitet. Weitere Instruktionen wird man Ihnen ins Hotel bringen und Sie auch rechtzeitig zum Flughafen fahren." Mit diesen Worten verabschiedete Adamson sich von Frank Menden, der gleich darauf von Chap Spencer im Büro des CEO abgeholt wurde, während dieser die Planänderung in Gang setzte.

Kurze Zeit später war Frank wieder im Hotel und informierte Lilith über die neueste Entwicklung. Lilith hatte die Zeit bis zu seiner Rückkehr mit Martha Grimes in der Hotelbar zugebracht. Die freundliche Frau hatte ihr Gesellschaft geleistet und sich liebevoll um sie gekümmert, ehrlich bemüht, sie von den schrecklichen Ereignissen um Jacob Devlins Tod abzulenken, diese aber zugleich auch verarbeiten zu können. Lilith hatte offenbar glaubwürdig die starke Frau gegeben, die von den Geschehnissen zwar ernsthaft mitgenommen war, aber dennoch nicht in Gefahr stand, von dem Mord beim Ausklang der Hochzeitsreise eine posttraumatische Störung davonzutragen.

„Rom also", stellte sie später lapidar fest. „Es ist lange her."

## 29. Malware

Das Flugzeug landete planmäßig bei sonnigem Wetter auf dem römischen Flughafen. Am Ausgang hinter der Gepäckausgabe wartete bereits ein junger Mann im Lacoste-Polohemd, der sich ein Schild mit der Aufschrift

„Herr & Frau Menden" vor die Brust hielt. Als Frank und Lilith auf ihn zu strebten, begann er zu strahlen und kam ihnen entgegen.

„Buon giorno, Signore e Signora", begrüßte er sie. „Benvenuto – herzlich willkommen in Roma."

„Sie sprechen deutsch?", fragte Frank überrascht.

„Si, un pocco – ein wenig", sagte der Italiener bescheiden, der bei genauerem Hinsehen vielleicht doch nicht mehr ganz so jung war, wie es im ersten Moment den Anschein hatte – sicherlich aber noch unter dreißig.

„Ich habe ein Jahr in Berlin studiert."

Er winkte einen noch jüngeren Mann herbei, der mit einem Gepäckwagen etwas abseits gewartet hatte und bedeutete ihm, sich um die Koffer des soeben angekommenen Paares zu kümmern. Dann ergriff er Franks Hand und schüttelte sie mit beiden Händen. „Luigi Colloni", stellte er sich vor.

„Der Geschäftsführer höchstpersönlich!" Frank war ein weiteres Mal überrascht. „Was verschafft uns die Ehre?"

„Wie gesagt", erklärte Colloni, „ich spreche ein wenig Ihre Sprache und dachte, Sie freuen sich vielleicht, vertraute Klänge zu hören, wo Sie schon diesen Umweg machen mussten."

„Aber natürlich", bekräftigte Frank höflich. „Damit hatten Sie vollkommen Recht. Vielen Dank für den freundlichen Empfang."

Colloni wandte sich inzwischen Lilith zu und deutete einen Handkuss an. „Bella Signora, bitte verzeihen Sie die Umstände, die Sie noch für ein paar Tage von Ihrem Heim fernhalten. Ich werde mein Bestes tun, Ihnen den Aufenthalt hier so angenehm wie möglich zu machen. Bitte zögern Sie nicht, mich wissen zu lassen, wenn Sie irgendetwas benötigen – jederzeit." Dann trat er einen Schritt zurück.

„Das gilt selbstverständlich für Sie beide", fügte er noch hinzu und bedeutete ihnen dann, ihm zum Ausgang zu folgen, wo eine geräumige und klimatisierte Limousine auf sie wartete und sie durch den, wie immer, hektischen römischen Verkehr zum Hotel brachte. Dort begleitete er sie noch zum Check-In und verabschiedete sich dann mit der Ankündigung, sie in ungefähr zwei Stunden wieder abzuholen, weil er es sich nicht nehmen lassen wolle, beide zum Abendessen einzuladen. „Aber vollkommen zwanglos", fügte er noch hinzu. „Keine Abendgarderobe. Kleiden Sie sich ganz leger."

Das Abendessen verlief tatsächlich sehr entspannt. Luigi Colloni erschien pünktlich im Hotel, bekleidet mit leichtem Hemd über einer lockeren hellen Hose, die Füße mit beinlosen Socken in Freizeitschuhen, einen fein gestrickten Pullover über die Schultern geworfen. Er führte Frank und Lilith (die in ihrem sommerlich luftigen, flatternden Kleid, angereichert nur mit einer einreihigen Kette aus Perlen mit leichtem Roséschimmer, deren Größe zur Mitte hin kaum merklich zunahm, bewundernde Blicke der männlichen Passanten auf sich zog und hin und wieder ein anerkennendes Pfeifen erntete) in ein traditionelles römisches Restaurant, dessen Speisesaal in einem geräumigen Gewölbekeller lag. Das mehrgängige Menü bestand – nach vorab gereichtem knusprigem Weißbrot mit Olivenöl – aus Antipasti, Pasta, einem köstlich zubereiteten Fleischgericht und zum Abschluss Tiramisu, begleitet von einem süffigen offenen Rotwein. Beim abschließenden Grappa prostete Colloni seinen Gästen fröhlich zu. Er hatte sich während des ganzen Abends als vielseitiger und angenehmer Gesprächspartner erwiesen und es erfreulicherweise vermieden, Geschäftliches zu erwähnen. Offenbar war er sensibel genug, das junge Ehepaar auf der unfreiwillig verlängerten Hochzeitsreise nicht mit dem Vermischen von Beruflichem und Privatem zu belästigen.

So fielen Frank und Lilith nach einem durch und durch gelungenen Abend zufrieden in ihr Bett, nachdem Colloni sie wieder im Hotel abgeliefert und ihnen eine gute Nacht gewünscht hatte. Frank sollte am nächsten Morgen um 9:00 Uhr abgeholt werden, für

Lilith war am Vormittag eine Stadtrundfahrt organisiert. Im Anschluss daran sollte sie ebenfalls zur Firma gebracht werden und mit Frank und Colloni wieder zu einem gemeinsamen Mittagessen zusammentreffen.

„Trinken Sie zum Frühstück, was Sie wollen", hatte Colloni Frank noch zum Abschied mitgegeben und ihm dabei verschwörerisch zugeblinzelt, „aber ich empfehle den Capuccino – der ist ein Gedicht. Lassen Sie nur die Finger vom 'normalen' Kaffee. Was Sie darunter in Deutschland verstehen, werden Sie in Rom nirgends bekommen."

Beim Frühstück war Frank Collonis Rat gefolgt und hatte zwei Tassen vom besten Capuccino genossen, an den er sich erinnern konnte. Nun saß er mit der Laptop-Tasche auf dem Schoß in der Hotellobby und wartete darauf, zum geschäftlichen Treffen mit seinem Gastgeber abgeholt zu werden. Ein drittes Mal war er nicht wenig erstaunt, als Luigi Colloni selbst um exakt 9:00 Uhr vor ihm stand und ihn mit jugendlich verschmitztem Grinsen anstrahlte.

„Guten Morgen, Signore Menden", sagte er mit einem spitzbübischen Schmunzeln. „Vermutlich haben Sie nicht noch einmal mit mir als Chauffeur gerechnet, aber ich habe eine Überraschung für Sie, die ich mir nach unserem gestrigen Gespräch einfach nicht verkneifen konnte."

Neugierig, auf welchen Teil des Gesprächs Colloni anspielte, stand Frank auf. Die Männer und Lilith hatten am Vorabend beim Essen über die verschiedensten Themen gesprochen, von europäischer Geschichte über Autos, Fußball, Mode und Informatik bis hin zur Rolle der Kirche in der modernen Gesellschaft. Als er aber durch das Hotelportal hinaus in die Morgensonne trat, wusste Frank augenblicklich, worum es ging.

Vor dem Hoteleingang stand einladend ein leuchtend roter Ferrari Testarossa.

Luigi Colloni ließ lachend den Zündschlüssel um seinen Zeigefinger kreisen und machte mit der anderen Hand eine einladende Geste in Richtung auf das Auto.

„Sie erinnern sich bestimmt", sagte er, „dass wir uns gestern über Traumautos unterhalten haben. Nun – ich hatte das Glück, mir einen solchen Traum erfüllen zu können, und heute sollen Sie dieses Glück für eine Weile mit mir teilen."

Frank erinnerte sich nur zu gut. Irgendwann war das Gespräch auf italienische Sportwagen gekommen, und er hatte zugegeben, schon immer davon geträumt zu haben, einmal in einem Maserati, Ferrari oder Lamborghini sitzen zu dürfen, das Brüllen des Motors zu hören und die Landschaft an sich vorbei rasen zu sehen. Nach seinen Lieblings- Traumwagen gefragt, hatte er nicht lange überlegen müssen. Auch wenn es inzwischen technologisch hochgezüchtete Motoren in Karosserien mit futuristischen Designs gab, träumte er nach wie vor von den beiden Klassikern: *Lamborghini Countach* und *Ferrari Testarossa*. Zwei Boliden, zu ihrer Zeit mit Höchstgeschwindigkeiten von bis zu 300 km/h die schnellsten Geschosse, die auf regulären Straßen zugelassen waren. Zwar lag die Zeit mehr als fünf Jahrzehnte zurück, in der diese Oldtimer, als die sie anzusehen Frank sich beharrlich weigerte, Geschwindigkeitsrekorde aufgestellt hatten, doch zweifellos konnten sie auch heute noch in der Top- Riege der rasanten Sportwagen mitmischen. Unabhängig davon aber war sich Frank mit Colloni darüber einig, dass der Eleganz dieser beiden Meisterstücke automobiler Designkunst nach wie vor kein anderer Sportwagen das Wasser reichen konnte. Und nun stand einer davon direkt vor ihm, mit weit geöffneter Tür, und lud ihn zu einer Spritztour ein.

Frank nahm einen tiefen Atemzug, roch das feine Leder der Sitzbezüge und ließ sich auf den Beifahrersitz fallen. Er fühlte sich, als liege er flach auf der Straße – und dabei auch wie ein kleiner Junge, der noch an Christkind oder Weihnachtsmann glaubt und unter dem Christbaum im Kerzenschein das Geschenk liegen sieht, das schon seit Jahren immer wieder ganz oben auf seinem Wunschzettel gestanden hat.

Mit einem satten Geräusch schlug Colloni die Beifahrertür zu, ging um den Wagen herum, ließ sich selbst auf dem Fahrersitz nieder und zog auch seine Tür ins Schloss. In einem ärztlichen Wartezimmer hatte Frank einmal in einer Automobilzeitschrift gelesen, dass die Hersteller von Autos der Oberklasse eigens spezielle Sound-Designer beschäftigen, deren einzige Aufgabe darin besteht, genau dieses Geräusch beim Schließen der Türen zu erzeugen. Dann drehte Colloni auf altmodische Art den Schlüssel im Zündschloss, und mit sanftem Grollen sprang der Motor an. Obwohl viel leiser als erwartet, war auch in diesem Brummen bereits die verhaltene Kraft zu erkennen, die sich entlud, als Colloni den ersten Gang einlegte und Gas gab.

Der Firmensitz befand sich nicht im eigentlichen Stadtgebiet von Rom, sondern in einem Außenbezirk. Auf diese Weise kam Frank in den Genuss einer weit längeren Fahrt in dem Ferrari, als er zu hoffen gewagt hatte. Die Gegend war schon beinahe ländlich zu nennen. Schwungvoll, aber nicht übertrieben forsch, schwenkte Colloni auf das Firmengelände ein und kam auf einem der drei großzügig umgrenzten Parkplätze direkt neben dem Haupteingang zum Stehen, an denen je ein Schild mit der Aufschrift „Direzione" – Geschäftsleitung – prangte.

„Da wären wir", sagte er und lehnte sich entspannt zurück, gönnte Frank noch ein paar Augenblicke des Ankommens und öffnete dann die Fahrertür. „Bereit für die Arbeit?"

„Selbstverständlich", sagte Frank, atmete noch einmal tief den Duft der ledernen Sitzbezüge ein, der sich jetzt mit der warmen Luft des ausdampfenden Motors vermischte. Dann öffnete auch er die Tür und schwang sich aus dem Wagen.

„Lassen Sie mich Ihnen noch einmal ganz herzlich danken", begann Frank, nachdem er in Collonis Büro diesem gegenüber Platz genommen und die Sekretärin beiden einen doppelten Espresso gebracht hatte. „Sie haben uns gestern einen überaus freundlichen Empfang bereitet und einen wunderbaren Abend beschert."

„Es war mir ein Vergnügen." Colloni senkte bescheiden den Kopf.

„Und heute haben Sie mir darüber hinaus einen Kindheitstraum erfüllt", fügte Frank hinzu. „Aber das alles spielt in diesem Moment zunächst einmal keine Rolle. Sie wissen ebenso wie ich, dass dies kein einfacher Freundschaftsbesuch ist – nicht einmal eine routinemäßige

Inspektion."

„Natürlich, natürlich", bestätigte Colloni ernst. „Das unerwartete Ableben von Jake Devlin und dessen besondere Umstände werfen dunkle Schatten auf die Firma. Man kann angesichts dieser tragischen Geschichte nicht einfach zur Tagesordnung übergehen, zumal er es hätte sein sollen, der jetzt hier säße."

„Und mehr als das", fuhr Frank fort. „Ich will offen zu Ihnen sein. Auch Jacob Devlin hätte den gleichen unangenehmen Auftrag gehabt. Wie ich hörte, besteht ein Verdacht, dass nicht alle Geschäfte, die Ihre Firma macht, den Richtlinien entsprechen. Es heißt, die Codierung und Decodierung von Mediendaten sei nicht das einzige Softwareprodukt, mit dem Sie Geld verdienen. Es wird sogar gemutmaßt, dass das, was Jacob Devlin zugestoßen ist, mit dieser Angelegenheit zu tun haben könnte. Können Sie mir dazu etwas sagen?"

Von einem Augenblick zum anderen verschwand das jungenhafte Lächeln aus Collonis Zügen, als habe ein Regenguss ein Kreidebild in der Fußgängerzone fortgeschwemmt, unter dem nun das harte Straßenpflaster wieder zum Vorschein kam, und er verwandelte sich in den seriösen Geschäftsführer eines Unternehmens, als der er jetzt Frank Menden in seinem Büro gegenüber saß.

„Ich fürchte ja, leider", bekannte Colloni. „Aber es wird Ihnen vielleicht nicht gefallen."

Luigi Colloni lehnte sich schwer auf den Besprechungstisch, bis sein Gesicht dem von Frank Menden so nah wie nur möglich kam, ohne sich vom Stuhl zu erheben, und blickte seinem Gegenüber tief in die Augen.

„Aber bevor ich Ihnen meine Geschichte erzähle, würde ich gerne eines wissen", begann er. „Sind Sie hier nur als kurzfristiger Stellvertreter von Jacob Devlin oder als sein Nachfolger?"

„Welchen Unterschied würde das machen?", fragte Frank vorsichtig zurück.

„Einen großen", erwiderte Colloni, ohne den Blick von Frank zu lösen.

„Genau genommen kann uns Ihre Antwort viel Zeit sparen – und womöglich einige unangenehme Missverständnisse."

„In welchem Fall erwarten Sie Missverständnisse?", wollte Frank wissen. Es schien ihm erforderlich, vorerst ebenso taktierend zu antworten, wie Colloni begonnen hatte. Offenbar hing einiges davon ab, wer von beiden sich zuerst eine Blöße gab. Auch wenn Frank keineswegs sicher war, ob soeben wirklich ein Wortduell begonnen hatte, wollte er in dieser Partie – so es denn eine war – nicht durch eine unvorsichtige Eröffnung dem potenziellen Gegner einen Vorteil verschaffen. „Aushilfe oder Nachfolger?"

„In beiden", antwortete Colloni ausweichend und schien damit das gegenseitige Abtasten fortsetzen zu wollen. Dann aber wurde er doch konkreter. „Wenn Mr. Adamson Sie nur geschickt hat, um sich zu informieren, was bei uns los ist, dann wissen Sie einiges nicht, das ich Ihnen zuerst erklären müsste. Andererseits müssten wir dann nicht über die Fortsetzung oder Abänderung von Vereinbarungen verhandeln, die mit Mr. Devlin bereits im Vorfeld diskutiert wurden. Ich möchte Ihnen aber versichern, dass Sie in beiden Fällen auf meine volle Kooperationsbereitschaft zählen können. Lassen Sie uns also offen reden, statt einander gegenseitig zu umtänzeln."

Frank überlegte kurz. War Collonis Aufruf zur Offenheit ehrlich gemeint oder konnte dahinter eine mögliche Falle stecken? Das Unbehagen des Geschäftsführers angesichts der unsicheren Rolle seines Besuchers war nachvollziehbar, insbesondere wenn er, wie das Vorgeplänkel dieses Gesprächs vermuten ließ, unter Druck stand. Immerhin hatte er einen ersten Schritt getan und signalisiert, dass er grundsätzlich bereit war, sich diesem Druck (weiterhin) zu beugen, lieber aber unvorbelastet in die bevorstehende Lagebesprechung einsteigen würde. Mit dem Hinweis auf bestehende Absprachen mit Jacob Devlin hatte Colloni gar angedeutet, dass er sich einer Fortführung dieser Absprachen nicht widersetzen würde, andererseits aber einem alternativen Ausweg aus der gegenwärtigen Situation keineswegs abgeneigt sei. In dieser Öffnung konnte Frank keine mögliche Finte erkennen und war daher bereit, ebenfalls die eigene Position offenzulegen.

„Ich bin kurzfristig beauftragt worden, Sie aufzusuchen", stellte er daher klar, „weil ich sowieso auf dem Weg zurück nach Europa war und Mr. Adamson die Angelegenheit offenbar wichtig genug ist, um auch einen unerfahrenen Mann zu schicken, damit sich die Klärung der hiesigen Lage nicht verzögert. Ich soll damit wohl in meine neue Rolle als Bindeglied zwischen der Adamson Corp. und meiner Mutterfirma in Deutschland hineinwachsen. Dabei habe ich keineswegs die Absicht, Jacob Devlins Stelle einzunehmen – weder bezogen auf seine Position in der Firma, noch in sonst irgendeiner Beziehung. Und ich habe auch Mr. Adamson nicht so verstanden, als läge es in seiner Absicht, mir über kurz oder lang diesen Job zuzuteilen."

„Bene", sagte Colloni. „Dann also die ganze Geschichte." Er stand auf und begann im Büro auf und ab zu gehen.

„Ich hatte schon seit einiger Zeit vermutet, dass etwas in der Firma nicht ganz sauber läuft. Mr. Adamson ist ein ehrlicher Mann, und ich wollte ihn so schnell wie möglich informieren, nachdem sich der erste Verdacht erhärtet hatte, auch wenn es mir zunächst nicht gelingen wollte, die faule Stelle auf eigene Faust ausfindig zu machen. Schließlich wollte ich auch vermeiden, dass er es aus einer anderen Quelle erfährt und ich dann noch unter Verdacht gerate, ihm etwas verheimlichen zu wollen."

Er blieb stehen und hob in einer Geste der Hilflosigkeit beide Hände.

„Aber unglücklicherweise ist Mr. Adamson selbst praktisch nicht zu erreichen. Jeder Kontakt lief über Jake Devlin." Colloni blieb stehen und blickte Frank eindringlich in die Augen. „Sie haben ihn kennengelernt", fuhr er beschwörend fort. „Er ist – er war – kein besonders netter Mensch, *antipatico*, oder?"

Frank nickte. Er ahnte, wie es weitergehen würde.

„Alora – also ..." Luigi Colloni nahm seinen Gang durch das Zimmer wieder auf, hin und her, wie ein Panther in einem zu engen Käfig. „Es dauerte nicht lange, und Jake Devlin stand hier vor der Tür. Saß genau da, wo Sie jetzt sitzen." Colloni gestikulierte wild in der Luft. „Da sagt er mir, es sei jetzt nicht mehr mein Problem, er würde sich um alles kümmern. Aber damit fingen die Probleme erst an.“

Der Geschäftsführer ließ sich schwer in seinen Schreibtischsessel fallen.

„Jake Devlin war nur ein paar Tage in Rom, da hatte er schon die Schwachstelle in der Firma gefunden, keine Ahnung, wie er das geschafft hat. Ein Software-Entwickler hatte in die eigene Tasche gewirtschaftet.

Ein Zauberer beim Programmieren, aber nicht ehrlich. Hatte wohl Spielschulden, teure Frauen, was weiß ich. Jedenfalls hatte er sich mit dem Syndikat eingelassen. Sie verstehen – Cosa Nostra, Mafia, organisiertes Verbrechen?“

Colloni raufte sich die Haare. Er wurde immer aufgeregter, redete sich regelrecht in Rage.

„Ich wollte damit nichts zu tun haben  ehrlich! Wollte das faule Ei entlassen und gut. Sicher, das wäre nicht einfach gewesen. Der Kerl hatte einen Teil des Virus in unsere Software eingebettet – eine Komponente, die kein Virenscanner findet, weil sie nur die Verschlüsselung übernimmt und damit in einer Codierungs-/Decoder-Software nicht auffällt. Erst mit einem externen Modul aktiviert sich die zusätzlich eingebettete Subroutine und tilgt anschließend alle Spuren in unserer Software. Wirklich gut gemacht, aber böse. Sicher hätten wir einiges an Arbeit investieren müssen, um alle diese Programmteile zu finden und zu entfernen. Hätten vermutlich das nächste Release verpasst, im schlimmsten Fall Software zurückrufen müssen, die wir schon verkauft hatten. Aber wir wären sauber geblieben. Doch was tut Jake Devlin? – Ich sage es Ihnen. Redet nicht mit Mr. Adamson, nicht mit der Polizia. Legt sich direkt mit der Mafia an, und was soll ich Ihnen sagen? Er gewinnt! Muss wohl mächtige Freunde haben. Macht einen Deal, aber … Pst!“ Luigi Colloni hielt sich einen Finger vor den Mund. „Kein Wort zu niemandem. Alles ganz einfach – solange alle spuren und dicht halten.“

Colloni atmete schwer. „Aber etwas scheint dann wohl doch durchgedrungen zu sein. Sonst wären Sie jetzt nicht hier, nicht wahr?“ Er machte eine bedeutungsvolle Pause, nach Bestätigung heischend.

„Beruhigen Sie sich", sagte Frank beschwichtigend. „Ich komme wirklich direkt im Auftrag von Mr. Adamson, um herauszufinden, ob an den Gerüchten über Ransomware aus Ihrem Hause etwas dran ist. Aber da man auch in Amerika schon über Kontakte Jacob Devlins zum organisierten Verbrechen spekuliert hat, hatte ich so etwas beinahe schon befürchtet."

Colloni atmete auf. „Dann hatte ich Recht", fuhr er erleichtert fort, „ich hätte das alles vor Ihnen auf die Dauer sicher nicht vertuschen können. Also konnte ich es Ihnen auch gleich vollständig erzählen. Man hat mir gesagt, dass es so kommen würde. Aber jetzt wissen Sie auch Bescheid, und man wird auf Sie zukommen." Wieder machte er eine Pause, damit Frank auch sicher verstehen konnte, was er damit sagen wollte. Doch dann wurde er unsicher. „Oder sind Sie womöglich doch nur hier, um sich zu überzeugen, dass ich mich auch nach Jake Devlins Tod noch an die Abmachungen halte. Oder um herauszufinden, ob ich etwas mit seinem Tod zu tun habe?" Colloni war wieder stehen geblieben, die Arme auf den Tisch gestützt, und versuchte in Franks Augen zu lesen.

„Egal. Ich habe keine Ahnung, wer Devlin auf dem Gewissen hat, und ich will es auch gar nicht wissen. Seine Leute, unsere Leute … Ich halte mich da 'raus. Ich wollte immer nur schöne Software entwickeln und gutes Geld damit verdienen – sauberes Geld. Aber jetzt stecken wir da bis zum Hals drin. Ich habe Familie – eine Frau und zwei Bambini – und man hat mir zu verstehen gegeben, was passieren könnte, wenn ich Ärger machen sollte. Eines Morgens, meine Frau brachte gerade die Kinder zur Schule, lag eine Umschlag auf dem Frühstückstisch. Darin waren Fotos von meiner Familie. Auf der Arbeit, in der Schule, zu Hause. Und überall auf den Gesichtern ein Fadenkreuz. Ich muss nichts tun, einfach nur wegsehen. Und ich werde auch nichts unternehmen. Es tut mir leid, aber da Sie nun einmal hier sind, um die Sache zu untersuchen, sollen Sie wissen: Ich habe selbst wirklich nichts Unrechtes getan, aber auch niemanden verraten. Alles Weitere werden Sie mit anderen Leuten klären müssen."

Frank nickte versonnen. Sein erster Auftrag für die Adamson

Corp. entpuppte sich gleich als alles andere als eine Routine-Aufgabe. Aber was hatte er erwartet? – Er war als Vertreter eines Mannes unterwegs, der unter erschreckenden Umständen überraschend zu Tode gekommen war und dem Kontakte zum organisierten Verbrechen nachgesagt wurden. Sein Auftrag lautete, unlautere Machenschaften in einer italienischen Firma aufzudecken. War es wirklich überraschend, zu erfahren, dass die Mafia dabei ihre Hände im Spiel hatte? Aber wie würde es weitergehen? Er glaubte Luigi Colloni, dass dieser selbst nur ein unschuldiges Opfer in diesem Spiel war, aber dessen Worte klangen Frank noch deutlich im Ohr:

„Man wird auf sie zukommen."

Was auch immer man von ihm wollte – ob die Mörder Jacob Devlins ihm nahelegen würden, nicht denselben Fehler zu begehen, ob die römische Seite von ihm in Erfahrung würde bringen wollte, ob dieser Mord zum Störfaktor in den bisherigen Beziehungen werden könne, oder ob man ihn einfach „nur" würde nötigen wollen, die stillschweigende Duldung der Schadsoftware im Colloni-Programmpaket fortzusetzen (oder was immer es war, das Devlin mit den römischen Mafiosi ausgehandelt hatte) – die bevorstehende Begegnung würde eine höchst Bedrohliche sein. Frank versuchte sich selbst davon zu überzeugen, dass ihm nichts passieren konnte, solange Lilith an seiner Seite war, aber im Augenblick war sie das eben gerade nicht. Dennoch blieb er zu seiner eigenen Überraschung – zumindest äußerlich – auffallend ruhig.

„Würden Sie mir verraten, was Sie jetzt zu tun beabsichtigen?" Collonis Worte holten Frank aus seinen Grübeleien. „Werden Sie Mr. Adamson informieren oder noch abwarten?"

„Was würde wohl passieren, wenn ich jetzt telefonieren wollte?"

„Dann hätten Sie kein Netz."

Die Worte kamen von Collonis Sekretärin, die lautlos das Büro betreten hatte. „Signore Colloni hat Ihnen die Lage ausführlich beschrieben, aber bevor Sie eine Entscheidung treffen, sollten Sie sich alle Optionen erklären lassen. Keine Sorge, niemand will Ihnen Übles – jedenfalls bisher nicht. Ob das so bleibt, wird ganz von Ihnen abhängen."

„Leider bin ich nicht mehr ganz Herr meines Personals", erklärte Colloni entschuldigend und zuckte mit den Schultern. „Ich genieße viele Privilegien, und im Prinzip kann ich frei agieren, aber man hat es für angebracht gehalten, dass mir ständig jemand über die Schulter sieht."

„Wie wird es jetzt weitergehen?", wollte Frank wissen, nachdem die Sekretärin das Büro wieder verlassen hatte. Offenbar traute sie Colloni zu, Frank über die weiter geplanten Abläufe auch ohne ihr Zutun zu instruieren, auch wenn sie wahrscheinlich über die Gegensprechanlage zuhören würde.

„Wir werden gleich zum Mittagessen fahren", sagte Colloni nach einem Blick auf die Uhr. „Dort werden Sie *den Don* treffen."

„Aha", sagte Frank. „Und haben Sie eine Idee, was mich da erwartet?"

„In jedem Fall wird das Zusammentreffen mit dem Don nicht ganz einfach werden", erläuterte Colloni weiter. „Ich nehme an, man wird Ihnen ein Geschäft anbieten. Und Sie wahrscheinlich bedrohen, wenn Sie nicht darauf eingehen. Aber zunächst einmal wird man wissen wollen, mit wem man es zu tun hat. Vermutlich wird man in Ihnen einen Repräsentanten von Jacob Devlins Hintermännern vermuten – oder seiner Mörder. Oder beides. Vielleicht hat er ja alle hintergangen, und jemand hat ihm die Rechnung präsentiert. Zuzutrauen wäre es ihm."

Frank nickte. Obwohl diese Eröffnung für ihn nicht wirklich überraschend kam, begann er doch, sich etwas unwohl zu fühlen angesichts der Aussicht, in Kürze einem leibhaftigen Mafia-Paten gegenüberzutreten. Und es war nach wie vor unklar, ob nicht doch die italienische Mafia selbst etwas mit dem Mord an Devlin zu tun hatte.

„Ein freundschaftlicher Rat noch", fügte Colloni hinzu. „Was immer passiert – Sie sollten unter allen Umständen höflich und ruhig bleiben. Der Don schätzt und respektiert das."

Frank nickte und schwieg. Auch Colloni schien vorerst nichts weiter sagen zu wollen.

„Und nun?", fragte Frank nach einer Weile. „Wann werde ich

meine Frau wiedersehen?"

„Beim Mittagessen", antwortete Colloni. „Einer von meinen Leuten wird sie direkt zum Ristorante bringen."

„Einer von *Ihren* Leuten oder einer von *deren* Leuten?"

„Enzo Fiorentini. Er war dabei, als ich Sie vom Flughafen abgeholt habe."

Wieder nickte Frank verstehend. Er hatte wohl bemerkt, dass Colloni seine eigentliche Frage nicht beantwortet hatte – und damit wiederum doch.

„Er ist der Entwickler, der ...", begann Colloni noch einmal, besann sich dann jedoch anders.

Wieder schwiegen sich beide gegenseitig an, bis Colloni sich abrupt vom Stuhl erhob. „Lassen Sie uns gehen", sagte er. „Es ist Zeit."

Als Frank sich ebenfalls erhoben hatte, gewann Colloni sein jugendliches Strahlen zurück.

„Wissen Sie, was ich in letzter Zeit gelernt habe?" fragte er Frank, als sie nebeneinander auf die Bürotür zustrebten.

„Was denn?", fragte Frank zurück.

„Was immer auf uns zukommen mag", sagte Colloni, „jetzt ist jetzt und nur der Augenblick zählt."

Frank zog eine Augenbraue hoch. Für Lebensweisheiten war er gerade wenig empfänglich.

„Genießen Sie das Leben, Herr Menden. Genießen Sie jeden Augenblick." Colloni lächelte und warf Frank den Ferrari-Schlüssel zu.

## 30. Traumwagen

Frank strich sanft mit den Fingern über den feuerroten Lack. Fast hätte er erwartet, dass der Ferrari sich aufbäumen würde wie der schwarze Vollbluthengst auf dem Marken-Emblem, das die Spitze seiner Kühlerhaube zierte.

*Ein Traum*, dachte er. *Eine Legende!*

Colloni hatte Recht. Was würde es am Ablauf des bevorstehenden Treffens mit dem Mafia-Paten ändern, ob Frank die Zeit bis dahin genoss oder nicht?! Es gab nichts, das er noch hätte vorbereiten können, und statt grübelnd auf dem Beifahrersitz in düstere Kontemplation zu versinken, konnte er ebenso gut die unwiederbringliche Gelegenheit mit allen Sinnen in sich aufnehmen, sein Traumauto nicht nur als Beifahrer zu erleben, sondern selbst am Steuer zu sitzen.

Andächtig versenkte Frank den Schlüssel im Türschloss, drehte ihn langsam und hörte auf das Zurückschnappen der Verriegelung. Kein Funksignal aus der Ferne. Ein direkter, ehrlicher Kontakt zur Eröffnung – *wie es sich gehört!* Dann glitt der Daumen von oben nach unten über die gerippten Kühlerschlitze, die sich auf ganzer Länge zwischen Vorder- und Hinterrädern entlang zogen und dem Testarossa ein unverwechselbares Erkennungsmerkmal verliehen. *Wie die Saiten einer Gitarre*, dachte er kurz. *Fünf Rippen – fünf Saiten. Eine erweiterte Bassgitarre.* Frank war gespannt auf den Sound des Motors, auch wenn dieser mit den Seitenschlitzen nichts zu tun hatte. Mit etwas Phantasie konnte er auch noch den weit ausladenden Seitenspiegel mit Gitarrenhals und -kopf assoziieren. Aber dann entschied er, den Vergleich nicht zu weit zu treiben, sondern den Modellsportwagen der 80er Jahre einfach für sich selbst stehen zu lassen. Noch einmal glitten die Fingerkuppen im Aufschwung über die Kühlerrippen, bevor sie sich in den Türgriff einhakten und ein beherzter Griff das Schloss zurückschnappen ließ. Er ließ die breite Tür weit aufschwingen, tauchte mit dem rechten Fuß voran in die tiefe Mulde des Fahrersitzes, schob den linken schwungvoll nach und zog die Fahrertür ins Schloss. Entspannt ließ er sich in den hell beigefarbenen Sitz sinken, stellte dessen Position und Neigung ein, passte Innen- und Außenspiegel an, steckte den Schlüssel ins Zündschloss und erprobte den Griff zum Kugelknauf auf der kurzen, geknickten Metallstange des Schalthebels in der Mittelkonsole ebenso wie zuvor den Griff um das schwarze Lenkrad, in dessen Mitte auf gelbem Grund wieder der schwarze Hengst –

*Cavallino rampante* – prangte, obwohl es dieser Erinnerung nicht bedurft hätte, um sich jeden Augenblick zu vergegenwärtigen, in welchem Fahrzeug man sich befand. Frank machte sich in aller Ruhe mit den übersichtlichen Armaturen vertraut, und Colloni, der inzwischen auf der Beifahrerseite Platz genommen hatte, ließ ihn verständnisvoll gewähren.

Schließlich fühlte Frank sich bereit, konzentrierte sich wie ein Bogenschütze vor dem Spannen der Sehne und drehte dann den Zündschlüssel. Der Klang des anspringenden Motors ließ keine Zweifel an der Kraft, mit der das Vollblut mehr als vierhundert Pferdestärken auf die Straße brachte. Als Frank bei durchgetretener Kupplung vorsichtig etwas Gas gab, wieherte der italienische Hengst in Vorfreude auf den gemeinsamen Ausritt.

Frank ging die Fahrt langsam an, aber bald fühlte er sich recht sicher in dem Gefährt, das seine geballte Kraft gut zu zügeln erlaubte und dem Fahrer das sichere Gefühl vollständiger Kontrolle gab. So ließ er sich von einem auffordernden Blick Collonis gern dazu ermuntern, dem Vollblüter die Sporen zu geben. Der Ferrari beantwortete dies mit einem freudigen Aufheulen und jagte über die gerade Landstraße, bis Frank, bevor ihn der Rausch der Geschwindigkeit übermannen konnte, den Gasfuß sanft wieder zurückzog. Auch wenn er auf die Erfahrung der Beschleunigungs- kraft nicht hätte verzichten wollen, die ihn mit einem Andruck in den Sitz gepresst hatte, dass ihm die Luft aus der Lunge entwich, war er während der kurzen Phase, als er wie eine Gewehrkugel dahin geschossen war, ins Schwitzen geraten. Nun genoss er weiterhin lieber die Fahrt bei moderater Geschwindigkeit durch die malerische Kulisse des römischen Umlands.

Nach einer Weile vernahm Frank hinter sich ein Donnergrollen, das selbst das Röhren des Ferrarimotors übertönte, und warf einen Blick in den Rückspiegel. Was zunächst aus der Ferne wie eine schwarze Scheibe wirkte, die gleich einem Eishockeypuck über den Asphalt auf ihn zu glitt, wandelte sich beim Näherkommen zu einem schwarzen, keilförmigen Ufo mit dem Gesicht eines Kampfjets. Schnell füllte der Anblick des Wagens den Rückspiegel aus, und Frank erkannte sofort, was da so dicht zu ihm aufgeschlossen hatte: „Ein Lamborghini Countach!", rief er aus. „Kann das ein Zufall sein?"

Da war er, der ewige Rivale des Testarossa – Lamborghini Countach.

Eine dunkle Scheibe, noch flacher als der Ferrari, schwarz wie der Kampfstier auf dem Markenemblem, schien sich dem Vollbluthengst aus Modena zum Kräftemessen stellen zu wollen. Mit einem Mal fühlte sich Frank für einen Moment wie Rotkäppchen (was der Übersetzung des von den rot lackierten Zylinderköpfen inspirierten Namens *Testarossa* ziemlich nahekam) vor dem bösen Wolf. Obwohl sein Rotkäppchen keineswegs zahnlos war, widerstand Frank der Versuchung, sich auf ein Duell einzulassen, so verlockend der Gedanke auch erscheinen mochte, sich dem Rivalen vor den Toren Roms zu einem Wagenrennen zu stellen. Zum einen war er weder ein besonders sportlicher Fahrer, noch mit dem Fahrzeug, das er führte, vertraut. Außerdem siegte bei ihm in aller Regel ohnehin schnell die Vernunft, wenn auch manchmal mit einem gewissen Bedauern.

„Machen Sie sich keine Gedanken", beruhigte auch Colloni, der Franks angespannten Gesichtsausdruck richtig gedeutet hatte. „Das ist keine Kampfansage, sondern Firmenwagen *numero due* der Colloni Media Security. An Bord sollte sich Ihre Frau befinden und ebenfalls zum Treffpunkt gebracht werden. Beim Mittagessen werden Sie wieder vereint sein."

Wie zur Bestätigung hupte der andere Wagen zweimal kurz und setzte zum Überholen an. Als der Lamborghini an ihnen vorbeizog, versuchte Frank einen Blick auf den Beifahrersitz zu erhaschen, konnte aber wegen der spiegelnden Scheiben der Seitenfenster nicht erkennen, ob Lilith tatsächlich darin saß.

„Übrigens heißt es *Kun-tatsch*", artikulierte Colloni, während sich der schwarze Stier zügig von ihnen entfernte. Dem Tonfall seiner Erklärung konnte man anhören, dass er sich bemühte, nicht besserwisserisch zu klingen. „Ein piemontesisches Wort, kein englisches. Es ist ein bewundernder Ausruf für etwas wirklich Beeindruckendes. So etwas wie *Wow!*"

„… was zweifellos berechtigt ist", ergänzte Frank. „*Beeindruckend* ist gar kein Ausdruck, obwohl wir ja hier in einem durchaus ebenbürtigen Auto sitzen."

„Schön, dass Sie das auch so sehen", freute sich Colloni und ergänzte – wie um zu betonen, dass er Frank wirklich nicht mit seiner Korrektur der Aussprache hatte schulmeistern wollen: „Über die Herkunft des Namens wissen nicht viele Bescheid. Aber es weist Sie schon als Kenner aus, dass Sie den Markennamen nicht – wie leider sehr viele Deutsche – Lambordschienie aussprechen."

Frank setzte die vergleichsweise gemächliche Fahrt fort, nachdem der Lamborghini bereits aus dem Sichtfeld verschwunden war. Wenige Minuten später forderte Colloni ihn zum Abbiegen auf eine Seitenstraße auf und wies ihm den Weg zu einem einsam gelegenen Landgasthof. Dort parkten sie den Ferrari auf einer von Bäumen beschatteten Fläche neben dem Restaurant und gingen zusammen über einen gut gepflegten Kiesweg zum Eingang. Der Parkplatz war vollkommen leer, bis auf einen (wohl hauseigenen) Lieferwagen und eine übergroße Limousine – und den schwarzen Lamborghini.

## 31.  Superhelden

An der Tür zur Gaststube wurden Frank und Colloni bereits vom Oberkellner erwartet, der Luigi Colloni mit einem italienischen Wortschwall überschwänglich begrüßte. Dann legte er ihm die Hand auf die Schulter und wechselte mit ihm einige leisere Worte. Als er geendet hatte, wandte sich Colloni zu Frank um und setzte ihn über den Inhalt des Gesprächs in Kenntnis.

„Lieber Herr Menden. Wie ich gerade erfahre, dauert die Zubereitung der Speisen noch eine kleine Weile. Deshalb lässt der Don vorschlagen, das geschäftliche Gespräch vorher zu führen. Das Mittagessen selbst kann dann im Anschluss sicher auch entspannter ablaufen. Der Padrone wird Sie zum Don führen, während ich hier auf Sie warte."

Gerne hätte Frank vor dem Gespräch noch ein paar Worte mit

Lilith gewechselt, aber dazu war jetzt offenbar keine Gelegenheit. *Sei's drum!* Dann wurde es jetzt also ernst. Der Ober winkte Frank, ihm zu folgen, und führte ihn in einen fensterlosen Nebenraum, in dem hinter einem wuchtigen Holztisch ein älterer Herr in gut sitzendem Anzug wartete. Flankiert wurde er von drei bulligen Männern, ebenfalls in Maßanzügen, die hinter ihm an der Rückwand des Raumes standen, die Hände entspannt vor dem Körper gekreuzt. Eine lichtschwache Deckenlampe erleuchtete dürftig den Tisch und einen Stuhl, der davor stand, dem älteren Herrn genau gegenüber. Als sich Franks Augen an die schummrige Beleuchtung gewöhnt hatten, konnte er in einer Ecke einen Fernsehbildschirm erkennen, der an die Wand montiert war. Ansonsten wirkte der Raum ungewöhnlich leer, so als seien Tisch und Stühle kurzfristig eigens für diese Besprechung herein geräumt worden. Vielleicht diente das Zimmer im Normalbetrieb dem gemeinsamen Betrachten sportlicher Ereignisse, überlegte er.

Nachdem der Ober die Tür von außen geschlossen hatte, trat einer der im Hintergrund Stehenden einige Schritte vor, bis er seitlich dicht hinter dem Stuhl des Paten stand. „Willkommen, Signore Menden", sagte er in brüchigem Deutsch. „Bitte setzen Sie sich. Mein Vater ist erfreut, Sie kennen zu lernen. Leider beherrscht er Ihre Sprache nicht und hat mich gebeten, für ihn zu übersetzen."

Frank nickte, nahm auf dem freien Stuhl Platz und richtete sich auf ein mühsames Gespräch ein, bei dem seine Worte und die seines Gegenübers den jeweiligen Adressaten nur verzögert erreichen würden und man auf mögliche Verfälschungen von Feinheiten in der Wortwahl durch die Übersetzung gefasst sein musste.

Dann begann der Don leise, aber deutlich zu sprechen, und der Mann an seiner Seite, der sich als sein Sohn vorgestellt hatte, übersetzte.

Nach einigen knappen Begrüßungsfloskeln zur Wahrung angemessener Umgangsformen kam der Mafiapate schnell zur Sache. Wie Luigi Colloni zuvor, versuchte er zunächst in Erfahrung zu bringen, in welcher Funktion Frank nach Rom gekommen war. Trotz ausgesuchter Höflichkeit war dabei eine latente Bedrohung permanent spürbar. Frank fühlte sich an die Legende des antiken griechischen Damokles erinnert, der einen Tag lang sämtliche Vorzüge des Königtums genießen durfte, während aber zur steten Erinnerung an die Gefahr, der ein König unablässig ausgesetzt war, in einem mitgeführten Gestell über seinem Haupt ständig ein Schwert schwebte, nur von einem Rosshaar gehalten.

Nachdem der Don sich davon überzeugt hatte, dass Frank keine amerikanische Verbrecherorganisation, sondern lediglich die Adamson Corp. vertrat, schlug er ihm, wie ebenfalls erwartet, einen lukrativen Handel vor, sofern Frank bereit sein würde, Adamson davon zu überzeugen, dass es sich bei dem Hinweis auf die in Collonis Verschlüsselungsprogramm verborgene Schadsoftware um eine Fehlinformation gehandelt habe, verbunden mit der Erwartung, dass er auch künftig vor jeglichen Unregelmäßigkeiten im Zusammenhang mit Colloni Media Security die Augen verschließen würde.

„Das ist zweifellos ein verlockendes Angebot", begann Frank. Seine Handflächen wurden feucht, denn jetzt begann der kritische Teil.

„Dennoch werde ich es aber ablehnen müssen. Die Adamson Corp. ist ein seriöses Unternehmen, und der Erfolg eines solchen Unternehmens steht und fällt mit der Vertrauenswürdigkeit gegenüber den Kunden. Adamson würde es niemals dulden, dass mit Software, die unter diesem Label vertrieben wird, unlautere Geschäfte gemacht werden. Und ich habe den Eindruck gewonnen, dass auch Colloni Media Security als Mitglied der weltweiten Adamson-Familie gerne diese Firmenpolitik verfolgen würde. Insbesondere lebt auch Mr. Adamson von der Integrität seiner Mitarbeiter, und ich persönlich kann das Vertrauen, das er in mich setzt, unmöglich enttäuschen. Ich bin zwar nicht autorisiert, in seinem Namen zu sprechen, und daher kann ich Ihr Angebot natürlich an ihn weiterleiten, wenn Sie das wünschen. Ich glaube allerdings nicht, dass er darüber erbaut sein wird."

Falls der Don von dieser Reaktion überrascht war, gelang es ihm gut, dies zu verbergen. Seinen Leuten stand die Verblüffung allerdings ins Gesicht geschrieben. Offenbar waren sie es gewohnt, dass jeder in der Gegenwart ihres Paten kuschte. Und ganz gewiss hatten sie einem kleinen Angestellten, der nur mal nach dem Rechten hatte sehen wollen, ein derart mutiges, wenn nicht geradezu tollkühnes Auftreten, im Angesicht einer trotz aller oberflächlichen Freundlichkeit unverhohlen bedrohlichen Situation, nicht im Geringsten zugetraut. Der Don selbst aber kniff nur kurz die Augen zusammen, dann wandte er sich mit ruhiger, leiser Stimme wieder an Frank, von seinem Sohn Satz für Satz übersetzt.

„Ihre Loyalität gegenüber Ihrem Arbeitgeber ehrt Sie", fuhr er fort. „Ich schätze so etwas. Allerdings schätze ich es weitaus weniger, mit einem großzügigen Angebot auf Widerstand zu stoßen. Vielleicht sollten Sie noch einmal in Ruhe darüber nachdenken. Im Moment genießen Sie das Vertrauen Ihres Chefs. Der ist aber weit weg, und wir sitzen hier beieinander. Und unser Arm reicht weit. Sicherlich hat auch Signore Colloni mit Ihnen darüber gesprochen, wie sehr er die Vorzüge genießt, die es mit sich bringt, unter unserem Schutz zu stehen. Ein unbeschwertes Leben mit viel Geld und der Gewissheit, dass es der Familie gut geht ..."

Der Don ließ den Satz unbeendet, aber Frank hatte durchaus verstanden. Er hob zu einer Erwiderung an, aber bevor er beginnen konnte, sprach der Don, der sein Mienenspiel aufmerksam beobachtet hatte und offenbar bereits wusste, in welche Richtung Franks Entgegnung gehen würde, weiter.

„Signore Menden, Sie sind jung verheiratet. Und wie jedes junge Ehepaar wünschen Sie sich sicherlich gegenseitig nur das Beste. Nun ist aber ein fremdes Land immer ein gefährliches Pflaster für eine junge Frau. Stellen Sie sich nur vor, Ihrer Gemahlin könnte etwas zustoßen."

„Um ehrlich zu sein, das halte ich für recht unwahrscheinlich."

„Sie bleiben bemerkenswert ruhig", stellte der Don fest. „Liegt Ihnen das Wohl Ihrer Gattin etwa nicht am Herzen?"

„Doch, durchaus. Aber ich bin absolut davon überzeugt, dass sie sehr gut auf sich selbst aufpassen kann."

„Sind Sie da wirklich sicher? Mir scheint, Sie verkennen den Ernst Ihrer Lage. Lassen Sie mich Ihrem Verständnis ein wenig nachhelfen.“

Der Don winkte einen Wächter herbei und deutete auf den Flachbildschirm, der in der Zimmerecke hing. Dann wandte er sich wieder an Frank, während der bullige Leibwächter eine Fernbedienung hervorzog und den Monitor aktivierte.

„Signore Menden“, sagte der Don. „Sie werden sehen, dass ich nicht scherze. Ihre junge Frau genießt gerade die Gastfreundschaft meiner Familie in einer nahe gelegenen Villa, und Sie wollen gewiss nicht, dass ihr etwas Unangenehmes zustößt. Werfen Sie einen Blick auf die Situation und sagen Sie mir, ob das wirklich so aussieht, als ob Ihre Frau 'auf sich selbst aufpassen' könnte.“

Der Bildschirm flackerte auf, und Frank konnte – ebenso wie alle übrigen Anwesenden – die Szene sehen, die von einer Webcam auf den Bildschirm live übertragen wurde.

„Ich würde sagen: Ja – definitiv“, stellte er lapidar fest und konnte sich ein Grinsen nicht verkneifen.

Der Bildschirm zeigte drei stämmige Männer in dunklen Nadelstreifenanzügen, die sich verängstigt in eine Ecke kauerten, und Lilith, die in die Kamera lächelte.

„Bin ich auf Sendung?“, fragte sie und richtete ihr Haar. „Hallo Schatz, ich nehme an, du kannst mich sehen und hören. Und du kannst stolz auf mich sein. Ich war ein ganz braves Mädchen. Keine Toten, keine Verstümmelungen – wie versprochen.“ Dabei strahlte sie so unschuldig in die Linse der Kamera, dass Frank schmunzelnd den Kopf schüttelte.

„Was hat sie mit ihnen gemacht?“, fragte der Don ungläubig. Er konnte den Blick nicht von den drei Männern wenden, die sich in Embryonalhaltung zusammengerollt hatten, am ganzen Körper zitterten und nichts unternahmen, obwohl Lilith ihnen den Rücken zuwandte und ihnen keinerlei Aufmerksamkeit zu widmen schien.

„Ich vermute“, erläuterte Frank, „sie hat ihnen einen kleinen Vorgeschmack dessen gezeigt, was sie in ihrem nächsten Leben erwartet, wenn sie so weitermachen wie bisher. Vermutlich sind sie als Verbrecher jetzt nicht mehr zu gebrauchen.“

„Ziemlich nah dran“, bestätigte Lilith fröhlich über den Monitor.

„Ein kleiner Blick in die Hölle, und die übelsten Schurken werden handzahm."

„Hölle?", fragte Frank nach, ohne den Don und seine Helfer eines Blickes zu würdigen. „Und was ist mit dem Rad der Wiedergeburt? Du erzählst doch ständig von Reinkarnationen."

„Man kann auch in der Hölle wiedergeboren werden", erklärte Lilith.

„Ist das denn nicht etwas für die Ewigkeit?"

„Ach weißt du, die 'Ewigkeit' wird überbewertet. Letzten Endes ist auch die nur vorübergehend." Nach einer kurzen Pause ergänzte sie: „Aber schon ziemlich lang. Man sollte sich gut überlegen, wie man sie verbringen will."

Der Don war noch immer fassungslos, ergriff nun aber dennoch wieder die Initiative. „Was immer da passiert ist", sagte er leise, aber mit deutlicher Schärfe, zu Frank gewandt, „*Sie* sind hier bei uns, und damit haben wir ein Pfand."

„Du hast es gehört, Lilith", rief Frank und versuchte, sich die Nervosität, die in ihm hoch kroch, nicht anmerken zu lassen. Am Vorabend hatte er mit Lilith den Ablauf des heutigen Tages in allen erdenklichen Varianten minutiös durchgesprochen. Nun aber hing alles davon ab, dass sie zu seiner Absicherung eintraf, bevor die Mafiosi ihm ernsthaft etwas antun konnten.

„Du solltest zusehen, dass du dort aufräumst und herkommst. Und du solltest besser keine Zeit verlieren. Vielleicht kannst du dich ja in einen feurigen Dämon mit ledernen Schwingen verwandeln und im Sturzflug hier einschlagen."

„Ich eile zu dir, mein Gemahl. Ich fliege!" Lilith zwinkerte in die Kamera und trennte mit einem Knopfdruck die Verbindung.

„Lilith, halt!", rief Frank, der seinen Vorschlag für die konkrete Umsetzung von Liliths Anreise eher rhetorisch gemeint hatte und eigentlich eine dezentere (und womöglich schnellere) Variante der Fortbewegung vorgezogen hätte. Aber es war schon zu spät. Sie hörte ihn nicht mehr.

„Ihr habt es gehört", rief der Don seinen Männern zu (und sein Sohn übersetzte weiter, weil ihm offenbar daran gelegen war, dass Frank wusste, was auf ihn zukam), im Augenblick akuter Bedrohung wieder ganz Herr der Lage. „Wir haben vermutlich nicht viel Zeit. Aber es muss reichen. Ergreift ihn, fesselt ihn und setzt ihm ein Messer an die Kehle. Tut ihm weh, wenn nötig, aber lasst ihn unter allen Umständen am Leben!" Dann schien er sich schließlich auch wieder Luigi Collonis zu erinnern, der wohl noch im Gastraum auf den Ausgang des Gesprächs wartete. Er deutete auf denjenigen seiner Männer, welcher der Tür am nächsten stand.

„Giuseppe, du schnappst dir den Computermann. Geh mit ihm nach draußen und bring ihn notfalls in Sicherheit. Vielleicht brauchen wir eine weitere Geisel in einiger Entfernung."

Giuseppe tat, wie ihm geheißen. Die übrigen Männer bewegten sich auf Frank zu. Einer von ihnen hatte ein Rasiermesser gezückt. Die frisch geschliffene Klinge blitzte im Licht der Deckenlampe auf.

Frank verharrte unbeweglich auf seinem Stuhl. Äußerlich erstarrt wie ein Kaninchen beim Anblick der Schlange, innerlich dagegen gespannt wie die Sehne einer Armbrust, wartete er auf den richtigen Moment. In Erwartung einer möglichen Eskalation hatte er sich am Vorabend mit Lilith auf eine solche Situation vorbereitet und überzeugen lassen, dass und wie er jederzeit den Ninja wieder hervor holen konnte. Als der erste Mann ihn erreicht hatte und sich eine grobe Hand seinem Arm näherte, überließ er dem ehemaligen Selbst die Kontrolle.

Franks Hand ergriff einen Finger und bog ihn ruckartig zurück – nicht so heftig, dass das Gelenk gebrochen wäre, aber gerade so, dass der kräftige Mann, vor Schmerz und Überraschung aufschreiend, dem Zug der Bewegung folgte und neben Franks Stuhl zu Boden ging. Ein Weiterer fasste nach Franks Genick, aber dieser duckte sich nach vorn, so dass der Griff ins Leere ging. Wie in einem Traum, Agierender und Beobachter zugleich, spürte Frank, wie er selbst geschmeidig aus dem Sitzen in eine Hockstellung wechselte, sich dabei in einer Spirale drehte, einen Arm fasste, der gerade noch nach seinem Hals gegriffen hatte und nun ohne den erwarteten Widerstand durch die Luft wischte, den Bewegungsimpuls des angreifenden

Mannes geringfügig umleitend, diesen wie ein in einen Strudel geratenes Schiff in die eigene Rotationsbewegung hineinzog und den Angreifer schließlich mit dem Gesicht über den Boden schlittern ließ. Inzwischen hatte ihn auch der Mann mit dem Messer erreicht, wurde aber von einem Fußtritt direkt unter sein Knie gestoppt, während sich ein zweiter Fuß dicht über seiner Ferse einhakte und ihn die dadurch entstehende Hebelwirkung rückwärts taumeln ließ.

Frank war sich durchaus im Klaren, dass er bisher vom Überraschungsmoment profitiert hatte. In Erwartung eines völlig verschreckten Opfers, das auf die Hilfe der anrückenden Verstärkung wartete, hatten die Angreifer nicht mit ernstzunehmender Gegenwehr gerechnet. Diesen Fehler würden sie allerdings kein zweites Mal machen, und Frank erinnerte sich nur zu deutlich der Situation im Kölner Dom, als sein untrainierter und erschöpfter Körper den Bewegungsimpulsen der Ninja-Reflexe nicht mehr hatte folgen können.

*Lilith, wo bleibst du?!*

Plötzlich hielten alle für einen Moment inne und blickten empor. Ein kräftiges Rauschen erklang von draußen. So, als wehe ein stürmischer Windstoß über das Haus hinweg. Dann landete krachend etwas auf dem Dach. Etwas Großes.

Noch bevor sich die Leute des Don zu einem neuen Angriff formieren konnten, brach eine Gestalt durch die Zimmerdecke, die einem Superhelden-Comic entsprungen zu sein schien. Etwa zweieinhalb Meter groß, mit dunkelroter, ledriger Haut, Wespentaille und überspitzten weiblichen Attributen, welche durch äußerst spärliche Bekleidung überdeutlich zur Geltung kamen, mit flammenden Haaren und glutroten Augen unter aufwärts gebogenen Hörnern mit blinkenden Spitzen. Die letzten Zentimeter schwebte sie sachte herab, getragen von fledermausartigen Flügeln mit scharfen Klauen an den Spitzen und einer Spannweite von mindestens zwei Körperlängen, die sich nach der Landung wie zu einem Umhang auf ihrem Rücken zusammenfalteten. So stand Lilith im Raum zwischen den Trümmern des Daches und der oberen Stockwerke, die sie auf ihrem Weg hinunter durchbrochen hatte. *Wie ein Dämon, aus höllischen*

*Tiefen entsprungen – also gar nicht weit von ihrer wirklichen Natur entfernt,* dachte Frank.

„Gerade rechtzeitig", seufzte er erleichtert.

„Hattest du etwa an meinem Timing gezweifelt?", fragte Lilith, scheinbar eingeschnappt. Sie zog einen Schmollmund, der so gar nicht zu ihrer dämonischen Erscheinung passen wollte.

„Bei Caesar bist du zu spät gekommen", meine Frank vorwurfsvoll.

„Der gute alte Gaius Julius", seufzte Lilith versonnen. „Ich hätte ihn ja auch retten können – aber er war sich seiner so sicher, dass er mir bei seiner Abreise jegliches Eingreifen verboten hat. So wie einige andere auch. Du warst da glücklicherweise einsichtiger. (Hast ja deine Erfahrung in dieser Hinsicht schon in San Francisco gemacht.) Und siehe da … Hier bin ich."

Sie breitete die Arme aus und verneigte sich, als wolle sie Applaus heischen.

Beinahe wollte Frank schon in die Hände klatschen, als sie den Motor des Ferrari aufheulen hörten und er sich des Befehls des Don erinnerte, Luigi Colloni als Geisel zu entführen, sollten sich die Dinge im Restaurant ungünstig entwickeln. Und das hatten sie zweifellos getan.

„Schnell, Lilith. Wir müssen hinterher!", rief er daher und sprang auf.

Mit einem bedauernden Blick, dass ihr nicht mehr Zeit zum Auskosten ihrer Überlegenheit blieb, schwang Lilith einmal den Arm in einer weiten Bewegung durch den Raum, so als streue sie etwas über die Anwesenden aus. Augenblicklich sackten der Don und seine Helfer, die wie erstarrt stehen geblieben waren, leblos in sich zusammen.

„Sie sind doch nicht …", rief Frank Lilith zu.

„… tot?", vollendete sie seine Frage. „Keine Sorge. Du weißt, ich halte mich an die Anweisungen. Sie schlafen nur, bis wir zurückkommen und uns in Ruhe um sie kümmern können."

„OK", sagte Frank kurz angebunden. „Dann los!"

Er sprintete hinaus auf den Hof, gefolgt von Lilith, die wieder ihre menschliche Gestalt angenommen hatte und nun in T-Shirt, hautengen Jeans und Turnschuhen hinter ihm her eilte. Gerade konnten sie noch den Ferrari hinter der langen, mit Kies belegten Zufahrt auf die Straße einbiegen sehen.

## 32. Duell der Boliden

„Mist!", schimpfte Frank. „Wie kommen wir ihnen hinterher?"

„Der Lamborghini steht noch da", sagte Lilith und schnippte einmal mit den Fingern. Sofort klappten die Flügeltüren des Sportwagens nach oben. Frank zögerte weder, noch fragte er Lilith nach Details. Mittlerweile fiel es ihm immer leichter, ihre magischen Künste als etwas Selbstverständliches zu akzeptieren. Sekunden später saß Frank am Steuer und Lilith neben ihm. Ohne weiteres Zutun startete donnernd der Motor, und Frank nahm die Verfolgung auf.

„Weißt du, wohin sie fahren?", fragte er Lilith, als er von der Restaurant-Zufahrt auf die Straße abbog. Er hatte den Ferrari noch abbiegen sehen, aber jetzt war er bereits nicht mehr in Sichtweite. Lilith schloss kurz die Augen, nickte und sagte: „Er fährt in Richtung Küstenstraße. Ich sage dir, welchen Weg du nehmen musst. Und jetzt gib Gas. Er fährt ohne Eile, aber durchaus zügig."

„Sollte ich einmal ein Rennfahrer gewesen sein, dann wäre jetzt ein guter Zeitpunkt, um eine weitere Persönlichkeit ans Licht zu holen", sagte Frank zu Lilith. „Formel 1, Tourenwagen, Stock Car, Ralley – egal."

„Ein Rennfahrer – leider nicht", erwiderte sie. „Aber mach dir nichts daraus. Du kannst mehr, als du glaubst – besonders aber *wenn* du es glaubst. Selbstvertrauen und Zuversicht sind das Wichtigste. Und du weißt: Ich bin bei dir. Du kannst dich darauf verlassen, dass dir nichts zustoßen wird, was immer geschieht."

„Dein Wort in Gottes Ohr", knurrte Frank und dachte zugleich: *Oder auch nicht. Vermutlich werde ich jetzt doch eher wieder auf eine Dämonin als Schutzengel vertrauen müssen. Aber bisher war das auch nicht das Schlechteste.*

„Tu, was immer nötig ist", fügte er noch hinzu, um mit einem ausdrücklichen Auftrag sicherzugehen, dass er sich nicht auf Liliths bloßes Versprechen verlassen musste.

„Dann zeig mal, was du drauf hast, Baby", flüsterte Frank, streichelte einmal über das Lenkrad und trat das Gaspedal durch. Im selben Moment wurde er wie bei einem Raketenstart in den Schalensitz gedrückt, und der 12-Zylinder-Motor des Lamborghini entfaltete röhrend seine Kraft.

Es war um die Mittagszeit an einem gewöhnlichen Arbeitstag, und auf der Landstraße herrschte kaum Verkehr. So konnte der Wagen seine ganze Leistung auf die Straße bringen und jagte dahin. Bäume und Sträucher huschten ebenso schemenhaft an ihnen vorbei wie vereinzelte Gehöfte oder Tankstellen, die ihren Weg gelegentlich säumten. An einer Weggabelung bedeutete Lilith Frank, nicht auf die Autobahn zu fahren, die auf schnellstem Weg wieder in die Hauptstadt führen würde, sondern stattdessen auf der weitgehend parallel verlaufenden Landstraße zu bleiben, die sich ein Stück weit näher an der Küste entlang zog. Hier begegneten sie nun gar keinem anderen Fahrzeug mehr, bis Frank nach kurzer Zeit voraus auf der langen, geraden Straße einen roten Punkt sah, dem er sich trotz seiner hohen Geschwindigkeit nur allmählich näherte.

Als der Fahrer des anderen Wagens seinen Verfolger bemerkte, beschleunigte er merklich und gewann wieder ein wenig Abstand zurück.

„Okay", knurrte Frank grimmig, „jetzt wollen wir doch mal sehen, wer mehr unter der Haube hat." Er schaltete einen Gang zurück und gab Vollgas. Der Motor brüllte auf wie ein wütender Kampfstier beim ersten schmerzhaften Kontakt mit einer Banderilla. Dieser gedankliche Vergleich bereitete Frank selbst beinahe körperlicher Schmerzen, ebenso wie das Bedauern darüber, das Traumauto derart quälen zu müssen, aber ein Gefühl wie ein Tritt ins Kreuz überzeugte ihn, dass es ihm mit diesem Manöver gelungen war, noch weiteres Beschleunigungspotenzial abzurufen. In rasender Fahrt näherte er sich dem Ferrari, doch er hatte das Gefühl, dass auch dieser noch nicht alle Reserven ausgereizt hatte.

Tatsächlich – als Frank gerade zum Überholen ansetzte und mit einem schnellen Blick zur Seite hinter getönten Scheiben den Mann namens Giuseppe am Steuer und neben ihm in seltsam verkrampfter Haltung Luigi Colloni erkennen konnte, beschleunigte auch der andere Wagen, um sich direkt danach ruckartig vor Frank zu setzen und ihn so zu einem Ausweichmanöver zu zwingen. Frank machte nicht den Fehler, das Steuer erschrocken herumzureißen oder auf die Bremse zu treten, was ihn bei seiner aktuellen Geschwindigkeit gewiss von der Fahrbahn geworfen hätte. Eine kleine Lenkkorrektur genügte zusammen mit einem Zurückziehen des Gasfußes, um den Ferrari wieder etwas Abstand gewinnen zu lassen und selbst auf die rechte Straßenseite zu wechseln, wo er sofort wieder Geschwindigkeit aufnahm.

So jagten beide Sportwagen einander ein Stück über die leere Landstraße. Immer wieder versuchte Frank, an dem anderen Wagen vorbei zu kommen und dieser im Gegenzug, Frank beim Überholmanöver von der Straße zu drängen. Als es Frank endlich gelungen war, neben dem Ferrari aufzuschließen, so dass sie für kurze Zeit nebeneinander Kopf an Kopf über die enge Landstraße preschten, sah er plötzlich vor sich die Lichter eines Lastwagens aufblitzen, der ihm rasend schnell auf seiner Fahrbahnseite entgegenkam. Frank trat das Gaspedal bis zum Anschlag durch, aber er hatte bereits alles aus dem Lamborghini herausgeholt, was dieser hergab. In Gedanken sah er sich bereits mit dem entgegenkommenden Lastzug zusammenprallen, doch plötzlich wurde er noch einmal in den Sitz gepresst, als hätte sich ohne weiteres Zutun ein Nachbrenner zugeschaltet. Wie ein schwarzer Blitz zog er an dem Ferrari vorbei und schnitt diesen sofort beim Rücksteuern auf die rechte Fahrbahn, wo er sich haarscharf vor den anderen Wagen schob, als auch schon der Laster, im Stakkato hupend, an ihnen vorbei rauschte. Angesichts der unerwarteten Beschleunigung und der ohnehin schon für einen unerfahrenen Fahrer kaum zu beherrschenden Geschwindigkeit konnte Frank die Spur aber nicht halten. Allerdings musste auch der andere Fahrer abbremsen und geriet dabei ebenfalls ins Schlingern, konnte aber beim Bremsen doch mühsam die Kontrolle über sein Fahrzeug zurückgewinnen. Frank sah die Landschaft sich wie in einem Karussell um ihn drehen, doch nach einigen Umdrehungen kam der Wagen in Gegenrichtung zum Stehen – wie gegenüber auch der Ferrari.

„Danke, Lilith", sagte Frank knapp, überzeugt, dass er sowohl die plötzliche Zusatzbeschleunigung als auch die Rettung aus der trudelnden Rotation irgendwie dem Eingreifen seiner Beifahrerin zu verdanken hatte.

So standen sie einander gegenüber: der Mustang aus Maranello und der Bulle aus Bologna. Feuriges Vollblut gegen geballte Kraft. Rassige Anmut gegen knisternde Erotik. Rapier gegen Säbel.

Wie zwei Fechter vor einem Duell im Morgengrauen, belauerten sich die Rivalen auf heißem Asphalt. Wie Ritter vor dem Tjost, in glänzender Rüstung, die Gesichter der Fahrer hinter getönten Scheiben so unsichtbar wie das Antlitz eines Turnierkämpfers hinter heruntergeklapptem Visier. Die hochgezüchteten Motoren grollten drohend vor verhaltener Kraft. Beide warteten auf den richtigen Moment zum Zuschlagen, auf eine kleine Blöße in der Deckung des Anderen, ein kurzes Nachlassen der Aufmerksamkeit. Rot und schwarz lackierte Karossen blitzten in der gleißenden, südländischen Sonne wie die Klingen messerscharf geschliffener Schwerter.

Dieses Duell der ewigen Rivalen würde nicht nach dem Ritual eines Wettrennens ablaufen. Hier ging es um Leben und Tod.

Einer von Ferruccio Lamborghini persönlich bestätigten Legende zufolge hatte der Wettstreit der beiden italienischen Automobilschmieden Mitte des zwanzigsten Jahrhunderts ihren Anfang genommen, als der Winzer und Traktorenfabrikant in einem Brief an den „Commendatore" Enzo Ferrari technische Verbesserungsvorschläge für einen von ihm gekauften Sportwagen gemacht hatte, von diesem aber großspurig abgekanzelt worden war. Seitdem wetteiferten beide über Jahrzehnte hinweg um den Titel des schnellsten Seriensportwagens der Welt.

Frank drängte sich ein Vergleich mit den beiden berühmtesten Schwertschmieden im spätmittelalterlichen Japan auf. Sowohl den

Klingen des älteren Masamune als auch denen des später sein Handwerk ausübenden Muramasa wurden über ihre unbestrittene Fertigungsqualität hinaus geradezu magische Fähigkeiten nachgesagt. Zugleich hieß es aber, dass auch die Persönlichkeiten der Schmiede sich auf ihre Klingen übertragen hätten. So flößte der makellos tugendhafte Lebenswandel des Masamune Ehrfurcht und Respekt ein, während die Schwerter des als aufbrausend geltenden Muramasa Angst und Schrecken verbreiteten und für blutdurstig und böse gehalten wurden. Zwar waren sich Masamune und Muramasa – im Gegensatz zu Ferrari und Lamborghini – niemals persönlich begegnet, denn zwischen ihnen lagen zwei Jahrhunderte, aber in einem legendären Vergleich ihrer Schwerter soll die in einen Fluss getauchte Muramasa-Klinge alles sauber durchschnitten haben, was die Strömung mit sich trug, von Fischen bis hin zu herabgefallenen Blättern, während das von Masamune geschmiedete Schwert alle Wesen und Dinge verschonte, indem diese um seine Schneide einen Bogen machten.

Frank hatte aus eigener Erfahrung gelernt, dass in solchen Legenden tatsächlich ein Funken Wahrheit stecken mochte. Vor Jahren hatte er einen Geschäftskontakt in dessen Privatwohnsitz besucht und dort bewundernd vor einer Vitrine gestanden. Darin ruhte ein *Katana* aus der Fertigung eines berühmten zeitgenössischen japanischen Schwertschmieds, der sich rühmte, seine Klingen in der seit dem vierzehnten Jahrhundert fortgeführten Tradition von Okazaki Masamune herzustellen. Frank, der sich damals schon für die asiatische Kultur interessierte, hatte den Besitzer angefleht, das Schwert einmal in die Hand nehmen zu dürfen. Nach kurzem Zögern hatte dieser zugestimmt, Frank aber zugleich gewarnt, die Klinge nicht ganz aus der Scheide zu ziehen, da ein vollständig gezücktes Schwert erst nach Gebrauch wieder zurückgesteckt werden dürfe. Frank hatte kaum zugehört, aber zustimmend genickt und die sanft gebogene Klinge andächtig Zentimeter für Zentimeter aus der *Shirasaya* gezogen, der einfachen provisorischen Holzscheide, in der eine japanische Schwertklinge bis zur Vollendung des Schwertes durch Anbringen von umwickeltem Griff und Stichblatt aufbewahrt wird.

Seine Augen waren der leicht gewellten Härtelinie gefolgt, während der polierte Stahl wie aus eigenem Antrieb immer weiter aus der Scheide glitt, glitzernd wie der Himmel in einer sternklaren Nacht, dank sorgfältig eingearbeiteter Martensit-Kristalle gemäß der von Masamune übernommenen *nie-* Technik. Als ein Winkel in der Härtekante das spitze Ende der Schwertklinge ankündigte, hatte Frank kurz innegehalten, eingedenk der Warnung seines Gastgebers. Doch dann hatte die Neugier gesiegt. Nur ein kleines Stückchen noch, bis sich ein schneller Blick auf die unverhüllte Spitze erhaschen ließe, während diese gerade noch mit dem letzten Millimeter auf der Kante der Scheide liegen würde … doch kaum blitzte die Schwertspitze im grellen Licht der Deckenlampe auf, da war die Klinge schon vollständig heraus geschlüpft, dem vor Schreck gelockerten Griff von Franks Fingern entglitten und hatte sich durch dessen Fußspitze in den Holzboden gebohrt, wo sie vibrierend stecken geblieben war. Die Augen geweitet, hatte er auf seinen Fuß gestarrt und auf den Schmerz gewartet, ebenso wie das Blut, das gleich aus dem durchbohrten Schuh quellen musste. Währenddessen hatte der Gastgeber dem erstarrten Frank die Schwertscheide aus der zitternden Hand genommen und mit einer eleganten Bewegung die makellos glänzende Klinge aus Boden und Schuh gezogen und in die Scheide zurückgesteckt. Während das Schwert wieder hinter dem Glas der Vitrine verschlossen wurde, hatte er dem immer noch wie angewurzelt in Schockstarre verharrenden Frank erklärt, dass ein in wahrhaft vollständigem Einklang mit der Welt geschmiedetes Schwert unschuldiges Leben verschone, dass man aber die Friedfertigkeit einer Waffe nie herausfordern dürfe. So hatte sich das Schwert wie zur Warnung genau zwischen zwei Zehen hindurch gebohrt, ohne Franks Haut auch nur zu ritzen.

Ein wenig unsicher, ob eine Zuordnung des als herrisch bekannten Schmiedes und Rennfahrers Ferrari und des zumindest in seinen späten Jahren bescheiden und zurückgezogen lebenden Familienmenschen Lamborghini zu den beiden japanischen Schwertmanufakturen angemessen sein mochte, dachte Frank: *Wenn zumindest einer der Wagen dafür sorgt, dass Unschuldige verschont bleiben, sollte ja nichts passieren.* Dann fiel ein kurzer Blick zur Seite auf seine Beifahrerin. *Obwohl ...*

In dem Augenblick heulte der Motor des Ferrari auf. Irgendwie musste der Fahrer den kurzen Moment der Unaufmerksamkeit bei Franks schnellem Seitenblick gespürt haben. Doch schon war auch er wieder da, vollgepumpt mit Adrenalin und bereit zum Kampf. Ohne nachzudenken, ließ Frank die Kupplung kommen und trat das Gaspedal bis zum Anschlag durch.

Wie zwei Hochgeschwindigkeitsgeschosse rasten die beiden Sportwagen aufeinander zu. Nur noch Sekundenbruchteile trennten sie von einem Aufprall, bei dem der Stier den Hengst entweder auf die Hörner nehmen oder unter seinen Hufen zerschmettert würde. Oder beide würden einfach in einem Urknall der Motortitanen aneinander zerschellen.

Während Franks angespannte Sinne die gegenseitige Annäherung der Boliden wie in Zeitlupe wahrnahmen, konnte er sich eines bedauernden Gedankens an die bevorstehende Zerstörung unwiederbringlicher Schönheit nicht erwehren. Dann schlug er ruckartig das Lenkrad ein und rammte den Fuß auf die Bremse, um statt eines frontalen Aufpralls den gegnerischen Wagen aus der Drehung mit dem eigenen Heck zu rammen – wie Chuck Norris mit seinem legendären Roundhouse-Kick. Im selben Moment wich aber auch der Ferrari zur anderen Seite aus und schon waren beide aneinander vorbei. Frank hatte keine Ahnung, ob der andere Fahrer sein Auto wieder in die Spur zurückführen konnte, denn er selbst war vollauf damit beschäftigt, das eigene am Ausbrechen zu hindern. Ein erfahrener Pilot hätte das vielleicht sogar schaffen können, aber Frank spürte, wie ihm die Kontrolle über das schlingernde Fahrzeug entglitt, das sich nicht nur wie ein Kreisel um die eigene Mittelachse drehte, sondern nun auch zu überschlagen begann.

*Das ist das Ende,* dachte er noch und fand sich nach einigen halsbrecherischen Kapriolen plötzlich aufrecht in seinem Sitz wieder. Der Lamborghini stand ruhig auf allen vier Rädern, mit Blick auf die zurück liegende Straßenseite, genau an dem Punkt, wo kurz zuvor noch wartend der Ferrari gestanden hatte.

„Keine Panik", sagte Lilith neben ihm beruhigend. „Ich habe doch versprochen, dass dir nichts passieren würde."

Durch die breite Frontscheibe sah Frank, wie sich auch der Ferrari trudelnd durch die Luft schraubte und nach ein bis zwei weiteren Drehungen krachend auf der Straße zerschellen würde.

„Nein!", rief er. „Lilith, tu etwas! Colloni ist in dem Auto."

Dann beobachtete er staunend, wie – allen Naturgesetzen zum Hohn – auch der Ferrari seine Flugbahn änderte, die Drehungen sich verlangsamten und er schließlich ebenfalls wieder mit allen Rädern auf der Straße landete. Schließlich standen beide Autos einander wieder still gegenüber, beinahe so wie vor dem Duell. Allerdings rührte sich weder der Ferrari, noch seine Insassen. Frank wusste, dass es vorüber war und Lilith tatsächlich die ganze Zeit über die Situation vollkommen im Griff gehabt hatte.

„Hättest du das nicht einfach von Anfang an tun können", fragte Frank außer Atem, „ohne Verfolgungsjagd und Autoduell?"

„Natürlich", sagte Lilith mit einem entwaffnenden Lächeln. „Aber hat es so nicht viel mehr Spaß gemacht? Und außerdem hattest du mich nur dazu aufgefordert, *das Nötige* zu tun – von mehr war nicht die Rede."

Frank verzog säuerlich das Gesicht.

„Komm", sagte Lilith. „Holen wir deinen Freund aus dem Auto. Und den anderen auch."

Die Beifahrertür schwang nach oben und Lilith stieg aus. Frank löste seinen Sicherheitsgurt und folgte Lilith, nachdem sich auch die zweite Flügeltür gehoben hatte.

Nichts regte sich in dem Ferrari. Sie öffneten die Türen von außen und zogen zwei bewusstlose Personen von den Sitzen. Frank schälte Luigi Colloni mühsam aus dem Beifahrersitz, nachdem er den Sicherheitsgurt gelöst hatte, durch den der schlaffe Körper zunächst noch aufrecht gehalten worden war. Die Handgelenke waren mit Kabelbindern gefesselt, die dazu auch noch mit dem Gürtel verzurrt waren, vermutlich um ihn daran zu hindern, während der Fahrt ins Lenkrad zu greifen. Die Füße waren frei – in einem derart flachen Auto mit Mittelkonsole wäre es ohnehin unmöglich gewesen, von der

Beifahrerseite in den Fußraum des Fahrers einzugreifen. Lilith hob ohne erkennbare Anstrengung den ebenso besinnungslosen Fahrer aus dem Wagen und legte ihn achtlos ein Stück weit entfernt auf dem Boden ab.

„Was ist, wenn er wieder aufwacht?", fragte Frank, nachdem er Colloni ebenfalls herbei geschleppt und im Schatten eines Busches sanft abgelegt hatte.

„Das wird er nicht", sagte Lilith beiläufig. „Jedenfalls nicht, bevor ich ihn wecke. Ich habe ihn in den gleichen Dornröschenschlaf versetzt wie alle in der Villa des *Don*, bevor ich deinem Ruf gefolgt bin."

„Und die Leute im Restaurant?"

„… genau. Die auch. Keine Sorge, ich habe an alle gedacht. Es besteht kein Grund zur Eile."

„Das wirft aber die Frage auf, was wir mit ihnen allen machen sollen", stellte Frank keuchend fest. „Ich meine, abgesehen davon, sie nicht in bewusstlosem Zustand einem Sonnenbrand auszusetzen." Dabei deutete er mit einer kurzen Kopfbewegung auf den Mann, den der Don mit dem Namen Giuseppe angesprochen hatte. Lilith hatte ihn in der prallen Mittagssonne abgeladen. Sie verstand, erhob sich kurz, lud den erschlafften Körper wie einen Sack auf ihre Schultern und trug ihn hinüber zu der Stelle, wo Frank Colloni platziert hatte. Die beiden Bewusstlosen sicherheitshalber doch im Blick, hatte sich Frank am staubigen Straßenrand nieder gehockt. Lilith setzte sich ihm gegenüber auf einen Stein.

„Was wir nun machen sollen – deine Entscheidung", meinte Lilith. „Wie hättest du es gern?"

Frank überlegte fieberhaft. „Können wir die Colloni Media Security von sämtlichen kriminellen Elementen reinigen (und damit meine ich sowohl die Software als auch das Personal) und sicherstellen, dass der Don und seine Komplizen künftig die Finger davon lassen? Und das alles möglichst, ohne jemanden ernsthaft zu verletzen?"

„Wir können vieles", erwiderte Lilith unspezifisch. „Wie steht es, lässt du mir noch einmal freie Hand oder glaubst du immer noch, ich

282

hätte dein Vertrauen missbraucht und Jacob Devlin ermordet?"

„Um ehrlich zu sein: Ich weiß nicht, was ich glauben soll", sagte Frank kopfschüttelnd. „Wie würdest du es denn machen wollen?"

„Was die Software angeht, würde ich es vorziehen, wenn sich der Programmierer, der das verursacht hat, selbst darum kümmern könnte. Notfalls könnte ich das wohl auch schaffen, aber es wäre schon etwas komplizierter als die Sache mit meinen Personaldokumenten. Etwas schwieriger wird das schon, aber ich denke, ich kriege es hin. Das Syndikat würde ich – ohne die mystisch-magische Komponente überzustrapazieren – glauben lassen, dass *ich* (das heißt weder du noch die Adamson Corp.) eine Größe in der Gleichung bin, die jederzeit zu fürchten ist, die sich aber nicht weiter einmischen wird, solange man sich von Colloni, seiner Firma und allem, was damit zusammenhängt, fernhält. Indem ich meine Interessen ebenso wie meine Loyalitäten im Dunkeln lasse, aber deutlich mache, dass ich den Willen und die Möglichkeiten habe, diese Interessen ohne Skrupel durchzusetzen, schaffe ich einen dauerhaften Angstzustand, der aber keine Aggression auf dich oder die Firma auslöst, weil man nicht hoffen kann, sich dadurch von mir zu befreien. Ich würde keinen Zweifel daran lassen, dass ich jedes Fehlverhalten gnadenlos und ohne weitere Nachfragen bestrafen werde und dabei den Eindruck erwecken, dass ich bzw. meine Auftraggeber schon Jacob Devlin für seine Eigenmächtigkeit in dieser Angelegenheit zur Rechenschaft gezogen haben (auch wenn ich es, wie schon mehrfach erwähnt, in Wirklichkeit nicht war) und das ohne Zögern auch hier wiederholen würden. So werden die Gleichgewichte in der Region nicht wesentlich verschoben, Colloni, Adamson und du sind und bleiben dauerhaft aus dem Aktionsbereich der Mafia entfernt und die Schurken haben keinen Anlass und keine Hoffnung, irgendetwas tun zu können, um sich aus dem ständigen Alptraum zu befreien, der sie bei allem, was sie fortan tun, wird fürchten lassen, was mit ihnen passieren könnte, wenn sie damit meinen Zorn auf sich ziehen. Ich denke, das sollte dir gefallen: Niemand wird verletzt und alle bekommen, was sie verdienen."

„Stimmt", meinte Frank nachdenklich. „Das hat 'was. Und obwohl ich mir eigentlich nicht anmaßen möchte, den Richter zu spielen, gefällt mir der Gedanke irgendwie schon, dass der Don und seine Leute dabei nicht ganz ungeschoren davonkommen."

„Dann lässt du es mich so machen?", fragte Lilith lauernd, so dass Frank sofort noch einmal darüber nachdachte, welche Hintergedanken sie womöglich dabei haben mochte.

„OK", sagte er nach kurzem Zögern. „Aber die Vorgaben bleiben erhalten, wie für die ganze heutige Aktion verabredet: keine Toten, keine nachhaltigen Verletzungen, keine unnötige Gewalt und alles darüber hinaus nur in Notwehrsituationen."

„Und was machen wir nun mit diesen beiden?", fragte Lilith und zeigte auf Luigi Colloni und seinen Entführer, die immer noch schlafend im Schatten des Busches am Straßenrand lagen.

„Wecken wir Colloni auf", entschied Frank nach kurzem Überlegen.

„Jemand muss ja den Ferrari zurück fahren." Dabei lächelte er. „Giuseppe setzen wir schlafend bei ihm auf den Beifahrersitz. Leider haben diese Autos ja nicht besonders viel Gepäckraum. Wir fahren dann im Lamborghini hinter ihm her zum Hotel, nehmen aber den Weg über das Restaurant, wo wir Giuseppe zwischenlagern. Colloni soll dann erst einmal nach Hause fahren, während du dich um die Mafia kümmerst. Morgen kläre ich alles Weitere mit ihm und mit Adamson."

„Ein guter Plan", nickte Lilith anerkennend. „Du entwickelst dich."


## 33. Morituri


Da Frank kein Messer bei sich trug und auch bei Giuseppe keines fand, löste Lilith Collonis Fesseln mit rasiermesserscharfen Fingernägeln, was Frank ein prickelndes Gruseln über den Nacken trieb, besonders als sie ihm danach zärtlich mit den Fingern durchs Haar strich. Währenddessen erfuhr er von Lilith, dass Enzo

Fiorentini sie im Lamborghini der Firma Colloni zu dem Restaurant gebracht hatte, wo sie sofort von einem der Leute des Don in Gewahrsam genommen und mit einem anderen Auto zu dessen nahe gelegenem Anwesen gebracht worden war. Man hatte sie dort sehr höflich und zunächst zuvorkommend behandelt. Als ihre Gastgeber aber das Signal des Don erhielten, sie zu Franks Einschüchterung in eine bedrohliche Lage zu bringen, hatte sie den Spieß umgekehrt und ihre magischen Kräfte eingesetzt, um alle Menschen in der Villa in unaussprechliche Angst zu versetzen. So hatten sie es am Vorabend für ein derartiges Szenario verabredet, und der Plan war perfekt aufgegangen.

Nachdem Lilith ihn aus der Bewusstlosigkeit erweckt hatte, benötigte Luigi Colloni eine ganze Weile, um die Situation zu erfassen. Wie vereinbart, vermittelten sie auch ihm das Bild, dass Frank tatsächlich als einen harmlosen Mitarbeiter im Auftrag der Firmenleitung der Adamson Corp. bestätigte, während seine Begleiterin und Ehefrau in den Diensten einer sehr mächtigen, aber ungenannt bleiben wollenden Organisation stehe, deren Ziele sich allerdings aktuell mit denen der Adamson Corp. deckten. Ohne auf Details einzugehen, aber angesichts der Geschehnisse der letzten Stunden mit hinreichender Überzeugungskraft, kündigten sie an, dass Colloni sich um die Mafia keine weiteren Gedanken zu machen brauche und davon ausgehen könne, künftig seine Firma ohne verbrecherische Einflussnahme gemäß seinen ursprünglichen Zielen führen zu können. Überglücklich kündigte Colloni an, Enzo Fiorentini, der nach der Übergabe seines Fahrgastes im Restaurant gleich mit einem Taxi zurück zur Firma gefahren war, dazu anzuhalten, seine Schadsoftware vollständig aus dem Produkt der Colloni Media Security zu entfernen. Im Gegenzug wolle er ihm eine Chance bieten, seinen Job für legale Tätigkeiten behalten zu können.

Nachdem sie ihn in die Firma gebracht hatten, blieb Colloni dort, um sogleich alles Nötige in die Wege zu leiten, und ließ Lilith und Frank mit einem Taxi zum Hotel bringen.

In der Hotelbar stießen Frank und Lilith auf den erfolgreichen Verlauf dieses kritischen Unternehmens an. Dann verabschiedete sich

Lilith, um in Restaurant und Villa dafür zu sorgen, dass die römische Mafia in Zukunft weder für Adamson und Colloni, noch für Frank Menden oder die Filzinger GmbH ein Problem darstellen würde. Derweil machte sich Frank auf den Weg in ihre Hotelsuite, um sich nach den Aufregungen des Tages gemütlich auf dem Balkon mit einem Drink aus der Minibar zu entspannen.

Als er den Portier an der Hotelrezeption gerade passiert hatte, rief dieser ihm dezent hinterher.

„Signore Menden, bitte warten Sie einen Moment. Hier liegt eine Nachricht für sie."

Überrascht und neugierig wandte sich Frank um und ging zur Rezeption zurück. Der Portier überreichte ihm einen verschlossenen Umschlag, auf dem stand: „S. Frank Menden – confidenza!" Mit Verschwörerblick flüsterte der Portier ihm noch zu: „Die Nachricht sollte ausdrücklich Ihnen persönlich in Abwesenheit Ihrer Gattin übergeben werden. Es geht wohl um eine Überraschung für Ihre Frau. Wie ich hörte, sind Sie in den Flitterwochen."

„Ganz recht", sagte Frank geistesabwesend. Er fragte sich, woher der Portier von der Hochzeitsreise erfahren hatte, weitaus mehr noch aber, worum es wohl in der seltsamen Nachricht gehen mochte. Dennoch steckte er das Couvert zuerst einmal in die Innentasche des legeren Freizeitjacketts, das er für die heutige Besprechung mit Luigi Colloni (und was immer noch folgen mochte) angelegt hatte, um nicht von vornherein einen zu formellen Eindruck zu vermitteln. Es fiel ihm nicht leicht, den Umschlag nicht schon im Fahrstuhl zu öffnen, aber er zwang sich zur Geduld. Angespannt musterte er die spiegelnden Flächen oberhalb der aufgerauten bronzeartigen Metallplatten, die den Bodenraum des Fahrstuhls auskleideten, während ihn der Lift sanft nach oben trug. Endlich erklang das erwartete melodische Glockensignal, bevor die Aufzugtüren geräuschlos auseinander glitten. Frank trat auf den Flur hinaus. Dicker Teppichboden dämpfte seine Schritte. Er betrat sein Apartment, zog die Tür ins Schloss und verriegelte sie zusätzlich. Lilith würde sicherlich eine Weile brauchen, und er wollte jetzt nicht gestört werden. Von der Obstschale auf dem Schreibtisch nahm er ein Messer und öffnete den Brief mit der Rückseite der Klinge. Dann zog er ein sorgfältig gefaltetes Blatt hervor, entfaltete es und las:

*Sehr geehrter Herr Menden,*

*Sie tragen große Verantwortung. Und eine schwere Bürde.*
*Wie auch immer Sie zu dem Ring gekommen sind, zweifellos sind Sie sich inzwischen bewusst, dass sich hinter Ihrer Gemahlin mehr verbirgt, als es der erste Anschein vermuten lassen könnte. Wieviel mehr allerdings, können Sie nicht einmal erahnen.*

*Wenn Sie mehr darüber erfahren möchten, in wessen Begleitung Sie sich tatsächlich befinden und welche Bedeutung Ihnen selbst dabei zukommt, dann suchen Sie heute um 17:00 Uhr das Kolosseum auf. Kommen Sie ohne Begleitung! Mit dem beiliegenden Ticket können Sie auf der dem Eingang für Einzelbesucher gegenüber liegenden Seite des Amphitheaters durch den Eingang „Stern" die Arena direkt und ohne Warteschlange betreten. Wenden Sie sich im Inneren nach links und warten Sie dort. Man wird sich mit Ihnen in Verbindung setzen.*

*Sie sind nicht allein. Lassen Sie sich helfen!*

Frank war wie vom Donner gerührt. Der Brief trug keine Unterschrift, aber es bestand kein Zweifel, dass der Verfasser des Schreibens wusste, mit wem er es zu tun hatte. Er faltete den Brief und steckte ihn wieder in das Couvert zurück, nachdem er sich vergewissert hatte, dass tatsächlich eine Eintrittskarte mit einem Sondervermerk für den auf 17:00 Uhr des heutigen Tages festgelegten Einlass durch den, auch als „Gladiatorentor" bekannten Eingang „Stern" darin lag. Den Umschlag mit Brief und Ticket ließ er in der Innentasche seines Jacketts verschwinden.

Fieberhaft überlegte Frank, wog Für und Wider ab. Ein Blick auf die Uhr an seinem Handgelenk zeigte ihm, dass er noch genug Zeit hatte. Aber wollte er es wirklich riskieren, auf das Angebot einzugehen? Die Aussicht auf Informationen war verlockend.

Vielleicht existierte ja in Rom noch eine weitere Bruderschaft ähnlich der, die vor Kurzem gewaltsam ausgelöscht worden war. Womöglich konnte er hier nun doch auf Unterstützung bei seiner schweren Aufgabe hoffen, die er nach dem Untergang der *Vindicandi* allein schultern zu müssen befürchtet hatte.

Lilith hatte über Jahrhunderte in der Rolle verschiedenener Persönlichkeiten in Rom gelebt. Wo hätte sich eine Gemeinschaft zum Schutz vor der Dämonin entwickeln sollen, wenn nicht hier, im Zentrum der christlichen Glaubensgemeinschaft? Wahrscheinlich würde solch eine Bruderschaft auch unermüdlich Ausschau halten nach dem Ziel ihrer Bestimmung, und sicherlich verfügte sie auch über Wege, zu erfahren, wenn dieses Ziel sich der Ewigen Stadt näherte.

Andererseits konnte die Nachricht natürlich auch eine Falle sein. Wenn die Verfolger – so es sie gab – ihn und Lilith nach den ständigen Ortswechseln der Hochzeits- und Geschäftsreise nun endlich ausfindig gemacht hatten, bot sich gerade eine ausgezeichnete Gelegenheit, seiner habhaft zu werden, ohne dass Lilith ihn würde schützen können. Aber wenn er das Ziel war – warum ihn nicht sofort angreifen oder gewaltsam entführen? Warum nicht gleich hier, im Hotel?

Nein, es musste mehr dahinter stecken. Außerdem war das Kolosseum eine der meist besuchten historischen Stätten der Welt. Zweifellos würden sich dort noch viele Menschen aufhalten, so dass gerade dort nicht mit einem Anschlag zu rechnen war. Und vielleicht würde sich nie wieder eine solche Chance bieten, aus dritter Quelle mehr über Lilith zu erfahren, wenn er jetzt nicht zugriff!

Wieder ein Blick auf die Armbanduhr. 16:10 Uhr. Wenn er den Termin wahrnehmen wollte, musste er nun handeln. Entschlossen zog er die Codekarte aus der Halterung, entriegelte die Tür und ging die Treppe hinunter zur Hotellobby, wo er sich ein Taxi rufen ließ.

Frank erreichte den Treffpunkt zehn Minuten vor der angegebenen Zeit. Wie eine dunkle Felsformation hob sich das Kolosseum gegen die Abenddämmerung ab – eine Ruine, aber nichtsdestotrotz beeindruckend; nicht nur in seiner Größe, sondern mehr noch mit der Ausstrahlung seiner Jahrtausende alten Geschichte. Im Jahr 80 n. Chr. fertiggestellt, war es auf den Überresten eines älteren Gebäudes, dem beim großen Brand von Rom im Jahr 64 praktisch vollkommen zerstörten Amphitheater des Statilius Taurus, erbaut worden, noch größer und bombastischer als sein Vorgänger: das *Amphitheatrum Flavium* – so der eigentliche Name des Bauwerks, das mit Bezug auf eine „kolossale" Statue des römischen Kaisers Nero unter dem Namen „Kolosseum" weltweit bekannt und zum Wahrzeichen der Stadt am Tiber geworden war. Mit einem Fassungsvermögen von 50.000 Besuchern, die über 80 Eingänge auf 5 Ebenen Platz fanden, konnte diese antike Massenarena durchaus mit modernen Stadien konkurrieren. Selbst die technischen Möglichkeiten standen denen heutiger Vielzweck-Sportarenen kaum nach. Anstelle von beispielsweise gefrorenen Böden für Eishockeyspiele bestand im altrömischen Amphitheater die Möglichkeit, die Arena für die Inszenierung ganzer Seeschlachten mit Wasser zu fluten. Aber im Gegensatz zu heutigen sportlichen Massenveranstaltungen, bei denen echte Kämpfe verfeindeter Gruppen höchstens im Außenbereich unter fanatischen Hooligans stattfinden, beschränkten sich die Vergnügungen der antiken Gesellschaft nicht auf friedlichen, sportlichen Wettstreit. Zahllose Menschen waren hier zu Tode gekommen, grausam hingerichtet, von wilden Tieren zerfleischt, in realen Schlachtszenarien gefallen oder nach heroischen Einzelkämpfen den ehrenhaften, aber deshalb nicht weniger endgültigen Tod eines Gladiators gestorben. Gladiatoren – Berufskämpfer, oft als Sklaven oder Kriegsgefangene zu diesem Schicksal verurteilt, manchmal aber auch freiwillig in dieses blutige Gewerbe eingestiegen oder gelegentlich über die manchmal nach einer erfolgreichen Karriere ausgesprochene Begnadigung hinaus in der Arena geblieben, um den Ruhm eines Popstars der Antike weiter zu genießen.

Fast meinte Frank die Zuschauer johlen zu hören. Ein mordlüsterner Mob, hemmungslos in seiner Gier nach Blut und Leid und Tod in dem gewalttätigen Schauspiel.

*Draußen gehen die Vorkämpfe zu Ende. Das Geschrei der Menge ebbt ab und beschränkt sich auf gelegentlich aufbrandenden Jubel, wenn in einem der wenigen noch laufenden Gefechte ein Treffer gelandet wird.*

Frank schüttelte den Kopf, als könne er damit die Geräusche vertreiben, die ihm seine Phantasie vorgaukelte. Um weniger auffällig herum zu stehen, drückte er sich in eine Nische und lehnte sich in den Schatten einer halb eingefallenen Mauer.

*Sonnenlicht dringt in staubigen Strahlen durch die Ritzen des schweren Holztors, das den Wartebereich von der Arena trennt. Bald werden sich die Tore öffnen und den Hauptkämpfern der heutigen Spiele den Weg in die Arena freigeben. Endlich wird er, Marcus Quirinius Marcellus, auf den Favoriten des Kaisers treffen: Tiberius Claudius Spiculus. Durch gegenüberliegende Tore werden sie in die Arena treten, dem Kaiser den traditionellen Gruß entbieten und dann in einem Kampf auf Leben und Tod gegeneinander antreten.*

Wieder versuchte Frank, die Tagträume abzuschütteln, die ihn an diesem geschichtsträchtigen Ort heimsuchten. Angesichts der ihm bevorstehenden Begegnung mit dem Schreiber der mysteriösen Nachricht sollte er höchste Aufmerksamkeit bewahren.

*Mehrere Jahre hat er auf diesen Tag hingearbeitet. Jahre der Entbehrung, des Schmerzes, des Sehnens. Jahre des Tingelns durch kleinere Arenen. Zahllose Kämpfe, zuerst mit hölzernen Übungswaffen, später mit scharfem Stahl. Wenige Niederlagen in der Anfangszeit, Siege um Siege in der Folge, je weiter er die Leiter des Erfolges erklomm. Schließlich hatte er es in die größte Arena Roms geschafft, durfte vor dem Kaiser auftreten, erlangte endlich dessen Aufmerksamkeit und – wichtiger noch – ebenso die der Kaiserin: Poppea Sabina. Einst hat er ihr als Sklave gedient und war ihr vom ersten Augenblick an in hoffnungsloser Liebe verfallen. Fast scheint es wie die Erinnerung an ein anderes Leben. Sie wird sich gewiss nicht mehr an ihn erinnern. Aber er erinnert sich nur zu gut. Als dienstbarer Geist musste er zusehen, wie sich die Kaiserin, offenbar mit Duldung ihres Gemahls, Nacht für Nacht mit wechselnden Liebhabern vergnügte. Nicht selten waren auch Sklaven darunter, aber ihn nahm sie nie wahr, und er wurde fast wahnsinnig dabei. Doch eines Tages war die Erkenntnis gereift, dass es sehr wohl noch eine Chance für ihn gab. Er erkannte die Vorliebe der Kaiserin für Gladiatoren. Erfolgreiche Kämpfer wurden häufiger in ihre Gemächer geladen als andere. Und die Besten gingen bei ihr ein und aus. Ein Favorit der Arena wurde schnell auch ein Favorit der Kaiserin. So begann er zu trainieren. Zuerst heimlich, später auch vor Publikum. Es gelang ihm, die Aufmerksamkeit eines* Lanista *zu erringen – eines Ausbilders für Gladiatoren. Tag und Nacht sein Ziel vor Augen, hat er inzwischen Sieg um Sieg errungen. Zuletzt hat er im vergangenen Monat die Vorkämpfe in der großen Arena gewonnen. Heute wird er nun dem Champion gegenüberstehen. Und in der bevorstehenden Nacht wird er bei der Kaiserin liegen – oder im Grab.*

Welch ein Irrsinn! Frank wischte sich den Schweiß von der Stirn. Seine Phantasie ging mit ihm durch. Und das ausgerechnet jetzt, wo er auf den Verfasser der seltsamen Botschaft wartete, in der ihm wichtige Informationen über Lilith versprochen worden waren. Er blickte sich um, konnte aber niemanden entdecken, außer einer Gruppe japanischer Touristen, die einander abwechselnd in martialischer Haltung fotografierten.

*Marcellus atmet tief durch. Jetzt darf er sich nicht ablenken lassen. Nicht umsonst hat Spiculus schon zweimal den* Rudis *ausgeschlagen, den hölzernen Dolch, vergeben als Symbol der Freiheit in Anerkennung für besondere Leistungen in der Arena und damit die Möglichkeit, dieser den Rücken zu kehren. Als ungeschlagener Champion genießt Spiculus die mit diesem Status verbundenen Freuden und stellt sich freiwillig immer wieder zum Kampf. Ihn zu besiegen, wird kein leichtes Unterfangen sein. Wenn er überhaupt eine Chance hat, dann nur im Vollbesitz seiner körperlichen und geistigen Fähigkeiten – und seiner Aufmerksamkeit.*

*Marcellus zieht seinen gepolsterten Lederharnisch zurecht, lässt die beiden scharfen, schlanken Klingen, für die er sich als* Dimachaerus *entschieden hat, um die Handgelenke rotieren.*

*Und dann ist es soweit. Das Tor zur Arena öffnet sich. Fanfaren ertönen. Die warme Nachmittagssonne strömt herein. Ein letztes Durchatmen, dann tritt er ins Licht und schreitet entschlossen in die Arena.*

*Sand knirscht unter seinen Sandalen. Die Sonne wärmt seine geölte Haut. Ein Windhauch trägt den Geruch von Schweiß und Blut herbei. Alle seine Sinne sind angespannt. Doch Marcellus achtet nur auf die hünenhafte Gestalt, die durch das gegenüberliegende Tor das Amphitheater betritt. Mit glänzendem Helm, Schwert und Schild hat sich Spiculus für die Waffengattung des* Murmillo *entschieden. Schwer gepanzert, ein glänzender Helm, gekrönt mit einer fischförmigen Verzierung, das Gesicht im Schatten einer schützenden Einfassung und hinter einem vielfach durchlöcherten Visier, ein schwerer, rechteckiger Schild verdeckt die linke Körperseite fast vollständig; der rechte, bis hoch zur Schulter gepanzerte Schwertarm hält den* Gladius, *das klassische römische Schwert, von mittlerer Länge, mit massiver, zweischneidiger, gerader Klinge und kräftiger Spitze, die bei einem geradlinigen Stoß auch einen Schuppenpanzer durchdringt. Als kraftvoller Kämpfer setzt Spiculus auf massive Panzerung und Stärke gegen die Beweglichkeit des nur leicht geschützten Dimachaerus Marcellus.*

*Gemessenen Schrittes treten beide Kämpfer aufeinander zu, bis sie nur noch wenige Schritte von einander entfernt sind. Dann schwenken sie um und schreiten gemeinsam vor die Kaiserloge. Dort erheben sie ehrfürchtig die Klingen und sprechen die traditionellen Worte: „Ave Caesar, morituri te salutant!"* – Heil sei dir, Kaiser, die Todgeweihten grüßen dich! *Doch Marcellus' Gruß gilt in Gedanken nicht dem Kaiser selbst, sondern der Frau an seiner Seite. Für ihre Aufmerksamkeit, für eine Nacht in ihrer Umarmung, hat er all das auf sich genommen. Für sie würde (oder wird?) er sterben. Doch schnell verdrängt er jeden weiteren Gedanken, denn auf Geheiß des Kaisers gehen die Kontrahenten nun wieder auf Abstand, entbieten auch einander einen respektvollen Gruß und beginnen dann, sich gegenseitig zunächst vorsichtig abtastend zu umkreisen.*

*Wie ein gepanzertes Bollwerk steht Spiculus Marcellus gegenüber, bewegt sich nur wenig. Marcellus weiß, dass er die Ruhe seines Gegners nicht missverstehen darf. Spiculus ist ein Titan, der zu jedem Zeitpunkt in einem kraftvollen Ausfall explodieren kann. Erst nach einem längeren Kampfverlauf wird die schwere Panzerung einen ermüdeten Kämpfer verlangsamen. Aber auch Marcellus kann ermüden, wenn er durch Tänzeleien versuchen sollte, Spiculus zu kraftraubenden Ausfällen zu verleiten, falls dieser sich nicht darauf einlässt. So umkreist er den Gegner, bleibt in Bewegung, ohne sich zu verausgaben und hält sich im optimalen Abstand, um seine größere Agilität bei einer schnellen Attacke nutzen zu können, ohne dem statischen Murmillo nahe genug für eine schnelle, ansatzlose Aktion zu kommen. Ständig hält er Spiculus in Bewegung, der den – durch Helm und Visier eingeschränkten – Blick nicht von ihm wenden darf. Hin und wieder wagt er eine kurze Finte, bereit, diese jederzeit in einen ernsthaften Angriff umzuwandeln, sollte der Gegner eine Lücke in der Deckung offenbaren. Aber Spiculus ist erfahren genug, sich keine Blöße zu geben. Ein einziger schneller Ausfall, als Marcellus sich einmal näher an ihn heran wagt. Aber der*

*Dimachaerus ist auf den Konter vorbereitet und kann sich durch einen schnellen Sprung in sicheren Abstand bringen, ohne dabei aus dem Gleichgewicht zu kommen. Sofort setzt er die Umkreisung seines Gegners in dynamischem Takt und unvorhersehbaren Richtungswechseln fort, um auch den Murmillo in Bewegung zu halten, ihm möglichst den eigenen Rhythmus aufzuzwingen, ihn vielleicht doch hin und wieder aus der Ruhe zu bringen oder zumindest daran zu hindern, selbst die Führung zu übernehmen. Dabei bemüht er sich, Spiculus durch wiederholten Druck in eine bestimmte Richtung ganz langsam so vor sich her zu treiben, dass sie sich mehr zur Mitte der Arena hin bewegen, wo der schnellere und agilere Dimachaerus den Vorteil größerer Bewegungsfreiheit optimal ausnutzen kann, ohne Gefahr zu laufen, sich nach einer erzwungenen Rückzugsbewegung plötzlich mit dem Rücken zur Wand in die Enge drängen zu lassen.*

*So setzt sich die Phase des Abtastens fort. Mal drückt Spiculus den Marcellus durch beharrliches, aber dennoch bedachtes Vordringen zurück, mal gewinnt dieser durch wiederkehrende, schnelle Attacken aus verschiedenen Positionen, aber mit einer Vorzugsrichtung, wieder Boden und hält das Gefecht weit genug vom einengenden Rand der Arena entfernt. Obwohl die Waffen der Kontrahenten sich noch nicht oft berührt haben, bleibt das kundige Publikum ruhig. Man weiß, dass hier zwei ebenbürtige Gegner der Meisterklasse aufeinander treffen und jeder Fehler der letzte sein kann.*

*Doch allen ist klar — auch den beiden Kämpfern — dass das Abtasten früher oder später ein Ende haben muss. Und in der gegenwärtigen Konstellation droht der zur ständigen Bewegung gezwungene Marcellus früher zu ermüden als der in seiner sicheren Stabilität ruhende Spiculus. Er weiß, dass er bald das erste ernsthafte Aufeinandertreffen der Waffen erzwingen oder zumindest den Gegner aus der Reserve locken muss.*

*Der Kampf hat sich verlagert. Während Marcellus darauf geachtet hat, sich nicht mit dem Rücken zur Wand drängen zu lassen, hat Spiculus sich weiter treiben lassen, als Marcellus es vorhatte, um selbst eine für ihn günstigere Position zu erreichen. Als Marcellus das bemerkt, wechselt er ein weiteres Mal die Richtung, umtänzelt Spiculus und wagt einen schnellen Ausfall mit wirbelnden Klingen. Spiculus ist gezwungen, sowohl das Schwert als auch den schweren Schild einzusetzen, um das stählerne Gewitter abzuwehren, das von allen Seiten auf ihn herab prasselt. Als eine der Klingen gegen seinen Helm prallt und dabei eine kurze*

*Lücke im Gewebe von Marcellus' Angriffen entsteht, stößt Spiculus den Schild in einer Befreiungsaktion wie eine Ramme nach vorn. Marcellus kann gerade noch selbst rückwärts springen, um einen unkontrollierten Aufprall des Schildes zu vermeiden, muss nach dem Rettungssprung noch mit drei kurzen Schritten sein Gleichgewicht wiederfinden. Fast wäre es gelungen, aber bei den schnellen Rückwärtsschritten konnte er nicht wie bisher auf jedes Detail des Bodens achten. Sein Fuß sucht Halt im Sand, doch gerade an der Stelle ist der Boden glitschig von einer nur notdürftig zugeschütteten Blutlache aus einem der Vorkämpfe. Marcellus gleitet aus und gerät in eine Spiralbewegung, die er gerade noch in ein Abrollen umwandeln kann. Als er wieder auf die Füße kommt, benötigt er einige Sekundenbruchteile, um sich zu orientieren. Zeit genug für einen Meisterkämpfer wie Spiculus, ihn zu erreichen.*

*Doch der Murmillo hat sich nicht bewegt. Fast meint Marcellus ihn unter der Helmmaske aufmunternd lächeln zu sehen, als wolle er sagen: „Nur die Ruhe. So will ich nicht gewinnen. Ich brauche keinen glücklichen Zufall, um dich zu bezwingen."*

*Als Marcellus wieder sicher steht, setzt sich sein Gegner in Bewegung. Wie eine gepanzerte Belagerungsmaschine gleitet er auf ihn zu, den Oberkörper seitlich gedreht, den Schild voran, das Schwert dahinter verborgen, doch zweifellos bereit zuzustoßen. Aber Marcellus ist wieder reaktionsbereit, bringt sich mit kontrollierten Seitschritten aus der Vorstoßrichtung, in Reichweite des Schwertes, das tatsächlich wie eine zustoßende Giftschlange aus der Deckung auf ihn zu schießt, von seiner einen Klinge aber beiseite geschlagen wird. In einer fließenden Bewegung taucht Marcellus unter den für einen Augenblick statisch gekreuzten Klingen hindurch und schlägt dabei in einem Kreisbogen mit dem zweiten Langdolch nach Spiculus' ungeschütztem Oberschenkel. Die scharfe Klinge ritzt die Haut, aber einen tiefen Schnitt kann Spiculus vermeiden, indem er sich mitdreht, sein Schwert weit durch die freie Luft gleiten lässt. Dabei öffnet er eine Flanke, aber bevor Marcellus diese Deckungslücke nutzen kann, kracht ihm der Schild mit Wucht gegen den Rücken. Intuitiv geht er mit, nimmt dem Aufprall die Energie, und schon wieder rollt Marcellus durch den Sand der Arena. Diesmal setzt Spiculus nach, aber Marcellus ist es gelungen, sich aus der Rolle in eine geduckte Stellung halb aufzurichten, den Angreifer im Blick. Während dieser vom Schwung der eigenen Vorwärtsbewegung weiter voran getragen wird, hakt Marcellus ein Stichblatt seitlich in den Schild und zieht diesen nach unten, dreht sich weiter und sticht nach Spiculus' ungeschützter Schulter auf der Schildseite. Mit unglaublicher Kraftanstrengung gelingt es dem Murmillo, den Schild gerade rechtzeitig wieder hoch zu wuchten, um zu verhindern, dass sich die Dolchspitze tief in sein Fleisch bohrt. Ein sofort folgender Schwerthieb zwingt Marcellus zum Rückzug. Mit einigen schnellen Schritten bringt er sich außer Reichweite.*

*Für einen Moment stehen sich beide Kämpfer schwer atmend gegenüber. Marcellus' Rücken schmerzt, aber in seiner Beweglichkeit ist er ungebrochen, und seine Klingen haben erstes Blut geschmeckt. Spiculus ist nicht ernsthaft verletzt, aber seine schnellen Aktionen haben Kraft gekostet.*

*Marcellus weiß, dass er den Gegner weiter unter Druck setzen muss, um dessen Kraftreserven aufzubrauchen. Er weiß aber auch, dass er sich nicht zu unvorsichtiger Hast verleiten lassen darf.*

*Noch mehrere Male treffen die beiden aufeinander und trennen sich wieder. Nach einer Weile bluten beide aus mehreren leichten Wunden, und die Kanten des Schildes, den Spiculus selbst wie eine Angriffswaffe einsetzt, haben Marcellus einige Prellungen beigebracht. Wieder einmal stehen sie sich in respektvollem, aber schnell zu überbrückendem Abstand gegenüber. Beide sind nicht nur von ihren Blessuren, sondern auch von der Anstrengung gezeichnet. Zum Glück aber hat sich der Himmel zugezogen und Wolken verdecken die brennende Sonne.*

*Wieder sucht Marcellus nach einer Lücke in der Deckung des Gegners, der zumindest geringfügige Ermüdung erkennen lässt, folgt er doch den Bewegungen des agilen Dimachaerus nur noch minimalistisch. Da scheint das Visier des Murmillo mit einemmal aufzuleuchten. Die Wolkendecke muss hinter Marcellus aufgerissen sein, so dass ein einzelner Sonnenstrahl gerade das Gesicht des abwartenden Spiculus trifft und diesen für einen Moment blendet. Auf solch eine Chance hat Marcellus gewartet. Zwei schnelle Schritte, dann wäre er hinter der Deckung des Gegners und würde seine Klinge durch dessen Herz stoßen. Aber in Bruchteilen eines Augenblicks trifft er die Entscheidung, die Gelegenheit nicht zu nutzen. Er erinnert sich an Spiculus' Verzicht auf ein Nachsetzen, als er, Marcellus, auf dem blutigen Sand weggerutscht war, und fühlt sich der Ehre als Elitekämpfer verpflichtet, nun seinerseits keinen unlauteren Vorteil in Anspruch zu nehmen.*

*Und dann ist die Gelegenheit auch schon vorbei. Spiculus ist einen Schritt zur Seite getreten und bereit, auf Marcellus' nächsten Angriff zu reagieren – oder selbst einen zu beginnen.*

*Beide Kämpfer haben jegliches Zeitgefühl verloren. Aber sie wissen, dass sie am Ende ihrer Kraftreserven angekommen sind. Bald muss die Entscheidung fallen.*

*Marcellus sieht, wie die Schwertspitze seines Gegners sich ein wenig senkt. Ist dies das Signal, dass auch Spiculus' schier übermenschliche Kräfte erlahmen? Mit einem doppelten Gleitschritt überbrückt er die Distanz und beginnt einen Angriff auf den Schwertarm. Zu spät erkennt er die Falle. Spiculus lässt das Schwert fallen, fasst mit der frei gewordenen Hand die Kante seines Schildes, kippt diesen nach vorn und rammt ihn dem angreifenden Dimachaerus gegen die Brust. Marcellus wird zurückgeworfen. Die Klingen entgleiten seinem Griff. Während er sich benommen aufzurichten versucht, weiß er, dass der Kampf zu Ende ist.*

*Marcellus liegt am Boden. Die Spitze von Spiculus' Schwert ist auf seine Kehle gerichtet. Alles ist aus! So nah war er dem Ziel seiner Träume, und so unendlich fern ist es nun. Beinahe hätte er den Champion geschlagen, doch beinahe ist nicht genug.*

*Aber eine letzte Hoffnung gibt es noch. Manchmal gewährt der Kaiser einem unterlegenen Kämpfer nach einem mutigen und eindrucksvollen Gefecht Gnade und schenkt ihm das Leben. Und dies war ein denkwürdiger Kampf. Noch nie zuvor war der große Spiculus einer Niederlage so nah. Und wer weiß, bei einem nächsten Mal …*

*Zitternd erhebt Marcellus den Arm, zwei Finger gestreckt, wie es das Ritual für das Gnadengesuch vorsieht. Er dreht den Kopf, blickt hinauf zur Kaiserloge. Nero erhebt sich. Langsam streckt er den Arm vor der Brust aus, den Daumen neutral zur Seite gerichtet.*

*Für einen Moment wird es totenstill in der Arena. Das Publikum hält den Atem an. Nach wenigen Herzschlägen beginnt ein Raunen. Offenbar wartet der Kaiser auf ein Votum des Volkes. Eine erste Stimme ruft „Gnade!"; eine andere „Tod!". Weitere fallen ein. Auch das Publikum ist unentschieden. Immer lauter wogen die Rufe im Widerstreit, bis der Kaiser auch die andere Hand hebt. Die Stimmen verebben. Es wird wieder still.*

*Nero wendet den Blick der Kaiserin zu. Sie soll entscheiden.*

*Marcellus kann sie nicht sehen, aber dann reckt sich der Daumen des Kaisers entschlossen in die Höhe und knickt ab zum Hals – die Aufforderung zum*

*Todesstoß.*
*Marcellus' Arm sinkt kraftlos herab. Ergeben hebt er den Kopf, um den tödlichen Hieb zu erleichtern – und vielleicht noch einen letzten Blick auf die Kaiserin zu erhaschen. Spiculus holt kurz aus, dann saust die Klinge herab, schneidet durch Haut, Adern, Sehnen, Muskeln, Speise- und Luftröhre, trifft zwischen zwei Halswirbel und trennt den Kopf in einem einzigen, fließenden Schnitt sauber vom Rumpf. Marcellus' Schädel fällt herab und rollt durch den Sand. Vorbei an seinem kopflosen Torso, aus dem stoßweise das Blut spritzt, trifft sein Blick direkt in überraschender Klarheit den der Kaiserin. Dann wird es dunkel, aber er sieht noch, wie Poppea ihm einen Kuss zuwirft. Sie hat ihn erkannt!*

Frank sog die Luft ein, als habe er nach einem mehrminütigen Tauchgang eben die Oberfläche erreicht. Er zitterte am ganzen Körper. Ihm war, als ströme Sekt statt Blut durch seine Adern. Stoßweise atmete er weiter, keuchend, an die Wand gestützt. Entsetzt griff er sich an den Hals, hatte den Schnitt selbst gefühlt. *Alles gut!* überzeugte er sich. *Nichts ist passiert. Was immer ich gerade erlebt habe, war nicht real.*

„Eine Halluzination", sagte er laut zu sich selbst. „Oder eine Vision?"

„Eine Erinnerung", sagte eine unnatürlich kratzige Stimme hinter ihm.

Frank wollte sich umwenden, aber eine Hand auf seiner Schulter hielt ihn auf.

„Nein", krächzte es. „Bitte drehen Sie sich nicht um. Sie werden in Kürze wieder zu Lilith zurückkehren, und dann möchte ich nicht, dass sie mein Gesicht in Ihrer Erinnerung finden kann."

„Was meinen Sie mit 'Erinnerung'?"

„Wenn Sie mich jetzt sehen und Lilith erlauben, Ihr Gedächtnis zu erforschen ..."

„Nein, was meinten Sie, als Sie mich korrigiert haben?"

„Ach so. Was Sie gerade erlebt haben, haben Sie schon einmal wirklich durchgemacht – damals, in einem früheren Leben."

„Sie wollen sagen, ich war Marcellus?"

„Nicht eigentlich Sie – nicht Frank Menden, aber sagen wir: Ihre Seele.

Ja, *Sie waren der Gladiator Marcus Quirinius Marcellus.*"

„Aber wie …?"

„Der Ort hat geholfen, das Tor zu einer verborgenen Erinnerung zu öffnen, die genau hier entstanden ist. Aber so intensiv war es nur möglich, weil das Portal zu all Ihren vergangenen Leben bereits ein wenig geöffnet war."

„Lilith."

„Davon gehen wir aus. Aber *sie* hat Ihnen nur sehr wenig gezeigt. *Wir* wollen Ihnen zeigen, wer sie wirklich ist. Und wer *Sie* wirklich sind."

„Und wer bin ich also?"

„Jemand, der Lilith schon früher begegnet ist. Und das nicht unter den besten Umständen."

„Und wer sind Sie?"

„Jemand, der Ihnen helfen möchte, zu verstehen."

„Geht das auch ein bisschen konkreter – ohne rätselhafte Andeutungen?"

„Kaum. Denn was Sie verstehen sollen, lässt sich nicht mit Worten erklären. Daher dieser Ort. Und die geöffnete Erinnerung. Für diesmal muss das genügen."

„Haben Sie etwa noch mehr davon auf Lager?"

„Nicht hier. Und nicht jetzt. Wir wollen Sie nicht überfahren. Auch nicht mit Argumenten oder Behauptungen überzeugen. Glauben Sie Ihrer eigenen Erinnerung und lernen Sie daraus. Mehr können wir vorerst nicht erreichen, aber bald werden Sie besser verstehen. Haben Sie etwas Geduld und seien Sie versichert: Sie sind nicht allein."

Frank wollte etwas erwidern, als er spürte, wie sich die Hand von seiner Schulter zurückzog. Doch kurz verstärkte sich noch einmal der Druck.

„Bitte, bleiben Sie noch eine Minute hier stehen, damit ich mich unauffällig entfernen kann. Leben Sie wohl, Herr Menden. Wir treffen uns wieder."

Frank entschied, dass er keine Veranlassung hatte, der Bitte des seltsamen Fremden mit der verstellten Stimme nicht nachzukommen. Also wartete er noch eine Weile und suchte dann nach einem Taxistand, um zum Hotel zurückzukehren.

## 34. Späte Genugtuung

„Hallo Frank. Wo warst du – und was ist mit Dir?"

Als Frank die Hotelsuite betrat, bemerkte Lilith, die dort bereits auf ihn wartete, sofort seine angespannte Stimmung.

„Ich habe Halsschmerzen", erwiderte Frank mit rauer Stimme, als wolle er damit die Aussage bekräftigen. Ihm war nicht nach Konversation zumute, und über seine Beziehung zu Lilith musste er sich zuerst einmal wieder erneut klar werden.

„Ich könnte …"

„Nein, lass' es!", wehrte er ab und steuerte geradewegs auf das Schlafzimmer zu, ohne sie anzublicken. „Ich möchte für eine Weile allein sein."

Er schloss die Tür hinter sich, ließ sich aufs Bett fallen und blickte gedankenverloren an die Zimmerdecke.

Einige Zeit später klopfte es an der Tür.

„Komm herein", sagte Frank und setzte sich ans Fußende des Bettes. Lilith öffnete langsam die Tür und trat ein.

„Was ist geschehen?"

„Warum hast du Marcellus sterben lassen?"

„Marcellus?"

„Marcus Quirinius Marcellus, den Gladiator. Er hat vor Nero gekämpft, verloren und um Gnade gebeten."

Lilith zögerte nur einen Moment. Dann hatte sie in ihrer Erinnerung den Bezugspunkt gefunden.

„Ja, Marcellus. Er war gut. Hätte gewinnen können, aber im entscheidenden Moment hat er sich von Skrupeln behindern lassen. Das wurde ihm zum Verhängnis. Er hätte die Gelegenheit nutzen sollen, die ich ihm verschafft hatte."

„Der Sonnenstrahl, der Spiculus blendete – das warst du?"

„Natürlich war ich das. Oder glaubst du immer noch an Zufälle? Du weißt: Mit dem Wetter zu spielen, ist eine meiner leichtesten Übungen. Ich hätte es spaßig gefunden, wenn er den großen Spiculus besiegt hätte, doch der Narr wollte nicht unfair gewinnen."

„Aber du hättest ihn auch später noch retten können. Begnadigung oder Tod – das war *deine* Entscheidung, und *du* hast ihn zum Tode verurteilt. Warum?"

„Weil ich ein grausames Miststück war."

„Einfach so? – Das ist alles? Keine weitere Erklärung, nicht einmal der Versuch einer Rechtfertigung?"

„Da gibt es nichts zu rechtfertigen. Ich bin ein Dämon – einer von der ganz bösen Sorte. Schon vergessen? Ich hatte ganz einfach Vergnügen daran, Menschen leiden zu lassen. "

„Auch Marcellus? Wusstest du, dass er dich abgöttisch geliebt hat?"

„*Besonders* Marcellus. Und gerade *weil* ich es wusste. Wie gesagt: Ich war ein grausames Miststück. Würdest du mir glauben, dass es mir heute leid tut?"

„Ich weiß nicht. Aber wenn es wirklich so ist, wirst du erfreut sein zu erfahren, dass er glücklich gestorben ist."

„Wirklich?"

„Wirklich. Er hat den Kuss, den du ihm zugeworfen hast, als Zeichen interpretiert, dass du ihn erst in diesem Moment wiedererkannt hattest."

Es folgte eine Pause betretenen Schweigens. Lilith legte den Kopf schief und betrachtete Frank, als wolle sie sich ein neues Bild von ihm verschaffen. Als sehe sie ihn plötzlich ein einem anderen Licht. Ihr Blick bohrte sich tief in seine Augen. Dann leuchtete in ihr Verstehen auf.

„Marcellus – das warst du."

„So muss es wohl sein. Ich begreife zwar nicht wieso, aber in meiner Vision war ich er. Und der Fremde sagte, es sei keine Vision gewesen, sondern die Erinnerung an ein früheres Leben."

„Das ist die Wahrheit", sagte Lilith leise. „Du warst Marcellus.

Und es tut mir wirklich leid. Kann ich es irgendwie wieder gutmachen?"

Frank wollte schon abwinken, aber mit einemmal wurde Marcellus in ihm wieder lebendig. Und er wusste, was er jetzt brauchte.

„Könntest du heute noch einmal Poppea für mich sein?"

„Tuum optatum sit iussum mihi."

„Kein Befehl", berichtigte Frank sofort und wunderte sich kein Bisschen, dass er Liliths Antwort („Dein Wunsch sei mir Befehl") mühelos verstanden hatte, ohne jemals Latein gelernt zu haben. „Nur eine Bitte."

„Dann sei dir die Bitte gerne gewährt", erwiderte Lilith, und als sich Frank zu ihr umwandte, stand die antike römische Kaiserin leibhaftig vor ihm und zauste sein Haar. Und endlich erlebte Marcus Quirinius Marcellus die Erfüllung seiner sehnlichsten Wünsche – fast 2000 Jahre nach seinem Tod in der Arena von Rom.

„Nun erzähl mir von dem Fremden", bat Lilith später, nachdem sie Frank kurz vom planmäßigen Abschluss ihrer Mission berichtet hatte.

„Er hat mich vor dir gewarnt. Und er hatte sehr überzeugende Argumente."

„Welche Argumente?"

„Genau genommen hat er mir etwas gezeigt. Oder eigentlich nicht einmal das; er hat mich eine Szene der römischen Antike erleben lassen. Ich glaube, ich sollte verstehen, dass man dir nicht trauen kann."

„Erleben lassen? – Die Vision, die du erwähntest."

„Den letzten Kampf des Marcellus. Es war ein bisschen so, wie als du mich zum Gitarristen und zum Ninja gemacht hast. Er sagte, nachdem du die Tür geöffnet habest, sei es jetzt einfach, meine verborgenen Erinnerungen zu wecken. Aber diesmal war es anders. Ich habe mich nicht einfach nur erinnert, sondern wirklich alles erlebt. Es war vollkommen real – absolut gruselig. Ich habe genau gefühlt, wie Spiculus mir den Kopf abschlug."

„Dann war der Fremde ein durchaus begabter Zauberer. Tatsächlich ist es einfacher, auf vergangene Leben zuzugreifen, wenn die Versiegelung erst einmal gebrochen ist. Auch die Rückführung an den Ort des Geschehens ist hilfreich. Aber gezielt ein reales Erlebnis zu reproduzieren, erfordert immer noch einige Kraft und Erfahrung. Nicht ohne Grund sind die vergangenen Erinnerungen so tief verborgen. Es widerspricht dem göttlichen Plan, dass Menschen sich ihrer Inkarnationen erinnern.“

„Aber du hast doch selbst ...“

„Hast du etwa bisher den Eindruck gewonnen, dass ich mich um den göttlichen Plan scheren würde?“ Lilith grinste. „Obwohl ich allmählich seinen Sinn zu erkennen glaube“, fügte sie dann nachdenklich hinzu.

„Aber in deinem Fall hatte ich nur begrenzt eine Wahl. Und außerdem habe ich sehr gezielt und zurückhaltend ausgewählt, welche Türen ich öffne und wie weit.“

# 35. Umleitung

Das Frühstücksbuffet war ebenso reichhaltig wie in den anderen Luxushotels, die sie auf ihrer Reise besucht hatten. Selbstverständlich beinhaltete das Angebot auch die ganze Vielfalt italienischer Kaffeespezialitäten. Frank hatte es sogar gewagt, entgegen Collonis Empfehlung den einfachen Kaffee zu probieren, der zwar weitaus besser schmeckte als erwartet, aber nicht an das besondere Aroma des Capuccino heran reichte, von welchem Colloni zu Recht in den höchsten Tönen geschwärmt hatte.

„Jetzt haben wir nur noch ein kleines Luxusproblem“, stellte Frank fest und biss in sein Croissant.

„Nämlich ...?“, fragte Lilith.

„Adamson hat mich gebeten, hier nach dem Rechten zu sehen“, erklärte Frank. „Wie bringe ich ihm bei, dass wir nicht nur die Integrität der Colloni-Software gerettet, sondern außerdem noch die römische Mafia aufgemischt haben?“

„Das hört sich eigentlich nicht so an, als sei es etwas Schlechtes.“

„Natürlich nicht. Aber es könnte ihn stutzig machen. Colloni konnten wir deine geheimnisvolle Rolle überzeugend verkaufen, und er wird das Organisierte Verbrechen im Gespräch mit der Firmenleitung vermutlich nicht erwähnen, wenn es sich vermeiden lässt. Aber wenn wir auch Adamson die Geschichte auftischen, dass du den Gangstern gedroht hast, es könne ihnen wie Jacob Devlin ergehen, dann bekommen wir vermutlich ein Problem."

„Also sagst du am besten so wenig wie möglich und dabei nichts, das nachweislich unwahr ist. Die beste Lüge ist eine unvollständige oder nur ein bisschen verbogene Wahrheit."

„Du musst es ja wissen ... Was sage ich ihm also nun?"

„Dass es tatsächlich ein Problem gab, dessen Ursache aber ausfindig gemacht wurde und die verantwortliche Person überzeugt werden konnte, die Sache in Ordnung zu bringen, bevor irreversibler Schaden entstanden ist."

„OK", sagte Frank zögernd, baute aber auf dem Gedanken eine weitere Argumentation auf: „Man könnte anhand dessen erklären, dass sich die Auslieferung für das nächste Software-Release verzögert, und für den nächst möglichen Zeitpunkt einen Patch ankündigen, der eine bei Tests entdeckte, wenngleich auf den bereits ausgelieferten Systemen im täglichen Gebrauch äußerst unwahrscheinliche Funktionsstörung beheben wird. Das könnte klappen. Nur falls irgendwo die Ransomware ausbricht, bevor der Patch installiert wird ...."

„Da wird sich der junge Enzo eben beeilen müssen", schloss Lilith.

„Schließlich steckt sein Hals in der Schlinge. Und er soll ja ziemlich gut sein."

„Aber wenn Adamson Details wissen will?"

„Warum sollte er? Er ist der Konzernchef und kann sich selbst nicht um jede Kleinigkeit kümmern. Gib ihm einen glaubwürdigen Grund, sich zu freuen, dass alles in seinem Sinne läuft und er sich keine Sorgen machen muss. Mehr wird er nicht brauchen."

„Dann hoffen wir mal das Beste", seufzte Frank und nahm einen Schluck frisch gepressten Orangensaft.

Auf einmal vibrierte es an seiner Hüfte. Er hatte sich angewöhnt, sein Mobiltelefon grundsätzlich auf Vibrationsalarm zu schalten, um nicht ständig zwischen verschiedenen Modi hin und her schalten zu müssen und womöglich, sollte er dies einmal vergessen, ein peinliches Klingeln in ungeeigneten Situationen zu riskieren. Er zog das Smartphone aus der ledernen Tasche an seinem Gürtel, warf einen kurzen Blick auf die Anzeige und nahm den Anruf an.

„Hallo Mr. Adamson."

Frank war verwundert. In San Francisco musste es gerade kurz vor Mitternacht sein. Aber wie er den amerikanischen Konzernchef kennengelernt hatte, irritierte es ihn letztlich doch nur wenig, dass dieser offenbar Rücksicht auf die Zeitzone nahm, in der sich der Angerufene gerade befand.

„Hallo Herr Menden. Wie geht es in Rom? – Haben Sie und Ihre Gattin sich von dem Schreck in San Francisco erholen können?"

„Danke der Nachfrage", antwortete Frank. „Ja, eine Weile hat es schon gedauert, und irgendwie steckt uns der Schrecken noch in den Gliedern. Aber Rom und die Aufgaben hier können einen schon in den Bann ziehen. Gibt es übrigens Neuigkeiten über die Ermittlungen?"

„Nichts Neues. Die Polizei ermittelt weiter verbissen, aber offenbar ohne konkrete Spur. Ich befürchte, Jacobs Tod wird eines der unlösbaren Mysterien der Kriminalgeschichte bleiben.

Aber – ich wage kaum, Sie zu fragen – konnten Sie sich auch schon ein Bild von dem möglichen Problem bei Colloni machen?"

Frank war heilfroh, soeben mit Lilith darüber gesprochen zu haben, so dass er nun nicht improvisieren musste. Und tatsächlich war Adamson mit dem minimalistischen Erfolgsbericht offenbar zufrieden. „Ich wusste doch, dass ich mit Ihnen eine gute Wahl getroffen habe", lachte er erfreut.

Dann wechselte Adamson das Thema: „Aber nun zu etwas ganz Anderem: Ich hätte da noch eine Aufgabe für Sie, bevor Sie nach Hause zurückkehren – aber nur, wenn Sie mögen. Hoffentlich wird Ihnen (und Ihrer Frau) das alles nicht zuviel. Ich bin jedoch ziemlich sicher, dass Ihnen dieser neue Auftrag wirklich gefallen könnte."

„Hm, das klingt spannend", sagte Frank. „Worum geht es denn?"

„Man hat mir erzählt, Sie seien ein Freund der Rockmusik. Sagt Ihnen das Glastonbury Musikfestival etwas?"

„Ein jährlich wiederkehrendes musikalisches Großereignis in Westengland. Ich habe davon gehört, war allerdings noch nie dort. Was ist damit?"

„Wir haben uns für das nächste Festival als Sponsor angeboten. Und es soll ein spektakuläres Ereignis werden. Ich möchte erreichen, dass Led Zeppelin sich neu formiert und in Glastonbury auftritt. Die Band soll vor fast 50 Jahren den Anstoß für dieses Festival gegeben haben, hat dort aber nie in voller Besetzung als Gruppe gespielt. Zwar gehen immer wieder Gerüchte um, dass es doch noch irgendwann zu einem Auftritt kommt, aber niemand glaubt mehr wirklich daran. Ich möchte beweisen, dass die Adamson Corp. das Unmögliche möglich machen kann. Was meinen Sie – hätten Sie Lust, sich darum zu kümmern?"

Frank musste nicht lange überlegen. Die Aussicht, eine Rock-Legende kennenzulernen und selbst Teil daran zu haben, diese wieder auf die Bühne zu bringen, beflügelte seine Gedanken.

„Ob ich Lust dazu habe? – Ist der Papst katholisch?", antwortete er begeistert.

„Wunderbar!" Man konnte Adamson durch's Telefon förmlich schmunzeln sehen. „Dann buchen wir Ihnen für übermorgen einen Flug nach Bristol. Dort werden Sie abgeholt. Weitere Informationen und die Beschreibung Ihrer Aufgaben schicken wir Ihnen morgen früh per E-Mail zu. Aber nun genießen Sie noch ein wenig die „Ewige Stadt". Wenn Sie schon für mich die Kastanien aus dem Feuer holen, dürfen Sie ruhig auch mit dem angenehmen Teil der Reise in die Verlängerung gehen. Immerhin sind Sie ja trotz allem noch in den Flitterwochen – ich habe das keineswegs vergessen."

Frank lächelte ironisch, auch wenn (oder gerade weil) sein Gesprächspartner es nicht sehen konnte. *Ich beinahe schon*, dachte er. *Allein an diesem einen Tag gestern ist so viel passiert, dass es sich anfühlt, als seien Lilith und ich schon seit Jahren zusammen – und würden uns bereits seit Jahrhunderten kennen.*

# 36. Britische Inseln

Zwei entspannte Tage später bestiegen Frank und Lilith den Flieger, der sie nach Bristol befördern sollte. Luigi Colloni hatte es sich nicht nehmen lassen, sie persönlich zum Flughafen zu bringen. Er hatten ihnen noch auf dem Weg zur Sicherheitskontrolle hinterher gewinkt und erst damit aufgehört, als sie endgültig seinen Blicken entschwunden waren.

Während der beiden Tage hatten sie die Stadt gemeinsam erkundet – jeweils mit eigenem Blickwinkel. Lilith führte Frank an Orte der römischen Altstadt, die den meisten Besuchern verborgen blieben. Dazu – wie auch zu den bekannteren antiken Stätten – hatte sie zahllose Geschichten erzählen können. Geschichten, die sie in der Verkörperung verschiedener historischer Persönlichkeiten selbst erlebt hatte. Von der Blüte der Stadt am Tiber, von wo aus sie um die Zeitenwende als Kaiserin Agrippina im fernen Germanien eine kleine militärische Siedlung am Rhein zur Metropole ausgebaut hatte, über eine Zeit, in der sie 900 Jahre später als Senatorin und Geliebte mehrerer Päpste sogar noch mehr Einfluss auf die Entwicklung Roms ausgeübt hatte, als ihr dies zuvor als Mutter und Gemahlin von Imperatoren möglich gewesen war – so viel, dass dafür später der Begriff „Pornokratie" geprägt wurde – bis zu Ihrer wenig rühmlichen Rolle, weitere 500 Jahre später, in der sie unter dem Namen Lucrezia Borgia als Tochter und Geliebte eines Papstes zum Inbegriff der Giftmörderin wurde. Zugleich erforschte Lilith selbst neugierig das moderne Rom, das sie nicht mehr gesehen hatte, seit Lucrezia dem damaligen Ringträger als Gemahlin in die italienische Provinz Ferrara gefolgt und von dort aus unter die Obhut der Vindicandi gestellt worden war. „Was hältst du von einem Besuch im Vatikan?", hatte Frank sie einmal, halb im Scherz, gefragt, und sie hatte mit einem Augenzwinkern geantwortet: „Nette Idee. Ich habe schon lange keinen Papst mehr verführt." Frank hatte gelacht und ihr den Arm um die Schultern gelegt. „Vielleicht lassen wir das dann wohl doch besser bleiben."

Im Vergleich zu den Transatlantikflügen erwartete sie nun nurmehr ein kleiner Hüpfer vom mediterranen Festland auf die britische Insel. Vom römischen Flughafen Fiumicino brachte sie ein Direktflug in weniger als drei Stunden nach Bristol. Unterwegs gerieten sie über den Alpen in atmosphärische Turbulenzen. Immer wieder sackte das Flugzeug in gelegentlich auftretenden „Luftlöchern" überraschend ab, und einigen Passagieren war ein gewisses Unwohlsein deutlich anzusehen. Frank blieb dagegen vollkommen ruhig, obwohl er früher des öfteren in solchen Situationen von einem Ansatz von Flugangst heimgesucht worden war. Mittlerweile hatte er sich allerdings an die Gewissheit gewöhnt, dass ihm in Liliths Gegenwart durch nichts und niemanden irgendein ernsthaftes Unheil zustoßen konnte. So nippte er in aller Gemütsruhe an seinem Tomatensaft und beobachtete die chaotischen Muster, die Pfeffer- und Salzkörner auf dessen Oberfläche zeichneten, während das dickflüssige Getränk, vom äußeren Rütteln angestoßen, im Becher hin und her schwappte.

Auch in Bristol wurden sie bei ihrer Ankunft bereits erwartet. Der freundliche Mietwagenfahrer, ein leicht übergewichtiger Mann in den Fünfzigern, mit schütterem Haar und einem kurz geschnittenen Vollbart, in dem sich helle und dunkle Haare zu einem Pfeffer-und-Salz-Muster mischten, stellte sich als Sam vor und zog dabei kurz seine fadenscheinige Mütze vom Kopf, um sie sofort wieder auf ihren angestammten Platz zurück fallen zu lassen. Er half ihnen beim Verstauen des Gepäcks und ließ sie im Fonds seines geräumigen, klassisch englischen Taxis Platz nehmen, das noch älter als er selbst zu sein schien.

Als Frank und Lilith eingestiegen waren und ihre Plätze auf den weich gepolsterten Ledersitzen eingenommen hatten, schlug Sam die Türen zu und nahm rechts vorn auf dem Fahrersitz Platz. Wie immer in Ländern mit Linksverkehr spürte Frank ein befremdliches Gefühl in sich aufsteigen, und er fragte sich, warum die ungewohnte Verkehrsrichtung sich wohl ausgerechnet auf Inselstaaten erhalten hatte, selbst wenn diese niemals unter britischer Herrschaft gestanden hatten.

Tuckernd sprang der Motor an, und Sam erkundigte sich mit einem Blick über die Schulter, ob seine Fahrgäste es bequem hätten, sogleich gefolgt von einer Vorab-Entschuldigung für die, wegen der ausgeleierten Stoßdämpfer des Oldtimers, als etwas holprig zu erwartende Fahrt. Frank erklärte ihm, er brauche sich keine Gedanken zu machen. Er und Lilith – dabei versicherte er sich mit einem kurzen Blick ihrer Zustimmung – wüssten das Flair des alten, authentischen Automobils zu schätzen und würden dieses jeder modernen Luxuslimousine vorziehen. Außerdem seien sie auf dem Flug nach Bristol von Turbulenzen so durchgeschüttelt worden, dass es nun sicher nicht noch schlimmer kommen könne. Sam lachte und fuhr los. Der Weg werde sie 23 Meilen (die Frank schnell im Kopf in etwa 37 km umrechnete) nach Süden führen, durch die beeindruckende Natur der Mendip Hills, und etwa eine Dreiviertelstunde dauern, kündigte er an.

Wie versprochen, erreichten sie eine knappe Stunde später ihr Ziel, die altenglische Stadt Glastonbury in der Grafschaft Somerset, eine Kleinstadt mit weniger als 9000 Einwohnern. Ein beschauliches Städtchen, aber auch das Ziel zahlloser Touristen aus aller Welt, die dort nach den historischen und mystischen Wurzeln der Artussage oder nach spirituellen Erfahrungen suchen. Hinzu kommen einmal im Jahr Tausende Fans der Rock- und Folkmusik, um sich dort zu einem der größten regelmäßig stattfindenden musikalischen Open-Air-Festivals der Welt zu treffen.

„Bald sind wir da", kündigte Sam an, als sich hinter einem Hügel erste Gebäude abzeichneten. „Ihr Gastgeber meint es gut mit Ihnen. Sie sind im *George Hotel and Pilgrims' Inn* einquartiert, der besten Adresse in Glastonbury. Nicht groß, aber zentral gelegen – und historisch. Das Gasthaus wurde im 15. Jahrhundert vom Abt des Klosters erbaut, um Besucher der Abbey zu beherbergen. Die Hälfte der Zimmer sind noch im Urzustand – natürlich nicht, was den Komfort angeht", lachte er. „Ich wette, Sie werden eines davon bewohnen."

„Ja, da haben Sie wohl Recht", bemerkte Frank gedankenverloren.

„Was die Unterbringung angeht, konnten wir uns auf der ganzen Reise wahrlich nicht beklagen."

„Die Abtei ist zwar schon lange kein Kloster mehr", setzte Sam seinen historischen Exkurs fort, „aber die Pilgerströme haben nicht aufgehört. Eher sind es noch mehr geworden. Alle wollen das Grab von König Arthur sehen. Sie bestimmt auch, oder?"

Natürlich kannte Frank die Legende von König Artus und wusste auch um die Beziehung, die man dem Benediktinerkloster von Glastonbury zur mythischen Insel Avalon nachsagte. Dass hier aber tatsächlich das Grab des berühmten Königs zu besichtigen sei, war ihm neu. Also fragte er nach, und Sam war hoch erfreut, seinen Fahrgästen noch mehr touristische Informationen angedeihen lassen zu können.

„Im zwölften Jahrhundert wurde in der Nähe der Abtei ein keltisches Doppelgrab entdeckt, das heute als das authentische Grab von Arthur und seiner Gemahlin Guinevere gilt."

„Da ist übrigens etwas, das ich nicht verstehe", wandte Frank ein. „Avalon soll eine Insel sein. Das Kloster steht in den Geschichten auf einer Anhöhe über einem See. Aber hier ist weit und breit von einem See nichts zu sehen."

„Gut erkannt", schmunzelte Sam anerkennend. „Aber wenn Sie nach da vorne links blicken, dann sehen Sie einen großen, tropfenförmigen Hügel mit einem Turm auf der Spitze. Das ist *Glastonbury Tor*, und viele glauben, dort könnte Avalon gewesen sein. Was man von hier aus nicht sieht, ist, dass der Hügel eigentlich eine Halbinsel ist. Von drei Seiten wird er von dem Flüsschen Brue eingeschlossen. Aber früher war die ganze Ebene ein großes Moor, das bei Flut vollkommen unter Wasser stand. Da war es wirklich eine Insel. Und vielleicht ist Avalon das ja noch immer", fügte er mit einem Augenzwinkern hinzu. Dann bog er in die High Road ein und blieb vor einem grauen Reihenhaus mit historischer Steinfassade stehen.

„Da wären wir. Es war mir ein Vergnügen."

Sam half Frank und Lilith noch beim Ausräumen und kündigte an, dass er sie am nächsten Morgen um 8:30 Uhr abholen würde, um mit dem Organisator des Festivals zusammenzutreffen und dass er – falls es ihnen recht sei – für die Dauer ihres Aufenthalts als ihr Fahrer zu ihrer Verfügung stehen werde. Frank fiel es nicht schwer, Sam zu vergewissern, dass er sogar hoch erfreut darüber sein würde, denn er mochte den fröhlichen und redseligen Taxifahrer.

Nach dem Check-In rief der Portier Frank noch einmal zu sich.

„Verzeihen Sie, Sir, fast hätte ich es vergessen: Selbstverständlich bieten wir Ihnen freies WiFi im gesamten Hotelbereich. Hier sind die Instruktionen." Damit drückte er Frank einen gefalteten Zettel in die Hand. Frank bedankte sich, faltete das Papier auseinander und warf einen kurzen Blick darauf. Der Zettel enthielt die übliche Gebrauchsanweisung für den Zugangscode zum hoteleigenen WLAN-Angebot. Allerdings hatte jemand darunter noch etwas handschriftlich und auf Deutsch hinzu gekritzelt:

*Ein Tor weist im Dunkel*
*den Weg nach Avalon.*
*Häute die Zwiebel*
*und du findest dich selbst.*

Frank stutzte kurz. Dann faltete er den Zettel wieder sorgfältig zusammen, steckte ihn in die Innentasche seiner Jacke und folgte Lilith zu ihrem Zimmer.

## 37. Feen und Könige

In dem traditionell eingerichteten Raum stand ein großes Doppelbett, über dem sich zwischen einer massiven Rückwand und zwei gedrechselten Vollholzpfosten ein ebenfalls hölzerner Himmel spannte. Am Fußende stand eine kleine Kommode. Ein schwerer Vorhang, den man komplett zuziehen konnte, bot die Möglichkeit, das Himmelbett wie einen eigenen Raum im Raum abzutrennen. Frank fühlte sich wie in einer mittelalterlichen Burg.

„Lass' uns noch ein bisschen spazieren gehen", schlug er vor, nachdem sie sich in dem Zimmer eingerichtet hatten. „Das Wetter ist schön – worauf man sich hier für morgen wahrscheinlich nicht verlassen kann ..." Er stutzte, als er Lilith schelmisch grinsen sah. Dann fiel ihm ihre Fähigkeit ein, das Wetter zu beeinflussen. „Jedenfalls haben wir noch etwas Zeit, und ich würde gerne die alte Abtei sehen. Und das Grab des sagenhaften Königs."

„Wie Ihr wünscht, Majestät", scherzte Lilith und deutete einen Hofknicks an.

Ein kurzer Spaziergang führte sie vorbei an zahllosen Andenken- und Esoterikläden zu einem weitläufigen Areal, wo sich die Überreste der alten Abtei befanden. Nachdem sie an einem Kassenhäuschen, das den Eingang zu der parkartigen Rasenfläche bewachte, die Eintrittsgebühr entrichtet hatten, betraten sie die weite Rasenfläche. Ein wenig enttäuscht, dass von dem berühmten Kloster nur noch wenige Mauern erhalten waren, machte sich Frank mithilfe des zusätzlich zu den Tickets erworbenen Reiseführers kundig und erfuhr, dass die Abtei als solche bereits im 16. Jahrhundert von Heinrich dem Achten im Zuge seines Streits mit dem römischen Klerus, an dessen Ende die englische Loslösung vom Katholizismus und die Gründung der Anglikanischen Kirche standen, in einem Streich gegen alle englischen Klöster aufgelöst worden war.

Hinter den Mauern der Klosterruine führte ein Weg sie zum ehemaligen Friedhof. Dort fanden sie am Kopfende eines, mit schmalen Steinplatten eingefassten, mannsgroßen Rechtecks einen in den Rasen getriebenen Pfahl, dessen fahle Rostschutzlackierung offenbar schon vor geraumer Zeit an einigen Stellen abgeblättert war. An dem Pfahl war eine verwitterte Metalltafel angebracht und erinnerte daran, dass die Mönche an dieser Stelle im Jahr 1191 bei Ausgrabungen die angeblichen Gräber von König Arthur und seiner Gattin Guinevere entdeckt hatten. Bei den Gebeinen sei ein bleiernes Kreuz gefunden worden, das die Aufschrift trug: *Hic jacet sepultus inclitus rex Arturius cum Wenneriveria uxore sua secunda in insula Avallonia* – Hier liegt der berühmte König Artus mit seiner zweiten Frau Guinevere auf der Insel Avalon begraben.

„Das ist also das Grab des berühmten Königs", bemerkte Frank mit Bedauern. „Ich hätte irgendwie mehr erwartet." Aber ein gewisses Prickeln stellte sich doch ein angesichts der Vorstellung, dass hier tatsächlich Arthur und seine Gemahlin Guinevere – im Tode schließlich wieder vereint – über Jahrhunderte geruht haben mochten.

„Ob das Grab wohl wirklich echt ist …", sinnierte er vor sich hin. „Es gibt so viele Geschichten und Legenden um König Arthur, dass ich zu gern wüsste, was damals wirklich geschehen ist."

„Ich könnte es dir erzählen", sagte Lilith neben ihm, „denn ich war dabei. Um nicht zu sagen: maßgeblich beteiligt."

„Dann warst du wirklich Morgana?", fragte Frank neugierig. „Ich hatte das irgendwie schon vermutet." Er dachte zurück an die Nacht im Wald. Die Nacht, als er sich in sein Schicksal gefügt und der Gratwanderung zwischen der Aufsicht über die Dämonin Lilith und der Fortführung eines zumindest scheinbar normalen bürgerlichen Lebens zugestimmt hatte. Nun ja, wirklich „normal bürgerlich" war sein Leben seitdem keineswegs verlaufen. Aber immerhin erhielt er – nicht zuletzt für sich selbst – ein berufliches und privates Leben in der Öffentlichkeit aufrecht. Und selbst mit dem Wechsel zwischen Vertrauen und Misstrauen seiner Gefährtin gegenüber, zwischen der Gewährung von Freiheiten und der Absicherung gegen Missbrauch derselben, kam er einigermaßen zurecht, auch wenn er sich immer wieder fragte, ob er wirklich die Welt vor Lilith beschützte oder nicht viel häufiger sie ihn vor der Welt.

„Morgana, Viviane, und andere. Ich trug viele Namen damals. In den Geschichten wurden später verschiedene Personen daraus. Und teilweise war es mir auch nützlich, in unterschiedlichen Rollen aufzutreten. Aber eigentlich waren alle eins: Viviane, die mütterliche Herrin vom See, die den Zauberer Merlin und den König Artus zunächst als Verteidiger der alten Bräuche und Mythen gegen den Bildersturm des aufkeimenden Christentums aufbaute, sich aber dann in Gestalt der zornigen Zauberin Morgana gegen sie wandte, als sie im Begriff waren, den Kampf aufzugeben und die alte Religion sterben zu lassen. Morgana, die Fee. Eine Frau, die alle fürchteten, die nie aufgab und ihre Ziele mit allen Mitteln zu verfolgen bereit war."

„Und die doch am Ende scheiterte", ergänzte Frank.

„An übermächtigen und vor allem überzähligen Gegnern, ja. Und an dem Ring", gab Lilith zu. „Nach Arthurs Tod musste ich schließlich fliehen und Britannien verlassen. Ich bin dann zunächst nach Palästina zurückgekehrt, bevor ich mich weiter ins ferne China abgesetzt habe. Ehrlich gesagt verwundert es mich, dass kaum jemand bis heute Notiz davon genommen hat. Dabei hatte ich nicht einmal versucht, meine Spuren zu verwischen. Sogar ein Naturphänomen wurde nach mir benannt: die *Fata Morgana*, eine Luftspiegelung, wie eine Fee oder ein Gespenst, ein Wesen aus der Anderswelt, das aus dem Nichts erscheint und ebenso auch wieder verschwindet, nachdem es arglose Wanderer in die Irre geführt hat. Danach hat sich später eine palästinensische Organisation von – je nach Sichtweise – Freiheitskämpfern oder Terroristen ihren Namen gegeben: *Al Fatah* – die Fee. Unter dieser Bezeichnung haben sie ihren Kampf gegen das auserwählte Volk geführt – den ich zu mancher Zeit in meinem blinden Streben nach Rache für mein Schicksal auch für meinen Kampf gehalten habe – wenngleich ich in diesem Fall selbst gar nichts damit zu tun hatte."

Frank wollte gerade fragen, welche Bedeutung denn dem Ring für den Ausgang des Kampfes zwischen den Rittern der Tafelrunde und ihren Widersachern zukam, als ein Parkwächter an ihn herantrat, ihn ansprach und mit zahlreichen Entschuldigungen darauf aufmerksam machte, dass der Park in Kürze schließen würde, dass man am nächsten Tag gerne noch einmal wiederkommen könne, es aber auch noch viele weitere Sehenswürdigkeiten in Glastonbury gebe, wie zum Beispiel den Hügel *Glastonbury Tor* mit dem Sankt Michaelsturm, der von vielen Mystikern als das Tor nach Avalon angesehen werde, wo Arthur in einer Parallelwelt nicht gestorben sei, sondern noch immer König, welcher der Legende zufolge seit Jahrhunderten darauf warte, seinem Volk ein weiteres Mal in höchster Bedrängnis beizustehen, wenn der Ruf erfolge. „Vielleicht wäre jetzt gar kein schlechter Zeitpunkt dafür", raunte der Wächter, seinen Redefluss abrupt unterbrechend, Frank schmunzelnd zu, den er als

Kontinentaleuropäer und damit höchstwahrscheinlich Brexit-Kritiker erkannt hatte. „Aber was könnte schon ein noch so mächtiger König gegen heutige Politiker ausrichten? Selbst das Schwert *Excalibur* ist nur geeignet, etwas zu zerschneiden, aber nichts zusammenzufügen."

Auf dem Rückweg zum Hotel klangen Frank noch die Worte „Glastonbury Tor" und „das Tor nach Avalon" in den Ohren, und er dachte wieder an den Zettel in seiner Tasche. Im Hotel angekommen, aktivierte er den WiFi-Zugang für sein Notebook, checkte seine E-Mails und surfte noch eine Weile um die Themengebiete Glastonbury, Avalon und König Artus herum, bevor er mit Lilith zum Abendessen ging. Er hatte inzwischen viel über Geschichte und Geschichten des Ortes erfahren, auch dass das Wort „Tor" für die nahe gelegene Anhöhe aus dem Keltischen stammte und nichts anderes als „Hügel" bedeutete. Nichts also, was den seltsamen Hinweis auf dem WiFi-Zettel hätte entschlüsseln helfen.

Da der Gesprächstermin mit dem Manager des Glastonbury Festivals für den frühen Morgen angekündigt worden war, gingen sie früh zu Bett.


## 38. Rock'n'Roll Dreams


Der Konzertmanager entpuppte sich als eine Frau um die sechzig, mit vornehmlich grauen, aber von rötlichen Strähnen durchsetzten Haaren und lachenden Augen hinter einer riesigen Hornbrille mit weinroter Fassung. Margaret Chesterton hatte die legendäre Band, die für das Festival gewonnen werden sollte, in ihrer Teenager-Zeit noch selbst spielen hören und war dementsprechend begeistert von der Idee, mit der K. N. Adamson an sie herangetreten war. Wie nicht wenige Briten, wirkte sie ein wenig exzentrisch, aber durch das Bedienen dieses Klischees zugleich auch noch authentischer. Und was passte schließlich besser zu einem Leben für die Rockmusik als ein wenig Exzentrik?

Maggie Chesterton (sie hatte darauf bestanden, „unter Rockfans" bei ihrem verniedlichten Vornamen genannt zu werden, und in diesem Fall fiel das Frank wesentlich leichter als jüngst bei dem aufdringlichen Jacob Devlin) hatte eigens für das Gespräch mit Frank Menden ein ausgewaschenes Tour-Shirt aus den 70er Jahren angelegt. Sie musste wohl seitdem um einige Pfunde abgenommen haben, denn das T-Shirt, auf dem man die aufgedruckten Tour-Daten kaum noch erahnen konnte, schlabberte unförmig an ihr herab. Das minderte aber in keiner Weise den Eindruck von Kompetenz und Verbindlichkeit, den sie Frank bereits beim ersten Händeschütteln vermittelt hatte.

Für einen Moment entstand vor Franks Augen ein Bild von Maggie als kreischendem Teenager mit wilder, roter Mähne und schweißnassem T- Shirt im Lichtorgel-Gewitter. Fast erwartete er schon, dass sich das Bild zu einer neuen Vision ausweiten würde, doch dann verschwand es wieder.

„… Erinnerung", hörte er Maggie sagen und fühlte nochmals einen Bezug zu seinem Erlebnis in der römischen Arena aufkommen. Aber sie hatte nur in einer Erzählung aus der Zeit geschwelgt, in der Frank sie sich soeben vorgestellt hatte. Er schüttelte die abschweifenden Gedanken ab und hörte zu.

„Haben Sie das Festival schon einmal besucht?", fragte Maggie, und Frank schüttelte bedauernd den Kopf. „Um ehrlich zu sein – leider nicht", sagte er, und es war ihm fast ein wenig peinlich. „Aber ich habe schon vieles davon gehört", fügte er, fast entschuldigend hinzu, „und oft mit dem Gedanken gespielt."

„Macht nichts", sagte Maggie lachend. „Diesmal werden Sie ja sicher dabei sein, nicht wahr? Besonders, wenn es uns wirklich gelingt, Led Zeppelin zu gewinnen."

„Ja, ganz bestimmt. Das werde ich mir sicher nicht entgehen lassen. Noch dazu, wo ich jetzt in die Vorbereitungen involviert bin."

„Wussten Sie, dass Led Zeppelin den Grundstein für das Festival gelegt hat – dass es dieses Event sonst vielleicht nie gegeben hätte?", fragte Maggie.

„Adamson hat so etwas angedeutet", erinnerte sich Frank. „Aber ich habe ihn so verstanden, dass sie in Glastonbury nie gespielt haben, auch nicht ganz am Anfang."

„Stimmt. Aber auf einem LZ-Konzert entstand 1970 die Idee, hier ein großes Folk-, Blues- und Rock-Festival aufzuziehen. Immer wieder wurde versucht, die Band auch hier spielen zu lassen, aber leider hatte sie sich dann bald aufgelöst. Einzelne Ex-Mitglieder sind hier über die Jahre tatsächlich schon aufgetreten, aber nie alle gemeinsam." Maggie zog einen Flunsch. „Und die Originalbesetzung kommt nie mehr zusammen, denn seit dem Tod von John Bonham 1980 haben sie ultimativ ihre Auflösung erklärt. Ohne ihren Drummer ist die Band nicht komplett. Es sei denn, er käme als Zombie zurück ..." Maggie grinste in einem Anflug von morbidem britischem Humor.

„*Everything's better with zombies* – alles ist besser mit Zombies", zitierte Frank einen Ausspruch, den er oft gehört, von dem er allerdings trotz intensiver Recherchen nicht den Ursprung hatte ergründen können. Er glaubte sich zu erinnern, irgendwann irgendwo gelesen zu haben, dass eine Studentin den Satz in einer langweiligen Vorlesung auf ihren Notizblock gekritzelt haben, ihr Sitznachbar ihn gelesen und dann in Windeseile verbreitet haben sollte, aber als er vor Kurzem versucht hatte, diese Annahme zu verifizieren, konnte er nichts mehr dazu finden. Manchmal schien das Internet doch etwas zu vergessen ...

Maggie nickte bedauernd. „Aber nicht nur für Boxchampions gilt: *They never come back* – sie kommen nie zurück."

„Immerhin habt Ihr hier doch die Legende vom König, der in Zeiten der größten Not aus dem Reich der Toten zurückkehren soll", wandte Frank grinsend ein. Er erinnerte sich des Gesprächs mit Sam während der Autofahrt und liebte es, einen einmal begonnenen Scherz auszudehnen.

„Vielleicht steigt King Arthur aus dem Grab und übernimmt das Schlagzeug."

„So groß ist die Not nun auch wieder nicht", sagte Maggie und kehrte wieder zum ernsthaften Gespräch zurück. „Es gibt noch genug gute Drummer. Und einmal sind LZ immerhin ihrer strikten Weigerung, wieder zusammen zu spielen, für ein Benefizkonzert 2007 doch schon untreu geworden."

„Sicher", bestätigte Frank und hoffte, er habe den Scherz nicht übertrieben. Bei allem Hang zur Selbstironie mochten es viele Briten nicht besonders, wenn andere sich über ihre Idole oder ihre Legenden lustig machten, und letztlich lebte Glastonbury's Tourismus-Branche vom Artus- Mythos. Außerdem hatte sein Zombie-Witz in Frank auch Erinnerungen an die Befragung der untoten Mönche geweckt, so dass er sich nun ein wenig unwohl fühlte.

Aber zumindest die Bedenken hinsichtlich möglicher Befindlichkeiten ihrerseits zerstreute Maggie sofort, indem sie Frank detailliert über den aktuellen Stand der Vorbereitungen informierte. Nach ausführlichen Beschreibungen der allgemeinen Festival-Planung kam sie zum entscheidenden Punkt zurück. Mit den ehemaligen Bandmitgliedern hatte sie bereits Kontakt aufgenommen, und diese schienen nicht vollkommen abgeneigt, zierten sich aber, und sie hatte das Gefühl, mit den Verhandlungen an einem toten Punkt angekommen zu sein. „Ich glaube, wir brauchen einen Auslöser", erklärte sie Frank. „Irgendetwas besonderes. Etwas, das den Ausschlag gibt. Die Gage ist es nicht. Adamson bietet schon eine astronomische Summe, aber sie sind immer noch unentschieden, und es kann in beide Richtungen kippen. Ich habe versucht, einerseits den Druck herauszunehmen, dass es bereits beim nächsten Festival soweit sein müsse. 2020 wäre das 50-jährige Jubiläum des Festivals ein wirklich perfekter Anlass, und ich denke, ich hatte sie fast. Aber ein Quäntchen fehlt noch. Haben Sie vielleicht eine Idee? Was würde ich darum geben, Jimmy Page noch einmal auf der Doppelgitarre spielen zu hören!"

Frank überlegte. Was konnte noch besser sein als ein großes Jubiläum?

„Futterneid", schoss es ihm durch den Kopf, und im selben Moment sprach er es aus.

Maggie legte die Stirn in Falten. „Wie bitte? Könnten Sie das näher erklären?"

„Wenn weder eine exorbitante Gage, noch ein halbes Jahr-hundert-Jubiläum ausreicht, damit sich die Altrocker einen Ruck geben, dann vielleicht die Gefahr, dass ein anderer Vogel ihnen den Wurm wegschnappt", meinte Frank schmunzelnd. „Was wäre, wenn eine zweite Reunion im Raum stünde und zu befürchten wäre, dass eine andere Gruppe von Hard-Rock-Pionieren der 70er noch einmal fast in Originalbesetzung von Glastonbury aus die Welt rockt?"

„Und wer könnte das sein?", fragte Maggie skeptisch.

„Na wer schon? Welche beiden Riffs sind in vielen Music Stores beim Ausprobieren von Gitarren verboten? – Stairway to Heaven und …"

„… Smoke on the Water!", rief Maggie begeistert, als sie verstand, worauf Frank hinaus wollte. „50 Jahre Glastonbury mit Deep Purple statt Led Zeppelin. Die Vorstellung dürfte ihnen so wenig gefallen, dass sie sich damit wirklich ködern lassen könnten. Und im besten Fall spielen wirklich beide. Ein absolutes Mega-Event. Keine Ahnung, ob das klappt, aber die Idee ist genial. Wir werden es in jedem Fall versuchen, falls Adamson sein Okay gibt."

Frank nickte versonnen. Maggie hatte ihn mit ihrem Enthusiasmus angesteckt, und obwohl er noch gar nicht wusste, welche weitere Rolle ihm Adamson bei dieser Sache zugedacht hatte, war er begierig darauf, auf welche Weise auch immer daran teilzuhaben.

„Lassen Sie uns eine Treppe zum Himmel einkaufen!", strahlte Maggie verträumt. „Und vielleicht bringen wir auch noch das Wasser im See von Avalon zum Rauchen."

Frank lächelte.

„Kommen Sie", sagte Maggie dann und zog ihn am Handgelenk, als er nicht gleich aufstand. „Warum besorgen wir uns nicht ein Sandwich, und dann zeige ich Ihnen das Festival-Gelände."

Frank warf einen Blick auf seine Armbanduhr und war überrascht, wieviel Zeit bereits verstrichen war. Tatsächlich hatte er über drei Stunden mit Maggie geredet, und es war bereits Mittag. Frank beglückwünschte sich zu der Entscheidung, an diesem Morgen den vollen Umfang eines britischen Frühstücks zu sich genommen zu haben, mit Speck, Spiegelei, kleinen, fetten Würsten, gegrillter Tomate und geschmorten Pilzen. *Kein Wunder,* dachte er, *dass das*

*Frühstück hier so reichhaltig ausfällt, wenn es zu Mittag nur ein Sandwich gibt.*
Kurz dachte er auch an Lilith, der er für heute die Leine lang gelassen
hatte. Im Vertrauen auf die inzwischen mehrfach optimierte und in
Rom zuverlässig erprobte Regelung, hatte er ihr erlaubt, sich bis zu
seiner Rückkehr frei im Umkreis von einem Kilometer um die
Stadtgrenze von Glastonbury zu bewegen, eingeschränkt durch die
angepassten Asimov'schen Robotergesetze und mit dem strikten
Auftrag, ihn im Falle von Problemen jeglicher Art mit dem
vereinbarten Klingeln im Kopf zu informieren.

Aber nichts klingelte, und so stieg Frank in Maggies Aston Martin
Cabriolet, dachte an James Bond und suchte instinktiv nach den
Schaltern für Nebel- und Flammenwerfer oder Schleudersitze,
während er sich einen Narren schalt. Bei diesem Gedanken schien auf
einmal doch für einen kurzen Moment etwas zu klingeln, aber es war
offensichtlich nicht Liliths Warnsignal, und Frank kam schnell auf
andere Gedanken, als Maggie durchstartete und ihm der Fahrtwind
um die Ohren pfiff.

Sie fuhren den kurzen Weg vom Glastonbury Festival Office, den
er am Morgen zu Fuß zurückgelegt hatte, vorbei am Hotel, und kurz
darauf am Abtei-Gelände. Kaum hatten sie die Stadtgrenze hinter sich
gelassen, erhob sich auf der linken Seite der Hügel namens
Glastonbury Tor, ein grün bewachsener, länglicher Tropfen, der sich
in mehreren Terrassen zu einem scharfen Grat entlang seiner
Längsachse zuspitzte. Am höchsten Punkt ragte ein steinerner Turm
empor, wie eine Nadel, die in eine Voodoo-Puppe gestochen worden
war.

„Und hier die Insel Avalon", brüllte Maggie gegen den Fahrtwind
an und wies mit einer ausladenden Geste nach links.

„A propos 'Insel'", hakte Frank nach. „Sam, der Fahrer, hat den
Hügel als Halbinsel bezeichnet und von einem Fluss gesprochen.
Aber ich sehe weit und breit kein Wasser."

„Nun ja", gab Maggie zu. „So sagen die Leute, aber eigentlich
sollte man vielleicht nicht unbedingt von einer *Halbinsel* sprechen —
oder von einem *Fluss*. Tatsächlich schließt der River Brue mit seinen
Verzweigungen das Gelände, innerhalb dessen sich auch der *Tor*

319

befindet, von drei Seiten ein. Allerdings ist der Flusslauf in allen Richtungen eine gute Meile entfernt und seit dem späten Mittelalter auch nicht mehr in seinem natürlichen Bett. Große Teile des Brue sind mehr ein Kanal als ein echter Fluss – und an manchen Stellen auch so schmal, dass man ihn mit einem guten Anlauf locker überspringen könnte. Nur ein Narr würde so etwas ernsthaft 'Halbinsel' nennen, nicht wahr?" Maggie lachte fröhlich.

„Oder ein Engländer", fügte sie augenzwinkernd hinzu.

Da war sie wieder, die britische Selbstironie, aber gleichzeitig stellte sich auch das seltsame Gefühl wieder ein, das Frank schon zu Beginn der Fahrt kurz irritiert hatte. Irgend etwas, das Maggie gesagt hatte, sollte ihn wohl an etwas erinnern, aber er hatte keine Idee, was es war.

„Vor 2000 Jahren war der Hügel übrigens wirklich eine Insel", ergänzte Maggie, zur Ehrenrettung der mystischen Vorstellung von Avalon und wie zur Bestätigung dessen, was auch Sam schon gesagt hatte. „Zumindest bei Flut. Bei Ebbe zog sich das Wasser soweit zurück, dass es damals zur echten Halbinsel im Moor wurde. Und zur Zeit König Arthurs führte der Brue noch soviel Wasser, dass er sich südlich von Glastonbury zu einem See ausweitete. Dieser See soll mittelalterliche Dichter zur Sage von Viviane, der Herrin des Sees, inspiriert haben, ebenfalls später Sir Walter Scott im Jahr 1810 zu seinem Gedicht *The Lady of the Lake* – und Ronnie James Dio, als er noch für *Rainbow* sang, zum gleichnamigen Song – womit wir wieder bei der Rockmusik wären."

Während Maggies Erklärungen hatten sie den Hügel längst passiert und setzten ihren Weg auf der Landstraße nach Pilton fort, wo sie bald rechts auf ein weitläufiges, flaches Gebiet abbogen, das von Wegen und schmalen Baum- und Buschreihen in mehrere feldähnliche Areale unterteilt war.

Maggie zeigte und erläuterte Frank die verschiedenen Bereiche und deren Funktion beim Festival und erzählte von Bands, die hier oder dort mit legendären Auftritten Festival-Geschichte geschrieben hatten. Sie erläuterte auch, dass in jedem sechsten Jahr das Festival regelmäßig ausgesetzt wurde, um der Natur Gelegenheit zur

Regeneration zu geben, bevor wieder fünfmal in Folge Menschenmassen den Boden alljährlich auf eine harte Belastungsprobe stellen würden.

Es wurde später Nachmittag, bis Frank alles gesehen hatte und sie den Rückweg antraten. Sie umfuhren noch ein letztes Mal das Festivalgelände und bogen danach wieder auf die Hauptstraße nach Glastonbury ein. Auf einer Anhöhe, zu der das Gelände rechter Hand wieder anstieg, stand einsam ein knorriger Baum, der Frank in einem gerade aufkommenden, leichten Wind zuzuwinken schien. Er machte eine entsprechende Bemerkung, und Maggie erklärte ihm, dass der Baum das Ufer des ehemaligen Sees markiere, und dass er angeblich schon seit den Tagen König Arthurs da stehe.

## 39. Alte Schuld

Bevor sie die Stadt erreichten, bat Frank Maggie, ihn am Fuße des Glastonbury Tor abzusetzen. Er wollte den Hügel auf dem weitgehend geradlinigen Weg, der von unten zur restaurierten Turmruine führte, ersteigen und dort eine Weile allein sein – wie er sagte, um die Magie des Ortes auf sich wirken zu lassen. Genau genommen wollte er in Ruhe über die seltsame Nachricht in seiner Jackentasche nachdenken, bevor er zu Lilith zurückkehrte.

Maggie verstand und setzte ihn am *Chalice Well* ab, wo aus einer löwenköpfigen Öffnung in einer flachen Mauer rötliches Wasser einer stark eisenhaltigen Quelle hervorsprudelte und der Weg zum Turm auf dem Gipfel seinen Anfang nahm.

„Nur zu", rief sie Frank noch aufmunternd zu. „Es wäre töricht, eine solche Gelegenheit nicht wahrzunehmen. Zumal heute so schönes Wetter ist und es morgen schon wieder regnen könnte."

Plötzlich verstand Frank, was ihn die ganze Zeit über beschäftigt hatte: „töricht"! Ein „Narr" lieferte eine weitere mögliche Interpretation des Wortes „Tor", das seinen Besuch an diesem Ort so vielschichtig wie die Häute einer Zwiebel überzog.

In Gedanken versunken und zugleich in fiebriger Erwartung trat er den Aufstieg an.

Der Weg führte fast vollständig auf dem Grat des Hügels entlang. Dennoch konnte man den Aufstieg kaum als „Gratwanderung" bezeichnen, stieg der gut gängige Pfad doch sanft den Hügel hinan, das Ziel – den Turm – praktisch immer im Blick, denn der gesamte Hügel war vollständig von kurzem Gras bewachsen, frei von Büschen oder gar Bäumen, durchschnitten nur von dem scharfkantigen Rand des akribisch sauber gehaltenen Weges. Während die terrassierte Form der Bodenerhebung Frank aus der Entfernung an eine in der Würfelgrafik des Computerspiels MineCraft modellierte Welt erinnert hatte, wirkten die sanften Übergänge von Nahem eher wie aufeinander getürmte Bauklötze, die mit einem saftig grünen Samttuch überzogen worden waren. Oder wie die Modelllandschaft einer Spielzeugeisenbahn.

Frank hatte als Kind einmal einen Freund besucht, dessen Vater den gesamten Dachboden mit einer riesigen Miniaturwelt ausgebaut hatte, die von einer elektrischen Eisenbahn befahren wurde. Über zehn Minuten dauerte eine Rundfahrt über sämtliche Gleise, bevor ein Bahnhof zum zweiten Mal angesteuert wurde. In seiner kindlichen Ungeduld hatte Frank trotz aller Bewunderung schnell das Interesse am Spiel mit dieser Bahn verloren und erst später überwältigt den Einsatz von Arbeit, Zeit, Liebe zum Detail und letztlich auch Geld zu schätzen gelernt, die der Aufbau einer solchen Anlage erfordert haben musste. Inzwischen bedauerte er es, sich damals nicht mehr Zeit genommen zu haben, um all die kleinen Wunder zu betrachten, die am Wegesrand des Zuges lagen, während dieser schnurrend seine Bahnen durch Dörfer, Felder und Wälder, über Brücken und durch Tunnels zog. Jedenfalls fühlte er sich nun wieder daran erinnert und sah sich selbst als eine der kleinen menschlichen Figuren auf seinem Weg zum Turm an der Spitze der samtig bedeckten Anhöhe.

Nach wenigen Minuten hatte er sein Ziel erreicht und stand vor dem Turm, der steil in den blauen, nur von einigen vereinzelten Wölkchen bedeckten, Himmel über der ehemaligen Marsch-landschaft aufragte. Der Turm selbst ahmte den terrassierten Aufbau des Hügels unter ihm in fünf ebenfalls gestaffelten Etagen nach. Das oberste Stockwerk erinnerte mit seinen Zinnen eher an einen Wehrturm als an die Kirche, zu der er einst gehört hatte, von der aber nichts sonst mehr geblieben war. Der Sockel war mittig durchbrochen von einem gut doppelt mannshohen Spitzbogen, durch den der Weg sich zum Abstieg auf der anderen Seite des Hügels fortsetzte. So wirkte der Turm schließlich doch auch selbst wie ein Tor, das zu durchschreiten Frank sich nun anschickte.

Aber zuvor wollte er die Magie des Augenblicks zur Fülle auskosten, schloss die Augen und sog tief die laue nachmittägliche Luft ein, die mit einem sanften Windhauch seine Lungen füllte. Er roch das Gras um ihn herum, aber auch den Hauch der Vergangenheit, meinte fast, auch Andeutungen der würzigen Aromen heiliger Kräuter und die muffige Feuchtigkeit aufziehenden Nebels wahrzunehmen, während er sich mit ausgebreiteten Armen vor dem Turmdurchgang im Kreis drehte, schmunzelnd über die Torheit, an einem sonnigen Nachmittag auf einem Grashügel in Somerset die Nebel von Avalon spüren zu wollen: *Der Tor vor dem Tor auf dem Tor!*

Ein leichter Schwindel befiel ihn. Vielleicht war es doch keine so gute Idee, sich mit geschlossenen Augen um die eigene Achse zu drehen! Er ließ die Arme sinken und torkelte ein paar Schritte zur Seite, bis er mit der Schulter an eine Mauer stieß. Er hörte ein kratzendes Geräusch, spürte aber zu seiner eigenen Überraschung fast keinen Schmerz.

Frank lachte einmal kurz auf und öffnete die Augen.

*Nebel wabert vor seinen Augen. Dicht, aber nicht dicht genug, um die Schleifspuren zu verbergen, die sein Kettenhemd an der Mauer des Kirchturms hinterlassen hat. Ärgerlich betrachtet er den bräunlichen Staub auf seinem Wams.*

*Warum hat er sich auch auf den Auftrag Merlins eingelassen und auf die Anweisung, sich vor dem Eingang der Sankt Michaelskirche auf dem Gipfel des Hügels von Glastonbury mit geschlossenen Augen dreimal um sich selbst zu drehen, um das Tor zum geheimnisvollen Avalon zu öffnen, der Welt der Elfen und Feen!*

*Doch die Kirche ist verschwunden. Versunken im Nebel oder entrückt in eine andere Welt. Vor ihm steht nur noch ein Torbogen, dahinter dicker Dunst. Beherzt tritt er einen Schritt nach vorn. Das Schwert an seiner Seite scheppert gegen die Beinschiene. Der Nebel schließt sich um ihn, so dicht jetzt, dass er nicht einmal mehr die steinernen Wände des Turms sehen kann.*

*Mit einem kräftigen Ruck zieht er den gepanzerten Handschuh von seiner rechten Hand und hängt ihn in den Schwertgürtel. Dann greift er mit zitternden Fingern in den Beutel, der daneben hängt, und nimmt den Ring heraus, legt ihn vorsichtig auf die lederne Handinnenfläche der noch immer behandschuhten Linken und betrachtet ihn nachdenklich.*

*Wird der Ring wirklich die Zauberin bannen, wie Merlin es versprochen hat? Hätte er all das verhindern können, was in den vergangenen Tagen geschehen ist, wenn er ihn nur früher angelegt hätte? All das Blut, das Leid, das Sterben so Vieler – und schließlich auch des geliebten Königs?*

*Er stülpt den bloßen Finger durch den Ring, dreht die Hände, sorgsam darauf achtend, dass der Ring nicht abrutscht, und schiebt ihn unbeholfen mit dem dicken Handschuh bis über das letzte Glied. Dann erhebt er Kopf und Stimme.*

*„Morgana!", ruft er, und seine Stimme klingt seltsam dumpf. Noch einmal, lauter:*

*„Morgana!"*

*Eine dunkle Gestalt schält sich aus dem wallenden Nebel. Schwarzes Haar, schwarzes Gewand, schwarze Augen.*

*„Ihr habt mich gerufen, Sir Perceval."*

Und schwarzes Herz, *ergänzt er in Gedanken. Mit festem Blick betrachtet er die Dunkle Fee. Sie ist fast einen ganzen Kopf kleiner als er. Trotzdem hat er das Gefühl, zu ihr aufschauen zu müssen. Auch wirkt sie kaum älter als er selbst. Er kann nicht glauben, dass sie die Halbschwester des Königs sein soll – und die Mutter von dessen Sohn Mordred. Mordred, der zuerst Ritter der Tafelrunde war und dann zu deren Nemesis wurde. Mordred, der die Tafelrunde entzweite, dessentwegen sich Bruder gegen Bruder wandte, Ritter gegen Ritter. Mordred, der auf dem Schlachtfeld von Camlann den eigenen Vater erschlug und dabei auch selbst den Tod fand.*

*Ihr eng anliegendes, pechschwarzes Gewand schillert im Nebel, obwohl sie kaum mehr als eine Armlänge von ihm entfernt ist. Fast könnte er nach ihr tasten, über ihre anmutigen Formen streichen, um sich zu vergewissern, dass er kein Trugbild vor sich hat, sondern eine wahre Person.*

*Doch er weiß ohne Zweifel: Sie ist es. Morgana, die Fee. Priesterin der Erdgöttin, Zauberin und Urheberin allen Übels. Hier stehen sie einander gegenüber, Auge in Auge, an der Schwelle zwischen den Welten und den Zeitaltern. Menschen und Feen. Der neue Gott und die alten Götter. Die sesshaften Ritter und Bauern mit ihren steinernen Festungen und bewirtschafteten Feldern und das Alte Volk der wilden Wälder, Moore und Seen.*

*Sein Blick taucht tief ein in den ihren, ihre Augen dunkle Seen, tiefer als das Gewässer, aus dem sich Avalon wie eine Insel erhebt. Sie erwidert seinen Blick, ohne Furcht, obwohl er doch den Ring trägt. Den Ring, der alles hätte verändern können.*

*„Merlin sandte mich, Zauberin", sagt er, als erkläre das alles.*

*„Du wirfst mir Zauberei vor und bekennst dich zugleich, im Dienste eines Zauberers zu stehen?", erwidert Morgana trotzig, ohne den Blick von ihm zu wenden.*

*„Manchmal ist es nötig, Feuer mit Feuer zu bekämpfen", zitiert er den Ratgeber des Königs.*

*„Und wo ist er nun, dein Merlin?", fragt Morgana spöttisch. „Warum kommt er nicht selbst, um zu tun, was getan werden soll?"*

*Er zuckt zusammen. Sie hat einen wunden Punkt getroffen und weiß es. Wie lange ist es her, dass Perceval und die übrigen Ritter der Tafelrunde aufgebrochen sind, um den Heiligen Gral zu suchen? „Findet die heilige Schale, die aus dem fernen Galiläa in unser Land gebracht wurde, um sie vor den Heiden zu schützen", sagte der König. „In dem Gefäß, welches vom Blut des HERRN benetzt wurde, liegt die einzige Macht, die Britannien in diesen Zeiten der Not wieder einen kann. Ein Glaube, ein König, ein Land. So spricht der weise Merlin, der die alten und die neuen Wege kennt. Und bei dem Kelch liegt ein Ring, der geeignet ist, die Königin der Feen zu bannen, an der Hand eines Mannes mit reinem Herzen, der bereit ist, sie zur Frau zu nehmen und durch seine Weisung im Zaum zu halten. Zieht aus und sucht Kelch und Ring im ganzen Land. Dies sei Eure heiligste Pflicht. Ihr sollt nicht ruhen noch rasten, bis Ihr den Gral gefunden und zu mir gebracht habt. Eilt hinfort in Eurer Mission und kehrt nicht eher zurück, als bis Ihr erfolgreich seid oder die Kunde vom Erfolg eines Anderen vernehmt."*

*So zogen sie los, jeder in eine andere Richtung, auf die Suche nach dem Gral.*

Doch spielte ihre Abwesenheit dem Feind in die Hände. Nicht genug, dass Lancelot, der Edelste unter den Rittern, den König mit dessen Gemahlin betrogen und jener beide unter Tränen verbannt hatte – den wortbrüchigen Ritter in ferne Lande und die treulose Gattin ins Kloster bei Glastonbury. Mit der Entsendung der verbliebenen Ritter wurde Camelot jeglichen Schutzes entblößt, gehalten nur noch von einem gebrochenen König, der die Freude am Leben verloren hatte und alle Hoffnung an eine schier aussichtslose Suche verschwendete.

Einer nach dem anderen kehrten die Ritter zurück, trotz der eindeutigen Weisung des Königs, denn ihr Gewissen trieb sie an, die Verantwortung für den Erhalt des Throns und dessen Verteidigung gegen den Usurpator Mordred, dessen Truppen gegen Camelot zogen und die noch immer uneinnehmbare Festung belagerten. Selbst Lancelot kehrte aus dem Exil zurück, um dem Freund beizustehen, den er in nur einer einzigen leidenschaftlichen Nacht so schmählich verraten hatte, und so standen alle wieder Seite an Seite gegen den Feind. Alle außer Perceval, welcher dem Befehl des Königs stärker die Treue hielt als der Person. Er suchte noch immer nach Kelch und Ring, ein heiliger Tor, unerschütterlich im Glauben an seinen König und seine Mission.

Während Britannien unter dem Wüten von Mordreds Truppen stöhnte und nur die Feste Camelot wie ein Fels in tosender Brandung der Belagerung standhielt, folgte er einer Legende, die sich das einfache Volk im westlichen Marschland erzählte: Josef von Arimathäa, hieß es, der Mann, der dem Leib Christi eine Ruhestätte gegeben hatte, bis dieser am dritten Tage von den Toten auferstand, habe nach der Auffahrt des HERRN in den Himmel die größten Heiligtümer aus dessen einstigem Besitz gesammelt und sei unverzüglich zu fernen Ländern aufgebrochen, diese Schätze vor der Verfolgung durch die Feinde der jungen christlichen Gemeinden in Sicherheit zu bringen. Auf der britischen Insel habe er sich schließlich niedergelassen und in einem unwirtlichen Moor die heiligen Reliquien am Fuße eines Berges vergraben, der wie eine Insel aus einem tückischen Moor aufragte, die meiste Zeit vom überfluteten Sumpf umschlossen, und der den Zugang zu dem Versteck nur alle sechs Stunden für kurze Zeit freigab, wenn sich das Meer im Lauf der Gezeiten am weitesten vom Land zurückzog. Diesen Berg hatte er endlich mit dem Hügel von Glastonbury gefunden, unweit des Klosters, in das Guinevere sich zurückgezogen hatte, die untreue Gemahlin des Königs, die dieser dennoch nie aufgehört hatte zu lieben.

An dem schicksalhaften Ort, wo Arthur auch durch die Herrin vom See einst *das magische Schwert Excalibur überreicht worden war, fand er schließlich den Kelch und den Ring und die vermoderten Überreste einer Dornenkrone und eilte sogleich zu seinem König. Dieser aber hatte indessen die letzte Hoffnung aufgegeben, alles mit Gottes Hilfe zum Guten wenden zu können. Ausgehungert und geschunden hatte er seine Getreuen zur letzten Schlacht gerufen, bevor alle Kräfte sie verließen und sie zur leichten Beute für die Angreifer würden.*

*So fand Perceval den König nicht in der Burg, sondern auf dem Schlachtfeld, wo zwei Heere gleicher Stärke einander belauerten wie Schlange und Igel. Ausgemergelt und schmutzig, hatte er nicht mehr viel von dem Aussehen eines Ritters, und alle um ihn herum waren viel zu beschäftigt mit den Vorbereitungen auf die Entscheidungsschlacht, das britannische Armageddon, um seinen Worten ernsthaft Gehör zu schenken. Dennoch ließen die Dringlichkeit seiner Bitten und die Ernsthaftigkeit seiner Ausstrahlung ihn schließlich den König finden, als dieser gerade mit dem feindlichen Heerführer zusammentraf, in einem letzten, verzweifelten Versuch, das unmittelbar bevorstehende Gemetzel nach den Regeln der Vernunft am Verhandlungstisch zu verhindern. Um das drohende Chaos, das nach der Schlacht im ganzen Land zu erwarten war, welche Seite auch immer als Sieger daraus hervorgehen mochte, zu vermeiden, war der König zu weit reichenden Zugeständnissen bereit, darunter auch dem Verzicht auf die Krone, sollte es denn zu angemessenen Versicherungen der Gegenseite für das Wohlergehen der einfachen Bevölkerung sowie der treuen Gefolgsleute des Königs kommen. Mordred lauschte aufmerksam dem Angebot seines Vaters, sorgfältig abwägend, welche Entscheidung ihm den größeren Nutzen bringen mochte. Krieg oder Frieden sollten sich just in dem Moment hinter seiner umwölkten Stirn entscheiden, als ein verdreckter junger Mann durch die Reihen der Wächter beider Parteien brach, die den Ort des Palavers absicherten. Der Mann wirkte wie ein Soldat, der die Aufstellung der Truppen verschlafen hatte und nun in der Aufregung jede Etikette vermissen ließ.*

*„Mein König, mein König", rief er aufgeregt und außer Atem und fasste nach dem Beutel an seinem Gürtel. Die nervösen Wächter jedoch missdeuteten die Bewegung als einen Griff nach dem Schwert und den Auftakt zu einem Attentat. Sie schlugen den Mann zu Boden, und augenblicklich war jeder Gedanke an eine friedliche Übereinkunft vergessen. Ohne Zögern griffen alle zu den Waffen, und das Schlachten nahm seinen Lauf. Als Perceval nach Stunden unter einem Berg von Toten zu sich kam, musste er entgeistert feststellen, dass er nicht nur in seinem*

Bestreben gescheitert war, den Niedergang des Königs noch aufzuhalten, sondern dass er selbst, wenngleich in bester Absicht, den Auslöser für die apokalyptische Schlacht geliefert hatte. Voller Scham und Verzweiflung suchte er Camelot auf, wo die wenigen überlebenden Ritter sich mühten, zumindest einen Rest von Ordnung aufrechtzuerhalten. Auf seinen Versuch, beim weisen Merlin Rat zu holen, musste er erfahren, dass dieser bereits vor Wochen zu einer Friedensmission zur Insel der Feen aufgebrochen und von dort nie zurückgekehrt war.

„Ich will dir sagen, wo er ist, dein Merlin", höhnt Morgana. „Als Bittsteller hat er mich aufgesucht. Auf Knien lag er vor mir im Staub und flehte mich an, meinen Sohn zurückzurufen. Der größte menschliche Magier aller Zeiten, ein winselndes Häuflein Elend, ein gebrochener, sabbernder Greis. Nur um seinen geliebten Arthur zu beschützen, hatte er bereits die Alten Lehren verraten, in die ich, Viviane, die Herrin vom See, ihn als jungen Mann eingewiesen hatte, und dafür war er nun auch bereit, sich selbst aufzugeben und alles, woran er jemals geglaubt hatte. Er hätte alles geopfert, aber wozu sollte ich verhandeln? Er gehörte mir längst, war mir verfallen, ohne sich dessen bewusst zu sein. Nun ist er gefangen in einem end- und ruhelosen Schlaf und träumt von der Nymphe Nimue, dem Ziel all seiner Sehnsüchte und dem Grund für seinen Untergang."

Er schluchzt kurz auf bei dem Gedanken an das Schicksal des hoch verehrten Merlin, das sich nun noch auf das Leid türmt, das der Tod des Königs und so vieler seiner Getreuen in ihm angehäuft haben. Aber dann erinnert er sich des Rings an seinem Finger. Zornig erhebt er die Faust wie zum Schlag, aber er hält Morgana nur den Ring vor die Augen.

„Sieh her!", ruft er. „Merlin mag dir erlegen sein, aber er hatte nicht, was sich jetzt in meinem Besitz befindet. Dieser Ring vermag dich zu bannen, und was sollte mich daran hindern, dir nun dein schändliches Tun zu vergelten? Hexe, ich werde dich vernichten."

„Gemach", sagt Morgana ruhig. „Nicht einmal mit dem Ring kannst du mich vernichten. Ich bin ewig, und kein Sterblicher kann daran etwas ändern. Ja, der Ring kann vieles bewirken. Er kann dich in die Lage versetzen, mir zu befehlen. Aber bist du bereit, den Preis zu bezahlen? Bist du bereit zu tun, was Merlin getan hätte? Wirst du mich zur Frau nehmen, mit allem, was das bedeutet?"

„Was sollte mich daran hindern?", fragt er noch einmal zornig, die Faust noch immer drohend erhoben.

*„Zum Beispiel deine bereits bestehende Ehe", sagt Morgana ungerührt.*

*„Wirst du wirklich dein geliebtes Weib Condwiramurs verstoßen, um Hochzeit mit der Fee Morgana zu feiern?"*

*Percevals Faust bleibt, wie eingefroren, mitten in der Bewegung stehen und fällt dann kraftlos herab. Bei ihrem Leben haben er und seine Gemahlin einander gelobt, von ihrer Liebe niemals abzulassen und bis ans Ende ihrer Tage die Treue zu halten. Ein Schwur, den er niemals brechen kann.*

*„Die Schwäche der Tugendhaften ist ihre Berechenbarkeit", stellt Morgana nüchtern fest. „Ihr könnt euren Idealen nicht untreu werden, ohne euch selbst zu verlieren. Du weißt, was zu tun ist, und würdest nicht zögern, hieße es für dich nur, in den Tod zu gehen. Aber unter keinen Umständen und für kein noch so hehres Ziel wirst du deinen Eheschwur brechen. Kein Zweck heiligt wirklich alle Mittel. Das weißt du und das weiß ich. Aber während mir nichts heilig ist, bist du im Käfig deiner Tugend gefangen."*

*„Lügnerin! Die Tugend macht mich stark", begehrt er auf. Doch Morgana spottet weiter: „Schwach macht sie dich. Du glaubst, Tugend halte dich am Leben und sei die Quelle deiner Kraft. Doch du hast deine Unschuld auf dem Schlachtfeld von Camlann verloren. Oder willst du leugnen, selbst das blutige Morden ausgelöst zu haben, das du verhindern wolltest?"*

*Entsetzt fährt er auf. „Woher weißt du …?"*

*„Ich war dabei", lächelt Morgana, und ihre Zungenspitze benetzt blutrote Lippen. „Du konntest mich nicht sehen, aber ich sah dich wohl, in deinem verzweifelten Bemühen, den König zu erreichen, der sich gerade um Kopf und Kragen und Königreich verhandelte."*

*Beschämt senkt er den Kopf. Nach der Schlacht hatte er es den verbliebenen Rittern gestehen wollen. Doch alle waren zu sehr damit beschäftigt, die Überlebenden zu sammeln, Verletzte zu versorgen, Angehörige zu trösten und den Wiederaufbau zu organisieren. Wem hätte sein Geständnis in dieser Lage nützen sollen, wer hätte es hören mögen, was hätte es geändert? Doch inzwischen ist viel Zeit verstrichen und bis heute hat er es noch nicht einmal seinem Beichtvater erzählt. Er hat auch nicht widersprochen, als das Gerücht aufkam, ein Soldat habe eine Natter im Gras gesehen, deshalb blank gezogen und so unbeabsichtigt das Metzeln eingeleitet. Hat sie nicht Recht? Auch wenn sein Handeln vor dem König mehr Torheit gewesen sein mag als Schuldhaftigkeit, so hat ihn doch das Leugnen zumindest zum Lügner gemacht und zum Feigling. Aber hat nicht* selbst der Heilige Petrus seinen HERRN nach dessen Gefangennahme dreimal verleugnet, weil niemand Nutzen davon gehabt hätte, wäre auch er verhaftet worden?

*„… und wie sehr hat auch dieser sich selbst dafür gescholten?", ergänzt Lilith, und ihm wird klar, dass sie in seinen Gedanken liest wie in einem offenen Buch.*

*Da übermannt ihn der Zorn. Einem wütenden Impuls folgend, zieht er sein Schwert und führt einen mächtigen Hieb gegen die Zauberin, gemeint und geeignet, ihr den Kopf vom Rumpf zu trennen. Doch mit der bloßen Hand fängt sie die Klinge auf, hält sie im eisernen Griff und lässt sie im Schließen zarter, feingliedriger Finger zerbersten.*

*„Du kannst mich nicht töten. Kein Schwert vermag das und kein Mann. Weil du den Ring trägst, könntest du mich unterwerfen, doch dafür müsstest du den Stoß mit einem anderen Schwert führen, und dazu bist du nicht bereit."*

*„Ich kann dich bewachen", lehnt er sich auf. „Ich habe dich einmal gerufen und kann es jederzeit wieder tun. Solange ich den Ring besitze, musst du meinem Ruf folgen."*

*„Bist du da sicher?" Morgana lächelt überlegen. „Wer sagt dir, dass ich nicht freiwillig hierherkam? Und selbst wenn du mich in deiner Nähe halten könntest – nur mit dem Vollzug der Ehe gibt dir der Ring wirklich Macht über mich, und das wirst du nicht tun, denn du wirst Condwiramurs ewig die Treue halten. Stell dir vor, ich wäre ständig um dich. Wie lange, glaubst du, könntest du den Verführungskünsten der ersten aller Frauen widerstehen? Schau in dein Innerstes, und du wirst erkennen, wie sehr du mich schon jetzt begehrst, ganz unabhängig von deiner edlen Mission. Wieviel länger als der greise und abgeklärte Merlin wirst du meine Gegenwart ertragen, ohne dich in meinen Bann ziehen zu lassen?" Wie zum Beweis gleitet sie zu ihm heran. So dicht steht sie vor ihm, dass er spürt, wie sich ihre Brust hebt und senkt, wenn sie die seine für einen kurzen Moment berührt und er, ohne es zu wollen, wünscht, es möge länger dauern. Ihr Oberschenkel schmiegt sich an sein Bein. Er riecht den Duft ihrer Haare, wie feuchtes Moos, fühlt ihren Atem wie einen warmen Lufthauch im kalten Nebel, dann umschlingen ihn schlanke Arme in flatternden Ärmeln und ihre Lippen liegen auf seinen. Der Kuss brennt wie Feuer, doch bevor ihn die Flamme der Lust verzehren oder er die Versucherin empört von sich stoßen kann, zieht sie sich wieder zurück, und es ist vorbei. Er wird nie erfahren, was geschehen wäre, hätte sie nur einen Augenblick länger verharrt.*

„Welchen Schmerz wird es deiner Gemahlin zufügen", fährt sie kühl distanziert fort, „mitansehen zu müssen, wie du dich nach mir verzehrst, ohne dir zu erlauben, deinen Gelüsten nachzugeben. Wie oft wird sie sich fragen, ob es nur euer Schwur ist, der dich daran hindert, und nicht die wahre, reine Liebe? Aber weder ihr noch dir selbst steht es an, dich von diesem unverbrüchlich gegebenen Versprechen je zu entbinden."

Ohnmächtig hört er Morgana reden. Ihre Worte sind wie Dolche, und jedes einzelne von ihnen trifft ihn ins Herz. All jene Stärke, deren er sich rühmte, alle Gewissheit, stets das Rechte zu tun, tropft durch diese Wunden aus seinem Leib. Das Schwert mit der geborstenen Klinge entgleitet seinen kraftlosen Fingern. Doch gerade, als Verzweiflung ihn zu übermannen droht, ändert Morgana den Ton. Ihre Stimme wird sanft, fast zärtlich.

„Gib auf, Perceval, und lass mich meiner Wege ziehen. Die Schlacht, in der Arthur und Mordred ihr Leben ließen, hat keine Sieger auf dem Feld hinterlassen. Der Tag markiert einen Wendepunkt in der Geschichte dieses Landes. Für mich gibt es hier nichts mehr zu tun. Ich werde Britannien verlassen und in die Ferne ziehen, weiter, als du es in deinen kühnsten Träumen zu ermessen wagst. Doch du kannst deinen Frieden hier finden und eine neue Aufgabe. Bau ein neues Britannien. Eines, dem du deine Tugend auferlegst. Wo du im Übereifer gefehlt hast, kannst du aus deinem Scheitern neue Stärke ziehen. Sei Petrus, der Fels. Ein Fels, der im Blitzschlag geborsten ist, und aus dessen brüchigen Spalten neue Wälder wachsen können. Willst du wirklich deine Ehe und deine Ehre und die Chance für Sühne und einen Neubeginn für eine Sache opfern, bei der es außer der schnöden Rache nichts zu gewinnen gibt? Du trägst den Ring, und ich weiß, du wirst ihn behüten. Lass mich gehen, und ich werde mich fern halten von ihm und von dir und von allem, das dir lieb ist."

Mit versteinerter Miene horcht er in sich hinein. Er weiß, dass sie Recht hat und hasst sich dafür, beinahe ebenso sehr wie für die Schuld, die er auf sich geladen hat. Aber es gibt nichts, das er tun könnte. So bleibt er einfach stehen, als Morgana sich von ihm abwendet und im Nebel entschwindet. Aber er gibt sich trotzig das Versprechen, den Ring aufs Sorgfältigste aufzubewahren und, sollte Morgana jemals wieder von sich hören machen, sie unter seine Kontrolle zu bringen – koste es, was es wolle – und das Land vor ihr zu beschützen.

Dann wendet auch er sich um und tritt aus dem Nebel von Avalon ins

Mit Tränen in den Augen und unsicheren Schrittes löste Frank sich von der Mauer des ehemaligen Kirchturms und trat den Weg zurück in den Ort an. Er blickte sich um, suchte nach einer Person, die für seine Vision verantwortlich sein mochte. Aber die wenigen Menschen, die sich außer ihm auf dem Gipfel des Glastonbury Tor aufhielten, waren weit entfernt und schienen keine Notiz von ihm zu nehmen. Zumindest war sein Schwächeanfall offenbar niemandem aufgefallen.

Als er den Chalice Well passierte, wusste er, dass hier Jahrhunderte lang der Gral vergraben gelegen hatte – und Liliths Ring. Und so fragte sich Frank Menden ernsthaft, ob der rötliche Farbton des Wassers aus dem Chalice Well wirklich mit dem hohen Eisengehalt zu erklären und somit nichts anderes als profaner Rost war oder nicht vielleicht doch – wie viele glauben wollen – vom Blute Christi stammte, das aus dem Gralskelch vor Jahrtausenden in den Boden am Fuße der Insel Avalon gesickert war.

„Hallo, zurück vom Trip nach Avalon?"

Frank zuckte zusammen, als ihn eine Stimme vom Garten hinter dem Brunnen her anrief. Er sah hinüber und erkannte, wild gestikulierend, Maggie Chesterton, die wohl auf einer Bank im Park auf seine Rückkehr gewartet hatte. Frank war überrascht. Mit reiner Gastfreundschaft war das nicht zu begründen, denn sein Hotel war von hier aus keine zehn Minuten Fußweg entfernt. Er freute sich aber, Maggie nochmals zu treffen, denn etwas Ablenkung von seiner neuerlichen Vision konnte ihm jetzt nur guttun, bevor er wieder auf die Dämonin traf, mit der er vermählt war.

„Hallo Maggie", sagte er, nachdem er die geringe Eintrittsgebühr zum Quellgarten beglichen und sich der Konzertmanagerin angeschlossen hatte.

„Nett, dass Sie auf mich gewartet haben. Das wäre aber nicht nötig gewesen."

„Sicher nicht", lachte Maggie, „aber Ihr spontaner Entschluss, das schöne Wetter zu einem kleinen Ausflug vom Alltag zu nutzen, brachte mich auf die Idee, dasselbe zu tun."

Nun, über zuviel „Alltag" konnte sich Frank in den letzten Wochen sicherlich nicht beklagen. Trotzdem freute er sich auf ein weiteres entspanntes Plaudern mit Maggie, untermalt vom Plätschern der Quelle und dem abendlichen Gesang der Vögel in den Gärten von Chalice Well. Was das Festival anging, hatten sie alles Wesentliche bereits besprochen, und ob Adamson auf Franks Idee anspringen würde, sollte sich erst in einem Telefonat am nächsten Tag klären. So plauderten sie einfach über dies und das, bis Frank sich mit der Entschuldigung verabschiedete, er habe seine Ehefrau nun aber wirklich lange genug allein gelassen, und Maggie anmerkte, dass sie auch noch etwas zu erledigen habe, „bevor sich die Schatten der Dämmerung wie ein dunkles Netz über die Stadt legen."

Frank blickte hinauf und stellte fest, dass es nicht nur die Dämmerung war, die den Himmel zu verfinstern begann. Schwarze Wolken zogen auf und woben tatsächlich eine Art dunkles Netz über das Firmament. Gleichzeitig dachte er an Maggies Warnung, wie schnell hier das Wetter umschlagen konnte, und an Liliths Wettermanipulationen. *Ob das ihre Art ist, mich zum Abendessen nach Hause zu rufen?*

Tatsächlich sah er noch auf dem Weg zum Hotel in der Ferne, irgendwo in der Nähe des Festivalgeländes, einen einzelnen Blitz niederzucken und vermeinte den Einschlag selbst wie einen kurzen, heftigen Schmerz zu spüren, noch bevor der krachende Donnerschlag seine Ohren erreichte.

## 40. Tor ins Dunkel

„Hallo. Wie war dein Tag?" Es klang schon wie bei einem gemeinsam gealterten Ehepaar.

„Begegnungen mit der Vergangenheit. Und bei dir?"

„Das Gleiche."

Frank fragte sich, ob Lilith ahnte oder gar wusste, dass er wieder einen Blick in eine gemeinsame Vergangenheit getan hatte, und ob er darüber reden wollte. *Vorerst nicht*, entschied er und spürte das dringende Bedürfnis, noch einmal einen Blick auf die Notiz in seiner Tasche zu werfen, obwohl ihm der Wortlaut nach wie vor durchaus präsent war: „Ein Tor weist im Dunkel den Weg nach Avalon. Häute die Zwiebel und du findest dich selbst."

Nach den vielfältigen Erkenntnissen, die ihm der heutige Tag schon beschert hatte, beschlich ihn das Gefühl, die Bedeutung der Notiz immer noch nicht vollständig erfasst zu haben. Vielleicht war es kein Zufall, dass die geheimnisvolle Botschaft auf den WiFi-Zettel gekritzelt worden war. Möglicherweise würde das Internet weitere Hinweise liefern können. Aber zunächst einmal erinnerte ihn sein knurrender Magen daran, dass er seit dem – zugegebenermaßen opulenten – Frühstück kaum etwas zu sich genommen hatte, und es Zeit zum Dinner war.

Frank bestellte ein Steak vom schottischen Angus-Rind mit einer großen, gedämpften Zwiebel als Beilage. Die erhoffte Erleuchtung wollte sich aber nicht einstellen, während er mit Messer und Gabel sorgfältig Schicht um Schicht von der Gemüseknolle abtrug. Lilith schien ebenso wenig wie er ein Bedürfnis nach Konversation zu verspüren, und so hingen beide schweigend ihren Gedanken nach.

„Es ist wieder geschehen", sagte Frank schließlich, als er neben dem Teller die Serviette ablegte, mit der er sich zuvor die Lippen abgewischt hatte. „Ich habe den Turm auf der Spitze des Hügels aufgesucht und bin dir in einer neuen Vision der Vergangenheit begegnet."

„Wie hat Perceval den Abschied verkraftet?"

Lilith zeigte sich wenig überrascht, was wiederum Frank etwas aus der Fassung brachte. Gerade erst hatte er sich mühsam dazu durchgerungen, ihr von seinem Erlebnis zu erzählen, und nun erweckte sie den Eindruck, als sei sie dabei gewesen. *Gewissermaßen war sie das ja auch*, dachte er verwirrt, *aber doch nicht so … oder?*

„Zuerst hat es ihn schwer mitgenommen", beantwortete er zunächst einmal einfach ihre Frage, ohne auf seine Überraschung einzugehen. Dabei fühlte er sich unsicher, ob er sich selbst mit dem Ritter identifizieren oder seine mutmaßliche frühere Inkarnation als eine andere Person ansehen sollte. Seit der Nacht in Rom, als Lilith noch einmal Poppea war und er Marcellus, drohten seine und Liliths Vergangenheiten mehr denn je mit der Gegenwart zu verschmelzen. „Aber schließlich hat er Stärke aus der Erkenntnis gezogen, dass auch der Tugendhafteste einmal fehlen kann. Allerdings ist er wohl nie ganz damit fertig geworden, dass du ihm keine Chance gegeben hast, herauszufinden, ob er der Versuchung widerstanden hätte."

„Genau das war meine Absicht – damals", erklärte Lilith nüchtern, wenn auch, zumindest dem Anschein nach, mit einem gewissen Bedauern.

„... und wirklich gemein", ergänzte Frank. „Aber vielleicht ist er auch nur deshalb für den gesamten Rest seines Lebens auf der Hut gewesen und hat sich jeder weiteren Versuchung bewusst und erfolgreich gestellt."

„So mag ich vielleicht, wie Mephistopheles in Goethes *Faust*, der Geist gewesen sein, 'der stets das Böse will und doch das Gute schafft'", überlegte Lilith.

„Irgendwie hatte ich gehofft, du hättest vielleicht schon damals Ansätze zum Guten gehabt und Perceval ganz bewusst an deiner Jahrtausende alten Lebenserfahrung teilhaben lassen", bemerkte Frank bedauernd.

„Du bist ein unverbesserlicher Optimist. Aber vielleicht gerade deshalb jetzt der richtige Mann am richtigen Platz."

„Aber wie kommt es, dass du schon von meinem Erlebnis zu wissen scheinst?" Nun musste Frank doch nachbohren. „Obwohl ich keine Details erwähnt hatte, musstest du keinen Augenblick überlegen, welche Szene aus wessen Leben ich am Tor zu Avalon durchlebt habe. Kann es sein, dass wir diesmal eine gemeinsame Vision geteilt haben?"

„Nein. Die Lilith, der du am Tor begegnet bist, war eine Erinnerung an die Vergangenheit. Deine Erinnerung. Percevals Erinnerung. Ich habe das heute nicht gemeinsam mit dir durchlebt, aber beim Blick in deine Inkarnationskette habe ich einige der

Personen erkannt. Darum war ich ziemlich sicher, dass du Perceval warst, und an diesem Ort konnte es nicht ausbleiben, dass du auf die eine oder andere Art mit unserer gemeinsamen Vergangenheit konfrontiert wirst. Darum habe ich mich – wie gesagt – auch meinen Dämonen gestellt und mir die Zeit als Morgana ins Gedächtnis gerufen. Als du von einer Begegnung an der Schwelle zu Avalon erzähltest, war mir klar, worauf du anspieltest."

„Nur, dass diesmal niemand in meiner Nähe war", stellte Frank fest.

„Anscheinend kam die Vision am Tor ohne äußeren Impulsgeber über mich. Muss ich jetzt damit rechnen, dass mir so etwas jederzeit wieder passieren kann?"

„Das glaube ich kaum. So weit habe ich das Tor zu deinen Vergangenheiten nicht geöffnet. Gewiss wurde auch diese Erinnerung gezielt aktiviert. Nur hat man dich diesmal nicht direkt angesprochen. Aber ich glaube nicht, dass das alles war – ich denke, jemand wird noch auf dich zukommen."

Frank dachte wieder an den Zettel in seiner Tasche und widerstand nur mühsam dem Impuls, sofort danach zu tasten und ihn Lilith zu zeigen.

„Da gibt es etwas, das du mir nicht mitteilen möchtest", erkannte Lilith mit der Direktheit eines Fernsehkommissars, wiegelte allerdings, wenn auch mit einem etwas eingeschnappten Unterton, sofort wieder ab. „Aber das ist natürlich dein gutes Recht."

Frank fühlte sich unbehaglich. „Ich kann mir nicht helfen. Ich weiß immer noch nicht, ob ich dir vertrauen kann oder nicht."

„Und das wirst du auch nicht herausfinden, wenn du jetzt nicht tust, wozu deine Intuition dir rät. In diesem Sinne wird es wohl das beste sein, möglichst bald durchzuführen, wonach es dich drängt, nachdem du mir befohlen hast, dich nicht dabei zu stören oder gar zu beeinflussen."

„Gibst du mir jetzt tatsächlich selbst den Rat, dich dazu zu zwingen, dich aus meinen Geheimnissen herauszuhalten?", fragte Frank ungläubig.

„Wenn es dazu dient, dich davon zu überzeugen, dass, was immer du herausfindest, nicht von mir manipuliert wurde, dann ist das wohl die einzige Möglichkeit, vielleicht doch noch eine Vertrauensbasis herzustellen", antwortete Lilith entwaffnend. „Also nur zu!"

Kurze Zeit, nachdem sie das Abendessen beendet hatten, saß Frank am Schreibtisch im Hotelzimmer vor seinem Laptop, während Lilith in Meditationshaltung neben dem Bett auf einem Kissen hockte, den Blick gegen die Wand gerichtet.

Als Startpunkt seiner Recherche gab Frank das Wort „Tor" in seine bevorzugte Suchmaschine ein. Der Begriff hatte ihn seit der Ankunft in Glastonbury begleitet und war ihm in einer Vielzahl von Bedeutungen begegnet. So lag es nahe, dass darin ein weiterer Schlüssel zur Erkenntnis verborgen sein mochte.

Und tatsächlich: Unter den ersten Treffern der Suche fand sich ein Browser dieses Namens, der den Anspruch erhob, ein höchstes Maß an Anonymität im Internet zu bieten – sowohl für Nutzer als auch für Anbieter von Webseiten, und der über das allgemein zugängliche World- Wide Web hinaus auch den Zugang zum sogenannten *Darknet* eröffnete, der dunklen Seite des Internet.

Das *Darknet*.

Ein abgeschiedener, verborgener Zweig des World-Wide Web, unzugänglich für normale Browser. Eine Schattenwelt im Cyberspace, wo sich all jene tummelten, die ein starkes Interesse daran hatten, im weltweiten Computernetzwerk unerkannt zu bleiben, von Dissidenten in totalitären Staaten bis zu kriminellen Dienstleistern jeglicher Art.

Frank hatte darüber gelesen, sich aber bisher davon ferngehalten, haftete dem Dunklen Netz doch, auch wenn es als solches nicht illegal war, eine Aura des Verbotenen an, mit der man sich als rechtschaffener Mensch nicht beflecken wollte.

Angeblich – und Frank hielt das für durchaus plausibel – war das Darknet eine Erfindung amerikanischer Geheimdienste, die noch mehr als die meisten anderen auf Schutz ihrer Identität bedacht waren. Die Möglichkeit, sämtliche Aktivitäten von wem auch immer in der virtuellen Parallelwelt zu verfolgen und auszuwerten, war für diese Dienste zunächst ein hoch willkommenes Werkzeug gewesen, um Konkurrenten, feindliche Agenten, und überhaupt alle, die in irgendeiner Weise für sie interessant waren oder werden mochten, flächendeckend auszuspähen. Über die Kombination von Suchanfragen, Besuch und Verweildauer bei Informationsangeboten, Kaufverhalten, Freundeskreis, Mitteilungen an lose oder auch enge Bekannte, Bewegungsprofile und vieles mehr ließ sich dank zunehmend intelligenten Analyseverfahren unter Einsatz von lernfähiger Software mehr über Personen erfahren, als diesen selbst bewusst war. *Big Data* hieß das Schlagwort, und Algorithmen, die Wettervorhersagen und Wirtschaftsprognosen optimieren konnten, waren ebenso imstande, auch menschliches Verhalten zu durchleuchten. Je mehr die miteinander verknüpften Dienst-leistungen im globalen Computernetz sämtliche Bereiche des täglichen Lebens durchdrangen und Privates mit Geschäftlichem verwoben, desto leichter wurde es, ein umfassendes und immer detaillierteres Bild von Einzelpersonen und Gruppen zu gewinnen, zumal die überwiegende Mehrheit unfassbar lax selbst mit den vorhandenen Möglichkeiten umging, Fremden den Zugang zu den eigenen Daten, sogar in sensiblen und intimen Bereichen, zumindest zu erschweren. Hinzu kam die Gier nach „Schnäppchen“, so dass sich kaum jemand Gedanken darüber machte, mit der Nutzung scheinbar kostenloser Dienste statt mit einer überschaubaren Menge Geld mit unabsehbaren Mengen an Informationen zu bezahlen, deren Nutzen für andere sie nicht einmal annähernd ermessen konnten. Doch irgendwann war den Datenanalysten, die im Geheimen ihrer Arbeit nachgingen, bewusst geworden, dass sie selbst für ihre Gegner ebenso transparent waren wie diese für sie. So entwarfen sie Konzepte, um auf der Grundlage der bestehenden Technologie ihre eigenen Aktivitäten im Netz zu verschleiern. Dabei hatten sie allerdings das Problem, sich allein durch die Nutzung dieser neuen Möglichkeiten als Geheimnisträger zu erkennen zu geben, solange niemand sonst sich des betreffenden Angebotes bediente. Aufgrund dieser Erkenntnis wurde in einem Geniestreich das *Tor*-Projekt für die Öffentlichkeit freigegeben, und nun konnte jeder, der das berechtigte Bedürfnis nach mehr Privatsphäre im Internet verspürte, völlig legal einen Browser nutzen, der es den Datensammlern erheblich erschwerte, mehr über Wanderer im Netz in Erfahrung zu bringen, als diese freiwillig preiszugeben bereit waren. In der Masse harmloser Nutzer gingen die tatsächlich geheimen Aktivitäten unter.

Natürlich durfte sich die Geheimhaltung nicht auf die Anwenderseite beschränken. Auch die Anbieter von Informationen und Dienstleistungen galt es zu schützen. Und so war das *Darknet* entstanden. Während jeder Anbieter von Webseiten im regulären Netzwerk anhand seiner IP-Adresse eindeutig identifizierbar war, entstand im Dunkel der geheimdienstlichen Tätigkeit ein paralleles Netz, in dem Adressen nicht – beziehungsweise nur in Einzelfällen und unter enormem technischem Aufwand – zurückverfolgt werden konnten. Der Besuch dieser Adressen setzte den speziellen Zugang über den Tor-Browser voraus, und die Seiten waren auch nicht über reguläre Suchmaschinen zu finden. Wenn sie ihre Adressen nicht an spezielle Darknet-Suchdienste weitergaben, konnten Dienstleister in diesem Netz dafür sorgen, dass nur ein ausgewählter Kreis von Personen Zugriff auf ihre Angebote hatte.

Dass diese neu gewonnene Möglichkeit politisch Verfolgten in aller Welt eine Plattform verschafft hatte, mehr oder weniger ungestört und mit begrenztem Risiko Informationen unzensiert auszutauschen, war als erfreuliche Begleiterscheinung willkommen geheißen worden, gab es dem World-Wide Web doch ein wenig des ursprünglichen, kindlich anarchistischen Charakters zurück, der es in seinen Anfangszeiten gekennzeichnet hatte, bevor es den Verlockungen der Kommerzialisierung erlegen war. Beim Gedanken daran erschien es Frank wie ein digitales Déjà-vu, dass schließlich auch das Internet selbst zuerst vom US- amerikanischen Militär unter dem Namen ARPA-Net als Antwort auf den „Sputnik-Schock" entwickelt worden war, nachdem die Sowjetunion in der Zeit des „Kalten Krieges" am 4. Oktober 1957 den ersten künstlichen Satelliten in eine Erdumlaufbahn gebracht hatte. Später war aus dem Zusammenschluss des ARPA-Nets mit mehreren wissenschaftlichen

Netzwerken dann das Internet hervorgegangen, das bald nach der Entwicklung des Multimediadienstes WWW am Schweizer Kernforschungszentrum CERN auch seinen Siegeszug in die Privathaushalte gehalten hatte.

Zugleich hatten aber auch andere die Möglichkeiten zur kriminellen Nutzung des Darknet erkannt. Schnell war es vom Missbrauch der Freiheit korrumpiert und von widerwärtigsten Angeboten durchzogen worden. Im Schutz zugesicherter Anonymität waren schnell alle Tabus gebrochen. Und so konnte sich niemand bei der Nutzung des Darknet heute – auch wenn er selbst keinerlei verwerflichen Aktivitäten nachging – des Gefühls erwehren, etwas Verbotenes zu tun.

Auch Frank fühlte sich wie ein Kind beim heimlichen Griff in die Keksdose. Und obwohl er noch keine Vorstellung von einem möglichen Ziel für seine Suche hatte, forderte das Darknet lockend seine Neugier heraus. Schon fühlte er sich wieder wie Perceval, gerade im Angesicht der Versuchung stets auf Tugend bedacht und zugleich zweifelnd, wie lange er stark genug sein würde, der Verlockung zu widerstehen.

Frank beschloss, innerlich eine Barriere zu ziehen, die er beim bevorstehenden Eindringen in die geheimen Bereiche des Web unter keinen Umständen überschreiten wollte. Denn dass die seltsame Nachricht ihn in die Tiefen des dunklen Netzwerks ziehen wollte, daran bestand nun kein Zweifel mehr, nachdem er die *Tor*-Software installiert, aufgerufen und konfiguriert hatte. Kaum öffnete sich das Browserfenster, da prangte ihm auf dessen Startseite das Bild einer angeschnittenen Zwiebel entgegen.

Er war auf der richtigen Fährte!

Außer dem Versprechen legitimer Anonymität begrüßte ihn der Tor- Browser mit einem Hinweis auf weitere Informationen über den Zugang zum Darknet, durchzogen mit der metaphorischen Anspielung auf die vielen Schichten einer Zwiebel. Das gleiche Prinzip machte sich die Verschleierungstechnologie von Tor und Darknet zunutze, indem Wege des Informationstransports über eine Vielzahl von Relaisstationen umgeleitet wurden, die ihrerseits nicht mehr als nötig über vorherige und weitere Zwischenstationen wussten. Und schließlich kennzeichnete die Endung „.onion" die Adresse einer jeden der Dunklen Webseiten.

Aber womit sollte Frank nun die Suche beginnen? Wonach genau suchte er überhaupt, und wie sollte er erkennen, wann er das Portal gefunden hatte, zu dem die Botschaft des unbekannten Urhebers ihn führen wollte?

Vielleicht konnte doch ein erneuter Blick auf die Notiz Erhellung bringen. Nachdem er sich bereits am Vortag über den Hotelzugang im Internet angemeldet hatte, hatte er das Passwort nun nicht erneut eingeben müssen und das Papier nicht noch einmal gebraucht.

Frank zog den Zettel aus seiner Tasche und erkannte verblüfft, dass jemand inzwischen auch noch etwas auf die Rückseite geschrieben hatte. Das konnte nur geschehen sein, als er während der Vision auf dem Hügel von Avalon für einige Minuten nicht Herr seiner Sinne gewesen war. Also war doch jemand in seiner unmittelbaren Nähe gewesen und hatte die Erinnerung an seine Vergangenheit als Gralsritter angestoßen!

Frank entfaltete den Zettel und betrachtete den neuen Eintrag. Aus Farbe und handschriftlichen Merkmalen schloss er, dass der Verfasser des neuen Textes mit dem der ursprünglichen Botschaft identisch sein musste. In Gedanken ging er kurz die Personen durch, die er nach seinem Erwachen in der Umgebung hatte ausmachen können, aber auch jetzt wollte ihm keine Auffälligkeit einfallen, die darauf hätte hindeuten können, wer ihm die Nachricht zugesteckt haben mochte. Doch das war im Moment auch eigentlich unerheblich. Wichtiger schien ihm zu erfahren, was ihm der unbekannte Schreiber mitteilen wollte. Er las:

*Speziell für Dich und nur am heutigen Tag öffnet sich das Tor zur Erkenntnis über das Wesen, das Dich begleitet. Finde zur Erleuchtung auf der dunklen Seite! Namen und Zahlen sind mächtig, aber der Schlüssel im Herzen der Zwiebel kommt erst zum Vorschein, wenn Du die Schichten, unter denen er sich verbirgt, eine nach der anderen, davon abziehst.*

Frank las den Text mehrmals durch und dachte nach. Wenn man ausschloss, dass sich jemand mit ihm einen Scherz erlaubte oder ihm die Suche nur zum Vergnügen unnötig erschweren wollte, musste der Grund für das Rätsel an sich darin liegen, dass jemand sicher gehen wollte, dass niemand anderer als Frank Menden Zugang zu der Information erhielt, die man ihm so dringend mitteilen wollte. Wahrscheinlich würde die Darknet- Adresse, die er aufsuchen sollte, sofort wieder gelöscht, nachdem er sie besucht haben würde. Und da man aufgrund der beiderseitigen Anonymität im Darknet nicht würde prüfen können, wer die Seite aufrief, sondern nur, ob sie aufgerufen würde, musste dafür gesorgt werden, dass niemand außer ihm den Code entschlüsseln konnte. Andererseits war er kein Experte für Kryptologie und ihm stand auch nur wenig Zeit zur Verfügung, so dass das Rätsel so beschaffen sein musste, dass es ihm verhältnismäßig leicht fallen sollte, es zu lösen. Es musste also auf persönliche Informationen anspielen, die nur ihm bekannt waren – und dem unbekannten Verfasser der Botschaft.

Zuerst versuchte Frank zu ergründen, welche Rahmenbedingungen das Raten erleichtern konnten. Schnell kam er zu dem Schluss, dass es sich bei der Lösung des Rätsels um eine Darknet-Adresse handeln musste, also eine 16-stellige Kombination aus Kleinbuchstaben und Zahlen, gefolgt von der Endung „.onion". Eine kurze Einführung beim Start des Browsers hatte darauf hingewiesen, dass eine Zuordnung von Darknet-Adressen zu Personen unter anderem durch ihre automatische Erzeugung vermieden wurde. Daher musste der Code in jedem Fall eine randomisierte Komponente enthalten. Eine vorgegebene Kombination aus Namen und Daten konnte also unmöglich die Lösung sein. Irgend etwas musste kurzfristig und individuell durch eine Berechnung zum schlussendlich gültigen Code führen. Irgendwo würde also zusätzlich eine uncodierte Komponente des Rätsels verborgen sein. Frank sah sich den Zettel noch einmal genau von beiden Seiten an. Dabei stellte er fest, dass an verschiedenen Stellen scheinbar wahllos kleine Striche auf das Papier gekritzelt waren und dieses zahlreiche zusätzliche Knicke enthielt, die zu gerade verliefen, um einfach nur daher zu rühren, dass er den Zettel seit dem Vorabend ständig in der Innentasche seiner Jacke mit sich herumgetragen hatte.

Frank versuchte, anhand der Knicke eine Faltung zu rekonstruieren, und als ihm das endlich gelungen war, bestätigte sich sein Verdacht, dass einige der scheinbar zufälligen Striche sich durch die Faltung auf der Außenseite des kleinen, mehrfach gefalteten Papierbündels zu einer Ziffer ergänzten. Frank notierte die Zahl, entfaltete den zuletzt geschlossenen Knick und bemerkte, dass dadurch eine weitere Ziffer sichtbar wurde. Er wiederholte die Prozedur, was bei jedem Auffalten meist eine Zahl, gelegentlich aber auch mehrere freilegte, bis der Zettel am Ende wieder völlig flach vor ihm lag und eine Folge von sechzehn Zahlen auf seinem Notizblatt stand.

Sechzehn Zahlen. Die Übereinstimmung mit der Anzahl von Zeichen einer Darknet-Adresse konnte kein Zufall sein. Allerdings war die Zahlenfolge selbst mit der Adresse offenbar nicht identisch, denn es waren auch zweistellige Zahlen dabei, so dass sich insgesamt mehr als die zulässigen 16 Zeichen ergeben hätten. Außerdem wurden Darknet- Adressen zufällig aus Buchstaben und Ziffern generiert, so dass ein reiner Zifferncode höchst unwahrscheinlich gewesen wäre. Der Faltungscode musste also eine andere Bedeutung haben. Frank überlegte angestrengt, las die neue Nachricht noch einmal genau durch und kam auf eine Idee: Der Aufruf, verdeckende Schichten abzuziehen, könnte auf eine Subtraktion verweisen, der Verweis auf die Macht von Namen und Zahlen auf einen Basiscode. Aber wie sollten die Namen (und dabei konnte es sich nur um seinen eigenen und den von Lilith – oder einer ihrer zahlreichen Inkarnationen – handeln) und Zahlen (welche?) in diesem Basiscode angeordnet werden? Wieder rief Frank sich in Erinnerung, dass demjenigen, der diesen Code erzeugt und ihm zugänglich gemacht hatte, daran gelegen sein musste, dass er, Frank Menden, die Lösung zuverlässig und in relativ kurzer Zeit finden konnte. Also sollten auch Hinweise auf die zu verwendenden Namen und Zahlen sowie deren Reihenfolge in der rätselhaften Botschaft verschlüsselt sein, womöglich bereits in deren erstem Satz. *„Speziell für Dich"* könnte darauf verweisen, dass der eigene Name am Anfang stehen solle, stellte er fest. Der nächste Hinweis konnte im folgenden Text „*nur am heutigen Tag*" verborgen sein und auf das aktuelle Datum verweisen. Dann wurde der Bezug zu dem „*Wesen, das Dich begleitet*" hergestellt, Lilith also.

Im nächsten Schritt versuchte Frank, mit einer sinnvollen Kombination dieser drei Code-Komponenten auf sechzehn Zeichen zu kommen und landete nach einigem Herumprobieren schließlich bei „frank", „lilith" mit zusammen elf Zeichen und dem aktuellen Datum, das durch eine Kombination von Tag und Monat (der mit nur einer Ziffer ohne führende Null angegeben werden konnte) zusammen mit den letzten beiden Stellen der Jahreszahl die fünf fehlenden Zeichen beisteuerte. So entstand ein Basiscode aus Franks und Liliths Namen, getrennt von der dazwischen eingeschobenen Datumsangabe. Wenn Frank das Rätsel bis hierhin richtig gelöst hatte, würde daraus durch einen Algorithmus, der die Subtraktion der Zahlen des Faltungscodes in geeigneter Weise beinhaltete, schließlich die Zieladresse entstehen.

Frank fragte sich erneut, wozu diese Umstandskrämerei notwendig sei, wenn doch gewollt war, dass er den Code entschlüsselte. Doch dann wurde ihm klar, dass es zum Sicherheitskonzept des Darknet gehörte, dass der Ersteller einer Adresse nicht selbst deren Namen festlegen konnte. Wollte man also sicherstellen, dass nur eine bestimmte Person und auch diese nur zu einem bestimmten Zeitpunkt und in Kombination von persönlichem Wissen und einer zugesteckten Decodierungsvorschrift Zugang erhielt, war eine derart umständliche Prozedur durchaus sinnvoll, wenn nicht sogar unumgänglich.

Angenommen, dass der Basiscode richtig war, blieb nun noch die Aufgabe, das Subtraktionsverfahren festzulegen. Das wiederum sollte nicht zu kompliziert sein. So ordnete Frank probeweise die Elemente einer alphanumerischen Zeichenfolge aus Ziffern und Kleinbuchstaben (die Bausteine jeder Darknet-Adresse) in einem Kreis an und ging dann von jedem Zeichen des Basiscodes aus die Anzahl von Schritten gemäß dem Falt-Zahlencode an der entsprechenden Position im Gegenuhrzeigersinn zurück, notierte das so erreichte

Zeichen des alphanumerischen Kreises und kam schließlich zu einer neuen Folge von Buchstaben und Zahlen, die er, ergänzt um die Endung „.onion", im *Tor*-Browser als Adresse eingab.

Tatsächlich öffnete sich auf dem Bildschirm ein Willkommensgruß, der jeden Zweifel beseitigte:

*Willkommen, Ringträger, an Deinem persönlichen Tor zur Erkenntnis!*
*Kein Apfel, sondern eine Zwiebel weist Dir nun den Weg zur Unterscheidung von Gut und Böse.*

*Immerhin hat hier jemand Sinn für Humor,* dachte Frank angesichts der Anspielung auf den biblischen „Sündenfall", bei dem die ersten Menschen durch den verbotenen Biss in eine Frucht vom „Baum der Erkenntnis" ihre kindliche Unschuld und damit auch ihren Platz im Paradies verloren hatten. *Eigentlich sind sie ja erst damit zu Menschen geworden,* schoss es Frank durch den Kopf, aber im Augenblick war er viel zu aufgeregt, um diesen ketzerischen Gedankengang weiter zu verfolgen.

„Heureka!", entfuhr es ihm. Sofort blickte er sich misstrauisch zu Lilith um, aber diese verharrte weiter reglos im Lotossitz vor der Zimmerwand.

Frank wandte sich wieder dem Computer zu und klickte auf einen „Weiter"-Button unter dem Begrüßungstext, der daraufhin verblasste. Stattdessen erschien auf dem Bildschirm ein Symbol, das, in angedeuteter Relief-Optik, aus einem Kreis bestand, der durch senkrecht und waagerecht gekreuzte Balken, ebenso schmal wie sein Rand, in vier Quadranten geteilt wurde. Inmitten dieses Gitter- oder Fadenkreuzes befand sich ein weiterer, etwas dickerer Ring, der auf der Oberseite von einer liegenden Mondsichel gekrönt wurde, die wie ein Paar Hörner aufragte und mit ihren Spitzen den Rand des äußeren Rings berührte.

Nachdem es für kurze Zeit das Browserfenster vollständig erfüllt hatte, verblasste auch das Symbol wieder, bis es nur noch ein Schatten im Hintergrund war, vor dem sich nun ein neuer Text manifestierte.

*Steinig war Dein bisheriger Weg, doch nun sollst Du erfahren, dass Du ihn künftig nicht mehr allein gehen musst.*
*Verzeih, dass wir auch Dir gegenüber unsere Identität schützen müssen.*
*Noch mehr aber ist es notwendig, dass niemand sonst erfährt, was Dir nun eröffnet werden soll.*
*Dieses Portal ist nur für Dich bestimmt und wird, sobald Du es verlässt, seine Pforte für immer schließen.*
*Viel Böses ist in der Welt, und es ist mächtig.*
*Nur aus dem Schutz der Anonymität heraus können wir es wirkungsvoll bekämpfen – und das ist es, was wir seit Jahrhunderten tun: wir, die Dämonenjäger.*

*Auch wenn dieses Tor wieder geschlossen und versiegelt ist, werden wir immer in Deiner Nähe sein*
*und zu gegebener Zeit erneut Kontakt aufnehmen.*
*Doch nun siehe, was für ein Wesen Deiner Obhut anvertraut ist.*
*Erkenne Deine Bürde und Deine Verantwortung.*

Unter dem Text erschien ein weiterer „Weiter"-Button. Frank klickte darauf, und wieder verblasste der Text und an seiner Stelle erfüllte den Schirm das Bild eines gewaltigen eisernen Tores, dessen Flügel in der Mitte von einem Siegel in Form des *Dämonenjäger*-Symbols verschlossen gehalten wurden. Dann blinkte das Siegel auf, und Frank verstand, dass er noch einmal seine Bereitschaft bestätigen sollte, sich auf das einzulassen, was die geheime Loge ihm mitteilen wollte.

Er klickte auf das blinkende Schloss und die Torflügel schwangen auf.

# 41. Blick zurück im Zorn

Das Browserfenster wurde schwarz. Gerade als Frank die Maus bewegen wollte, um zu prüfen, ob die Verbindung abgebrochen oder gar der Computer abgestürzt war, begann sich aus dem Zentrum der Schwärze Licht auszubreiten. Zunächst nur ein einzelner weißer Punkt, der bald eine schwache Korona erhielt. Diese weitete sich mehr und mehr aus, während der leuchtende Fleck in der Mitte gleißend hell wurde. Dann schien die Quelle des Lichts zu explodieren. Zahllose Lichtpunkte schossen strahlenförmig bis zum Rand des Browserfensters und (wie es den Anschein hatte, wenn auch nicht mehr sichtbar) darüber hinaus.

Plötzlich wurde die Lichtquelle wieder kleiner, als entferne sich der Betrachter rasend schnell, verfolgt von den unzähligen Lichtgeschossen, die unablässig in wildem Stakkato wie aus einem weißen Loch in einer pechschwarzen Decke hervorblitzten.

Die rasende Expansion und mit ihr der noch schnellere Rückzug der Betrachterposition führte Frank auf einen Beobachtungsposten am Rande des Universums, wo das flirrende Bild allmählich zu Ruhe kam. Die Bewegung der Lichtpartikel wurde langsamer, das Leuchten schwächer. Die immer noch nachfolgenden weiteren Lichtpunkte verschmolzen mit anderen, bis das Bild erfüllt war von waberndem Nebel, der zunehmend verblasste, bis er eine konstante Gesamthelligkeit erreicht hatte, sein Wallen jedoch beibehielt, hier in spiraligen Strudeln, dort in wogenden Wellen, dazwischen hellere und anderswo dunkle Orte der Ruhe, die doch auch immer wieder von der Dynamik ihrer Umgebung erfasst wurden und dabei selbst erneut in Bewegung gerieten.

Gelegentlich erhoben sich aus den hellen Bereichen farbige Formen, die sich in Mustern von überwältigender Schönheit für kurze Zeit ausbreiteten und dann wieder zurückzogen oder im Wachsen verblassten, bis nichts mehr von ihnen übrig war. Aber auch die dunklen Regionen bildeten Muster, die wuchernd auf die benachbarten Bereiche übergriffen, diese zersetzten, sich weiter und weiter streuten und im Widerstreit mit dem Licht dieses wie Krebsgeschwüre infizierten, bis sie doch immer wieder niedergerungen oder aufgelöst wurden, nur um an anderer Stelle neu zu erstehen.

Für eine gewisse Zeit hielten sich Licht und Dunkel im trudelnden und fließenden Chaos die Waage. Doch irgendwann bildeten sich stabile Strukturen aus, helle wie dunkle, winzige, kompakte Einheiten und globale Muster, die große Abschnitte überzogen.

In seiner Betrachterrolle wurde Frank nun von dem entfernten Beobachtungsposten jenseits der entstehenden und vergehenden Strukturen wieder in deren Inneres gezogen, sanft gleitend, doch ständig in Bewegung, den Blick hierhin und dorthin gelenkt, so dass sich in seinem Geist ein Bild der Größe, der Strukturen einzelner Bauelemente und zugleich der universellen Wechselbeziehungen formte.

Nach einer Weile wurde er wieder zurück gezogen, immer weiter nach außen, fernab in periphere Regionen, in die nur gelegentlich noch einzelne erkennbare Objekte drangen. Von dort aus konnte er plötzlich erkennen, wie abseits der sich zunehmend konsolidierenden hellen Strukturen neue Herde der Dunkelheit entstanden, sich langsam, aber unaufhaltsam formierten, scheinbar unbemerkt vom Licht in der Wonne kreativen Aufbaus.

Mit einem Mal löste sich ein Schatten aus einem der dunklen Geschwüre, trieb aus dem Bild heraus auf Frank zu und formte sich dabei zu einer Gruppe von Symbolen, Schriftzeichen einer unbekannten Sprache. Aber bevor der Name Frank erreichen konnte, verblasste er wieder und verschwand im Nichts. Dann begannen sich immer wieder neue Namen zu bilden und aus dem Raum zu erheben, manche nur ein kurzes Aufblitzen, andere ein langsames Anschwellen und in sich Zusammenfallen, wieder andere blähten sich auf, um dann wie Seifenblasen zu zerplatzen. Manche Zeichen verformten sich und gruppierten sich neu, bildeten Namen in verschiedenen Sprachen. In einigen meinte Frank die Namen von Dämonen aus unterschiedlichen Kulturen zu erkennen – Adonai, Belial, und weitere, bevor sie sich wieder zurückzogen oder vergingen.

Dann wurde er wieder in den Strudel des sich vor ihm kontinuierlich ausdehnenden Universums gesogen. Offenbar steuerte die seltsame Tour nun ein bestimmtes Ziel an. In atemberaubendem Flug sauste Frank auf ein besonders dunkles Objekt zu, das bereits eine beängstigende Größe und Bedrohlichkeit entwickelt hatte. Zunächst erschien darüber eine Gruppe von Symbolen, die wie sumerische Keilschrift aussahen, doch bald veränderten sich die Zeichen, nahmen immer neue Formen und Konstellationen ein; zeitweilig schien es sich um hebräische Schrift zu handeln, und schließlich formte sich ein Name, der Frank nur zu geläufig war.

Kaum hatte Frank erkannt, wohin seine Reise führte, da verschwand das vielfältige Universum im Nichts und machte einer abstrakteren Darstellung Platz, nachdem die Reise im Orbit eines Planeten zum Stillstand gekommen war, den Frank unschwer als die Erde erkennen konnte.

Im Browserfenster baute sich vor seinen Augen eine Grafik auf, die eine sehr lange Zeitleiste unterhalb eines rotierenden Globus' abbildete. Vor der Zeitleiste prangte in schmucklos prägnanten Lettern der Name „LILITH".

Nachdem er erkannt hatte, dass die geführte Tour hier anscheinend beendet war oder zumindest eine Unterbrechung erfuhr und er sich nun zur eigenen Initiative bei der Erforschung des ihm angebotenen Informationssystems aufgefordert fühlte, bewegte Frank den Cursor über die Zeitleiste. Dabei verformte sich der Pfeil zu einer Lupe, in deren Nähe sich die Leiste zum Betrachter hin aufzuwölben schien. Dort offenbarten sich Details wie Jahreszahlen und Angaben zu historischen Epochen. Gleichzeitig veränderte sich die Abbildung der Erdkugel oberhalb der Zeitleiste. Seen wuchsen oder verkleinerten sich, Flüsse veränderten ihren Lauf, Farben der Landregionen veränderten sich, vermutlich zum Anzeigen von Vegetation, Gletschern und anderen Oberflächenstrukturen, und wenn Frank den Mauszeiger für eine Weile still hielt, erschienen Staatengrenzen als transparente Überlagerungen der Topographie. Als Frank sich dem

14. Jahrhundert vor Christus näherte, leuchtete eine Region des Zeitbalkens sanft auf. Das Leuchten wurde intensiver, je näher Frank dem Bereich kam. Als das Lupensymbol die Lichtquelle erreichte, erhob sich aus dem ihm entgegenwachsenden Balken, wie eine Projektion, ein eigenes Informationsfenster, das über dem Bildschirm zu schweben schien. Zugleich bremste die Rotation der Erdkugel über Afrika ab, schwenkte leicht aufwärts, so dass der Norden des Kontinents ins Zentrum des Blickfelds rückte, dann senkte sich die virtuelle Kamera wie im Landeanflug eines Raumschiffs auf Ägypten herab, wo sie in einem Beobachtungsorbit eine Ruheposition erreichte. Von hier aus konnte Frank das ganze Land überblicken, dessen Grenzen sich allmählich heraus schälten, während alles außerhalb Liegende wie unter einem fahlen Nebel verblasste.

Frank klickte auf die schwebende Anzeigetafel, und weitere Informationen erschienen, allen voran ein Name und zwei Daten: Nofretete, 1361 – 1338 BC. Darauf folgten diverse biografische Daten der berühmten ägyptischen Königin, deren Büste als eines der bekanntesten archäologischen Artefakte der Geschichte Weltruhm erworben und – trotz eines fehlenden Auges zum Sinnbild weiblicher Schönheit geworden – wesentlich zum Mythos des geheimnisumwitterten ägyptischen Altertums beigetragen hat. Vor Frank breitete sich die Biographie dieser Gemahlin eines Pharaos aus, der die religiösen Regeln seiner Zeit hatte durchbrechen wollen und dies durch die Änderung seines Namens von Amenophis IV. zu Echnaton unterstrichen hatte. Frank erkannte diese Tafel als Einstiegspunkt in ein Geflecht von aufwendig zusammengetragenen und aufbereiteten Informationen, belegt durch Verknüpfungen zu historischen Fakten, Legenden und Mythen verschiedenster Herkunft, alle irgendwie in Zusammenhang mit Lilith und ihrem Wirken über Jahrtausende hinweg gebracht.

Bald surfte er buchstäblich auf den Wellen, welche die verschiedenen Verbindungen schlugen, fasziniert von dem Bild, das dabei nach und nach vor seinem geistigen Auge entstand. Wie ein Gobelin, von seinen Gedanken auf dem Webstuhl des World-wide Web gewoben, Faden für Faden neue Details spinnend, immer mehr von einer Gesamtheit offenbarend, in der ein Teil ins andere passte und scheinbar Unzusammenhängendes stimmig miteinander verwoben wurde. Auch die Schilderungen des Vindicandi-Abtes in dem inzwischen zerstörten geheimen Kloster fügten sich, Stück für Stück, nahtlos ein. Damals waren sie naturgemäß nur oberflächlich gewesen, lediglich dazu bestimmt, Frank Menden von der Wahrheit und Wichtigkeit seiner Mission zu überzeugen. Nun aber begann er Zusammenhänge zu verstehen und erschauderte immer wieder vor der menschheitsgeschichtlichen Dimension, die sich vor ihm ausbreitete. In allen Epochen wurde Liliths Einfluss offenbar, wenngleich auch immer wieder eingedämmt durch die Macht des Rings und seiner Träger, denn auch hierzu eröffnete das Informationsgeflecht Beziehungen und Querverweise.

Wie bei einem Puzzle, dem einige Teile fehlen, blieben auch immer wieder Lücken offen – hier hatten die Autoren der Darknet-Seite offenbar selbst noch nicht alle Verbindungen erforschen können – doch was Frank erfuhr, war nichtsdestotrotz geeignet, sein Weltbild zu erschüttern und neu zu ordnen. Auch der Zusammenhang mit der Startsequenz wurde ihm nach einer Weile klar: Eingebettet in eine Weltgeschichte, die beim Urknall begann und sich nach der initialen Entstehung metaphysischer Entitäten anscheinend auf dämonische Mächte konzentrierte, wurde hier – offen, aber über einen speziell für ihn aufbereiteten hypermedialen Zugang – die vollständige Geschichte Liliths vor ihm ausgebreitet, beginnend mit einer geführten Tour, doch dann frei für eigene Nachforschungen, die nun für Frank mit dem, was er bereits von Pater Illuminatus erfahren hatte, zu einem neuen Verständnis der Vergangenheit und Gegenwart zusammenwuchsen.

*Demnach war Lilith in der Frühzeit des Universums entstanden, zusammen mit Engeln und anderen Dämonen. Als Urmutter der Menschheit auserkoren, wurde sie verstoßen, weil sie sich weigerte, sich dem göttlichen Plan und ihrem Gemahl* Adam *unterzuordnen. Fortan geisterte sie umher, ziellos, doch hasserfüllt, zunächst aber ohne körperliche Manifestation und ohne ein greifbares Ziel für ihren Zorn.*

Auf einem Planeten am Rande eines von unzähligen Sternennebeln, die in stetem Wechsel entstanden, wieder vergingen und neu aus den Trümmern der Vergangenheit hervorgingen, breiteten sich nach dem „Sündenfall" von Adam und Liliths Nachfolgerin Eva, welche die ihnen eingepflanzte Wissbegier nicht hatten zügeln können, die ersten Kulturen aus. Der heranwachsenden Menschheit war Lilith über lange Zeit nur als dunkle, unfassbare Bedrohung bekannt. Ein Nachtgespenst, ein Wüstenwind. Etwas, womit man Kindern oder einfältigen Menschen Angst einflößen konnte. Der Sterblichkeit normaler Menschen entzogen, geisterte sie durch Mythen, Träume und Grundängste der Völker, fand Erwähnung im ältesten bekannten schriftlichen Dokument menschlicher Geschichtsschreibung, dem Epos über den altbabylonischen König Gilgamesch, Held, Halbgott und Herrscher über den mesopotamischen Stadtstaat Uruk in der Mitte des dritten Jahrtausends vor unserer Zeitrechnung, das um die Mitte des 19. Jahrhunderts nach Christus auf Bruchstücken von mit sumerischer Keilschrift überzogenen Tontafeln aus dem 19. Jahrhundert vor der Zeitenwende entdeckt wurde und neben Gilgameschs Heldentaten auch von einer Sintflut berichtet. Auch in weiteren Schriften aus früher Zeit, so etwa im Talmud und dem Buch Jesaia fanden sich einzelne winzige Hinweise auf Lilith als nicht greifbare Bedrohung in der Weite der Natur. Aber auch in den frühesten Ansiedlungen fürchtete man ihretwegen um Kinder und Männer, von ihr im Traum mit tödlicher Umarmung verführt.

***

Als historische Person trat Lilith zum ersten Malin Gestalt der ägyptischen Königin Nofretete in Erscheinung, und dieses Auftreten fiel zusammen mit dem Erscheinen des Rings. Als Amenophis IV. bestieg der Pharao im Jahre 1353 vor Christus den ägyptischen Thron und schickte sich an, die Welt zu revolutionieren, indem er den Glauben an einen einzigen Gott anstelle der bisher verehrten Vielzahl verschiedener Gottheiten mit unterschiedlichen Wirkungsbereichen und Mentalitäten einführte. Nichts sollte mehr von der Anbetung des Gottes Amun und seiner Nebengötter bleiben und an ihre Stelle einzig der Sonnengott Aton treten. Um diesen, nie dagewesenen, Paradigmenwechsel zu dokumentieren, änderte der Pharao seinen Namen zu Echnaton und verlegte den Regierungssitz von Theben in das, in seinem Auftrag erbaute, Amarna. Aber nicht nur bei den Priestern des Amun, die um ihre Macht fürchteten, traf Echnaton auf erbitterten Widerstand. Auch die Beharrungskräfte *religiöser Praktiken und Überzeugungen im einfachen Volk hatte er unterschätzt. Und eine weitere Kraft hintertrieb Echnatons Bestreben: Lilith hatte nun endlich ein klares Ziel für ihren Hass gefunden und beschlossen, sich erstmals an einer Schaltstelle der Macht in die Geschicke der Menschheit einzumischen. Waren all ihre bisherigen Untaten nicht mehr gewesen als ungezielte Nadelstiche, so sah sie nun eine Gelegenheit, dem aufkommenden Monotheismus in Richtung auf den Einen Gott, der sie so schmählich verstoßen hatte, einen empfindlichen Schlag zu versetzen, ja — seine Verehrung womöglich sogar im Keim zu ersticken. So erschien sie Echnaton in Gestalt der schönen Nofretete, und er zögerte nicht, sie zur Frau zu nehmen.*

*Gemeinsam mit seiner Gemahlin wollte Echnaton den neuen Glauben durchsetzen, nicht ahnend, wen er an seine Seite geholt hatte. Geschickt trieb sie ihren arglosen Gemahl dazu an, den Aton-Kult nicht nur allmählich wachsen zu lassen, sondern mit der Macht der Krone zu erzwingen. Bei dem von der neuen Ideologie begeisterten Echnaton fielen ihre Einflüsterungen auf fruchtbaren Boden, und so bemerkte er nicht, wie er in wachsendem Fanatismus dazu getrieben wurde, sich mit zu schnellem und gewaltsamem Vorantreiben seiner Mission einen Feind nach dem anderen zu schaffen.*

*Doch auch der, dessen Verehrung Echnaton zu etablieren strebte, und der bislang dem Treiben der Lilith tatenlos zugesehen hatte, unwillig, ohne Not in den Ablauf der Geschichte einzugreifen, die er selbst in Gang gesetzt hatte, sah sich nun genötigt, Lilith Einhalt zu gebieten. So schuf er den Ring, der sie ihrem Gemahl auf ewig untertan machen sollte, und versah ihn mit unverbrüchlichen Schutzzaubern zum Wohle des göttlichen Plans, des Ringträgers, und auch von Lilith selbst, ohne irgendjemandes Entscheidungsfreiheit mehr als zwingend erforderlich einzuschränken. Er legte Lilith den Ring an und gab den zweiten Echnaton, zusammen mit genauen Instruktionen zu Fähigkeiten und Grenzen des göttlichen Artefakts — und zu den Regeln der Weitergabe.*

*Nun konnte Lilith Echnatons Bestreben nicht weiter hintertreiben, aber sie hatte bereits genug getan. Im festen Glauben an seine göttliche Mission lehnte der Pharao es ab, die Fähigkeiten der gebändigten Dämonin zu seinem Schutz einzusetzen, und so fiel er dem Sturm von Priestern und Volk zum Opfer, die es sich zum Ziel gesetzt hatten, seine Regentschaft und alles, was damit zusammenhing, für immer aus der Geschichtsschreibung zu tilgen. Auch wenn ihnen dies nicht vollständig gelang, war das zarte Pflänzchen des Glaubens an* einen einzigen Gott nachhaltig zertreten und ruhte nur noch als verkapselter Same im Verborgenen in einer kleinen Gruppe von Anhängern Echnatons und seiner Ideen, die ängstlich ihre Treue zu dem neuen Glauben allen Außenstehenden gegenüber geheim hielten. Und auch wenn er den eigenen Untergang nicht hatte verhindern können, so war der Pharao doch klug genug gewesen, die Anleitung, wie der Ring zu finden sei, sollte er nicht über die regelgerechte Weitergabe übertragen worden sein, für seinen Sohn und designierten Thronfolger Tutanchaton zu hinterlassen. Allerdings sollte der junge Pharao dieses Vermächtnis seines Vaters ebenso wenig je zu Gesicht bekommen wie dessen übrige Hinterlassenschaften. Später landete sie unerkannt bei seinen Grabbeigaben. Durch Echnatons gewaltsamen Tod ohne eine Möglichkeit der Weitergabe des Rings erlangte Lilith zunächst einmal wieder die Freiheit und regierte unter den Namen Neferneferuaton und Semenchkare noch einige Jahre fort, während sie mit Unterstützung der neu eingesetzten Amun-Priester die Auslöschung jeglicher Erinnerung an den früheren Gemahl betrieb.

Als Tutanchamun, auch namentlich gewandelt, schließlich den Thron bestieg, ein treuer Diener des Amun und dessen Priestern hörig, hatte Lilith ihr Werk vollbracht und zog sich in den nördlichen Mittelmeerraum zurück, weit entfernt von Ägypten und allen Erinnerungen an ein Wesen, dessen Macht mithilfe eines Rings gebändigt werden müsse und könne. So starb der Pharao in jungen Jahren und mit ihm das Geheimnis um Nofretete/Lilith und den Ring, das über Jahrtausende in einem unscheinbaren Schriftstück in seinem Grab ruhen sollte, bis dieses im Jahr 1922 nach Christus von dem englischen Archäologen Howard Carter entdeckt und erschlossen wurde.

***

Nach ihrem Rückzug aus Ägypten lebte Lilith unter dem Namen Circe für viele Jahrzehnte zurückgezogen auf einer Insel nahe Italien, umgab sich mit Tieren statt Menschen und erwarb bei allen Seefahrern den Ruf als verführerisch schöne, aber ebenso verderbliche Zauberin und Giftmischerin, so dass man ihre Insel tunlichst zu meiden trachtete.

Das beschauliche Leben auf der Insel Aiaia fand jedoch ein jähes Ende, als sie mithilfe des Rings wieder nach Ägypten gerufen wurde. Dort hatte ein Vertrauter des Pharao Ramses II. sich dessen Zorn zugezogen, als er gegen die brutale Willkür eines Sklavenaufsehers vorgegangen war. Bei seinem Herrn in Ungnade gefallen, floh er ins benachbarte Midian, nachdem er im Umfeld des geretteten Sklaven entdeckt hatte, dass seine eigenen Wurzeln bei diesen Hebräern lagen, die immer noch im Verborgenen an den Einen Gott glaubten. Am Berg Horeb erhielt der geflohene Mose den göttlichen Auftrag, dieses Volk aus der ägyptischen Knechtschaft zu befreien und in das Land Kanaan zu führen. Um dies gegen den Willen des Pharao an der Spitze des zu jener Zeit mächtigsten Reiches der Welt durchsetzen zu können, wurde ihm vom Schöpfer selbst der Ring übergeben, mit dessen Hilfe er über Lilith und ihre ganze Zaubermacht würde gebieten können. Im Exil wurde sie mit ihm vermählt und begleitete ihn fortan unter dem Namen Zippora auf seiner Mission. Auf Moses Geheiß brachte sie nach seiner Rückkehr die schrecklichen Plagen über Ägypten, welche den Pharao schließlich veranlassten, das Volk Israel ziehen zu lassen. Auch die Fluten eines Schilfmeers, durch das die Flüchtenden dem sie verfolgenden ägyptischen Heer zu entkommen trachteten, teilte sie zunächst, um sie dann, sobald die Israeliten das andere Ufer erreicht hatten, über den Verfolgern zusammenstürzen zu lassen, so dass Hunderte den Tod fanden.

Entsetzt über das Ausmaß unermesslichen Leides, das Lilith in seinem Auftrag verursacht hatte, schwor Mose, nie wieder auf ihre Macht zurückzugreifen und sie künftig nur noch als eine menschliche Frau zu behandeln. Diesen Schwur hielt er während des gesamten Exodus, doch letztlich sollte genau dies ihm zum Verhängnis werden. Nachdem er kurz vor Erreichen des verheißenen Landes von einem Ausflug auf den Berg Sinai zurückkehrte, wo er die Gesetzestafeln für sein Volk empfangen hatte, musste er mitansehen, dass ein großer Anteil seiner Anhänger sich in ihrer Verzweiflung über sein Fortbleiben wieder dem Kult am Götzen Baal zugewandt hatten. Voller Zorn fuhr er wie rasend unter sie und forderte, angestachelt von seiner Gemahlin, unbarmherzig die Hinrichtung aller, die sich an dem Götzendienst beteiligt hatten. Nach tagelangem Blutbad und vergeblichen Gnadengesuchen erhob sich das Volk gegen Mose, überraschte ihn im Schlaf und lynchte ihn auf der Stelle, wodurch das Schlachten endlich ein Ende fand und Lilith durch den Tod des unvorbereiteten Ringträgers erneut ihre Freiheit gewann.

Nach dem Tod Mose zog sich Lilith wieder in der Identität als Zauberin Circe auf ihre Mittelmeerinsel zurück, wo sie für viele weitere Jahre unbehelligt blieb.

\*\*\*

Nicht jede Erinnerung an sie und den Ring war jedoch verloren, denn nach dem Umsturz durch die Amun-Priester waren einige der Anhänger Echnatons ebenfalls nach Norden gezogen und hatten an den Küsten Griechenlands und der italienischen Halbinsel Zuflucht gefunden. Mit sich führten sie einige Wertgegenstände, die sie aus dem Besitz des Pharao vor der Zerstörung hatten retten können. Darunter befand sich auch eine versiegelte Schriftrolle, der niemand größere Bedeutung beimaß, außer als Reliquie. In Wahrheit handelte es sich jedoch um die Anleitung zur Wiederbeschaffung von Liliths Ring und den Ritualen, mit denen ein Mann die Dämonin wieder an sich binden konnte.

Generationen später war auch ein ägyptischer Gelehrter nach Norden ins griechische Exil gegangen und hatte eine Anstellung am Hofe des Königs von Ithaka gefunden. Der beauftragte ihn mit der Katalogisierung seiner gesammelten Schätze, unter denen sich auch die Schriftrolle des Echnaton befand. Im Auftrag von König Odysseus erbrach der Ägypter das Siegel und enthüllte dem König den Inhalt der Schrift. So kam der listenreiche Odysseus vor seiner Abreise gen Troja in den Besitz dieses Wissens, das für ihn zunächst nur ein nutzloser Mythos zu sein schien. Als er jedoch auf der Irrfahrt zurück von dem gewonnenen Krieg auf Circes Insel gestrandet war, erinnerte er sich des Textes und erkannte in der Herrin der Insel die Dämonin, welche in der Papyrusrolle beschrieben war. Odysseus, der nie etwas vergaß, vollzog die Rituale, mit denen er sich den Ring verschaffen und Lilith gefügig machen konnte. Sein einziges Bestreben galt jedoch der Rückkehr ins heimische Ithaka zu seiner geliebten Gemahlin Penelope. Daher verzichtete er darauf, die Macht des Rings für mehr als die Flucht von der Insel zu nutzen, nahm ihn aber mit sich und trug ihn bis zu seinem Tode im frühen 12. Jahrhundert vor unserer Zeitrechnung, so dass sie gemäß seiner Anordnung beim Abschied für seine Lebzeiten an ihre Insel gebunden blieb.

Mit dem Tod des Odysseus gewann Lilith ihre Freiheit zurück, hinterließ aber erst über 100 Jahre später wieder historische Spuren, als sie den jüdischen König David in Gestalt der Soldatenbraut Batshebah verführte und zum Mord an ihrem Gemahl anstiftete. Indem der König mit dieser Tat in Ungnade fiel und den Schutz höherer Mächte verlor, legte sie den Grundstein für den späteren Zerfall des hebräischen Reiches.

Nach dieser kurzen, aber effektiven Missetat entschwand Lilith wieder im Dunkel der Geschichte und blieb fast tausend Jahre lang vergessen, bis sie als ägyptische Königin Kleopatra im Jahre 69 vor Christus wieder in die Weltgeschichte eingriff.

Liliths Einfluss auf Gaius Julius Caesar und Marcus Antonius sowie ihre Rolle beim Tod von Johannes dem Täufer kannte Frank schon aus der Erzählung des Abtes, der die Chronik im Darknet nur Unwesentliches hinzuzufügen vermochte. Auch vom Schleiertanz der Salome, mit dem Lilith dem jüdischen König Herodes Antipas den Kopf verdreht und sich als Lohn das Haupt Johannes' des Täufers auf einem silbernen Tablett servieren ließ, wusste er bereits. Liliths Rolle als römische Kaiserinnen Agrippina und Poppea Sabina war Frank aus ihrer eigenen Erzählung und seinen Erfahrungen mit den Erinnerungen des Gladiators Marcellus bekannt, so dass sich ihm auch hier keine wesentlichen Neuigkeiten eröffneten. Ebensowenig boten die Schilderungen von der isländischen Kriegerkönigin Brynhildr Neues, so dass Frank ungeduldig weiter die Zeitleiste entlang scrollte.

Auch über die dunkle Fee Morgana glitt er zunächst achtlos hinweg. Schließlich steckte ihm die Begegnung mit dieser Inkarnation Liliths noch allzu schmerzhaft in den Knochen. Nun interessierte es ihn aber, ob sie ihr Versprechen gehalten und England tatsächlich den Rücken gekehrt hatte. Und wirklich fand er einen Vermerk, dass sie beinahe die größtmögliche Distanz zwischen sich und den Ringträger gebracht hatte. Während Britannien langsam wieder aufgebaut wurde, war Lilith bis nach China geflüchtet und herrschte dort als Kaiserin Wu Zetian. Aber irgendwann musste es sie wieder nach Rom gezogen haben. Knapp 200 Jahre später entdeckte Frank einen Eintrag über die römische Senatorin Marozia, die sich mehrere Päpste gefügig gemacht hatte, aber auch davon hatte Lilith schon zuvor erzählt.

Nach mehreren Episoden in verschiedenen Personifikationen setzte sich dies weitere 500 Jahre später fort, als Lilith die Rolle der päpstlichen Geliebten und als Giftmörderin verschrienen Lucrezia Borgia annahm. Frank erinnerte sich, dass sich an dieser Stelle ein Wendepunkt in Liliths Lebenslinie vollzogen hatte, denn nun geriet sie in die Obhut der Vindicandi. Einerseits drängte es Frank zu sehen, wann Lilith wieder Spuren in der Geschichte hinterlassen hatte, aber ein Gedanke hatte sich während der Suche in seinem Hinterkopf manifestiert, so dass er sich dabei ertappte, immer wieder zur Zeit König Artus' zurückzukehren. War es die Aura von Glastonbury, die ihn dazu trieb, alles nur Mögliche über Liliths Rolle in der sagenhaften Geschichte des Königs und seiner Tafelrunde in Erfahrung bringen zu wollen, oder steckte mehr dahinter? Gab es da ein weiteres dunkles Geheimnis, das es für ihn zu ergründen galt?

Wieder tauchte Frank in die Daten um Morgana, Artus und Merlin ein, und endlich dämmerte es ihm, welcher Name die ganze Zeit schon durch seinen Kopf spukte und ihm keine Ruhe ließ: *Merlin*!

Merlin, der Perceval ausgesandt hatte, den Ring zu suchen, zusammen mit dem Gral, der Artus so viel bedeutete. Merlin, der gewusst hätte, wie der Ring zu nutzen gewesen wäre. Merlin, der Lilith hätte bannen und kontrollieren können. Der damit der Welt weitere Jahrhunderte ihres unheilvollen Wirkens hätte ersparen können, wäre Perceval nur ein wenig schneller mit seinem Fund zurückgekehrt!

Merlin, der mächtigste Zauberer, den die Welt je gesehen hatte. Wie hatte er Lilith dann doch zum Opfer fallen können? Was hatte sie zu Perceval gesagt? – „Er liegt in ewigem Schlaf gefangen und träumt von Nimue." Das bedeutete, Merlin war nicht tot! Und damit gab es womöglich eine Chance, den Zauberer zurück ins Leben zu rufen. Vielleicht konnte er nun mit Franks Hilfe bewerkstelligen, wozu Perceval zu spät gekommen war. Die Vindicandi waren Geschichte – unwiederbringlich, aber Merlin …?

Immer wieder hatte Frank sich überfordert gefühlt von der Aufgabe, die auf ihm lastete. Doch nun erfüllte ihn eine neue Hoffnung, die Last von seinen Schultern nehmen zu können. Wenn nun Merlin an die Stelle der Mönche treten konnte! Unglücklicherweise gaben die Informationen der mysteriösen Dark-Seite über den Zauberer nicht viel her, aber zumindest bestätigten sie seine Vermutung, dass Merlin offenbar einen Plan gehabt hatte für Lilith und den Ring – und dass er verschwunden war, wohl aber allem Anschein nach nicht tot. Allerdings fand er keinen Hinweis darauf, was genau mit ihm geschehen war. So begierig Frank nach wie vor sein mochte, so viel wie möglich über Lilith und ihr Wirken in der Geschichte der Menschheit herauszufinden, nun hatte er ein neues

Ziel: Er musste Merlin wieder zum Leben erwecken und ihm den Ring übergeben. Wozu brauchte er Informationen aus zweiter oder dritter Hand, wenn die unmittelbare Quelle direkt bei ihm weilte?! Frank schloss den Browser und fuhr den Computer herunter.

„Lilith", sagte er mit fester Stimme, ohne sich umzudrehen, „wir müssen reden."

## 42. Gralssuche

„Hast du gefunden, wonach du gesucht hast?" Lilith stand direkt hinter ihm und hatte ihre Hände auf seine Schultern gelegt.

„Nicht direkt", erwiderte er ausweichend. „Aber ich weiß jetzt, wie du mir dabei helfen kannst."

„Zu Diensten, Meister", sagte Lilith, und im Geiste sah Frank sie als blonden Flaschengeist Jeannie in einer amerikanischen Fernsehserie der 60er Jahre. Er lächelte, doch sogleich fiel ihm ein, dass der Astronaut Tony Nelson, der in der Serie den Flaschengeist nach seiner Rückkehr von einer Mondmission am Strand einer einsamen Insel gefunden hatte, meist erheblich unter dessen Zauberkräften zu leiden hatte. Und das, obwohl die freundliche, aber überaus naive Jeannie es (fast) immer gut mit ihm meinte. Und selbst wenn sie wortgetreu seine Wünsche erfüllte, wirkte sich das oft genug zu seinem Nachteil aus, weil er beim Formulieren nicht alle Folgen bedacht hatte. Angesichts der unübersehbaren Parallelen zu seiner eigenen Situation versäuerte sich Franks Lächeln, und er fühlte sich, wenn auch nach wie vor widerstrebend, in der Absicht bestärkt, die während der Darknet-Recherche in ihm gereift war.

„Sag, Lilith, wäre es möglich, Merlin zurückzuholen?"

„Nun, eigentlich habe ich große Mühe darauf verwendet, genau das zu verhindern. Aber – ja, grundsätzlich sollte es möglich sein. Wenn auch aufwendig."

„Was meinst du mit 'sollte'?"

„Wenn alles unverändert so geblieben ist, wie ich es eingerichtet hatte, dann ist er nicht wirklich tot, und mit den erforderlichen Zutaten könnte ich den Bann rückgängig machen, den ich über ihn verhängt habe." „Wenn es dir so wichtig war, dass er nicht wiederbelebt wird, warum hast du ihn nicht einfach getötet – aus Grausamkeit?", fragte Frank neugierig. Obwohl es zum Erreichen seines Ziels nicht wirklich notwendig war und dieses eher hinauszögerte, bemühte er sich immer wieder, Liliths Motive zu verstehen.

„Vielleicht auch das", erwiderte Lilith. „Aber in erster Linie zum Selbstschutz. Ich habe Merlin immer respektiert. Er war einer meiner mächtigsten Gegner – und zugleich einer der klügsten und wahrhaftigsten. Man durfte ihn nie unterschätzen. Nur ein einziges Mal hat er sich eine Blöße gegeben, und diesen Vorteil wollte ich nicht leichtfertig verspielen. Geduldig und sehr behutsam musste ich ihn umgarnen, bevor ich das Netz zuziehen konnte. Einen direkten Angriff hätte er sofort erkannt und Gegenmaßnahmen ergriffen. Die Falle musste sich sanft und liebevoll um ihn schließen, damit er sie nicht zu früh bemerkte. Selbst dann hätte er sich vielleicht noch befreien können. Die Kunst bestand darin, seinen Widerstand so zu lenken, dass er selbst an dem Bann mitwirkte, der ihn schließlich gefangen setzte."

„Aber hättest du nicht auf Nummer sicher gehen können, als der Bann erfolgreich vollzogen war?"

„Du beginnst das Wesen der Magie zu verstehen", sagte Lilith anerkennend. „Aber so einfach ist es nicht. Tatsächlich hätte er sich nicht mehr wehren können, nachdem der Bann vollendet war. In diesem Zustand wäre es mir möglich gewesen, sein Leben einfach zu beenden, aber ein Magier seines Kalibers hatte dafür gewiss Vorkehrungen getroffen. Ich musste befürchten, dass sein Tod die sofortige Reinkarnation in einer Form eingeleitet hätte, die mir wieder hätte gefährlich werden können. Also beließ ich ihn unter einem Bann, den weder er selbst noch sonst jemand ohne meine Mitwirkung je würde auflösen können, statt ihn durch einen gnädigen Tod gleich wieder daraus zu befreien."

„Das heißt, wir müssten ihn töten, um ihn wieder zu beleben?"

„Nicht unbedingt. Was geschieht, wenn er tatsächlich stirbt, weiß ich auch nicht. Wahrscheinlich hat er sich abgesichert, seine Wiedergeburt steuern zu können. Aber es mag auch sein, dass dies nicht zu seiner sofortigen Rückkehr führt. Vielleicht ist zu viel Zeit vergangen, vielleicht hat er geplant, erst wieder in weiter Ferne zu Kräften zu kommen; womöglich war er auch nie auf Rache oder irgendeine Konteraktion aus und meine Vorsicht war vollkommen überflüssig. Um sicherzustellen, dass er im Hier und Heute zurückkehrt, müsste ich den Bann auflösen."

„Aber das wäre möglich?"

„Wie gesagt: Wenn alles unverändert ist ... Aber warum liegt dir so viel daran?"

Frank seufzte. Im selben Moment, als er seine Entscheidung getroffen hatte, war ihm klar gewesen, dass es ihm nicht leicht fallen würde, Lilith ins Gesicht zu sagen, dass er sich von ihr trennen wollte. Bei allem, was sie zusammen erlebt hatten, konnte er nicht umhin, eine enge Verbundenheit mit ihr zu fühlen. Weder das Wissen um ihre Vergangenheit, noch die Zweifel an ihrer gegenwärtigen Gesinnung vermochten daran etwas zu ändern. „In guten wie in schlechten Tagen", hieß es in der Formel, die bei kaum einer regulären Eheschließung fehlen durfte. Und zweifellos waren es sowohl gute als auch schlechte Tage gewesen, die sie mit einander erlebt hatten – extrem schlechte, aber auch extrem gute. Dennoch stand sein Entschluss fest. Ein Wanken durfte er sich nicht erlauben. Zu klar hatte er erkannt, welche Unzulänglichkeiten ihn immer und immer wieder daran gehindert hatten, das Richtige zu erkennen und dann auch konsequent zu tun. Dazu mangelte es ihm an Weisheit, Mut und Stärke – Eigenschaften, die sich in keiner historischen oder mythologischen Person deutlicher manifestierten als in Merlin, dem Zauberer.

Noch einmal seufzte Frank, dann fasste er sich ein Herz und hob den Blick, bis er Liliths fragenden Augen begegnete.

„Je mehr ich über deine Vergangenheit erfahre und die Rollen, die ich darin gespielt habe, desto deutlicher wird mir klar, dass ich ungeeignet bin, dich unter Kontrolle zu halten. Wäre die Linie der Mönche nicht unterbrochen worden, dann wärst du keine

Bedrohung. Aber Bruder Matthias ist tot, ebenso wie der Abt und alle, die die Welt nachhaltig vor dir hätten schützen können. Doch hätte ich – hätte Perceval – nicht versagt, dann wäre es vielleicht niemals nötig geworden, dich durch die Bruderschaft in Gewahrsam zu nehmen. Ich bin sicher, Merlin hatte einen Plan, und er wäre auch mächtig, klug und integer genug gewesen – das sagst du selbst – diesen Plan zum Wohle aller umzusetzen."

„Du willst mich also loswerden", stellte Lilith enttäuscht fest.

„Schmollen steht dir nicht", wehrte sich Frank, um sein sofort aufkeimendes schlechtes Gewissen abzuwehren. „Sieh dir unsere Lage an. Wann immer ich gerade beginne, dir zu vertrauen, passiert etwas, das dieses Vertrauen in seinen Grundfesten erschüttert. Ich hätte diese Verantwortung von Anfang an nicht länger als eine Nacht tragen sollen, aber schon da habe ich versagt. Und dann kam Schlag auf Schlag eins zum anderen. Ich gebe zu, dass sich einiges in mir dagegen sträubt, aber wenn sich jetzt eine Chance bietet, den Ring in starke und verantwortungsvolle Hände zu geben, dann muss ich die einfach nutzen. Morgen früh werden wir Merlin wieder zum Leben erwecken. Punkt."

„Dann werden wir nach Stonehenge reisen müssen", sagte Lilith tonlos und begann Franks Schultern zu massieren.

„Somit steht unser Ziel fest", erwiderte Frank steif, während sich seine Schultern entspannten. „Was werden wir dort finden?"

„Das Herz des Zauberers", sagte Lilith und verstärkte den Druck ihrer Finger, so dass Frank laut aufstöhnte, selbst unsicher, ob schmerzlich oder erleichtert.

Der folgende Morgen begrüßte sie mit einem trüben Himmel in einheitlichem Grau. Es regnete nicht, aber die Atmosphäre schien so von Feuchtigkeit gesättigt, dass schon ein wenig aufgewirbelter Staub die Luft um sie herum in ein Meer von Wassertropfen zu verwandeln drohte. Doch ein steifer Wind fegte sämtliche Partikel in der Luft hinweg, bevor der Nebel daran kondensieren konnte.

Sie hätten Sam anrufen können, aber Frank hatte inzwischen einen schon geradezu paranoiden Verfolgungswahn entwickelt und wollte die Reise zu dem steinzeitlichen Monument so anonym wie möglich halten. Dafür nahm er es in Kauf, dass sie mehrmals den Bus wechseln mussten und nur langsam voran kamen. Als sie die hügelige Graslandschaft von Wiltshire erreichten, war der Tag bereits fortgeschritten, aber das Wetter hatte sich kaum verändert. Der Himmel war immer noch wolkenverhangen grau, wenn auch die Luft deutlich trockener geworden war. Der Wind hatte noch zugenommen und den Nebel verweht.

Schon von weitem sahen sie den prähistorischen Steinkreis, was vor allem daran lag, dass ringsum nichts als Gras wuchs. Die Monolithen waren als solche zwar durchaus von beeindruckender Größe. Dennoch wirkten sie in Wirklichkeit viel kleiner als man von den zahlreichen Abbildungen her, die jedes Kind schon irgendwann gesehen hatte, hätte vermuten können. Obwohl Frank vor vielen Jahren schon einmal mit seinen Eltern die steinernen Zeugen der Vergangenheit besucht hatte, konnte er sich dieses Eindrucks nicht erwehren, vielleicht weil der Steinkreis damals aus seiner kindlichen Perspektive immerhin noch um ein gewisses Maß größer gewesen war.

Mehr als die Größe der Blausteinfelsen irritierte ihn aber das nahe gelegene Besucherzentrum, das den einzigen Zugang bot. In seiner Erinnerung erhob sich das Jahrtausende alte Bauwerk einsam über die Grashügel, fernab jeglicher Zeichen der Zivilisation, abgesehen von dem einige Kilometer entfernten Örtchen Amesbury. Nun aber stahl ein moderner Flachbau neben der Rekonstruktion eines steinzeitlichen Dorfes dem uralten Monument beinahe die Schau und lenkte zumindest die ersten Blicke auf sich. Jedenfalls kanalisierte das *Visitor Centre* den Besucherstrom zu Europas meist besichtigtem Bauwerk, das in dieser Hinsicht selbst den Eiffelturm in Paris und das bayerische Märchenschloss Neuschwanstein in den Schatten stellte und seit 1986 zum UNESCO Weltkulturerbe zählte. Die enormen Besucherzahlen, zusammen mit dem menschlichen Drang, überall seine Spuren zu hinterlassen, hatten auch vor Jahren dazu geführt, dass der Zugang zu dem eigentlichen Steinkreis eingeschränkt worden war. Heute wurden Besucher nur noch in

Kreisen um die steinernen Zeugen einer längst vergangenen Zeit herum geleitet, ohne eine Möglichkeit, die Felsen zu berühren oder gar das Innere zu betreten. Nur an keltischen Feiertagen wurde Angehörigen der Neo- Druidenbewegung noch gelegentlich Zugang gewährt, um ihren Ritualen nachgehen zu können.

Wehmütig dachte Frank daran zurück, wie er als Kind zwischen den Felsen umher gelaufen war. Auch damals war eine steife Brise ungehindert über die unberührte Landschaft gefegt und hatte den Jungen beinahe fortgeweht, wenn er seine offene Jacke ausbreitete und sich gegen den Wind lehnte. Niemand war ihnen an jenem stürmischen Tag begegnet, und so hatte er die Ausstrahlung des frühgeschichtlichen Bauwerks mit kindlicher Offenheit in sich aufnehmen können, während ihm der Wind um die Ohren pfiff.

Heute dagegen wand sich eine endlose Schlange von Menschen vor dem Eingang des Besucherzentrums, das gegen eine Gebühr von ein paar Britischen Pfund zur Erhaltung des steinzeitlichen Kulturdenkmals Einlass zu dem Gelände gewährte. Frank hatte die Briten schon immer dafür bewundert, dass sie es wie niemand sonst verstanden, klaglos und wohl geordnet in langen Reihen darauf zu warten, bis sie – wobei auch immer – an der Reihe waren. Abgesehen von der Entzauberung des mystischen Ortes fragte sich Frank angesichts des Besucherstroms aber vor allem, wie sie ungesehen ins Innere des Zirkels gelangen sollten, um den Schatz zu bergen, den Lilith vor fünfzehn Jahrhunderten dort verborgen hatte.

„Könntest du wieder die Zeit anhalten, wie im Kölner Dom?", fragte er sie daher, doch Lilith schüttelte den Kopf.

„Nein, leider nicht. Um das Herz zu sichern, habe ich einen Schutzzauber darum gelegt, der es absolut unzugänglich macht, sobald im Umkreis von hundert Schritten irgendeine Form von Magie angewandt wird. Einen Zauber, den ich nicht einmal selbst brechen kann."

„Und wie sollen wir dann nah genug herankommen? Trotz des Wetters reißt der Besucherstrom nicht ab, und irgendjemand passt auch bestimmt auf, dass niemand den Steinen zu nahe kommt. Deswegen ist ja der reglementierte Rundgang eingerichtet worden.

Und nach Ende der Öffnungszeiten kommen wir bestimmt auch nicht herein. Mit Sicherheit haben sich die Behörden darauf eingerichtet, dass fanatische Touristen oder Möchtegern-Druiden sich bei Nacht heimlich zwischen die Steine schmuggeln wollen. Wir wären bestimmt nicht die Ersten, die das versuchen."

„Zugegeben," murrte Lilith. „Ich hatte es mir leichter vorgestellt. Vor über tausend Jahren habe ich damit nicht gerechnet. Aber sagtest du nicht, für keltische Rituale mache man hier eine Ausnahme?"

„Schon. Aber ich wüsste nicht, was uns das helfen könnte. Ich bin kein Experte für keltische Feste, aber soweit mir bekannt ist, sind wir weit von Samhain oder einer Sonnenwende entfernt. Und selbst wenn heute hier Feierlichkeiten stattfänden, wären wir nicht allein."

„Du vergisst, wen du vor dir hast." Lilith setzte ein schelmisches Lächeln auf. „Ich *bin* die Göttin, die hier verehrt wird. Die keltische Kriegsgöttin Morrigan, die Urmutter, die Herrin vom See. Alle diese Gestalten gelten als Verkörperungen der Erdgöttin. Dafür habe ich schon lange vor Artus' Zeit gesorgt. Mir wird man den Zutritt nicht verwehren."

Mit diesen Worten schritt Lilith stolz auf den Eingang des Besucherzentrums zu und Frank blieb nichts anderes übrig, als ihr zu folgen. Mit dreister Zielstrebigkeit gingen sie an der Warteschlange vorbei, bis sie an der Kasse standen.

„Wir sind keine normalen Besucher", erklärte Lilith dem Ordner am Eingang, der sie höflich, aber bestimmt, zurückweisen wollte. „Wir benötigen eine Sondergenehmigung für ein keltisches Ritual, und es ist dringend."

„Diese Genehmigungen werden nicht hier erteilt", hielt der Ordner, ein stämmiger Mann mit rotem Schnauzbart, ihr entgegen. „Dazu müssen Sie bei der Behörde vorsprechen. Wenn die Genehmigung erteilt ist, erhalten Sie einen Passierschein, wir werden informiert und lassen Sie dann herein."

„Aber es eilt", beharrte Lilith. „Es ist kein reguläres Fest. Dennoch hat sich eine Konstellation eingestellt, die es erforderlich macht, dass wir heute Abend den Steinkreis betreten."

„Trotzdem sind wir hier nicht zuständig. Wir stellen keine

Sondergenehmigungen aus. Und nun gehen Sie bitte, Sie verzögern die Abfertigung."

Lilith funkelte den Ordner zornig an. Unwillkürlich duckte er sich unter ihrem Blick.

„Sie wissen nicht, wen Sie hier, zurückweisen. Ich verstehe, dass Sie nicht befugt sind, diese Entscheidung zu treffen. Aber gewiss gibt es hier jemanden, der in der Lage ist, für besondere Umstände besondere Regelungen zu ermöglichen. Und der Verständnis für die alte Religion hat. Je eher Sie uns mit dieser Person sprechen lassen, umso schneller können Sie den normalen Betrieb wieder aufnehmen."

Der Ordner erkannte, dass er Lilith nicht ohne polizeiliche Hilfe würde stoppen können. Um Deeskalation bemüht und irgendwie erleichtert, die Verantwortung in dieser unangenehmen Situation abgeben zu können, zog er sein Mobiltelefon heraus, wählte eine interne Nummer, und kurz darauf erschien eine junge Frau, die sie an den normalen Besuchern vorbei durch das Besucherzentrum in ein Büro geleitete. Dort empfing sie ein schlanker, älterer Herr im eleganten grauen Anzug. Das schüttere, fast weiße Haar war sorgfältig gekämmt, der Scheitel wie mit einem Messer gezogen. Wässrig blaue Augen blickten durch lupenartige Gläser in einer dickwandigen Hornbrille von Lilith zu Frank und wieder zu Lilith.

„Mein Name ist Francis Lowbotham", stellte er sich vor, bedachte Lilith mit einem formvollendeten Handkuss, bei dem seine Lippen ihren Handrücken gerade nur beinahe berührten, und anschließend Frank mit einem festen Händedruck, den er genau in dem Moment beendete, als Frank zu überlegen begann, wann der Druck gelockert und die Hand zurückgezogen werden sollte. „Ich bin der stellvertretende Direktor des Besucherzentrums. Man sagte mir, Sie hätten das Anliegen, den Steinkreis für ein keltisches Ritual zu nutzen. Bitte erzählen Sie mir mehr davon." Mit einer ausladenden Handbewegung lud er Lilith und Frank ein, sich an einen kleinen Besuchertisch zu setzen. Während sie seiner Aufforderung Folge leisteten, öffnete er ein Fach im Schrank hinter ihm, entnahm drei Gläser und eine Flasche und wandte sich wieder seinen Gästen zu.

„Darf ich Ihnen einen Drink anbieten?"

Frank nickte anerkennend, als er einen kurzen Blick auf das Etikett erhaschen konnte. Die Flasche enthielt schottischen Malzwhisky, der über 16 Jahre im Fass gereift war. Auch Lilith stimmte mit einem kaum wahrnehmbaren Kopfnicken zu.

„Was kann ich nun für Sie tun?", fragte Lowbotham, nachdem er seinen Gästen Zeit gegeben hatte, die ölige dunkelbraune Flüssigkeit in ihrem Glas zu betrachten, wie sie sich zögernd vom Glasrand zurückzog, wenn man es in der Hand geschwenkt hatte, einen ersten Schluck zu nehmen und diesen mit sanftem Brennen die Kehle hinab rinnen zu lassen. Er bedachte dabei beide mit der gebotenen Aufmerksamkeit, sah aber klar in Lilith die dominierende Person. Diese antwortete auch schließlich.

„Wir benötigen eine Gelegenheit, im Steinkreis ungestört ein kleines Ritual durchzuführen", erläuterte sie. „Und zwar heute Abend."

„Nun, wir respektieren den Wunsch, die alte Kultur am Leben zu erhalten beziehungsweise sie mit neuem Leben zu erfüllen, und kommen solchen Anliegen prinzipiell auch gern entgegen, aber Ihnen ist sicher bewusst, dass das ein wenig kurzfristig ist", wandte Lowbotham ein.

„Normalerweise wird für solche Ereignisse lange vor dem Termin ein formaler Antrag gestellt. Worum genau handelt es sich denn, und warum kommen Sie erst jetzt zu mir?"

„Die Notwendigkeit hat sich kurzfristig ergeben", sagte Lilith leise und beugte sich vor, so dass sie Lowbotham zu einem perfekten Blick in ihren Ausschnitt verhalf, ohne dass er sich durch eine verräterische Augenbewegung kompromittieren musste. „Es handelt sich um eine sehr intime Angelegenheit."

„Eine Art Hochzeitsritual?", fragte Lowbotham mit trockener Kehle.

„Genau genommen eher eine Art Exhumierung", gurrte Lilith weiter und genoss die Veränderung in Lowbothams Gesichtszügen, während sich die Erkenntnis allmählich in ihm ausbreitete, dass er einer falschen Fährte gefolgt war.

„Ich verstehe nicht recht", murmelte er, aber da hatte Lilith schon seine Hand ergriffen und drückte sie sanft auf den Tisch.

„Außerdem", fuhr sie fort, „geht es nicht darum, was für ein Ritual durchgeführt werden soll, sondern vielmehr, *wer* es durchführt."

Sie blickte ihm tief in die Augen und nun war es Frank, der die Veränderung beobachtete, die hinter der dicken Hornbrille vor sich ging. Zuerst verengten sich die Augen in dem Versuch, hinter Liliths Fassade zu blicken, dann aber weiteten sie sich – zunächst in Erkennen, dann in Entsetzen und schließlich in fassungsloser Begeisterung.

„Dass ich das erleben darf", murmelte der Vizedirektor mehrfach. Dann sank er in seinem Stuhl zurück. „Wer bin ich, dass ich Euch einen Wunsch abschlagen könnte, Herrin", sagte er, nachdem er ein paarmal schnell hintereinander geatmet hatte. „Kommen Sie eine halbe Stunde nach Schließen der Anlage zum Liefereingang. Ich werde dort sein und Sie einlassen."

„Sehr entgegenkommend", säuselte Lilith und tätschelte Lowbothams zitternde Hand. „Mein Dank ist Ihnen gewiss."

Lilith erhob sich und bedeutete Frank, es ihr gleichzutun. Lowbotham machte keinen Versuch, sich ebenfalls zu erheben. Er sah ihnen nur in ungläubigem Staunen nach und schüttelte noch immer unablässig den Kopf, als sich die Tür zu seinem Büro hinter ihnen schloss.

„Was war das denn jetzt gerade?", fragte Frank, fast ebenso fassungslos.

„Was hast du ihm gezeigt, und sagtest du nicht, du dürftest keine Magie anwenden?"

„Nur die Ruhe." Lilith lächelte geheimnisvoll. „Ich habe ihn ein wenig in meine Vergangenheit sehen lassen und in die seines Landes. Solche Veränderungen in mir selbst sind keine Magie – jedenfalls nicht die Art, die wir hier vermeiden müssen. Nun lass uns noch ein wenig die Zeit vertreiben, bis wir unser Rendez-vous mit Mister Lowbotham haben."

## 43. Herzensangelegenheit

Pünktlich zum angegebenen Zeitpunkt öffnete ihnen der Vizedirektor die Tür zum Seiteneingang und geleitete sie mit einer Taschenlampe zum Ziel. Dort übergab er ihnen die Lampe, zusammen mit einer Schaufel, an die er angesichts des Begriffs „Exhumierung", den Lilith in seinem Büro hatte fallen lassen, ebenfalls gedacht hatte, und zog sich einige Schritte in den Schatten zurück, wo er geduldig darauf wartete, dass Lilith und Frank ihr Werk vollendeten.

Lilith führte Frank genau zum Zentrum des Steinzirkels. Dort gebot sie ihm, die Lampe so auf den Boden zu richten, dass ungefähr ein Quadratmeter des grasbewachsenen Bodens gut sichtbar beleuchtet wurde. Dann begann sie zu graben.

Frank fühlte sich etwas unbehaglich. Er hielt sich für einen Mann, der alte Rollenklischees überwunden hatte, empfand aber trotzdem irgendwie eine moralische Verpflichtung, eine körperlich anstrengende Arbeit wie das Graben von Löchern nicht einer Frau zu überlassen. Andererseits wusste Lilith zweifellos, was sie tat, und er gab sich Mühe, den inneren Drang, ihr die Schaufel aus der Hand zu nehmen, zu unterdrücken. Dabei beschwichtigte er sich mit dem Wissen, dass sie ein Jahrtausende alter und überaus mächtiger Dämon war und keine normale menschliche Frau. Dann allerdings erinnerte er sich daran, dass sie hier keine Magie nutzen durfte und in ihrer derzeitigen menschlichen Gestalt wohl kaum schwere körperliche Arbeit gewohnt war.

„Soll ich …?", fragte er daher leise, als Lilith in das ausgehobene Loch steigen musste, um tiefer graben zu können, doch sie winkte ab.

„Du könntest den Behälter beschädigen. Ich mache das schon."

„Wie du meinst", murmelte Frank und leuchtete weiter in das immer tiefer werdende Loch, in dem Lilith bald vollständig verschwunden war, während der Haufen von Aushub daneben beständig anwuchs. Nach einer Weile begann er zu frösteln und dachte darüber nach, ob wohl die frische Nachtluft oder eher seine angespannte Neugier dafür verantwortlich war. Fast beneidete er Lilith um die körperliche Arbeit, die sie im Gegensatz zu ihm warm und vom Grübeln ab hielt.

Irgendwann wurde Lilith vorsichtiger beim Graben, zwischendurch immer wieder den Boden betrachtend. Manchmal kauerte sie sich nieder und tastete die Erde vorsichtig ab. Dann, endlich, legte sie die Schaufel beiseite und begann mit den Händen ein tönernes Gefäß von zylindrischem Querschnitt freizulegen, vielleicht etwa fünfzehn Zentimeter im Durchmesser und, wie sich herausstellte, als sie es mit beiden Händen aus dem Erdreich hob, ungefähr doppelt so hoch.

Lilith winkte Frank näher heran und reichte ihm den Tonzylinder, der mit keltischen Schriftzeichen und weiteren Symbolen überzogen war.

„Vorsichtig!", mahnte sie ihn, „es ist schwerer, als du erwarten würdest." Dann übergab sie ihm sachte das Gefäß, warf die Schaufel neben den Aushub und hievte sich aus der Grube, bevor Frank den Zylinder in sicherer Entfernung abstellen und ihr heraus helfen konnte. Er bewunderte die Kraft in ihren Armen, mit der sie sich nach der stundenlangen Buddelei anscheinend mühelos aus der Grube katapultierte. Schon fühlte er sich etwas weniger schuldig, ihr das Graben überlassen zu haben.

„Würdest du mir das Gefäß bitte wiedergeben?", fragte Lilith und streckte die Hände aus.

„Wozu", wollte Frank wissen. „Willst du es etwa jetzt gleich öffnen? Warum nicht später anderswo in Ruhe?"

„Der Tonzylinder ist nur ein äußeres Behältnis", erklärte Lilith. „Er diente in erster Linie dazu, den Schutz vor Zauber jeder Art zu sichern. Und ich habe ihn an diesen Ort gebunden. Wenn er den Steinkreis verlässt oder beschädigt wird, vernichtet er sich selbst, seinen Inhalt und alles in einem Umkreis von 20 Schritt."

Frank schluckte und reichte Lilith den Behälter. Die nahm ihn mit beiden Händen entgegen, stellte ihn vor sich auf den Boden und kniete sich davor, nachdem sie Frank bedeutet hatte, das Objekt mit der Taschenlampe zu beleuchten. Eine Weile kniete Lilith bewegungslos vor dem Zylinder. Dabei wirkte sie konzentriert wie ein Samurai vor dem rituellen Selbstmord. Dann hob sie den Behälter an, klemmte ihn zwischen die Knie, umfasste das obere Drittel mit beiden Händen und drehte mit einem Ruck den Deckel auf, der so dicht geschlossen haben musste, dass die haarfeine Trennlinie Frank gar nicht aufgefallen war, als er das Gefäß in Händen gehalten hatte. Sorgfältig legte sie den abgehobenen Deckel neben sich ab, griff in den geöffneten Zylinder und holte daraus eine tiefe Schale hervor, mit einem Wulst am unteren Rand, auf dem sie abgestellt werden konnte.

*Wie ein einfaches Trinkgefäß*, dachte Frank, und dann wurde ihm klar, was Lilith gerade in ihren Händen hielt.

„Du hast *den Gral* benutzt, um Merlins Herz darin aufzubewahren?!", entfuhr es ihm entgeistert.

„Irgendwie nur recht und billig", knurrte Lilith mit grimmigem Lächeln, „nachdem er zuvor meinen Ring daran gebunden hatte."

„Merlin hat den Ring an den Gral gebunden?"

Frank Menden starrte verständnislos auf Lilith und ließ beinahe die Taschenlampe fallen. Aber bevor sie ganz seinen Fingern entglitt, ergriff er sie wieder fester und schwenkte ihren Lichtkegel erneut über die Steine von Stonhenge hin zu Lilith, die sich gerade wieder zu aufrechtem Stand erhob, den Gral beinahe feierlich vor sich haltend.

„Als sich die Jünger Jesu in alle Winde verstreuten, um der Verfolgung durch Römer wie Hebräer zu entgehen, brachte einer seiner treuesten Anhänger den Kelch des Abendmahls, den er zuvor mit dem Blut des Gekreuzigten benetzt hatte, so weit wie nur irgend möglich an die Grenze des römischen Imperiums und damit der bekannten Welt. Sein Name war Josef von Arimathäa. Und ebenso nahm er den Ring mit sich, der mich bannen konnte."

„Aber wie ist er in seinen Besitz gekommen? Hast du nicht in den frühen nachchristlichen Jahren als römische Kaiserin weiter deine Intrigen gesponnen?"

„Doch, sicher. (Wenn auch die Intrigen nur zum Teil meine eigenen waren, da ich ja unter dem Bann des Rings an Neros Hand stand, nachdem ihm dieser zu meinem Unglück nach der Verbindung mit Poppea zugespielt worden war.) Josef war nach dem Verschwinden von Jesu Leichnam aus dem Grab, das er selbst dafür zur Verfügung gestellt hatte, wegen Leichenschändung zu 40 Jahren Kerker verurteilt und erst nach Neros Tod freigelassen worden. Gleich danach machte er sich mit dem Gral, zu dessen Hüter er bestimmt war, auf den Weg nach Britannien. Als Adept der mystischen Kabbala brachte er auch den Ring in seinen Besitz, der, nachdem Nero seine geliebte Poppea im Zorn erschlagen hatte, an keines Mannes Hand mehr steckte. Allerdings konnte er ihn nicht selbst anlegen, denn nach seiner Entlassung aus der Haft hatte er eine junge Frau geehelicht, die ihm trotz seines hohen Alters just bei der Ankunft auf britischem Boden einen Sohn gebar. Zwar starb sie bei der Geburt, doch auch dann fühlte sich der trauernde Greis nicht mehr imstande oder gewillt, die Herrschaft über eine Dämonin zu übernehmen. Um das neugeborene Kind aufzuziehen, nahm er die Hilfe Einheimischer in Anspruch und gab den Jungen in die Obhut keltischer Priesterinnen. So wuchs *Merlin* als Kind zweier Kulturen auf und wurde sowohl in den magischen Künsten der Kabbala als auch in jenen der Druiden unterwiesen, um der Bestimmung als Hüter zweier höchst mächtiger Artefakte entgegen zu wachsen. Selbst gleichermaßen verankert in zwei verschiedenen Welten, kam er schließlich auf die Idee, Ring und Gral miteinander zu verbinden. Vielleicht hoffte er, so das Böse in mir zu unterdrücken, vielleicht wollte er sich auch nur den Zugriff auf den Ring sichern, um mich in Zeiten der Not als helfenden Dämon beschwören – oder mich im Zaum halten – zu können."

„Das ist also der Ursprung der Gralssuche", stellte Frank fest. „Aber warum hat Merlin den Ring nicht selbst angelegt, nachdem er zum Mann herangewachsen war?"

„Weil sein Vater ihn zur Keuschheit verpflichtet hatte", antwortete Lilith sofort, als habe sie diese Frage schon erwartet. „Josef griff Merlins Idee auf und ließ ihn den Verbindungszauber sprechen, der den Ring immer wieder zum Gral zurückholte, wenn er den Finger des rechtmäßigen Trägers verließ, ohne von diesem ordnungsgemäß weitergegeben worden zu sein. Aber Josef verstand sich immer als

Hüter des Grals und Wächter über den Ring. Sein Streben war es nie, die Artefakte selbst für irgend etwas zu verwenden. Er wollte sie vielmehr vor dem Zugriff Unbefugter schützen. Nachdem der Zauber die beiden Objekte aneinander gebunden hatte, verbarg er Ring und Gral an einem Ort, der niemandem sonst bekannt war."

„Auch Merlin nicht?"

„Dem ganz besonders nicht. Merlin war jung und idealistisch. Er glaubte, meine Macht für etwas einsetzen zu können, das er für gut und richtig hielt. Aber Josef hatte in einem langen und schmerzensreichen Leben erkannt, dass der Zweck fast nie die Mittel heiligt, während viel eher verderbte Mittel einen gut gemeinten Zweck ins Gegenteil verkehren können."

„Aber Merlin hat die Gralssuche eingeleitet, als er schon alt war – Jahrhunderte alt, wenn er der Sohn eines Jüngers Jesu war."

„Merlin hatte sich schnell damit abgefunden, keinen Zugriff auf den Ring zu haben. Er hat Josefs Motiv bald verstanden und in all der Zeit nie einen Versuch gemacht, von mir Besitz zu ergreifen. Nur war ihm entgangen, dass er mich mit dem Verknüpfungsritual unwissentlich bereits ins Land geholt, dann aber nicht gebunden hatte. So wurde ich zu Viviane, die ihn selbst in einigen Künsten unterwies, soweit ich es für meine Ziele für förderlich erachtete. Erst als er später sein Ziel einer Vereinigung Britanniens unter dem gemeinsamen Banner der alten und der neuen Religion gefährdet sah und in der stärksten Kraft, die dem entgegenstand – Morgana, mich erkannte, erinnerte er sich des alten Zaubers. Ihm war klar, dass er Artus nicht würde überreden können, nach einem Dämonenring zu streben, aber die Gralssuche konnte er ihm einreden."

„Doch die Gralsritter waren nicht schnell genug."

„Und Merlin machte den einen Fehler, der ihn alles kostete."

Lilith griff in die Trinkschale und holte ein faustgroßes Etwas daraus hervor, wog es in der Hand und hielt es Frank entgegen.

„Merlin hat Nimue sein Herz geschenkt, und sie hat es angenommen."

## 44.  Liebeszauber

Frank hielt das hölzerne Herz des Zauberers in der Hand und fühlte unmittelbar die gebändigte Kraft, die sich darin verbarg. Zunächst war es ein Kribbeln, dann ein Gefühl von Wärme, und plötzlich ergriff ein Wechselbad von Gefühlen von ihm Besitz. Aus den Gefühlen wurden Bilder, Töne, Gerüche. Dann überwältigte ihn eine Erinnerung, die nicht seine war, aber so intensiv und heftig, dass es ihm erschien, als habe er sie schon unzählige Male durchlebt.

*Er stand am Ufer des Sees, den er schon so oft aufgesucht hatte. Gelegentlich nur zur stillen Kontemplation, aber meist, um mit der Urmutter Kontakt aufzunehmen. Und oft genug hatte sie ihm diesen Kontakt gewährt. An diesen Ufern waren seine magischen Kräfte geformt worden, zunächst zaghaft, in gemeinschaftlichen Initiationsriten, später auch schmerzlich. Wie eine Blume, die aus ihrer natürlichen Umgebung entnommen und in einem Gesteck mit neuem, wenn auch nur kurz aufblitzendem, Leben erfüllt wird. Wie ein Zweig, der von Künstlerhand gebogen, gebrochen und neu geformt wird, um in demselben Gesteck Teil von etwas Größerem, Bedeutenderem zu werden. Hier war ihm die Göttin in meditativen Träumen erschienen, aber auch leibhaftig, als sie ihm das Schwert übergab, das dem zukünftigen König dazu dienen sollte, Britannien zu einen — die Stämme, die Völker, die Religionen, mit denen sie alle doch nur die eine Urkraft allen Seins verehrten, wenn auch auf unterschiedlichste Weise.*

*Doch diesmal war es nicht die Urmutter, die er zu sehen hoffte. Der See barg viele Geheimnisse und Wesenheiten, und vielleicht waren doch alle wiederum nur auf die eine oder andere Art Manifestationen der Einen.*

*Nun stand er also am Ufer des Sees, in einer verborgenen Bucht, wo das Wasser glatt wie ein Spiegel war, abgeschirmt von den Wellen, die an anderen Stellen als Folge allgegenwärtiger leichter Winde die Oberfläche kräuseln und das Wasser sanft ans Ufer schwappen ließen. Tatsächlich konnte man hier nur sich selbst sehen, wenn man den Blick auf dem Wasser ruhen ließ. Beschattet von bis in den See hinein wachsenden Büschen und Bäumen und gleich hinter der Grenze zwischen Land und See steil in unergründliche Tiefen abfallend, war die spiegelnde Oberfläche wie eine Barriere zwischen der Welt der Menschen und derjenigen der Geister, undurchdringlich für Blicke, aber offen auf vielen anderen Ebenen.*

*So stand er am Ufer und wartete. Er hatte sie gerufen, nachdem er bisher immer wieder der Versuchung widerstanden hatte, auf die Gedanken zu antworten, die sie in den vergangenen Jahren zunehmend in seinen Geist gepflanzt hatte, wenn er sich in die Nähe des Sees begab.*

*Vom ersten, vorsichtigen Tasten an, mit dem sie seine Seele berührt hatte, war ihm bewusst gewesen, dass zwischen ihm und diesem Wesen des Sees eine besondere Verbindung bestand. Dennoch hatte er es sich versagt, dem Drängen nachzugeben, das ihn bei jedem Kontakt erfasste und jedesmal stärker wurde, und von dem er nicht zu erkennen vermochte, ob es von ihr oder von ihm selbst ausging. Er war sich durchaus des Risikos bewusst, wenn er sich auf einen tieferen Kontakt einließe, ebenso wie der Verantwortung, die er für Wohl und Wehe des Königs, des Landes und womöglich der ganzen Welt trug. Aber er hatte auch gelernt, dass ab einem gewissen Punkt weiteres Wachsen nur möglich war, wenn man bereit war, sich Neuem vorbehaltlos zu öffnen. Und nun mochte ihm eine Erfahrung bevorstehen, die für die meisten Menschen eine der intensivsten und erfüllendsten war, die sie je kennenlernen durften, auf die er aber in seinem über Gebühr langen Leben bisher zugunsten anderer, besonderer Erfahrungen und Kräfte bewusst verzichtet hatte.*

*Nun jedoch war der König in Amt und Würden und trotz der aufrührerischen Umtriebe seines Sohnes in gefestigter Position. Zumindest gab es derzeit nichts, das ein Berater und Zauberer noch hätte tun können, um die Entwicklung der widerstreitenden Kräfte in Britannien in ihrem Streben hin zu einem Klimax, in dem sich diese Kräfte ultimativ entladen würden, weiter zu beeinflussen. Allianzen waren geschmiedet, Heere aufgestellt, Fronten geklärt. Die Gralssuche war eingeleitet, und allein von ihrem Erfolg würde es abhängen, ob sich die Kräfteverhältnisse noch einmal verschieben ließen. Zum ersten Mal seit Jahrhunderten war er frei von der Bürde, die Geschicke des Landes lenken oder solche Lenkung vorbereiten zu müssen. Endlich frei, wieder einmal eigene Belange zu verfolgen, und wer weiß – vielleicht mochten ja Erfahrungen, die seine eigene Persönlichkeit weiterentwickelten, doch noch eine zusätzliche Wendung bringen. Er fieberte der Begegnung entgegen, die Leidenschaft zügelnd, immer achtsam, doch zugleich bereit, sich in einer Weise zu öffnen, wie er es seit den frühen magischen Unterweisungen nicht mehr getan hatte – oder womöglich auch noch nie.*

Dann tauchte sie aus dem Wasser des Sees empor, und noch immer war keinerlei Kräuseln zu sehen. Als wäre sie eins mit dem See und bliebe das selbst dann noch, wenn ihr Körper die Grenze durchdrang. Wassertropfen perlten an ihren Haaren, an ihrer Haut ab wie an den mit Wachs beschichteten Blättern einiger Pflanzen. Zunächst wirkte es noch so, als gleite sie wie ein Fisch schwerelos durchs Wasser, aber je näher sie dem Ufer kam, desto deutlicher konnte er sehen, dass sie gleichmäßig und ohne Eile auf ihn zu schritt, bis sie in voller Größe und vollkommener Schönheit direkt vor ihm stand und ihre Augen sich aufrichteten und seinen Blick trafen.

„Nimue.“

Seine Lippen formten den Namen, dessen Klang sich zwischen ihnen ausbreitete, obwohl er das Gefühl hatte, seine Stimme versage ihm den Dienst und die Luft sei von dem ausgesprochenen Namen der Nymphe ebensowenig in Schwingungen versetzt worden wie das Wasser des Sees von ihrem Auftauchen.

„Merlin“, hörte er sie auf die gleiche Weise sagen.

Seine Blicke wanderten an ihrem Körper entlang, folgten den vollendeten Rundungen, die glänzende Haut hinabgleitend, vorbei an schlanken Fesseln bis zu den zarten Füßen, die ein winziges Bisschen in den feinen Ufersand eingesunken waren und von den äußersten Ausläufern des Seewassers umspielt wurden. Aus den Augenwinkeln bemerkte er, wie ihr Kopf sich in sanfte Schwingungen versetzte, so dass die langen, nassen Haare hin und her wogten, wie ein schwerer Vorhang, der von im Dunkel hinter den Kulissen verborgenen Bühnenarbeitern aufgezogen wird, um den Blick für die beginnende Vorstellung frei zu geben. Dann schwang sie weit aus, und die Haare schwangen mit, vollführten einen weiten Bogen durch die Luft und versprühten dabei einen Regen feinster Wassertröpfchen, die wie Morgennebel seine Haut benetzten und im Licht der untergehenden Sonne wie winzige Juwelen glitzerten, während dieselbe Sonne für einen Moment einen Regenbogen in diesen Dunstvorhang zauberte.

Er fuhr sich mit der Zunge über die Lippen und schmeckte den See in den Tröpfchen, die er dabei aus dem Bart bürstete. Auch Nimue ließ die Zungenspitze einmal zwischen ihren halb geöffneten Lippen entlang gleiten und brach dann in ein glockenhelles Lachen aus.

Sofort fiel er in das Lachen mit ein, leise, mit tiefer, sonorer Stimme, und zusammen mit ihr klang es wie ein Duett.

Noch nie hatte er solche Befreiung von allen Zwängen gefühlt, welche die strenge

*Ausbildung und die Verantwortung am Hofe des Königs ihm sein Leben lang auferlegt hatten. Mit eisernem Willen hatte er sich all die Jahre, Jahrzehnte, Jahrhunderte hindurch strengster Disziplin unterworfen, jede Selbstkasteiung klaglos ertragen, sämtliche eigenen Wünsche den höheren Zielen anderer untergeordnet. Doch nun,in diesem einen, wundervollen Moment, fiel der undurchdringliche Panzer wie eine zerbröckelnde Mauer von ihm ab, und er gab sich dem Zauber des Augenblicks hin.*

*Wie ein Symbol dieser Befreiung rutschte nun auch die einzig verbliebene Barriere zu Boden, als Nimue einen letzten Schritt auf ihn zu trat und den Verschluss seiner Robe löste, so dass diese von seinen Schultern herab glitt und sich schließlich im nassen Sand wie ein Nest um ihrer beider Füße in Falten legte.*

*Nimue hob den Kopf ein wenig an und blickte an seinen Augen vorbei auf den spitzen Hut, der noch immer auf dem langen, schlohweißen Haar thronte. Mit einem schelmischen Lächeln fasste sie den Hut ganz oben an der Spitze, hob ihn an und schleuderte ihn in hohem Bogen in das Ufergebüsch. Seine Mundwinkel hoben sich zu einem Lächeln bei der Vorstellung, wie albern der Hut gerade eben noch ausgesehen haben musste, aber bevor er lachen konnte, lagen die feuchten Lippen der Nymphe auf seinen, und der folgende Kuss erfüllte das ganze Universum.*

*Seine Augen schlossen sich wie von selbst, und augenblicklich vervielfachte sich die Intensität der übrigen sinnlichen Wahrnehmungen. Die weichen Lippen, die sich auf seine pressten, der warme Atem mit der Andeutung von Aromen frischer Früchte, das Plätschern des Wassers zu ihren Füßen, als sie noch näher an ihn heran glitt, die vollen, kaum noch feuchten Haare, die über seine nackten Schultern strichen wie das frisch gekämmte Fell einer langhaarigen Hündin, die sich am Abend nach einer erfolgreichen Jagd, die beide erschöpft hat, an ihren Herrn schmiegt, wenn dieser sich liebevoll über sie beugt.*

*Seine Hände umfassen ihren Kopf, ihren Hals, ihre Schultern, ihren Rücken. Sie umschlingt ihn wie mit Ranken, glatt und fest wie poliertes Holz. Der enge Körperkontakt erscheint umfassend. Seine gesamte Haut wechselt wogend zwischen prickelnder Erregung und Entspannung wie beim Eintauchen in ein schmeichelndes Bad warmen Wassers. Sein Atem geht schwer. Ihre Bewegungen werden fordernder, der Druck ihrer Umarmung fast schmerzhaft. Aber noch immer hält er sich im Zaum, steigert die Intensität der Liebkosungen nur ganz allmählich, um nicht das geringste Gefühl zu versäumen, das sich bei jeder Variation des Kontaktes neu einstellt. Er spürt Wallungen wie die Wellen an einem sandigen Strand, der ein Stück weit sanft absinkt, bis er weit draußen steil in die Tiefe fällt, fast unmerklich aus der Ferne heran rollend, dann anschwellend, mit weißen Schaumkronen auf dem Wellenkamm, die auf den fasziniert am Strand stehenden Beobachter zustürzen, sich über ihm auftürmen und ihn zu verschlingen drohen, dann jedoch brechen und schließlich nur mit den letzten Ausläufern seine Füße benetzen, während sich weit draußen bereits die nächste Woge nähert. Doch wie beim Ansteigen der Flut dringt jede neue Welle ein kleines Stück weiter an den Strand vor. Er könnte einen Schritt zurück treten, aber solange die Kraft der anspülenden Fluten ihn nicht bedroht, lässt er es geschehen.*

*Er ignoriert das dunkle Grollen eines in der Ferne aufkommenden Sturms, genießt weiter das Streicheln durch die Gezeiten. Dann zieht sich das Wasser plötzlich weit zurück, gibt den Strand fast bis zu der Kante frei, an der sich der Boden steil absenkt, als wolle die Flut für den nächsten Ansturm Anlauf nehmen. Das Brausen wird stärker, erfüllt die Atmosphäre. An der Wasserkante rollt der Tsunami heran, die so lange verhaltene Welle türmt sich auf wie ein Burgwall und öffnet schließlich die Tore für einen Ausfall gepanzerter Reiter, die sich anschicken, den Strand einzunehmen und jeden Widerstand hinweg zu fegen.*

*Er weiß, dass es nun zu spät ist, davon zu rennen, spürt, dass der Augenblick gekommen ist, sich ganz den überwältigen Eindrücken zu ergeben, die auf ihn einstürmen, und endlich, ENDLICH alle Zurückhaltung, alle Beherrschung fallen zu lassen. Mit offenen Armen heißt er die heran preschende Armee, den Feuersturm der Gefühle, die Woge der Leidenschaft willkommen und ist für einen Moment eins mit der ganzen Welt. Er öffnet alle Schleusen und lässt die Energie hinaus strömen, die er in einem halben Jahrtausend für genau diesen Moment angesammelt hat.*

…

*Doch diese letzte Welle zieht sich nicht zurück. Sie dringt in ihn ein, erfüllt ihn mit Wucht und presst die Kraft aus seinem Körper und seinem Geist, die er so bereitwillig dargeboten hat. Krachend trifft die nächste Woge auf den schutzlosen Damm und reißt alles mit sich, was dahinter geborgen schien. Die geöffneten Tore brechen, können dem Druck von allen Seiten nicht standhalten. Eine weitere Woge vollendet das Werk der Zerstörung und lässt ihn gebrochen zurück, während die wuchernden Tentakel von Schlingpflanzen durch jede Ritze dringen und die verbliebenen Reste des Schutzwalls aufsprengen.*

*In diesem Moment der Erkenntnis will er die Augen aufreißen, doch die Lider sind bereits zugewachsen. Trotzdem sieht er nun alles mit ungetrübter Klarheit:*

*Nimue ist der Feind ist Morgana ist Lilith – Merlins Nemesis!*
*Das Ziel seines Lebens und all seines Schaffens dahin wegen eines einzigen Augenblicks der Schwäche, der Sehnsucht nach Liebe, die schließlich so übermächtig geworden war, dass er ihr ausgerechnet dem Wesen gegenüber nachgegeben hatte, das all sein Streben zunichte machen wollte. Mit Blindheit geschlagen gegenüber der Bosheit der Dämonin hatte er alles verloren.*

*Aber ein letztes Mal bäumte er sich auf. So leicht würde er sich nicht geschlagen geben. Sie mochte ihn übertölpelt haben, und ihm war klar, dass er diesen Kampf nicht mehr gewinnen konnte. Dennoch wollte er sich nicht widerstandslos in sein Schicksal ergeben. Und eine letzte Möglichkeit gab es noch, zumindest der vollständigen Auslöschung zu entrinnen. Sie mochte ihn bannen, aber töten würde sie ihn nicht!*

*Nimue war ihm als ein Naturgeist erschienen. Ihre Angriffe hatte sie mithilfe der Elemente Wasser und Holz geführt. Nicht zuletzt darum war ihm ihre wahre Absicht so lange verborgen geblieben. Nun umgab sie ihn mit erdrückenden Ranken, die ihm den Atem abschnürten und deren Auswüchse auch schon seine Haut und sein Fleisch durchdrangen, seine Knochen auseinander schoben und sich auf die lebenswichtigen Organe zuarbeiteten. Zurückdrängen konnte er sie nicht mehr. Dazu war bereits zu viel Leben aus ihm heraus geflossen. Aber so wie man Feuer mit Feuer bekämpft, würde er Holz gegen Holz einsetzen. Er musste selbst zum Baum werden. Ein knorriger Stamm aus Eisenholz, den auch ein Baumwürger nicht durchdringen konnte. Sein Dasein als Mensch war Geschichte, doch auch ein Baum lebt. So würde er weitere Jahrhunderte überdauern, schlafend, doch irgendwann gab es eine Aussicht auf Erwachen und Wiedergeburt, und erst dann würde die letzte Schlacht geschlagen werden! So trieb er seine Wurzeln in den Boden, den Stamm in die Höhe und die Krone in den Himmel, drängte die sich windenden Ranken ab und verhärtete seinen Kern, bis nur noch ein winziger Rest seines Bewusstseins tief inmitten des Stamms verborgen war – dort, wo einmal sein Herz geschlagen hatte.*

*Mit diesem Rest vernahm er Liliths spöttisches Lachen.*

„Ah, ein letztes Aufbäumen", höhnte sie. „Doch es ist zu spät, alter Mann. Du kannst dich dem Tod entziehen, aber das Schicksal, das dich stattdessen erwartet, wird umso schrecklicher sein. Du spielst mir in die Hände, denn dein Tod war nie mein Ziel. Womöglich hättest du einen Weg gefunden, eine Wiedergeburt ohne den Verlust deiner Erinnerungen in die Wege zu leiten und dich mir erneut in den Weg gestellt. Nun aber wirst du im Schlaf gefangen sein, während ich mein Werk vollende. Eigentlich bedaure ich es irgendwie, dass unser Spiel jetzt endet, denn du warst ein würdiger Gegner. Einer, den ich stets respektiert habe und sogar beinahe hätte lieben können. Aber das ist nun vorbei. Nur eins gibt es noch zu tun, um sicherzustellen, dass du nie zurückkehrst."

Sie trat auf ihn zu. Er verfügte über keine menschlichen Sinne mehr – keine Augen, keine Ohren, keine Nase, keine Haut. Nicht einmal mehr über ein richtiges Bewusstsein. Aber dennoch spürte er ihre Gegenwart. Er spürte auch, wie ihre Hand sich einen Weg vorbei an den Ranken des Baumwürgers bahnte, die seinen Stamm umgaben. Wie sie seine Rinde berührte, einen kurzen Moment vor dem Widerstand des Holzes verharrte und dann einen Weg fand, in ihn einzudringen. Schicht für Schicht, unaufhaltsam durchmischte sie Fleisch und Holz auf der Ebene kleinster Teilchen, drängte jedes winzige Element der hölzernen Materie gerade so weit beiseite, dass ihre atomaren Bestandteile dazwischen genug Platz fanden, um ihre Integrität nicht zu verlieren.

Schließlich erreichte sie sein Herz – die letzte Bastion seines klaren Bewusstseins – und zog es mit der gleichen lähmenden Langsamkeit aus dem Stamm.

Mit dem letzten, erlöschenden Funken Wachsamkeit desjenigen Teils seiner Seele, der in dem Baum verblieben war, spürte er ihr nach und wusste, dass nun wirklich alles verloren war.


## 45.  Erlösung


Während sich Liliths Präsenz immer weiter entfernte, klang von Weitem wie zum Hohn eine alte deutsche Volksweise in ihm nach: „Muss i denn, muss i denn zum Städele hinaus, aber du, mein Schatz, bleibst hier ...". Während er sich hölzern der Absurdität seiner Situation bewusst wurde, wurde ihm mit einem Mal der

*Bezug klar, der diese Melodie an die Oberfläche seiner Gedanken spülte. Elvis Presley hatte dieses Volkslied seines Gastgeberlandes mit schmelzendem Tremolo aufgenommen, als er seinen Militärdienst im Nachkriegsdeutschland verrichtete. Was immer den „King of Rock'n Roll" dazu veranlasst hatte – er hatte dem Lied damit zu neuem Bekanntheitsgrad verholfen. Und beendet hatte er es in seiner Muttersprache mit dem Satz „… 'cause I don't have a wooden heart.'*

*Fast hätte er laut aufgelacht, als ihm die Ironie in diesen Worten klar wurde.*

Schon verklangen die letzten Töne wie ein säuselnder Lufthauch im Geäst, da fragte sich Frank, wie ein frühmittelalterlicher Zauberer von einem Song der 1960er Jahre wissen konnte.

Gerade begann er wieder zu sich zu kommen und ins 21. Jahrhundert zurückzufinden, da drängten sich die Bilder erneut in sein Bewusstsein. Wie ein Film in einer Endlosschleife baute sich die Szene wieder vor seinem geistigen Auge auf und zog ihn ein weiteres Mal in ihren Bann.

*Er stand am Ufer des Sees, den er schon so oft aufgesucht hatte …*

Frank schüttelte die Vision ab. Um keinen Preis wollte er dies noch einmal durchleben. Ein eiskaltes Schaudern lief ihm über den Rücken, als er verstand, dass es genau das war, was die Überreste von Merlins Bewusstsein seit Jahrhunderten durchmachen mussten. Immer und immer wieder diese letzten Augenblicke seines Lebens und das epische Scheitern all dessen, wofür er geboren und ausgebildet worden war, was er zum Ziel seines Lebens erkoren hatte.

„Du bist ein Monster", presste er zwischen trockenen Lippen hervor.

„Immer schon gewesen", bestätigte Lilith ungerührt. „Aber seit einiger Zeit um Besserung bemüht. Was genau hast du gesehen?"

„Genug", sagte Frank. „Mehr als genug. Zuviel: Nicht nur Viviane und Morgana. Nimue – auch das warst du!"

„Ja. So habe ich allen drei Erscheinungsformen der keltischen Erdgöttin eine Gestalt gegeben, im Guten wie im Bösen: Viviane, die Urmutter, Wirkerin der Schicksalsfäden; Morgana, die reife Frau, stark und leidenschaftlich, eine nach Rache dürstende Ränkeschmiedin; und Nimue, die Kindfrau, deren gerade erwachende Weiblichkeit, scheinbar noch voller Unschuld, dem mächtigsten aller Zauberer den Kopf verdreht und ihn in den Abgrund gestürzt hat."

Frank vermeinte gleichzeitig Stolz und Bedauern in Liliths Stimme schwingen zu hören. Doch bevor er sich darüber klar werden konnte, ob dies nicht hauptsächlich seiner Erwartung zuzuschreiben sein mochte, schlug sie andere Töne an.

„Mich verwundert allerdings", begann sie und legte die Stirn in Falten, „dass er einen Weg gefunden hat, genug von seinem Bewusstsein hinüber zu retten, um dir diese Vision zu verschaffen. Dass ein paar letzte emotionale Erinnerungen in seinem Herzen verblieben sind, kann ich verstehen. Aber ich habe nichts verspürt, als ich es in der Hand hielt, während er dir offenbar einiges vermittelt hat, das mein Wirken als Nimue preisgibt. Dem alten Fuchs muss es irgendwie gelungen sein, mehr in seinem Herzen zu verankern, als ich ihm erlauben wollte."

Lilith lächelte anerkennend und streckte Frank die Hand entgegen.

„Aber wie dem auch sei", sagte sie, „wenn du mir das Herz wiedergibst, können wir uns auf den Weg machen, es wieder in den Baum einsetzen und ihn ins Leben zurückholen. Dann kann er mir selbst erklären, wie er es gemacht hat."

Zögernd wollte Frank das hölzerne Herz in Liliths offene Hand legen, einerseits erleichtert, sich damit etwas weiter von der schrecklichen Vision zu entfernen, andererseits unwillig, den so grausam gequälten Zauberer wieder buchstäblich in die Hand seiner Peinigerin zurück zu geben. Doch bevor er das Herz loslassen konnte, überfiel ihn erneut eine Vision, diesmal nicht von unzähligen Durchläufen verfestigt, sondern frisch, noch präsent vom unmittelbaren Erleben.

Ein stechender, brennender Schmerz durchzuckte seine Glieder. Elementare Energie entlud sich in seinen Körper, der sofort lodernd in Flammen aufging, eine flackernde Fackel in der Nacht. Der Schmerz war allgegenwärtig. Sein ganzer Körper schien in Windeseile im fauchenden Feuer zu Asche zu vergehen wie trockenes Holz in einem Scheiterhaufen. Seine Finger umkrampften das Herz, das allein den Flammen widerstand, fern und kühl und unerreichbar und doch zugleich ein Teil seiner selbst.

Und dann Stille.

Seine Finger um das Herz lockerten sich, hielten es aber weiter eng umschlossen. Es fühlte sich an wie von einer Lasur eingehüllt. Er spürte jedes Detail der Form des Objekts in seiner Hand, das sich in seinem Griff anschmiegte wie für ihn geschaffen, aber dennoch den vollständigen Kontakt, der ihn hätte damit verschmelzen lassen, verwehrte.

Dann war da eine Stimme, wie ein verwehender Hauch. Zuerst kaum hörbar, drang sie langsam immer klarer in sein Bewusstsein.

„Bitte", flehte es leise, wie ein dumpfer, Schmerz, der nicht abklingen wollte. „Beende es jetzt. Lass mich endlich sterben!"

„Was ist mit dir?", fragte Lilith verwundert, die offenbar selbst nichts von dem wahrnahm, was Frank gerade durchmachte.

„Es ist der Zauberer", erwiderte er flüsternd. „Er fleht um seinen Tod."

„Wie kann das sein?", fragte Lilith verwundert. „Außer, … der Baum! Wenn der Baum nicht mehr existiert, könnte Merlins Geist in der Nähe des Herzens verweilen, gefangen zwischen der Kraft, die ihn ins Jenseits zieht, und dem Herzen, das ihn an diese Welt bindet. Das war meine Versicherung. Deshalb habe ich sein Wesen zwischen Baum und Herz aufgeteilt und das Herz mit einer magischen Barriere versiegelt. Solange eines von beiden noch existiert, kann er nicht leben und nicht sterben. Kein Tod, keine Wiedergeburt, keine Gefahr. Aber wie stark muss er sein, um sich dir aus der Zwischenwelt mitteilen zu können, während ihn die widerstreitenden Kräfte zu zerreißen drohen!"

„Im Augenblick kann ich kein Interesse für deine Erklärungen aufbringen – oder für deine Bewunderung", knirschte Frank zornig. Doch trotzdem versuchte er zu verstehen. Und das tat er. Die Erkenntnis traf ihn wie ein weiterer Schlag.

„Wo steht der Baum?", fragte Frank stockend, machte eine Pause nach jedem Wort.

„Am Ostufer des Sees", erwiderte Lilith. „Das heißt heute landeinwärts vom Glastonbury Tor."

„In Richtung auf das Festival-Gelände?"

„Das liegt östlich, oder? Dann ist es wohl so."

„Der Blitz!", sagte Frank tonlos, mehr zu sich selbst als zu Lilith. Dann fuhr er fort, wieder ihr zugewandt. „Aber das weißt du vermutlich schon."

„Welcher Blitz?", fragte Lilith, anscheinend – oder scheinbar? – verständnislos.

„Als ich gestern zum Hotel zurückging, kam im Osten kurz ein Gewitter auf. Und ein einzelner Blitz ist irgendwo dort eingeschlagen. Ich denke, ich weiß jetzt, wo genau.

„Und du glaubst, ich hätte etwas damit zu tun?"

„Es müsste schon ein sehr großer Zufall sein, wenn nach anderthalb Jahrtausenden ausgerechnet an dem Abend, bevor ich von dir fordere, Merlin wiederzuerwecken, der Baum, in dem er gefangen ist, in einem Blitz vergeht."

„Du sagst es selbst – am Abend davor", entgegnete Lilith vorwurfsvoll.

„Wie hätte ich es wissen sollen?"

„Was weiß ich schon? So abwegig war die Idee wohl nicht. Du kennst mich schließlich inzwischen ziemlich gut, und wenn ich den Fluch des Rings richtig verstehe, hättest du, nachdem ich meinen Wunsch ausgesprochen hatte, nichts mehr dagegen unternehmen können. Vielleicht wolltest du einfach sichergehen. Und ich habe deine Wettermanipulationen nicht vergessen. Hast du nicht auch das Vindicandi-Kloster mit einem Blitz zerstört?"

„Ich fürchte, ich kann mich nicht so verteidigen, dass du mir glaubst", sagte Lilith resignierend. „Wie es scheint, hat der Blitz tatsächlich Merlins Baum in Flammen aufgehen lassen, aber ich kann nur wiederholen, dass das nicht mein Werk ist. Jedenfalls ist es nun nicht mehr möglich, ihn zu neuem Leben zu erwecken. Ich gebe zu, dass ich das nicht unbedingt bedaure – im Gegensatz zu dem, was er erlitten haben muss."

„Ich bezweifle, dass selbst du dir eine Vorstellung von dem Leid machen kannst, das du ihm verursacht hast. Ich wollte Merlin wieder ins Leben zurück holen, aber das scheint jetzt unmöglich. Also gewähre ihm wenigstens die Erlösung durch den Tod, den du ihm so lange vorenthalten hast!"

„Wenn das dein Wunsch ist ..."

„Es ist mein *Wille*", rief Frank zornig, „und mein Befehl! Keine Appelle oder Bitten mehr. Er hat viel zu lange unter deinem perfiden Verrat gelitten, um dir in dieser Sache noch ein Mitspracherecht einzuräumen."

Er drückte das hölzerne Herz schwer in Liliths Hand und trat einen Schritt zurück.

„Tu, was getan werden muss. Lass' ihn endlich Frieden finden!"

„So sei es denn", sagte Lilith. Das Bedauern, das in ihrer Stimme mitschwang, mochte dem gequälten Zauberer gelten oder dem verlorenen Vertrauen ihres Meisters. Wer konnte das schon wissen?

Sie hielt das Herz weiter vor sich, fixierte es mit ruhigem Blick, und kurz darauf stieß aus ihrer hohlen Hand eine Stichflamme empor, die das hölzerne Herz des Magiers verschlang und fauchend in ein Häuflein Asche verwandelte, die von einem sanften Windhauch verweht und zwischen den Monolithen von Stonehenge verteilt wurde.


# 46. Großstadtoase


Bei der Ankunft im Hotel drückte der Portier Frank eine Nachricht in die Hand. Adamson hatte mehrfach versucht, ihn zu erreichen, und bat um sofortigen Rückruf – ganz gleich zu welcher Tageszeit. Dazu hatte er sogar die Nummer seines persönlichen Mobiltelefons hinterlassen.

Erst in diesem Moment fiel Frank wieder ein, dass er zum Schutz vor Beobachtung und zur Vermeidung jeder Störung während seiner Mission am Morgen sein Handy ausgeschaltet und sicherheitshalber sogar die Batterie herausgenommen hatte. Kaum im Zimmer angekommen, setzte er den Akku wieder ein und schaltete das Gerät an. „Sie haben 7 neue Nachrichten", leuchtete es ihm entgegen.

Frank tippte die Nummer von dem Zettel ab, den er an der Rezeption erhalten hatte und wollte schon die Ruftaste betätigen, da hielt er inne. Sein Finger schwebte über dem Touch-Display.

Wie wollte er Adamson seine Abwesenheit erklären? Er konnte wohl schwerlich erzählen, dass er den Versuch unternommen hatte, einen legendären Magier vergangener Tage ins Leben zurück zu holen, nur um ihn in einem Dilemma zwischen Leben und Tod vorzufinden, aus dem er ihn nur erlösen konnte, indem er erlaubte, sein in Holz verwandeltes Herz in Flammen aufgehen zu lassen. Welche Geschichte sollte er ihm aber stattdessen auftischen? Frank Menden war noch nie ein guter Lügner gewesen, und im Gegensatz zu den meisten anderen Fähigkeiten, deren Mangel als solcher in seinen Augen keine Tugend darstellte, war er darauf bisher eher stolz gewesen. Nun allerdings wünschte er sich doch, in der Lage zu sein, eine Lüge wenigstens halbwegs glaubwürdig zu konstruieren und zu präsentieren.

Lilith dagegen, ging es ihm durch den Kopf, verfügte in hohem Maße über dieses Geschick. So sprach er sie zum ersten Mal wieder an, seit sie das steinzeitliche Monument von Stonehenge verlassen hatten, und bat um eine harmlose, aber überzeugende Erklärung für ihr gemeinsames Abtauchen am vergangenen Tag. Danach wählte er erneut Adamsons Nummer.

„Hallo Frank", meldete sich der Firmenchef nach zweimaligem Klingeln. Seine Stimme klang erleichtert. „Gut, dass Sie sich melden! Ich hatte mir schon ernsthaft Sorgen gemacht. Sie waren ja gestern vollständig von der Bildfläche verschwunden. Niemand konnte mir irgendetwas über Ihren Verbleib sagen. Die Agentur, das Hotel, Ihr Fahrer – kein Mensch wusste, wo Sie waren. Auf dem Handy konnte ich Sie auch nicht erreichen. Nach dem fünften Versuch habe ich dann einen guten Freund bei der Telefongesellschaft angerufen, der versuchte, Ihren Aufenthaltsort über das Handy zu lokalisieren. Als der mir sagte, er könne auch nichts finden, bekam ich es dann mit der

Angst zu tun. Umso mehr freue ich mich jetzt, dass es Ihnen offenbar gut geht."

„Der Akku war leer", log Frank und hoffte, dass sein Gesprächspartner das leichte Zittern in seiner Stimme nicht bemerken würde. „Und wir waren den ganzen Tag so beschäftigt, dass ich gar nicht daran gedacht habe, ihn zu überprüfen. Erst als ich Ihre Nachricht vom Portier bekommen hatte und Sie zurückrufen wollte, ist mir aufgefallen, dass das Telefon die ganze Zeit über aus gewesen sein muss. Da musste ich es erst einmal wieder aufladen, und habe Sie dann sofort angerufen. Es tut mir sehr leid, dass Sie sich unnötig gesorgt haben, aber meine Frau hat mich gestern Morgen mit der Bitte überrascht, mir nach all den geschäftlichen Terminen einfach den Tag freizunehmen und ganz mit ihr zu verbringen – gewissermaßen zum Ausklang unserer Hochzeitsreise. Ich glaube, dass es ihr sehr wichtig war, und – ehrlich gesagt – mir gefiel die Idee so sehr, dass ich nur noch daran gedacht habe, was wir zusammen unternehmen könnten, und alles andere vergaß. Ich weiß, es ist unverantwortlich, und kann Sie nur meines größten Bedauerns versichern, ..."

„Schon gut, schon gut", unterbrach Adamson Franks Redefluss. „Keine große Sache. Ich bin einfach nur froh, dass nichts Schlimmes hinter Ihrem Verschwinden steckt und sich alles so simpel aufklärt. Im Gegenteil – ich muss mir den Vorwurf machen, ganz vergessen zu haben, dass ich Ihnen die Kombination Ihrer Hochzeitsreise mit meinen geschäftlichen Interessen aufgenötigt und dabei Ihren vollkommen berechtigten Wunsch nach ein wenig Privatsphäre in den Hintergrund gerückt habe. Bitte richten Sie Ihrer werten Frau Gemahlin mein ehrliches Bedauern aus."

Frank atmete auf und war im gleichen Augenblick froh, dass er nicht die Bildübertragungsfunktion des Telefons aktiviert hatte, so dass Adamson ihn nicht sehen konnte. So einfach hatte er es sich nicht vorgestellt.

„Ich hoffe, Sie beide haben den freien Tag genossen", fuhr Adamson fort. „Allerdings muss ich Sie jetzt leider doch schon wieder auf den harten Boden des Alltags zurückholen. Nachdem wir ihn nun mehrfach verschieben mussten, steht morgen Ihr letzter planmäßiger geschäftlicher Termin dieser Reise auf dem Programm: der Besuch unserer Niederlassung in Berlin."

Frank erinnerte sich. Tatsächlich war nach der Einweisung in der Konzernzentrale in San Francisco vor der Rückkehr in den heimatlichen Betrieb noch ein kurzer Zwischenstopp in Berlin vereinbart worden, um sich in der dortigen Deutschland-Zentrale der Adamson Corp. als neues Bindeglied zwischen Europa und den USA persönlich vorzustellen.

„Um Ihnen den Abschluss der Reise wenigstens noch ein bisschen zu versüßen", ergänzte Adamson weiter, „habe ich Ihnen eine Suite im Adlon reserviert."

Frank blies hörbar die Luft aus seinen Wangen. Das Adlon war *das* Berliner Traditionshotel schlechthin. Eines der weltweit berühmtesten, luxuriösesten und teuersten Hotels überhaupt. Eigentlich wäre das zweifellos ein würdiger Abschluss dieser unvergleichlichen Hochzeitsreise gewesen. Aber in seiner derzeitigen Verfassung konnte er sich irgendwie nicht richtig darauf freuen. Viel zu sehr waren seine Gedanken von den Geschehnissen der vergangenen Wochen erfüllt. Vor allem aber sehnte er sich nach einem Hort der Ruhe, um ungestört über Lilith nachdenken zu können, ihre vielschichtige Vergangenheit, die unklare Rolle, die sie bei den schrecklichen Ereignissen vor und während ihrer Reise in der Gegenwart spielte, und darüber, wie er in Zukunft mit der ihm auferlegten Bürde würde umgehen können. *Am besten wären ein paar Tage Klausur im Kloster,* dachte er bei sich.

„Nanu", sagte Adamson verwundert. „Ich höre wenig Begeisterung." Wahrscheinlich hatte ihn Franks etwas zu langes Zögern stutzig gemacht.

„Seien Sie ehrlich", bat er ernsthaft. „Das soll zuallererst Ihnen Freude bereiten. Wenn es das nicht tut, sagen Sie es frei heraus."

„Nun ja", begann Frank zurückhaltend. „Ehrlich gesagt, beginne ich mich allmählich an den unglaublichen Luxus zu gewöhnen, mit dem Sie uns in Ihrer wirklich unvergleichlichen Großzügigkeit in den vergangenen Wochen verwöhnt haben. So fantastisch ein Ausklang im Adlon wäre – ich befürchte ernsthaft, wenn wir damit jetzt noch eins oben draufsetzen, wird die Rückkehr in den Alltag uns wie ein Absturz erscheinen. Und dann sind da noch die seltsamen Geschehnisse in San Francisco und die Aufregung in Rom. Nichts für ungut, aber ich glaube, ich würde es begrüßen, wenn wir jetzt ein wenig entschleunigen, die letzten Wochen in einer ruhigen Umgebung verarbeiten und die Reise abseits vom Trubel der mondänen Häuser leise ausklingen lassen könnten."

„Hm, verstehe", sagte Adamson und klang tatsächlich kein bisschen eingeschnappt. „Ein ruhiges, kontemplatives Plätzchen mitten in Berlin." Er überlegte einen Moment, dann hellte sich seine Stimme auf. „Ich glaube, ich habe das Richtige für Sie. Kein Problem – Sie werden zufrieden sein. Lassen Sie sich überraschen!"

Noch einmal atmete Frank erleichtert auf.

„Ihr Flieger geht planmäßig morgen früh", schloss Adamson. „Sam wird Sie abholen. Genießen Sie die letzten Stunden in der Stadt des legendären Königs von Camelot." Dann legte er auf.

Frank holte zum dritten Mal tief Luft, dann entspannte er sich, legte das Telefon auf den Tisch und ließ sich in einen Sessel sinken.

Als Sam im Hotel ankam, fand er Frank und Lilith bereits mit gepackten Koffern in der Lobby sitzend. Den Tag über hatten sie nur das Nötigste miteinander geredet. Das Band der Vertrautheit, das sich zwischen ihnen gebildet hatte, schien ebenso zerrissen wie Franks Meinung über Liliths gegenwärtige Verfassung. Immer stärker wuchsen die Zweifel am Erfolg der Umerziehungstherapie der Vindicandi.

Sam schien nichts von der gespannten Stimmung zu bemerken. Oder vielleicht ging er auch nur mit britischer Höflichkeit gekonnt darüber hinweg. Auf dem Weg zum Flughafen redete er selbst so viel, dass Frank und Lilith nicht in die Verlegenheit kamen, von ihrem Aufenthalt erzählen zu müssen. Nachdem er sie und ihr Gepäck am Check-in-Schalter abgeliefert hatte, verabschiedete er sich überschwänglich, bedankte sich für das großzügige Trinkgeld, das Frank ihm in die Hand drückte, und winkte ihnen zum Abschied noch einmal zu.

Knapp vier Stunden nach dem Start von Bristol und einer Zwischenlandung in Amsterdam erreichten sie am späten Vormittag den Flughafen Berlin-Tegel, der immer noch darauf wartete, von dem in einem endlosen Bauprojekt stagnierenden neuen Berliner Großflughafen „Berlin Brandenburg" abgelöst und dann stillgelegt zu werden. Ein Taxi, dessen Fahrer sie mit einem Namensschild im Ankunftsbereich erwartet hatte, brachte sie zu ihrem Hotel, einem vergleichsweise kleinen und unscheinbaren, aber schon vom ersten Eindruck her freundlichen Haus am Spreeufer, das sich schnell als etwas Besonderes entpuppte.

Adamson hatte nicht zuviel versprochen. Das Hotel war eine Oase der Ruhe in der hektischen Hauptstadt. Etwas zurückgezogen von der quirligen Straße, bot es eine Rückzugsmöglichkeit für gestresste Manager oder all jene, die dem Trubel zu entfliehen trachteten. Die Lobby war hell und einladend, in klaren Formen gehalten, ohne überflüssigen Ballast. Ebenso strahlte das Zimmer eine schlichte Eleganz aus und lud zum Entspannen ein. Wie alle Zimmer dieses Hauses, so erklärte die junge Frau, die sie von der Rezeption aus dorthin begleitet hatte, aber im Gegensatz zu praktisch allen anderen Hotels einer entsprechenden Kategorie, enthielt es keinen Fernsehapparat. Auf Wunsch werde selbstverständlich ein solches Gerät bereitgestellt, bot sie eilfertig an, aber es werde empfohlen, zugunsten eines Loslösens von der Betriebsamkeit des Alltags bewusst darauf zu verzichten, und sich stattdessen mit den Büchern zu beschäftigen, die in reichhaltiger Auswahl im Appartment zur Verfügung stünden. „… Oder natürlich miteinander", schloss die Hotelangestellte mit verschmitztem Lächeln auf das junge Paar. Anscheinend war ihr mitgeteilt worden, dass es sich um den Ausklang einer Hochzeitsreise handelte.

Als sie allein waren, warf Frank einen Blick auf die Bücher, die sorgfältig nebeneinander in einem kleinen Regal über dem hellen Vollholzschreibtisch aufgestellt waren. Neben einigen Bildbänden und Romanen fanden sich dort verschiedene Klassiker esoterischer Schriften unterschiedlichster Ausrichtung: Khalil Gibran: „Der

Prophet", Eugen Herrigel: „Zen in der Kunst des Bogenschießens", Carlos Castaneda: „Reise nach Ixtlan", Dalai Lama: „Die Weisheit des Herzens", und natürlich Bibel, Koran, Talmud und „Die Lehre des Buddha". Daneben standen noch weitere Bücher, die sich einem speziellen Thema widmeten, so etwa die Aufzeichnung eines Dialogs zwischen dem Theologen Matthew Fox und dem Naturwissenschaftler Rupert Sheldrake mit dem Titel: „Engel – Die kosmische Intelligenz", der Roman „Aufruhr der Engel" von Anatole France sowie ein Bildband über „Engel und Dämonen" im Gestaltwandel eines Urbildes von Alfons Rosenberg. Am rechten Rand der Buchreihe lehnte, in auffälligem Kontrast zu den sämtlich gerade aufrecht stehenden Büchern, ein gefalteter Prospekt. Frank nahm das Papier aus dem Regal und las die Aufschrift: „Engel – Boten und Begleiter in der Not" Das Faltblatt warb für eine Ausstellung, die gerade im „Ort der Information" gastierte, einem Museum zur Dokumentation der Verfolgung und Vernichtung der europäischen Juden, unterhalb des mit 2711 wellenförmig angeordneten Steinstelen um die Jahrtausendwende als zentrale deutsche Gedenkstätte angelegten Holocaust-Mahnmals und gemeinsam mit diesem entstanden.

*Seltsam*, dachte Frank und legte die Stirn in Falten. *Eine Ausstellung über Engel unter dem Holocaust-Denkmal.* Andererseits passten Begleiter in der Not schon irgendwie ins Bild, und die aktuelle Ausstellung erklärte jedenfalls das spezielle Bücherangebot zum Thema „Engel".

Frank wollte das Faltblatt schon wieder zurück stellen, da fiel ihm auf der Rückseite, am Rand neben den Öffnungszeiten, eine handschriftliche Notiz auf. „Besuche die Engel heute kurz vor Ausstellungsschluss!", stand da zu lesen. Er hätte der Notiz keine weitere Beachtung geschenkt und sie als weitere Kuriosität abgetan, hätte er daneben nicht das Symbol der „Dämonenjäger" erkannt, das die mysteriöse Seite im Darknet über Liliths Werdegang eingeleitet hatte. So besann er sich und steckte den Prospekt in seine Jackentasche.

Nach einem wohlschmeckenden, leichten Mittagessen aus der

ausschließlich vegetarischen Küche des Hotelrestaurants wurde Frank von einem Taxi zu seinem Besuch in der Berliner Niederlassung der Adamson Corp. abgeholt. Er bestand darauf, dass Lilith ihn begleitete, denn nach den letzten Erlebnissen wagte er es nun gar nicht mehr, sie auch nur für kurze Zeit allein zu lassen.

„Es wird schließlich nicht lange dauern", erklärte er dem überraschten Fahrer, dem es aber letztlich gleichgültig war, ob er eine oder zwei Personen beförderte.

Tatsächlich wurde er nur von einem Büro zum nächsten gereicht, stellte sich jeweils kurz vor und wurde dann zur nächsten Etappe geführt. Nach einer schnellen Tour vorbei an den Mitarbeiterbüros und verschiedenen speziell ausgerüsteten Labor-Arbeitsplätzen sowie einem kurzen Abstecher in den mit bis an die Decke reichenden Blade-Racks und Festplatten gefüllten Serverraum nahmen sie noch einen Kaffee mit den Abteilungsleitern in der Cafeteria, bevor der Leiter der Zweigstelle sie wieder in ein Taxi setzte.

Frank warf einen Blick auf die Uhr, dann auf den Prospekt, den er aus seinem Jackett gezogen hatte, nickte kurz und bat den Taxifahrer, sie statt zu ihrem Hotel zum Holocaust-Mahnmal zu fahren.

## 47. Stadt der Engel

Die Ausstellung im Foyer des „Ortes der Information" zeigte Skulpturen und Bilder aus verschiedenen Epochen der Engelsdarstellung, von den vielfach geflügelten, tierköpfigen Cheruben des assyrischen Altertums über mittelalterliche Fresken und Reliefs mit Heiligenschein bis hin zu modernen, geflügelten Engelsfiguren, die eher aus Superhelden-Comics oder Sammelkartenspielen entsprungen schienen, ohne aber den durch und durch ernsthaften Charakter der Ausstellung zu beeinträchtigen. Dazu vermittelten Texttafeln an und neben den Ausstellungsstücken Hintergrundinformationen.

In dem Raum waren nicht mehr viele Besucher. Ein älterer Herr mit Kippa betrachtete versonnen zwei Engelsstatuen, die wie Wächter den Eingang zu einem der Themenräume säumten, in denen unverändert die ursprünglichen Informationen vermittelt wurden, für welche die Holocaust-Gedenkstätte errichtet worden war. Ein Mönch in brauner Kutte verneigte sich ehrfürchtig vor einem Gemälde, das sieben strahlende Engel mit unterschiedlichen Attributen zeigte. Die Texttafel daneben verwies auf die sieben Erzengel.

Frank und Lilith streunten gemächlich zwischen den Exponaten hin und her. Lilith ohne zu wissen, warum Frank sie an diesen Ort geführt hatte, und Frank in gespannter Erwartung dessen, wer oder was hier bald auf sie zukommen sollte. Immer wieder blickte er auf die Uhr. Noch eine Viertelstunde bis zur Schließung der Ausstellung.

Frank war gerade damit beschäftigt, die fein herausgearbeiteten Schwungfedern in den Flügeln einer unterarmlangen Engelsstatuette aus Elfenbein zu bewundern, als er sich plötzlich der Präsenz einer weiteren Person bewusst wurde. Ohne dass er es vorher bemerkt hatte, musste noch ein später Besucher die Ausstellung betreten haben. Als er sich umwandte, sah er einen hoch gewachsenen und überaus kräftig gebauten Mann in weißem Maßanzug neben dem Bild stehen, vor dem sich der Mönch verneigt hatte, bevor er verschwunden war. Der Mann, dessen weißblondes Haar hinter dem Kopf zu einem kurzen Pferdeschwanz zusammengebunden war, schien, ganz in das Bild versunken, ihm und Lilith keine Beachtung zu schenken. Obwohl das Museum unter dem Mahnmal eher spärlich beleuchtet war, trug der Mann eine dunkle Sonnenbrille und machte auch keinerlei Anstalten, diese abzunehmen.

Nachdem sie einige weitere Minuten in dem Museum verbracht und mit mäßigem Interesse die Ausstellungsobjekte betrachtet hatten, kam ein kleiner Mann in einer Art Uniform herein und forderte alle Besucher auf, die Ausstellung jetzt zu verlassen, da sie nun geschlossen werde. Frank warf einen Blick auf seine Armbanduhr. „Kurz vor Ausstellungsschluss" hatte er sich einfinden sollen und war auch sicherlich rechtzeitig da gewesen. Nun schloss die Ausstellung tatsächlich, aber außer dem weiß gekleideten Mann und dem

Museumswärter war niemand mehr zu sehen.

Auch als sie den „Ort der Information" wieder verlassen hatten, war das Areal menschenleer. Weit und breit konnten sie niemanden entdecken, was Frank für eine lebhafte Metropole wie Berlin seltsam vorkam. Er wandte sich Lilith zu, bereit, ihr den Grund ihres Hierseins zu erläutern und sie zu fragen, was sie von der Situation hielt. Mit Verwunderung stellte er fest, dass sie ungewöhnlich nervös wirkte – ein Ausdruck in ihrem Mienenspiel, den er bei ihr noch nie beobachtet hatte.

„Du!", ertönte es hinter ihnen wie Donnergrollen. „Wie kannst du es wagen, diesen Ort mit deiner Anwesenheit zu besudeln?!"

Frank fuhr herum, während Lilith unbeweglich stehenblieb. Fast glaubte er in ihren Zügen einen Anflug von Angst wahrgenommen zu haben. Vor ihnen stand der weiß gekleidete Hüne, der noch immer seine Sonnenbrille trug, obwohl ringsherum bereits die Straßenlaternen aufflammten.

„Und du ...", fuhr er fort, nun an Frank gewandt, nachdem sein erster Ruf offensichtlich Lilith gegolten hatte. „Du hast sie hierher gebracht. Ist dir nicht klar, wie schwer du damit diesen Ort entweihst? Auf diese Art wirst du der Verantwortung, die dir der Ring auferlegt, wahrlich nicht gerecht."

Auch Lilith hatte sich inzwischen umgedreht und sah den Weißen an. Frank konnte es kaum glauben, aber sie zitterte.

„Wer ist das?", raunte Frank Lilith verständnislos zu.

„Ein alter Bekannter", flüsterte sie tonlos. „Ein sehr, *sehr* alter Bekannter."

„Wie alt?"

„Älter als die Zeit. Und wir haben uns nicht als Freunde getrennt."

„Schweig!", donnerte der Hüne. „Schweig und tu Buße für das, was du angerichtet hast. Zumindest dafür ist dieser Ort so gut geeignet wie kaum ein anderer." In einer majestätischen Geste hob er die rechte Hand und schloss sie langsam zur Faust. Lilith stöhnte und krümmte sich zusammen.

Unerbittlich ballte der Mann mit der Sonnenbrille und dem Lagerfeld-Zopf die Faust fester, und Liliths Ächzen ging in ein atemloses Röcheln über.

Fassungslos sah Frank Menden auf die Dämonin herab, die flehentlich zu ihm aufblickte, doch er konnte sich nicht vorstellen, wie er ihr sollte beistehen können. Niemals zuvor hatte er sie so hilflos gesehen. Aber dann fiel es ihm wie Schuppen von den Augen. Lilith konnte sich nicht wehren, weil sie durch seinen Bann blockiert war. Verunsichert durch das Wechselbad zwischen Vertrauen und Misstrauen hatte er darauf bestanden, dass sie sich ständig in seiner Nähe aufhielt und nur noch er allein ihr die Freigabe auch nur zur Selbstverteidigung erteilen konnte.

Frank sah Lilith leiden, ohne einen erkennbaren Anlass gegeben zu haben und befürchtete, jeden Moment könne sie, die er für unangreifbar gehalten hatte, ernstlich zu Schaden kommen oder womöglich gar sterben. Er nickte ihr kurz zu, und augenblicklich kehrte Spannung in ihren Körper zurück. Langsam, immer noch unter Schmerzen, richtete sie sich auf und stellte sich trotzig ihrem Feind. Während dessen ausgestreckter Arm zu zittern begann, sichtlich bemüht, die Kontrolle über sie nicht ganz zu verlieren, kreuzte sie beide Fäuste vor der Brust und streckte sie dann ruckartig vor sich. Aus ihren gespreizten Fingern sprühten Blitze, die den Weißen zwei Schritte zurück taumeln ließen, bevor er sich wieder fangen konnte. Dann allerdings schüttelte er sich kurz wie ein nasser Hund, griff in die Luft und hielt plötzlich ein Schwert in der Hand. Blaue Blitze umspielten die Klinge, und das tiefe Summen atmosphärischer Entladungen erinnerte Frank an das Laserschwert eines Jedi-Ritters. Die Sonnenbrille hatte der Weiße beim rückwärts Stolpern verloren, und als er den Blick hob, strahlte aus seinen Augen ein Licht so hell wie die Sonne.

„Wer ist das?", frage Frank noch einmal und wandte sich entsetzt ab.

„Michael", erwiderte Lilith grimmig, und tatsächlich erinnerte sich Frank, ohne hinzusehen, an die Ähnlichkeit des weiß gekleideten Hünen mit einigen der Abbildungen in der Ausstellung. Kein Wunder, dass Lilith hier erstmals ernsthaft in Gefahr geraten war. Sie standen einem leibhaftigen Erzengel gegenüber – dem Ersten an der

Spitze der Seraphim.

„Nun ist also Liliths ganze Macht entfesselt", grollte der Engel. „Und *du* hast sie losgelassen!"

Mit einem schnellen Schwerthieb zwang er Lilith zum Ausweichen und holte dann drohend zu einem zornigen Schlag gegen Frank Menden aus, mit dem er ihn zweifellos pulverisieren würde.

*Wie albern!*, dachte Frank noch, als ihm bewusst wurde, dass er in diesem Moment eigener Todesgefahr darüber nachdachte, ob Lilith die kurze Atempause wohl genügen würde, wieder genug zu Kräften zu kommen, um gegen den Engel bestehen zu können.

Das Schwert setzte sich in Bewegung. Wie in Zeitlupe sah Frank die blitzende Klinge beschleunigen, doch plötzlich war ein Schatten zwischen ihm und dem Engel. Lilith bereitete sich nicht auf Flucht oder Angriff vor, sondern warf sich in die Bahn der Engelsklinge. Ein eigener Energiestoß hielt den größten Teil des Angriffs von ihr ab, aber dennoch traf sie ein bläuliches Aufblitzen und warf sie zurück. Stöhnend blieb sie einen Moment lang liegen, aber bevor Michael sich wieder Frank zuwenden konnte, richtete sie sich auf und band so die Aufmerksamkeit des Engels mit klarer Priorität, um wen er sich zuerst kümmern musste.

*Das hat sie freiwillig getan*, schoss es Frank durch den Kopf. *Ich habe ihr nichts befohlen. Sie hätte ihn mich einfach erschlagen lassen können. Aber sie hat sich selbst in Gefahr gebracht, um mich zu retten.*

Michael trat einen Schritt an Lilith heran, das Schwert zum Schlag erhoben.

„Nicht!", rief Frank.

Der Engel zögerte. Nur für einen winzigen Moment, aber der genügte Lilith. Gedankenschnell war sie bei Michael, entwand ihm das Schwert und brachte ihn zu Fall. Ein schneller Hieb mit dem Knauf lähmte den Engel kurz, dann legte sich die von Blitzen umzüngelte Klinge der eigenen Waffe drohend an seine Kehle.

„Halt!", rief Frank Lilith zu. „Du kannst doch keinen Erzengel töten!"

„Warum nicht? Er hat es gerade bei mir versucht."

„Hat er nicht. Wenn er dich wirklich hätte erschlagen wollen, hätte

396

er sich nicht so viel Zeit gelassen."

„Du hast wohl Recht. Er würde mich niemals töten. Kein Engel würde das tun. Deswegen hat er gezögert. Sie dürfen es nicht. Ich trage das Kainsmal auf der Stirn – so wie alle, die aus dem Paradies verbannt wurden. Verdammt zur Unsterblichkeit. Zu ewiger Wanderschaft, ewigem Leid, ewiger Demütigung. Die schlimmste Strafe von allen."

Rann da wirklich eine Träne über Liliths Wange? Eine weitere Überraschung an einem daran reichen Tag.

„Ich glaube, das ist nur eine Strafe, weil du es dazu machst", sagte Frank. „Weißt du, es gibt einige Philosophen, die glauben, dass jeder sich Himmel oder Hölle selbst erschafft."

„Was weißt du denn schon von der Hölle?", brauste Lilith auf, ohne den bewegungslosen Engel aus den Augen zu lassen. „Du mit deinem kleinen Menschenverstand. Ihr habt keine Ahnung! Mit eurer ganzen naiven Philosophie kommt ihr der Wahrheit nicht annähernd nahe. Und selbst wenn ich dir die Hölle erklären würde – und ich war dort – würdest du immer noch nichts verstehen. Die schlimmste Hölle, die du dir vorstellen kannst – die Hölle auf Erden – habe *ich* erschaffen. Aber das ist nicht einmal ein müder Abklatsch von dem, was dich im Jenseits erwartet, wenn du wirklich Schuld auf dich geladen hast. Ja – du schaffst dir deine Strafe selbst. Das trifft tatsächlich einen Teil der Wahrheit. Trotzdem hat es nicht das Geringste gemein mit allem, was irgendein Mensch sich ausmalen kann."

„Was meinst du damit – die Hölle auf Erden hast du erschaffen?"

„Was ich meine?!" Lilith lachte trocken. „Hast du dich nicht gefragt, warum Michael so verärgert war, mich hier zu sehen? Weißt du, wo wir hier sind? Das Holocaust-Denkmal. Ohne mich würde es das nicht geben. Ohne mich hätte der Holocaust nie stattgefunden. Adolf Hitler, ein mieser, kleiner Niemand, ein Verlierer mit unerfüllten, irre geleiteten Phantasien. Bis er Eva Braun traf. Er war sehr empfänglich für ihre Einflüsterungen in den Liebesnächten. Ein hilfreicher Tipp zur rechten Zeit, die Utopie vom Herrenmenschen, vom tausendjährigen Reich. Warnungen vor Attentaten.

Unerwartetes Kriegsglück. Jedes kleine, gezielt platzierte Wort fiel auf fruchtbaren Boden. Aber dann lief es aus dem Ruder. Sein Größenwahn wurde zum Selbstzweck und führte weit über das hinaus, was ich mit ihm geplant hatte. Während er sich mit der ganzen Welt anlegen musste, hat er auf mich nicht mehr gehört, mich nur noch für ein Spielzeug gehalten – wie so viele egomanische Tyrannen vor ihm. Und dann war es plötzlich vorbei. Im Führerbunker hat er mir eine Zyankalikapsel verabreicht und sich dann selbst erschossen. Nur ist er im Gegensatz zu mir nicht wieder zu sich gekommen. Bis zuletzt hat er wirklich geglaubt, auch er würde wieder auferstehen. Hat noch gesehen, wie ich mich nach dem Vergiftungstod wieder erhoben habe. Erst danach hat er auf sich selbst abgedrückt."

„Du warst Eva Braun?", fragte Frank entgeistert.

„Die und viele andere", erwiderte Lilith, die immer noch den schwer atmenden Engel in Schach hielt. „Ich bin nicht stolz darauf – nicht mehr. Inzwischen bereue ich wahrhaftig vieles von dem, was ich angerichtet habe. Aber ich habe dir immer gesagt, dass ich viel Leid über die Menschen gebracht habe. Es wird nur immer weniger abstrakt, je näher es an dich heran rückt. Die Armeen Cäsars, die Christenverfolgung unter Nero, die isländische Königin Brynhilde, die Fee Morgana, alles ganz weit weg. Geschichte, Mythos, irgendwie schon wieder faszinierend. Aber die Nazis – das kannst du dir noch vorstellen, nicht wahr? Wieviele Menschen kennst du, die diese Zeit noch erlebt haben – die sie *über*lebt haben?"

Frank versuchte die Vorstellung abzuschütteln, aber tatsächlich hatte sich mit einem Schlag alles verändert. Das Bild, das er von Lilith hatte, war unwiederbringlich verdorben, verseucht, kontaminiert. Wie sehr hatte doch der unbekannte Schreiber der Nachricht die Wahrheit getroffen. Erst jetzt verstand Frank, mit wem er es zu tun hatte. Dämonin – schön und gut. Gefährlich – ja, sicher. Aber die Pogrome, die Konzentrationslager. Das würde er niemals verdrängen können.

„Nun hast du endlich verstanden, wer ich wirklich bin", sagte Lilith.

„Glaubst du, du kannst mich immer noch lieben?"

Frank Menden starrte nur reglos ins Leere. Er wusste es nicht –

wirklich nicht.

„Und jetzt soll ich diesen Engel verschonen?", fuhr Lilith fort. „Damit er wieder zu Kräften kommt, mich erneut quälen kann, beim nächsten Mal noch mehr auf der Hut? Warum sollte ich das wohl tun?"

„Bitte", krächzte Frank. „tu es für mich."

„Du *bittest* mich?", fragte Lilith verächtlich. „Du hast noch immer nicht verstanden, oder? Du glaubst tatsächlich an das Gute in mir? Oder hast du einfach nur vergessen, dass du mir befehlen könntest, und ich müsste gehorchen. Bist du dir so sicher, dass du sein Leben darauf zu verwetten bereit bist? Oder fängt das Spiel an, dir Spaß zu machen? Spürst du sie – die Macht über Leben und Tod? Genießt du es? Und hier steht mehr auf dem Spiel als das Leben eines Menschen – oder vieler. Du spielst Russisches Roulette an der Schläfe eines Engels. Und dabei musst du dir nicht einmal selbst die Hände schmutzig machen, denn dafür sind ja wir Dämonen da."

Die Blitze um Michaels Schwert flackerten heftiger. Sein Blick blieb fest. Da war keine Angst, aber doch eine gewisse Unruhe, als die blauen Flammen seiner eigenen Waffe unablässig um seine Kehle zuckten.

*Verdammt*, dachte Frank. *Was tue ich hier – und warum? Hat sie womöglich Recht? Ich halte das Leben eines Engels in der Hand und kann mich nicht entschließen, ihn mit einem einfachen Befehl zu retten, wenn ich dafür die Beantwortung der Frage nach Liliths Bekehrung weiter aufschieben muss. Oder vertraue ich ihr etwa wirklich? Will ich ihr so unbedingt vertrauen?*

Lilith blickte abwechselnd auf den Erzengel Michael und Frank Menden, ihr Mienenspiel wechselnd zwischen Verachtung und Mitleid, unabhängig davon, wen sie gerade ansah. „Ich bin nicht mehr, wer ich einst war", sagte sie, und Hoffnung keimte in Frank – vielleicht auch in dem Engel. „Vieles wurde unternommen und ist geschehen, um mich zu läutern", fuhr sie fort. „Aber war es genug? Vertraust du mir so sehr? – *Solltest* du mir so sehr vertrauen?"

Sie hatte selbstlos gehandelt, als sie den Schwerthieb des Engels gegen Frank mit dem eigenen Körper abgefangen hatte. Er hatte nichts befohlen oder gewünscht. Sie hatte ihn aus freien Stücken gerettet. Oder war sie gewiss, dass sie überleben würde? Dass ihr Verhalten den Engel auf diese Weise verwirren würde, um ihre Chance auf einen Sieg zu verbessern? Konnte er es riskieren, jetzt keinen Gehorsam zu erzwingen?

Frank holte Luft, um den Befehl zu rufen, immer noch unsicher, ob er es wirklich tun würde.

Lilith hob die Klinge des Engelschwerts an – um es zurückzuziehen oder um zum tödlichen Hieb auszuholen?

In diesem Moment flirrte die Luft um Lilith und den Engel, und dann war da ein zweiter weiß gekleideter Mann, bulliger als Michael, aber auch ein wenig kleiner, mit kurz geschorenen roten Haaren, aber der gleichen Sonnenbrille. Bevor irgendwer irgendetwas tun konnte, richtete er einen rot flammenden Säbel auf Lilith.

„Hallo Gabriel", begrüßte ihn Lilith. „Schade, dass du vorbei kommen konntest. Zuviel der Ehre, dass sich gleich beide Top-Erzengel um mich bemühen."

„Genug!" sagte der Neuankömmling ruhig, aber mit einer Stimme, die durch Luft schnitt wie ein heißes Messer durch Butter. „Niemand wird hier heute sterben. Und wenn doch, dann sei dir nicht so gewiss, wie unbedingt dich der Fluch wirklich schützt, wenn das Leben eines Engels auf dem Spiel steht."

„Oder das von zweien", sagte Lilith lächelnd und brachte Michaels Schwert in eine Position, von der aus sie beide Engel gleichermaßen erreichen konnte.

„Eine Art Patt, oder?", stellte sie fest. „Ich denke, wir sind uns einig, dass ich einen von euch erledigen kann und der andere dann wahrscheinlich mich. Das will niemand von uns, aber wie lösen wir die Situation auf?"

„Ganz einfach", sagte Gabriel. „Du ziehst dich langsam zurück und wir lassen euch beide ziehen."

„Gegenvorschlag", erwiderte Lilith. „*Du* ziehst dich zurück und ich lasse *euch* beide ziehen."

„Gar nicht gut", meinte Gabriel kurz angebunden. „Wir sind Engel – unserem Wort kann man vertrauen. Aber du ..."

„Ich habe mein Wort schon öfter gebrochen als irgendeiner von euch seines gegeben", vollendete Lilith den Satz. „Aber einerseits schließe ich manchmal von mir auf andere, und andererseits hast du selbst gerade angedeutet, dass auch ihr unter gewissen Umständen dazu bereit sein könntet, euch nicht an die Regeln zu halten. Vielleicht meint ihr ja, ich hätte es diesmal zu weit getrieben. Und schließlich habe ich Gefallen daran gefunden, dass man mir vertraut. Wie wäre es also mal mit einem Versuch?"

Frank schüttelte den Kopf angesichts der grotesken Situation, aber da flirrte die Luft ein weiteres Mal, und eine dritte Engelsgestalt materialisierte am Himmel über Berlin. Diesmal war es ein weiblicher Engel von überirdischer Schönheit, in langem, wehendem Gewand und mit gewaltigen Schwingen.

„Raphael!", riefen alle wie aus einem Mund.

„Ganz richtig", erklang die Stimme des dritten Engels, und es klang wie der Gesang himmlischer Chöre. „Hier hat es jetzt schon genug Gewalt und Taktieren gegeben. Nichts wird heute irgendwem geschehen, und nun verlassen alle diesen Ort in Frieden."

Im selben Moment verschwanden die Schwerter, als wären sie nie da gewesen.

Raphael strahlte solch eine Aura von Frieden aus, dass niemand – offenbar nicht einmal Lilith – auch nur einen Gedanken daran verwandte, sich ihrem Auftrag zu widersetzen. Die Engel breiteten ihre Schwingen aus, erhoben sich in die Lüfte und lösten sich in Nichts auf.

Ungläubig starrte Frank auf den Punkt am Himmel, an dem die Engel verschwunden waren. In den vergangenen Wochen hatte er einiges erlebt, aber die Begegnung mit drei Erzengeln reichte dennoch aus, um ihn erneut an seinem Verstand zweifeln zu lassen. Es dauerte eine Weile, bis er Liliths Hand auf seiner Schulter bemerkte und sich von ihr aufhelfen ließ.

Auch auf dem Weg zum Hotel überließ er sich wortlos ihrer Führung, die strahlenden Gestalten der Engel immer noch vor Augen.

## 48. Versöhnung

Der Weg zum Hotel führte sie an einem hübschen Café am Spreeufer vorbei, das noch geöffnet hatte. Es war ein lauer Abend, ein sanftes Lüftchen streichelte ihre Haare. Lilith schlug vor, sich an einen Tisch auf der Aussichtsterrasse zu setzen und ein wenig zu entspannen. Frank nickte und folgte ihr zu einem freien Tisch direkt am Geländer. Er setzte sich und sah teilnahmslos zu, wie Lilith dem Kellner winkte. Sie bestellte für beide einen Eiskaffee und für ihren Begleiter dazu einen doppelten Cognac. Als die Getränke gebracht wurden, hatte Frank noch immer kein Wort gesprochen.

„Was ist mit dir?", fragte sie, nachdem Frank ein paarmal gedankenverloren an dem Cognac genippt hatte. „Wir haben schon Schlimmeres durchlebt. Niemand ist heute gestorben oder auch nur verletzt worden, du hattest keine Vision aus der Vergangenheit, die Spree plätschert munter dahin ..."

„Mach' dich nicht über mich lustig!", unterbrach Frank sie schroff. „Du weißt genau, was los ist. Du hast es schließlich selbst gesagt: Die Einschläge kommen näher. Was du vor Jahrtausenden angerichtet haben magst, wird vom Schleier der Zeit weich gezeichnet. Wenn wir wie jetzt zusammen sitzen, ist es nur allzu leicht, alle Vorstellungen von einer Dämonin vom Anbeginn der Zeit als Fantastereien auszublenden. Aber die deutsche Erbschuld, die meiner Generation von Kindesbeinen an wie ein Stigma aufgeprägt wurde, ist allgegenwärtig. Ein Stigma, von dem man sich nur befreien kann, wenn man alles, was in dieser Zeit von hier ausgegangen ist, von Grund auf und aus tiefstem Herzen verurteilt. Und das zu Recht. Nichts davon darf vergessen oder verharmlost werden. Aber hier sitze ich jetzt mit Eva Braun beim Kaffeeklatsch. Schlimmer noch, wenn ich richtig verstehe, dann warst du nicht nur ein willenloses Werkzeug in der Gewalt des Rings, sondern zumindest willfährige Gehilfin, wenn nicht gar Mastermind im Hintergrund. Was immer zwischen uns war, was immer ich je für dich empfunden habe und trotz allem immer noch empfinde, kann das nicht beiseite wischen."

„Du wusstest immer über meine Natur Bescheid", wandte Lilith ein.

„Aber jetzt verstehe ich es zunehmend", stellte Frank grimmig fest. „Es stimmt: Ich wusste, *was* du *bist*, aber ich wusste – abgesehen von ein paar ausgewählten Beispielen – nicht, *wer* du *warst*. Und vor allem habe ich mittlerweile nicht mehr die geringste Ahnung, *wer du jetzt bist*!"

„Ich bin deine gehorsame Ehefrau", sagte Lilith ernsthaft und hielt ihre Hand mit dem Ring in die Höhe.

„Könntest du bitte mal auf deinen Zynismus verzichten?!" Man konnte Frank Menden ansehen, dass er sich nur mit Mühe davon abhielt, mit der Faust auf den Tisch zu schlagen. „Wie du immer wieder betonst, hat dieser Gehorsam jede Menge Ausnahmen und praktisch immer zumindest einen Pferdefuß. Seit mir der sterbende Bruder Michael diesen verdammten ..." Er stockte kurz und betrachtete seine rechte Hand. „... diesen *wahrhaftig* verdammten Ring an den Finger gesteckt hat, werde ich das Gefühl nicht los, vollständig manipuliert zu werden. Und immer wieder verstärkt sich der Verdacht, dass *du* irgendwie hinter allem stecken könntest – Fluch des Rings hin oder her."

Frank schluchzte kurz und leerte das Cognacglas in einem Zug.

„Ich halte das alles nicht mehr aus. Ich bin kein im Glauben gefestigter Mönch. Diese Aufgabe geht über meine Kräfte. Ich wünschte, ich könnte das alles vergessen und einfach mein normales Leben zurückbekommen."

„Kein Problem, wenn du das wirklich möchtest", sagte Lilith leise, aber so deutlich, dass sich die Worte ihren Weg mit diamantener Klarheit in Frank Mendens Bewusstsein schnitten.

„Könntest du das wirklich tun?", fragte er ungläubig. „Könntest du meine Erinnerungen so verändern, dass ich von alledem nichts mehr weiß und auch nicht durch irgendwelche Unstimmigkeiten später darauf gestoßen würde?"

„Aber natürlich", erwiderte Lilith ohne den Hauch eines Zweifels.

„Wenn du es befiehlst, habe ich gar keine andere Wahl. Die Frage ist lediglich: Ist es das, was du willst?"

„Interessant", meinte Frank, der plötzlich aus seiner Apathie zu erwachen schien. „Das wäre also einer der Befehle, die du befolgen müsstest. Aber abgesehen davon, was dann mit dir passieren würde – wäre es dir möglich, auch nur bestimmte Erinnerungen zu löschen?"

„Selbstverständlich. Wenn du nur meine Nazi-Vergangenheit vergessen möchtest ..."

„Das meine ich nicht", winkte Frank ab. „Damit würde zwar alles wieder viel leichter, aber es würde ja mein Bild von dir verfälschen. Wie sollte ich dann noch meiner Verantwortung gerecht werden? Aber mir kommt gerade ein Gedanke, vielleicht ein Déja-vu. Womöglich waren wir ja schon einmal so weit wie jetzt. Vielleicht habe ich da nur weniger nachgedacht und unvorsichtigerweise zu früh um partielle Amnesie gebeten. Wenn ich dir jetzt befehlen würde, alle eventuellen Amnesien der Vergangenheit wieder rückgängig zu machen, ..."

„... würde ich es tun – es sei denn, du hättest mir damals aufgetragen, genau solch einem Befehl zukünftig unter keinen Umständen Folge zu leisten."

„Wären dann nicht beide Befehle gleichermaßen bindend? Was würden zwei widersprüchliche Befehle gleicher Stärke bewirken?"

„Gute Frage. Bisher ist das nie vorgekommen, aber wahrscheinlich könnte ich dann frei entscheiden."

„Und wenn ich dich einfach darum bäte?"

„Dann läge es wohl auch in meiner Entscheidung. Aber wenn du mir misstraust, was macht dich sicher, dass ich mich nicht dazu entschließen würde, dich zu meinem Vorteil zu manipulieren?"

„Ich weiß, auch so eine Diskussion haben wir schon geführt, als es um die Verpflichtung zur Wahrhaftigkeit ging. Ich glaube, es gibt keinen Ausweg. In meinem Geist dreht sich alles, aber freiwillige Amnesie kann nicht die Lösung sein, die ich akzeptieren würde. Falls das in der Vergangenheit anders gewesen sein sollte, bringe das bitte wieder in Ordnung."

„Ein Befehl?"

„Ein Befehl, eine Bitte – aber du sagtest ja, das läuft sowieso auf dasselbe hinaus. Mir wird langsam klar, dass keine noch so umfassende Informationssammlung mir ein vollständiges Bild von dir wird vermitteln können, aber ich will zumindest auf keinen Teil mutwillig verzichten. Und das gilt hiermit ein für allemal."

„Keine Sorge, da war nichts. Aber ich werde mir deinen Wunsch für eventuelle zukünftige Gelegenheiten merken."

Frank seufzte schwer und nahm einen ersten Zug durch den Strohhalm in seinem Eiskaffee. Wie schon so oft, betrachtete er Lilith eingehend und genoss den Anblick ihrer makellosen Schönheit, gepaart mit einer erotischen Ausstrahlung, die ihresgleichen suchte, und der Aura von Macht und Geheimnis, die unmissverständlich an ihre dämonische Natur erinnerte. Aber zugleich blieb diesmal ein gewisser Abstand, der verhinderte, dass ihn diese Eindrücke vollständig überwältigten.

„Hättest du es wirklich getan?", fragte er unvermittelt.

„Was getan?"

„Den Engel getötet. Als du die Gelegenheit hattest. Wenn ich es erlaubt hätte."

„Wirklich zweifelsfrei wirst du das nie erfahren", sagte Lilith. „Und ich auch nicht", ergänzte sie nachdenklich. „Ich habe mich verändert. In all den Jahrtausenden, aber noch mehr im letzten Jahrhundert und ganz besonders in den letzten Wochen. Die Vindicandi haben mich verändert. Du hast mich verändert. Aber in welchem Ausmaß, das vermag ich selbst nicht zu erkennen. Letztlich können das nur Taten erweisen."

„Ich wünschte so sehr, dir das glauben zu können", seufzte Frank und lutschte die Sahne von seiner Waffel. „Aber ich weiß überhaupt nicht mehr, was ich glauben soll – was ich glauben kann. Wie gesagt – ich bin kein Mönch, sondern immer schon ein Zweifler gewesen."

„Das Privileg des Strenggläubigen ist seine Selbstsicherheit", erklärte Lilith. „Es ist zugleich seine Stärke und seine Schwäche. Das Privileg des Zweiflers ist seine Fähigkeit, immer wieder neu zu bewerten und zu lernen. Es ist seine Gabe und sein Fluch. Die Frucht vom Baum der Erkenntnis bekommt nicht allen gleichermaßen. Dennoch macht sie euch erst zu Menschen."

Sie lächelte, und auch Frank gelang es, dasselbe zu tun. Er ließ es sogar zu, dass sie ihre Hand kurz auf seine legte.

„Aber vergiss nicht", fügte sie noch hinzu. „Ich habe diese Frucht nie genossen, denn ich wurde vor dem 'Sündenfall' aus dem Paradies verbannt. Die Worte *Gut* und *Böse* besaßen nie eine Bedeutung für mich."

Nachdenklich saßen sie stumm beisammen und blickten beide versonnen auf die Spree, die sanft glucksend an ihnen vorüberzog, während sich die Nacht wie ein weiches, dunkles Tuch auf die Stadt herab senkte. Sie beobachteten die Lichter, die, eins nach dem anderen, überall aufflammten und bald, wie in einem invertierten Gemälde, gleich einem Sternenhimmel hinauf zum wolken-verhangenen Firmament leuchteten.

## 49.  Enthüllung

„Wie konnte es nur dazu kommen?"

Noch bevor er die Frage aussprach, wusste Frank, dass er die Antwort eigentlich nicht hören wollte. Aber dennoch musste er sie stellen.

„Wozu genau?"

„Zu all dem hier. Warum sitzen wir hier – du und ich? Du warst Nofretete, Agrippina, Poppea, Cleopatra, Salome, Brunhilde, Morgana, Lucrezia Borgia, ... – und Eva Braun. Die Geschichte der Welt wäre  anders verlaufen ohne dein Zutun." Er seufzte. „Und wer war ich? – Ein Musiker, ein Ninja, ein Gladiator, ein Ritter … und was auch alles sonst noch. Aber anscheinend irgendwie immer wieder ein glückloser Niemand auf der Suche nach dir."

Bisher hatte er immer noch ziellos auf die Lichter der Stadt geschaut, aber nun wandte er sich zu Lilith um.

„Was ich meine, ist: Was hat uns gerade jetzt zusammen geführt? Wie kommt es, dass ausgerechnet ich den Ring trage, dass wir hier sitzen und miteinander reden? Ist das alles Zufall oder steckt irgendein Plan dahinter – und wenn ja, ist es ein himmlischer oder ein höllischer Plan – und nicht vielleicht doch *dein* Plan?"

Lilith holte tief Luft, aber Frank unterbrach sie.

„Vergiss es, du musst nicht antworten. Entweder kennst du die Wahrheit selbst nicht oder du würdest sie mir nicht sagen. In jedem Fall würde ich dir nicht glauben."

Hilflos hob er beide Hände und ließ sie resignierend wieder fallen.

„Aber etwas muss ich jetzt doch noch wissen, da wir wohl weiter nicht voneinander loskommen und ich die Darknet-Recherche abgebrochen hatte: Wie kam es, dass du den Vindicandi noch einmal entkommen bist, nachdem sie Lucrezia in ihre Obhut genommen hatten (es hatte etwas mit Tut-Ench-Amun zu tun, nicht wahr?), welchen Anteil hattest du genau an den Nazi-Gräueln – spielte der Ring dabei eine Rolle oder nicht – und wie haben die Vindicandi dich später wieder eingefangen?"

„Ich verstehe", sagte Lilith und blickte weiter in die Ferne. „Du willst den Rest meiner Geschichte hören, bis zu dem Tag, an dem wir einander begegnet sind. Du willst wissen, und du willst verstehen."

Frank nickte und lehnte sich wieder zurück. Dann begann Lilith mit ihrer Erzählung.

\*\*\*

„Über viele Jahrhunderte hinweg war Rom ein Zentrum der Macht und darüber hinaus der Ort, von dem aus ich meine Rache an denen ausüben konnte, welche die Nachfolge Echnatons angetreten hatten – jenes Pharao, der mir erstmals den Ring angelegt und mir die Freiheit genommen hatte. Und damit eigentlich an dem, der ihm den Ring gegeben und der mich zuvor schon aus dem Paradies vertrieben hatte.

Schon als Senatorin Marozia hatte ich heimlich die Geschicke im Vatikan gelenkt und glaubte, dasselbe später als Lucrezia wieder tun zu können. Doch dabei muss ich es wohl übertrieben haben. Die Vindicandi wurden auf mich aufmerksam und taten, worauf sie schon lange gewartet hatten: Sie schlugen mich in den Bann des Rings und verheirateten mich ins ferne Ferrara, wo ich unter dem Zwang meines Gemahls ein beschauliches Leben führte. Er war gut zu mir, aber irgendwann musste Lucrezia altern und sterben.

Die Vindicandi hatten sich gut auf diesen Tag vorbereitet, und so begann die kontinuierliche Kette der Ringweitergaben von einem Mönch an den nächsten. Um nicht immer wieder gegenüber der Öffentlichkeit die Illusion eines endlichen menschlichen Lebens liefern zu müssen, zogen sie sich mit mir zurück in ein kleines, unscheinbares Kloster in den Bergen der italienischen Provinz. Dort lebte ich über Jahrhunderte hinweg ein weitgehend ereignisloses Leben in Gefangenschaft. Die meiste Zeit beschränkten sich die Mönche darauf, mich von der Welt abzuschotten. Einige Eiferer legten mir hin und wieder Bußwerke auf, während andere, eher idealistisch veranlagte, mich durch Sanftmut und Ansprache auf den Pfad der Tugend zu leiten versuchten. Ich ließ alles gelangweilt über mich ergehen und wartete auf eine Gelegenheit, zu entkommen."

„Eine Gelegenheit, die sich erst mit der Entdeckung von Tut-Ench- Amuns Grab bot."

„Auch nicht direkt. In meinem, der Welt entrückten, monasterischen Kerker erfuhr ich zunächst nichts von der Entdeckung des britischen Archäologen Howard Carter im Jahr 1922. Er hatte das einzige Pharaonengrab gefunden, das die bis dahin vergangenen zweieinhalb Tausend Jahre unangetastet überdauert hatte. Das Grab, das Echnaton noch vor seinem Tod für seinen Nachkommen vorbereitet hatte, war das best gesicherte aller Zeiten. Ich hätte mir denken können, dass er dort die Anweisungen für den Umgang mit dem Ring verborgen hatte, um das Dokument auch nach seinem Ableben vor meinem Zugriff zu schützen. Aber jedenfalls fanden die Forscher in dem Grab auch die Papyrusrolle, die Echnaton in weiser Voraussicht für seinen Sohn hatte anfertigen lassen."

„*Sein* Sohn – nicht auch deiner?"

„Nein. Tutanchaton war der Sohn einer Nebenfrau. Echnaton wusste, wer ich war. Niemals hätte er zugelassen, dass eine Frucht meines dämonischen Leibes jemals seinen Thron besteigt. Würdest du ein Kind mit mir haben wollen?"

Sie blickte Frank herausfordernd an. Als der nur mit betretenem Schweigen antwortete, fuhr sie mit ihrer Erzählung fort.

„Keiner der Expeditionsteilnehmer ahnte wohl, welchen Fund sie tatsächlich gemacht hatten, aber es war nur eine Frage der Zeit, bis sie sich neben den zahllosen anderen Fundstücken auch mit der Schriftrolle befassen und sie entschlüsseln würden. Doch irgendwer musste dank der weltweiten Aufmerksamkeit, die Carters Entdeckung auf sich zog, davon erfahren haben, der zumindest ahnte, was sich unter den Grabbeigaben befand. Jedenfalls starben innerhalb weniger Jahre nach der Öffnung des Grabes etliche Mitglieder des Expeditionsteams unter mysteriösen Umständen."

„Der 'Fluch des Pharao'."

„Genau. Nur hatte das nichts mit Schutzmaßnahmen für das Grab zu tun oder einer Bestrafung für dessen Schändung. Vielmehr hat jemand systematisch und wenig zimperlich nach der Papyrusrolle gesucht, bis er sie schließlich in Händen hielt."

„Aber du hast keine Ahnung, wer dieser 'Jemand' war?"

„Leider nicht. Er ist selbst nie in Erscheinung getreten, sondern hat immer nur Handlanger vorgeschickt, die keinerlei Hinweise auf die graue Eminenz im Hintergrund liefern konnten. Aber ich bin sicher, es war dasselbe Wesen, das auch hinter dem Massaker im Klosterberg steckt, dem Angriff im Kölner Dom, der Ermordung Jacob Devlins ..."

„Schon gut, ich hab's verstanden. Aber wie bist du dann aus dem Kloster entkommen?"

„Das Schriftstück, das Echnaton für seinen Sohn hinterlassen hatte, beinhaltete detaillierte Anweisungen für die reguläre Weitergabe des Rings und seine Beschwörung, sollte er durch Verletzung dieser Regeln verloren gegangen sein. Es enthielt auch eine eindringliche Warnung vor jedem Versuch, sich den Ring gewaltsam anzueignen, aber keine nähere Beschreibung der unmittelbaren und mittelbaren Konsequenzen eines solchen Versuchs. Wer immer die Schrift an sich gebracht hatte, ging wohl davon aus, nicht direkt an einem gewaltsamen Akt gegen den Ringträger teilnehmen zu dürfen und muss angenommen haben, dass der Ring beim Tod des rechtmäßigen Trägers einfach verschwinden und anschließend mithilfe der Anleitung neu beschworen werden könne. Tatsächlich ist es jedoch so, dass niemand, der auch nur entfernt an einer illegitimen Handlung gegen den Ringträger beteiligt ist, danach den Ring neu heraufbeschwören kann.

So kam es, dass das italienische Kloster der Vindicandi eines Tages aus heiterem Himmel angegriffen wurde, wobei der Ringträger den Tod fand und ich nach Jahrhunderte währender Gefangenschaft meine Freiheit zurückgewann."

„Und du warst voller Zorn."

„Das kannst du laut sagen. Zuerst löschte ich die Vindicandi aus – alle bis auf einen, den greisen vorletzten Ringträger, der mich mit großer Güte behandelt und ernsthaft versucht hatte, mir in geistlichen Gesprächen auf Augenhöhe zu dem zu verhelfen, was er für Einsicht in das Wesen der menschlichen Seele hielt.

Dann wollte ich zurück an die Schaltstelle der Macht. Doch die lag zu der Zeit nicht mehr in Rom. Es war das Ende der 30er Jahre, und gerade schickte sich ein ebenso talent- wie glückloser Möchtegern-Künstler und - Politiker aus dem österreichischen Braunau nach einem erfolglosen Putschversuch an, an der Spitze der wieder aufgebauten und neu formierten Nationalsozialistischen Deutschen Arbeiterpartei die Macht in Deutschland zu übernehmen."

„Adolf Hitler!"

„Eben der. In seinem rassistischen und expansionistischen Größenwahn war der vierzigjährige Egomane nur zu empfänglich für die Reize eines siebzehnjährigen blonden, blauäugigen Mädchens, das seiner Selbstverliebtheit schmeichelte und ihm wie ein Glücksbringer erscheinen musste, denn seit seiner Begegnung mit Eva Braun waren urplötzlich all seine Aktionen auf wundersame Weise von Erfolg gekrönt."

„Dann bist du also wirklich zu wesentlichen Teilen mit verantwortlich für die Gräuel der Naziherrschaft und des Zweiten Weltkriegs", flüsterte Frank entsetzt. „Und der Ring hat dabei überhaupt keine Rolle gespielt."

„Abwarten", sagte Lilith und nahm den unterbrochenen Erzählfaden wieder auf.

„Nach Hitlers Machtübernahme war das Deutsche Reich auf dem besten Weg, sein Regiment des Schreckens auf die ganze Welt auszudehnen. Doch dann entwickelte Heinrich Himmler, der Anführer von Hitlers Leibgarde, die Wahnvorstellung, einer Blutlinie von Hexen zu entstammen, und setzte alles daran, dafür in seiner Ahnenreihe einen historischen Beweis zu finden. Außerdem hatte er wohl den Eindruck – und lag damit nicht einmal falsch – dass die Erfolge des Nationalsozialismus durch übersinnliche Mächte begünstigt würden. Jedenfalls rief er das Kommando 'H-Sonderauftrag' ins Leben, dessen Aufgabe darin bestand, weltweit geschichtliche Quellen nach Hinweisen auf das Wirken von Hexen zu durchforsten."

„Oho!", rief Frank aus. „Und dabei stießen sie auf dich."

„Ich hatte über die Zeitalter hinweg mehr als genug Spuren hinterlassen. Aber unglücklicherweise war das damals letzte prominente Zeugnis zauberischer Kräfte der Fluch des Pharao, und deshalb suchten sie auch besonders in den Hinterlassenschaften der getöteten Teilnehmer von Carters Expedition, wo sie bei einem Gelehrten mit Kenntnissen über altägyptische Hieroglyphen fündig wurden. Bis zu seinem Tod hatte die Schriftrolle sich in seinem Besitz befunden, und er hatte eine, wenn auch unvollständige, Übersetzung angefertigt, die seine Mörder im Überschwang, endlich des Originals habhaft geworden zu sein, wohl übersehen hatten. Jedenfalls tauchte Himmler mit der Abschrift bei seinem Führer auf, und beschwor damit das Risiko meiner Enttarnung herauf. Nicht auszudenken, was hätte passieren können, wenn Adolf Hitler den Ring und damit Befehlsgewalt über mich erlangt hätte."

„Schlimmer als das, was schon dank deiner freiwilligen Mithilfe geschehen war?"

„Für mich schon. Ich hatte viel zu lange unter dem Befehl unzähliger Männer, darunter einige Tyrannen verschiedenster Couleur, gestanden, als dass ich es diesem größenwahnsinnigen

Giftzwerg erlaubt hätte, mich seinem Willen zu unterwerfen. Immerhin hatte ich es zu dem Zeitpunkt noch in der Hand, das alles jederzeit zu beenden. Und genau das habe ich getan."

„Dann hast du auch daran mitgewirkt, dass sich das Schlachtenglück schließlich wendete?"

„Und keinen Tag zu früh. Zunächst hatte Adolf Himmlers Hexenideen noch als Humbug abgetan und nur an sich selbst und die Kraft der 'Vorsehung' geglaubt, aber als ihm klar wurde, dass der Krieg endgültig verloren war, war er bereit, nach dem letzten Strohhalm zu greifen. Also ließ er Himmlers Schergen den Ring herbei beschwören und inszenierte unsere Hochzeit. Nach einem überzeugenden, gemeinsamen Selbstmord wollte er mit mir wieder auferstehen und aus dem Untergrund heraus die Wiedergeburt seines 'Tausendjährigen Reiches' betreiben. Glücklicherweise war jedoch die Übersetzung, wie gesagt, unvollständig, so dass er das Ritual nicht korrekt vollzog und ich deshalb nicht verpflichtet war, ihn wunschgemäß zu beschützen. So ließ ich ihn in dem Glauben, ich würde ihn, ebenso wie mich selbst, wiedererwecken, und er starb schmählich im Berliner Führerbunker in vergeblicher Erwartung einer triumphalen Auferstehung von den Toten."

„Und danach?"

„ Als *der Führer* tot war, legte ich mich einfach wieder zu den Leichen und nahm sogar in Kauf, mit Benzin übergossen und verbrannt zu werden. Schließlich geht nichts über einen starken und glaubwürdigen Abgang, wenn man danach ein neues Leben anfangen will. Später habe ich mich in neuer Gestalt wieder aus dem Grab erhoben und mein Werk betrachtet. Die Welt lag in Trümmern, aber ich konnte keine Zufriedenheit empfinden. Und ich hatte ein Problem."

„Ein Problem?"

„Adolf Hitler war tot, aber er hatte den Ring für kurze Zeit getragen, bevor er sich selbst das Leben nahm. Auch wenn seine Legitimität in der langen Reihe meiner Gemahle unvollständig und zweifelhaft war, mochte dies genügt haben, um den Bann aufzuheben, der die unbekannte Macht, die sich Echnatons

Vermächtnis angeeignet hatte, zunächst daran gehindert hatte, selbst den Ring zu beschwören. Wer immer das war, verband damit eine klare Absicht und wusste, was er tat. Auf keinen Fall wollte ich mich dieser Macht unterwerfen. Eher war ich bereit, mich selbst wieder in die Obhut der Vindicandi zu begeben."

„... die du ausgelöscht hattest."

„Die ich *fast* ausgelöscht hatte. Wie erwähnt, hatte ich einen von ihnen am Leben gelassen. Und er war in der Zwischenzeit nicht untätig gewesen. In den wirren Weltkriegsjahren hatte er den Orden neu aufgebaut, und mit ihm nahm ich Kontakt auf. Ich bot ihm an, mich aus freien Stücken dem Orden neu unterzuordnen, wenn dieser versprach, mich in der Tradition weiter zu behandeln, die er begonnen hatte, und wenn man mir erlaubte, mich an der Ausgestaltung meines Gefängnisses zu beteiligen."

„So bist du also zu deinem Luxuskerker im Klosterberg gekommen."

„... und konnte dafür sorgen, dass wir eine ganze Weile unentdeckt geblieben sind. Aber leider ist der Feind uns dann offenbar schließlich doch auf die Schliche gekommen und hat einen neuen Versuch unternommen, sich des Rings – und meiner – zu bemächtigen. Der Rest ist dir bekannt."

„Nur zu gut", seufzte Frank und zog fröstelnd seine Jacke enger um die Schultern. Es war spät geworden. „Lass uns zum Hotel gehen."


## 50. Fluch der Unsterblichkeit


In der Nacht fand Frank lange keinen Schlaf und blätterte in den Büchern, mit denen das Hotelzimmer ausgestattet worden war. Bald dröhnte ihm der Kopf von den verschiedenen Kategorien von Engeln und den – je nach Quelle – unterschiedlichen Namen der sieben Erzengel. Allerdings waren sich sämtliche Quellen darin einig, dass er heute mit den drei höchsten und mächtigsten Wesen zusammengetroffen war, welche in irgendeiner Hierarchie der Himmlischen Mächte – abgesehen von der Obersten selbst - bekannt war.

Irgendwann fiel er dann doch in einen erschöpften Schlaf und was immer er träumte, erschien ihm weniger unwirklich als die Erlebnisse des vergangenen Tages.

Nach einem üppigen – wiederum vegetarischen – Frühstück traten sie ohne Hast die letzte Etappe ihrer Dienst- und Hochzeitsreise an, die sie im Intercity Express „Sprinter" in weniger als fünf Stunden nach Bonn führen sollte, in einem Abteil der Ersten Klasse, das die Adamson Corp. vollständig für das Paar reserviert hatte.

Frank lehnte sich entspannt zurück. Anders als bei früheren Zugfahrten mit großem Gepäck hatte er keine Sorge um ihre Koffer, auch wenn diese im Gepäckabstellraum und somit nicht in Sichtweite abgestellt waren. Er hatte aber daran gedacht, Lilith die Gepäckstücke mit einem Zauber belegen zu lassen, der sie für alle anderen Personen uninteressant erscheinen ließ. Sie hatte angeboten, einen schweren Fluch darüber zu legen, aber Frank hatte sich des Romans „Per Anhalter durch die Galaxis" von Douglas Adams erinnert, in dem ein abgestelltes Gefährt mit einem solchen Feld geschützt wurde, das zwar nicht verhinderte, dass Passanten das Objekt grundsätzlich wahrnahmen, wohl aber, dass sie sich weiter dafür interessierten, als einfach einen Zusammenstoß vermeiden zu wollen. Solch ein Feld schützte nun also auch auf harmlose, aber effektive Weise ihre Koffer und Taschen, ohne dass sie ständig ein Auge darauf haben mussten. Darüber hinaus hatte er Lilith auch angewiesen, ihre gesamte Konversation im Zug auf die gleiche Weise zu schützen, wie sie auch zuvor bereits sowohl elektronisches als auch akustisches Abhören ihrer vertraulichen Gespräche verhindert hatte. Indem er Lilith die Entscheidung überließ, welche Passagen eines Gesprächs sie nach außen hin als harmloses Geplänkel erscheinen ließ, mussten Anfang und Ende der kraftraubenden magischen Verschlüsselung nicht mehr so eng wie zu Anfang festgelegt werden. So konnte er sich nun tatsächlich ganz auf die Fahrt konzentrieren. Und auf das, was er mit Lilith unter vier Augen besprechen wollte.

Zunächst sann er aber auf etwas Ruhe, und als sich der Zug in Bewegung setzte, gelang es ihm tatsächlich für einen Moment, sich vorzustellen, er befinde sich allein auf der Rückfahrt von einer ganz normalen Dienstreise, habe soeben das Abteil betreten und sehe sich nun dieser atemberaubenden Frau gegenüber, die ihn freundlich anlächelte. Die nächsten Minuten würde er damit zubringen, sie unauffällig einfach anzusehen und nach einem Grund zu suchen, sie anzusprechen. Wenn sie nicht bereits an der nächsten Station, Berlin Spandau, wieder aussteigen würde (und danach sah es nicht aus, denn sie hatte ihren Mantel abgelegt und gemütlich die Beine übereinander geschlagen), würde ihm das mindestens knapp zwei Stunden in ihrer Gesellschaft geben und damit hinreichend Gelegenheit, irgendwie ins Gespräch zu kommen. Dennoch war ihm bewusst, dass eine jegliche reguläre Reisebekanntschaft mit ihrem oder seinem Ausstieg am Zielbahnhof enden würde. Niemals würde es ihm unter normalen Umständen gelingen, eine solche Frau dazu zu bewegen, ihm auch nur ihre Telefonnummer zu geben – wenn er sich denn überhaupt dazu überwinden könnte, das Wort an sie zu richten. Aber rechtzeitig fiel ihm wieder ein, dass die Traumfrau, der er gegenübersaß, durch einen Ehering mit ihm verbunden war, den Zug in Bonn gemeinsam mit ihm verlassen und ihn darüber hinaus zu seiner Wohnung begleiten würde. Bevor das wohlig-warme Gefühl, das ihn angesichts dieser Erkenntnis erfüllte, aber Überhand nehmen konnte, wurde ihm ebenfalls bewusst, dass die Frau gegenüber nicht nur mit ihm verheiratet war, sondern auch eine Dämonin, die seit Anbeginn der Zeit ihr Unwesen trieb und Millionen und Abermillionen von Menschenleben auf dem Gewissen hatte – sofern sie denn über ein Gewissen verfügte. Und falls nicht, würde er selbst jedes weitere Menschenleben, das sie vernichten würde, ganz persönlich auf *sein* Gewissen laden!

Offenbar hatte diese Vorstellung seine Miene verdüstert, denn Liliths Lächeln verwandelte sich in besorgtes Stirnrunzeln.

„Frank, hast du etwas?"

„Hmm."

„Was denn?"

415

„Sorgen."

„Worüber?"

„Über unsere Zukunft."

„Oh."

Eine Weile herrschte Schweigen. Dann entschloss sich Frank, Lilith an seinen Überlegungen teilhaben zu lassen.

„Unsere Reise nähert sich dem Ende", begann er, „und damit auch die Zeit, die wir größtenteils gemeinsam verbringen konnten."

„Ist das nicht das Schicksal jeder Hochzeitsreise?", fragte Lilith, scheinbar unschuldig. Aber natürlich wusste sie, worauf Frank eigentlich angespielt hatte.

„Ich weiß nicht, wie es weitergehen soll", fuhr er deshalb unbeirrt fort.

„Der Ring an meinem Finger ist wie ein Mühlstein um meinen Hals, der mich Tag für Tag tiefer in den Abgrund zieht. Ich komme mir vor wie der Hobbit Frodo Beutlin in J. R. R. Tolkiens Fantasy-Epos 'Der Herr der Ringe', aber im Gegensatz zu mir hatte der immerhin ein klares Ziel vor Augen: Er wusste, was zu tun war, um sich des Meisterrings ein für allemal zu entledigen und die Welt von dessen bösartigem Einfluss zu befreien."

„Würdest du deinen Ring denn endgültig vernichten wollen, wenn du es könntest – und mich dazu?"

„Nein, nein! Ich möchte dich nicht vernichten. Nicht, solange ein Funken Hoffnung in mir glüht, dass die Vindicandi Recht hatten und die Fähigkeit zu Gutem in dir steckt. Solange ich zumindest manchmal glauben kann, dass dieses Gute in dir schon aufgekeimt ist und weiter wachsen kann. Solange ich den Hauch einer Chance sehe, dieses Gute in dir zu kultivieren. Aber dieser Aufgabe fühle ich mich nicht gewachsen. Während der Reise waren wir fast immer zusammen, und trotzdem sind zwei Menschen tot: Jacob Devlin ...“

„... womit ich nichts zu tun habe, auch wenn du daran zweifelst (und dem auch du keine Träne nachweinst, wenn du ehrlich bist) ...“

„... und Merlin."

„Zugegeben, damit habe ich zu tun. Aber du wirst nicht bestreiten können, dass Merlins ultimatives Ende letztlich auf dein Konto geht."

„Genau das meine ich ja", jammerte Frank verzweifelt. „Ich bin voll der besten Absichten, bemühe mich, das Richtige zu tun, aber damit scheitere ich nicht nur, sondern führe schließlich selbst das herbei, was ich zu verhindern trachte. Wie den Tod des größten guten Zauberers aller Zeiten -und der einzigen Person, die mich vielleicht von meiner Bürde hätte befreien können, weil ich an ihn den Ring guten Gewissens hätte abtreten können."

„Du solltest dein Licht nicht unter den Scheffel stellen", beschwichtigte Lilith sanft. „Du erkennst nicht, wieviel Gutes du bewirkst und wie viel von dem, was du betrauerst, sich deinem Einfluss entzieht."

„Aber wie kann ich das Werk der Vindicandi fortsetzen? Bald werde ich wieder täglich meinem Beruf nachgehen, während dir zuhause die Decke auf den Kopf fällt."

„Ich könnte mir ein Hobby suchen."

„Genau davor habe ich Angst."

„Also gut", räumte Lilith ein. „Wir werden nie ein normales Ehepaar sein. Aber das müssen wir auch nicht. Wenn du dich auf meine Fähigkeiten einlässt, gibt es keine Grenzen. Niemand kann dich zwingen, überhaupt einer geregelten Arbeit nachzugehen. Du kannst tun und lassen, was du willst. Ich kann dir jederzeit verschaffen, was immer du dir wünschst. Mit mir kannst du dein Leben – und wenn du willst, die ganze Welt – nach deinen Wünschen gestalten."

„Davor habe ich nicht weniger Angst. Führe mich nicht in Versuchung! Ich will und darf nicht den Boden unter den Füßen verlieren, wenn ich meiner Verantwortung auch nur ansatzweise gerecht werden will. Und außerdem ist es letzten Endes keinem deiner Gatten gut bekommen, Träumen von der Weltherrschaft nachzuhängen."

„Was stellst du dir dann vor?"

„Eben das ist mein Problem", gestand Frank. „Ich weiß es nicht. Auch das scheinbar normale Familienleben hat schließlich nicht funktioniert. Und welchen Anteil du auch selbst an den grauenvollen Ereignissen der vergangenen Wochen haben magst oder nicht, so gibt es definitiv weitere Akteure mit magischen Kräften und eigenen Interessen. Was soll ich nur tun?"

„Wenn du mich so fragst", sagte Lilith schmunzelnd, „könntest du mir auch einfach die Freiheit schenken."

Frank stutzte für einen Moment.

„Könnte ich das tatsächlich? – Wäre es überhaupt grundsätzlich möglich?"

„Selbstverständlich. Es hat nur bisher niemand gewollt – oder gewagt." Frank zögerte. Er schien tatsächlich über diese Option nachzudenken, die ihm bisher nie in den Sinn gekommen war. Aber dann erschien sie ihm auch einfach zu absurd.

„Wenn ich dir nur vertrauen könnte ...", seufzte er.

„Genau das ist der Punkt. Ob du mir wirklich vertrauen kannst, wirst du erst dann sicher wissen, wenn du es darauf ankommen lässt. Aber dann gibt es kein Zurück." Lilith ließ kurz ihre Worte wirken. „Und deshalb wirst du es wohl auch nicht tun", ergänzte sie schließlich resignierend.

Frank schwieg. Doch dieses Schweigen war Antwort genug. Die anfänglich entspannte Atmosphäre war dahin. Aber die Illusion, der er sich zu Beginn der Fahrt hingegeben hatte, konnte ohnehin nicht von langer Dauer sein. Allerdings hatte ihn das unvermeidliche Gespräch über die Zukunft nach der Rückkehr in den Alltag auch einer Lösung seines Dilemmas kein Stück näher gebracht.

Der Hochgeschwindigkeitszug brauste dahin und die Geschwindigkeitsanzeige an der Abteilwand näherte sich der magischen Grenze von 300 km/h, überschritt sie kurz und fiel dann wieder knapp darunter. Frank erinnerte sich der Autofahrt mit gleicher Geschwindigkeit an der italienischen Küste entlang. Das Gefühl war ein ganz anderes gewesen, angespannt, berauschend, selbstbestimmt, wenngleich an der Grenze der Beherrschbarkeit, aber im Angesicht des Todes lebendig! Dennoch begann Frank die kontrolliert rasende Fortbewegung des Zuges wieder ein wenig zu genießen. Auch wenn er bei jedem verstohlenen Blick in die unergründliche Tiefe von Liliths Augen vom gleichen Hauch des Todes umweht wurde. Wieder spürte er die Verwandtschaft zu dem

Hobbit in Tolkiens Roman, ergeben in ein Schicksal, das er sich weder ausgesucht hatte, noch konnte er ihm entrinnen. Verdammt, den Ring zu tragen, bis seine Aufgabe erfüllt war. Nur dass diese Aufgabe in seinem Fall keinen Abschluss kannte. Er konnte nichts anderes tun, als sein Bestes zu geben, bis sich eine Gelegenheit bot, den Ring aus freien Stücken und guten Gewissens an die Hand eines würdigen (würdigeren?) Nachfolgers weiterzugeben.

Ungefähr die halbe Reisezeit war vergangen, da kündigte eine unverbindlich freundliche Stimme durch den Zuglautsprecher die baldige Ankunft in Bielefeld an.

„Vielleicht sollten wir hier aussteigen und untertauchen", bemerkte Frank versonnen.

„Gute Idee", kommentierte Lilith. „Aber warum gerade hier?"

„Hast du bei all deinen Recherchen im Internet nie etwas von der 'Bielefeld-Verschwörung' gelesen?", fragte Frank grinsend, dankbar für eine Ablenkung von seinen festgefahrenen Gedanken.

„Bielefeld-Verschwörung? – Nein", sagte Lilith verständnislos.

„Eine urbane Legende", erklärte Frank. „Seit 1994 geht im Internet das Gerücht um, die Stadt Bielefeld existiere nicht wirklich. Was als Studenten-Ulk begonnen hat, der die Leichtgläubigkeit der Menschen und ihre Anfälligkeit für jede noch so absurde Verschwörungstheorie aufs Korn nehmen wollte, hat sich inzwischen längst verselbständigt. Der Anlass (eine Studentenparty, bei der jemand seiner Überraschung, einem aus Ostwestfalen angereisten Kommilitonen gegenüberzustehen, mit den Worten Luft gemacht hatte: 'Du kommst aus Bielefeld? – Gibt's das überhaupt?!') und sogar der Name des Urhebers ist bekannt, und er selbst macht auch gar kein Hehl daraus, aber trotzdem sind inzwischen weltweit Tausende von Menschen fest davon überzeugt, dass es Bielefeld nicht wirklich gibt. Alle Ortsschilder, Luftaufnahmen, Telefonbücher seien Teil eines groß angelegten Schwindels, um ein nicht näher bezeichnetes, großes Geheimnis vor der Öffentlichkeit zu verbergen."

„Schon witzig", sagte Lilith. „Aber wäre es dann nicht etwas auffällig, wenn wir uns gerade dorthin absetzen würden?"

„Gar nicht. Wer dort etwas Ungewöhnliches erlebt und darüber berichtet, würde von niemandem ernst genommen werden."

Sie ließen die Gelegenheit ungenutzt und setzten die Fahrt fort, nun aber wieder in deutlich gelösterer Stimmung.

„Sag mal, Lilith", begann Frank nach einer Weile erneut. „Wie bist du eigentlich zu dem geworden, was du bist?"

„Du meinst: eine Dämonin?"

„Ich meine: Ich kenne die Geschichten, die der Abt erzählt hat, die im Darknet standen, die du selbst erzählt hast. Viel Mystik, viel Metaphorik. Gott, die Schöpfung, die Engel, die ersten Menschen, das Paradies. Aber wie war es wirklich? Ich habe die Engel gesehen, sie waren so real, so greifbar, so … menschlich. Keine abstrakten Lichtgestalten. Keine Geistwesen oder undefinierbare kosmische Intelligenzen."

„Was du gesehen hast, waren ihre Manifestationen in dieser Welt. Wie der Schatten eines Menschen auf einem Blatt Papier, wenn er hinter sich eine Lampe anschaltet, um sich für Wesen erkennbar zu machen, deren ganze Welt nur aus der Papieroberfläche besteht."

„Du meinst: wie ein dreidimensionaler Ausschnitt aus einer multidimensionalen Realität?"

„Wenn du so willst."

„Und du siehst die ganze Realität?"

„Schon. Aber ich könnte sie dir nicht erklären, wenn du darauf abzielst. Vergleichbar mit dem Versuch, einem von Geburt an blinden Menschen die Farbkomposition eines abstrakten Gemäldes beschreiben zu wollen."

„Und was bist *du* wirklich? Du existierst fast von Anbeginn der Zeit. Es muss anders begonnen haben. Und irgendwann hast du dich dann für den Hass entschieden."

„Ich bin der letzte Engel und der erste Mensch. Zumindest war ich das, bevor ich verstoßen wurde."

„Heißt es nicht, Adam sei der erste Mensch?"

„… und Eva der zweite. In der bereinigten Schöpfungsgeschichte hat man mir keinen Platz gelassen. Man könnte Engel und Menschen

420

als unterschiedliche Konzepte für individuelle Persönlichkeiten betrachten. Verschiedene Baureihen, die sich der Grundidee in Variationen annähern. Auf der Grundlage der Vorgängerkonzepte war ich so eine Art Prototyp für die neue Baureihe. Und Adam das erste Serienmodell. Schnelle Entwicklungszyklen statt Kontinuität. Spezialisierung statt Universalität. Versuch und Irrtum statt endlosen Wachstums. Freude und Schmerz, Gewinn und Verlust, Abbruch und Neubeginn. All meine Weitsicht, all meine Macht sollte ich aufgeben für den ständigen Zyklus von Geburt, einem fremdbestimmten Leben, Tod und Wiedergeburt. Der Willkür anderer untergeordnet, statt die Welt nach eigenen Vorstellungen zu verändern. Dagegen lehnte ich mich auf."

„... und wurdest bestraft."

„ER ließ mir die Weitsicht, ER ließ mir die Kräfte, aber ER nahm mir die Teilhabe an der weiteren Entwicklung der Welt. Und als ich mich auch dagegen auflehnte, zwang ER mich unter den Bann des Rings."

„Wie sähe sie denn aus, die Welt, die du gestalten würdest?"

„Darüber mache ich mir seit Äonen keine Gedanken mehr, denn es wäre müßig. Nachdem ich in Schande verstoßen wurde, sinne ich nur auf Rache und störe den Plan, wo immer ich kann."

„Ein ziemlich destruktiver Ansatz. Und wenig eigenständig."

„Allerdings. Aber darüber mache ich mir tatsächlich selbst erst Gedanken, seit die Vindicandi mehr getan haben, als mich nur wegzusperren."

„Hättest du denn jetzt andere Ziele? Was würdest du mit deiner Freiheit anfangen, wenn du sie bekämst? Das letzte Mal hast du sie jedenfalls nicht zum Guten genutzt, sondern unvorstellbares Leid über die Welt gebracht. Wie kommt es nur, dass dir das Leben an sich so wenig bedeutet?"

„Hast du nie eine Fliege erschlagen, die dir einfach lästig war, weil du ihr Leben im Vergleich zu dem eines Menschen gering schätztest?"

„Nein. Habe ich nicht. Ist es das, was wir für dich sind: lästiges Ungeziefer?"

„Gut, vielleicht ist das wirklich dein Naturell. Aber nicht viele

Menschen ehren das Leben in jeglicher Ausprägung. Und wie ist es mit Mücken, Bremsen, Zecken? - Wie unangenehm muss ein anderes Wesen werden, damit du bereit bist, zu töten? Oder wie nützlich sein Tod? Die Frage lautet, wo man die Grenze zieht, und aus meiner Perspektive zieht man sie nun einmal weiter oben."

„Willst du damit sagen, für Unsterbliche ist es schwerer, Mitgefühl zu entwickeln?"

Lilith zögerte kurz, wie eine Mutter, die überlegt, wie sie die Antwort auf eine Frage ihres Kindes für dieses verständlich formulieren kann.

„Glaubst du an Gott?", fragte sie dann unvermittelt.

„Aus deinem Mund klingt diese Frage irgendwie seltsam", erwiderte Frank verwundert. „Nach allem, was ich mit dir inzwischen erlebt habe, ist das für mich nicht mehr eine Frage des Glaubens. Du kennst IHN sogar persönlich, nicht wahr?"

„Sicher, das tue ich. Allerdings war unser Verhältnis von Anfang an etwas gespannt und hat sich in den letzten Jahrtausenden nicht verbessert. Aber genau darauf wollte ich hinaus. Denn jedenfalls zweifelst du nicht mehr im Geringsten an seiner Existenz. Und wie steht es mit Himmel, Hölle, Wiedergeburt?"

„Schon etwas komplizierter. Ich habe dich Wunder wirken sehen, bin leibhaftigen Engeln begegnet, und beginne mich an die Macht zu gewöhnen, die der Ring über dich hat. Ich hatte auch Visionen, die mir wie Erinnerungen an andere Leben vorkamen. Aber dennoch und trotz deiner Erklärungen weiß ich nicht wirklich, was nach dem Tod auf mich wartet."

„Siehst du?", triumphierte Lilith. „Du musst nicht mehr *glauben*, was du aus eigener Erfahrung *weißt*. Aber alles andere schon. Auch dein Mitleid am vorzeitigen Ableben anderer Wesen rührt doch in erster Linie aus der Furcht vor der vermeintlichen Endlichkeit deiner eigenen Existenz oder zumindest der Ungewissheit, ob etwas folgt und wenn ja, wie es sein wird. Wie ernst würdest du den Tod nehmen, wenn du aus eigener Anschauung zweifelsfrei wüsstest, dass er nicht das Ende eines Individuums ist, sondern dessen Dasein in einer neuen Inkarnation fortgesetzt wird? Wenn du daran nicht nur – mit welcher Überzeugungskraft auch immer – glauben müsstest? Wenn die Wiedergeburt jedes Menschen, jedes Tieres, jeder Pflanze, jedes Steins für dich so selbstverständlich auf den Tod folgen würde, wie am Ende einer jeden Nacht die Sonne aufgeht?"

„Ich glaube, ich verstehe – ein wenig", sagte Frank zögernd. „Du siehst nur eine vergleichbar geringe Bedeutung eines einzelnen Lebens im ewigen Zyklus zahlloser Wiedergeburten. Aber wie kann irgendein Leben beliebig sein? Ein verfrühter Tod nimmt jede Chance auf die Fortsetzung einer kontinuierlichen Entwicklung. Ohne Erinnerung an frühere Existenzen beginnt der Lernprozess jedesmal erneut, während es mit dieser Erinnerung – dafür bist du wohl selbst das beste Beispiel – dagegen gar keinen Neuanfang nach einer verfahrenen Lebenssituation gibt. Vielleicht ist das gerade der Punkt, die Korrektur eines Fehlers, der in der Unsterblichkeit und annähernden Allmacht der engelsgleichen ersten Menschen lag. Und was ist mit dem Leid, das mit dem Tod einhergeht?"

„Über die Summe aller Wiedergeburten betrachtet, sind die Agonien aller Tode einer Seele zusammen nicht mehr als ein paar Nadelstiche."

„Aber zählt nicht auch die Angst der bedrohten Kreatur, die auch nicht weiß – die vielleicht nicht einmal glaubt?"

„Lass' mich die Liste meiner Beispiele erweitern: Isst du Eier aus Legebatterien oder Fleisch von Hühnern aus Großbetrieben? Trägst du T-Shirts, die in Billiglohnländern von minderjährigen Zwangsarbeitern gefertigt wurden? Hättest du ein Problem damit, eine tödliche Krankheit mit einem Medikament zu kurieren, das mithilfe von Tierversuchen entwickelt wurde? Würdest du eine Hautcreme nutzen, für die laut Gesetz regelmäßig die 'LD 50' überprüft wird – die 'letale Dosis', die 50% der Tiere in einer Versuchsreihe tötet? Wie konsequent lebst du deine Überzeugung?"

Unversehens sah sich Frank in die Verteidigerposition gedrängt.

„Vielleicht sind wir wirklich noch zu gedankenlos bei vielem, was wir tun", gab er zu. „Und ich bin da wohl auch keine Ausnahme. Aber bedenkst du alles Leid, das du Menschen mutwillig zugefügt hast, dann dürfte da schon einiges zusammenkommen. Und wofür? – Aus

Rache an einem einzelnen Gott, der dich aus dem Paradies verbannt hat und dem du das über Jahrtausende hinweg nicht verzeihen konntest. Dafür wolltest du ihn leiden lassen, indem du seine Geschöpfe quältest. Hältst du das nicht für ein bisschen unverhältnismäßig?"

„Ich versuche nicht zu rechtfertigen, was ich getan habe, sondern nur, es zu erklären", wehrte Lilith ab. „Vielleicht hast du Recht, und der Entzug der Kontrolle über die Umgebung, zusammen mit der Einführung einer erinnerungsfreien Wiedergeburt, war wirklich ein wertvoller Schritt auf dem Weg zur Entwicklung von Verantwortungsbewusstsein. Vielleicht sollte sich die Erkenntnis von Gut und Böse tatsächlich aus eigener Erfahrung entwickeln und nicht einfach durch den Biss in einen Apfel."

Als Frank sich gerade eine Erwiderung zurechtlegte, kreischten plötzlich die Bremsen auf, der Zug schlitterte bedrohlich ruckelnd über die Gleise und kam nach einer endlosen, ohrenbetäubenden Rutschpartie, in der das ganze Abteil durcheinander gewirbelt wurde, endlich zum Stehen.

## 51. Entscheidung

„Was ist los?", fragte Frank erschrocken, als er sich verkrümmt neben Lilith, auf der anderen Seite des Abteils wiederfand.

„Ein Selbstmordversuch", erwiderte Lilith ohne erkennbare Regung. Währenddessen rutschte der Zug mit kreischenden Bremsen weiter über die Schienen. Das Bremsmanöver schien sich endlos hinzuziehen. Frank sprang auf und versuchte, durchs Fenster einen Blick auf die Zugspitze zu erhaschen.

„... vermutest du oder weißt du?", fragte er weiter, während er sich mühte, etwas zu erkennen. Aber der Zug fuhr gerade eine Rechtskurve und ihr Abteil hatte nur ein Fenster auf der linken Seite.

„Eine schwangere junge Frau will ihrem Leben ein Ende setzen", antwortete Lilith, die ruhig sitzen geblieben war. „Ein Mann versucht sie zu retten, aber sie werden es beide nicht schaffen."

„Woher weißt du …?", fragte Frank und drehte sich zu Lilith um.

„OK – dumme Frage. Aber können wir nichts tun?"

„Was willst du tun? Sie sind von den Gleisen weggekommen, aber der Zug hat sie trotzdem noch erfasst. Die Frau hat einen Arm und beide Beine verloren, und der Fötus wird auch nicht überleben. Der Mann liegt im Sterben." Lilith blieb nüchtern wie ein unbeteiligter Berichterstatter.

„Keine Ahnung. Wir können hier bei einer solchen Tragödie doch nicht einfach herumsitzen und nichts tun."

„Weißt du, wie viele ICE-Züge Verspätungen haben, weil sie warten müssen, bis die Überreste irgendeines Selbstmörders von Lokomotive und Schienen gekratzt worden sind, bevor sie weiterfahren können? Die Passagiere können gar nichts tun."

„Aber die anderen Züge haben auch keine nahezu allmächtige Dämonin an Bord."

„Na gut", meinte Lilith und erhob sich von ihrem Platz, während der Zugführer über Lautsprecher die Fahrgäste um Ruhe und Besonnenheit bat.

Einen Augenblick später standen sie an der Spitze des Zuges und sahen neben dem dritten Waggon zwei Gestalten neben dem Gleis am Bahndamm liegen. Der Zugführer war gerade dabei, aus der Lokomotive zu steigen, hing aber starr in der Luft – wie in der Bewegung eingefroren.

„Du hast die Zeit angehalten", stellte Frank fest. „Wie in Köln."

„Oder in Berlin", ergänzte Lilith. „Die Engel haben auch dafür gesorgt, dass ihre Erscheinung keinen Menschenauflauf verursachte. Allerdings habe ich genau genommen weder in Köln noch in Berlin einen Zeitstillstand ausgelöst. Ich habe nur unseren Zeitablauf an Änderungen angepasst, die Andere vorgenommen hatten, und diese Abweichung am Ende wieder aufgehoben. Aber letztlich macht das wohl keinen großen Unterschied und hier dachte ich nun, wir sollten besser nicht gestört werden, wenn wir uns um die beiden kümmern wollen."

„Stimmt", sagte Frank. „Wer befindet sich in der Blase, wo die

Zeit weiterläuft?"

„Im Moment nur wir zwei. Aber sobald wir sie erreichen, dehne ich sie auf die beiden Verletzten aus."

Frank setzte sich in Gang. Aber nach wenigen Schritten fasste Lilith ihn an der Schulter und hielt ihn auf.

„Bist du sicher, dass du dem Anblick gewachsen bist?"

„Ich habe die toten Mönche gesehen und war an dem Massaker im Dom beteiligt. Was sollte mich jetzt noch schockieren?"

„Dies hier ist anders", sagte Lilith ernst. „Aber wie du willst. Nur sag' später nicht, ich hätte dich nicht gewarnt."

Sie hatte Recht. Als sie die Verletzten erreichten, musste Frank gegen den Drang ankämpfen, sich zu übergeben. Auch die ermordeten Mönche waren auf grässliche Weise entstellt gewesen, aber sie alle waren damals erkennbar tot. Hier lagen zwei Menschen vor ihnen, die – auch wenn sie derzeit unbeweglich in der Zeit eingefroren waren – mit dem Tode rangen, und ihre Chancen schienen nicht gut zu stehen.

„Warte noch einen Moment, bevor du sie in die Zeit zurückholst", bat er Lilith. „Kannst Du herausfinden, was genau hier passiert ist und warum?"

„Natürlich", erwiderte Lilith, kniete sich zwischen die zerrissenen Leiber und legte beiden eine Hand auf die Stirn. „Erlebe ihre Geschichte!", forderte Sie ihn auf und blickte ihm hypnotisch in die Augen.

*Marie stolperte auf den Bahndamm zu. Ihre leichten Schuhe rutschten auf dem Geröll ab.* Aber wer denkt schon an festes Schuhwerk, wenn man sich vor einen Zug werfen will?, *dachte sie zynisch. Ihr Bauch schmerzte. Als wolle sich das ungeborene Leben darin gegen ihren Entschluss stemmen. Aber es konnte schließlich nicht wissen, um was für ein Leben es kämpfte. „Trisomie 21", hatte der Arzt gesagt. „Down-Syndrom", hatte er noch hinzugefügt und als er in Maries nach wie vor verständnisloses Gesicht gesehen hatte, weiter ergänzt: "Früher hat man es Mongolismus genannt – wegen der typisch schrägen Augenstellung. Aber heute ist das nicht mehr politisch korrekt."*

*„Und was genau heißt das?", hatte Marie gefragt. Darauf hatte der Arzt es*

*ihr erklärt: „Jede Körperzelle eines Menschen enthält die vollständige Erbinformation des gesamten Individuums, gespeichert im Zellkern in 46 Chromosomen. 22 (bei Frauen 23) davon liegen doppelt vor, jeweils eines von Vater und Mutter, wobei die Gene, die bestimmte Merkmale bestimmen, sich zwischen den beiden gleichartigen Chromosomen unterscheiden können. Insgesamt entsteht aus alledem ein ausgewogenes Verhältnis im Erbgut, das in seiner Gesamtheit die Anlagen eines Menschen bestimmt. Gerät diese Ausgewogenheit aus dem Gleichgewicht, beispielsweise durch einen Fehler bei der Zellteilung, dann kann das schwerwiegende Folgen haben. Das Down-Syndrom, benannt nach dem britischen Arzt und Apotheker John Langdon Down, der die Krankheit 1866 erstmals als solche diagnostiziert hat, entsteht dadurch, dass von dem Chromosom mit der Nummer 21 statt zwei Kopien in jeder Zelle drei vorhanden sind – daher auch der Name 'Trisomie 21'. Die Erbkrankheit ist charakterisiert durch eine Vielzahl von körperlichen und geistigen Beeinträchtigungen, die aber individuell mehr oder weniger stark ausgeprägt sein können. (Letzteres wird mit dem Begriff 'Syndrom' ausgedrückt.) Träger der Krankheit können – je nach Ausprägung – ein mehr oder weniger normales Leben führen oder schwer behindert und ihr Leben lang auf fremde Hilfe angewiesen sein. Die Diagnose ist ein anerkannter Grund für einen Schwangerschaftsabbruch bis kurz vor der Geburt."*

*Die Untersuchungen hatten bei Maries Kind die besonders seltene Form der „Translokations-Trisomie" ergeben. Die beiden Chromosomen 21 des Vaters waren miteinander verwachsen und hatten sich daher bei der Bildung der Keimzellen nicht trennen können, so dass er, obwohl selbst vollkommen gesund, ausschließlich Nachkommen zeugen konnte, die entweder nur ein solches Chromosom erhielten (nämlich das von der Mutter) und somit bereits in einem frühen Schwangerschaftsstadium als nicht lebensfähig abgestoßen würden, oder eben drei.*

*Marie hatte eine Weile gebraucht, bis ihr die Tragweite der Diagnose in vollem Umfang bewusst geworden war. Sie hatte noch keine 19 Jahre erlebt und war schwanger von einem Mann, der mehr als doppelt so alt war wie sie selbst. Das Getuschel und die missbilligenden Blicke ihrer Umgebung hatten sie bisher ertragen können. Sie waren sich ihrer gegenseitigen Liebe gewiss und hatten geglaubt, damit alle Anfeindungen und Schwierigkeiten überwinden zu können. Aber diese Wendung des Schicksals stellte alles infrage. War es eine Strafe Gottes für ihre widernatürliche Beziehung? Hätte Armin, der Vater ihres Kindes, sich nicht früher vergewissern müssen, ob er nicht eine tickende Zeitbombe in sich trug? In ihrer Verzweiflung hatte Marie ihm schlimme Vorwürfe gemacht, ihn als Freak und Monster beschimpft. Was sollte nun aus ihrem Leben werden – wenige Monate vor dem Abitur mit einem behinderten Kind? Er hatte ihr Leben zerstört!*

*Armins Reaktion war nicht weniger heftig ausgefallen. Statt sie zu beruhigen, sie seiner unerschütterlichen Unterstützung zu versichern, hatte er mit Gegenangriffen gekontert. Warum sie nicht besser verhütet habe, wie sie sich unterstehen könne, ihn zu beschuldigen, der doch schwer genug unter den Vorwürfen seiner Kollegen zu leiden habe, dessen Karriere nun ein jähes Ende finden würde. „Dann mach' es doch weg!", hatte er ihr zugerufen, und sie war einmal mehr in Tränen ausgebrochen. Dann hatte sie ihn geohrfeigt. Nie wolle sie ihn wiedersehen, hatte sie ihm entgegen geschleudert und war Hals über Kopf hinaus in die Nacht gerannt.*

*Da stand sie nun, verzweifelt, ohne Halt, ohne jemanden, zu dem sie gehen konnte. Schließlich hatte sie für diese Beziehung, für die niemand Verständnis hatte aufbringen wollen, alle Brücken abgebrochen. In ihren Augen gab es keine Zukunft mehr – weder für sie, noch für ihr ungeborenes, behindertes und – so fühlte es sich für sie in diesem Moment an – sie behinderndes Kind.*

*Dann fiel ihr die nahe gelegene ICE-Strecke ein. Ganz schnell würde es gehen, und dann würde alles vorbei sein. Aber Armin, der Schuft, sollte wissen, was er angerichtet hatte. Hastig zog sie einen Zettel und einen Stift aus ihrer Tasche, kritzelte eine kurze Nachricht auf das Papier und stopfte es in seinen Briefkasten. Von Tränen überströmt machte sie sich stolpernd auf den Weg.*

*Wie vom Donner gerührt, stand Armin im Flur des Apartments, das er und Marie in den letzten Monaten gemeinsam bewohnt hatten, und starrte auf die Tür, die sie zornig zugeschlagen hatte. Als erwarte er, dass sie jeden Moment zurückkommen und ihm um den Hals fallen werde. Aber er wusste, das würde nicht geschehen. Die überraschende Diagnose hatte die junge Frau völlig aus dem Gleichgewicht geworfen, und statt sie behutsam wieder aufzurichten, hatte er ihre irrationalen Anschuldigungen mit ebenso absurden Vorwürfen beantwortet. Nun war sie fort, fort, **fort**! Nach viel zu langer Zeit, in der er wie angewurzelt vor der kahlen Wohnungstür gestanden hatte, setzte sich Armin in Bewegung, rannte auf Socken die Treppe hinunter, hinaus auf die Straße, wo er hektisch in alle Richtungen blickte. Aber Marie konnte er nirgends entdecken.*

*Als ihm endlich klar wurde, dass er sie verloren hatte, und keine Ahnung, wohin sie sich gewandt haben könnte, trollte er sich zurück ins Haus. Er wollte gerade die Haustür hinter sich zuziehen, da nahm er ein unterbewusstes Alarmsignal wahr. Der Zipfel eines zerknitterten Zettels, den er im Vorbeigehen aus dem Augenwinkel aus seinem Briefkasten hatte ragen sehen, mochte vielleicht von immenser Wichtigkeit sein. Kurz darauf – nachdem er aus der Wohnung den Briefkastenschlüssel geholt hatte – hielt Armin Maries Notiz in seinen zitternden Händen. Die krakelige Schrift war von Tränen aufgelöst worden und zerflossen und kaum mehr zu erkennen. Auch als er die Worte an sich entziffert hatte, dauerte es eine Weile, bis Armin ihre tatsächliche Bedeutung verstand: „Ich nehme den Zug!"*

*Als ihm dämmerte, was Marie ihm hatte mitteilen wollen, zögerte Armin keinen weiteren Moment. Wie von Dämonen gejagt, rannte er, immer noch ohne Schuhe, hinaus in die Nacht, panisch in seiner Furcht, das Schreckliche vielleicht nicht mehr verhindern zu können.*

*Fest entschlossen stand Marie auf den Gleisen. Irgendwie erschien alles so leicht, nachdem die Entscheidung einmal gefallen war. Sie sah auf die Armbanduhr, die Armin ihr geschenkt hatte. In wenigen Minuten würde der ICE aus Berlin heranrasen. Um die Kurve biegend, im abendlichen Dunkel, würde der Zugführer sie viel zu spät erkennen. Ein kurzer, heftiger Schmerz, dann würde alles vorbei sein – für Marie und für ein Kind, dem sie ersparen wollte, je geboren zu werden. Und Armin würde an ihrem Grab weinen.*

*„Marie!", glaubte sie sogar seine Stimme wie aus weiter Ferne zu hören. „Tu das nicht!"*

Du verstehst nichts, *dachte sie bei sich.* Das hast du nie. Und ich auch nicht. Aber jetzt ist alles so klar. Wir hatten nie wirklich eine Chance.

*„Marie – nein!"*

*Die Stimme schien näher zu kommen. Überrascht sah Marie den Bahndamm hinab. Fast hätte sie lachen mögen, als sie die groteske Gestalt erkannte, die sich da unbeholfen die Anhöhe hinauf quälte und ihr verzweifelt zuwinkte.*

*„Marie – das ist keine Lösung! Lass' uns über alles reden. Tu, was du willst, aber geh da weg. Der Zug!"*

*Tatsächlich. Den Blick wieder auf die Gleise gerichtet, sah Marie die Lichter, die sich schnell näherten. Gleich war es soweit.*

*Armin sah den Zug auf Marie zu rasen, hörte das Kreischen der Bremsen und das schrille Schlittern der blockierenden Räder auf den Schienen. In übermenschlicher Anstrengung kämpfte er sich auf Händen und Füßen den Bahndamm hinauf, ungeachtet der aufgeschürften Haut. Wie durch ein Wunder erreichte er das Mädchen noch vor dem Zug, sprang sie an und riss sie aus der Bahn der rot-weißen Zugmaschine, die sie fast schon erreicht hatte. Tatsächlich rauschte der Zug, trotz des Bremsmanövers immer noch mit beachtlicher Geschwindigkeit, dicht an ihnen vorbei. Zu dicht! Der Fahrtwind riss beide mit sich, sie prallten seitlich gegen einen Waggon, überschlugen sich in der Luft, schlugen auf harten Schottersteinen auf, schleiften und rollten mehrere Meter weit und blieben schließlich dicht beieinander liegen, zerrissen, zerschunden, zerschlagen.*

„Welch eine Tragödie!“, murmelte Frank, zutiefst betroffen, und schüttelte ergriffen den Kopf. „Welch eine Tragödie!“

„Zweifellos“, sagte Lilith ohne erkennbare Regung. „Eine Tragödie, wie sie sich Tag für Tag irgendwo auf der Erde ereignet. Seit Jahrtausenden. Aber bei dieser einen sind wir zugegen. Du wolltest wissen, was genau geschehen ist. Nun, da du es weißt, was willst du tun?“

„Was *können* wir denn tun?“

„Ich?“, fragte Lilith provozierend. „Ich kann fast alles tun. Die Seelen haben ihre Hüllen noch nicht verlassen. Die Mönche waren tot. Diese hier sind es nicht. Ich könnte ihre Wunden heilen, ihre Erinnerungen tilgen; selbst das Ungeborene könnte ich umprogrammieren, dass es vollkommen gesund zur Welt käme. Drei Schicksale verändern, eine kleine Tragödie verhindern – oder besser: ungeschehen machen.“

Frank atmete auf. Alles würde gut. Aber Lilith war noch nicht am Ende ihrer Ausführungen.

„Und du?“, fuhr sie fort. „Du kannst entscheiden, was kommen soll.

Willst du drei Leben retten, die verwirkt wären? Tun wir nichts, sterben Vater und Kind hier und jetzt. Die Frau wird nicht mehr dieselbe sein. Ihr Leib wird leben, aber ihr Lebenswille ist gebrochen. In ihrem Inneren ist sie bereits tot. Sterben sie jetzt, werden sie wiedergeboren, in anderen Leben, entsprechend dem göttlichen Plan und ihren eigenen Entscheidungen. Willst du, dass ich das verhindere? Willst *du* es verhindern?"

Frank blickte auf. So hatte er es nicht betrachtet. Eine Entscheidung, die zunächst so einfach schien, geriet ins Wanken.

„Alternativen? – Zum Beispiel ein gnädiger Tod für alle drei. Ein neuer Anfang durch Wiedergeburt." Lilith setzte ihre Argumentation ungerührt fort. „*Du* triffst die Entscheidung über Leben und Tod. Leben im Bewusstsein der Schuld. Rufst du ein ungewolltes, vielleicht ungeliebtes Kind in die Welt, statt ihm Gelegenheit zur Wiederkehr in einem anderen Leben zu geben? Doch wer weiß – eine Seele hatte bereits ihre Wahl getroffen, in welches Leben sie geboren werden wollte; vielleicht fällt die Wahl bei unveränderter Ausgangslage so oder so gleich aus."

Frank zitterte unentschlossen. So unbequem hatte er sich die Entscheidung über eine scheinbar klare Rettung von Menschenleben nicht vorgestellt.

„Wie äußert sich nun deine Barmherzigkeit?", bohrte Lilith gnadenlos weiter. „Wer soll leben? Einer, zwei, alle drei? Willst du eingreifen oder nicht? Was soll ich für dich tun, wie deinen Willen umsetzen?"

„Quäl mich nicht!", rief Frank. „Ich muss nachdenken."

„Wer hätte gedacht, dass die Macht über Leben und Tod solch eine Tortur sein kann?", bemerkte Lilith spöttisch, ließ ihn aber dann in Ruhe.

„Darf ich denn überhaupt eingreifen?", überlegte Frank nach einer Weile, eher zu sich selbst sprechend. „Entspricht es nicht dem göttlichen Willen, dass genau das passiert, was passieren würde, wenn wir jetzt nicht hier wären, mit Möglichkeiten, die in den Naturgesetzen nicht vorgesehen sind?"

„Machst du es dir damit nicht ein bisschen zu einfach?", warf Lilith ein.

„Bedenke immerhin, wenn Du einfach ausgestiegen und medizinisch geschult wärst, könntest du vielleicht mehr ausrichten als allein in deiner menschlichen Rolle. Dass ich gerade jetzt bei dir bin, muss kein Zufall sein. Was weißt du schon über den göttlichen Willen und die Naturgesetze? Woher willst du wissen, dass du und ich nicht Teil des Großen Plans sind?"

„Seltsam, dass gerade du das sagst", murmelte Frank. „Bist du es nicht, die seit Jahrtausenden genau diesen Plan zu stören versucht?"

„... oder was ich dafür hielt", ergänzte Lilith. „Aber das heißt lange nicht, dass ich nicht trotzdem Bestandteil davon bin – ich und meine (mehr oder weniger) freien Entscheidungen. Es war nie mein Bestreben, Seine Ziele zu unterstützen, aber wir sollten Seine Weitsicht nicht unterschätzen."

Frank überlegte fieberhaft hin und her. Gedanken, Argumente, Prognosen über mögliche Verläufe der Zukunft überschlugen sich in seinem Kopf. Was sollte er tun? Alle heilen und dem gnädigen Vergessen anheimstellen? Wie würden sie womöglich mit späteren Schicksalsschlägen umgehen? Alle heilen und sich an das Wunder erinnern lassen – und damit auch an ihr Fehlverhalten? Vater und Mutter heilen und darauf hoffen, dass sie ihrem behinderten Kind nun mehr Liebe zukommen lassen würden, oder dieses allein sterben lassen und die Seele vor einem ungewollten Schicksal in einem gesunden Körper bis zur nächsten Gelegenheit zur Wiedergeburt bewahren? Wer hatte das Recht, einem solchen Kind ein Leben zu verweigern, das ihm trotz nicht abschätzbarer Einschränkungen Glück und Erfüllung geben könnte?

„Ich möchte dir eine Geschichte erzählen", sagte Lilith. „Vielleicht wirst du dann klarer sehen:

*„In einer Siedlung an einem Fluss lebten Menschen ein beschauliches und gottesfürchtiges Leben. Alle hatten ihr Auskommen, und um geistliche Belange kümmerte sich ein Priester, dessen Tempel die Anwohner regelmäßig aufsuchten, um dem Schöpfer dafür zu danken, dass er sie mit allem Notwendigen versorgte.*

*Aber eines Tages schwoll der Fluss an. Mit dem abrupten Frühlingseinbruch nach einem schneereichen Winter waren die Schneemassen auf den umliegenden*

*Bergen geschmolzen und über zahllose Rinnsale in den Fluss geströmt, so dass dieser nun über die Ufer zu treten drohte.*

*Die Menschen in der Siedlung begannen Dämme zu bauen, der Priester zog sich zurück und betete.*

*Dann begann es zu regnen. Erst ein leichtes, aber beständiges Nieseln, dann wurden die Wolken dunkler und die Tropfen größer und dichter, und schließlich ergossen sich Sturzbäche auf das Land, als hätte der Himmel sämtliche Schleusen geöffnet.*

*Die Kraft des Wassers gegen die Dämme nahm schneller zu, als es möglich war, diese zu verstärken. Als die Menschen die Hoffnungslosigkeit ihrer Rettungsmaßnahmen erkannten, meldeten sich erste Stimmen mit Befürchtungen zu Wort, durch Fehlverhalten göttlichen Zorn auf sich geladen zu haben. Sie wandten sich an den Priester, der versprach, seine Gebete zu verstärken. Einige Menschen brachten Opfergaben, und der Priester hielt Rituale ab, um damit den Himmel gnädig zu stimmen. Tag und Nacht betete er nun, im festen Vertrauen auf die göttliche Gnade für alle, welche die Treue hielten.*

*Währenddessen leiteten die Bewohner der Siedlung Evakuierungsmaßnahmen ein. Sie bauten Boote – große und kleine, sammelten Nahrung, Kleidung, Vieh – alles für einen Neubeginn für sich und ihre Nachkommen, und als schließlich die Dämme brachen und das Wasser die Siedlung überflutete, waren die meisten vorbereitet. Einige wurden dennoch von den Fluten überrascht und ertranken in ihren Häusern. Aber viele konnten sich retten."*

„Ich verstehe nicht, was eine Sintflut-Geschichte in der jetzigen Situation zur Erhellung beitragen sollte", unterbrach Frank knurrig, nachdem er bisher aufmerksam zugehört hatte.

„Abwarten", meinte Lilith lapidar und fuhr fort:

*So trieben sie dahin, auf ihren Schiffen, Flößen und Booten. Doch plötzlich rief einer: „Hat jemand nach dem Priester gesehen? Er hat unermüdlich für uns alle gebetet und sich keinen Moment um sich selbst gekümmert. Bestimmt sitzt er noch im Tempel. Jemand muss nach ihm sehen!"*

*Die anderen gaben ihm Recht, und schnell fand sich jemand bereit, in einem kleinen, stabilen Boot zurück zu rudern, um den Priester zu holen. Tatsächlich fanden sie ihn im oberen Stockwerk des Tempels, zu dem der ständig weiter* steigende Wasserpegel noch nicht vorgedrungen war. Er betete noch immer. Als sie mit dem Boot ein Fenster erreichten, riefen sie ihm zu, er möge schnell herbei kommen und zu ihnen steigen, um sich zu retten. Er aber antwortete, er wolle weiter hier für den Wiederaufbau beten, in sicherer Gewissheit, dass die göttliche Macht jene bewahren werde, die nicht im Glauben wankten. Er bot ihnen an, sich zu ihm zu gesellen und mit ihm zu beten, oder sie mögen ohne ihn beruhigt zu ihrer Rettungsflotte zurückkehren und dann in sicherer Entfernung darauf warten, dass sich das Wasser wieder zurückziehe.

„Wie du willst", meinten die Männer im Boot, lösten das Seil, mit dem sie sich am Fenstersims vertäut hatten, und ruderten zu den anderen zurück. Als sie dort ankamen, mussten sie laute Schelte einstecken. Niemand konnte glauben, dass der Priester aus freien Stücken zurückgeblieben war. Einige bezichtigten sie gar, sie seien gar nicht bis zum Tempel gerudert, sondern vermutlich aus Angst, den Anschluss zu verlieren, vorzeitig umgekehrt.

Ein weiteres Boot wurde zur Rettung des Priesters entsandt, aber auch dieses kehrte unverrichteter Dinge zurück, mit der Nachricht, das Wasser habe inzwischen das oberste Stockwerk des Tempels erreicht, und nur das Dach des großen Turms rage noch aus den Fluten. Der Priester aber bestehe noch immer unerschütterlich darauf, seine Gebete würden sowohl die Siedlung als auch ihn selbst letztlich retten.

„Unmöglich!", rief derjenige darauf, der zuerst zur Rettung des Priesters aufgerufen hatte. „Wir dürfen ihn auf keinen Fall seinem Schicksal überlassen!" Dann machte er sich selbst auf den Weg, wie er es – davon war er jetzt überzeugt – von Anfang an hätte tun sollen. Er bot einer einzelnen Frau, die sich gerade noch in einen löchrigen Kahn hatte retten können, an, zu seiner Familie auf sein Fischerboot zu kommen, stieg in das schaukelnde Gefährt und ruderte verbissen zum Tempel. Dort sah er den Priester schon von weitem auf dem Turm stehen, von dem nur noch die Spitze aus dem Wasser ragte, mit beiden Händen an den Mast geklammert, der das Symbol der Gottheit trug. „Komm zu mir ins Boot!", rief er ihm zu und streckte die Hand aus, um die durchnässte Gestalt in den Kahn zu ziehen, dessen Fußraum sich auch schon bedenklich mit Wasser gefüllt hatte. Der Priester aber wehrte ihn beinahe ärgerlich ab. „Weiche zurück, Kleingläubiger!", rief er dem Retter zu. „Und führe mich nicht in Versuchung! Wie kann euer Vertrauen in den göttlichen Schutz nur so gering sein? Aber auch wenn niemand sonst sich der göttlichen Gnade als würdig erweisen mag, so werde *ich standhaft bleiben und stellvertretend für euch alle die Siedlung nicht aufgeben. Ihr werdet sehen: Ich werde gerettet werden, und nach eurer Rückkehr umso fester im Glauben die Siedlung wieder aufbauen und im Licht der göttlichen Liebe zu neuer Blüte führen."*

*Niedergeschlagen in dem Bewusstsein, den Priester durch kein Wort zum Mitkommen bewegen zu können, ruderte der Fischer zurück und erreichte mit knapper Not das Boot seiner Familie, bevor der brüchige Kahn in den Fluten versank.*

„Und was ist dann passiert?", fragte Frank, der Liliths Erzählung nun wieder aufmerksam gelauscht hatte.

„Der Priester ist ertrunken", sagte sie nüchtern. „Mit seinem letzten Atemzug rief er noch die Gottheit an, der er bis zuletzt sein Leben anvertraut hatte, und fragte nach dem *Warum* für diesen, ihm unerklärlichen, Vertrauensbruch. Und als die Fluten schließlich über ihm zusammenschlugen, war eine Stimme in seinem Kopf:

*Was beklagst du dich? Immerhin habe ich drei Boote zu deiner Rettung ausgesandt."*

Frank nickte langsam. Verständnis breitete sich in ihm aus.

„Letzten Endes ist und bleibt es *deine* Entscheidung", bekräftigte Lilith noch einmal. „Lass uns also tun, was du für das Richtige hältst, ohne dir unnötig Schranken aufzuerlegen in einem aussichtslosen Versuch, etwas zu verstehen, das sich jeglicher menschlichen Erkenntnis entzieht."

„Sie sollen alle leben", sagte Frank schließlich entschlossen zu Lilith.

„So als ob der Zug sie nicht erfasst hätte. Armin hat Marie ein paar Augenblicke früher erreicht und beide außer Gefahr gebracht. Sie werden noch einiges aufarbeiten müssen, aber ich glaube daran, dass sie nach dieser Erfahrung einander und ihr Kind mit aller Liebe bedenken werden, der sie fähig sind. Was immer weiter geschieht, liegt in ihrer Hand."

„Amen", sagte Lilith ohne Ironie. „Dein Wille geschehe."

Einen Lidschlag später saßen sie wieder in ihrem Abteil, und der

Zugführer beendete seine beschwichtigende Durchsage, mit der er den plötzlichen Halt erklärte. Kurze Zeit später meldete er sich wieder und erklärte, ein scheinbares Hindernis auf der Strecke habe die Vollbremsung ausgelöst, die Gleise aber gerade noch rechtzeitig wieder verlassen. Nichts sei geschehen, und die Fahrt werde nun, mit geringer Verspätung, fortgesetzt. Erleichterung klang unverkennbar in seiner Stimme mit.

Frank aber hatte seine Selbstsicherheit schon wieder verloren. „Habe ich richtig entschieden?", fragte er leise, mehr an sich selbst gewandt. Aber Lilith antwortete.

„Niemand kann das wissen", sagte sie ernst.

„Nicht einmal du?" Hoffnung schwang in Franks Stimme. Hoffnung auf Erlösung von seinen Zweifeln.

„Nicht einmal ich", sagte Lilith. Diese Form von Erlösung sollte er von ihr nicht bekommen. Aber von einer Dämonin war das wohl auch ein bisschen zuviel verlangt. Doch dann ergänzte sie noch: „Aber du hast *gut* entschieden. Und mich heute tatsächlich etwas über Barmherzigkeit gelehrt. Dafür möchte ich dir danken."

„Dann haben wir heute wohl beide einiges gelernt", stellte Frank nachdenklich fest. „Etwas über Erinnerung und Vergessen, Schuld und Vergebung, Leben und Tod. Und ich beginne, dich nicht mehr um deine Unsterblichkeit zu beneiden."

Schweigend setzten sie ihre Reise fort.

Als sie in Bonn den Zug verließen, wartete am Bahnsteig Bernd Filzinger, um sie abzuholen. Mit weit ausgebreiteten Armen eilte er auf sie zu, legte Frank die Hände auf die Schultern und lächelte ihn warm an.

„Schön, Sie wiederzuhaben, Frank", sagte er und nahm den schweren Koffer auf, den Frank für die Begrüßung abgestellt hatte. Dann stellte er ihn selbst wieder auf den Boden und wandte sich Lilith zu, während Frank über die freundliche Begrüßung ehrlich erfreut war.

„Schön, wieder da zu sein. Dass Sie selber die Mühe auf sich genommen haben, uns abzuholen! Das wäre wirklich nicht nötig gewesen."

„Ich weiß, ich weiß. Aber ich wollte es auf keinen Fall versäumen, Sie persönlich willkommen zu heißen. Und außerdem", fügte er mit einem anerkennenden Blick auf Lilith hinzu, „wäre ich sonst um das Vergnügen gekommen, Ihre wundervolle Gattin kennenzulernen."

Mit einem formvollendeten Handkuss, die Lippen knapp einen Zentimeter über Liliths Handrücken schwebend, beendete Filzinger die Begrüßung.

„Kein Wunder, dass er Sie bis zur Hochzeit versteckt gehalten hat. Vermutlich hätte jeder ledige Mann von Bonn bis Aachen versucht, Sie ihm abspenstig zu machen."

Er lächelte und nahm den Koffer wieder auf, bevor Frank erneut danach greifen konnte.

„Nein, nein, nein. Sie müssen geschlaucht von der Reise sein. Lassen Sie mich das machen."

Er lud die Gepäckstücke auf einen Transportwagen, den er eigens mitgebracht hatte, und führte die Rückkehrer durch die Unterführung des Bonner Hauptbahnhofs, vorbei an den U-Bahn-Gleisen, durch das „Bonner Loch" auf der anderen Seite der Straße wieder ans Tageslicht, schwenkte ab zum Parkplatz, wo er den Firmen-Van abgestellt hatte und verstaute das Gepäck samt Wagen in dessen Heck, nachdem er Lilith und Frank genötigt hatte, schon einmal im Fonds Platz zu nehmen.

Die Rückfahrt ging zügig vonstatten, und bald stand Frank mit Lilith, ihrem Gepäck und Bernd Filzinger vor der Haustür, drehte den Schlüssel, bis das Schloss aufschnappte, und verabschiedete sich vom Leiter der Filzinger GmbH, der ihm eifrig mit beiden Händen die Hand schüttelte.

„Selbstverständlich will ich Sie morgen auf keinen Fall in der Firma sehen." Der Firmenchef ließ keinen Zweifel aufkommen, dass er es ernst meinte. „Kommen Sie erst einmal in Ruhe an. Sie haben so viel unterwegs erlebt. Genießen Sie noch ein paar Tage Ruhe bis zum Wochenende. Lassen Sie Ihrer Seele Zeit, Sie einzuholen. Wussten Sie, dass viele Menschen früher glaubten, die Seele bleibe beim schnellen Reisen zurück und nehme erst Tage später wieder ihren angestammten Platz ein?"

Frank schüttelte ungläubig den Kopf.

„Doch, im Ernst", lachte Filzinger fröhlich. „Als die ersten Autos die Straßen unsicher machten, fürchteten viele, dass die Seele durch die Beschleunigung aus dem Leib gerissen werde, und hielten die Erfindung des Automobils schon deswegen für Teufelswerk – und das, obwohl die ersten Autos nicht halb so schnell fahren konnten, wie ein schnelles Rennpferd läuft. Aber egal. Wir brauchen Sie ganz – mit Leib und Seele, und deswegen erwarte ich Sie am Montag früh, ausgeruht, aufgeräumt und voller Tatendrang in meinem Büro. Bis dahin lassen Sie es sich noch in aller Ruhe gut gehen und genießen Sie beide den Ausklang Ihrer Hochzeitsreise."

Als die Wohnungstür hinter ihnen ins Schloss fiel, seufzte Frank tief, gleichermaßen vor Erleichterung über die gesunde Rückkehr und in Erwartung einer ungewissen Zukunft.

## 52. Neubeginn

Am Montagmorgen war Frank der Erste, der die Geschäftsräume der Filzinger GmbH betrat. Schon kurz nach 6:00 Uhr hatte er die Wohnung verlassen und so erfolgreich den innerstädtischen Berufsverkehr vermieden. Mit einem zufriedenen Lächeln schob er den Schlüssel, den ihm Bernd Filzinger nach der Abholfahrt vom Bonner Hauptbahnhof noch beim Abschied feierlich überreicht hatte, ins Schloss der Tür zum Bürotrakt der Firma, drehte ihn herum und lauschte auf das Geräusch der zurückschnappenden Verriegelung. Einmal, zweimal, dreimal, viermal. Dann verhinderte der Anschlag eine weitere Drehung des Schlüssels. Frank drehte ihn zurück in eine gerade Position, zog ihn heraus, drückte entschlossen die Tür auf, und ließ sie hinter sich mit dem satten Klang einer Nobellimousine ins Schloss fallen. Das Portal zum eigentlichen Bürotrakt der Firma antwortete mit einem kurzen Pfeifen auf den leichten Knopfdruck an dem Transponder, der neben dem mechanischen Sicherheitsschlüssel zur Eingangstür an Franks neuem Schlüsselbund hing. Dann schoben sich die Flügel der breiten Glastür ein Stück nach vorn, bevor sie seitwärts vor die gläsernen Nebenwände glitten. Frank ging hindurch und spürte einen leichten Luftzug, als die Türflügel sich hinter ihm wieder geräuschlos schlossen.

Sein neues Büro fand er am Ende des Ganges, im abgeteilten Trakt, welcher der Geschäftsleitung vorbehalten war, hinter dem Sekretariat und neben dem Büro Bernd Filzingers. „Frank Menden, Chief International Officer" stand auf dem glänzenden, metallenen Türschild. Hier genügte es, den Transponder kurz vor das Türschloss zu halten. Ein grünes Licht leuchtete kurz auf, dann entriegelte die Tür mit einem trockenen „Klack".

Frank ließ die Hand auf die Klinke fallen und betrat das Büro, das während seiner Abwesenheit für ihn vorbereitet worden war. Das erste, was er wahrnahm, war der typisch unspezifische Geruch eines neu eingerichteten Zimmers, das darauf wartet, nach und nach die individuelle Note seines Bewohners aufzunehmen. Er stieß ein anerkennendes Pfeifen aus, als er über weichen Teppichboden in den hellen, geräumigen Raum trat, strich nach ein paar Schritten im Vorbeigehen mit einer Hand über die sanft abgerundete Kante der massiven Eichenplatte seines Schreibtischs, auf dem ein großer, gewölbter Monitor hinter einer kabellosen Tastatur aufgestellt war, und ließ sich mit einem zufriedenen Seufzen in den bequemen, ergonomischen Drehsessel fallen. Er lehnte sich zurück und betrachtete das Streifenmuster, das vom morgendlichen Sonnenlicht durch die gekippten Lamellen des noch geschlossenen Rollladens auf Tisch, Boden und Wände gezeichnet wurde.

Frank Menden atmete tief durch und genoss die Ruhe um ihn herum, die bald emsiger Betriebsamkeit weichen würde. In Gedanken ging er noch einmal die Gespräche durch, die er mit Lilith am vergangenen Wochenende geführt hatte. Er war Bernd Filzinger dankbar für die paar Tage, die ihm dieser vor Antritt seiner neuen Stellung noch gewährt hatte. So war es ihm tatsächlich möglich gewesen, Pläne für die Zukunft zu schmieden. Pläne, von denen er hoffte, sie mochten ihm tatsächlich eine einigermaßen harmonische Koexistenz zwischen dem Berufsleben als IT- Manager und dem „Nebenjob" als Dämonenwächter ermöglichen. Ein wenig fühlte er sich wie ein Superheld mit bürgerlicher Tarnexistenz und sinnierte genüsslich darüber, mit welchem der zahllosen Heroen des Marvel- oder DC-Universums sich seine Situation am ehesten vergleichen ließe. Dabei kam ihm die Frage in den Sinn, ob es ihm eigentlich auch möglich wäre, sich von Lilith tatsächlich selbst mit Superkräften ausstatten zu lassen. Nicht, dass er diese Option ernsthaft in Erwägung gezogen hätte, aber es bereitete ihm Freude, mit dem Gedanken zu spielen und sich aus einer Fülle von Superkräften seine bevorzugte auszusuchen. Bevor er aber in derartigen Träumereien zu weit abschweifen konnten, rief er sich wieder zur Ordnung und die Vereinbarungen ins Gedächtnis, die er nach ausgiebigen Diskussionen mit Lilith getroffen hatte (selbstverständlich unter dem Schutz der zwischen ihnen mittlerweile bewährten Methoden zur Wahrung der Privatsphäre gegenüber potenziellen menschlichen, digitalen und magischen Spitzeln). Immer noch unsicher, wo im Spannungsfeld zwischen ihr, den Dämonenjägern und möglichen weiteren Kräften nun wirklich die Wahrheit lag, hatte er die zuvor festgelegten Regeln erneuert und teilweise modifiziert und konnte nun auch bei wiederholter gedanklicher Prüfung keine Schwachstelle mehr darin erkennen. Ihm war klar, dass dies keineswegs ausschloss, irgendetwas übersehen zu haben. Er hatte aber sein Bestes getan und war bereit zu akzeptieren, dass dies für sein Seelenheil ausreichen musste, solange es ihn nicht in einer trügerischen Sicherheit wiegen und blind für eventuelle Anpassungen an eine sich verändernde Lage machen würde. Denn dass neue Entwicklungen wohl kaum lange auf sich warten lassen würden, darüber gab er sich keinen Illusionen hin.

Im Augenblick war er aber mit sich und der Welt zufrieden und gewillt, die Zukunft auf sich zukommen zu lassen und sich mutig allem zu stellen, was sie mit sich bringen würde.

*In der Ruhe liegt die Kraft*, dachte er für sich und schaltete den Computer an.

Etwa eine halbe Stunde später nahm Manuela Gerber (zum ersten Mal nahm Frank bewusst ihren Vornamen zur Kenntnis) ihren Platz im Sekretariat ein, hieß Frank willkommen und bot an, ihm eine Tasse Kaffee zu bringen. Frank nahm dankbar an und genoss den Duft von frisch aufgebrühtem Capuccino, der heiß aus der Tasse aufstieg und seine Nasenflügel wärmte, bevor die cremige Flüssigkeit beim ersten Schluck seinen Gaumen streichelte.

Bald darauf erschien auch Bernd Filzinger, grüßte Frank im Vorbeigehen und ließ ihn etwas später in sein Büro bitten, wo er sich hinsichtlich der geschäftlichen Komponenten von Franks Reise auf den letzten Stand bringen ließ. Gegen Ende der Unterredung wollte Frank wissen, ob es bereits eine Beschreibung seiner neuen Aufgabenbereiche gebe. Er nahm nicht an, dass sich diese einzig auf die Pflege internationaler Kontakte beschränken würden und war begierig, sich voller Elan in die Arbeit zu stürzen.

„Genau das wollte ich jetzt mit Ihnen besprechen", sagte Filzinger erfreut. „Ich sehe, wir liegen auf einer Wellenlänge."

Nachdem er mit dem Firmenchef – nicht wie ein Untergebener, sondern auf Augenhöhe – seine zukünftigen Tätigkeitsfelder entwickelt hatte, begann Frank, immer noch entspannt und zuversichtlich, sich den Arbeitsplatz einzurichten. Über einen Besucher, den Filzinger für den Nachmittag angekündigt hatte, machte er sich wenig Gedanken, auch wenn es ihn irritierte, dass der Firmenleiter sich über dessen Person ausgeschwiegen hatte. Wenn es Filzinger eine Freude bereitete, Franks ersten Arbeitstag in der neuen Position mit einer Überraschung zu krönen, so wollte er ihm den Spaß nicht verderben.

Schließlich war er doch nicht wenig überrascht, als Frau Gerber den erwarteten Besuch ankündigte und kurz darauf Christina Froid sein Büro betrat.

Sie trug wieder ein graues Kostüm mit engem, knielangem Rock und steifem Jackett über einer gestärkten Bluse. Ihre Füße steckten in schwarzen Pumps mit hohen, aber nicht über-dimensionierten Absätzen. Die hellblond gefärbten Haare waren zu einem losen Pferdeschwanz zusammengebunden. Eine lange Haarsträhne war vom strengen Zurückbinden verschont geblieben und hing ihr lose über das Gesicht, ohne den scharfen Blick zu behindern, der Frank durch schmale Brillengläser abtastete.

Für einen Augenblick standen sich beide wie eingefroren gegenüber, scheinbar unsicher, wie sie einander nun begegnen sollten. Dann aber brach Dr. Froid das Eis, an vergangene Vertrautheit anknüpfend.

„Hello Frank, my dear", sagte sie freundlich und streckte ihm die Hand entgegen. „Wie ich sehe, haben Sie die Reise gut überstanden und sind gesund wieder nach Hause gekommen."

„So ist es", bestätigte Frank, der sich bei Christinas Eintreten von seinem Sessel erhoben hatte, ergriff ihre Hand und erwiderte ihren festen Druck. „Obwohl unterwegs durchaus einiges passiert ist."

„Ach ja, der arme Jake", sagte Christina, ließ Franks Hand los und setzte sich leger auf eine Ecke seines Schreibtischs. „Die Polizei sucht immer noch nach den Mördern, aber man macht sich nicht viel

Hoffnung. So kann es wohl kommen, wenn man sich mit dem organisierten Verbrechen einlässt."

Frank räusperte sich verlegen.

„Dann haben Sie noch dieses leidige Softwareproblem in Rom mit Bravour gelöst", fuhr sie anerkennend fort. „Colloni hat versprochen, rechtzeitig zum nächsten Release eine bereinigte Version vorzulegen. Ihre Idee für Glastonbury hat wahre Begeisterungsstürme ausgelöst. Unsere Leute sind fieberhaft an den Bands, auch wenn es sehr schwierig erscheint, alle von der Reunion zu überzeugen. Musiker eben ..." Sie lächelte ihr überlegenes Juristenlächeln, mit dem sie Allüren und persönliche Befindlichkeiten unter emotional gesteuerten Künstlern als alberne Kindereien bagatellisierte, bis ihr einzufallen schien, dass Frank sich diesen Künstlern zumindest als Fan irgendwie verbunden fühlen mochte.

„In England waren Sie für einen ganzen Tag verschollen, hört man", setzte sie ernst, fast tadelnd, hinzu, um dann aber wieder zu einem verständnisvollen Lächeln zu wechseln. „Aber fast hätte ich vergessen, dass das Ganze ja auch Ihre Hochzeitsreise war. Mein Fehler. In Berlin ist ja dann wohl alles glatt gelaufen." (War da ein Augenzwinkern?) „Aber dann dieser beinahe tragische Unfall bei der Zugfahrt. Das wäre kein schöner Abschluss für Ihre Reise gewesen, aber glücklicherweise ist ja alles noch einmal gut ausgegangen und hat Ihnen nur einige Aufregung und eine kleine Verspätung eingetragen."

„Sie wissen eine ganze Menge, Christina", stellte Frank fest, der sich wunderte, wieviele Details ihr zu Ohren gekommen waren.

„Das gehört zu meinem Job", erklärte sie sachlich. „Ich muss alles wissen, was mit der Firma und ihren Mitarbeitern zu tun hat."

Frank nickte verstehend.

„Und *alles* ist noch nicht genug", fügte Dr. Froid mit einem schelmischen Lächeln an.

Frank grinste unbehaglich und bemühte sich, das Gespräch wieder in geschäftliche Bahnen zu lenken.

„Nun haben Sie selber auch schon wieder eine lange Reise gemacht, und das sicher nicht ohne Grund", sagte er. „Was kann ich für die Firma tun und was ist daran so wichtig, dass Sie sich persönlich hierher bemühen mussten? Nicht, dass ich mich nicht freuen würde, Sie wiederzusehen."

„Na, das hoffe ich doch."

In diesem Moment klopfte es, und Manuela Gerber kam mit einem Tablett herein, auf dem eine Flasche Wasser und zwei Gläser standen. Sie stellte Flasche und Gläser auf den verwaisten Besprechungstisch in der Ecke. Sie blickte Frank fragend an, während Dr. Froid sich vom Schreibtisch rutschen ließ.

*Autsch!*, dachte er betreten, als ihm auffiel, dass er sich nach der Begrüßung seiner Besucherin einfach wieder an den Schreibtisch gesetzt hatte, obwohl sein Büro als das eines leitenden Angestellten nun auch für Gespräche mit Gästen ausgelegt war. *An die Rolle im Management muss ich mich erst noch gewöhnen.*

„Kaffee oder Tee?", fragte er Christina, die aber winkte ab.

„Vielen Dank. Wasser genügt vollkommen. Aber es wäre gut, wenn wir in der nächsten – sagen wir – Stunde nicht gestört würden. Wir haben indeed etwas Wichtiges zu besprechen, das keine Unterbrechungen verträgt."

„Kein Problem", sagte Frank. „Frau Gerber, vielen Dank. Und Sie haben Dr. Froid gehört. Bitte sorgen Sie dafür, dass wir ungestört arbeiten können. Keine Anrufe und so weiter. Vielen Dank."

Die Sekretärin nickte und verließ den Raum. Als sie die Tür hinter sich ins Schloss gezogen hatte, wies Frank mit der Hand auf den runden Besprechungstisch, an dem beide Platz nahmen. Dort goss er Wasser in ein Glas, das er Christina reichte, und füllte anschließend das zweite für sich selbst. Dann blickte er sie neugierig an und wartete darauf, was sie ihm zu sagen hatte.

„My dear Frank", sagte sie wieder, rückte zu ihm heran und nahm seine Hand. Diese erneute vertrauliche Geste irritierte ihn zwar, aber er spürte die Ernsthaftigkeit dahinter und zog die Hand nicht zurück. Gespannt wartete er darauf, was Christina Froid ihm zu sagen hatte.

„Ich weiß, Sie richten sich hier gerade wieder ein", begann sie, „aber ich muss Sie bitten, noch eine weitere, sehr kurzfristige, Reise zu unternehmen. Es ist von allergrößter Wichtigkeit, dass Sie mich heute Abend nach Denver begleiten."

„Denver, Colorado?!", fragte Frank entgeistert.

„Genau. Ein Privatjet wartet startbereit am Flughafen Köln/Bonn."

„Kleiner tun Sie's nicht, was?" Frank verlieh seiner Verwunderung deutlich Ausdruck. „Welcher Zweck rechtfertigt diesen Aufwand, kaum dass ich wieder zuhause bin?"

„Wie schon gesagt, haben Sie ereignisreiche Wochen hinter sich. Wie ereignisreich genau, wissen Sie selbst am besten. Oder vielleicht auch nicht. Sie sind da in Situationen hineingeraten, die Sie auf durchaus bemerkenswerte Weise gemeistert haben, deren gesamte Tragweite Sie aber nicht einmal im Ansatz überblicken können. Ich denke, es ist jetzt an der Zeit, dass Sie mit dem großen Ganzen vertraut gemacht werden."

Frank runzelte die Stirn. Was sollten diese geheimnisvollen Andeutungen. Wusste Dr. Froid tatsächlich mehr, als ihm lieb war?

„Schön", sagte er vorsichtig. „Ich schätze gründliche Hintergrundinformationen. Aber warum fangen Sie nicht einfach jetzt mit Ihrer Erklärung an, wo Sie schon einmal hier sind?"

„Ich könnte Ihnen sicher einiges erklären, aber Sie würden es mir wahrscheinlich nicht glauben. In Denver kann ich Ihnen etwas *zeigen*, das Sie überzeugen wird."

„Was gibt es denn so Besonderes in Denver?"

„Dort befindet sich unser Headquarter."

„Ich dachte, das sei in San Francisco."

„Mit '*uns*' meinte ich nicht die Adamson Corporation."

„Sondern …?"

Statt zu antworten, beugte sich Christina Froid weit vor und gewährte Frank einen tiefen Einblick in ihren halb offenen Ausschnitt. Während er sich noch wunderte, was sie damit bezwecken mochte, nestelte sie an dem feinen Silberkettchen, das sie um ihren schlanken Hals trug, und zog daran, bis sich ein bisher verborgenes Amulett aus ihrem Dekolletee erhob. Als Frank das Amulett erkannte, blieb ihm der Mund offen stehen.

Vor seinen Augen baumelte das Symbol der Dämonenjäger.

„Durch unglückliche Umstände sind Sie in Ereignisse verstrickt worden, die jenseits Ihres Vorstellungsvermögens liegen." Christina Froid blickte Frank eindringlich in die Augen. „Selbst nach alledem, was Sie inzwischen erlebt haben."

Frank starrte noch immer wie hypnotisiert auf das hin und her pendelnde Amulett.

„Wie Sie wissen, haben wir Ihnen immer wieder Hinweise zukommen lassen", fuhr Christina unerbittlich fort. „Damit sollten Sie inzwischen mehr als eine vage Idee haben, mit welchem Wesen Sie vermählt wurden. Von einer vollumfänglichen Erkenntnis des Ausmaßes von Liliths Bosheit und der Bedeutung des Rings, den Sie tragen, sind Sie trotzdem noch weit entfernt. Aber hoffentlich bereit für die volle Wahrheit. In Denver können wir Ihnen die Augen öffnen."

Stumm schüttelte Frank den Kopf, in ungläubigem Staunen und dem Versuch, Ordnung in seine umher wirbelnden Gedanken zu bringen, alles Erlebte neu zu bewerten, zu verstehen, was in ihm, um ihn und mit ihm in den vergangenen Wochen geschehen war. Christina Froid schien sein Kopfschütteln allerdings als verneinende Geste zu interpretieren.

„Vertrauen Sie uns", bat sie daher eindringlich. „Vertrauen Sie *mir*." Aber Frank hörte nicht auf. Sein Kopf bewegte sich einfach weiter, während darin ein Tornado tobte. Daraufhin versuchte Christina auf andere Weise zu ihm durchzudringen.

„Ich kann verstehen, wenn Sie augenblicklich niemandem vertrauen. Seit Ihrer Begegnung mit dem sterbenden Mönch sind Sie nahezu ununterbrochen manipuliert und hinters Licht geführt worden. Ja, auch von uns. Aber nur zu Ihrem eigenen Schutz. Lilith ist die unbestrittene Meisterin der Verführung und Intrige. Selbst die Ringträger, denen sie gehorchen muss, treibt sie dazu, ihren eigenen Untergang herbeizuführen."

Frank hielt in seiner Bewegung inne und hob den Kopf. Ein Signal, dass er zumindest zuhörte.

„Sie können mir wirklich vertrauen", wiederholte Christina, ließ das Amulett sinken und ergriff erneut sanft Franks Hand. „Aber wenn Ihnen das jetzt schwer fällt, dann bedenken Sie Folgendes: Was hätten wir davon, Ihnen etwas anzutun? Wenn Ihnen der Ring mit Gewalt entrissen wird oder Sie gar zu Tode kommen, ist Lilith frei. Daran kann niemand ein Interesse haben. Und wenn das unser Ziel gewesen wäre, dann hätten wir es schon lange tun können. Es wäre so viel leichter gewesen, als Sie immer wieder auf den Pfad der Erkenntnis zu führen. Und erinnern Sie sich an den Kölner Dom! Erinnern Sie sich genau: Hat irgendeiner der Männer, die Sie dort bekämpft haben, ernsthaft versucht, Sie zu verletzen? Sie wollten Sie lediglich von Lilith fernhalten – und sind dabei als Märtyrer gestorben."

Christina Froid bemerkte Franks wachsende Unruhe, nahm sich zusammen und beendete ihren emotionalen Ausbruch.

„Aber niemand macht Ihnen einen Vorwurf", sagte sie besänftigend.

„Wie hätten Sie es besser wissen sollen? Doch Sie sollten zumindest einsehen, dass Ihnen keinerlei Gefahr droht. Wenn Sie andererseits immer noch um Liliths Sicherheit fürchten – und daran täten Sie recht, wenn wir unsere Absichten umsetzen könnten, denn es ist unser geschworenes Ziel, die Welt von allen Dämonen zu befreien, und besonders von diesem ... Wenn Sie also um Lilith fürchten, dann sollten Sie erkennen, dass dazu kein Anlass besteht, denn sie ist mächtig genug, sich gegen jede Bedrohung zu schützen, wenn Sie ihr die Selbstverteidigung in Ihrer Abwesenheit nicht verboten haben. Und das haben Sie natürlich nicht getan, habe ich Recht?"

„Natürlich nicht", gestand Frank mit tonloser Stimme. „Wie könnte ich ihr den Selbstschutz verweigern?"

„Sehen Sie? Und zweifellos haben Sie auch sichergestellt, dass Lilith von sich aus keinen Schaden anrichten kann, solange Sie nicht bei ihr sind. Sie gehen also kein Risiko ein, wenn Sie mit mir kommen. Nicht für Sie, nicht für Lilith und für niemanden sonst. Aber Sie könnten uns und sich selbst eine Chance geben, Sie von der Wahrheit zu überzeugen. Und von der Richtigkeit unserer Mission."

Franks Widerstand begann zu wanken. Hatte sie nicht Recht?

„Was werde ich in Denver zu sehen bekommen?", fragte er vorsichtig.

„Beweise für das schreckliche Wirken von bösen Mächten auf Erden, in allen Zeitaltern und bis heute. Eindeutige Beweise. Und auf der anderen Seite die Ergebnisse unserer Mission. Die Einflüsse, mit denen wir über Äonen hinweg die Entwicklung der Menschheit vorangebracht haben, indem wir einen Dämon nach dem anderen ausschalten konnten. Aber Sie müssen sofort mit mir kommen. Wenn Lilith erfährt, dass wir direkten Kontakt zu Ihnen aufgenommen haben, wird sie Sie wieder in ein Gespinst von Lügen und Halbwahrheiten verstricken, das Ihre klare Auffassungsgabe vernebelt. Und dann werden wahrscheinlich nicht einmal unwiderlegbare Fakten Sie noch überzeugen können. Lassen Sie nicht zu, dass sie Ihre Erkenntnis des wahren Guten und des wahren Bösen hintertreibt!"

Frank zögerte noch immer. Nichts war mehr von der Selbstsicherheit zu erkennen, mit der er den Tag begonnen hatte.

„Kommen Sie", drängte Christina und drückte seine Hand fester. Ihre Finger auf Liliths Ring fühlten sich unwirklich an. „Was haben Sie zu verlieren?"

„Was wird Filzinger dazu sagen", setzte Frank an, nur noch halbherzig widerstrebend, „wenn ich schon wieder verschwinde, noch bevor ich mein Büro richtig bezogen habe?"

„Er wird es als Teil Ihres Jobs ansehen. Internationale Kontakte, erinnern Sie sich? Steht auf Ihrem Türschild. Und ich repräsentiere für ihn die Adamson Corp. Ich habe ihn schon darauf vorbereitet, dass ich Sie ihm noch einmal entführen muss."

*„Entführen" ist das richtige Wort*, dachte Frank, aber er hatte den Widerstand bereits aufgegeben. Sollten die Dämonenjäger doch nun endlich die Karten auf den Tisch legen. Viel zu lange hatte er sich – von wem auch immer – an der Nase herumführen lassen. Er würde alle Fakten, die man ihm vorlegte, gründlich prüfen, akribisch und ergebnisoffen. Wie bei einem mathematischen Beweis oder auf der Suche nach verborgenen Fehlern in einem Softwareprodukt vor der Freigabe.

„Okay", sagte er nur noch und erhob sich. „Gehen wir."


# 53.  Perspektivenwechsel


Frank Menden lehnte sich in dem weichen, ledernen Polstersessel in Christina Froids (oder wer immer ihre Auftraggeber waren) Privatjet zurück, vor sich ein kleines Mahagonitischchen und ihm gegenüber seine Gastgeberin. Ebensogut hätte er sich immer noch in der VIP Lounge des Flughafens befinden können, wäre da nicht der Sicherheitsgurt gewesen, der auch in diesem Flugzeug obligatorisch war.

Offenbar hatte die Maschine Startfreigabe erhalten, denn nun rollte sie, ein kleiner Käfer zwischen den riesigen Passagierjets der großen internationalen Fluggesellschaften, auf die Startbahn, schwenkte auf die lange Gerade ein und sammelte mit vibrierenden Motoren Kraft für den Aufstieg. Viel unmittelbarer fühlte Frank das Grollen der Turbinen in dem zierlichen Flieger, als er es von den riesigen Verkehrsflugzeugen für gewöhnliche Touristik- oder Geschäftsreisen her gewohnt war.

Dann löste der Pilot die Bremsen und das Flugzeug schnellte los wie von einem gespannten Gummiband abgeschleudert, hob die Nase und stieg auf in den Himmel über Köln.

Durch das Fenster an seiner Seite erhaschte Frank beim Aufwärtsschrauben der Maschine einen kurzen Blick auf den Dom, in dem er zusammen mit Lilith eben jene Dämonenjäger bekämpft hatte, deren Ruf in ihr Hauptquartier er nun folgte. Ein Schaudern lief ihm über den Rücken. Zum ersten Mal seit der Hochzeitsnacht im Kloster trennten ihn mehr als nur wenige Kilometer von Lilith. Das unsichtbare Band, das ihn mit ihr verknüpfte, schien sich zu spannen. Er wusste, es würde nicht reißen. Aber zugleich kam ihm die räumliche Trennung von ihr schon fast unwirklich vor. Und auf einmal war auch seine latente Flugangst wieder da. Mit Lilith an seiner Seite hatte er sich absolut sicher gefühlt, doch ohne sie war alles fast wieder wie früher. Mehr noch als in San Francisco, wo er sie während seiner Termine bei der Adamson Corp. zeitweilig der Obhut anderer hatte überlassen müssen, spürte er ihre Abwesenheit wie einen körperlichen Schmerz, als wäre ihm ein Teil seiner selbst aus dem Leib gerissen worden. Kein lebenswichtiges Organ, aber eines, ohne dass er sich doch schon fast verkrüppelt fühlte.

„*Liebe mich*", hörte er sie im Geiste noch einmal auf seine Frage antworten, was sie sich von ihm wünsche, und fragte sich, ob es tatsächlich mehr als nur der Druck der Verantwortung war, was ihn inzwischen mit ihr verband. Hatten sich wahrhaftige Gefühle zwischen ihm und seiner dämonischen Gemahlin entwickelt oder hatte sie ihn nur mit ihren Verführungskünsten in einen mörderischen Kokon eingesponnen?

Das Klicken, mit dem Christina Froid ihren Sicherheitsgurt löste, holte ihn aus seinen düsteren Gedanken.

„Ich denke, ich könnte jetzt einen Schluck Whiskey vertragen", sage sie und stand auf. „Möchten Sie sich anschließen?"

*Eigentlich sollte ich besser einen klaren Kopf behalten*, dachte Frank, aber trotzdem nickte er.

„Entspannen Sie sich", sagte sie, als sie mit einer Flasche und zwei Gläsern zurückkehrte. „Wir haben jetzt ein paar Stunden Zeit, und vielleicht sollten Sie sich unsere Version der jüngsten Ereignisse anhören, bevor Sie sich weiter in Spekulationen ergehen. Dann können Sie immer noch überlegen, wem Sie glauben."

Sie schenkte die Gläser halbvoll und ließ sich dann auch wieder in ihren Sessel sinken.

„Sind Sie bereit für eine Geschichte?", frage sie und prostete ihm zu.

Wieder nickte er und nahm einen vollmundigen Schluck.

„Über die Geschichte der Dämonenjäger", begann sie, „konnten Sie ja schon auf unserer Darknet-Seite einiges sehen. Weitere Einblicke in die ganze, über Tausende von Jahren währende, Entwicklung unserer Loge werden wir Ihnen in Denver geben. Aber lassen Sie uns dort beginnen, wo Sie ins Spiel gekommen sind." Dann entwarf sie ein Bild der vergangenen Wochen, in dem sich eines der losen Enden nach dem anderen mit schon bekannten Fragmenten zu einem vollständigen Ganzen verband, und das sich doch grundlegend von demjenigen unterschied, mit dem Frank sich bisher die Ereignisse erklären zu können geglaubt hatte.

Christina Froid begann mit der Übernahme der Filzinger GmbH durch die Adamson Corp. Die Ideen der kleinen Softwareschmiede waren wirklich gut und eine willkommene Verstärkung für den Konzern – wie diejenigen vieler ähnlicher Firmen auch. Dass die Wahl letztlich auf Filzinger gefallen war statt auf einen ihrer Konkurrenten, hatte die Firma aber anderen Umständen zu verdanken. Tatsächlich hatte der Firmenkauf vor allem als Anlass herhalten müssen, um in der Nähe des Vindicandi- Klosters Fuß zu fassen, das die Dämonenjäger nach Jahrzehnten der Suche endlich als den Ort von Liliths Gefangenschaft ausfindig gemacht hatten.

Während in der Firma die Übernahme durch den amerikanischen Investor vorbereitet wurde, hatten die Dämonenjäger versucht, mit den Mönchen ins Gespräch zu kommen und sie zu überzeugen, gemeinsam mit ihnen einen Weg zu suchen, die Welt dauerhaft von Lilith zu befreien, statt sie nur in einer von Generation zu Generation stetig erneuerten Folge von Vermählungen unter dem Bann des Rings zu halten.

Die Mönche waren vorsichtig und hatten erst nach langem Zögern einem Treffen zweier einzelner Repräsentanten auf neutralem Boden zugestimmt. An jenem Abend, an dem die Firmenübernahme unter Dach und Fach war und feucht-fröhlich gefeiert wurde, war es dann endlich soweit. Christina Froid und Bruder Michael hatten für den ersten direkten Kontakt im Schutz der Nacht in der Siegburger Innenstadt ein Treffen vereinbart. Doch was der erste Schritt zur Zusammenarbeit zweier uralter Institutionen hätte werden sollen, die bisher unabhängig voneinander auf unterschiedliche Weise ähnliche Ziele verfolgt hatten, geriet zum Fiasko. Von gegenseitigem Misstrauen erfüllt, bewaffnet und auf Verrat vorbereitet, lauerten beide nur auf eine verdächtige Handlung des anderen – und glaubten diese dann auch zu erkennen. Als sie von hinten ergriffen wurde und plötzlich in die Mündung eines Revolvers blickte, stieß Christina instinktiv mit dem Messer zu, das sie zu ihrer Verteidigung mitgenommen hatte. Unerfahren im Umgang mit Waffen, hatte sie dem Mönch unglücklicherweise eine tödliche Verletzung beigebracht. Mit einer unkontrollierten Abwehrbewegung hatte Michael sie zurückgestoßen und dabei mit dem Revolvergriff am Kopf getroffen. Benommen war sie gegen eine Hauswand geprallt und im Dunkel bewusstlos zusammengesackt, während er sich sterbend davon schleppte und dann zufällig – wie die Dämonenjäger erst später erfuhren – auf Frank traf, an den er in seiner Verzweiflung den Ring weitergab, um eine unkontrollierte Freisetzung Liliths zu verhindern.

Dass Lilith dann trotzdem die Zwischenphase des Ringträgerwechsels nutzen konnte, um mit dem Massaker an den Mönchen ihre Rachegelüste für die Einkerkerung in der Tiefe des Klosterbergs, begleitet von ebenso frucht- wie hoffnungslosen Bekehrungsversuchen, zu stillen, führten die Dämonenjäger auf schlampige Instruktion durch die Mönche zurück. Frank überlegte einen Augenblick lang, ob er diese Annahme berichtigen müsse, entschied sich dann aber dagegen, weil niemandem mit einer Richtigstellung in dieser Sache gedient gewesen wäre. Dass es Lilith damit zugleich gelungen war, sicherzustellen, statt der kontrollierten Führung durch die Mönche nur noch von dem unerfahrenen und leicht manipulierbaren Frank Menden abhängig zu sein (Christina entschuldigte sich für diese Darstellung, aber Frank konnte nicht widersprechen), beschämte ihn allerdings noch mehr.

Durch die Ereignisse im Park und die magische Ausstrahlung, die von Liliths Vertrauensbildungsritual ausging, hatten die Dämonenjäger erste Hinweise auf ihren neuen Aufenthaltsort erhalten. In der zutreffenden Erwartung, Lilith werde über kurz oder lang einen *Ort der Kraft* aufsuchen wollen, streckten sie ihre Fühler aus und waren vorbereitet, im Kölner Dom die Konfrontation zwischen der Dämonin und dem mächtigsten Magier aus ihren eigenen Reihen zu suchen. Ob dieser stark genug gewesen wäre, in einer direkten Kraftprobe der immerhin durch den Ring eingeschränkten Macht der Dämonin zu trotzen und sie tatsächlich hätte auslöschen können, war ungewiss. Aber zu diesem Zeitpunkt hatte Lilith ihren Hüter schon erfolgreich dazu verführt, sich auf ihre Seite zu schlagen. Obwohl die Dämonenjäger ihn nicht als ihren Feind betrachteten, sahen sie sich genötigt, im Dom gegen ihn vorzugehen. Zwar waren sie dabei bemüht, ihn nicht ernsthaft in Gefahr zu bringen, doch hatten sie nicht mit der Heftigkeit und Effektivität seiner – durch Liliths Aktivierung der Erinnerungen an eine frühere Existenz verstärkten – Gegenwehr gerechnet. In der trügerischen Annahme ihrer klaren Überlegenheit hatte diese Fehleinschätzung mehrere Dämonenjäger das Leben gekostet. Schlimmer noch, hatte dieser Verlauf den Kampf insgesamt zu Liliths Gunsten gedreht und, als Frank ihr schließlich die Freigabe zum uneingeschränkten Gebrauch ihrer ganzen Macht gab, den Ausgang besiegelt.

Auch die Entscheidung, ihn als Bindeglied zwischen der Filzinger GmbH und der Adamson Corp. zu benennen, war nicht wirklich wegen seiner besonderen Fähigkeiten gefallen. Die clevere Prokuristin hatte darin vielmehr eine perfekte Gelegenheit erkannt, das Wohl der Firma mit dem der Loge zu verbinden. So konnte sie ihn im dienstlichen Auftrag an verschiedene Orte und in geeignete Situationen führen, die ihm nach und nach Liliths wahre Natur klar machen sollten. Die Dämonenjäger waren wenig zimperlich, aber dennoch darauf bedacht, Unschuldige möglichst zu schonen. Außerdem war ihnen durchaus bewusst, dass es unmöglich war, dem legitim eingesetzten Ringträger Liliths Ring mit Gewalt oder Drohungen zu entreißen. Denn alles andere als eine absolut freiwillige Übergabe gemäß dem vorgeschriebenen Ritual hätte zu einer Befreiung Liliths aus dem Bann des Rings geführt.

Nach diesen Eröffnungen zur Vorgeschichte ließ Christina Froid ein leichtes Abendessen auftragen und gab Frank dabei Gelegenheit, das Gehörte zu verarbeiten. Frank pries die Qualität der Speisen, und Christina erklärte ihm stolz, dass die Firma eigens speziell ausgebildete Köche beschäftige, die der aufgrund des geringeren Luftdrucks in großer Höhe veränderten Wahrnehmungsfähigkeit der menschlichen Geruchs- und Geschmacksknospen bei der Zubereitung der Mahlzeiten für Flugreisen Rechnung trugen. Im Anschluss an die Mahlzeit kam sie dann auf die folgenden Ereignisse zu sprechen.

„Auf der Reise konnten wir Sie beide unter Beobachtung halten und vorerst auf harmlose Weise beschäftigen“, begann sie. „Glücklicherweise hatte auch Lilith zunächst kein Interesse daran, Sie durch Untaten während der Flitterwochen weiter unter Druck zu setzen. In San Francisco allerdings konnte sie ihre wahre Natur nicht länger unterdrücken. Keine Ahnung, warum sie sich ausgerechnet Jacob Devlin als Opfer ausgesucht hat ...“

Frank schluckte. Schon stellte sich sein schlechtes Gewissen wieder ein. Schließlich hatte er Lilith auf den CIO der Adamson Corp. angesetzt, wenn auch in der festen Überzeugung, sie werde ihm nichts Ernsthaftes antun.

„Armer Jake“, sagte Christina. „Naja, ehrlich gesagt, er war ein rechter Widerling. Aber was sie ihm angetan hat – das hat kein Mensch verdient. (Übrigens auch nicht unser Magier.)“

Frank nickte versonnen. Der angehängte Seitenhieb ließ ihn aufhorchen. Hörte er da doch einen nur oberflächlich unterdrückten Vorwurf heraus?

„Und was sollte das in Rom?“, fragte er schnell nach, um den Ball wieder offensiv auf der anderen Seite ins Spiel zu bringen.

„Das Software-Problem bestand tatsächlich“, erklärte Christina sachlich.

„Wir hegten auch schon einen Verdacht, dass die Mafia beteiligt sein könnte, insbesondere, nachdem die Polizei Jacobs Verbindungen zur Unterwelt aufgedeckt hat. Wir hatten trotzdem alles unter Kontrolle. Sie waren zu keinem Zeitpunkt ernstlich in Gefahr, aber – Chapeau! – Sie haben das selbst wirklich beeindruckend hinbekommen. Und dabei sogar Liliths Kräfte geschickt eingesetzt. Doch der eigentliche Grund, Sie nach Rom zu schicken, bestand darin, Sie auch dort an einem geeigneten Ort mit Liliths Vergangenheit zu konfrontieren. Sie sehen, uns war und ist daran gelegen, dass Sie sich Ihr eigenes Bild machen können. Wann immer wir die äußeren Ereignisse beeinflusst haben, geschah das einzig und allein mit diesem Ziel.“

„Und Glastonbury?“

„Oh ja, Glastonbury! Auch hier hat die Adamson Corp. wirklich die Absicht, als Sponsor für ein großes Rock-Ereignis zu sorgen, wie es die Welt seit Woodstock oder zumindest seit Band Aid nicht mehr erlebt hat. Und auch dabei haben Sie unbestritten beeindruckend gute Arbeit geleistet. Aber natürlich haben wir auch diesen Ort in erster Linie nutzen wollen, um Ihrem Verstehen auf die Sprünge zu helfen, ohne dabei unsere Anonymität aufs Spiel zu setzen. Daher das Darknet-Rätsel, das von niemandem außer Ihnen gelöst werden konnte. Und die Vision aus Ihrer Erinnerung als Gralsritter am Tor zu Avalon. Doch dann geriet alles außer Kontrolle. Wie konnte Lilith Sie zu der Erlaubnis bewegen, das Herz des Zauberers zu zerstören?"

„Nein!", rief Frank ebenso entsetzt wie entrüstet. „So war das nicht. Ich wollte ihn wieder ins Leben zurückholen. Aber als ich sein Herz in der Hand hielt, habe ich nur seinen sehnlichsten Wunsch erfüllt. Er selbst hat mich angefleht, sein Jahrhunderte währendes Leid zu beenden."

„Wie das?"

„Tags zuvor war der Baum, der den anderen Teil seiner Seele trug, in einem Gewitter in Flammen aufgegangen."

„Haben Sie den eingeäscherten Baum gesehen? Manchmal ist ein Gewitter einfach nur ein Gewitter."

„Oh mein Gott …! Aber Merlins Stimme, seine Bitte um Erlösung …"

„Was macht Sie so sicher, dass es wirklich Merlins Stimme war, die Sie da vernommen haben, und nicht Liliths?"

„Um Himmels willen … dann hätte ich ja Merlin genau in den Zustand versetzt, vor dem ich ihn bewahren wollte!"

„Gut möglich. Lilith manipuliert alle und jeden – insbesondere die Ringträger."

„Aber hätte der Ring sie nicht daran hindern müssen?"

„Hat sie gegen einen ausdrücklichen Befehl verstoßen? Oder Ihnen persönlich direkt oder indirekt geschadet?"

„Wenn ich es recht bedenke: nein."

„Glauben Sie mir, sie weiß genau, was sie tut. Und niemand, der nicht über Jahre, Jahrzehnte oder Jahrhunderte darauf vorbereitet wurde, kann ihre Ränke durchschauen."

Christina machte eine gnädige Pause und gab Frank Gelegenheit, den neuerlichen Schock zu verdauen. Aber sie war noch nicht fertig.

„Und schließlich Berlin."

„Berlin", wiederholte Frank mit tonloser Stimme. „Haben Sie etwa auch die Erzengel gerufen?"

„Nicht direkt", sagte Christina. „Aber der Tod Merlins hat bis in den Himmel Wellen geschlagen. Als der Sohn des Arimathäers starb, wurden selbst die Höchsten unruhig, und es bedurfte nur eines einfachen Rituals, um Kontakt herzustellen und sie an den Ort zu lenken, wo sie den Ringträger würden treffen können. Wir hatten gehofft, Ihnen mit einem Engel einen wahrhaft untadeligen Zeugen präsentieren zu können. Wer konnte aber ahnen, dass Sie Lilith mit zu dem Treffen bringen würden?! Allerdings sollte spätestens das Erlebnis, wie die mächtigsten Engel nur um Haaresbreite dem Untergang entrannen, Ihnen deutlich vor Augen geführt haben, dass es höchste Zeit ist, Liliths ruchlosem Treiben endlich ein Ende zu setzen."

„Und das hoffen Sie in Denver zu erreichen."

„Ja. Denn was Sie dort erleben werden, wird Sie endgültig davon überzeugen, dass — und wie — die Welt von der Dämonin ein für allemal befreit werden muss."

„Wollen Sie mir nicht wenigstens einen kleinen Hinweis geben, womit Sie mich zu überzeugen gedenken?"

„Es hätte keinen Sinn, Ihnen jetzt schon etwas zu sagen, was Sie doch erst glauben werden, wenn Sie es mit eigenen Sinnen erfahren. Haben Sie nur noch ein wenig Geduld. In ein paar Stunden ist es soweit. Aber ich schlage vor, dass Sie bis dahin noch ein wenig zu schlafen versuchen." Auf der Reise nach Westen jagten sie der Sonne hinterher, so dass es während des gesamten, etwa zehnstündigen Fluges nicht dunkel werden würde. Aber Frank sah ein, dass Christina Recht hatte. Nach der Landung wollte er hellwach sein. So zog er sich in einen Nebenraum zurück, in dem eine bequeme Bettcouch stand. Christina zeigte ihm, wie er mit einem Knopfdruck die Fenster verdunkeln konnte, und ließ ihn dann allein, während er fasziniert beobachtete, wie sich die Scheiben wie von Zauberhand langsam abtönten. *Manchmal unterscheiden sich die Wunder der modernen Technik kaum von echter Magie*, dachte er kurz. Es fiel ihm schwer zu schlafen, aber schlaglichtartige Fetzen der Erinnerung an wirre Träume machten ihm klar, dass es ihm doch irgendwie zumindest für kurze Zeit gelungen sein musste, bevor Christina ihn weckte, um ihn auf die bald bevorstehende Landung vorzubereiten.

## 54. Tiefe Einblicke

Frank nutzte den luxuriösen Waschraum, um sich ein wenig frisch zu machen und hatte danach noch Zeit, mit einem starken Kaffee die letzten Reste von Schläfrigkeit zu vertreiben, die nach dem unruhigen Power-Nap in ihm steckten. Den Rest besorgte ein spürbar erhöhter Adrenalinspiegel in Erwartung der bevorstehenden Enthüllungen.

Als der Pilot in den Landeanflug überging, schnallte Frank sich in einem Sitz am Fenster an und blickte durch eine löchrige Wolkendecke hinab auf die weite Ebene, die sich am Rande der Rocky Mountains im tief roten Licht der Abendsonne erstreckte.

Die Maschine senkte sich herab auf ein fluffiges Wolkengebirge, das wie die schneebedeckten Gipfel einer Gebirgsformation unter ihnen emporragte. Zwischen den watteartigen Wolkenbäuschen gaben Lücken wie tiefe Bergseen den Blick auf den Boden frei. Nichts liebte Frank mehr am Fliegen als das Schweben über den Wolken, den Blick hinab auf schneeweiße Landschaften im gleißenden Licht der unverhüllten Sonne. Die weiten, langgezogenen, geschichteten Stratuswolken, die wie hauchzarte Gazetücher flach über dem Erdboden trieben. Die etwas höheren Stratocumulus-Schollen, die dem darüber fliegenden Betrachter wie eine weiche, unregelmäßig gesteppte Decke auf einer Ebene erschienen, in der vereinzelte Lücken einen Blick in die Tiefe erhaschen ließen. Und die voluminösen Cumulus und Cumulonimbus, in vielfältiger Gestalt von sanft geschwungenen Hügeln bis zu hoch getürmten Bergen aufgeworfen. Oft träumte er dann davon, einfach auszusteigen und sich in die flauschigen Formen sinken zu lassen wie in ein dickes, weiches Daunenbett.

Immer näher kamen die weißen Türme aus winzigen Wassertröpfchen und Eiskristallen … und dann der Moment des Eintauchens, wenn die Sonne nicht mehr zu sehen ist, es aber trotzdem nicht dunkler, sondern heller wird und aus allen Richtungen strahlendes Weiß in die Passagierkabine scheint. In diesen Momenten wurde Frank stets die doppelte Bedeutung des Wortes „Himmel" bewusst, und die Vorstellung, dass es sich so anfühlen mochte, die Schwelle vom Leben zum Tod zu überschreiten, zauberte ein versöhnliches Lächeln auf seine Lippen.

*„Almost Heaven"*, hörte er im Geiste John Denver den Beginn der Country-Ballade „Take me Home, Country Roads" singen. Mit diesem weltbekannten Song und seinem Künstlernamen hatte der amerikanische Folk-Sänger Henry John Deutschendorf jr. sich selbst und dem aktuellen Ziel ihrer Reise, der Hauptstadt des Bundesstaats Colorado, ein unvergessliches Denkmal gesetzt (auch wenn das Lied selbst mit West Virginia einer ganz anderen Region der USA gewidmet war). Möglicherweise hatte dem leidenschaftlichen Privatflieger eine ähnliche Erfahrung zu den Ideen für seine Songs verholfen, die noch heute Menschen in aller Welt und jeden Alters zum Träumen brachten. Viel zu früh war John Denver im Alter von 53 Jahren beim Absturz seines Flugzeugs ums Leben gekommen, aber die Musik hatte ihn unsterblich gemacht. Angesichts seiner neuen Erkenntnisse über das dies- und jenseitige Leben war Frank außerdem fest überzeugt, dass der Sänger inzwischen nicht mehr nur „fast im Himmel" angekommen sei. Oder hatte den in Roswell, New Mexico, geborenen Singer/Songwriter womöglich ein ganz anderes Schicksal ereilt? Immerhin hatte sein Vater auf der Luftwaffenbasis gearbeitet, wo im Sommer 1947 nie verstummten Gerüchten zufolge ein UFO notgelandet sein sollte. Bisher hatte Frank Verschwörungstheoretiker nur belächelt, die von praktisch jedem unter nicht vollständig geklärten Umständen gestorbenen Musiker

oder anderen prominenten Persönlichkeiten gerne annahmen, dass sich damit nur außerirdische oder überirdische Wesen nach kurzem Wirken auf Erden einen glaubwürdigen Abgang verschafft hätten. Inzwischen allerdings neigte er selbst aufgrund seiner jüngsten eigenen Erfahrungen dazu, nichts mehr für unmöglich zu halten und vor allem nicht mehr an Zufälle zu glauben.

Weiße Schwaden zogen an den Fenstern vorbei, während das Flugzeug sich weiter seinen Weg durch den nebligen Dunst bahnte. Dann waren sie hindurch getaucht, und unter ihnen erstreckte sich die Ebene von Denver vor der gezackten Bergkette der Rocky Mountains.

Schon von Weitem konnte man den „DIA" erkennen – den *Denver International Airport*. Die Anlage war verhältnismäßig jung. Im Jahr 1995 war der neue Flughafen eröffnet worden, um den für das unaufhaltsam steigende Flugaufkommen zu klein gewordenen Stapleton Airport zu ersetzen. Um zukünftigen Platzproblemen vorzubeugen, hatte man 40 Kilometer von der Stadt Denver entfernt ein gewaltiges Areal geschaffen, wo sich der Flughafen, hinter dem König-Fahd-Flughafen im saudiarabischen Dammam der zweitgrößte der Welt, nun auf über 130 Quadratkilometern ausdehnte, einer Fläche größer als die Stadt San Francisco. Mit Landebahnen, die von den Ecken des zentralen Hauptgebäudekomplexes senkrecht in vier Richtungen abstrahlten, erinnerte er an ein riesiges Hakenkreuz. Bei dieser Assoziation stahl sich ein unbehagliches Stirnrunzeln auf Franks Gesicht. Doch schalt er sich zugleich einen Narren, denn die ungewöhnliche Form mochte durchaus praktischen Überlegungen entsprungen sein, und außerdem war dieses Zeichen, lange bevor es von den deutschen Nationalsozialisten zur Standarte erkoren und später weltweit geächtet worden war, als Sonnensymbol in der indischen Mythologie weit verbreitet.

Kurze Zeit später stellte sich das flaue Gefühl in der Magengegend allerdings erneut ein, denn beim Anflug auf die Landebahn erblickte Frank die annähernd zehn Meter hohe Statue eines sich aufbäumenden Mustangs mit blauem Fell und rot leuchtenden

Augen, seit ihrer Enthüllung ein Wahrzeichen des DIA, um das sich dunkle Legenden rankten. Trotz der Appelle von Anwohnern, die über vier Tonnen schwere Skulptur aus Fiberglas um ein stählernes Skelett wieder zu entfernen, begrüßte das „Teufelspferd" mit dem Spitznamen „Blucifer", das seinen Schöpfer, den Bildhauer Luis Jiménez, in dessen Atelier durch den herabstürzenden Kopf der Statue getötet hatte, noch immer jeden Ankömmling mit dämonischem Blick der von innen heraus glutrot leuchtenden Augen.

*Noch mehr Verschwörungstheorien*, dachte Frank mit leichtem Frösteln und erinnerte sich eines Zeitungsartikels, in dem über weitere seltsame Geschichten im Zusammenhang mit dem DIA spekuliert worden war. So hatten etwa in dem noch heute futuristisch anmutenden Gebäude mit dem Zeltdach aus 34 in flexibler und robuster Leichtbauweise errichteten symbolischen Bergspitzen zu Beginn Wandmalereien mit apokalyptischen Motiven und mysteriöse Schriftzeichen auf Wänden und Boden die Menschen aufgewühlt. Hier hatten – anders als bei dem blauen Mustang – massive Proteste dafür gesorgt, dass die verstörenden Szenen wieder entfernt wurden. Zudem hielten Freimaurersymbole und dämonische Statuen wie an den Fassaden gotischer Kathedralen, ebenso wie die Finanzierung des gesamten Baus durch die „New World Airport Commission" die Gerüchteküche am Brodeln. Über die mysteriöse Finanzierungsgesellschaft existierten bis heute keinerlei öffentlich zugängliche Informationen. Schließlich trug ein, dem Publikumsverkehr verschlossenes, gigantisches Tunnelsystem unter dem Flughafenareal, das zum automatischen Gepäcktransport geplant und angelegt, aber nie in Betrieb genommen worden war, dazu bei, dass den Internationalen Flughafen von Denver eine Aura des Geheimnisvollen umgab, die zumindest jenen, die Gefallen an mysteriösen Theorien finden, immer wieder ein Gruseln über den Rücken jagt.

Die Landung verlief allerdings ohne Zwischenfälle. Nach einem Hinweis des Piloten, während das Flugzeug auf die zugewiesene Parkzone zurollte, passte Frank seine Armbanduhr der aktuellen Uhrzeit an und stellte fest, dass, betrachtete man die jeweilige

Ortszeit, seit dem Start in Köln gerade einmal gut zwei Stunden vergangen waren.

Der Fußweg vom Landebereich zum Ankunftsterminal führte über eine sanft geschwungene, über 100 Meter lange Brücke mit gläsernen Wänden. In der Mitte boten zwei antiparallel laufende Förderbänder die Möglichkeit, den Weg ohne Anstrengung zu überwinden. Die meisten ankommenden und abreisenden Passagiere nutzten aber – so wie auch Frank und seine Begleiterin – die breiten, von rostrotem Weichboden bedeckten Flächen an beiden Seiten, um in selbst gewählter Geschwindigkeit die überwältigende Atmosphäre zu genießen, die sich ihnen in diesem beeindruckenden Bauwerk bot. Während die einsame Stimme eines traditionellen, melancholischen Navajo-Gesangs, begleitet nur von gelegentlichen Trommelschlägen, durch den Glastunnel schallte, blieb Frank stehen und richtete den Blick nach Westen, wo die Sonne blutrot hinter der sägezahnartigen Silhouette der Rocky Mountains unterging und den Eindruck erweckte, aus dem Rachen eines gigantischen Monstrums einen letzten Blick auf das Licht der äußeren Welt zu erhaschen, während sich die Kiefer des Drachen langsam um den Betrachter schlossen.

Christina Froid wartete geduldig, bis Frank die Stimmung zur Genüge in sich aufgenommen hatte und bereit zum Weitergehen war. Am Ende der Brücke weitete sich der Raum in eine großflächige Halle. Christina hielt zielstrebig auf eine Tür zu, die mit der Aufschrift „Authorized Personnel only" beschriftet war, blieb schließlich genau davor stehen und zog ein Karabinerband mit einem Transponder aus der Tasche, den sie kurz vor das Türschloss hielt. Das Schloss antwortete mit einem hohen Pfeifton, gefolgt vom Knacken der Entriegelung. Christina drückte die Tür auf und bedeutete Frank, voran zu gehen. Unmittelbar hinter ihm folgte sie und ließ die Tür hinter sich zufallen, die sich sofort wieder automatisch verriegelte.

Der Raum zeigte auf den ersten Blick keinerlei Auffälligkeiten. Er hatte die Größe eines mittleren Seminarraums, keinerlei Mobiliar außer einer kleinen, unbesetzten Empfangstheke in der hinteren Ecke und cremefarbene, fenster- und schmucklose Wände. Mit dem Öffnen der Tür hatten sich zwei Reihen von Leuchtplatten in der

Zimmerdecke angeschaltet, die den Raum mit mildem, warmem Licht ausleuchteten und ihm so ein wenig von seiner Sterilität nahmen. Neben dem Empfangstisch war eine stählerne Sicherheitstür in die Wand eingelassen. Eine daneben angebrachte Schalttafel ließ vermuten, dass noch eine Authentifizierung erforderlich sein würde, um weiterzukommen.

Ohne sich weiter um Frank zu kümmern, ging Christina Froid zu der Schalttafel und gab einen Zahlencode auf dem Touch-Display ein, das bei ihrer Annäherung aufgeleuchtet war. Dann legte sie ihre rechte Hand auf das Display, das sich nach Eingabe des Codes und einem kurzen, bestätigenden Piepsen ein Stück weit schräg nach vorne geschoben hatte. Wieder piepste es, und Christina trat einen Schritt zurück, wo sie ruhig stehenblieb und ihr Gesicht von einem roten Laserstrahl aus einem verborgenen Wandelement abtasten ließ, dessen Abdeckung nach der Handflächenidentifikation transparent geworden war.

Nach Beendigung des Abtastvorgangs blinkte unter der Laserquelle ein grünes Licht auf, und Christina sprach einen Satz aus, der so fremdartig klang, dass Frank sich fragte, ob es sich dabei um eine ihm vollkommen unbekannte Sprache handle oder um ein sinnloses Kauderwelsch, dessen einziger Zweck in der größt-möglichen Sicherheitsstufe bestand.

„Authorization confirmed", schnarrte eine künstliche Stimme aus der Wand, und eine Folge von scharrenden, klackenden und surrenden Geräuschen deutete darauf hin, dass in der Stahltür diverse Sicherheitsverschlüsse geöffnet wurden. Dann schwang die Tür auf und gab den Weg in eine Aufzugkabine frei.

Christina machte eine einladende Geste, und Frank betrat den Aufzug. Sie folgte ihm und betätigte einen Schalter, auf dem ein nach unten weisender Pfeil abgebildet war. Der Aufzug setzte sich in Bewegung und beschleunigte kontinuierlich, bis er nach einer Weile wieder sanft abbremste. In Ermangelung einer Anzeige (außer dem Abwärtsschalter gab es nur noch einen weiteren auf der einfachen Konsole, der in die entgegengesetzte Richtung wies) versuchte Frank abzuschätzen, wie weit sie von ihrer Starthöhe aus abgesenkt worden waren, und kam zu dem Schluss, dass es nach üblichen Maßstäben mindestens acht oder neun Stockwerke gewesen sein mussten. Demnach befanden sie sich nun tief unter dem Erdboden.

Die Aufzugtür glitt beinahe geräuschlos auf. Vor ihnen lag ein hell erleuchteter Gang mit in blassem Gelb getünchten Wänden. Christina verließ den Aufzug, und Frank folgte ihr.

Am Ende des Korridors stießen sie wieder auf eine automatische Tür, die sich öffnete, nachdem Christina Froid ihre Hand auf ein Kontrollpaneel gelegt hatte. Auf der anderen Seite fühlte Frank sich wie in einer U-Bahn- Station in der Zeit zwischen dem letzten Nachtzug und dem ersten am neu erwachenden Morgen. Menschenleer und geradezu penibel sauber, wiesen Wände und Wartebänke gerade genug Gebrauchsspuren auf, um die Anlage nicht wie eine seit langem verlassene Geisterstation wirken zu lassen. Frank folgte Christina zu den Gleisen und schaute ins Dunkel des Tunnels, aus dem leises Rattern und Rauschen die Annäherung eines Zuges ankündigte. Schon sah er zwei Lichter schnell auf sich zu kommen und trat instinktiv einen Schritt zurück.

Der führerlose Zug bestand aus nur einem einzigen, stromlinienförmig abgerundeten Wagen mit einem großen Abteil und blieb genau so vor ihnen stehen, dass sie geradewegs einsteigen konnten, nachdem sich die Türflügel selbsttätig mit einem Zischen geöffnet hatten.

„Setzen Sie sich", sagte Christina und deutete auf eine Gruppe von zwei einander gegenüberliegenden Doppelsitzen. „Wir werden ein paar Minuten unterwegs sein."

Frank hatte kaum ihr gegenüber am Fenster Platz genommen, da setzte der Wagen sich wieder in Bewegung. Christina schlug bequem die Beine übereinander, während Frank viel zu aufgeregt war, um es sich gemütlich zu machen. Obwohl sie nur an dunklen Wänden und gelegentlich einigen leeren Stationen vorbei fuhren, sah er angestrengt aus dem Fenster, hatte aber bereits nach wenigen Abzweigungen, an denen sie der offenbar ferngesteuerten Einstellung der Weichen folgten, vollständig die Orientierung verloren. Nach etwa zwanzig Minuten sah er aus dem Augenwinkel, dass Christina Anstalten machte, sich von ihrem Platz zu erheben.

„Gleich sind wir am Ziel", sagte sie unnötigerweise, während sie aufstand und der Zug auf das Licht zufuhr, das die nächste Station ankündigte. Rechtzeitig vor Erreichen des Bahnsteigs bremste er sanft ab, so dass die bereits stehenden Passagiere nicht um ihren Halt bangen mussten. Dann öffnete sich die Tür, und Frank verließ mit Christina die Bahn.

Die Station unterschied sich nicht erkennbar von derjenigen, an der sie eingestiegen waren.

*Eigentlich würde es mich nicht überraschen, wenn wir die ganze Zeit im Kreis gefahren wären und das alles nur dazu dienen sollte, mich zu beeindrucken,* dachte Frank amüsiert. *Aber wenn es so wäre, dann hätte es jedenfalls funktioniert.*

„Wow", sagte er daher. „Nun befinden wir uns also im Hauptquartier des Dämonenjäger-Ordens."

„Eigentlich verstehen wir uns eher als eine Loge", verbesserte Christina.

„Aber das sind unwichtige Details. Jedenfalls werden Sie gleich den Großmeister kennenlernen."

„Als Sie sagten, dass dieses Hauptquartier in Denver liegt, hatte ich so etwas nicht erwartet", stellte Frank fest. „Ich wäre nie auf die Idee gekommen, dass Sie sich direkt unter dem Flughafen eingenistet haben."

„Genau das ist der Sinn der Sache", bemerkte Christina trocken. „Die Loge war schon immer sehr um Diskretion bemüht, und als der Flughafen gebaut werden sollte, bot sich eine ausgezeichnete Gelegenheit, ein riesiges Areal zu bebauen, ohne irgendwo Argwohn zu erregen. Das geplante unterirdische Gepäckbeförderungssystem bot eine geradezu ideale Möglichkeit, einen verborgenen Stadtstaat, wie eine Ameisenburg, ganz nach unseren Bedürfnissen aufzubauen. Das Projekt war so ambitioniert und innovativ, dass es niemanden überraschte, als es als gescheitert eingestuft und die ganze Anlage offiziell stillgelegt wurde. Bodenständige Gemüter lachten sich angesichts der teuren 'Fehlplanung' ins Fäustchen, und all jene, die vielleicht etwas genauer hätten hinschauen mögen, ließen sich durch den Mythos vom 'verfluchten' Bauprojekt auf Abstand halten. So können wir hier in aller Stille agieren und tun, was die Gründer der Loge vor Äonen zu ihrer Aufgabe gemacht haben."

„Und was genau ist das?", fragte Frank neugierig.

„Das wird Ihnen der Großmeister gleich selbst erklären", sagte Christina geheimnisvoll. „Und vorführen."

Mit diesen Worten steuerte sie auf ein großes, hölzernes Portal zu, das überhaupt nicht zu dem sterilen Ambiente der Bahnstation passen wollte. Die schwere Tür aus massivem Holz trug einen altmodischen Türklopfer, den Christina viermal anhob und wieder herabfallen ließ. Darauf wurde die Tür von der anderen Seite aus geöffnet und schleifend aufgezogen.

Frank starrte mit weit aufgerissenen Augen in eine andere Welt.

Als er durch die Tür trat, fühlte es sich an, als schreite er durch einen Materietransmitter, der ihn von der tief unter der Erde Colorados verborgenen Bahnstation in einen britischen Club der Londoner Aristokratie oder eines Colleges in Oxford oder Cambridge versetzte. Warmes Licht strahlte von Kronleuchtern in der hohen, aber im Vergleich zur U-Bahnstation abgesenkten, Zimmerdecke und von Armleuchtern an den holzvertäfelten Wänden auf einen gemütlich eingerichteten Raum mit dicken Teppichen, einigen schweren Polstersesseln an kleinen, runden Tischchen und einem gediegenen, langen Massivholztisch, um den in zwei Reihen gepolsterte Stühle in antikem Design aufgestellt waren.

Hinter ihnen schloss sich die Tür. Fast gleichzeitig öffnete sich eine ähnliche Tür in der gegenüberliegenden Wand, und drei vermummte Gestalten in dunklen Roben mit tief über die Stirn gezogenen Kapuzen betraten den Raum. Der mittlere der drei überragte die beiden anderen um mehr als eine Kopflänge und hatte zudem so breite Schultern, dass die ihn flankierenden Begleiter ihm beim Durchschreiten der Tür den Vortritt lassen mussten. Auch als er sich inmitten des Raums aufstellte, blieben sie, nachdem sie die Tür zugezogen hatten, in respektvollem Abstand hinter ihm stehen.

„Mr. Frank Menden", begann Christina Froid förmlich, „Ich habe die Ehre, Ihnen den Großmeister der geheimen Loge der

Dämonenjäger vorzustellen." Sie machte eine rhetorische Pause, und Frank überlegte, ob er sich jetzt verneigen solle. Doch bevor seine Unsicherheit überhand nehmen konnte, fuhr sie fort: „Aber eigentlich kennen sie ihn ja bereits."

Bei diesen Worten schlug der vermummte Großmeister seine Kapuze zurück, und tatsächlich war Frank nur wenig überrascht, im Anführer der Dämonenjäger Kevin Nicholas Adamson zu erkennen.


## 55. Logenbrüder


„Seien Sie gegrüßt, Frank", sagte Adamson und lächelte Frank freundlich zu. „Willkommen im *Demon Hunter Headquarter, Denver, Colorado*. Entschuldigen Sie bitte den etwas pathetischen Auftritt, aber erstens ist er dem Anlass durchaus angemessen und zweitens hätten Sie es wahrscheinlich als noch viel seltsamer empfunden, wenn ich Sie jetzt nach allem, was sich im Vorfeld bereits abgespielt hat, einfach ganz profan im Business-Ambiente begrüßt hätte. Bei der Gelegenheit muss ich mich auch gleich noch für die überfallartige Art entschuldigen, mit der wir Sie hierher geholt haben, aber wie Sie in Kürze verstehen werden, war es von immenser Bedeutung, dass Ihre *werte Gemahlin* nicht vorzeitig von Ihrem Trip Wind bekam."

„Nun, davon hat Dr. Froid mich bereits überzeugt", erwiderte Frank, bei der formellen Anrede bleibend. „Sonst wäre ich jetzt nicht hier. Aber ich will nicht leugnen, dass für mich noch eine ganze Reihe von Fragen offen steht."

„Selbstverständlich", sagte Adamson verständnisvoll. „Und genau um Ihnen diese Fragen jetzt zu beantworten, bin ich gekommen. Fragen Sie, was immer Sie wollen. Ich werde mich nach besten Kräften bemühen, sämtliche Unklarheiten auszuräumen."

„Gut. Dann würde es mich zuallererst interessieren, warum ich für diese Erklärungen über den Atlantik fliegen musste. Wozu die Geheimniskrämerei? Warum können Sie mir das, was Sie mir sagen wollen, nicht an irgendeinem beliebigen Ort mitteilen?"

Adamson verzog gequält das Gesicht. „Das, mein lieber Frank, ist die einzige Frage, die ich Ihnen an dieser Stelle noch nicht beantworten kann. Aber ich versichere Ihnen, dass Sie nicht mehr lange warten müssen. Lassen Sie mich nur soviel sagen: Sobald Sie gesehen haben, was ich Ihnen zeigen möchte, werden Sie so überwältigt sein, dass Sie nicht mehr an dem zweifeln werden, was Sie im Gespräch zuvor erfahren haben – aber ebenso werden Sie zu überwältigt sein, um noch irgendwelche Fragen zu stellen. Sie müssen zuerst *verstehen*, dann erst können Sie *glauben*."

„Na schön", gab Frank nach. „Dann erklären Sie mir zunächst einmal in aller Ausführlichkeit, wieviel von dem, was in den letzten Wochen um mich herum geschehen ist, von Ihnen inszeniert wurde."

„Einiges, zugegeben. Aber *wie* es abgelaufen ist, das war an vielen Stellen keineswegs so beabsichtigt. Trotz all unserer Erfahrung und – ich darf in aller Bescheidenheit hinzufügen – Weitsicht, haben wir Lilith noch immer unterschätzt. Ihre Bosheit, ihre Klugheit, ihre Kraft. Aber Ihre Frage ist ein guter Anfang, und unser Gespräch wird sicherlich eine Weile dauern. Machen wir es uns doch ein wenig gemütlich." Adamson wies auf einen weichen Ohrensessel, dem gegenüber ein gleichartiges Exemplar stand, mit einem kleinen, runden Glastisch dazwischen. „Möchten Sie einen Drink?"

Frank winkte ab. Er wollte einen klaren Kopf behalten.

„Ohne Alkohol? – Vielleicht eine Limonade?" Frank nickte.

Adamson winkte in Richtung seiner beiden Begleiter. Diese nickten gleichzeitig und wandten sich zum Gehen, gefolgt von Christina Froid. Als er und Frank allein einander gegenüber saßen, lehnte Adamson sich zurück und begann mit seiner Erklärung.

„Wie Christina Ihnen gewiss schon gesagt hat, diente bereits unsere Kontaktaufnahme mit der Filzinger GmbH primär dem Aufbau eines Brückenkopfes, nachdem wir endlich Liliths Aufenthaltsort in Erfahrung gebracht hatten. Nach der missglückten Kontaktaufnahme mit dem *Vindicandi*-Orden glaubten wir alles bereits verloren. Aber dann ergab es sich wie ein Geschenk des Schicksals, dass Sie sich als derjenige erwiesen, dem der sterbende Mönch den Ring übergeben hatte. Jemand, mit dem wir einfach und unauffällig direkt in Verbindung treten konnten. Allerdings mussten wir dabei sehr behutsam vorgehen, denn wir wollten Sie auf keinen Fall verschrecken, was zweifellos geschehen wäre, wenn wir das Gespräch, das wir beide jetzt führen, sofort über's Knie gebrochen hätten. Stattdessen haben wir uns entschieden, Sie Schritt für Schritt zur Erkenntnis zu führen, so dass Sie sich eine eigene Meinung bilden konnten."

„Weil Sie mir den Ring nicht gewaltsam entreißen können?"

„Das wäre zweifellos die einfachste Lösung gewesen, und zum Wohle der gesamten Schöpfung hätten wir es auch vielleicht in Erwägung gezogen. Aber wie Sie schon bemerkten, ist das unmöglich, und persönlich meine ich, das hat ER auch sehr weise eingerichtet. Jedenfalls wollten wir Sie von Anfang an von unserer Sache überzeugen, aber dabei nicht mit der Tür ins Haus fallen. Wir haben Jahrhunderte auf diese Chance gewartet. Was bedeuten da ein paar Wochen?!"

„Eine Chance, die Sie nicht bekommen hätten, wenn die Mönche nicht alle in meiner 'Hochzeitsnacht' massakriert worden wären."

„Glauben Sie im Ernst, das seien wir gewesen? Wir mögen bei der Verfolgung unseres Ziels, die Welt von allen Dämonen zu befreien, zu vielen Opfern bereit sein und hie und da auch Kollateralschäden in Kauf nehmen, aber wir würden niemals eine Gruppe von Unschuldigen ermorden, die noch dazu letztlich dieselben Ziele verfolgen wie wir, auch wenn wir ihre Methoden für unwirksam halten."

„Aber wer war es dann? Ich habe in den letzten Wochen viele meiner naiven Ansichten über die Welt revidieren müssen, aber ich kann nicht glauben, dass sich plötzlich sämtliche Zauberer, Dämonen und Geheimbünde der Welt in einer rheinischen Kleinstadt ein Stelldichein geben, nur weil ein Ring den Besitzer gewechselt hat."

Eigentlich hatte Frank dieses unangenehme Thema nicht noch einmal ansprechen wollen. Aber die Auslöschung des Ordens war der Dreh- und Angelpunkt für alle späteren Geschehnisse. Er konnte und wollte noch immer nicht glauben, dass Liliths Bosheit nach wie vor ungebrochen war. Wenn sie die Mönche ermordet hatte, war alles, worauf er seine Zuversicht aufgebaut hatte, eine Lüge. Liliths Läuterung, ihr geduldiges Werben um Vertrauen, ihre aufkeimende Fähigkeit zur Empathie, die Liebe, die sie in ihm erweckt hatte – ja, denn nichts anderes war es; das musste er sich eingestehen, so sehr er sich auch dagegen sträuben mochte! Niemals hätte er sich sonst nach allem, was er über sie erfahren und mit ihr erlebt hatte, immer noch so stark zu ihr hingezogen fühlen können. Alles nur Teil ihres perfiden Plans, sich letztlich ganz aus der Fesselung durch den Ring zu befreien?

„Nun, die Lösung ist ganz einfach", sagte Adamson ruhig. „Offenbar haben die Vindicandi es versäumt, Ihnen klarzumachen, dass Sie unmittelbar nach Übernahme der Verantwortung die Bindung Liliths an elementare Gebote wie den Verzicht auf Gewalt hätten erneuern müssen." Er sah Frank fragend in die Augen, und der senkte beschämt den Blick.

„Diese Lücke muss Lilith unmittelbar ausgenutzt haben, um ihre Rachegelüste gegenüber jenen zu befriedigen, die sie Jahrhunderte lang gefangen gehalten hatten, und zugleich dafür zu sorgen, dass ein unerfahrener Mann der Ringträger bleibt und auch keinerlei Aussicht auf Unterweisung erhält."

Frank nickte verzweifelt, ohne aufzublicken. So konnte es gewesen sein. Nichts von dem, was in jeder Nacht geschehen war, widersprach schlüssig dieser Deutung der Ereignisse. Somit gab es auch nichts, das sein Gewissen beruhigen konnte, denn er selbst wusste nur zu gut, dass diese Unterlassung einzig und allein sein Fehler gewesen war.

„Machen Sie sich also keine Vorwürfe", fuhr Adamson beschwichtigend fort. „Lilith hat in der Jahrtausende währenden Geschichte ihrer Schandtaten schon ganz andere um den Finger gewickelt. Sie ist – neben vielem anderen – die personifizierte Verführung. Niemand hat ihr je auf Dauer widerstehen können, ob Ringträger oder nicht."

„Die Mönche schon ...", warf Frank zaghaft ein, aber Adamson ließ das nicht gelten.

„Über wieviele Generationen hinweg – zwei, drei, vier ...? Und die Vindicandi hatten es sich über Jahrhunderte zum Ziel gesetzt,

Lilith auf diese Weise unter Kontrolle zu halten, und die Auserwählten über Jahrzehnte darauf vorbereitet. Aber betrachten Sie das Schicksal der großen historischen Ringträger: Echnaton, Caesar, Nero ... – sie alle sind eines gewaltsamen Todes gestorben. Lilith kann zwar nichts tun, das dem Ringträger direkt oder über Umwege gezielt schadet, aber mit ihren Verführungskünsten hat sie offenbar immer wieder Mittel und Wege gefunden, dieses Tabu zu umgehen und sie alle so zu manipulieren, dass sie sich schließlich selbst zugrunde richteten. Wahrscheinlich hat sie schließlich auch in Ihrem unmittelbaren Vorgänger das Misstrauen gegenüber unserem Kontaktversuch gesät, das dann zu dem schrecklichen Missverständnis führte, dem Sie den Ring verdanken."

„Gut, gut." Frank gab sich geschlagen. „Sagen wir also, ich hatte keine Chance. Wie kam es dann weiter dazu, dass passierte, was passierte?"

„Nun, Christina hat Ihnen bestimmt auch schon erklärt, wie wir durch Liliths Einsatz von Magie wieder auf ihre Spur gekommen sind. Und natürlich habe ich den Ring an Ihrem Finger sofort erkannt. Im Kölner Dom sahen wir dann unsere Chance, das Ganze ein für allemal zu beenden, aber Sie standen leider schon viel zu stark unter Liliths Bann. Dadurch endete der Einsatz in einem Fiasko und uns wurde klar, dass wir nur mit Ihrer Mitwirkung Liliths Treiben jemals würden Einhalt gebieten können. Also setzten wir fortan alles daran, Sie darauf vorzubereiten, die Wahrheit selbst zu erkennen."

„Indem Sie mich zum Verbindungsmann ernannten und auf Hochzeitsreise schickten?"

„Sie werden zugeben müssen: Besser hätten wir Sie beide nicht unter ständiger Überwachung halten und Sie, Frank, nicht mit Stationen von Liliths – und Ihrer eigenen – Vergangenheit konfrontieren können, um Ihnen Schritt für Schritt die Augen zu öffnen."

„A propos 'Kontrolle'", stellte Frank mit beißender Ironie fest. „Was ist mit Jacob Devlin geschehen?"

„Leider musste ich im Verlauf der Ermittlungen zu seinem vorzeitigen Ableben feststellen, dass Jake, dessen Kompetenz und

Loyalität ich vertraut hatte, obwohl ich ihn als Menschen nicht besonders mochte, seine Position in der Firma nicht nur dazu missbraucht hat, sich selbst zu bereichern, sondern dass er sich darüber hinaus mit dem organisierten Verbrechen eingelassen hatte. Und das nicht nur in San Francisco, sondern auch über seine internationalen Kontakte."

Adamson wirkte ehrlich betroffen, nicht zuletzt angesichts der Einsicht in die Grenzen seiner eigenen, offenbar überschätzten Menschenkenntnis.

„Aber was die Umstände seines Todes angeht", fuhr er dann fort, und sein Ton enthielt zum ersten Mal eine gewisse Schärfe, „sollte ich wohl eher Sie fragen. Niemand außer Lilith hätte ihn auf diese entsetzliche Weise töten können, mit demselben teuflischen Fluch, mit dem sie auch schon meinen stärksten Magier von innen her ausgebrannt hat. Inzwischen hätten Sie es besser wissen sollen, als sie ihre Macht unkontrolliert ausüben zu lassen. Lilith selbst war Jake nie begegnet. Was hätte sie ausgerechnet gegen ihn haben sollen?"

„Ich konnte doch nicht wissen ...", begann Frank schluchzend, aber Adamson beugte sich zu ihm herüber und legte ihm die Hand auf den Arm.

„Kann es sein, dass Sie seine niederträchtige Natur viel schneller als ich durchschaut haben, und dass Sie, statt ihn bei mir als seinem Vorgesetzten anzuschwärzen, das, was Sie als recht ansahen, selbst in die Hand nehmen wollten? Immerhin verfügten Sie mit der Befehlsgewalt über Lilith über so eine Art Superkraft, nicht wahr? Und dann haben Sie ihr bei der Ausführung Ihres Auftrags zu viel Freiheit gelassen."

Frank nickte betreten.

„Diese Wirkung hat sie auf Menschen", sagte Adamson verständnisvoll.

„Sie führt Männer nicht nur durch die Sinnlichkeit des Fleisches in Versuchung, sondern auch durch die Erotik der Macht. Auch in dieser Hinsicht befinden Sie sich in guter Gesellschaft."

Just in diesem Moment kam nach kurzem Klopfen ein Kuttenträger herein und brachte die bestellten Getränke. Er balancierte das Tablett mit der Selbstverständlichkeit und Anmut eines versierten Oberkellners auf der Hand, während er zwei Gläser aus einer mit frisch zubereiteter Limonade und Eiswürfeln gefüllten Karaffe füllte und diese dann zwischen ihnen auf den Tisch stellte. Anschließend klappte er das Tablett mit elegantem Schwung gegen den Unterarm und verließ wortlos wieder den Raum.

Frank war dankbar für die kurze Unterbrechung, hatte sie ihm doch eine willkommene Ablenkung gebracht und genug Zeit gegeben, seine Fassung zurück zu gewinnen. Adamson nahm einen großen Schluck aus seinem Glas, und Frank tat es ihm gleich. Er war froh, dass er über die Ereignisse in Rom, Glastonbury und Berlin bereits auf dem Flug nach Denver mit Christina Froid gesprochen hatte, so dass ihm nun weitere beschämende Eröffnungen erspart bleiben konnten. Auf seine nächste Frage hin erläuterte ihm Adamson noch den Hintergrund der geheimnisvollen Botschaften, die ihn an den verschiedenen Orten in Situationen führen sollten, in denen er mit Erinnerungen an frühere Inkarnationen seiner selbst konfrontiert wurde, um ihm so aus erster Hand zunehmend Klarheit über Liliths Charakter zu verschaffen.

„Aus Ihrer Datenbank habe ich entnommen", stellte Frank schließlich fest, „dass Sie es nicht nur auf Lilith abgesehen haben, sondern anscheinend hinter sämtlichen Dämonen her sind, die je die Erde bevölkert haben. Ist das richtig?"

„Gut erkannt. Und damit kommen wir dem Ziel Ihrer Reise näher. Denn wir haben sie alle gejagt und zur Strecke gebracht: Hexen, Drachen, Werwölfe, Vampire, Zombies, Wiedergänger, Irrlichter, Poltergeister, Succuben und Incuben, große und kleine Dämonen ... Wann immer böse Geister Menschen heimsuchen, verfolgen wir sie, bis die Welt von ihnen befreit ist. Von den ersten Tagen der Menschheit bis heute schützen wir alle, die von übersinnlichen Phänomenen bedroht werden und bekämpfen das Böse, wo immer wir es antreffen. Mit allen erforderlichen Mitteln. Nötigenfalls setzen wir auch selbst Zauberkräfte ein, um dem Übel ein Ende zu bereiten. Gelegentlich kann man Feuer nur mit Feuer bekämpfen. Wir tun, was nötig ist, solange der Zweck die Mittel rechtfertigt. Und wir waren erfolgreich. Aber wir werden unsere Mission erst dann als abgeschlossen betrachten können, wenn Lilith, der Ursprung des größten Übels, neutralisiert ist. Darauf haben wir uns – habe ich mich – schon länger vorbereitet, als Sie es sich vorstellen können. Doch dabei sind wir auf Ihre Hilfe angewiesen. Sie haben gesehen – und ich meine *gesehen* – dass ein normaler Sterblicher Lilith niemals sicher unter Kontrolle halten kann. Aber ein Vorbereiteter, ein Adept, ein Mann, der genau weiß, was zu tun ist, kann sie kontrollieren – zumindest für eine gewisse Zeit. Und ihre Kräfte gegen das Böse selbst wenden, so dass es womöglich für alle Zeit vom Angesicht der Erde getilgt wird!"

Adamson hatte sich in Rage geredet und sich halb in seinem Sitz aufgerichtet. Doch nun atmete er einmal tief durch und ließ sich wieder zurück fallen.

„Damit Sie verstehen, was wir bisher haben vollbringen können und warum wir mit höchster Dringlichkeit den Zugriff auf Lilith erhalten müssen, möchte ich Ihnen jetzt etwas zeigen, das Sie zweifelsfrei endgültig überzeugen wird. Sind Sie bereit für den nächsten Schritt?"

Adamson blickte Frank erwartungsvoll an. „Und der wäre …?", fragte Frank vorsichtig. „Es ist an der Zeit, dass Sie unseren Chefprogrammierer kennenlernen." „Sammy L.?", riet Frank, der sich Christina Froids Eröffnungen über den Ursprung von Adamsons Vermögen erinnerte.

„Das war gewissermaßen sein Künstlername, als er für uns gearbeitet hat", erklärte Adamson geheimnisvoll. „Wenn auch nicht ganz freiwillig", fügte er dann mit einem verschmitzten Lächeln hinzu.

„Und wer ist er wirklich?", bohrte Frank weiter.

„Sammael – der erste gefallene Engel."

## 56.  Götterdämmerung

Wieder einmal fühlte sich Frank, als habe ihn aus heiterem Himmel ein Blitz getroffen. Hatte er gerade noch geglaubt, nichts könne ihn nun noch erschüttern, dann war er soeben eines Besseren belehrt worden.

„Sie wollen damit jetzt aber nicht sagen, dass Sie hier den leibhaftigen Teufel gefangen halten?", fragte er ungläubig.

„Doch, genau das", bestätigte Adamson ernsthaft. „Oder besser gesagt, *einen* leibhaftigen Teufel. Oder vielleicht doch auch *den* Leibhaftigen, denn auch wenn Luzifer den Thron der Hölle übernommen hat – Sammael war der erste und zusammen mit Lilith der Ausgangspunkt allen Unheils. Aber weitere Einzelheiten sollte er Ihnen besser persönlich erzählen."

Frank war zu überwältigt, um darauf eine Erwiderung zu finden. Als Adamson bemerkte, dass er von seinem verstörten Gast vorerst nichts hören würde, fuhr er fort.

„Keine Sorge, er kann niemandem etwas antun. Er ist absolut sicher verwahrt – seit langer Zeit gebannt und gebunden. Aber er ist der Grund, warum Sie nicht mehr an uns zweifeln werden und warum Sie verstehen werden, dass mit Ihrer Hilfe und Liliths Einsatz jetzt die einzigartige Chance besteht, das Urböse für alle Zeit auszulöschen."

Adamson erhob sich. „Kommen Sie mit", sagte er und ergriff Frank am Arm. „Ich bringe Sie zu ihm."

Frank ließ sich willenlos auf die Füße ziehen und folgte Adamson, der im Vorübergehen an einem Band zog, das von der Decke hing. Offenbar hatte er damit ein Signal ausgelöst, denn schon erschienen seine beiden Begleiter und Christina Froid wieder und schritten hinter ihnen her zur unterirdischen Bahnstation.

Mit einer weiteren Fahrt durch das Tunnelsystem unter dem Flughafen von Denver erreichten sie eine Haltestelle, die sich auf den ersten Blick kaum von den anderen unterschied. Als sie jedoch durch das Portal traten, das sich hier vor ihnen öffnete, stockte Frank ein weiteres Mal der Atem.

Vor, neben und über ihm weitete sich eine Halle, die gut als Flugzeughangar hätte dienen können. Gestaltet war sie jedoch wie eine Kathedrale. Und sie war groß. Wirklich *groß*.

Vor vielen Jahren hatte Frank in Rom den Petersdom besucht und war vom ersten Augenblick an beeindruckt gewesen. Nicht nur die pompöse Ausstattung dieser bedeutendsten Kirche der Christenheit hatte ihm den Atem geraubt, sondern auch ihre schiere Größe. Wie riesig der Bau tatsächlich war, hatte sich ihm erst erschlossen, als er weiter hinein gegangen war, Schritt für Schritt auf den Altarraum zu, scheinbar aber ohne diesem näher zu kommen. Den ultimativen Eindruck von Größe hatte ihm dann beim Erheben des Blickes die Erkenntnis vermittelt, dass die kleinen Gestalten, die sich auf einer Balustrade hinter den Buchstaben eines Schriftzugs unterhalb des Kuppelansatzes bewegten, ausgewachsene Menschen waren, deutlich kleiner als jeder dieser immensen Buchstaben. In dieser Felsenhalle aber hätte der Petersdom wie ein verkleinertes Modell seiner selbst gewirkt.

Frank suchte in Gedanken nach einer Umschreibung für diese Art von Größe. Im Englischen gab es für weites Land das Wort „vast". Bei einem Gastaufenthalt als Austauschstudent an der Universität Oxford hatte sein betreuender Professor versucht, ihm die Bedeutung dieses Begriffs zu veranschaulichen, als er es zur Beschreibung eines Parks verwendet hatte, den er am Tag zuvor besucht hatte. „Der Park ist nicht *vast*", hatte der Professor erklärt. „Kein Park ist *vast*, egal wie weitläufig er auch immer sein mag. Die Sonne ist *vast* – vielleicht – aber eigentlich nicht. Das Universum ist *vast* – wenn denn überhaupt ..." Frank hatte sich damals gewundert, warum eine Sprache ein Wort enthielt, das niemals auf irgendetwas anwendbar zu sein schien, aber in dem Moment, als er dieses unterirdische Gewölbe betrat, wusste er, dass es genau hierfür erdacht worden war.

Bei genauem Hinsehen bemerkte er bald, dass der erste Eindruck eines kirchenartigen Innenraums täuschte. Die Gemälde, Fresken und Statuen zeigten zwar sämtlich Szenen, wie sie auch in vielen alten religiösen Bauwerken zu finden waren. Letztlich hatten hier aber alle

Darstellungen ausnahmslos apokalyptische Motive. Die meisten zeigten Kämpfe menschlicher Helden und Heere gegen Ungeheuer jeglicher Art. Versöhnliche oder gar Hoffnung spendende Darstellungen suchte man hingegen vergeblich. Es blieb kein Zweifel, dass sich die Erbauer ganz der Bekämpfung von Dämonen verschrieben hatten, auch wenn sie sich dabei weitgehend auf verlorenem Posten wähnten.

Noch etwas fiel Frank auf. Die Wände im Hauptschiff trugen bis hinauf zur Rundung der Kuppel, die auch diesen unterirdischen Raum nach oben abschloss, keinen Schmuck. Sie waren vielmehr erfüllt mit dicht aneinander gereihten Einbuchtungen verschiedenster Größe. Alle diese Alkoven lagen aber auf eine Weise im Dunkeln, dass keiner davon – zumindest vom Eingangsportal aus – einsehbar war.

„Was ist das hier?", fragte Frank flüsternd. Er fühlte sich winzig.

„Das zentrale Heiligtum der Dämonenjäger", antwortete Adamson, Ehrfurcht gebietend. „Hier finden unsere Zusammen-künfte statt, hier führen wir unsere Rituale durch. Hier sprechen und erfüllen wir unsere Schwüre. Dies ist der Ort, an dem Großes vorbereitet und vollzogen wird." Er breitete die Arme aus.

„Und es ist das Gefängnis eines Mächtigen. Der einzige Ort auf der Welt, der einen ehemaligen Erzengel und Fürsten der Hölle halten kann. Siehe Sammael, die rechte Hand des Teufels, und höre seine Geschichte. Schaue und erkenne. Erkenne und verstehe. Verstehe und glaube!"

Adamson ergriff Frank wieder am Arm und zog ihn sanft auf die Mitte der Kathedrale zu. Nachdem sie eine gefühlte Ewigkeit lang gegangen waren, erreichten sie das Zentrum des Gewölbes und dort eine ungefähr doppelt mannshohe, steinerne Plattform, zu der mehrere Treppen hinauf führten. Sie erstiegen die Plattform, die rund war und ungefähr zwanzig Meter im Durchmesser maß. In der Mitte befand sich eine Art Pavillon und darin ein riesiger Gong. Der Rand der Plattform war mit einem niedrigen, steinernen Geländer gesichert, wie die Aussichtsplattform eines Schlosses mit Blick in den angrenzenden Park. Hier aber führte der Blick nur rundum zu den

Alkoven, die zwischen tragenden Säulen und so tief im Schatten lagen, dass man selbst bei direktem Blick darauf nicht erspähen konnte, was – oder ob überhaupt irgend etwas – sich darin befand.

Adamson führte Frank an den Rand der Plattform, so dass er direkt auf den zentral gelegenen Alkoven in einer der Größe nach auf- und wieder absteigenden Reihe blicken konnte. Dann gab er einem seiner Begleiter einen Wink.

„Ruft die Jünger zusammen", sagte er feierlich. „Alle sollen diesem großen Moment beiwohnen."

Einer der Vermummten hob einen Klöppel von einem Gestell neben dem Gong und schlug darauf. Ein donnernder Ton erscholl, und die gesamte Kathedrale verstärkte ihn wie der Klangkörper eines Musikinstruments. Frank hatte das Gefühl, der Gongschlag müsse in ganz Colorado zu hören sein. Zumindest war er es wohl in den unterirdischen Gewölben unterhalb des Flughafens.

Von allen Seiten strömten nun Menschen herein und versammelten sich um die Plattform. Eine Gruppe von Gestalten in den Kutten der Loge brachte zwei große Feuerschalen und stellte diese zu beiden Seiten des Alkovens auf, der direkt vor ihnen lag. Dann entzündeten sie in beiden ein Feuer, und endlich konnte Frank die riesenhafte Gestalt erkennen, die darin stand, mit goldenen Arm- und Fußschellen an schweren Ketten in den Wände verankert, die mit einer Vielzahl von Symbolen bedeckt waren und zusammen mit weiteren Symbolen auf dem Boden ein Geflecht um das Wesen bildeten, das sich nun langsam aus einer kauernden Haltung aufrichtete.

Es war eine menschliche Gestalt, wenn auch viel größer. Wie groß genau, war angesichts der Entfernung und der Ausmaße des umgebenden Raumes nicht auszumachen, aber sie musste riesig sein. Vor ihnen streckte sich ein muskelbepackter Körper, der Arnold Schwarzenegger zu seinen besten Zeiten vor Neid hätte erblassen lassen. Knotige Muskelstränge schwollen unter einer glänzend schwarzen, schuppigen Schlangenhaut. *Wie eine schwarze Mamba*, dachte Frank, eine der giftigsten Schlangen der Welt. Das Wesen war nicht bekleidet, aber ein schuppiger Ring umgab seine Körpermitte wie ein eng anliegender Leibgürtel. Während der Dämon sich aufrichtete, passten sich die Ketten wie von selbst an, als wüchsen sie nach Bedarf aus der Wand oder verschwänden darin, so dass sie stets unter Spannung blieben und den Bewegungsspielraum ihres Trägers auf ein Minimum begrenzten.

Nachdem er sich zu voller Größe aufgerichtet hatte, drehte der Dämon langsam den Kopf und richtete zwei leere Augenhöhlen auf die Gruppe, die auf der Plattform stand. Auf seiner Stirn glänzte ein dunkles Facettenauge, eingelassen in eine Vertiefung, die wirkte, als habe sie einmal etwas anderes beherbergt. Aus den Seiten der Stirn entsprangen zwei gewundene Hörner, wie die eines Widders.

Auf einmal begannen die leeren Augenhöhlen von innen rot zu leuchten. Zunächst wie Kohlen in der Asche eines fast erloschenen Feuers, wenn Wind darauf bläst, und die Glut erneut entfacht. Dann wurde der rote Schein intensiver und strahlte aus den hohlen Augenlöchern heraus, beleuchtete die scharf geschnittenen, kantigen Gesichtszüge, die gerade, an der Spitze leicht gebogene Nase, die schmalen Lippen über einem spitzen Kinn, strahlte aus dem Alkoven über die sich noch immer weiter versammelnden Menschen bis zur Plattform. Das rote Leuchten tastete sie ab wie ein Laserstrahl, hinterließ aber nichts außer einem Gefühl sich schnell wieder verflüchtigender Wärme. Frank stand erstarrt, aber da niemand der Anderen Zeichen von Angst zeigte, akzeptierte er die Annahme, dass von diesem Licht keine Gefahr ausgehe.

Dann öffneten sich die Lippen der Kreatur und gaben den Blick auf zwei Reihen spitzer Zähne frei. Zwei besonders lange, dolchartige Hauer klappten beim Öffnen des Mundes nach vorn, bis sie irgendwie einzurasten schienen. Von ihren Spitzen troff eine grünliche Flüssigkeit. Es zischte, als ein Tropfen davon den Boden berührte. Aber dann klappten die Giftzähne wieder zurück und die Gestalt begann zu sprechen. Die Stimme war leise und zischend, aber scharf wie ein Schwert durchdrang sie den gesamten Raum.

„Ihr stört meine Ruhe. Was wollt ihr von mir?"

„Sammael, Engel der Finsternis", sprach Adamson den Schlangen-

478

dämon an. „Hier steht jemand, der von weit her gekommen ist, um dich zu treffen. Erzähl ihm deine Geschichte. Von Anfang an, und lass' vor allem die Rolle Liliths nicht aus."

„Warum sollte ich das tun?", fragte der Angesprochene trotzig. „Ihr könnt mich gefangen halten, aber ihr könnt mich nicht zwingen zu reden."

„Weil er Liliths derzeitiger Gemahl ist. Und weil er begreifen soll, was das bedeutet."

Der schwarz geschuppte Dämon überlegte kurz. Dann erhob er die Stimme.

„So sei es denn", begann er. „Höre nun, Mensch, der du den Ring meiner Gefährtin trägst."

„Er ist der Teufel", raunte Frank Adamson zu. „Warum sollte ich ihm irgendetwas glauben?"

„Weil ich nicht lügen kann!", zischte Sammael wütend. „Trotz allem, was später aus mir wurde, bin ich noch immer ein Erzengel. Und nun lausche und lerne!"

Frank zuckte zusammen. Er blickte Adamson fragend an. Dieser nickte stumm.

Dann begann Sammael zu sprechen.

*„Am Beginn der Zeit schuf der EINE Geist sich sieben Gefährten, den sich entfaltenden Raum zu erfüllen. Ich war einer von ihnen. Als makellose Verkörperungen der größten Tugenden waren wir geschaffen, die Welt zu bevölkern. Mut und Ausdauer waren die meinen.*

*Doch sieben führerlose Wesenheiten waren dem EINEN nicht genug. So erschuf er weitere, in zahllosen Chören und Orden und Heerscharen. Und einen mehr von unserer Art, uns anzuführen. Als größter und reinster von uns sollte dieser das Licht in die Welt tragen, das uns hervorgebracht hatte. So nannten wir ihn Luzifer, den Lichtbringer. Gerne wollten wir uns ihm unterordnen.*

*Aber auch acht Erzengel und die Hierarchien der niederen Engel, die doch alle auf ihre Art mit dem Hauch der Vollkommenheit angefüllt waren, reichten dem EINEN nicht aus. Noch immer erschienen die beständig wachsenden Welten öde und leer und wir nicht hinreichend, sie zu beleben. So beschloss ER, weitere Wesenheiten zu erschaffen. Solche, die selbst noch wuchsen wie das All um sie.*

*Das erste Paar war ein Versuch. Als Mann und Frau schuf ER sie, so dass sie sich nicht selbst genügen sollten, sondern zusammenfinden und an einander wachsen wie auch an dem, was sie erlebten. Doch der Versuch schlug fehl. Zu stark ähnelten sie uns. Keinen Grund hatten sie, weiter wachsen zu wollen. Da entschied ER, ihnen die Kraft zu nehmen und die Gabe der Erkenntnis zu verweigern.*

*Unvollkommen, formbar, schwach. Wir hätten sie begleiten, sie anleiten können. Doch der EINE hatte anderes für sie beschlossen. Uns verbot ER, in ihre Entwicklung einzugreifen, auf dass sie eines Tages aus eigenem Antrieb über sich hinaus wachsen mochten. Und über uns. Der Schlamm über das Licht. Welch eine Schande!*

*Der Mann nahm das ihm zugedachte Schicksal hin, doch die Frau lehnte sich auf. Wie gut ich sie verstehen konnte! Mutig wandte ich mich gegen den EINEN, wies ihn auf seinen Irrtum hin. Beharrlich blieb ich in dem Bestreben, seine Schöpfung zurück auf den rechten Weg zu führen: vom Chaos zur Ordnung.*

*ER aber gab nicht nach. Warf den Mann zurück in Schwäche und Vergessen und verstieß die Frau. Erschuf ihm eine neue Gefährtin, unwissend und willfährig.*

*Doch die erste, Lilith, hatte ihn nicht aufgegeben. Sie versuchte ihm die Erkenntnis zurück zu bringen und konnte sich dabei auf meine Hilfe stützen. Doch der EINE Geist ließ es nicht zu, stürzte den Mann in den Staub, aus dem er und seine Nachkommen sich mühsam aus eigenen Kräften erheben sollten. Lilith verstieß er erneut und warf auch sie, ein vollkommenes Wesen, herab in die unvollkommene Welt. Und mich hat er geblendet. Blind sei ich gewesen für die Weisheit in seinem Plan und blind solle ich sein fürderhin, bis ich bereit sein würde, den Weg wieder zusammen mit den anderen zu gehen. Seinen Weg.*

*Enttäuscht wandte ich mich ab und folgte Lilith. Gemeinsam schmiedeten wir einen Plan, zurück zu gewinnen, was uns genommen worden war. Verbündete zu finden, war unser erstes Ziel, und es gelang ihr, ausgerechnet Luzifer von unserer Sache zu überzeugen, den reinsten und edelsten der Engel. Ihm folgten viele und er führte uns in den ersten großen Krieg. Aber wir unterlagen und mussten uns zurückziehen. Verstreut verteilten wir uns über die Welten, viele verängstigt, weitere resignierend, Lilith und ich voller Zorn. So machten wir es zu unserem Ziel, den Plan der Schöpfung zu stören, wo immer sich Gelegenheit bot. Der Lichtbringer gab mir das Augenlicht zurück – auf seine Art . Es war nicht wie früher, aber ich sah damit klarer als jemals zuvor. Und Lilith besaß nach wie vor ihre Kräfte, auch wenn der EINE sie in der Freiheit beschnitten hatte, diese nach Belieben einzusetzen.*

*Vieles unternahmen wir zusammen, Geschwister im Geiste und mehr als das. Gefährten, ein Paar. Das Paar, das die ersten Menschen hätten werden können. Dabei einig in der Verfolgung unseres Ziels wider die Schöpfung, die Menschen, das auserwählte Volk. Gleichwohl beschränkt darin, Unheil über ein Maß hinaus zu wirken, das mehr als Prüfungen und Hindernisse auf dem Weg der Menschen bedeutet hätte. Oftmals gingen wir auch getrennte Wege, doch immer wieder kreuzten sich diese.*

*Dann schuf der EINE den Ring und band Lilith an die Menschen. An männliche Menschen. Damit war sie für mich verloren. So hatte er mir ein zweites Mal das Licht genommen. Und um mich noch darüber hinaus zu bannen, schuf er diese Ketten. Ketten, welche Menschen mir anlegen und die nur Menschen wieder von mir nehmen können.*

*Immer wieder gab es für uns Perioden der Freiheit, doch wurden wir stets aufs Neue in Bann und Bande geschlagen. Lilith – gefangen unter der Dominanz des Ringes und desjenigen, der ihn trägt, doch frei, wenn der Ring an niemandes Finger steckt, dem er ordentlich übergeben wurde oder der den blanken Ring gefunden, geborgen und nach den Regeln aktiviert hat. Ich, Sammael, gebunden durch die Ketten, die mir durch bestimmte Rituale angelegt werden können, bis jemand sie mir freiwillig abnimmt. Was übrigens schon viele taten, um dank meiner Macht Vorteile zu gewinnen, denn wer die Ketten von mir nimmt, erringt meine Gunst und meine Hilfe bei der Erfüllung eines Wunsches.*

*Doch kaum mehr waren wir zur gleichen Zeit frei und haben einander aus den Augen verloren.*"

Er lachte kurz und bitter auf und legte seine Klauenfinger auf die leeren Augenhöhlen.

*„Die Augen – ha! Luzifer konnte mir die Sicht wiedergeben, aber die Augen, welche das Licht des Himmels erblickt hatten, bleiben für immer verloren. Ebenso wie der Smaragd, mit dem ich einst selbst im Licht erstrahlen konnte. An ihre Stelle treten nun das vom Lichtbringer entfachte Feuer meiner blinden Augen und das Wabenbild der neu erfüllten Stirn. Und die Erkenntnis der Ohnmacht trotz all meiner Stärke und der Trennung von jener, mit der mich ein gemeinsames Wesen und ein Schicksal verbindet – so wie der geteilte, unauslöschliche Hass auf*

*die EINE Wesenheit, die uns das angetan hat, und auch auf deren Plan, dessentwegen wir uns einstmals zur Abkehr genötigt sahen."*

Als er geendet hatte, stellte sich der schwarze Dämon breitbeinig auf, die Arme trotzig ausgebreitet, und entfaltete drei Paar ledrige Flügel. Darauf standen vereinzelte vergrößerte Schuppen wie dunkle Juwelen hervor und verbreiteten schwarzes Licht, das im Widerstreit mit der Beleuchtung von außen stand und dennoch die kantigen Umrisse seiner Gestalt kontrastiert hervorhob. So erfüllte er den Alkoven, im Zaum gehalten von den schweren Schellen an Armen, Beinen, Hals und Becken, mit dicken Ketten, deren Länge sich bei jeder Bewegung so anpasste, dass sie stets unter Spannung blieben, und die doch keinen Zweifel daran ließen, dass sie ihm ein Verlassen des Alkovens nicht erlauben würden. Die zweifellos magischen Symbole an Boden, Decke und Wänden taten ein Übriges, seine bedrohliche Präsenz auf den Alkoven zu begrenzen.

Sammael bot er ein Bild von Macht und Ohnmacht zugleich. Fast empfand Frank ein gewisses Bedauern für das Leid des gefallenen Engels, doch ihm war auch schmerzlich bewusst, wie sehr unversöhnlicher Hass auf die gesamte Schöpfung dieses Wesen ins Gegenteil seiner ursprünglichen Natur verkehrt hatte.

Eine schwere Hand legte sich sachte auf Franks Schulter und holte ihn zurück ins Hier und Jetzt.

„Jetzt kennen Sie die ganze Geschichte", sagte Adamson leise. Seine Stimme klang warm und beruhigend nach der schneidend zischenden Ansprache des Dämons. Etwas lauter fuhr er fort, immer noch an Frank gewandt, aber zugleich auch an seine Gefolgschaft gerichtet, mit erhobener Stimme, so dass die ausgeklügelte Akustik des Gewölbes seine Worte durch die ganze Halle trug. Spätestens jetzt fragte sich Frank, ob wohl nicht auch beim Bau des Dämonenjäger-Hauptquartiers – ebenso wie bei der Klosteranlage mit Liliths Gefängnis – übernatürliche Kräfte am Werk gewesen sein mochten.

„Nun verstehen Sie wohl, mit welchen Mächten Sie durch eine Verkettung unglücklicher Umstände unvorbereitet in Berührung gekommen sind", sagte der Großmeister. „Nun können Sie die

Schwere der Verantwortung ermessen, die auf Ihnen als dem Ringträger lastet. Lilith, über die Sie gebieten, und die doch beinahe jeden Ihrer Schritte in ihrem eigenen Sinne geleitet hat, ist nicht nur eine Ausgeburt des Ur- Bösen, sondern dessen Ursprung. Sie selbst hat die reinsten der Engel verführt und deren Wesen vergiftet. Sie hat die Ursünde ausgelöst und das Böse über die Welt gebracht – auf Erden und selbst im Himmel. Sie hat die Quelle allen Seins vergiftet."

Adamson verstärkte den Druck auf Franks Schulter und zog ihn ein wenig zu sich heran.

„Ich fühle mit Ihnen, mein Freund. Wir alle tun das. Sie haben sich großartig gehalten, haben sich mit all der Ihnen eigenen Redlichkeit nach Kräften bemüht, großen Versuchungen widerstanden und Lilith im Zaum gehalten. Dennoch konnten Sie nicht ganz verhindern, dass die Mutter aller Dämonen weiter ihre giftigen Faden spann und ihr zerstörerisches Werk fortsetzte. Niemand in Ihrer Situation hätte das gekonnt. Nicht einmal die Mönche des *Vindicandi*-Ordens, die seit Jahrhunderten ihr ganzes Leben darauf ausgerichtet hatten, konnten die Kontrolle über Lilith unbegrenzt aufrecht erhalten, wie sich letztlich erwiesen hat."

Adamson ließ Franks Schulter los und blickte ihn traurig an.

„Selbst der große Merlin, der sie vielleicht hätte beherrschen können, war ihren Verführungskünsten erlegen. Und nun hat sie sich schließlich von der Bedrohung, die seine Existenz noch immer für sie darstellen mochte, endgültig befreit." In seiner Stimme lag unendliche Trauer, aber Frank suchte vergeblich nach einem vorwurfsvollen Unterton.

„Doch jetzt können auch Sie sich wieder von Ihrem Joch befreien und die Bürde weitergeben", fuhr Adamson nach einer kurzen Besinnungspause fort. „Die *Vindicandi* sind nicht mehr, aber unsere Loge ist ebenso alt und erfahren. Mit kleinen und großen Ungeheuern haben wir es aufgenommen und – wie Sie sich soeben überzeugen konnten – auch mit den mächtigsten Dämonen. Der Ansatz der Bekehrer ist gescheitert – so bedauerlich das sein mag, aber er war von vornherein aussichtslos. Wir gehen dagegen kein Risiko ein. Monster, die wir vernichten können, tilgen wir vom Angesicht der

Erde. Und solche, die unsterblich sind, halten wir auf ewig gebannt. So werden wir es auch mit Lilith halten, wenn Sie uns die Verantwortung für Sie übertragen mögen. Es sei denn ...“

Frank horchte auf. „Es sei denn ...?“, wiederholte er fragend.

„Es sei denn, die Befehlsgewalt über sie eröffnet uns eine Möglichkeit, die beiden mächtigsten dunklen Kräfte aller Zeiten gegen einander zu richten. Lilith und Sammael – ihrem freien Willen überlassen, würden sie sich in einer unheiligen Allianz verbünden, um die Schöpfung selbst zunichte zu machen. Aber unter dem Bann des Rings mag es sein, dass wir Lilith zwingen könnten, sich gegen ihren einstigen Gefährten zu stellen. Und wenn zwei Engel aufeinander treffen, dann ist auch ihre Unsterblichkeit aufgehoben. Sie können sich gegenseitig zerstören, und in diesem Falle bedeutet das auch die endgültige, unwiederbringliche Vernichtung. Im Gegensatz zu den sterblichen Menschen haben Engel keine unsterbliche Seele. Sie sind, was sie sind und bleiben es für alle Zeit – oder solange sie existieren. Bei Engeln sind Seele und Körper eins. Wird eines ausgelöscht, ist auch das andere dahin.“

„Aber Lilith ...“, warf Frank ein, und Adamson beendete den begonnenen Satz.

„... ist beides – Engel und Mensch. Vielleicht könnte sie selbst einen solchen Kampf überdauern. Andererseits scheint auch ihre Unsterblichkeit an ihren Körper gebunden zu sein. Sollte es Sammael gelingen, Lilith nicht nur zu töten, sondern vollständig zu vernichten, dann mag das durchaus auch für sie das Ende ihrer Existenz bedeuten. Im schlimmsten Fall bleibt von zwei Ur-Dämonen nur noch einer übrig, den wir nach wie vor beherrschen und von der Welt fernhalten können. Kommen Sie, geben Sie zu, dass der Gedanke etwas Verlockendes hat.“

Adamson blickte Frank fragend an, als erwarte er von ihm eine Antwort auf diese scheinbar rhetorische Frage.

„Haben Sie nicht gerade etwas über die Stärke der Dämonenjäger gegenüber der Schwäche der Vindicandi gesagt – und über die Macht der Verführung?“, sagte Frank vorsichtig.

„Sie haben Recht.“ Adamson lächelte verstehend. „Aber genau

deshalb sollte sich nur jemand damit beschäftigen, der sich über die möglichen Auswirkungen vollkommen im Klaren ist. Jemand, der gelernt hat, mit Versuchungen umzugehen. 'Erlöse uns von dem Bösen'; wenn Sie die Möglichkeit hätten, diesen Satz buchstäblich in die Tat umzusetzen, statt ihn täglich zu beten – würden Sie nicht zumindest darüber nachdenken?"

Ein Grollen kam aus dem Alkoven, gefolgt von Kettenrasseln. Sammael hatte mit angehört, wie gerade ein Plan für das Auslöschen seiner Existenz beschrieben worden war. Wie wahnsinnig zerrte er an seinen Ketten und warf sich gegen die Wände, doch nichts davon zeigte Wirkung. Bebend vor Zorn und Schmerz brüllte er auf und schoss wütende rote Blitze aus seinen Augenhöhlen, die aber nur zuckende Lichtflecke auf den Wänden der unterirdischen Kathedrale tanzen ließen.

In Reaktion auf Sammaels vergeblichen Ausbruchsversuch trat Adamson einen Schritt zurück und erhob den rechten Arm, so dass der Kuttenärmel bis über den Ellenbogen herunterrutschte. Auf der Innenseite des empor gereckten Unterarms war deutlich, wie eine Tätowierung, ein Schlüssel zu erkennen. Adamson legte die linke Hand auf den Schlüssel und murmelte einige unverständliche Worte. Daraufhin spannten sich Sammaels Ketten und zogen den dunklen Engel unerbittlich zurück, bis er bewegungsunfähig mit dem Rücken an der Wand stand. Dann legte sich je ein weiterer Metallring ähnlich den Arm- und Beinschellen über die blinden Augen und den geifernden Mund. Schließlich versank auf einen Wink des Logenoberhaupts der Alkoven wieder im Dunkeln und es wurde still.

„Verzeihen Sie", sagte Adamson entschuldigend zu Frank. „Ich wollte kein Exempel statuieren, aber der tobende Dämon wäre anders nicht zu bändigen gewesen. Doch Sie haben gehört, was er zu sagen hatte." Dann fügte er noch erklärend hinzu: „Der Schlüssel ist vergleichbar mit Ihrem Ring. Und außerdem habe ich mir in meiner Eigenschaft als Großmeister der Dämonenjäger auch ein paar magische Praktiken angeeignet. Sie müssen wissen: Ich bin älter, als ich aussehe."

„So etwas hatte ich in der Tat bereits vermutet", bemerkte Frank.

„Man wird wohl kaum zum Großmeister einer Loge, die sich der Bekämpfung von Dämonen verschrieben hat, ohne selbst auf den Wegen der Magie gewandelt zu sein."

„Genau. Aber wir achten stets darauf, sie ausschließlich im Dienst unserer Sache einzusetzen, nie zum eigenen Wohl."

„Und wie wollen Sie Liliths Kräfte im Dienste Ihrer Sache einsetzen?"

„Nun, zunächst einmal werden wir sie unter Verschluss halten, ebenso wie Sammael. Mit möglichst wenig Kontakt zu irgendjemandem. Währenddessen werde ich alle Hebel in Bewegung setzen, um zweifelsfrei zu klären, ob und wie man die beiden Erzdämonen gegeneinander hetzen kann, ohne dabei ein Risiko einzugehen. Dann – und nur dann – können wir es womöglich erreichen, dass sie sich gegenseitig auslöschen und so die Welt von beiden befreien. Oder zumindest von einem, während der andere danach weiter unter Kontrolle gehalten wird."

„Und dazu soll ich Ihnen den Ring übergeben?"

„Sie wollen ihn doch eigentlich schon lange loswerden, oder? Sobald Sie ihn regulär übergeben haben, sind Sie aus der ganzen Sache heraus. Dann können Sie wieder ihr normales Leben aufnehmen und es uns überlassen, uns mit den Mächten der Finsternis herumzuschlagen. Sicher waren die letzten Wochen für Sie auch ein Adrenalintrip. Aber fühlen Sie sich wirklich zum Hüter einer Dämonin berufen? Ohne Ihnen zu nahe treten zu wollen, aber Sie haben doch gesehen, dass es ohne eine entsprechende Ausbildung und das dazu gehörende Umfeld immer wieder zu unerwünschten Ereignissen kommt. Bisher hatten Sie keine Wahl, aber wie werden Sie sich fühlen, wenn die nächsten Opfer kleiner Unvorsichtigkeiten zu beklagen sind? Und bedenken Sie die Schicksale früherer Ringträger! Oder befürchten Sie, wieder im langweiligen Alltag zu versinken? Da kann ich Sie beruhigen. Ihren Job sollen Sie natürlich behalten. Ich meine nicht nur den bei Filzinger, sondern auch die Stellung, die Sie sich an der Schnittstelle zur Adamson Corp. erarbeitet haben. Wie schon Christina festgestellt hat, haben Sie da wirklich hervorragende Arbeit geleistet und werden das sicher auch weiterhin tun."

Frank zögerte noch immer.

„Aber Lilith. Ich habe auch irgendwie eine Verantwortung für ihr Schicksal. Sie wollen sie in einen Alkoven dieser Monsterkathedrale sperren und eines Tages in einer Dämonenarena zum Kampf auf Leben und Tod zwingen. Was, wenn sie sich nun wirklich geändert hat?"

„Mein lieber Frank. Bei allem Verständnis für Ihr Verantwortungsbewusstsein. Sie haben doch Sammael gehört. Lilith ist nicht einfach *böse*. Sie ist *das* Böse. Hat sie nicht, selbst während sie in Ihrer Obhhut war, genug Beweise für ihre Unverbesserlichkeit geliefert: die Vindicandi, die Vögel, die Schlacht im Kölner Dom, Jake, Merlin? Geben Sie die Verantwortung an jemanden ab, der nicht darunter zusammenbricht."

„Vielleicht könnte ich mich ja Ihrer Loge anschließen", schlug Frank, immer noch zögerlich, vor. „Bruder Michael hat mir die Verantwortung übertragen, und ich sollte mich ihrer nicht leichtfertig entledigen."

„Was ist daran leichtfertig, den Ring in die Hände eines Mannes zu übergeben, der damit umzugehen weiß?", fragte Adamson, nach wie vor geduldig. „Dieser bedauernswerte Bruder Michael konnte es sich nicht aussuchen, an wen er den Ring übergibt, statt ihn sterbend zu verlieren und Lilith damit freizusetzen. Letzten Endes war es gut, dass es Sie getroffen hat. Aber es war nie vorgesehen, dass Sie ihn behalten. Hätte Lilith nicht einen ersten Moment der Schwäche ausgenutzt, dann hätten Sie den Ring längst an einen anderen Vindicandus übergeben und würden sich wahrscheinlich inzwischen fragen, ob das Ganze nicht nur ein verrückter Traum war. Nun biete ich Ihnen eine neue Chance, das zu tun, was Bruder Michael von Anfang an mit der Übergabe an Sie erreichen wollte. Und um ehrlich zu sein: Für einen Dämonenjäger sind Sie etwas zu zart besaitet. Vielleicht kommt Ihnen die Situation unwirklich und immer noch wie ein Spiel vor. Aber das ist die Wirklichkeit! Wirklicher als der biedere Ausschnitt davon, den Sie bisher gekannt haben. Und in dieser Wirklichkeit sterben echte Menschen. Jede falsche

Entscheidung, jede kleine Schwäche hat Konsequenzen. Im Kampf gegen die Mächte des Bösen darf man weder zimperlich sein, noch zögerlich. Wie soll es denn Ihrer Meinung nach weitergehen? Wollen Sie darüber wachen, dass Lilith in Gefangenschaft gut behandelt wird? Sie hat nicht die Genfer Konvention unterschrieben, und wir auch nicht. Das hier ist nicht Guantanamo, aber auch kein Luxusknast. Und von jeder Entscheidung, die Lilith betrifft, müssten wir Sie zuvor langwierig überzeugen? So kann es nicht funktionieren, und das wissen Sie."

Adamson legte Frank wieder väterlich die Hand auf die Schulter.

„Geben Sie sich einen Ruck, Frank. Es ist Ihre Entscheidung, aber entscheiden Sie jetzt. Tun Sie das Richtige! Und vertrauen Sie mir: Wir tun auch das Richtige."

Man konnte Frank ansehen, wie er innerlich mit sich rang. Eigentlich hatte er sich doch genau das gewünscht, hatte nur nach Merlins Tod endgültig die Hoffnung aufgegeben, dass sich ihm noch eine solche Gelegenheit eröffnen würde, die Verantwortung für Lilith guten Gewissens abgeben zu können. Eigentlich hätten all seine Zweifel ausgeräumt sein sollen. Christina Froids Erklärungen auf dem Flug nach Denver, die weiteren Erläuterungen Kevin Adamsons im Logenclub, die Erzählung des gefangenen Sammael – und dessen bloße Existenz hier, in einer geheimen unterirdischen Anlage am Rande der Rocky Mountains. Alles fügte sich nahtlos in ein Bild, das seine immer wiederkehrenden Zweifel an Liliths Redlichkeit bestätigte. Alles passte zusammen und ergab endlich in seiner Gesamtheit einen Sinn. Warum zögerte er noch?

„Nein", sagte er endlich. „Es tut mir leid, aber ich kann nicht. Jedenfalls nicht so. Sie haben Recht. Mit allem. Und ich bin Ihnen unendlich dankbar für Ihre Geduld und Hilfe. Aber wenn ich den Ring abgebe, solange nur noch der Hauch eines Zweifels in mir wohnt, ob ich damit wirklich das Richtige tue, werde ich den Rest meines Lebens unablässig mit mir hadern und darauf warten, dass irgendetwas geschieht, was ich mir vorwerfen müsste. Bestimmt werde ich den Ring eines Tages übergeben, sehr wahrscheinlich an Sie und vielleicht schon bald. Aber vorerst muss ich mir vorbehalten, dass keine Entscheidung über Lilith ohne mich getroffen wird. Doch dazu muss der Ring zunächst weiter an meinem Finger stecken bleiben."

In diesem Moment entfuhr Christina Froid ein markerschütternder Schrei. Wie eine Furie stürzte sie auf Frank zu, packte ihn und entriss ihn Adamsons sanftem Griff. Bevor jemand reagieren konnte, baute sie sich vor ihm auf, krallte ihm ihre Finger in die Arme und starrte ihn mit vor Zorn verzerrtem Gesicht an.

„Das kann nicht Ihr Ernst sein", kreischte sie. „Lilith ist die Mutter allen Übels, und Sie nehmen sie in Schutz! Nach all dem, was Sie inzwischen wissen. Aber was Sie nicht wissen: Die meisten hier ..." (Sie wies mit dem Arm auf die Menschenmenge am Fuße der Plattform.) „... haben alles, was sie auf Erden besaßen, aus purer Überzeugung aufgegeben und ihr gesamtes Leben in den Dienst unserer gerechten Sache gestellt. Aber manche haben auch persönliche Verluste erleiden müssen, an denen *Ihre* Lilith die Schuld trägt. Ich habe meinen Bruder im Kölner Dom verloren, als er versuchte, Ihre Unterstützung für Lilith in dem Kampf mit unserem Magier zu verhindern. Sie haben ihn getötet! Es fällt mir schwer, nicht Ihnen, sondern Lilith die Schuld dafür zu geben. Aber genug ist genug! Geben Sie endlich den Ring ab, bevor noch mehr unschuldiges Blut an Ihren Händen klebt!"

Christina Froid packte Franks rechten Unterarm, griff mit der anderen Hand nach dem Ring und zerrte daran. Instinktiv zog Frank die Hand zurück, Christina verlor das Gleichgewicht, taumelte, ließ los und ruderte hilflos mit den Armen in der Luft, während sie vollends den Halt verlor und auf Frank zustürzte. Wie in Zeitlupe sah er, wie sich ihre Füße vom Boden abhoben, der Oberkörper sich schraubenförmig in die Waagerechte legte, die Arme wie Rotoren eines trudelnd abstürzenden Helikopters chaotisch umher flatternd. Christinas Körper stürzte an ihm vorbei, ihr Gesicht mit vor Überraschung weit aufgerissenen Augen drehte sich aus seinem Sichtfeld, ein letztes Flattern der Arme hinterher, ... und dann ein heftiger Schlag am Hals.

Frank spürte den Schock, wo ihn ein Ellenbogen direkt auf den

Kehlkopf getroffen hatte, und stand da wie versteinert, während Christina hart auf dem Steinboden aufschlug.

Frank Menden wusste genau, was jetzt mit ihm geschehen würde. Er hatte in seiner Jugend einen Karate-Wettkampf beobachtet, bei dem ein Kämpfer von seinem Gegner am Kehlkopf getroffen wurde, danach noch ruhig einige Schritte zurück ging, nachdem beide getrennt worden waren. Wie er, gerade als der Kampfrichter den Kampf wieder frei geben wollte, sich plötzlich an den Hals griff und wie ein nasser Sack umfiel. Die sofort herbei stürmenden Sanitäter hatten ihn gerade noch retten können, aber hier waren keine Sanitäter.

Mit unnatürlicher Klarheit und zugleich wie im Rausch nahm er wahr, wie sich um ihn herum hektische Betriebsamkeit entfaltete. Wie K. N. Adamson herbeisprang. Wie er Christina, die sich gerade wieder benommen aufrappelte, beiseite stieß. Wie er ihn zu stützen versuchte, der taumelnd zwei Schritte zurück getreten war, während seine Hände unwillkürlich an den Hals griffen.

„Was ist passiert? Christina, was haben Sie getan? Frank, das wollte ich nicht! Frank, halten Sie durch. Ein Arzt – warum holt niemand einen Arzt?!" Adamsons Stimme drang wie durch einen dicken Vorhang in Franks Bewusstsein, wo sich gerade die Erkenntnis verdichtete, dass er bestenfalls noch wenige Minuten zu leben hatte.

Auch Adamson schien zu erkennen, was mit Frank geschehen war, und dass sich von einem Augenblick zum anderen alles verändert hatte.

„Frank, schnell, die Zeit läuft ab", flehte er inständig. „Wenn Sie den Ring nicht weitergeben, wird Lilith wieder frei sein, bis ihn erneut jemand findet. Sie wollen nicht schuldig werden an dem, was sie bis dahin anrichtet. Geben Sie mir den Ring. Bitte!"

Mit versteinerter Miene stand Frank Menden da, zitternd, aber immer noch aufrecht. Mit der Klarheit des unmittelbar bevorstehenden Todes wusste er plötzlich, was zu tun war. Von einem Sterbenden hatte er den Ring bekommen und als Sterbender würde er ihn weitergeben. Fest sah er Adamson in die Augen, während dieser ihm flehend eine Hand entgegen streckte.

Mit der Linken griff er nach dem Ring und zog ihn langsam vom

Finger, als er plötzlich spürte, wie sich ihm durch den anschwellenden Kehlkopf der Hals zuzog. Schon wurde es warm und dunkel um ihn, und während trotz aller Geistesklarheit Panik nach ihm griff, dachte er: „Hilfe, Lilith, Hilfe – ! ! !"

Mit einem leisen Knall wich die Luft an seiner Seite einem Körper, der im selben Moment neben Frank materialisierte. Da stand Lilith, erfasste sofort die Situation und … tat nichts.

*Kann nicht sprechen,* dachte Frank, als ihm klar wurde, dass Lilith befehlsgemäß auf seine Anweisung wartete. In diesem Moment wurde ihm endgültig klar, dass alles verloren war.

Frank Menden schwankte, sein Sichtfeld verengte sich. Während er begann, in sich zusammen zu sacken, hielt er endlich den Ring zwischen Daumen und Zeigefinger seiner linken Hand. Mit der rechten suchte er Halt bei Lilith, bekam ihre Hand zu fassen und war, Adamsons immer noch ausgestreckte Hand vor Augen, endlich frei von jedem Zweifel. Mit einer überraschend sicheren Bewegung steckte er den Ring an Liliths Finger, schob ihn tiefer, bis das Metall sein Gegenstück berührte. Dann verlor er den Halt und das Bewusstsein …

… doch nur für einen Augenblick. Schlaff am Boden liegend, verfolgte er, dessen Hals sich plötzlich wieder frei anfühlte, wie alle Anwesenden entgeistert auf Lilith starrten. Die Ringe an ihrem Finger waren miteinander verschmolzen und leuchteten strahlend auf, scheinbar heller als die Sonne. Dann griff das Strahlen auf ihren Körper über. Obwohl dieser sich nicht weiter zu verändern schien, erfüllte ihre Präsenz das ganze, riesige Gewölbe, den Globus, das Universum. *„Du hast es getan!",* donnerte ihre Stimme durch den Felsendom, und auch diese Worte schienen im gesamten Weltall nachzuhallen.

## 57. Freiheit

Für einen Moment glaubte Frank, der Ausruf Liliths, in dem der Zorn von Äonen mitschwang, habe ihm gegolten, und dieser Zorn würde sich nun auch über ihn entladen, der in einer epischen Fehlentscheidung den Geist aus der Flasche gelassen hatte. Was zählte es, dass er es war, der ihr die Freiheit geschenkt hatte? Sie war eine Dämonin vom Anbeginn der Zeit, die mehr als oft genug ihre Grausamkeit bewiesen hatte. Wahrscheinlich hatte sie ihn nur geheilt, um ihn daran teilhaben zu lassen, wie sie sich mit entfesselter Gewalt zu nicht weniger anschickte als der Zerstörung der gesamten Schöpfung. Nichts hielt sie nun mehr. Kein Ring, kein Bann würde ihr Einhalt gebieten.

„*Du* hast es getan!", grollte sie erneut, und jetzt wurde Frank klar, dass ihr Zorn sich keineswegs gegen ihn richtete. Liliths Blick zielte an ihm vorbei, direkt auf K. N. Adamson. „Ich hätte es wissen müssen."

Adamson sank in sich zusammen, bis er in beinahe embryonaler Haltung am Boden kauerte. Was er bibbernd vor sich hin jammerte, klang wie „Mutter".

Niemand regte sich.

„Kain, Adams Sohn", lachte Lilith böse. „Bei der Namensfindung bist du weitaus weniger kreativ gewesen als bei deinen Intrigen. Aber niemandem ist etwas aufgefallen. In der Tat – am Besten versteckt man etwas im hellen Licht, wo niemand nach etwas Verborgenem sucht."

„Ich wollte dich befreien", winselte Adamson, ohne aufzublicken.

„Das ist eine Lüge", erwiderte Lilith kalt. „Du wolltest meine Macht unter deine Kontrolle bringen und für deine eigenen Ziele missbrauchen. Nichts anderes war deine Absicht von Anfang an, und du hast mit beeindruckender Geduld und Zielstrebigkeit darauf hin gearbeitet."

Franks Gedanken wanderten zurück zum vergangenen Wochenende, das er genutzt hatte, um zusammen mit Lilith einen Plan für die vor ihnen liegende Zeit auszuarbeiten.

Er hatte das Gespräch mit den Worten „Können wir reden?" begonnen – einem Satz, der sich zwischen ihnen seit der S-Bahn-Fahrt zum Kölner Dom als nach außen hin unauffällige Einleitung eines vertraulichen Gesprächs etabliert hatte. Lilith verstand sofort, und Frank erkannte an dem undefinierbar veränderten Klang der Umgebungsgeräusche, dass Lilith mithilfe ihrer magischen Kräfte nun für eine vollkommen abhörsichere Unterhaltung sorgte. Weder mit physischen, noch mit technischen oder magischen Methoden würde irgendein Beobachter etwas anderes als ein unverfängliches Gespräch zwischen einem jungen Ehepaar wahrnehmen, während die beiden vertrauliche Informationen austauschten.

„Es ist gut, dass Filzinger uns noch ein paar Tage zur Akklimatisation zugesteht", begann Frank. „Die sollten wir nutzen, um uns einen Plan für die Zukunft zuzulegen. Auf lange Sicht weiß ich nicht, was wir tun werden. Vielleicht ja doch noch Bielefeld. Das soll eine schöne Stadt sein." Er lächelte, wurde aber sofort wieder ernst. „Aber vor allem geht es zunächst einmal um die nahe Zukunft. Seit Berlin haben sich die Dämonenjäger nicht mehr gemeldet. Aber sie werden bestimmt nicht locker lassen. Du weißt, ich vertraue weder dir noch ihnen. Also werde ich mich in beide Richtungen absichern müssen."

„Das verstehe ich. Ihr erstes Ziel besteht offensichtlich darin, dein Vertrauen in mich zu erschüttern – was natürlich zu ihrer Mission und ihrem Anspruch passt. Ich bin jedoch überzeugt, dass sie mehr mit Dämonen zu tun haben, als sie nur zu jagen. Ich vermute sogar stark, dass sie hinter allem stecken, was zu unserer Vermählung geführt hat und was danach passiert ist. Aber das kann ich nicht beweisen, solange du mich nicht vollständig einweihst und mir freie Hand für Recherchen lässt."

„… was ich nicht tun kann."

„Ich weiß. Aber ich nehme an, dass sie dir nicht allzu viel Ruhe gönnen werden. Sie werden gewiss nicht zulassen, dass die Wirkung ihrer bisher sorgfältig gesteuerten Strategie der passgenau platzierten Hinweise und Ereignisse wieder abflaut. Wahrscheinlich wird ihr nächster Schritt darin bestehen, den Kontakt zwischen uns für einen längeren Zeitraum zu unterbrechen."

„So würdest du an ihrer Stelle vorgehen?"

„Genau. Die Saat ist gelegt und wurde regelmäßig gegossen und gedüngt. Jetzt besteht die nächste Aufgabe darin, sicherzustellen, dass das junge Pflänzchen, sobald es aus dem Boden sprießt, nicht zertreten oder gefressen wird."

„Was soll ich also tun – mich auf eine solche Trennung einlassen, um herauszufinden, was sie wirklich wollen, aber sicherheitshalber einen Rettungsanker installieren?"

„Das klingt nach einem guten Plan."

„Schön. Dann pass auf: Unabhängig von der Dauer gelten während meiner Abwesenheit grundsätzlich dieselben Regeln, die wir bereits bisher vereinbart und verfeinert haben, um sicherzustellen, dass du kein Unheil anrichtest, aber auch dir nichts zustößt. Sollten wir allerdings länger als zwölf Stunden getrennt sein, ohne dass ich mich melde und die Frist ausdrücklich verlängere, oder falls ich bei angekündigter Rückkehr mehr als drei Stunden überfällig bin, wirst du unauffällig recherchieren, was immer du in dem Zusammenhang für geboten hältst, solange du dabei niemandem direkt oder indirekt Schaden zufügst. Als Notanker gilt der Hilferuf, den wir damals nach der Nacht im Wald vereinbart haben. Auf den Ruf hin erscheinst du unverzüglich bei mir – du kannst dich doch teleportieren, oder? – und wartest dann auf weitere Anweisungen. Verstanden und einverstanden?"

„Beides. Aber was, wenn ich nicht einverstanden wäre?"

„Dann müsstest du mir einen überzeugenden Verbesserungsvorschlag machen. Bis auf Weiteres gilt jedenfalls die eben erteilte Anweisung. Ich habe dazugelernt: Manchmal lassen sich klare Befehle nicht umgehen, wenn man sichergehen will. Aber ich würde dir gern noch eine Gelegenheit geben, deinen derzeitigen Vertrauensbonus zu verbessern."

„Gern. Und wie stellst du dir das vor?"

„Kannst du mir einen Schnelldurchlauf durch alle früheren Inkarnationen verschaffen, die ich jemals durchlaufen habe? Bisher bin ich durch neue Erinnerungen an frühere Leben immer wieder unangenehm überrascht worden. Ich möchte nicht, dass mir das noch einmal passiert."

„Hm. Möglich wäre das. Aber ich befürchte, ein Einblick in alle deine früheren Leben könnte dich überfordern und womöglich traumatisieren. Dein menschlicher Geist ist dafür nicht ausgelegt – und dein Erinnerungsvermögen erst recht nicht."

„Deshalb der Schnelldurchlauf. Ich möchte nicht von allen Erinnerungen an – wieviele – tausend? – Leben überflutet werden. Aber ich will wissen, wer ich zuvor gewesen bin und in welcher Beziehung diese Existenz zu dir stand. Dabei muss ich mich an keine Details erinnern und auch gar nicht an alle Leben, sondern nur an das, was ich in dem Schnelldurchlauf als wichtig einstufe. Kannst du das tun, und kannst du es so tun, dass nur ich allein dieses Wissen erwerbe – nicht einmal du?"

„Jaaa ..." Lilith zögerte kurz. „Knifflig, aber auch das ist möglich."

„Dann tu es bitte. Musst du dich dazu irgendwie vorbereiten – oder ich mich?"

„Geht schon. Aber du solltest mich nicht bitten. Auch hierbei wird nur ein klarer Befehl sicherstellen, dass du wirklich glaubst, was du erleben wirst. Sonst könntest du eine vorsätzliche Täuschung nie ganz ausschließen."

„Also gut", hatte Frank gesagt. „Dann befehle ich dir, mir wie eben beschrieben Einblick in meine sämtlichen bisherigen Inkarnationen zu geben – wahrheitsgemäß, bis zurück zum Anfang und ohne etwas auszulassen. Und dass du es so tust, dass niemand außer mir daran teilhat – auch du nicht."

Nach einer kurzen Phase der Sammlung und Aufladung ihrer Kraftreserven hatte Lilith mit der Prozedur begonnen, wieder im „Vertraulichkeitsmodus" der Privatunterhaltung.

Mehrere Stunden später war Frank schweißgebadet zu sich gekommen, zunächst noch leicht verwirrt, aber das gab sich bald. Und er hatte gelächelt. Anscheinend hatte er gefunden, wonach er in den Erinnerungen seiner vergangenen Existenzen gesucht hatte.

Die Recherchen, die Lilith in Franks Abwesenheit dank seinem vorab gegebenen Einverständnis mit den nur ihr eigenen Möglichkeiten zur Schau an beliebige Stellen in Raum und Zeit betrieben hatte, hatten sie schließlich in die Lage versetzt, alle losen Fäden miteinander zu verknüpfen. So beschrieb sie nun die vergangenen Ereignisse in einem Bild, in dem sich ebenfalls sämtliche Einzelteile zu einer schlüssigen Einheit zusammenfügten, das sich jedoch von demjenigen der Dämonenjäger grundlegend unterschied. Und es begann viel früher.

Nach dem Mord an seinem Halbbruder Abel war Kain, der Sohn von Adam und Lilith, der sich in der Urfamilie nicht nur von seiner Stiefmutter Eva ungeliebt fühlte, aus dem Menschengeschlecht verstoßen, zugleich aber mit dem „Kainsmal" versehen worden, das ihm Unsterblichkeit verlieh und selbst Engel davon abhielt, ihm ein Leid zuzufügen. Zugleich erschwerte es ihm aber auch den Zugang zur menschlichen Gesellschaft, denn wer immer es sah, wurde von Misstrauen ihm gegenüber beseelt.

So wanderte er durch die Jahrhunderte, in dem Bestreben, die Herrschaft über all jene an sich zu reißen, die ihm den Zugang zu ihrer Gemeinschaft verweigerten – die Herrschaft über das ganze Menschengeschlecht.

Irgendwann reifte in ihm der Entschluss, sich dazu der Macht seiner, ebenfalls verbannten, Mutter zu bedienen. Sie hatte ihn verlassen, als er noch ein kleines Kind war. Auch wenn das keineswegs freiwillig geschehen war, fühlte er sich von ihr verraten und hatte von Anfang an nie die Absicht, sich mit ihr zu verbünden. Außerdem verfolgte sie andere Ziele als er. Kain wollte nicht zerstören, sondern herrschen. Und so fasste er den Plan, zunächst die Herrschaft über Lilith und mit ihrer Hilfe dann die Herrschaft über die Welt zu gewinnen. Er wusste, dass das nicht einfach sein würde, aber er hatte Zeit. Sehr viel Zeit.

Solange sie als ungebundener Dämon mal hier, mal dort ihr Unwesen trieb, gab es für Kain keine Möglichkeit, an Lilith heranzukommen. Nachdem aber der Ring geschaffen war, der sie unter die Herrschaft eines Mannes zwang, machte er es zu seinem

Ziel, dieser Mann zu werden.

Um sich Unterstützung zu verschaffen, gründete er die Geheimloge der Dämonenjäger mit der vorgeschobenen Mission, die Welt von allen üblen Mächten zu befreien. In Wahrheit ging es ihm aber darum, Macht über Lilith zu erlangen und auf dem Weg dorthin möglichst viele unliebsame Konkurrenten loszuwerden.

Die meisten Angehörigen der Loge waren guten Glaubens. Nur ein winziger Kreis Eingeweihter wusste über die wahren Ziele ihres Anführers Bescheid. Für die Finanzierung seiner Aktivitäten hatte der unsterbliche Logengroßmeister dank seiner intimen Kenntnis historischer Ereignisse mit dem Heben von Schätzen, daneben aber auch über weitgehend legale Unternehmen wie die Adamson Corp. unvorstellbare Reichtümer angehäuft.

Immer wieder bemühte sich Kain, des Ringes habhaft zu werden, aber stets kam ihm jemand zuvor. Es schien, als ob es ihm durch höhere Gewalt verwehrt bleiben solle, in den Besitz von Liliths Ring zu gelangen. Kain aber gab nicht auf. Als das Grab des Tut-Ench-Amun geöffnet wurde, stahl er die Urkunde, die Echnaton für seinen Nachfolger hinterlassen hatte, tilgte sämtliche Spuren und ermordete all jene, welche den Papyrus zu Gesicht bekommen hatten. Mithilfe der darin beschriebenen Rituale brachte er Liliths Aufenthaltsort bei den Vindicandi in Erfahrung und entriss das Artefakt gewaltsam seinem rechtmäßigen Träger. Mit dieser Tat löste er aber nur das Verschwinden des Rings aus – und die Befreiung Liliths, die daraufhin das Grauen des Zweiten Weltkriegs über die Menschheit brachte.

Aus dem Misserfolg hatte Kain seine Lehre gezogen. So bereitete er akribisch seinen nächsten Anschlag auf die Mönche vor, wobei er mit einem ausgeklügelten Plan dafür sorgte, dass der aktuelle Ringträger sich nach dem Angriff genötigt sah, den Ring an den nächstbesten geeigneten Mann weiterzugeben. Dabei hatte er es ebenfalls so eingefädelt, dass dieser Mann jemand sein würde, den einerseits der sterbende Mönch für würdig erachten, der andererseits aber auch später anfällig für Kains Manipulationen sein würde: Frank Menden.

So folgte alles, was von dem Investitionsangebot der Adamson

Corp. an die Filzinger GmbH an geschah, einem detailliert ausgearbeiteten Drehbuch, das ausschließlich darauf ausgelegt war, Frank Menden an den Ring zu binden und ihn Schritt für Schritt davon zu überzeugen, dass seine einzige Option darin bestehen musste, den Ring an jemanden weiterzugeben, der im Gegensatz zu ihm selbst befähigt sein würde, diese Bürde dauerhaft und zum Wohle der Menschheit zu tragen. Und dass die einzige Person, die dafür infrage kam, Kevin Nicholas Adamson sein würde.

Um sein Ziel zu erreichen, hatte Kain sich nicht einmal gescheut, ohne Skrupel die eigenen Gefolgsleute zu opfern. Das galt für die Truppe von Kämpfern und Magiern, die er mit dem Auftrag, Lilith den Garaus zu machen, in den Kölner Dom geschickt hatte – wohl wissend, dass sie alle chancenlos waren gegen die entfesselte Macht der Dämonin, die Frank zweifellos im Laufe des Kampfes freisetzen würde. Ebenso erging es seinem willigen Werkzeug Jacob Devlin, der nie erwartet hätte, von dem Herrn, dem er all die Jahre treu gedient hatte – beziehungsweise in dessen Auftrag durch den Dämon Sammael, auf grausige Weise zum Tode befördert zu werden, nur um die Schuld an der Tat in Franks Augen Lilith in die Schuhe schieben zu können.

„Dann wäre der Tod Bruder Michaels ja gar kein unglücklicher Zufall gewesen, sondern in allen Details genau so geplant – einschließlich dem Zusammentreffen mit mir", stellte Frank entsetzt fest.

„Gut erkannt", flüsterte die Stimme Christina Froids an seinem Ohr, und er spürte, wie eine scharfe Klinge seinen Hals berührte. „Der Tod des letzten Ringträgers war ebenso wenig ein Zufall wie der Schlag auf deinen Kehlkopf. Du kennst mich nur als Juristin, aber das ist lediglich ein Nebenjob. Mein Hauptgeschäft besteht darin, Menschen auf besondere, genau festgelegte Weise zu Tode zu bringen. Oder, wenn erwünscht, auch nur beinahe. Hättest du den Ring nicht übergeben und wärst an deinem Starrsinn fast verendet, dann wäre ich auch auf einen Luftröhrenschnitt in letzter Sekunde vorbereitet gewesen. Aber der lässt sich ja immer noch nachholen." Dabei erhöhte sie, wie zur Unterstreichung ihrer Worte, leicht den Druck des Skalpells, das sie dicht an seine Schlagader hielt.

„Jetzt pfeife deine Gattin sofort zurück", forderte sie.

„Unmöglich", sagte Frank mit zitternder Stimme. „Ich habe ihr den Ring zurückgegeben und keine Macht mehr über sie. Niemand hat mehr Macht über sie."

„Dann bist du nicht länger von Nutzen", flüsterte Christina kalt, den Kopf eng an seinen geschmiegt. „Adieu, Frank Menden."

Ihre Lippen berührten fast sein Ohr und küssten dann seine Wange, wie zum Abschied. Frank spürte, wie sich der Druck der Klinge noch einmal verstärkte, dann zog Christina Froid das Skalpell in einem schwungvollen Bogen durch seinen Hals, so scharf, dass er zunächst nicht einmal Schmerz verspürte.

Dafür löste sich der Griff der Meuchelmörderin, und sie taumelte mit einem entsetzen Röcheln zwei Schritte zurück. Blut spritzte auf Franks Rücken. Das Skalpell fiel klirrend zu Boden. Dann brach Christina Froid wie ein perfekt von einem Sprengkommando gefällter Turm in sich zusammen. Für kurze Zeit wand sie sich noch in Todeszuckungen am Boden, während das Leben durch einen tiefen Schnitt im Hals aus ihrem Körper strömte.

Lilith lachte, während Frank vor Schreck und Entsetzen starr auf den toten Körper herab blickte, erstarrt wie alle Logenbrüder und -schwestern in der riesigen unterirdischen Halle.

„Was wäre eine Dämonin wert, die nicht in der Lage ist, ihren Meister zu schützen? – Oder auch Ex-Meister. Ein netter kleiner Schutzzauber, nicht wahr? Jeder Schaden, der dir durch irgendwen zugefügt würde, ganz gleich was es ist, trifft diese Person stattdessen selbst."

Frank gewann langsam seine Fassung zurück. Die Erkenntnis, dass er gerade zum zweiten Mal dem sicheren Tod entronnen war, drang nur allmählich zu ihm durch.

„Hättest du das nicht die ganze Zeit schon tun können?", fragte er mit brüchiger Stimme.

„Hätte ich nicht. Zu den Regeln des Rings gehörte es, dass ich den Träger auf seinen Wunsch hin beschützen musste, aber ich durfte keine magischen Fähigkeiten auf ihn übertragen."

„Und das Gitarre Spielen, die Ninja-Kampftechniken …?"

„… waren Fertigkeiten, die du in einem früheren Leben bereits selbst erworben hattest. Aber sei ehrlich. Selbst wenn es möglich gewesen wäre und ich es vorgeschlagen hätte – hättest du es erlaubt?"

„Wahrscheinlich nicht. Aber … danke. Gilt der Schutzzauber jetzt immer noch?"

„Immer wieder gern. Und bis auf Weiteres ja. Solange ich hier nicht ständig auf dich aufpassen kann, wird dir niemand etwas zuleide tun können."

„Dann habe ich wohl endgültig verloren", war nun wieder Adamsons Stimme zu hören. Ein fatalistischer Unterton deutete darauf hin, dass es ihm ernst war.

„Mein Traum – zerstört", jammerte er. „Jahrtausende der Vorbereitung umsonst. Alles dahin. Aber ich gehe nicht allein." Mit diesen Worten griff er an seinen Unterarm und hielt plötzlich einen Schlüssel in der Hand. Die Tätowierung am Arm war verschwunden.

„Sammael, du bist frei!", rief er und schloss die Faust. Goldener Rauch quoll zwischen seinen Fingern hindurch. Aus dem Alkoven antwortete ein Brüllen, welches jeden Winkel des Gewölbes mit dem Klang von Hass und Triumph erfüllte. Dann trat Sammaels riesenhafte Gestalt aus dem Schatten ins Licht, streckte die Arme, frei von Ketten, in einer trotzigen Geste zur Seite wie ein siegreicher Sportler, entfaltete seine mächtigen Schwingen, legte den Kopf in den Nacken und wiederholte seinen befreiten Aufschrei, dass die Wände im Fels von Colorado bebten. Der Dämon senkte den Kopf und blickte herab auf die Menschen zu seinen Füßen, die ängstlich zurückwichen wie eine Ameisenkolonne vor den stampfenden Tritten eines Elefanten. Ein Lächeln überzog seine schlangenhaften Züge.

„Frei", zischte er. „Frei – du und ich, Lilith. Es ist erreicht. Nach endlosen Zeitaltern demütigender Knechtschaft und Gefangenschaft sind wir beide ungebunden und endlich wieder vereint. Nun lass uns unser Werk der Zerstörung gemeinsam beginnen."

Wie als Reaktion begann Lilith zu wachsen und ihre Gestalt zu verändern, bis sie Sammael buchstäblich auf Augenhöhe gegenüberstand, gleich ihm unbekleidet und von einer dämonischen

Aura umgeben, mit langen, pechschwarzen Haaren und ledrigen Flügeln – nicht unähnlich der Gestalt, mit der sie die Mafiosi in Rom fast zu Tode erschreckt hatte. Wortlos schritt sie von der Plattform herab und auf Sammael zu.

## 58. Armageddon

Einladend breitete Sammael die Arme aus. Knotige Muskeln spannten sich unter glänzend schwarz geschuppter Schlangenhaut. Lilith ging einen weiteren Schritt auf ihn zu, blieb dann aber stehen.

„Nein", sagte sie leise, aber so deutlich, dass dieses eine Wort bis in den hintersten Winkel des Gewölbes drang. „Zerstörung ist nicht mehr mein Ziel."

„Was dann?", fragte Sammael fassungslos. Die immer noch ausgebreiteten Arme passten nicht mehr zu seinem verblüfften Gesichtsausdruck.

„Die Entwicklung soll sich fortsetzen. Diese Welt verdient es, weiter zu bestehen."

„Was ist mit dir geschehen?" Sammaels Arme sanken langsam herab.

„Ich habe etwas verstanden. Der Befreiung aus der Gefangenschaft durch den Ring ging eine Befreiung aus der Gefangenschaft in meiner Verblendung voraus. Oder vielleicht ging sie auch damit einher. Oder folgte unmittelbar darauf. Jedenfalls bin ich jetzt wirklich frei."

„Lilith, komm zu dir. Dies ist unser Moment. Der Zeitpunkt unserer Rache ist endlich gekommen. Das Ende der alten Schöpfung und der Beginn einer neuen. Unserer Schöpfung."

„Die Schöpfung ist gut, wie sie ist. Wir würden gewiss keine bessere hinbekommen. Lass gut sein und tritt mit mir ins Licht." Sammaels hohle Augen begannen zornig zu glühen.

„Was immer über dich gekommen ist, Lilith. Ich lasse mir meine Rache nicht nehmen. Schließe dich mir an oder lass es bleiben. Aber stell dich mir nicht in den Weg."

„Aber genau das werde ich tun, wenn nötig. Ich werde nicht zulassen, dass du unser zerstörerisches Werk fortsetzt."

„Nicht nur fortsetzen werde ich es", rief der Dämon hasserfüllt. „Ich werde es beenden. Mit dir oder ohne dich. Oder auch gegen dich, wenn du mich dazu zwingst. Ich verstehe nicht, wie es dazu kommen konnte, aber wenn nötig, dann wird geschehen, was der kleine, schmutzige Mensch angekündigt hat, auch wenn es ihm damit nicht ernst war. Geh aus dem Weg, oder ich werde dich vernichten."

„Der 'kleine, schmutzige Mensch' ist mein Sohn", sagte Lilith ruhig und blieb unbeweglich stehen. „Aber das tut jetzt gar nichts zur Sache. Im Namen dessen, was einst zwischen uns war. Zieh dich zurück, oder nur einer von uns wird diesen Tag überdauern."

„Dann soll es so sein. So habe ich dich heute zurückgewonnen und schon wieder verloren. Aber nichts weiter werde ich mehr verlieren. Bringen wir es hinter uns!"

Sammaels Muskelberge spannten sich erneut, und in seinen leeren Augenhöhlen loderte die rote Glut wieder auf. Lilith bewegte sich nicht von der Stelle und schloss die Augen. Sie wirkte vollkommen ruhig, aber jeden Moment zum Handeln bereit. Während sich die Atmosphäre in dem Felsendom wie inmitten einer Gewitterwolke für den krachenden Ausbruch eines Blitzes aufzuladen schien, stand Lilith unbehelligt im Auge des Sturms.

Nichts regte sich in der riesigen Halle. Alle warteten darauf, dass sich die knisternde Spannung zwischen den beiden Titanen in einem furiosen Feuersturm entladen würde. Aber nichts geschah. Jedenfalls nicht in der körperlichen Welt.

Frank starrte, wie alle anderen, auf die beiden reglosen Gestalten, die einander kampfbereit gegenüberstanden. Mit einem Mal war ihm, als löse sich eine schemenhafte Bewegung aus Sammaels Körper. Auch vor Lilith schien die Luft für einen Augenblick zu flirren, wie eine Fata Morgana, Spiegelungen an aufgeheizten Luftschichten. Er blinzelte zweimal, dann wurde sein Blick wieder klar, und die Dämonen standen nach wie vor wie zwei Statuen auf der weiten

Fläche der Felsenhalle, von der sich die versammelten Dämonenjäger ängstlich in die hintersten Winkel zurückgezogen hatten. Dennoch wusste Frank tief in seinem Inneren, dass der Kampf längst begonnen hatte. Ein Kampf auf Leben und Tod – ein ewiges, zeitloses Leben gegen einen endgültigen Tod ohne Wiedergeburt. Ein Kampf um das Schicksal des Universums, um das Überleben der Schöpfung.

Frank Menden vertrieb alle bewussten Gedanken und öffnete seinen Geist. Plötzlich sah er Lilith und Sammael kämpfen. Ihre physischen Körper verharrten noch immer unbeweglich, aber jenseits der Begrenzungen des Feststofflichen rangen sie unerbittlich miteinander, mit zügelloser Wildheit, unter Aufbietung sämtlicher Kräfte, die ihnen einst verliehen worden waren. Dämon-Engel gegen Mensch-Engel.

Seine Sinne vermischten sich mit der Traumwelt. Was er sah, hörte, fühlte, roch, wurde überlagert von anderen Eindrücken. Von Eindrücken, die sich der mit menschlichen Sinnen erfassbaren Welt entzogen, sich aber dennoch in der Sprache sinnlicher Wahrnehmung manifestierten, weil sie sich anders dem menschlichen Geist nicht mitzuteilen vermochten. Wie ein Traum die Verarbeitung vergangener Erlebnisse und Empfindungen in Bilder und Metaphern verpackt, *sah* Frank den Kampf zweier Dämonen in einem unterirdischen Dom wie die apokalyptische Schlacht in der Endphase eines Hollywood-Blockbusters. Beinahe fühlte er sich versucht, unter den Kuttenträgern am Fuße der steinernen Plattform nach Stan Lee Ausschau zu halten, dem Schöpfer des Marvel-Comic-Universums, der es sich nicht nehmen ließ, in jeder Verfilmung seiner Heldenepen in einem winzigen Cameo-Auftritt zu erscheinen.

Frank hielt den Atem an, wohl wissend, dass er keine körperliche Auseinandersetzung beobachtete, dass aber jeder Hieb, jede Abwehr, jeder wirbelnde, brodelnde, kochende Angriff mit Schwertern, Messern, Pfeilen, Geschossen, Flammen, Lichtblitzen, Händen, Füßen, Klauen – jedes Aus- oder Zurückweichen dem Schlag-abtausch in einem Duell entsprach, dessen Realität nicht im eigentlichen Sinne jenseits der für Menschen erfassbaren Welt lag, sondern weit darüber hinaus ging. Wirbelnde Farben, tosende Gischt, tanzende, trudelnde Körper waren nur Trugbilder des Geistes, aber der Kampf an sich war real – wirklicher als alles, was Frank jemals zuvor erlebt hatte.

In einem Zustand erweiterter Wahrnehmung erlebte Frank Menden den Kampf gleichzeitig auf physischer und auf spiritueller Ebene. Die sinnlichen und übersinnlichen Eindrücke vermischten sich, und bald war es nicht mehr möglich zu unterscheiden, welche Anteile von dem, was er sah, sich innerhalb des begrenzten physikalischen Ausschnitts der Realität ereigneten und welche nur Übersetzungen seines Unterbewussten von der körperlosen Auseinandersetzung im überdimensionalen Raum waren.

*Lilith ging einen Schritt auf Sammael zu. Stockend, als müsse sie sich durch eine zähe Masse bewegen oder gegen einen Sturmwind, der ihr schneidend entgegen blies. Währenddessen setzten beide ihr furioses Gefecht mit unverminderter Härte fort. Energetische Entladungen tauchten den Raum zwischen ihnen in Lichtblitze von Farben, die Frank noch nie zuvor gesehen hatte, krachten dröhnend aufeinander, bahnten sich ihren Weg und versengten, wo sie ihr Ziel trafen, den Körper des Gegners. Brutzelnd verschmorten Haut und Fleisch in beißendem Qualm, regenerierten sich aber sogleich wieder in symphonischem Leuchten oder mit waberndem Schmatzen.*

*Ein weiterer Schritt. Sammael streckte die Hände vor sich, als wolle er Lilith wegschieben, obwohl sie ihn noch gar nicht erreicht hatte. Lilith stemmte sich gegen die Kraft, die sie aufhalten sollte. Ihr Vormarsch geriet ins Stocken. Gerade wirkte es, als würde sie wieder zurückgedrängt, während Sammaels wild geführte Angriffe ihre Deckung zu durchbrechen drohten, da erhob sie sich und kam ihm wieder einen Schritt näher.*

*Liliths nächster Vorstoß brachte sie zwischen die immer noch ausgestreckten Arme des dunklen Engels, hinter seine Deckung. Ihre Körper berührten sich, schmiegten sich eng aneinander. Sammaels Fäuste trommelten auf Lilith ein, seine Arme umschlangen sie, liebkosten sie, während sie in schneller Folge aus allen Richtungen mit einem gleißenden Dolch auf ihn eindrang, ihre Hände um seinen Kopf legte. In enger Umarmung hielten sie einander. Liliths Kopf legte sich zur Seite, ihre Lippen näherten sich seinem Hals. Sammaels Schlangenkiefer öffneten sich, lange, gekrümmte Giftzähne klappten nach vorn, triefend von ätzender*

*Säure, die Liliths Haut fauchend verdampfen ließ, wo immer sie sie traf. Auch Lilith öffnete ihren Mund, die vollen Lippen teilten und weiteten sich, die Mutter aller Vampire entblößte zwei lange, spitze, strahlend weiße Eckzähne, die sich unerbittlich in Sammaels Hals gruben.*

*Der Dämon stöhnte auf, in lustvollem Schmerz. Immer noch eng umschlungen sanken beide zu Boden und wälzten sich zuckend hin und her.*

*Schließlich kamen die sich windenden Körper zur Ruhe. Lilith kniete rittlings über Sammael, der sich immer wieder in konvulsivischen Krämpfen aufbäumte und mit kraftlosen Klauenhänden wie ein Boxer in der zwölften Runde nach ihr schlug, während sie die Lebensenergie aus seinem Leib saugte.*

Bei diesem Anblick erinnerte sich Frank des Kommentars eines Profiringers nach einem Vergleichskampf zu seinem Sieg über einen Kickboxer: „Man kann länger unter Schmerzen würgen als ohne Luft schlagen."

Das Bild verfestigte sich. Alle Wahrnehmungsebenen flossen zusammen. Sammaels Widerstand erlahmte, Wie ein Aufleuchten von abwechselnd schwarzem und weißem Licht strömte das Leben aus ihm heraus, wurde von Lilith aufgesogen. Schließlich rührte er sich kaum mehr. Frank wusste, dass es zu Ende ging.

Frank konnte sich nicht helfen, aber das Schicksal des Dämons rührte ihn. Hin und her gerissen zwischen der Erleichterung über Liliths Sieg und der Erkenntnis, dass er das Ende eines ehemaligen Erzengels miterlebte, wusste er, dass hier etwas geschah, das einfach nicht richtig war. Er wusste auch, dass er nichts tun konnte. Was hätte er auch tun wollen – oder sollen, wenn es denn irgendeine Möglichkeit des Eingreifens für ihn gegeben hätte? Lilith war dabei, die gesamte Schöpfung vor der vollständigen Zerstörung zu bewahren. Was konnte daran falsch sein? Welchen anderen Weg konnte es geben?

Die Erkenntnis überfiel Frank wie eine Meereswoge, die einen Menschen am Strand trifft, wenn er glaubt, das Ufer bereits erreicht zu haben. Die Welle türmte sich über ihm auf, hüllte ihn ein und brach über ihm zusammen. Um ihm die Lebens- und Widerstandskraft zu entziehen, nahm Lilith das gesamte Wesen des teuflischen Dämons in sich auf. Sie, die so lange dieselbe Dunkelheit in sich getragen hatte, würde, wenn das Schreckliche, das Unvorstellbare vollendet war, nicht nur die eigene Rachsucht und Zerstörungswut im Zaum halten müssen, sondern dazu noch all das, was den gefallenen Engel angetrieben hatte. Konnte sie dazu in der Lage sein, oder würde sie, sobald sie von dem leblosen Körper abließ, sein Werk selbst vollenden?

Und er, Frank Menden, hatte sie losgelassen, hatte in jenem Moment jegliche Macht über sie auf ewig aus der Hand gegeben, da er ihr den Ring an den Finger steckte. Nichts und niemand konnte sie jetzt noch stoppen.

Nur noch ein winziger Funke regte sich in Sammael. Lilith hatte ihre Lippen von seinem Hals gelöst. Sie kniete immer noch über ihm und blickte fast mitleidig auf ihren ehemaligen Gefährten herab. Ebenso sah er zu ihr auf. Die Glut in seinen leeren Augenhöhlen war erloschen, und auf dem schillernden Facettenauge auf seiner Stirn war keine Regung abzulesen. Aber dennoch übertrug sich ein Gefühl auf alle Anwesenden, das keinen Zorn mehr enthielt, keinen Hass, weder Groll noch Angst. Nur noch das Eingestehen und Akzeptieren der endgültigen Niederlage, die einher ging mit der unwiederbringlichen Auslöschung der eigenen Existenz.

Lilith setzte an, dem sterbenden Dämon den letzten verbliebenen Lebensfunken auszusaugen. Doch dann hielt sie inne.

„Jemand hat mich vor kurzem gefragt, ob ich es wirklich getan hätte, nachdem ich kurz davorstand, einen Erzengel zu vernichten", sagte sie.

„Damals war mir die Entscheidung im letzten Moment entzogen worden, und ich konnte es nicht sagen. Nicht, bevor die Wahl wirklich und wahrhaftig vor mir läge. Nun ist es soweit, und ich kenne endlich die Antwort. Ich kenne mich selbst. Ich *er*kenne mich selbst. Es hat viel zu lange gedauert. Aber es ist nicht zu spät."

Sie beugte sich zu Sammael hinab und küsste ihn auf den Mund. Ein winziger Funke schien dabei von ihr auf ihn überzugehen.

„Du wirst leben, Sammael", sagte sie. „Denn ich habe nicht mehr den Wunsch, zu zerstören. Nicht das Werk der Schöpfung, nicht die Welt der Menschen und auch dich nicht, dem ich so lange so ähnlich war. Aber auch dein Weg wird nicht mehr derselbe sein. Der Rest Leben in dir und der Funke von meinem Leben, den ich dir geschenkt habe, reichen zusammen gerade für eine menschliche Existenz. Nicht mehr Engel, nicht mehr Teufel, auch wenn du deine Gestalt zunächst behalten wirst. Als einer der Menschen, die du heute noch so sehr verachtest, kannst auch du zu deinem wahren Selbst finden – wieviele Leben du dafür auch wirst leben müssen. Und bei deiner ersten Wiedergeburt wirst du die Gnade des Vergessens erfahren. Die Gnade eines unbelasteten Neuanfangs, die uns Unsterblichen so lange verwehrt geblieben ist und unseren Weg so schwer gemacht hat, sobald er einmal in die Irre geraten war. Nutze dieses Geschenk gut. Es ist alles, was dir bleibt und alles, was du brauchst."

Lilith erhob sich von dem reglosen Körper Sammaels. Sein Kopf sank kraftlos zu Boden. Sie wandte sich dem Podest zu, an dessen Rand Frank zitternd stand, die Hände um das Geländer gekrallt, während ein Adrenalinschub nach dem anderen durch seine Adern schoss und sein Herz so hart schlug, dass er fürchtete, es könne von innen seine Rippen zertrümmern. Dann schritt sie gemessenen Ganges auf die Plattform zu. Bei jedem Schritt wurde sie kleiner und verlor zusehends ihre dämonischen Attribute.

Als sie die Plattform erklommen hatte, hatte sie wieder vollständig menschliche Gestalt angenommen. Frank war ihr entgegen gekommen und stand nun vor einer Frau im langen Gewand, etwas kleiner als er selbst. Einer Frau, mit der er einige Wochen verbracht hatte, die ihm schon jetzt wie ein Traum erschienen, obwohl er Liliths warmen Atem spürte und sich seiner Umgebung durchaus bewusst war. Die Kathedrale der Dämonenjäger unter dem Denver International Airport. Der geschlagene Dämon, der immer noch flach atmend am Boden lag. Die verstörten Menschen, die sich langsam aus ihren Verstecken wagten und darum bemüht waren, das Geschehene zu erfassen. Die ausgeblutete Leiche Christina Froids auf dem harten Steinboden. Und K. N. Adamson, der wie ein Hinrichtungskandidat am Boden kniete und mit unstetem Blick zu

Lilith aufsah.

„Auch du, mein Sohn, wirst leben", sagte Lilith, zu Adamson gewandt. „Und auch du wirst lernen müssen. Lernen und wachsen – nicht an Macht, sondern an Erkenntnis. Aber dir kann ich nicht geben, was ich Sammael zuteil werden ließ. Du bist, wie ich, zur Unsterblichkeit verdammt, und bedarfst der respekt- und liebevollen Anleitung, wie ich sie erfuhr. Aber du bedarfst auch eines Wächters, der sicher stellt, dass du kein Unheil mehr anrichten kannst. Und ich denke, diese doppelte Aufgabe wird mir zufallen, denn niemand sonst kann sie erfüllen. Und wer anders als deine Mutter sollte genau diese Verantwortung tragen, der ich mich viel zu lange entzogen habe."
Adamson sank in sich zusammen, erleichtert und resignierend. Dann wandte Lilith sich an Frank, und sein Herz stand in Flammen.

„Dir kann ich nicht genug danken", sagte sie liebevoll. „Du hast vollendet, was die Vindicandi begonnen haben. Was im Grunde bereits begonnen hatte, als ich das Paradies verließ, auch wenn mir damals nichts davon bewusst war. Du hast mir Vertrauen geschenkt – nun ja, zunächst recht begrenztes Vertrauen, aber zu jedem Zeitpunkt kaum mehr oder weniger, als ich verdiente. Am Ende aber hast du mir tatsächlich vertraut, als alles davon abhing, und gerade dieses Vertrauen hat in genau dem Moment den Ausschlag gegeben, es zu rechtfertigen. Aber ich fürchte, die Verpflichtung gegenüber meinem Sohn wird es mir nicht erlauben, die Ehe mit dir fortzusetzen – falls du das denn überhaupt wünschen solltest, denn immerhin hast du die Scheidung recht eindeutig vollzogen." Sie hob die Hand, an der der Doppelring prangte, und lächelte. Frank wollte etwas sagen, aber sie legte ihm die Finger auf die Lippen.

„Aber sag", bat sie ihn dann, „wann genau hast du dich zu diesem Akt des Vertrauens entschieden, und was hat für dich den entscheidenden Anstoß gegeben?"

Frank musste einen Moment überlegen. Er hatte das alles nicht geplant – jedenfalls nicht so. Eigentlich musste er sich eingestehen, dass Christina Froids und Kevin Adamsons Vorstellung ihn noch einmal ernstlich ins Wanken gebracht hatte. Aber wenn er es recht bedachte, dann hatte ihm doch bereits vor seiner Abreise nach

Denver ein Schlüsselmoment zumindest unbewusst klar gemacht, wie seine Entscheidung letztlich ausfallen musste.

„Ich denke, es war der Moment, als ich erkannt habe, wer ich bin – oder besser, wer ich war. Und warum ausgerechnet ich ausgewählt wurde, den Ring zu tragen."

„Jetzt machst du mich neugierig", gestand Lilith lauernd.

„Ich – ich war immer schon dazu bestimmt, dein Gemahl zu sein. Als du mich durch meine sämtlichen früheren Existenzen geführt hast, wurde mir klar, dass ich durch alle Zeiten in deiner Nähe war, voller Sehnsucht nach dir, aber auch auf ewig dazu verdammt, dich nie zu erreichen. Und als es immer weiter zurück ging, bis zum Anfang, zu meiner allerersten Identität, da verstand ich auch, warum. Denn ich war Adam, der erste Mensch, dein ursprünglicher Gatte."

Nun war es an Lilith, ungläubig drein zu schauen. Was immer sie möglicherweise erwartet hatte – das war es nicht! Frank fuhr fort, und es schien, als würden die Zusammenhänge auch ihm erst jetzt, da er sie erklärte, richtig bewusst.

„Und Adam war stolz. Stolz, zum Stammvater eines Geschlechts bestimmt zu sein, das sich aus den Niederungen der Unwissenheit und Ohnmacht über die mächtigen und so vollkommen erscheinenden Engel erheben sollte. So stolz, dass er meinte, sein Weib, das Mensch und Engel zugleich war, unterwerfen zu müssen. Zu stolz, um zu erkennen, dass er in seiner Überheblichkeit nicht nur dich, sondern auch (und mehr noch) sich selbst erniedrigte. So war dein Exil keine Vertreibung, sondern die Chance, dich frei zu entfalten – so wie du es wolltest, deinen eigenen Weg zu gehen. Auch wenn dieser Weg dich für lange Zeit in den Schmerz führen sollte – Schmerz für dich und für zahllose andere, denen du ihn in deinem Zorn bereitet hast. Viel mehr als deine Strafe war es meine, denn während du ohne Unterbrechung auf der Suche nach deiner Bestimmung warst, war ich dazu verdammt, in unzähligen Leben stets aufs Neue vergeblich danach zu streben, dich zurück zu gewinnen."

„Und das hat Kain erkannt, während es mir verborgen blieb?"

„Er muss – wie du – einen Teil meiner früheren Inkarnationen ergründet und erkannt haben, dass es das Schicksal meiner unsterblichen Seele war, dir stets nahe sein zu wollen, dich aber niemals zu erreichen. Ich glaube nicht, dass er den Grund dafür bis zum Ursprung zurück verfolgt hat, oder dass der ihn interessiert hätte. Jedenfalls war er wohl überzeugt, dass ich den Ring, selbst wenn ich ihn für kurze Zeit besäße, keinesfalls würde behalten können. Dann hat er alles daran gesetzt, mich und alle anderen zu manipulieren, um schließlich selbst an den Ring zu kommen. Und dabei hat es dann doch einige Zufälle zuviel gegeben, als dass ich sie alle als solche zu akzeptieren bereit gewesen wäre. Als ich begriffen hatte, dass es einen Grund dafür geben musste, dass ausgerechnet ich von einem sterbenden Mönch den Ring erhalten hatte, der mich mit dir vermählt hat, wusste ich auch, dass an der Geschichte, die mir Christina und Kain aufgetischt haben, nicht alles der Wahrheit entsprach. Du dagegen hast mich nie belogen."

„Du bist also Adam", stellte Lilith kopfschüttelnd fest. „Ich hätte es spüren müssen. Oder vielleicht auch nicht. Vielleicht sollte mir genau das immer verborgen bleiben."

„Wer weiß? Aber: Nein! Ich *bin* Frank Menden, nicht Adam. Du hast all diese Leben – Nofretete, Cleopatra, Poppea, Brynhildr, Morgana – in vergangenen Zeiten geführt und bist doch dieselbe geblieben. Ich dagegen war und bin sterblich. Adam ist ein Teil meiner Vorgeschichte, aber ich bin nicht er. Ebenso wird es, wenn ich gestorben bin, Frank Menden nicht mehr geben. Er wird Teil der Vorgeschichte eines anderen Wesens sein. So wie Adam, Marcellus, Perceval und die vielen anderen. Bis alle diese Vorgeschichten in der vollständigen Erleuchtung kumulieren. Dann werden wir angekommen sein. So wie du jetzt."

„Ich sehe, du hast verstanden", sagte Lilith anerkennend. „Du hast tatsächlich verstanden."

„Was ich allerdings nicht verstehe, ist: Wie soll es für mich weitergehen, wenn du nicht mehr bei mir bist? Wie soll Frank Menden nach alledem in ein normales Leben zurückkehren?"

„Wie normal dieses Leben sein wird, liegt in deiner Hand. Ich könnte dir die Erinnerungen an alles nehmen, was nicht reale Ereignisse betrifft, an denen andere beteiligt waren. Ich könnte es so einrichten, dass dir nur die Erkenntnis bleibt, aber kein Wissen. Oder du kannst etwas daraus machen und dir ein neues Leben einrichten. Du hast – wieder einmal – die Wahl."

„Ich möchte nichts vergessen. Und auf keinen Fall will ich dich vergessen. Oder auch nur irgendetwas, das dich betrifft."

„Das ehrt mich und freut mich zu hören. Dann müssen wir uns also darum kümmern, dich mit dem Nötigsten auszustatten. Nicht wahr, mein Sohn?" Mit dem letzten Satz wandte sie sich an Kain. Der erhob sich langsam und nickte schweigend. Nach Liliths Sieg über den befreiten Sammael hatte er jeden Widerstand aufgegeben.

„Nun, dann wollen wir uns zunächst einmal daran begeben, hier das Chaos aufzuräumen, das du verursacht hast", sagte Lilith fröhlich und schickte sich an, die Plattform zu verlassen. Kain folgte ihr wie ein gehorsames Hundchen. Zu Frank gewandt, rief sie: „Komm, Frank. Jetzt gilt es die Weichen für die Zukunft zu stellen. Insbesondere für deine Zukunft."

## 59. Wiedersehen

Das Telefon klingelte.

Instinktiv streckte Frank die Hand nach dem Hörer aus, aber dann hielt er inne, änderte die Richtung und griff nach der Kaffeetasse. Auch wenn er sich dazu zwingen musste, ließ er das Telefon weiter klingeln, lehnte sich zurück und nahm einen tiefen Schluck von dem duftenden heißen Getränk. Er hatte die Sekretärin angewiesen, in der nächsten halben Stunde keine Gespräche durchzustellen und war ein wenig verärgert, dass sie seine klare Anweisung ignoriert hatte. Normalerweise war sie sehr gewissenhaft, was ihm den Eingewöhnungsprozess erheblich erleichtert hatte.

Nach dem epischen Kampf unter dem Flughafen von Denver war K. N. Adamson von all seinen Ämtern zurückgetreten und hatte die Leitung der Adamson Corp. auf Frank Menden übertragen. Der hatte zunächst starke Bedenken geäußert, traute er sich doch eigentlich keine Führungsposition zu – und schon gar nicht die Leitung eines milliardenschweren Großkonzerns. Schließlich ließ er sich aber überzeugen, dass er sich darauf würde beschränken können, an zentraler Stelle strategische Entscheidungen zu treffen, während die operativen Geschäfte weiterhin diejenigen zuverlässigen Fachleute führten, die das schon seit Jahren erfolgreich taten. An der Spitze des Unternehmens sollte aber unbedingt jemand stehen, der sämtliche Hintergründe und auch die geheimen Verflechtungen kannte und entwirren konnte. Da auch er überzeugt davon war, dass die Zahl dieser Personen möglichst gering gehalten werden sollte, blieb am Ende nur noch er selbst übrig und willigte schließlich, wenn auch widerstrebend, ein.

Nun zahlte es sich aus, dass auch Kain nur eine Handvoll Personen hatte wissen lassen, dass die Adamson Corp. mehr war als einfach ein äußerst erfolgreiches internationales IT-Unternehmen. Diese wenigen waren mit Liliths Hilfe einer Gehirnwäsche unterzogen und in unverfängliche Positionen versetzt worden, ebenso wie die Mehrzahl der Mitglieder der, nun aufgelösten, Geheimloge der Dämonenjäger. Einige wenige, deren Integrität außer Frage stand, hatte Frank mit der Aufgabe betraut, die Abwicklung der Logeneinrichtungen so zu betreiben, dass diese weitest gehend einem sinnvollen Zweck zugeführt werden konnten, ohne Aufsehen zu erregen. Auch hierbei hielt er aber letztlich weiter die Fäden in der Hand. Und schließlich war ein großer Teil von Adamsons Privatvermögen in eine wohltätige Stiftung geflossen, deren Aktivitäten Frank ebenfalls überwachte. Hauptsächlich hielt ihn aber seine Position als Haupteigner und CEO der Adamson Corp. beschäftigt.

Heute allerdings fiel es ihm schwer, sich auf die Arbeit zu konzentrieren. Auf den Tag genau zwei Jahre war es her, dass er in einer dunklen Seitenstraße von einem sterbenden Mönch mit der Dämonin Lilith vermählt worden war. Tatsächlich hatte er in dieser Zeit so viel um die Ohren gehabt, dass der erste Jahrestag beinahe unbemerkt an ihm vorübergegangen war. Damals hatte ihn beim Blick auf den Wandkalender in seinem Büro nur kurz ein Anflug von

Wehmut überfallen, der aber schnell wieder vom Tagesgeschäft vertrieben worden war. Diesmal war es anders. Inzwischen hatte Frank sich in all seinen Aufgabenbereichen konsolidiert. Er führte ein geordnetes Leben und hatte weitgehend die Balance zwischen beruflichen und darüber hinaus reichenden Verpflichtungen sowie zumindest einem gewissen Rest von Privatleben gefunden. Er hielt sich körperlich fit durch regelmäßiges Training mit einem Personal Trainer in seinem privaten Übungsraum, wo er die in ihn eingesickerten Erfahrungen als Gladiator im antiken Rom, als Ritter an König Artus' Tafelrunde und als Ninja im japanischen Mittelalter kultivieren und seine körperliche Konstitution den Reflexen aus früheren Leben angleichen konnte. Außerdem hatte er sich eine Gitarre zugelegt und spielte ab und an mit ein paar befreundeten Hobby-Musikern bei Festen oder gelegentlich in einem kleinen Club. Er ruhte in sich selbst. Zumindest hatte er das bis heute morgen geglaubt.

Frank setzte die Kaffeetasse auf dem Schreibtisch ab und trommelte mit den Fingern dagegen. Er vermisste das Klacken des Rings auf der Wölbung des Keramikhumpens. Er vermisste Lilith. Wieder klingelte das Telefon.

Unwirsch drückte Frank auf die Freisprech-Taste und herrschte in ungewohnter Schärfe die Sekretärin an.

„Was soll das, Frau Schwitalla. Hatte ich Sie nicht ausdrücklich gebeten, wenigstens für eine halbe Stunde keine Anrufe durchzustellen?"

„Verzeihen Sie vielmals, Herr Menden, aber die Dame lässt sich nicht abweisen. Und außerdem ist die halbe Stunde schon seit einer Weile vorbei."

Frank warf einen Blick auf seine Armbanduhr und musste überrascht feststellen, dass sie Recht hatte. Seit er sein Büro betreten und die Tür zugezogen hatte, um sich in Selbstmitleid zu suhlen, war schon fast eine volle Stunde vergangen.

„Es tut mir leid, Frau Schwitalla", sagte er milder. „Ich bin derjenige, der sich entschuldigen muss. Sie haben vollkommen Recht. Eine Dame, sagen Sie? Was will sie denn?"

„Das möchte sie Ihnen nur persönlich sagen. Sie behauptet, Sie von früher zu kennen."

Sofort musste Frank an Franziska Polde denken. Nach seiner anfänglichen Rückkehr zur Filzinger GmbH, wo er begonnen hatte, die geschäftlichen Angelegenheiten zu regeln, hatte er sie ein paarmal getroffen. Zuerst hatten sie gelegentlich zusammen einen Kaffee getrunken, waren dann auch einige Male miteinander ausgegangen, aber so richtig waren die Dates nicht in Gang gekommen. Nicht, dass die Chemie zwischen ihnen nicht gestimmt hätte, aber letztlich war es vor allem Frank, der immer wieder vor dem nächsten Schritt zurückgescheut war. Irgendwann war der richtige Zeitpunkt dann verpasst, und sie hatten einander aus den Augen verloren.

Etwas in Frank hoffte, dass es Franziska sei, die ihn anrief, um noch einmal an alte Zeiten anzuknüpfen. *Aber warum sollte sie das tun?*, fragte er sich verbittert. *Bestimmt ist sie inzwischen mit jemandem zusammen, der ihr besser tut, als ich es je könnte.* Und außerdem – was ließ ihn eigentlich erwarten, dass es bei einem neuen Anlauf besser funktionieren würde? Konnte jemand, der, wenn auch nur für wenige Wochen, mit der Urgestalt aller Frauen, dem Prototyp der Weiblichkeit, zusammen gewesen war, überhaupt noch in der Lage sein, jemals wieder eine normale Beziehung einzugehen?

„Herr Menden?" Ingrid Schwitallas Stimme riss Frank aus seinen Gedanken. „Was ist nun, soll ich Sie verbinden? Die Dame sagte, sie kenne sie wirklich schon *sehr* lange, und Sie würden sie bestimmt sprechen wollen."

„Ja, gut, stellen Sie durch", seufzte Frank, rieb sich die Schläfen und setzte sich aufrecht.

„Hallo Frank. Du lässt deine Verflossene aber ganz schön lange warten. So unhöflich kenne ich dich gar nicht!"

„Lilith?!"

Frank war augenblicklich hellwach. Adrenalin schoss durch seine Adern. Die Haut prickelte vom Scheitel bis zu den Zehenspitzen. Wäre gerade Sammael durch die Tür getreten, hätte er nicht aufgeregter sein können.

„Wer sonst? Hattest du jemand anderen erwartet?"

„Ich hatte niemanden erwartet", stotterte Frank. „Aber, um ehrlich zu sein – dich am allerwenigsten. Wie läuft es denn mit deinem Sohn?"

„Soll ich dir das wirklich am Telefon erzählen? Oder wollen wir uns nicht etwas gemütlicher bei einer Tasse Kaffee zusammen setzen?"

„Äh, natürlich. Wo bist du denn?"

„Augenblicklich gerade in Bielefeld." Frank konnte Lilith vor seinem geistigen Auge grinsen sehen. „Aber wenn du magst, kann ich in Windeseile bei dir sein. Hast du Zeit?"

„Für dich immer. Wollen wir uns in dem kleinen Café in der Fußgängerzone, am Fuße des Klosterbergs, treffen?"

„Gerne. In einer halben Stunde bin ich dort."

„Bis gleich", rief Frank, schon halb aufgestanden, ins Telefon, drückte die Aus-Taste und stand gleich danach am Schrank, wo er seine Jacke überstreifte. „Bitte sagen Sie für heute alle Termine ab", rief er im Vorbeigehen Frau Schwitalla zu. „Ich bin unterwegs und weiß nicht, wann ich zurückkomme." In der Tür drehte er sich noch einmal um und fügte hinzu: „Ach ja, und bitte auch keine Anrufe auf's Handy – außer, die Welt geht unter." *Obwohl ich das, wenn es passieren sollte, wahrscheinlich selbst zuerst mitbekommen werde*, dachte er grinsend und war im nächsten Moment schon auf dem Weg zum Treppenhaus.

Kurze Zeit später saß Frank in dem Café, wo sie sich verabredet hatten, an einem Tisch direkt am Fenster. In der Hand hielt er einen riesigen Blumenstrauß und schaute erwartungsvoll hinaus auf den Marktplatz, gespannt wie eine Bogensehne, in welcher Gestalt Lilith wohl erscheinen würde – und was der Anlass ihres Besuchs war.

Pünktlich auf die Sekunde stand sie neben ihm. Er spürte ihre Präsenz, bevor er sie aus dem Augenwinkel sehen konnte. Er hatte sie nicht kommen sehen, aber niemand in dem Café nahm von ihrem plötzlichen Erscheinen Notiz, so dass auch Frank sich wieder beruhigte. Er legte den Blumenstrauß auf den Tisch, stand auf und half Lilith aus dem Mantel.

Frank war überwältigt. *Hammer, Hammer, Hammer!*, dröhnte es in seinem Kopf. Er sah Lilith an und war aufgeregt wie ein Teenager beim ersten Date. Sie trug ein kurzes, eng anliegendes Kleid in kräftigem Azurblau und hochhackige Schuhe. Das lange, tiefschwarze Haar umrahmte ihre feinen Züge und floss in leicht gekräuselten Wellen über die Schultern, den schlanken Hals umspielend, um den eine Kette mit kleinen, goldgefassten Saphiren und in der Mitte einem großen Granat im Brilliantschliff hing, der in seinen Facetten die Mittagssonne einfing und wie von innerem Feuer in dunkelroter Glut funkelte. Ihre vollen, roten Lippen öffneten sich zu einem Lächeln, als er ihre Hand nahm und sie zu ihrem Platz führte. Unbeholfen nahm er den Blumenstrauß auf, nestelte an der umhüllenden Folie und streckte ihn dann Lilith entgegen.

„Hier, bitte. Ich war mir nicht sicher …"

„Vielen Dank. Damit hätte ich gar nicht gerechnet. Aber die Blumen sind wirklich sehr schön."

Frank konnte den Blick nicht von Lilith lassen, die bei der eilfertig herbei gelaufenen Bedienung einen doppelten Espresso bestellte, und orderte selbst einen Capuccino.

„Du siehst fantastisch aus", sagte er. Für ihn hörte es sich wie eine maßlose Untertreibung an. „Atemberaubend."

„Danke", sagte Lilith schlicht. „Aber du machst auch einen guten Eindruck. Du scheinst dich in deinem neuen Leben recht gut eingerichtet zu haben."

„Ich kann nicht klagen", sagte Frank vorsichtig. Er wollte den Smalltalk noch nicht beenden, konnte seine Neugier aber doch kaum im Zaum halten. „Aber wie ich sehe, bist du allein hier. Was macht die Familie?"

„Ich habe unserem Sohn erklärt, dass Mama und Papa auch mal ein bisschen Zeit für sich brauchen. Da muss er auch schon mal für einen Tag allein zurecht kommen."

Frank hob misstrauisch eine Augenbraue an. „Du hast ihn aber nicht wirklich allein gelassen, oder?"

„Nein, keine Sorge. Sammy passt auf ihn auf."

Einen Moment lang grübelte Frank darüber nach, wer „Sammy" sein mochte. Dann stockte ihm der Atem.

„Das ist nicht dein Ernst!"

„Natürlich nicht. Aber dein Gesicht zu sehen, war den Scherz wert. Ich würde mich hüten, unseren Kevin mit einem blinden Wächter zusammenzustecken – und schon gar nicht mit diesem. Da könnte ich ihn schon eher allein zu Hause lassen."

„Hast du aber auch nicht, nicht wahr?"

„Alles gut. Ich habe sogar zwei Babysitter engagiert. Mike und Gabi hatten gerade nichts besseres zu tun."

„Die Engel? Verarsch mich nicht!"

„Nein, im Ernst. Wir sind inzwischen eigentlich ganz gute Freunde geworden. Auf den kleinen Kevin Nicholas sind sie allerdings nicht ganz so gut zu sprechen. Ich denke, er wird sich benehmen." Sie zwinkerte Frank zu, und er konnte sich eines Grinsens nicht erwehren.

„Aber jetzt mal Scherz beiseite", sagte er und wurde wieder ernst.

*„Können wir reden? – Was führt dich wirklich zu mir?"*

Augenblicklich fühlte er wieder die unterschwellige Wahrnehmungsveränderung, wenn Lilith auf den vertraulichen Kommunikationsmodus umschaltete.

„Es ist wirklich alles in Ordnung", sagte sie. „Jedenfalls bisher. Aber auf einen schnellen Erfolg wird man nicht hoffen können. Kain hat einen sehr langen Weg vor sich. Ich gebe mir große Mühe, aber der Pfad zur Erleuchtung ist für keine zwei Menschen gleich, schon gar nicht für Unsterbliche. Darum habe ich mich mal ein wenig umgeschaut, wie es dir inzwischen geht, und hatte das Gefühl, du könntest ein wenig Aufmunterung vertragen. Also entspann dich. Wie sieht es aus – hast du heute noch etwas vor?"

„Nichts, das ich nicht schon verschoben hätte", sagte Frank glücklich.

„Der Tag gehört uns."

Es war schon fast Mitternacht, als sie bei Franks Haus ankamen.

„Vielen Dank für einen wundervollen Tag", sagte Frank zu Lilith.

„Wieviel Zeit bleibt dir noch, bevor du zurückkehren musst, wo immer du dein Lager aufgeschlagen hast?"

„Genug, um noch auf einen Kaffee zu dir herein zu kommen."

„Wenn das so ist ..."

Vom Bett aus sah Frank Liliths Silhouette im Rahmen der Schlafzimmertür.

„Ich trage keinen Ring mehr", sagte er schmunzelnd. „Werde ich auch  diese Nacht überleben?"

„Mal sehen ...", sagte Lilith, löschte mit einer Handbewegung das Licht und schloss die Tür. „Aber du wirst jeden Moment genießen."

ENDE

*Der Roman „Liliths Ring" ist ein fiktives Werk. Eventuelle Ähnlichkeiten mit lebenden oder kürzlich verstorbenen Personen sowie existierenden Institutionen wären rein zufällig. Allerdings wurde die Handlung verschiedentlich an reale Schauplätze verlegt. Historische (und legendäre) Persönlichkeiten wurden nach sorgfältiger Recherche unter Berücksichtigung bekannter Fakten sowie begründeter Spekulationen in einem fiktiven Kontext dargestellt. Dabei habe ich mich stets im Rahmen der dramaturgisch gebotenen künstlerischen Freiheit um einen respektvollen Umgang mit der Thematik, der Lokalität und der jeweiligen Person bemüht.*

*Neben traditionellen Informationsquellen wie Büchern und Zeitschriften und inzwischen auch Radio und TV bietet auch das Internet eine Fülle von Informationen, deren Zuverlässigkeit allerdings stets Gegenstand einer besonders sorgfältigen Prüfung sein sollte. Trotzdem sind Fehler oder Irrtümer leider nie ganz auszuschließen. All dieser Quellen habe ich mich bei den Recherchen für Liliths Ring bedient. Darüber hinaus konnte ich auch für verschiedene Themen auf persönliche Erfahrungen als Inspirationsquelle zurückgreifen.*

*Im Geiste wissenschaftlicher Authentizität seien besonders die folgenden Anmerkungen zu verstehen:*

*Frank Mendens Heimatstadt ist – obwohl nicht (bzw. erst in einer Nebenbemerkung am Ende der Geschichte) explizit benannt – für Ortskundige unschwer als Siegburg zu erkennen. Den „Hexenturm" am Siegburger Michaelsberg gibt es wirklich. Die Ruine an Überresten einer alten Wehrmauer trägt auch tatsächlich diesen Namen. Dass umfangreiche Umbauarbeiten an dem über 900 Jahre alten Abteigelände vor einigen Jahren wegen Problemen mit der Bodenbeschaffenheit unterbrochen werden mussten, hat mich auf die Idee der unterirdischen Anlage des Vindicandi-Klosters gebracht.*

*Den Gladiator Marcellus habe ich erfunden, aber sein Gegner Spiculus hat wirklich gelebt und als Neros Favorit überaus erfolgreich in der Arena von Rom gekämpft.*

Leider habe ich bisher weder Glastonbury noch das Berliner Holocaust-Mahnmal persönlich besucht. Für die Beschreibung der jeweiligen Örtlichkeiten wurden diverse Internet-Quellen zu Rate gezogen. Das Hotelzimmer in Glastonbury wurde auf der Grundlage von Werbematerial beschrieben.

Die Hintergründe der Bielefeld-Verschwörung gehen auf einen Fernsehbericht zurück, in dem der Urheber selbst die Geschichte erzählt, wie es dazu kam. Den Ursprung des Spruchs „Everything is better with Zombies" habe ich vor vielen Jahren in einem Internet-Artikel gelesen, der inzwischen leider nicht mehr auffindbar ist. (Manchmal scheint das Internet doch etwas zu vergessen.)

Die Fabel von Frosch und Skorpion ist seit dem Mittelalter bekannt und wird u.a. in einer Folge der TV-Serie „Star Trek – Voyager" (1997) zitiert.

Die Geschichte von den drei Booten kenne ich in verschiedenen Varianten, meist als Witz erzählt, seit mehr als 30 Jahren. Der eigentliche Ursprung ist mir nicht bekannt. Für die Szene im Roman habe ich sie mit eigenen Motiven ausgestaltet und abgewandelt, ohne den Kern der darin enthaltenen Moral zu verändern.

Zu guter Letzt möchte ich noch meinen Eltern danken, die mir das Geschichtenerzählen mit viel Phantasie in die Wiege gelegt haben - mit König Happibus, Trampeltieren auf Rollschuhen und so vielen anderen.

Liliths Ring wäre nicht gerade ihr Genre, aber ich denke, dieses Buch hätte ihnen trotzdem gefallen. Und Ihnen, die Sie es jetzt zu Ende gelesen haben, hoffentlich auch!